# La coupe d'or

La coupe d'or

# Belva Plain

# La coupe d'or

Roman

Traduit de l'américain
par Bernard FERRY

Presses de la Renaissance
37, rue du Four
75006 Paris

Si vous souhaitez recevoir notre catalogue et être tenu régulièrement au courant de nos publications, envoyez vos nom et adresse en citant ce livre aux

*Presses de la Renaissance*
*37, rue du Four 75006 Paris*

et pour le Canada à

*Édipresse*
*5198, rue Saint-Hubert*
*Montréal H2J 2Y3*

Titre original : *The golden cup* (publié par Delacorte Press, New York).

ISBN 2-85616-408-0                                                    H 60-3458-1

Babylone fut une coupe d'or entre les mains du Seigneur,
Qui enivra la terre entière ;
Les nations ont bu de son vin,
Et ainsi les nations sont devenues folles.

JÉRÉMIE.

Première Partie

*Hennie et Dan*

# 1

Toute sa vie elle se souviendrait de ce sombre ciel d'automne. Comme il était haut, vaste, et froid tandis que, venu de l'East River, le vent s'engouffrait sur Broadway. Quand elle serait bien vieille, elle s'émerveillerait encore de ces hasards qui déterminent le cours d'une existence. Car enfin si ce jour-là, à cette heure précise, elle n'avait pas tourné au coin de cette rue, sa vie entière aurait été différente.

L'enfant dont elle tenait la main ne se souviendrait, lui, bien plus tard, que de vagues cris, d'un embrasement de couleurs violentes, d'une confusion et d'une terreur dont il ne comprenait pas vraiment l'origine.

Quant à l'autre enfant, celui qui allait naître parce que précisément, ce jour-là, elle avait tourné au coin de cette rue, cet enfant, lui, écouterait si souvent le récit de ce haut fait héroïque qu'il finirait par en être lassé à tout jamais.

L'immeuble était en feu. S'échappant des fenêtres béantes, les flammes se tordaient le long des briques noircies, les labouraient de leurs griffes géantes. Du cœur dévasté de la bâtisse, des pyramides de flammes s'élevaient, immenses et fières, et chassée par le vent une fumée âcre se répandait au-dessus des toits. Des colonnes d'eau jaillies des tuyaux s'abattaient dans le brasier, mais le feu était le plus fort.

Sur la chaussée, pressée autour des attelages à chevaux des pompiers, la foule attendait qu'on lui dise quoi faire, ou, plus probablement, elle attendait que la destruction fût totale. Uniformément vêtus de brun et de gris tristes, les gens se balançaient d'un pied sur l'autre et l'on voyait, çà et là, un enfant changer d'épaule. Un murmure sourd et plaintif parcourait cette foule.

Les incendies étaient fréquents dans ces quartiers, mais ces gens semblaient frappés de stupeur. Il était encore trop tôt pour qu'aucun d'entre eux ait pu se pénétrer de la réa-lité du spectacle qui s'offrait à leurs yeux, trop tôt pour qu'ils aient pu mesurer l'étendue des dégâts et en faire le compte en termes de couettes, d'oreillers, de tables, de chaises, de sous-vêtements et de manteaux d'hiver disparus dans les flammes. Cela viendrait plus tard. Pour l'heure, l'impor-tant était qu'ils fussent en vie.

Il y eut un cri affreux, terrifiant. Une jeune femme qui traversait la rue à cet instant tourna la tête. Elle tenait un petit garçon par la main et se hâtait pour lui épargner la vue d'un si terrible spectacle. Mais ce cri l'avait clouée sur place.

— Que se passe-t-il? Il y a un blessé?

La question fut répétée dans la foule.

— Quelqu'un est resté à l'intérieur. Un bébé.

— Oui, et au dernier étage.

— Les lances à incendie ne vont pas aussi haut.

— Il n'y a pas assez de pression.

— Ils ne pourraient pas passer par la maison d'à côté?

Une voix, désabusée :

— Vous croyez qu'il y a quelqu'un d'assez fou pour essayer?

En volutes épaisses, la fumée s'échappait à présent des

fenêtres du quatrième étage. Dans quelques instants, les flammes atteindraient le cinquième, puis le dernier étage.

— On ne peut pas tenir longtemps là-dedans !

— Mon Dieu, quelle mort horrible !

La fille était incapable de s'éloigner. Elle sentait les battements de son cœur dans sa poitrine.

— Tu me fais mal à la main, se plaignit l'enfant.

— Excuse-moi, Paul, je ne me rendais pas compte que je te serrais aussi fort.

Et elle se pencha pour boutonner jusqu'en haut le col en velours du petit manteau.

— On va y aller. Dans une minute, on s'en va.

Mais elle se sentait incapable de faire un pas. Ses yeux étaient rivés à la fenêtre derrière laquelle un enfant allait connaître la mort la plus horrible qui fût. Elle sentait contre sa paume la chaleur de la petite main tremblante de l'enfant. Et si cela avait été lui ? Elle regarda les clairs yeux bleus du garçon, ses joues rondes… Mais c'est un autre enfant… Elle ne pouvait toujours pas s'en aller.

Dans un tintamarre de cloches, la grande échelle arrivait, montée sur un attelage lancé au grand galop. La foule s'écarta précipitamment, tandis que les chevaux s'immobilisaient au milieu d'un fracas de ferraille. Les pompiers dégagèrent l'échelle et la dressèrent contre le mur. Elle n'atteignait que le troisième étage. D'une seule voix, la foule poussa un grand cri.

L'un des pompiers grimpa jusqu'en haut de l'échelle et demeura ainsi quelques instants, les bras tendus en signe d'impuissance devant l'étage et demi qui s'élevait au-dessus de lui. Puis, ayant démontré que la tâche était impossible, il redescendit au sol, en toussant bruyamment à cause de la fumée. Il rejoignit ensuite un groupe de pompiers et d'habitants de l'immeuble qui visiblement partageaient la même opinion : il n'y avait plus d'espoir.

— Pensez-vous, demanda à nouveau une femme, que quelqu'un pourrait passer par la maison voisine ?

— Et comment faire ? Le vide est trop large entre les deux

13

corniches. Vous croyez que quelqu'un va risquer de dégringoler ainsi de six étages ?

— De toute façon, ajouta quelqu'un d'autre, la corniche est trop étroite : à peine la largeur d'un pied.

— Non, ça serait de la folie.

— L'enfant va griller là-dedans.

— On dit qu'on est d'abord asphyxié par la fumée.

— C'est pas toujours vrai. Un jour, j'ai vu un homme qui brûlait. J'aime autant vous dire qu'il poussait de ces hurlements ! Je l'entends encore...

L'incendie rugissait. Peut-être rugissait-il ainsi depuis le début, mais la fille commençait seulement de s'en apercevoir. Elle ferma les yeux. Le rugissement rappelait celui de la tempête sur la plage de Long Island, le jour où ils avaient vu un homme se noyer. Ce jour-là, le vent était si fort qu'il aurait pu emporter un homme comme une feuille morte ou un grain de sable.

Quelqu'un se frayait un passage dans la foule. Pressée par les gens qui s'écartaient, la fille aperçut rapidement une chevelure noire et une chemise en laine à carreaux. Se dressant sur la pointe des pieds, elle vit un jeune homme courir sur le trottoir, fendre les groupes compacts qui obstruaient la rue et se précipiter dans l'immeuble voisin.

— Lui, il va essayer, lança une femme. Vous vous rendez compte, il va essayer !

— Essayer quoi ?

— Mais de pénétrer dans l'immeuble en feu, pardi !

— Hein ? Mais c'est impossible ! Il est fou !

— Ça, c'est sûr, il doit être fou !

— Mon Dieu ! Regardez ! Là-bas ! En haut !

Le jeune homme venait d'apparaître dans l'embrasure d'une fenêtre, au dernier étage de l'immeuble voisin de celui qui brûlait. Il enjamba la fenêtre.

— Mais... il ne va pas y arriver... !

Un long murmure parcourait la foule.

Un pied cherchait un endroit où se poser sur l'étroite corniche Juste au-dessus de cette corniche, on pouvait lire la date de construction de l'immeuble, gravée dans la pierre : 1889. D'une main, l'homme éprouva la solidité d'une volute surmontant le pilier néo-classique. La pierre du bas-relief semblait sur le point de se détacher. Il retira sa main.

Il n'a aucune prise, songea la fille. Elle retenait sa respiration.

La fumée s'épaississait. Le vent la chassait lentement en vagues épaisses, mais le feu faisait naître un vent chaud qui soufflait à la rencontre des bourrasques venues du fleuve, en sorte que la fumée tourbillonnait un long moment au même endroit, faisant longuement disparaître l'homme à la vue des spectateurs.

Il résolut de s'asseoir sur l'appui de la fenêtre. Il demeura ainsi quelques instants, les jambes dans le vide ; la jeune fille remarqua qu'il portait un pantalon de velours côtelé vert. Puis il se releva, se tourna face à la paroi, et se mit à progresser lentement, les doigts crispés contre la pierre.

Mon Dieu, pourvu qu'il ne tombe pas... pourvu qu'il n'aille pas s'écraser en bas, dans la rue...

La jeune fille sentait sa nuque se raidir... Elle avait le sentiment d'être à la place de cet homme, de progresser avec lui le long de l'étroite corniche. Il avança un pied dans le vide, jaugeant l'espace séparant les deux immeubles. L'homme était grand, il avait de longues jambes, mais la distance était tout de même considérable. Le pompier avait raison, il lui faudrait sauter, mais cela, il devait le savoir depuis le début.

Reviens... abandonne... Allez, reviens !

Dans l'immeuble en flammes, les carreaux commençaient à éclater avec un bruit cristallin. Des cendres et des morceaux de vêtements s'échappaient par les fenêtres et descendaient lentement, en tournoyant.

Elle entendit une voix derrière elle :

— Il ne peut plus y avoir personne de vivant là-dedans.

— Ça ne vaut pas le coup de risquer sa vie.

L'homme devait avoir trouvé un nouvel appui, car il progressait encore de quelques centimètres, dépassait une fenêtre. A travers l'épaisseur de la fumée, on l'apercevait qui évaluait à nouveau la distance. Il semblait se préparer à sauter : il assurait son équilibre... ou bien non, peut-être hésitait-il à présent.

C'est impossible. Tu ne vois donc pas que c'est impossible !

Un silence. Un cheval hennit. A nouveau le silence. On entendait quelqu'un tousser.

Le cœur de la jeune fille battait à tout rompre. S'il tombe, je vais m'évanouir. Je ne devrais pas regarder. Allez, détourne les yeux ! Mais elle ne pouvait s'y résoudre.

— Il n'y arrivera pas, dit la bavarde qui se tenait derrière la fille.

Mais boucle-la, songea-t-elle, furieuse.

Un long morceau de papier noirci vint s'enrouler autour de sa cheville, comme un serpent, mais elle n'y prit pas garde. Elle songeait au choc d'un corps sur la rue, aux quelques secondes où il verrait le sol se ruer vers lui à une vitesse vertigineuse.

Elle gardait la bouche ouverte, les lèvres tremblantes.

Un bond. La vision de bras et de jambes jetés contre le ciel. Les deux mains qui s'agrippent ; elle sentait dans ses doigts la tension formidable, le contact rugueux de la pierre. Mais un pied se balançait encore dans le vide... le corps de l'homme ployait en arrière... allait-il perdre sa prise ? Non ! arc-bouté sur la corniche de l'immeuble en flammes, il retrouvait son équilibre.

La jeune fille ferma les yeux. Personne ne songe à l'enfant à l'intérieur, songea-t-elle, même moi, je ne pense qu'à lui.

Lorsqu'elle rouvrit les yeux, l'homme se penchait déjà à la fenêtre.

Ne regarde pas en bas. Si tu regardes, tu vas tomber !

— Heureusement que la fenêtre est ouverte ! lança-t-elle à voix haute.

Et si elle avait été fermée ? Elle n'y avait pas pensé. Et lui, y avait-il pensé avant de sauter ?

Il se glissa à l'intérieur. Une longue exclamation de soulagement parcourut la foule.

— Quel courage !

— Qui est-ce ? Vous le connaissez ?

— Il va être asphyxié par la fumée !

— Ça brûle les poumons. Il suffit d'une ou deux inspirations.

— Laissez le passage ! Reculez-vous ! Allez, bon sang, reculez-vous !

On amenait un filet. Une dizaine d'hommes se précipitèrent pour le tenir.

— Allez, allez, reculez-vous !

On attendait.

— Personne peut tenir, là-dedans ! Ça brûle les poumons.

C'est alors qu'il réapparut à la fenêtre. Il tenait quelqu'un dans les bras : une fille, dont le vent soulevait la robe. Ce n'était pas un bébé. Puis... il la jeta dans le vide. Un hurlement d'horreur... enfin le corps vint rebondir dans le filet... rebondir une fois encore... sauvée ! Un cri de joie immense monta de la foule.

Puis le jeune homme se jeta lui aussi dans le vide, battant des bras comme ces garçons que l'on voit sauter dans l'East River, l'été. D'autres cris de joie, des applaudissements, on se bousculait pour voir le héros.

Mais c'est une vieille femme qu'il a sauvée, se dit la fille en considérant la vieille dame qui se tenait devant elle, l'air hébété, les cheveux gris en bataille et le visage noirci. Il ne lui restait plus que quelques années à vivre. Cela valait-il la peine de risquer sa vie ? Cependant la jeune fille était sincèrement croyante, et elle se rappela ce qu'on lui avait appris : sauver une vie, une seule, c'est sauver l'humanité tout entière. Et pourtant, si cela avait été un enfant... Enfin, il l'avait fait !

On le pressait de toutes parts. Il se tenait devant une petite cabane en bois, vestige du siècle passé, entre l'enseigne d'un marchand de cigares représentant un Indien, et une échoppe de barbier dont l'enseigne, un globe doré, avait été arra-

17

chée par les lances à incendie des pompiers. Il haletait, il toussait, mais tout le monde voulait s'approcher, le voir. Des reporters, carnet de notes et crayon à la main, l'accablaient déjà de questions.

Qui était-il ? Où habitait-il ? Pourquoi avait-il fait cela ?

— En quoi mon nom peut-il vous intéresser ? Et pourquoi je l'ai fait ? Oh... eh bien parce qu'il fallait bien que quelqu'un le fasse. C'est une raison qui en vaut bien une autre, vous ne trouvez pas ?

Épuisé, il n'en faisait pas moins bonne figure. La jeune fille était subjuguée. Un roi passant dans son carrosse doré ne lui aurait pas fait moins grande impression. Noyée dans la foule, elle ne pouvait détacher de lui son regard : des yeux vifs, des pommettes hautes et une lourde mèche de cheveux qu'il ne cessait de rejeter en arrière.

Sa chemise est déchirée et ses mains saignent. Il a envie qu'on le laisse seul. Je ne vais pas t'importuner. Rentre chez toi et repose-toi. Tu es admirable . Allez, rentre chez toi et repose-toi.

— Eh bien, mon garçon, qu'est-ce que tu as pensé de ce courageux jeune homme ? demanda un vieux monsieur qui venait lui aussi d'assister à la scène.

— Moi aussi je pourrais faire ça, dit le petit Paul gravement.

— Bravo ! Ça, c'est parler ! Ta mère sera fière de toi quand tu seras grand. Quel âge as-tu, mon bonhomme ?

— Quatre ans, répondit Paul.

Lorsqu'ils eurent traversé la rue, le petit garçon murmura :

— Il a cru que tu étais ma maman, tante Hennie.

— Je sais.

Souvent, lorsqu'ils sortaient, les gens prenaient le petit Paul pour son fils. Elle aurait aimé que ce fût vrai. Entre eux, il existait quelque chose qui n'avait rien à voir avec l'âge. Elle savait que les sentiments qu'ils éprouvaient l'un pour l'autre dureraient toujours. Elle n'en parlait jamais : on l'aurait crue folle.

Qui est donc cette fille qui s'en retourne chez elle en cette fin d'après-midi ? Son regard trahit sa solitude, mais aussi ses rêves. Dans un visage rond et plaisant, mais sans grande originalité, ces yeux jettent une touche d'insolite. Beaux, taillés en amande, ils ont la couleur brune des feuilles d'automne et des cheveux qui s'échappent en boucles de son chapeau orné d'une plume. Elle a dix-huit ans et semble plus âgée.

*C'est parce que tu es grande. Je me demande comment tu as fait pour grandir autant. Autant que je sache, ni dans ma famille ni dans celle de ton père personne n'a jamais été aussi grand.*

Elle s'appelle Henrietta De Rivera. Elle vit avec sa famille dans un appartement tout à fait convenable à l'est des belles maisons en grès brun de Washington Square, avec leurs vérandas et leurs balustrades soigneusement vernies. Son adresse est suffisamment proche de ces maisons pour être respectable, mais trop éloignée pour être véritablement distinguée.

Trois fois par semaine, elle va travailler bénévolement dans un patronage, plus bas dans Manhattan. Elle enseigne l'anglais aux immigrants, mais elle leur apprend aussi les règles élémentaires de l'hygiène. Elle s'efforce de ne pas prêter attention à la saleté de leurs vêtements, car elle comprend qu'il n'est pas toujours facile de laver ses habits. «Intégration des immigrants à la vie américaine», tel est l'intitulé exact de sa tâche.

Certains de ces immigrants n'ont aucune envie d'être «intégrés» et d'adopter le mode de vie des De Rivera, mais ces derniers, eux, y tiennent farouchement : ces modes de vie différents les dérangent. Hennie se rend bien compte de tout cela, mais elle n'est pas pour autant d'accord avec sa famille. Elle ne se sent nullement supérieure, mais, bien au contraire, très proche de ces immigrants. Sa meilleure amie (elle n'en a pas beaucoup) n'appartient pas au milieu dans lequel elle a été élevée, c'est une de ses élèves en cours d'anglais ; elle est ouvrière dans un atelier de confection et n'a que quelques années de plus qu'elle.

Hennie aimerait bien travailler comme infirmière béné-

19

vole, comme Lillian Wald, mais ses parents ne veulent pas lui laisser entreprendre la formation nécessaire. Ils n'entendent pas non plus lui laisser occuper un emploi salarié. Cela voudrait dire, à leurs yeux, que son père n'a pas les moyens de pourvoir à ses besoins. Une jeune fille de bonne famille ne peut en aucun cas travailler pour de l'argent, même si cette famille a réellement besoin d'un apport financier. Mais jamais Hennie n'oserait soutenir ouvertement un tel argument. Il existe ainsi un certain nombre de choses dont elle est convaincue mais dont elle ne peut en aucun cas parler.

— Pourquoi tu as soupiré, tante Hennie? demande à présent Paul.

— Ah bon, j'ai soupiré? Je suppose que je dois être fatiguée. Et toi, es-tu fatigué? As-tu faim? Nous avons fait une longue promenade, mais nous aurons encore le temps de prendre un chocolat chaud à la maison avant que ta maman ne vienne te chercher.

Ils traversaient Washington Square. Des nuées pépiantes de moineaux volaient au-dessus d'eux. Deux petites filles faisaient claquer leurs cerceaux contre les grilles des maisons. Une dame sortit de voiture en tenant un petit chien blanc dans les bras, et elle adressa un sourire à Paul.

— C'est beau, ici, dit-il.

Il leva les yeux vers la cime des arbres, à présent bien dégarnis; vu à travers les feuilles, le ciel devait lui sembler merveilleux, se dit Hennie. Peut-être essaye-t-il de voir Dieu, comme moi à son âge.

Ce n'était pas à Dieu qu'il songeait, mais à Hennie. Sans bien trouver les mots pour le dire, il aimait le calme qui régnait au milieu de ces maisons, il aimait les couleurs et il aimait se trouver là avec elle. Et il aimait tellement passer des journées entières avec sa tante, ou bien aller dormir chez elle lorsque ses parents le lui permettaient. Elle était si gentille! Et puis elle était différente des autres membres de la famille; tout le monde était gentil avec lui, bien sûr, mais elle, c'était «autre chose».

20

Jamais elle ne disait : « Ne m'ennuie pas », ou bien : « Plus tard, Paul, je suis occupée maintenant. »

Elle l'emmenait de temps en temps au parc, mais pas souvent, et c'était généralement le jeudi, le jour où Fräulein était en congé ; c'était bien mieux avec elle, parce qu'elle restait assise à le regarder jouer, tandis que Fräulein était toujours penchée sur son tricot, l'air maussade. Elle n'arrêtait pas de tricoter d'affreux chandails gris pour ses nièces et ses neveux.

« *Komm jetzt ! Schnell zurück !* » glapissait-elle sans arrêt. Elle n'était pas vraiment fâchée, mais elle criait toujours comme ça, comme si elle aboyait. Il se mit à rire en imaginant Fräulein avec un museau et de longues oreilles. Tante Hennie, elle, était beaucoup, beaucoup mieux. Elle était même mieux que maman, mais ça, peut-être qu'il valait mieux ne pas le penser. Maman ne le grondait pas, mais elle n'était pas très drôle. On ne pouvait pas grimper sur ses genoux, de crainte de froisser sa robe : *Attention, mon chéri, tu vas chiffonner ma robe !* Mais ce n'était pas très grave, parce qu'il avait presque cinq ans et qu'il n'avait plus très envie d'aller sur les genoux ; sauf de temps en temps, quand même, quand il était fatigué c'était bien agréable.

Mais avec tante Hennie, ce n'était pas pareil : il aimait tout le temps aller sur ses genoux. Elle lui lisait des histoires d'*Annie la petite orpheline*, comme celle « du petit garçon si gentil et si pur, qui avait le cœur comme une pomme bien mûre ». Quand ça rime, comme avec « pur » et « mûre », on appelle ça de la poésie.

Tante Hennie le serrait contre elle : « Devine qui est le petit garçon si gentil et si pur ? » Alors il disait qu'il n'en savait rien, mais en fait il savait très bien. « Mais c'est toi ! » disait-elle en riant, et elle le serrait à nouveau dans ses bras.

— Comment tu l'as trouvé, le monsieur de tout à l'heure ? lui demandait-il à présent.

D'abord, elle ne comprit pas.

— Tu veux dire celui qui a grimpé sur le toit ?

— Oui. Moi je l'aimais bien. Et toi ?

21

— Moi aussi ; c'était merveilleux, ce qu'il a fait.

— Moi aussi je pourrais faire ça, répéta Paul.

Elle lui caressa les cheveux.

— Je ne sais pas si tu en serais capable. C'était presque impossible à faire.

Cependant elle atténua aussitôt sa remarque :

— Mais je suis sûre que tu feras plein de choses magnifiques.

— Qu'est-ce que je ferai, tante Hennie ?

— Tu apprendras plein de choses, parce que tu sais regarder et écouter. Tu sauras apprécier tout ce qu'il y a de beau dans la vie. Et tu seras un homme très bon, quand tu seras grand. Et maintenant il faut se dépêcher. Ils doivent se demander où nous sommes restés.


La mère et la sœur de Hennie les attendaient ; le service à thé était disposé sur le lourd plateau. Elles composent un véritable tableau, se dit Hennie, et elles en sont conscientes. C'est Florence qui a dû apporter les roses. C'est toujours elle qui les apporte, et jamais trop, mais suffisamment pour jeter dans la pièce une touche parfaite de blanc et de rose au-dessus du petit vase en argent.

— Paul prendra son chocolat, dit Angelique, sa grand-mère, et puis tu le ramèneras à la maison, Florence.

La mère et la fille devaient être occupées à deviser, mais l'arrivée de Hennie et de Paul les avait interrompues. Après un court instant de silence, la conversation reprit.

— Comme cette pièce est agréable, maman, dit Florence. Tu as tellement de belles choses.

Angelique secoua la tête.

— Elles ne sont pas à leur place ici.

Elle avait raison. Les rideaux de dentelle fins comme des voiles de mariée, les portraits des ducs et des duchesses de Dresde qui se contemplaient d'un mur à l'autre étaient trop imposants pour un salon aussi ordinaire. Il leur aurait fallu le cadre somptueux d'une grande demeure avec de hauts plafonds, des colonnades et des vérandas. Ces objets appartenaient à d'autres lieux, à une autre vie, à une vie qui avait pris fin huit ans avant la naissance de Hennie, à Appomatox, le jour où le Sud avait capitulé devant les armées du Nord.

Pourtant, l'écho de la splendeur passée résonnait encore dans le cœur de Hennie, alors qu'elle ne l'avait jamais connue. Sa mère Angelique n'avait eu de cesse d'entretenir la flamme du souvenir. Son père, qui avait pourtant combattu pendant quatre ans, n'en parlait jamais, non plus que l'oncle David, qui avait vécu des moments effroyables, bien que, selon Angelique, c'eût été du mauvais côté. Mais elle semblait vraiment tenir à la colère et à la douleur de cette guerre passée ! Comme à un vieux manteau tout usé que l'on ne peut se résoudre à jeter. Peut-être était-ce sa manière à elle de se protéger.

— Oh, oui, ce fut un jour funeste que celui où nous sommes arrivés à New York.

Elle se leva, et ainsi qu'elle le faisait au moins dix fois dans la journée, s'approcha de la fenêtre.

— Les gens disaient que l'hiver allait être précoce. Quand je pense à ces monceaux de neige sale qui nous attendaient...

Dans son regard, on devinait le spectacle des rues blafardes balayées par le vent d'hiver.

— Quand je pense aux endroits où j'ai passé mon enfance ! Notre adorable jardin en terrasses à La Nouvelle-Orléans, avec le doux bruissement de la fontaine. C'était avant la guerre... A Beau-Jardin, les rives du fleuve étaient bordées de pelouses magnifiques. Et puis les fêtes, les serviteurs...

Des esclaves. Mais jamais elle ne prononçait ce mot. Et d'un geste dédaigneux de la main, elle balaya le salon (dont, tout à fait charitablement, Florence lui avait fait l'éloge), puis la cuisine, dans laquelle la servante irlandaise épluchait des légumes en fredonnant, puis l'entrée, où se trouvait la bibliothèque de son mari, elle balaya tout d'un grand geste de la main.

— C'est sombre, ici, dit Hennie, qui ne supportait pas cet appartement.

Elle alluma la lampe à gaz ; la flamme bleue jaillit en sifflant. Entre ses colonnettes corinthiennes, l'horloge de marbre fit résonner son carillon.

Florence se leva.

— Allez, viens, Paul, c'est l'heure de rentrer à la maison.

— Nous avons passé un bon moment, Paul et moi, dit Hennie

— On a vu un feu ! s'écria Paul. Et des mouettes. Elles plongent dans l'eau pour chercher du poisson.

— Nous passons toujours de bons moments ensemble, ajouta Hennie.

— Je sais bien, dit Florence.

Y attachait-elle la moindre importance ? Au ton de sa voix, il eût été difficile de s'en apercevoir. Par la fenêtre, Angelique regarda s'éloigner le bel attelage de sa fille aînée, noir et brillant, tiré par deux magnifiques chevaux gris et conduit par un cocher dont la livrée s'ornait de boutons de cuivre soigneusement astiqués. A nouveau, elle soupira.

— J'aperçois ton père qui descend la rue. Va donc lui ouvrir la porte, qu'il ne perde pas encore son temps à farfouiller dans la serrure... Eh bien, tu rentres tôt, aujourd'hui, Henry.

— Il n'y avait pas grand-chose à faire en ville.

C'était, hélas ! bien souvent le cas. Depuis qu'il avait ouvert ce bureau en compagnie de Wendell Hughes, dans le quartier du coton, près de Hanover Square, les affaires ne marchaient pas aussi bien qu'il l'aurait souhaité.

Le père de Hennie était un homme gris : grises sa peau et sa jaquette, gris ses cheveux clairsemés. Hennie en était peinée.

— Nous manquons de capital, avait-il coutume de dire, voilà le problème. Nous n'avons pas les moyens de croître comme nous le devrions. Oh, l'affaire tourne, mais ce n'est pas ce que j'imaginais en venant m'installer dans le Nord. J'ai souvent le sentiment de manquer à mes engagements envers toi, Angelique.

Pendant tout le dîner, Hennie ne le quitta pas des yeux

Il mangeait en silence. Entendait-il seulement la moitié de la conversation animée qu'échangeaient sa femme et son fils ? Alfie s'y entendait pour amuser sa mère.

— … et alors M. Hemmings s'est retourné pour voir d'où venait la boulette de papier mâché qui lui avait atterri dans le cou ; elle était bien molle, bien mouillée.

Sa mère s'efforçait de paraître scandalisée, mais elle avait du mal à garder son sérieux.

— Allons, Alfie, tu dépasses les bornes ! Bon, maintenant, dis-moi, as-tu fait tes devoirs pour demain ?

Bien entendu, il ne les avait pas faits. Il fallait toujours les lui rappeler, le pousser à travailler.

Mais c'était le cadet, et le chouchou de sa mère. Et il demeurait le chouchou bien que ses cheveux n'eussent plus la couleur des blés à la moisson, qu'une ombre de moustache fût venue assombrir sa lèvre supérieure et que son nez menaçât de prendre la forme d'une pomme de terre. L'éclat rieur de ses yeux faisait tout oublier.

Peu après qu'ils furent passés au salon, le père laissa rouler sa tête sur le dossier de sa chaise. Il était trop fatigué pour suivre la conversation. Hennie, qui le savait, ne lui en tenait pas rigueur. Elle se sentait très proche de son père. Avant sa naissance, ses parents avaient décidé, au cas où ils auraient eu un garçon, de l'appeler Henry ; mais ils avaient eu une fille qu'ils avaient donc prénommée Henrietta. Elle était presque aussi grande que lui et avait hérité de ses dents bien plantées et… séparées, ce qui était, selon certains, un signe de chance. Quand on évoquait ce trait devant lui, son père disait en riant qu'il attendait encore.

Angelique leva les yeux de son ouvrage :

— Florence et Walter vont déménager dans leur maison de la 74e Rue avant de partir pour la Floride. Quelle belle maison, et puis si près du parc, ce sera parfait pour les enfants.

— Il était sur le point de s'endormir, tu l'as réveillé, dit Hennie d'un ton de reproche.

Elle referma son livre.

— Oui, c'est merveilleux, dit le père. Merveilleux de se dire que toute leur fortune leur vient du côté Werner et pas de notre côté.

Il en était profondément humilié. Hennie détourna le regard.

— Ils n'ont même pas célébré leur mariage chez nous, ajouta-t-il.

C'était bien la centième fois qu'il répétait cette phrase.

— Tu sais très bien que nous n'avions pas assez de place pour accueillir tous les invités, répondit Angelique. Je ne comprends pas pourquoi tu continues à ressasser cette histoire.

— Le Sud était ruiné, et pourtant je t'ai épousé dans ta propre maison, Angelique.

Sur le mur, derrière lui, était accroché son portrait en uniforme gris de l'armée confédérée. Le tableau avait été exécuté par un artiste de renom. Il se tenait droit, l'allure fière, la tête légèrement penchée de côté, arborant d'un air de défi ses galons et ses épaulettes. A la main, il tenait une dague ou une courte épée. Chaque fois qu'il évoquait le Sud, son effondrement, il portait les yeux vers le portrait. Ce tableau, visiblement, lui était cher, mais pour Hennie il évoquait avant tout la fatalité, comme la présence à tout jamais d'une menace : ce que lui avait vécu, d'autres (elle, peut-être) le vivraient à nouveau. Et cela jusqu'à la fin des temps.

— Quant aux Werner, disait à présent la mère, n'oublie pas, Henry, que l'échange fut parfaitement équilibré. Ne l'oublie jamais !

Elle s'interrompit un instant pour terminer un point de broderie, ses mains glissaient rapidement sur son ouvrage. Puis elle reprit :

— Les Werner se sont enrichis grâce à cette guerre qui nous a ruinés. Ils ont beau être à présent dans la banque, n'oublie pas qu'il n'y a pas si longtemps que ça le grand-père trônait derrière un comptoir d'épicerie. Comme tous les Allemands, d'ailleurs. Le nom des De Rivera leur en impose, va, sois tranquille !

26

Il lui en imposait surtout à elle, plus encore qu'à son mari dont c'était le nom. Sans relâche, elle évoquait les avocats, les médecins, les savants, les aristocrates qui vivaient à Charleston avant même la création des États-Unis. Ce qu'elle voulait dire, en fait, c'est que chez les Juifs, même s'il valait mieux être allemand que russe ou polonais (ces pauvres hères qui occupaient la partie basse de New York), il valait encore mieux être espagnol ou portugais.

*C'est affligeant ! Quelle médiocrité, et quelle bêtise aussi, parce que la famille de sa mère était allemande. D'ailleurs, l'oncle David s'amuse à le lui rappeler.*

C'était au tour de Hennie de lui faire la remarque :

— L'oncle David aussi est né en Allemagne.

— Oh, l'oncle David ! Pourquoi rappeler sans cesse l'oncle David à tout propos ?

— Mais je ne parle pas sans cesse de l'oncle David !

— Ah, tu lui ressembles bien, tiens !

Elle prononça ces derniers mots en souriant, mais dans sa bouche, de tels propos ne pouvaient passer pour un compliment, Hennie n'était pas dupe.

Dans la famille, et même son père était d'accord, on jugeait ridicule l'attitude de David qui s'obstinait à pratiquer la médecine dans ce quartier de taudis et de charrettes à bras, alors qu'il eût pu sans problème s'installer plus au nord de la ville, dans les beaux quartiers. Bien qu'elle éprouvât pour lui un certain attachement, Angelique estimait qu'il ne faisait guère honneur à la famille. Elle faisait des mystères à propos du passé de son frère, mais Hennie savait parfaitement de quoi il retournait, puisque l'oncle David lui-même lui avait parlé de sa jeunesse. Avant la guerre, il était déjà secrètement partisan de l'abolition de l'esclavage ; après avoir tué un homme, accidentellement, il avait dû fuir dans le Nord. Il était vieux à présent, mais jamais on ne lui aurait donné ses soixante-dix ans. Son petit appartement respirait la joie, et Hennie rendait fréquemment visite à son oncle, plus fréquemment en tout cas qu'elle ne voulait bien l'avouer à ses parents.

— Bon, je crois que je vais aller me coucher, dit Hennıe en se levant. Bonsoir papa, bonsoir maman.

— Si tôt ? dit son père. Tu ne te sens pas bien ?

— Si, si je me sens bien, un peu fatiguée seulement.

Mais la poussière du deuil imprégnait l'atmosphère de cette pièce. Comme la poussière, le deuil s'attachait aux meubles et aux gens qui vivaient dans ce salon lugubre. Son père posa son journal sur une chaise, sa mère, les sourcils froncés, continuait de travailler à son ouvrage ; on eût dit que chacun dans cette pièce, elle y compris, attendait quelque chose. Plus d'argent, probablement, cet argent qui leur aurait permis de retrouver la splendeur passée. Mais Hennie n'avait aucune envie de devenir ce qu'ils avaient été.

Dans sa chambre, la tristesse s'évanouissait. Les objets qui la peuplaient étaient ses amis. Ils lui parlaient. Le joli visage en porcelaine de sa poupée lui rappelait cette journée d'anniversaire, quelque douze ans auparavant, où son oncle David la lui avait offerte. Les livres qui s'alignaient sur ses étagères étaient ses amis : *Robinson Crusoé*, *Alice au pays des merveilles*, *La vieille boutique de curiosités*. Ils avaient été lus et relus cent fois, mais les couvertures en étaient toujours impeccables. Hennie était une fille soigneuse, mais sans méticulosité excessive. Dans une boîte à bijoux, elle serrait précieusement un bracelet en or et un collier de perles : c'étaient là tous ses trésors, et elle n'en voulait pas d'autres.

Elle s'allongea sur son lit, dans l'obscurité. Il commençait à faire froid dans la pièce, mais la courtepointe lui ménageait un petit nid douillet dans lequel elle se blottit. Elle aimait sa chambre. Le vent, qui avait soufflé avec force tout l'après-midi, s'était à présent calmé, et la nuit était silencieuse. Le silence qui régnait dans la rue n'était troublé de loin en loin que par le passage d'un cheval ou un « Bonne nuit » lancé à mi-voix.

Une nuit trop silencieuse. Il était tôt, pourtant, et il aurait dû y avoir plus d'animation. Elle songea alors aux rues où vivaient ses élèves du patronage, aux taudis dans lesquels ils s'entassaient. En dépit de la misère et de la crasse, il y avait certainement là plus de vie que dans son quartier.

On la disait trop sensible, et elle le savait. Elle ne supportait pas le miaulement affreux des chats affamés, elle ne supportait pas de voir les cochers des omnibus fouetter les malheureux chevaux qui peinaient, l'hiver, dans les rues en pente et verglacées. Pauvres bêtes ! Pauvres bêtes ! s'écriait-elle, enfant, lorsqu'elle assistait à un tel spectacle.

Trop sensible, disait-on. Mais elle n'avait jamais été la préférée de sa mère et cela, un enfant s'en rend toujours compte, en dépit des cadeaux, des sourires ou des baisers qu'on lui prodigue.

Oh, comme sa mère pouvait se montrer gaie avec Alfie ! Il avait « de la personnalité », ou plutôt une personnalité adaptée à chaque moment particulier de la vie. Mme Hughes, l'épouse de l'associé de son père (une robuste imbécile, de l'avis de Hennie), qualifiait volontiers Alfie de « jeune gentleman », ce qui, dans son esprit, passait pour le plus beau des compliments. Si seulement elle avait pu le voir la tourner en dérision, avec ses deux oreillers glissés sous son manteau, un devant et un derrière !

Et sa mère se montrait si proche de Florence ! Mais il est vrai que Florence avait toujours eu l'art de nouer une grosse ceinture bleue à nœud sur une vieille robe blanche d'été et qu'elle était si belle, contrairement à Hennie. Lorsque Florence avait eu dix-huit ans (l'âge de Hennie, à présent), les invitations, dans leurs belles enveloppes épaisses, s'étaient empilées sur le guéridon du vestibule. Les gens s'étaient souvenus de l'anniversaire de Florence, des gens qu'elle avait rencontrés à l'école du dimanche au temple, ou lors d'un séjour au bord de la mer. Deux mois après lui avoir été présenté, Walter Werner demanda sa main ; elle se maria le jour de ses dix-neuf ans.

Hennie se trouvait ainsi prise entre son frère et sa sœur. Pour peu qu'elle s'y fût résignée, elle aurait été happée dans leur sillage comme une coquille de noix. Mais après tout, ce n'était pas leur faute. Simplement, son frère et sa sœur savaient ce qu'ils voulaient et elle, non.

— Tu t'imagines que tu ne sais pas ce que tu veux ! avait rétorqué son amie Olga. En fait, tu n'as même pas cherché à savoir !

Curieuse amitié que la leur, et pourtant elle pouvait assez bien s'expliquer : Hennie avait besoin d'affection, et Olga était flattée de l'intérêt que lui portait son professeur. Un soir d'été, après la classe, elles s'étaient retrouvées dans la rue ; il était tôt encore, il faisait jour et, mue par une impulsion soudaine, Hennie lui avait proposé d'aller boire un café ensemble. Olga avait piqué sa curiosité. Mariée à un ouvrier, ouvrière elle-même, réduite à une vie misérable, elle n'en était pas moins douée d'une imagination débordante et faisait preuve d'une inlassable curiosité d'esprit. Hennie ne lui avait pas plus tôt prêté un livre qu'elle lui en demandait déjà un autre.

Après avoir commencé sur Tolstoï et Dickens, leurs conversations avaient rapidement pris un tour plus personnel. Olga lui avait dépeint l'horreur des persécutions antisémites en Russie, les longs mois qu'avait duré leur fuite, leur combat quotidien à New York. Hennie, elle, lui parla de sa famille, et d'une certaine façon, plus par ce qu'elle taisait que par ce qu'elle disait, Olga finit par comprendre quelle était sa position au sein de sa famille. La même imagination qui la transportait dans l'Angleterre de Dickens lui permettait de se transporter dans la famille de Hennie.

Jamais pourtant elle ne s'était rendue chez elle. Bien que cela n'eût jamais été clairement exprimé, les deux filles sentaient qu'une telle visite était déplacée. L'inverse était également vrai, car dans le taudis d'Olga, Hennie eût semblé se livrer à une visite touristique ; chez Hennie, en revanche, Olga aurait dû affronter la curiosité polie d'Angelique.

Hennie était parfaitement réveillée. Elle se sentait pleine d'une énergie indomptable. L'évocation des rues misérables dans lesquelles vivait son amie l'avait conduite, par association d'idées, à revoir la rue qu'elle avait empruntée cet après-midi-là. Elle retrouva intacte l'émotion qu'elle avait ressentie. Comme jamais auparavant, elle avait été éblouie..

Au milieu des ombres grises de la pièce, son ombre flottait, vague comme les contours d'une esquisse. Et pourtant, elle était sûre de pouvoir le reconnaître : des yeux vifs, des cheveux sombres et fous. Quel rêve absurde ! Elle ne connaissait même pas son nom ! Elle maudit son propre romantisme d'adolescente.

Et pourtant... tant de choses pouvaient arriver. Des rencontres, des ruptures, des amours... la vie. Pourquoi pas à elle ?

Mais parce que... quel rêve absurde... voilà pourquoi !


Et puis un jour, elle le vit quitter le cabinet de l'oncle David. Il descendait les marches quatre à quatre, chassant sur son front une mèche rebelle. Il portait le même pantalon de velours vert ; elle trouva touchante et bien masculine cette façon de toujours porter un pantalon d'une couleur aussi affreuse. Elle le regarda disparaître dans la foule.

Quelle idiote tu fais, Hennie ! se dit-elle. Elle se jugeait ridicule, se maudissait de rester ainsi plantée là, bouche bée, au milieu des clients qui se pressaient devant une charrette à bras croulant sous un amoncellement de bananes.

Elle finit par reprendre ses esprits et grimpa les marches du perron.

L'oncle David venait de préparer du thé. Une tasse à la main, les pieds posés sur le buvard de son bureau constellé de taches d'encre, il s'apprêtait apparemment à jouir d'un de ses rares moments de solitude. Il n'en accueillit pas moins Hennie avec un large sourire.

— Assieds-toi, verse-toi une tasse de thé. Désolé, mais je n'ai rien d'autre à t'offrir : j'ai oublié de faire mon marché aujourd'hui. Eh bien, comment vas-tu ?

— Très bien, oncle David, très bien.

— Donne-moi un peu des nouvelles de la famille. Je me sens très coupable, cela fait plus d'un mois que je n'ai pas rendu visite à tes parents. Mais tu sais, j'ai tellement de travail ici, je ne vois pas les jours passer.

Et par la porte entrouverte, il glissa un coup d'œil à la petite salle d'attente où les chaises à dossier droit s'alignaient contre les murs. Il poussa un soupir qui pouvait trahir aussi bien la satisfaction que la lassitude. Hennie, elle, considéra d'un œil attendri la pièce où ils se trouvaient : une balance pour bébés, une étagère remplie de cahiers reliés, un crâne humain jauni posé sur le bureau, un petit meuble plein de remèdes, de bandages et d'attelles.

— Bon alors, dis-moi comment va la famille ?

— Bien, comme d'habitude. Mais mes parents s'inquiètent pour Alfie. Il ne travaille pas très bien à l'école et il déclare qu'il n'ira pas à l'université. Il veut gagner de l'argent tout de suite.

— Eh bien, laissez-le faire à son idée ! C'est un garçon qui a la tête sur les épaules et qui sait ce qu'il veut. Ils n'en feront jamais un universitaire, ne l'ont-ils pas encore compris ?

— Quant à Florence, elle déménage. J'ai vu leur nouvelle maison : elle est à l'ouest de Central Park, elle est magnifique.

— Ah oui, sur la 5e Avenue juive. Bien, bien. C'est de ça qu'elle a toujours eu envie, pas vrai ? C'est merveilleux de voir les gens réaliser leurs désirs. Et toi, Hennie, est-ce que tu les réalises, tes désirs ?

— Comment savoir quel est son désir, oncle David ?

— Voilà bien une réponse de Juif ! Répondre à une question par une autre question !

Il reposa sa tasse.

— D'un point de vue philosophique, tu as raison. Le but de la vie, c'est une vaste question... et l'homme meurt bien souvent sans avoir reçu la réponse. Mais je considérais cela d'un point de vue plus étroit, je parlais de ta vie de tous les jours et je voulais savoir si tu en recevais ce que tu attendais.

Elle se sentait touchée de l'attention qu'il lui portait. Pourtant, elle n'était pas sans retrouver dans ses questions l'inquiétude que ses parents nourrissaient à son égard, et elle imaginait qu'ils avaient dû lui parler d'elle comme ils avaient parlé d'Alfie.

— Oh, tu sais, commença-t-elle, je suis très heureuse de ce que je fais. J'ai le sentiment qu'au patronage, je...

— Mais en dehors du patronage, l'interrompit le vieil homme.

— Oh, je lis beaucoup. Je vais à la bibliothèque une fois par semaine. Je dois lire au moins trois livres par semaine Et des bons. Et puis j'ai pris des livres pour Paul. Sais-tu ce qu'il m'a dit, l'autre jour ? «Je me demande ce que mes ancêtres pensent de moi quand ils me regardent du haut du ciel. » Tu te rends compte, un enfant de son âge ! C'est un enfant merveilleux. Je pense que quand il sera grand, ce sera quelqu'un d'exceptionnel.

Mais le vieux bonhomme ne la laissa pas s'esquiver aussi facilement.

— Oui, oui, mais nous parlions de toi, pas de Paul. Et tes relations dans le monde ?

Elle rougit.

— Les relations mondaines ! Pfff, quelle futilité ! Ah, tous ces gens qui échangent des invitations...

Elle se mit à minauder.

— Dites-moi, ma chère, avez-vous été invitée chez les Machin-chose ? Comment ? Vous n'avez pas reçu de carton ? Mais quel dommage ! Vous auriez pu montrer votre nouvelle cape en fourrure, votre...

A nouveau, l'oncle David l'interrompit. Cette façon d'agir était des plus curieuses chez un homme d'ordinaire si courtois.

— Je comprends bien ce que tu veux dire, et par certains côtés je serais presque d'accord avec toi. Mais les choses ne se passent pas tout à fait comme ça, Hennie. Tu ne peux pas mépriser en bloc toutes les relations humaines. Ce n'est pas bon de te tenir ainsi éloignée de tout.

Il parlait avec la plus grande gentillesse.

— Tu t'es retirée du monde pour une raison que je ne connais pas, sois honnête, reconnais-le. Tu ne fais aucun effort. Est-ce que par hasard tu ne te trouverais pas assez jolie ? Serait-ce donc cela ?

*Tu as une robe convenable, tu n'as pas de boutons sur le visage, tu n'es pas défigurée ; mais tu es gauche, tu marches gauchement, tu parles d'une façon empruntée, et au bal, lorsque personne ne t'invite, tu restes assise avec les vieilles dames.*

— Je ne sais pas au juste, murmura-t-elle.

*L'aisance et la grâce, voilà ce qu'il me manque. Et ça, c'est quelque chose qu'on a ou qu'on n'a pas. On ne peut rien y faire.*

— Tu seras une très belle femme, Hennie. Il est encore un peu tôt pour s'en apercevoir, mais on le devine aisément. Certaines femmes s'épanouissent plus tard que d'autres, voilà tout. Sais-tu...

Il se pencha vers elle.

« ... sais-tu que tu me rappelles très fort ta grand-mère Miriam ? Ses qualités semblent avoir sauté une génération. Ta mère ne lui ressemble pas du tout. Ce qui ne veut pas dire, se hâta-t-il d'ajouter, que ta mère n'ait pas ses qualités à elle.

— Je sais.

— Miriam était une femme tenace. Forte, courageuse.

Alors, sans qu'elle y eût réfléchi, les mots se pressèrent contre les lèvres de Hennie.

— A propos de courage, oncle David, j'ai assisté il y a quelques semaines à un spectacle extraordinaire. J'ai vu un homme se précipiter dans un immeuble en flammes pour sauver une femme prise au piège au dernier étage. Il a marché le long de la corniche pour atteindre une fenêtre, et c'était au sixième étage. C'était horrible. Jamais je ne l'oublierai. Mais aussi, c'était merveilleux. Tu aurais dû voir ça ! Jamais on n'aurait cru un homme capable d'accomplir une chose pareille ! Il a... il a risqué sa vie pour quelqu'un qu'il ne connaissait pas.

— Oui, je sais qui c'était. Je le connais.

— Vraiment ? C'est curieux, mais je crois l'avoir croisé dans la rue en venant chez toi.

— Tu ne t'es pas trompée, il sortait d'ici : je lui soigne les mains. Il s'appelle Daniel Roth.

— Il a risqué sa vie, répéta Hennie d'un air songeur.

— C'est un homme hors du commun.

— Daniel Roth... il me semble avoir vu ce nom sur le tableau d'annonces au patronage. «Daniel Roth jouera du piano pour nos enfants à l'occasion de la fête de Thanksgiving.» Penses-tu qu'il puisse s'agir de lui?

— Certainement. Il joue fort bien du piano. Il est professeur. Il enseigne les sciences naturelles dans une école du quartier. C'est également un scientifique, un inventeur; il s'est aménagé un petit laboratoire et il vit dans une petite pièce derrière, ou au-dessus, je ne sais pas au juste.

L'oncle David prit sa pipe, la bourra, frotta une allumette, puis examina le fourneau avec une lenteur exaspérante. Il eut un petit rire étouffé.

— Oh, Dan est un sacré personnage. C'est un garçon combatif. En ce moment, il s'est lancé dans la lutte contre les taudis.

Il s'interrompit un instant, semblant ne pas remarquer l'attitude de Hennie qui buvait ses paroles, raide sur sa chaise, les mains croisées autour de ses genoux.

— Oui, un garçon combatif. Il entend porter l'affaire jusque devant le Parlement. Il travaille avec Lawrence Veiler, un homme intéressant lui aussi, un aristocrate qui s'intéresse de près à la question sociale. Il a travaillé dans un patronage, comme toi. Je suppose que tu as entendu parler de Lawrence Veiler et que tu as lu Jacob Riis?

— Oui, j'ai lu *Comment vit l'autre moitié du monde*.

Mais ce qui touchait à Riis ou à Veiler ne l'intéressait guère.

— Ces gens-là ont regardé autour d'eux, poursuivit-il en désignant d'un geste la fenêtre par laquelle on apercevait les immeubles du quartier, et ce qu'ils ont vu les a révoltés. Tu sais, Hennie, ces immeubles insalubres sont un véritable scandale : pas de cours, pas d'air ni de lumière. Mais le pire, ce sont les incendies : ils brûlent comme du petit bois.

Avec leurs cages d'escalier ouvertes au beau milieu, les flammes s'engouffrent en un rien de temps jusqu'aux derniers étages et les gens n'ont aucune chance de s'en sortir.

C'était ainsi qu'il avait dû se dresser contre l'esclavage, dans le Sud. Jeune, indigné, le regard enflammé. Hennie considéra un instant le vieil homme qui se tenait devant elle, avec sa peau tavelée et ses fausses dents épaisses comme des assiettes en faïence, et elle éprouva un fugitif sentiment de pitié en songeant à la jeunesse batailleuse de son oncle. Mais avant tout, il importait de ramener la conversation sur Daniel Roth.

L'oncle David fut plus rapide.

— Eh oui, Hennie, et tu as dû voir toutes ces filles qui attendent sur les perrons, qui attendent les hommes. Oh, je sais bien que tes parents n'aimeraient pas m'entendre te parler de ces choses-là, et qu'ils ne me le pardonneraient probablement pas, mais j'estime que tu es en âge de regarder la vie en face. Parce que la vie c'est aussi cela, et il faut avoir le courage d'en parler. Quand une fille n'a plus aucun espoir de sortir de l'impasse, ou du moins quand elle est persuadée qu'il n'y a pas d'autre moyen...

La pendule sonna le quart. Il se leva, comme mû par un ressort.

— Il faut que j'enlève ces tasses. Je ne veux pas que des patients puissent entrer brusquement et voir des tasses à thé sales. De quoi parlions-nous, au fait ? Ah oui, de Dan. Ça ne serait pas à moi de le dire, cela fait un peu fanfaron, mais que veux-tu, c'est dans la famille, eh bien, ce garçon me fait penser à moi à son âge. Sauf que moi, je n'ai jamais eu aussi belle allure. Évidemment, il n'est pas pratiquant ; je doute qu'il mette les pieds à la synagogue, et c'est regrettable, mais je n'arrive tout de même pas à lui en tenir rigueur.

Il parle trop, se dit Hennie en quittant le cabinet de son oncle, ce doit être l'âge. Mais elle éprouvait une réelle tendresse pour le vieil homme. Quant à la petite fête pour Thanksgiving, eh bien j'y assisterai !

Le patronage se trouvait au centre d'un quadrilatère irrégulier délimité par Houston Street, le Bowery, Monroe Street et l'East River. On avait rénové cinq vieilles maisons qui avaient appartenu en leur temps à de riches marchands, pour y installer des salles de classe et des ateliers où l'on enseignait l'anglais, la cuisine, la danse, la couture, la menuiserie, et même l'art de la conversation. Il y avait également une vaste cour de récréation avec des bacs à sable et des balançoires. Les salles de réception étaient meublées grâce aux dons des «dames de la bonne société» : solides divans noirs matelassés de crin de cheval, crachoirs, chaises trop rembourrées, écrans pare-feu, bibliothèques vitrées qui contenaient soigneusement enfermés des classiques aux dos frappés à l'or, comme les *Vies* de Plutarque ou *Déclin et chute de l'empire romain*. Dans la grande salle de réception, la cheminée était surmontée d'un grand miroir au cadre doré orné de nymphes et de chérubins joufflus en stuc brandissant des grappes de raisin et des cornes d'abondance. Ce miroir, cadeau mal venu, avait été offert à Florence et Walter Werner à l'occasion de leur mariage.

Ce soir-là toutes les lumières étaient allumées, et il y avait foule au patronage. On avait décoré la grande salle de réunion des divers symboles de Thanksgiving, citrouilles, maïs tacheté, etc., de façon à bien montrer que ces hommes barbus, ces femmes enveloppées de châles et leurs enfants sortis tout droit des *Shtetle* polonais étaient en passe de devenir de véritables citoyens américains. Sur la scène, le gouverneur Bradford et Elder Brewster, culottes noires et tricornes en carton bouilli ornés de plumes, déclamaient leur texte le plus dignement qu'ils pouvaient et multipliaient les courbettes face à des Indiens et à leurs squaws drapés dans des couvertures rayées et arborant des colliers de perles multicolores. Quant au rôle de Massasoit, il était tenu par un jeune rouquin de douze ans aux joues rubicondes, qui était arrivé de Minsk un an auparavant seulement et qui en si peu de

37

temps était parvenu, grâce aux leçons de Hennie, à parler couramment l'anglais.

Le piano se trouvait à l'autre extrémité de la scène. Lorsque le pianiste fit son entrée, on baissa la lumière des lampes à gaz, mais Hennie le reconnut : c'était bien Daniel Roth.

Il inclina légèrement la tête puis s'installa devant le clavier. Visiblement, il jouait cette musique simple avec grand plaisir, adressant çà et là de la tête un signe d'encouragement à un enfant dont la voix faiblissait.

Hennie sentait son cœur battre dans sa poitrine. Elle était assise, les mains soigneusement croisées sur sa robe de soie noire, et songeait : Je ne ferai probablement rien. La représentation finira, il partira, et moi je rentrerai à la maison.

Il y eut des discours. Diverses dames, qui portaient des pince-nez au bout d'une chaîne, se félicitèrent l'une l'autre pour leur dévouement. Mme Demarest, la directrice, souhaita bonne fête à tout le monde et, d'une voix fluette, remercia particulièrement M. Roth d'avoir bien voulu tenir la partie de piano.

On se leva, et ceux qui connaissaient suffisamment l'anglais entonnèrent l'hymne de Thanksgiving : « *Tous ensemble, implorons la bénédiction du Seigneur.* » Ensuite l'assistance fut conviée à passer dans le salon voisin où l'on servait le café et les gâteaux.

Pourtant, Hennie ne bougea pas. Quelqu'un vint finalement lui taper sur l'épaule.

— Que se passe-t-il ? Tu es malade ?

C'était Olga.

Le salon était vide.

— Je... non... je réfléchissais, dit Hennie en rougissant.

— Mais... à quoi ? Toute seule, là...

— Eh bien, je crois que cet homme qui jouait du piano, mon oncle le connaît. Je me demandais comment faire pour aller lui parler.

— Comment faire ? Ben... il suffit d'ouvrir la bouche et de dire : Bonjour, je crois que vous connaissez mon oncle, je m'appelle...

38

Hennie se mit à rire, ce qui la détendit.

— Ah, là, là ! Ça a l'air si simple avec toi, Olga.

— Mais c'est tout simple. Je ne plaisante pas. Si tu as envie de parler à quelqu'un, vas-y, fais-le. Le pire qu'il puisse t'arriver c'est que tu ne lui plaises pas, et dans ce cas il n'a qu'à aller au diable ; tu essaieras avec quelqu'un d'autre une prochaine fois.

Hennie se leva alors et se mit en quête de Daniel Roth dans le salon voisin. Elle le trouva déjà accaparé par les grosses «dames de la bonne société» qui faisaient froufrouter autour de lui leurs belles robes moirées aux revers desquelles la plupart avaient épinglé de petites montres en or ; il avait ce même air traqué que le jour où elle l'avait vu assiégé par les reporters, et il semblait guetter la première occasion de pouvoir s'enfuir.

— Je crois que vous connaissez mon oncle, le Dr David Raphaël. Je me présente : Henrietta De Rivera.

— Mais bien sûr ! C'est un homme extraordinaire.

Le sourire était chaud, amical.

— Lui aussi vous admire beaucoup.

Elle ne se rendait pas compte à quel point son rougissement et sa timide volubilité la rendaient attrayante. Elle aurait aimé dire quelque chose de spirituel à propos de la soirée, mais à sa grande confusion, aucun trait d'esprit ne lui vint.

Voyant que l'hôte d'honneur était désormais en grande conversation, les dames de la bonne société s'éloignèrent. La soirée prenait fin. On réveillait les enfants qui se rendormaient aussitôt sur l'épaule de leur père ; les plus grands enfilaient leurs manteaux : tout le monde rentrait chez soi. Mais Hennie ne s'apercevait de rien. Les parents et leurs enfants s'évanouissaient comme autant de fantômes. Elle était seule dans cette grande pièce avec Daniel Roth, et celui-ci la regardait.

— Il est encore tôt, lui dit-il, voulez-vous venir prendre un café avec moi ?

Elle demeura stupéfaite. De tels événements n'arrivent

39

jamais. Qui a jamais vu se réaliser les rêves les plus fous ?
Comme dans un brouillard, elle prit le bras qu'il lui offrait
et ils sortirent dans la rue.

C'était une de ces douces soirées d'automne où l'été semble être revenu. Il se dirigea vers East Broadway.

— On pourra prendre un café ou un thé. Vous habitez
près d'ici ?

— Non, à côté de Washington Square.

— Qu'étiez-vous donc venue faire ici ce soir ?

— Je travaille au patronage.

— Ah, vous êtes une de ces généreuses dames de la bonne
société ?

— Non, je ne suis pas particulièrement généreuse. Je n'ai
pas d'argent à offrir. J'enseigne l'anglais aux nouveaux
immigrants.

— Excusez-moi, ce n'était pas très gentil de ma part.

— Je ne comprends pas.

— Je voulais dire ma remarque à propos des dames de
la bonne société. C'était ironique. Je m'excuse.

Elle n'avait pas remarqué le sarcasme.

— Et que faites-vous d'autre ? demanda-t-il.

— Parfois, je donne aussi des cours de cuisine. Je ne suis
pas un très fin cordon-bleu, mais j'aime cuisiner. J'aime faire
des gâteaux. C'est délassant.

— Vous avez besoin de vous délasser ?

Il avait l'air amusé et elle se dit qu'elle avait dû se montrer sotte.

— Oui, je crois, parfois, dit-elle platement.

Elle commençait à être gênée de sentir sa main dans le
creux du bras de ce garçon et elle entreprit doucement de
la retirer, mais il l'emprisonna plus fort.

— Vous ne voulez pas prendre mon bras ?

— Oh, non, je ne cherchais pas à...

Mais elle s'interrompit et demeura silencieuse. Si elle
s'était mise à bavarder, lui dit-il bien longtemps après,
les choses entre eux auraient certainement tourné différemment.

— Vos parents ne vont pas s'inquiéter de vous savoir sortie ?

— Non. D'habitude nous rentrons en groupe, alors il n'y a pas de danger.

— Avec moi vous ne risquez rien non plus, Henrietta.

— On m'appelle Hennie.

— Eh bien moi, on m'appelle Dan.

Et il ajouta :

— On pourrait peut-être se tutoyer.

Elle rougit, mais acquiesça d'un signe de tête.

Le soir commençait à tomber, mais les rues étaient encore animées. Tirant sur une charrette vide, un cheval les dépassa au grand trot : l'animal devait sentir l'écurie. Sur les perrons des immeubles, des enfants s'interpellaient d'une voix rauque, et par les fenêtres ouvertes des rez-de-chaussée s'échappait comme des voix lasses la plainte monotone des machines à coudre.

— Tu entends, dit Dan, les gens travaillent encore à cette heure-ci. Le froid, la chaleur, les maladies, je me demande comment ils trouvent encore la force de travailler autant.

— C'est aussi ce que dit l'oncle David.

— Oui, je sais. Il s'occupe beaucoup des gens de ces quartiers. C'est d'ailleurs pour cela qu'il reste ici, alors qu'il lui serait si facile d'aller s'installer dans les beaux quartiers.

— C'est aussi pour ça que tu restes enseigner dans les quartiers sud ?

— Oui, répondit laconiquement Dan.

East Broadway était illuminée. Les réverbères éclairaient la large avenue, tandis que les lampes qui brillaient derrière les grandes fenêtres révélaient de douillets intérieurs et des familles rassemblées au salon ou déjà réunies autour de la table du dîner.

Dan abandonna le bras de Hennie.

— Voilà, c'est ici. Je parie que c'est la première fois que tu entres dans un café. Je me trompe ?

— Non.

Surtout en compagnie d'un homme, et d'un homme, de

41

surcroît, qui ne lui avait pas été présenté par ses parents.

— Il est encore tôt. On va pouvoir trouver une table tranquille. Vers minuit, il y a tellement de monde qu'on ne s'entend plus. Sans parler de tous ces Russes qui braillent à tue-tête et des tsiganes qui viennent jouer du violon.

Ils s'assirent. Serrées les unes contre les autres, les tables n'avaient pas de nappes.

— Ne t'inquiète pas, elles sont propres, lança Dan en surprenant le regard de Hennie. Ou du moins assez propres.

Un serveur posa devant eux deux verres de thé brûlant.

— Tu peux demander du café, si tu préfères. C'est comme ça que les Russes prennent le thé, dans un verre. Je suppose que tu ne le savais pas.

— Si, je l'avais entendu dire.

Elle avait froid aux mains, et elle serra entre ses paumes le verre bouillant. Elle se sentait observée. Que pensait-il d'elle ? Peut-être regrettait-il déjà cette invitation lancée sur un coup de tête, simplement parce qu'elle était la nièce de l'oncle David. Baissant les yeux, elle aperçut les mains de Dan posées sur la table, et la veine bleue qui courait à l'intérieur du poignet. Elle se sentait un peu troublée par ce détail intime, comme si elle avait surpris un secret.

Des hommes entrèrent, parlant d'abondance en yiddish. Discrètement, Dan lui en désigna un.

— C'est un acteur. Il ne va pas tarder à devenir célèbre. Ce café est un lieu de rendez-vous bien connu des intellectuels russes. Poètes, journalistes, socialistes... tous se retrouvent ici. Les orthodoxes ont leurs propres cafés. Je les fréquente tous et ne m'attache à aucun. J'aime observer, je suis curieux.

— Tu n'es pas russe ?

— Je suis né à New York. A Yorkville, au coin de la 3e Avenue et de la 84e Rue. Le quartier des Bohémiens de langue allemande.

Elle jouait nerveusement avec une fourchette.

— Pourquoi gardes-tu les yeux baissés ? demanda brusquement Dan. Tu as tellement peur qu'on te regarde ?

— Mais non. Pourquoi est-ce que tu demandes ça ?

— Parce que tu rougis. N'aie pas honte. C'est charmant.
Elle leva les yeux.

— Je ne peux pas m'empêcher de rougir. Ça me rend
furieuse.

Puis, elle se sentit soulagée d'un poids.

— J'étais là lorsque tu as sauvé cette femme de l'incendie. Je voulais aller te voir et te dire que tu avais été extraordinaire.

— Pourquoi ne l'as-tu pas fait ?

— Par timidité, j'imagine. Et puis je voyais que tu n'avais
qu'une envie, c'était de t'en aller.

— C'est vrai, tu as raison. Si je les avais laissés faire, ils
auraient transformé ça en numéro de cirque. Dis-moi, Hennie, quel âge as-tu ?

— Dix-huit ans.

Était-elle trop jeune pour lui paraître intéressante, ou au
contraire trop âgée pour être aussi ingénue qu'il devait le
souhaiter ?

— Moi, j'en ai vingt-quatre. On dirait que tu as plus de
dix-huit ans. Tu as l'air d'être très, très sérieuse.

— Je sais. C'est l'un de mes défauts.

— Un défaut ? Qui donc t'a dit ça ?

— Oh... des gens.

— Mais... ça n'est pas du tout un défaut. Dieu sait que
la vie est *aussi* une chose sérieuse. Surtout dans ces quartiers. Sais-tu qu'il y avait trois bébés dans cet immeuble ?
On a retrouvé ensuite les corps carbonisés.

Hennie frissonna, et il poursuivit :

— J'enrage quand je pense qu'il y a des gens qui s'enri-
chissent en louant de tels trous à rats ! Il faudrait démolir
ces immeubles ou les faire sauter !

Il s'interrompit.

— J'ai envie de changer le monde, je me rends ridicule.
Excuse-moi.

— Tu n'es pas ridicule du tout, dit-elle avec douceur.

— Mais si ! Je parle trop, je m'en rends bien compte.

C'est d'ailleurs bizarre, parce que d'habitude on me reproche d'être taciturne. Mais quand quelque chose me tient à cœur, je suis intarissable.

Il faut toujours encourager un homme à parler de lui-même, lui avait dit un jour Florence. Les hommes adorent cela. Un peu honteuse de se livrer à une telle supercherie, Hennie n'en suivit pas moins les conseils de sa sœur.

— Parle-moi un peu de toi ; j'aime bien t'écouter.

— Oh, il n'y a pas grand-chose à dire. Et puis je ne saurais pas par où commencer.

— Pourquoi pas par le commencement ? Où as-tu passé ton enfance ?

Il se mit à rire.

— J'ai grandi au milieu des cigares. Sur les trottoirs, les boîtes à ordures étaient toujours pleines de feuilles de tabac. Mais n'en déduis pas que mon père était fabricant de cigares, non, en fait il était tailleur. Quant à ma mère, elle est morte quand j'étais tout petit ; je ne me souviens pas d'elle.

Il s'interrompit, comme si cette évocation l'empêchait de poursuivre son récit. Dans l'ombre qui passait sur son visage, Hennie crut déceler plus encore que la tristesse bien naturelle de qui vient à évoquer le souvenir d'une mère disparue. Il y avait en lui une mélancolie plus profonde encore. Et dans cet homme qu'elle connaissait à peine, Hennie fut surprise de découvrir quelque chose d'elle-même, quelque chose de secret, qui allait au-delà des mots.

— Quoi d'autre ? demanda-t-elle pour le ramener à son point de départ.

— Que veux-tu que je te raconte ?

— Eh bien, par exemple ce que tu voulais devenir quand tu étais enfant.

— Devenir ? Oh, pendant un certain temps, je me voyais bien devenir un grand concertiste. Mon professeur de piano n'arrêtait pas de me complimenter, alors je m'imaginais plus tard en habit de soirée, saluant des foules en délire. Non, mais tu m'imagines en redingote avec une cravate blanche ? Heureusement, ça m'a passé. Bon, et puis je ne voulais pas

44

devenir avocat : toutes ces discussions, ces chicaneries, très peu pour moi. Et à la différence des enfants du quartier, je n'avais pas envie de devenir médecin. Mais la science m'attirait quand même. Un été, j'ai travaillé dans un laboratoire de chimie à faire le ménage, et ça m'a donné envie de devenir chimiste. Plus tard, je suis allé à l'Université et me voilà maintenant professeur de sciences naturelles.

Il eut un petit sourire embarrassé.

— Et puis je fais aussi quelques petites expériences de mon côté.

— Quel genre d'expériences ?

Ça marchait. Florence avait raison : un homme a toujours envie de parler de lui.

— Tu as entendu parler de Charles Brush ?

— Je crains que non.

— C'est lui qui a mis au point la lampe à arc. J'aime bien étudier ce genre de choses, et puis les propriétés de la résonance électrique, et puis... oh, des tas de choses... c'est difficile à expliquer.

— N'essaie pas. C'est comme si tu me parlais en bulgare.

Il éclata de rire.

— Bon, disons que j'admire les gens qui ont des idées, les gens comme Edison ou Bell. J'ai des cahiers pleins de notes, de trouvailles, mais la plupart sont inutilisables, j'en ai peur. Pourtant, un jour, j'ai inventé quelque chose de pas mal... mais je dois t'ennuyer.

— Mais bien sûr que non ! Qu'est-ce que c'était ?

— Une lampe électrique à arc qui peut brûler plus longtemps que les anciennes.

— Et qu'est-ce qu'elle est devenue, cette invention ?

— La lampe est fabriquée. On m'a donné cinq cents dollars pour la découverte. C'est le cousin d'un de mes amis, un avocat, qui l'a vendue. Les cinq cents dollars sont venus à point pour adoucir un peu les derniers jours de mon père.

Ses mâchoires se contractèrent. Puis il se tourna vers elle avec un sourire d'excuse.

— Je nourris encore des rêves un peu fous, comme

d'inventer le moyen d'envoyer des messages à l'autre bout du monde par la voie des airs, ou de mettre au point des machines électriques capables de diagnostiquer des maladies. Des folies, comme tu peux le voir. Qui suis-je, après tout ?

— Mais ce ne sont pas des folies ! Tu n'as que vingt-quatre ans, tu ne sais pas de quoi l'avenir sera fait.

— De toute façon, même si je ne découvre rien, ça n'a aucune importance. J'ai le sentiment qu'en enseignant, je me rends tout aussi utile. Il y a tant d'enfants intelligents dans ces quartiers misérables, tant d'enfants qui ne demandent qu'à s'épanouir. Et pourtant, les choses seraient tellement plus faciles à l'école si leur vie à la maison était moins dure. Voilà à quoi mène la science : au socialisme !

— Mais tu ne peux pas être socialiste ! s'exclama Hennie qui n'en avait jamais rencontré en chair et en os.

— Si, mes sentiments sont socialistes. Mais je ne l'affiche pas. Je ne suis membre d'aucun parti. Et, ce qui choquerait certainement les férus de politique que tu vois attablés dans ce café, j'ajoute que la politique ne m'intéresse pas. Je me contente de faire ce qui doit être fait.

— Tu me rappelles vraiment l'oncle David.

— Ouh, là, là ! Quel compliment ! C'est un homme que j'admire beaucoup. Un homme simple, bon et honnête. Tu sais, je me dis parfois que cet homme a un don de double vue, qu'il est capable de lire dans l'esprit des autres. Bon, à vrai dire, je n'y crois pas vraiment, mais c'est quand même un homme exceptionnel.

— C'est aussi ce que je pense. Dans la famille, ajouta-t-elle en rougissant, on le trouve affreusement bizarre. Tu devrais entendre ce qu'on dit de lui chez moi. Mon père et le mari de ma sœur votent toujours républicain, alors... Ils tiennent l'oncle David pour un véritable anarchiste, mais ce n'est pas mon opinion.

— J'imagine que ta famille doit aussi te trouver bizarre et anarchiste.

— Oui, je crois. Ils m'aiment beaucoup pourtant.

— Tu dois te sentir un peu seule chez toi, non ?

— Oui, un peu.

Ils se regardèrent d'un air candide. Les yeux dans les yeux. Ils s'observèrent ainsi pendant près d'une minute, sans détourner leur regard. Hennie éprouvait le sentiment extraordinaire de s'éveiller à la réalité, de la sentir prendre forme devant elle, comme si ce qu'elle avait vécu jusqu'alors n'avait plus la moindre importance.

Dan finit par repousser sa chaise en arrière.

— Il est tard, il faut y aller. Je ne voudrais pas que tes parents te reprochent d'être restée trop tard dehors.

Il faisait nuit noire à présent. De magnifiques nuages d'un bleu profond couraient dans le ciel d'automne ; c'était une nuit à ne pas rentrer chez soi, une nuit qui invitait à marcher au hasard des rues. De loin en loin, une confiserie encore ouverte jetait sur la chaussée une lumière brillante et des groupes de jeunes garçons profitaient de la tache de lumière pour bavarder en fumant crânement des cigarettes. Du haut du perron d'une salle de réunion, un orateur haranguait une petite foule rassemblée dans la rue.

— Un missionnaire chrétien en milieu juif, lui expliqua Dan.

— Arrêtons-nous, cela peut être intéressant.

— Non, dit fermement Dan en la tirant par le bras. Ça peut mal tourner. D'un côté ou de l'autre, il y en a toujours un pour devenir fou furieux. Je préfère que tu ne te trouves pas prise au milieu de la bagarre. Quant à moi, je n'ai jamais compris cet emportement à propos de la religion. Ça me paraît insensé, pas toi ?

— Non.

Fini les stratagèmes. Il fallait être franche.

— Tu es croyante ? lui demanda-t-il avec curiosité.

— Oui... il doit bien y avoir quelque chose.

Elle leva les yeux. Les nuages se déchiraient, laissant apparaître des millions d'étoiles.

— Tout cela, et nous ici, sur cette terre, ça ne peut pas être dû au hasard. Beethoven, ou des hommes comme ton Edison ne sont pas apparus non plus par hasard.

47

Il la regardait, écoutant attentivement ses paroles.

— Es-tu pratiquante, Hennie ?

— Oui, mais pas comme l'oncle David. Lui, il est juif orthodoxe. Nous, nous allons au temple Emanu-El.

— Il y a longtemps que j'ai abandonné tout cela, mais si je pratiquais, je serais orthodoxe.

Ils étaient arrivés au pied de l'immeuble qu'habitait Hennie. Le vent se leva, arrachant les dernières feuilles encore accrochées aux branches des arbres.

— Je me demande, dit Dan avec lenteur, comment on peut croire en Dieu. Il y a tant de misère sur terre. Et pire que tout, tant de guerres.

— Ce n'est pas la faute de Dieu, mais celle des hommes. Toi qui l'admires tant, tu devrais parler avec l'oncle David.

— C'est vrai, j'ai beaucoup d'admiration pour lui. Tu dois avoir raison, ce doit être une bonne chose d'être croyant... si on le peut. Et puis cela te ressemble bien, Hennie.

Doucement, il lui prit le menton et tourna son visage vers la lumière.

— Tu as un si beau visage. Et de si beaux yeux, des yeux si graves. Je voudrais te revoir. Est-ce possible ?

Elle avait la gorge tellement serrée qu'elle ne put qu'acquiescer d'un signe de tête.

— Je rendrai visite à tes parents. Ils s'attendront d'ailleurs à ce que je le fasse. Bonne nuit, Hennie.

Elle monta les marches comme dans un rêve. Des larmes perlaient à ses paupières, les larmes les plus douces qu'elle eût jamais versées.

*Il ne ressemble à personne d'autre au monde.*


— Tu te souviens, oncle David, que nous avions parlé de Daniel Roth ? Eh bien j'ai fait sa connaissance. C'était il y a quinze jours, lorsqu'il est venu à la fête de Thanksgiving, et depuis, je l'ai revu deux fois. Nous sommes allés à l'aquarium, et dimanche dernier à Central Park.

Elle était consciente de sa volubilité inhabituelle.

Le vieil homme leva un sourcil.

— Il est venu chez toi ? Il a rencontré tes parents ?

— Bien sûr. Comment aurais-je pu sortir avec lui sans cela ?

— De quoi ont-ils parlé ?

— Oh, de choses et d'autres. Les politesses habituelles.

Mais on lui avait posé des questions, une avalanche de questions même, à propos de son père tailleur, de leur vie quotidienne, de l'école où il enseignait. C'était Angelique qui avait nourri le tir, toujours courtoise, comme à son habitude, avec son petit sourire et ses hochements de tête.

Et Dan avait agi de même, accompagnant ses réponses des mêmes petits sourires et des mêmes hochements de tête, en sorte qu'on eût pu croire que les deux interlocuteurs se méprisaient cordialement. Pourtant, après la visite, les commentaires, des deux côtés, avaient été des plus laconiques : « C'est un jeune homme très intelligent » et : « Tes parents sont des gens charmants ».

— Il m'a invitée à l'Opéra. Je ne crois pas que maman en soit enchantée, mais comme il m'a invitée en sa présence, elle n'a pas pu refuser.

L'oncle David retira sa pipe de sa bouche.

— Si je comprends bien, tu es en train de me dire qu'il n'a pas beaucoup plu à tes parents.

— Bien sûr, ils auraient préféré que je leur présente quelqu'un comme Walter.

C'était pourtant ce qu'ils n'avaient pas dit après le départ de Dan, les mots qu'ils n'avaient pas prononcés, qui au fond importaient : sa famille, et donc, naturellement, l'argent qu'il n'avait pas. L'argent qui permet d'obtenir ces chandeliers qu'Angelique déplace à la fin du repas, ou les perles fines du collier qu'elle égrène entre ses doigts.

— Daniel Roth et mon beau-frère : on ne peut pas imaginer plus différents, tu ne trouves pas, oncle David ?

Mais la réponse de son oncle ne laissa pas de la surprendre :

— Après tout, on ne peut rien reprocher à Walter Werner

— Je n'ai rien à lui reprocher, mais je préfère les hommes comme Dan.

— Oh, moi aussi ! Et pourtant, les choses... enfin je veux dire les hommes, ne sont pas toujours aussi simples.

Banale en soi, la phrase de l'oncle David résonna curieusement aux oreilles de Hennie.

Ils allèrent écouter *Rigoletto*. A l'instigation d'Angelique, sans aucun doute, Walter et Florence les accompagnèrent. Walter avait insisté pour leur offrir des places au cinquième rang d'orchestre.

— D'habitude, déclara Dan, je prends des places debout, ou, au mieux, au poulailler.

Au-dessus d'eux, la corbeille jetait tous ses feux : robes de soie moirées, rivières de perles, allées et venues, visites dans les loges, arrivées tardives et départs au deuxième acte.

— Tiens, voici Mme Astor, déclara Florence en tendant à son mari ses jumelles de théâtre pour qu'il puisse observer tout à son aise la grosse dame couverte de bijoux assise dans l'une des loges du premier balcon.

Dan se pencha vers Hennie et lui murmura à l'oreille :

— Je comprends mieux maintenant l'expression : un chien-chien à la mémère Astor.

Hennie dut se retenir pour ne pas éclater de rire. Elle lui était reconnaissante de sa remarque mais ne pouvait s'empêcher de songer que si elle l'avait entendue, Florence aurait été extrêmement mortifiée, tant les dames comme Mme Astor représentaient pour elle un objet de vénération.

Après le spectacle, Walter les emmena souper chez Delmonico. Hennie, qui avait d'abord refusé la cape en fourrure que lui proposait sa sœur, se félicitait à présent d'avoir cédé aux insistances de leur mère : la grande salle du restaurant était en effet un jardin de satin et de velours, et les femmes les plus exquises, aux blanches épaules découvertes, arboraient toutes de somptueuses robes de soirée qui rehaussaient encore l'éclat de leurs bijoux. Hennie n'était venue que deux fois dans sa vie dans cet endroit.

— Eh bien, qu'en penses-tu ? demanda Walter d'un air un peu protecteur.

Agacée, Hennie répondit avec une certaine sécheresse.

— Il est difficile de dire ce que j'en pense, Walter. Tout cela me semble un peu irréel.

Il se mit alors à rire, d'un rire amical, comme si elle venait de lancer un trait d'esprit. Elle — mais pourquoi au juste ? — poursuivait sur le même terrain.

— Cet endroit est magnifique, c'est vrai, mais on dirait une pièce de théâtre, tu vois ce que je veux dire ? Comme si chacun jouait un rôle. Oui... une pièce, ou une cérémonie

— Mais enfin, c'est absurde, Hennie ! lança Florence.

Pour d'autres raisons, on la sentait elle aussi agacée, mais le ton n'était pas aussi tranchant qu'il l'aurait certainement été si Dan, le nouveau venu, n'avait pas été présent.

Dan vola au secours de Hennie.

— Je crois comprendre ce que Hennie veut dire par ‹ irréel ».

D'un regard circulaire, il embrassa la grande salle du restaurant. Rires, frous-frous de robes, détonations des bouchons de champagne, serveurs pressés, fourrures pendues aux patères ou aux dossiers des chaises. Lentement, il poursuivit :

— Il y a chez les ouvriers le sens des vraies valeurs, le sens de la vérité. Il y a tant de gaspillage, ici, plus de nourriture qu'il n'en peut être mangé, trop de tout. Ma vie durant, je me suis dit que jamais je ne tomberai dans le piège du luxe. Une fois qu'on commence, on en veut toujours plus, même si on n'en a aucune utilité, c'est une spirale sans fin.

Il avait prononcé ces paroles fièrement, la tête haute. Hennie ne pouvait dissimuler son admiration pour lui. Mais aussi, elle n'avait pas été sans remarquer le regard des femmes lorsque Dan avait pénétré dans la salle, des regards qui s'attardaient un peu trop longtemps. L'espace d'une seconde, elle avait senti son sang se figer dans ses veines et un poids terrible lui oppresser la poitrine ; elle avait dû faire un effort pour chasser les pensées qui l'envahissaient et continuer de sourire.

— Il ne faut pas oublier, répondit alors Walter d'un ton de reproche, que tous ces gens ont travaillé pour obtenir ce qu'ils possèdent à présent, et sinon eux, du moins leurs parents ou leurs grands-parents. Et ils fournissent du travail à la société. Grâce à eux, le pays ne cesse d'avancer.

Mais Dan ne lâchait pas facilement prise.

— Les dépenses d'armement, voilà ce qui fait avancer le pays, comme vous dites.

— Vous ne pensez pas que le pays doit s'armer ? demanda Walter.

Hennie sentait les tensions s'accumuler. Pourquoi parler de ces choses-là ?

— Nous dépensons des sommes insensées, dit Dan. Heureusement, il y a quand même des signes encourageants, puisque même un despote aussi borné que le tsar de Russie appelle à la limitation des armements.

Comme une balle, la réponse lui fut aussitôt renvoyée.

— Si j'étais vous, je ne placerais pas trop d'espoirs dans de telles déclarations. Je ne fais confiance à aucun pays d'Europe.

— Si l'on ne peut croire aux bonnes intentions de son prochain, alors il n'y a plus d'avenir possible.

— Si chacun procède au désarmement, cela voudrait dire que tout le monde est satisfait de la situation actuelle. Croyez-vous que ce soit de gaieté de cœur que la France laisse l'Allemagne occuper l'Alsace-Lorraine ? A mon avis, l'Allemagne n'a aucun droit sur ces provinces.

Dan levant les sourcils d'un air surpris, Walter eut un petit rire condescendant.

— Je vous étonne ? Vous devez croire que puisque mes parents sont d'origine allemande, je dois être germanophile. Eh bien non, je vous assure. J'appartiens déjà à une autre génération.

— Allemands, Français ou autres, il n'y a pas de différences. Ce sont tous des gouvernements de voleurs et d'assassins.

Bien que prononcés à mi-voix, ces derniers mots avaient été martelés, et les gens à la table voisine leur glissèrent un regard surpris. Dan poursuivit sa démonstration.

— Oui, l'homme du peuple est accablé d'impôts qui servent à payer ces armes monstrueuses, plus perfectionnées chaque année, alors que cet argent pourrait être si utilement employé à l'électrification par exemple, ou au progrès technique qui permettrait de soulager la tâche des classes laborieuses. Moi, par exemple, pour ma modeste part, j'ai travaillé à un...

Il s'interrompit brusquement.

— Je suis désolé... Ce n'est ni le lieu ni le moment.

Mais Walter insistait.

— Il faut pourtant que le pays soit armé. Il ne faut pas être naïf. Abandonneriez-vous vos économies sur la table en laissant ouverte la porte de chez vous ?

— Il faut bien commencer, répondit Dan.

Florence les interrompit.

— M. Roth a raison, Walter, ce n'est guère le moment de se lancer dans une discussion aussi sérieuse. Nous sommes venus ici pour nous amuser.

— Vous pouvez m'appeler Dan. Et c'est moi qu'il faut blâmer, c'est moi qui ai commencé.

— Je veux bien vous appeler Dan, mais je ne vous blâmerai pas, répondit Florence avec un charmant sourire. Quoi qu'il en soit, je trouve votre point de vue très intéressant, et j'aimerais fort poursuivre cette discussion en une autre occasion. Mais pour l'instant, je vous avouerais que je meurs de faim. Et si nous commandions ?

Arrondissons les angles. Politesse. Douceur. Elle a raison d'agir ainsi, se dit Hennie. Mais Dan aussi avait raison.

L'eau et l'huile ne se mélangeront jamais. Jamais les uns ni les autres ne s'apprécieraient.

On était au cœur de l'hiver. Le ciel reflétait le bleu de sa glace sur les pelouses enneigées de Central Park, et les rues résonnaient du joyeux tintinnabulement des grelots attachés aux traîneaux qui faisaient jaillir la neige sous leurs patins. A la patinoire Saint-Nicolas, Hennie, avec ses bas de laine rayés, tournoyait dans les bras de Dan, forme légère et gracieuse.

O cité enchantée ! Les passants souriaient en les voyant, hochant la tête d'un air attendri. Frigorifié derrière son petit étal, le marchand à qui Dan acheta une fleur pour Hennie la lui tendit comme s'il lui offrait lui-même le cadeau. Au patronage, les garnements les plus insupportables et les plus indisciplinés lui semblaient autant de tendres bambins Bah ! Après tout, ce ne sont que des enfants ! Les gens étaient si bons, si amicaux ! On pouvait aimer tout le monde.

— Ça se voit sur ton visage, lui dit un soir Olga après leur cours d'anglais.

— Qu'est-ce qui se voit ? demanda Hennie, feignant de n'avoir pas compris.

Mais elle avait compris ; elle en avait déjà parlé à Olga, et cette fille dont le jeune mari, trop maigre et trop pâle, passait ses journées courbé sur une machine à coudre, cette fille-là savait ce qu'était l'amour.

Le soir, assise devant sa fenêtre, Hennie se prenait à rêver. Il lui manquait ; lui, avec son épaisse chevelure, brillante comme une fourrure d'animal, lui avec sa bouche un peu triste et ses longs cils recourbés, lui avec ses mains longues et fines. Il lui manquait.


— Cela fait bien longtemps que tu n'es pas venue me voir, dit l'oncle David. Qu'as-tu fait, ces temps-ci ?

Elle prit l'air dégagé.

— Oh, j'ai souvent vu ton ami Daniel Roth.

— Ah bon ? Où êtes-vous allés, tous les deux ?

— Nous sommes allés nous promener, patiner. Nous sommes allés à l'opéra avec Florence et Walter pour y entendre *Rigoletto*. C'était merveilleux.

— Ah, oui... et cela s'est bien passé ?

L'oncle David dardait sur elle un regard scrutateur ; la feinte insouciance n'étant plus de mise, Hennie prit le parti de la franchise.

— Walter a insisté pour nous offrir les places, ce qui n'a pas beaucoup plu à Dan.

— J'imagine. C'est un garçon indépendant.

Puis l'oncle David s'interrompit et se mit en devoir de bourrer une pipe. Lentement. Il gratta une allumette.

— Oui, oui, c'est une bien étrange histoire que celle des relations entre les hommes et les femmes... Je veux dire que les raisons du choix sont toujours étranges. Comment savoir ? Et pourtant, c'est toute la vie qui en dépend.

Il gratta une autre allumette, ralluma sa pipe qui venait de s'éteindre, tira quelques bouffées...

— Peut-être est-ce pour cela que je ne me suis jamais marié. Ma sœur... ta grand-mère, est-ce que tu t'en souviens, Hennie ?

Avec l'oncle David, on ne savait jamais quel tour allait prendre la conversation. Il pouvait être exaspérant.

— Pas beaucoup. Quand j'étais toute petite, elle me chantait une chanson : « *Du bist wie eine Blume.* »

— Tu es comme une fleur. C'était une chanson de son enfance à elle. C'était une femme remarquable. Une femme d'un grand courage, comme je te l'ai toujours dit.

Nul besoin de me le répéter encore, songeait Hennie.

— Mais peut-être ne sais-tu pas qu'elle n'a pas fait un mariage heureux. Pendant des années, elle a été très malheureuse avec ton grand-père.

— Non, je l'ignorais.

— Ça n'est peut-être pas très utile de rappeler toutes ces vieilles histoires, mais ce sont des souvenirs pénibles.

Mais l'esprit de Hennie était empli du temps présent, de cette belle journée d'hiver, et voilà qu'il venait lui parler de gens morts depuis belle lurette. Il avait l'air triste et cela deplaisait fort à Hennie qui se sentait débordante de vitalité.

Le vieil homme se mit à nettoyer avec un chiffon la plume de son stylographe. Il avait l'air pensif. Au bout d'un long moment, il finit par lui dire :

— Je suppose que tu le trouves beau garçon ?

— Qui ça ? demanda-t-elle, surprise.

— Qui ? Daniel Roth, bien sûr. Tu ne pensais tout de même pas que je parlais de Walter Werner.

— Non, bien sûr, dit-elle en riant, mais comme tu me parlais de mon grand-père... mais pour répondre à ta question, oui, je le trouve beau garçon. Pas toi ?

— Bien sûr. Et c'est certainement ce que doit penser toute femme en le voyant.

— Que veux-tu dire ?

— Très exactement ce que je dis. Toutes les femmes lui courent après. Je le connais déjà depuis un certain temps, tu sais, alors...

— Crois-tu que je lui coure après ? demanda Hennie, rouge de honte. Me crois-tu capable de courir après quelqu'un, oncle David ?

— Non, ma chérie, tu n'es pas assez hardie pour cela.

Pas assez hardie, peut-être. Mais tenace, comme dirait papa. Tu n'es pas le genre de fille à abandonner.

— Mais il y a des femmes qui, elles, sont hardies, Hennie. Et c'est ça le problème.

— Je ne comprends pas ce que tu cherches à me dire, oncle David.

Quel était donc ce sentiment qui s'emparait d'elle ? La colère, la peur, ou les deux à la fois ?

— C'est un homme qui a beaucoup de charme, poursuivit l'oncle David, trop de charme. Il y a des gens qui sont nés comme ça. Qui possèdent une sorte de magnétisme personnel.

La luminosité qui venait des fenêtres l'éblouissait. Elle déplaça sa chaise sur le côté.

— Je ne vois pas ce que ça change, dit-elle.

56

*Vraiment, tu ne vois pas?*

— Et si d'autres femmes s'intéressent à lui ? Il n'y peut rien, n'est-ce pas ?

A nouveau, il se mit à fourrager dans sa pipe. Il cherche comment tourner sa phrase, se dit Hennie. Attendons.

— Tu vois, Hennie, il y a des hommes qui sont ainsi. Ils sont incapables de résister. Il leur est impossible de rester fidèles à une seule femme. Oh, ils aiment leur femme, mais à côté de cela, ils sont incapables de résister.

— Et tu penses...

Sa voix s'étranglait dans sa gorge.

— Tu penses que Dan est de ces hommes-là ?

— Oui. Si j'ai un conseil à te donner, Hennie, c'est de ne pas tomber amoureuse de lui. Sincèrement.

Elle était comme clouée sur sa chaise. Pétrifiée.

— Es-tu amoureuse de lui, Hennie ?

Elle gardait le silence.

— Ce n'est pas un homme pour toi. Je regrette, mais il faut que je te le dise. Écoute-moi, Hennie, ma chérie. Il aime trop les femmes. C'est son défaut.

— Après toutes les belles choses que tu m'as dites de lui !

— Et c'était la vérité. Mais ce que je te dis là est vrai aussi

— Et c'est maintenant que tu me le dis ! Pourquoi maintenant ?

— Jusqu'à présent, je ne pensais pas que ce fût nécessaire

Oh, comme elle le détestait, avec sa pipe, son stylographe et ce crâne posé sur l'étagère. Il était vieux, et les vieux haïssent les jeunes, parce que quand ils les regardent, ils comprennent tout ce qu'ils ont manqué dans leur vie et qu'il est trop tard pour réaliser...

— Je vois que tu es furieuse contre moi.

— C'est vrai. Tu n'as pas le droit. Tu gâches... tu gâches...

— Je ne veux pas te voir souffrir, c'est tout, dit doucement l'oncle David.

— Je ne souffrirai pas. Mais il y a peut-être quelque chose d'autre que tu ne veux pas me dire.

57

Dan aurait-il commis un crime ? Non... non... c'est impossible.

— Il n'y a rien d'autre, je te le jure, mais je maintiens ce que j'ai dit. Crois-moi, Hennie, je te dis des choses que ta mère ne te dirait pas, elle ne jugerait pas cela « convenable », mais moi je sais qu'un mari infidèle te briserait le cœur. Il y a beaucoup de femmes qui s'en accommodent, mais je ne pense pas que ça puisse être ton cas.

Le vieil homme lui adressa un sourire, qu'elle ne lui rendit pas.

— Et puis, votre relation n'est peut-être pas aussi sérieuse que ça. Ce n'est pas parce qu'un jeune homme est venu te rendre visite quelquefois que vous allez forcément vous marier. Je voulais simplement t'avertir. J'espère que je ne t'ai pas fait trop de mal.

Elle évita son regard. Comment osait-il ? Dan était amoureux d'elle, elle en était sûre. Elle se leva, lissa sa robe d'un revers de main ; ce geste bien féminin la rassura.

Vieil homme, vieil homme, que sais-tu encore de l'amour ?


O douceur humide des journées de printemps ! De rue en rue, l'Italien jouait *Santa Lucia* sur son orgue de Barbarie, un sourire radieux aux lèvres. Sur les trottoirs, les filles jouaient à la marelle et les garçons aux billes. En chantant sur leur tandem, Hennie et Dan traversaient Central Park. Ou bien ils se rendaient sur le pont de Brooklyn pour y voir les grands navires remonter le fleuve.

— Tu te rends compte, s'écriait Hennie, qu'ils viennent de Chine après avoir doublé le cap Horn.

De l'endroit où ils se trouvaient, ils distinguaient de petites silhouettes sombres occupées à tirer des filins. Elle se tourna vers Dan.

— A quoi est-ce que ça te fait penser ? Au thé ? A la soie ? A la laque rouge ?

Il se pencha vers elle. Il était si grand qu'il devait toujours se pencher.

— A toi. Je me vois dans tes yeux. Est-ce que tu sais qu'il y a du vert dans tes yeux ?

— Dan ! Ils sont marron !

En plongeant ses yeux dans ceux de Dan, elle y voyait son reflet. Envolée la gêne qu'elle éprouvait en sa présence ; elle était à présent tout à fait à l'aise avec lui. Grâce à lui.

— Mais il y a quand même du vert, insista-t-il. Et tes yeux ne ressemblent à ceux d'aucune autre fille. D'ailleurs, tu ne ressembles à aucune des filles que j'ai connues.

— Et combien en as-tu connu ? demanda-t-elle gaiement.

— Oh, des dizaines, des centaines, même ! Non, sérieusement, Hennie, toi tu es différente. Je suis amoureux de toi. Tu le sais, non ?

Elle voulait à tout prix prolonger ces instants merveilleux.

— Tu me connais à peine !

— Presque quatre mois déjà. C'est suffisamment long. De toute façon, je connais mes sentiments. Mais... et toi ?

— Moi... ?

— Est-ce que toi, tu connais tes sentiments ? Est-ce que tu m'aimes ?

Le vent faillit emporter ces mots qu'elle murmura :

— Je t'aime.

— Hennie chérie.

Il posa les lèvres sur sa joue.

— Des années merveilleuses nous attendent, une vie entière.

*Comme tu te trompais, oncle David.*


— Tu vois bien souvent Daniel Roth, lui fit un jour remarquer Angelique.

— Mais pas seulement lui. Je te l'avais déjà dit, nous sommes toujours sept ou huit pour aller faire de la bicyclette ou du patin à glace. Des amis à lui, d'autres professeurs.

Elle rajoutait des détails.

— Nous formons une sorte de club, pour la bicyclette et les sports.

Sa mère n'avait l'air qu'à moitié convaincue.

— Oui, bien sûr, je sais bien que tu ne sortirais pas ainsi avec un jeune homme sans être chaperonnée.

Mais Dan n'avait pas pour habitude de s'encombrer d'un chaperon ! Chez les intellectuels de l'East Side, les professeurs, les écrivains, ce genre de pratique était tourné en ridicule. Il lui fallait donc mentir à ses parents.

Si seulement ils savaient ce qui se passait ! Elle songeait à ce meeting en faveur de la grève des loyers au cours duquel il avait pris la parole avec tant de flamme et de conviction. Perdue au milieu de la foule des participants, elle avait soudain songé au tableau qu'elle formait avec sa famille, lors des repas chez Florence : la bonne timide qui passait les plats, les joues roses de Walter au-dessus de son faux col amidonné, l'étalage de couverts en argent. Images incongrues.

Bien sûr, auparavant, elle imaginait dans quelles conditions vivaient ses élèves du patronage, mais à présent elle le voyait de ses yeux.

— Ces tanières ignobles se louent douze dollars par mois, lui dit Dan. Certes, la plupart de ces gens prennent un pensionnaire qui leur verse soixante-quinze *cents* par semaine, mais le pain leur revient au moins à quinze cents par jour, le lait à quatre cents le litre, et une livre de viande coûte douze cents. Tu comprends maintenant pourquoi ils mangent tant de pickles. C'est bon marché et ça tient au ventre.

Elle finit par connaître presque toutes les rues de ces quartiers misérables. Elle percevait à présent des détails qui n'avaient fait que l'effleurer. En écoutant Dan, elle sentait l'indignation s'emparer d'elle. Pourtant ces mêmes mots, elle les avait souvent entendus dans la bouche de l'oncle David, mais jamais elle ne les avait sentis chargés d'une telle force.

— C'est comme dans Zola, fit-elle remarquer.

— Ah bon, tu as lu Zola ? C'est audacieux pour une fille de ton âge.

Il ne cachait pas son admiration.

Ils marchaient dans Bottle Alley et Mulberry Street. Des

haillons séchaient aux fenêtres, au-dessus d'eux ; un colporteur leur proposa pour cinquante cents un vieux manteau élimé ; l'été approchait, et une horrible odeur de pourriture montait d'un tas de poissons entassés en plein soleil sur une planche jetée en travers de deux boîtes à ordures. Ici, nul joueur d'orgue de Barbarie, car personne ne lui aurait jeté de pièces.

— Regarde, dit Dan en lui montrant un jeune garçon qui lisait assis sur les marches d'un perron. Il n'a pas de place chez lui pour faire ses devoirs. Pour un professeur comme moi, ce genre de spectacle est navrant.

Par les vitres du métro aérien de la 2e Avenue, on apercevait les ateliers des deuxièmes étages où besognaient les « trimards ».

— Entassés comme des animaux dans une étable, dit Dan. Il y a là des vieillards tuberculeux et des enfants qui ne vont pas tarder à le devenir. Tu vois la ceinture que tu portes sur ta robe ?

Hennie baissa les yeux sur sa ceinture.

— Elle vient d'un endroit comme ceux-là. Elle a dû être fabriquée par quelqu'un qui travaille dix ou douze heures par jour pour cinq dollars par semaine, ou même moins.

— Je sais, j'ai une amie, Olga…

Quelle injustice ! Et maman qui se plaint en répétant que ce n'est pas facile d'être pauvre ! Comme si elle avait la moindre idée de ce qu'est vraiment la pauvreté !

Entre Grand Street et East Broadway, ils trouvèrent un petit bout de parc, en fait un espace dallé de ciment gris, avec des bancs disposés sous un arbre squelettique que semblait accabler la chaleur de l'été finissant. Ils restèrent assis un moment sans parler. Le regard de Dan était perdu dans le lointain. Que pouvait-il voir dans cet endroit si aride ?

— Je suis fière de toi, Dan, dit-elle soudain.

— Fière ? Mais de quoi donc ? Je n'ai encore rien fait !

Il lui prit la main. La chaleur du garçon se communiqua dans son corps tout entier. Dans le même temps, elle sentait ses propres cheveux dans sa nuque, elle sentait ses seins palpiter sous sa robe, et elle eut la brève vision de leurs deux corps enlacés.

— Cela fait presque un an que nous nous connaissons, dit-elle. Mais j'ai l'impression que ça fait une éternité.

Le ciel pâlissait. Dan retira sa main.

— Il se fait tard ; on ne peut pas rester ici plus longtemps dit-il presque avec colère.

— Pourquoi pas ? C'est tranquille.

— Parce que tes parents vont encore te poser des questions.

— Ça m'est égal.

— Je n'en crois rien. A quoi bon chercher les ennuis ?

Ils se mirent en marche, lentement, flânant le long des rues qui se vidaient peu à peu ; les enfants rentraient chez eux, les voitures à cheval prenaient le chemin des remises et des écuries.

— C'est dans cette rue que tu habites, non ? fit soudain remarquer Hennie.

— Oui.

Puis, après un instant de silence :

— Je t'inviterais bien, mais... je n'ai qu'un laboratoire installé dans une arrière-boutique et une chambre au-dessus... et c'est dans un tel désordre.

Elle ne répondit pas.

— Enfin, c'est la chambre qui est en désordre, poursuivit Dan, le laboratoire, lui, est parfaitement rangé. Sans ça, je ne pourrais pas y travailler.

Elle se sentait oppressée, sa joie s'était évanouie. Il fallait pourtant dire quelque chose, n'importe quoi, quelques mots d'un ton léger.

— Tu sais, je n'ai jamais vraiment compris ce que tu faisais dans ce laboratoire.

— Bah ! Un peu de tout, suivant les idées qui me viennent.

— Quand je pense que je ne sais même pas ce qu'est l'électricité !

— Oh, il ne faut pas que ça t'empêche de dormir ! A vrai dire, personne ne sait exactement ce que c'est. On peut s'en servir, on fabrique des générateurs et des transformateurs, mais pour ce qui est de savoir ce que c'est...

Il haussa les épaules.

— Si tu es croyante, tu peux toujours dire que c'est Dieu qui l'a créée. Sans ça, on se contente de dire que c'est une forme d'énergie qui parcourt l'univers.

Comme si je me souciais de l'électricité ou de ce que Dieu a créé! songeait Hennie.

Ils finirent par arriver devant chez Hennie. Il lui fit face.

— J'aimerais tant que nous puissions rentrer dans notre propre maison, lui dit-il. Je suis fatigué de devoir toujours t'abandonner ici. T'embrasser rapidement en prenant garde que personne ne nous voie, rentrer chez moi tout seul. Quel gâchis! J'aimerais être dans une chambre avec toi, et pouvoir fermer la porte.

Elle aurait voulu lui demander: «Oui, mais quand?» Mais elle garda le silence. Ses yeux se remplissaient de larmes.

— C'est seulement une question d'argent, reprit-il. J'ai peur de n'avoir rien à t'offrir. Il faut de l'argent pour tout! Dans cette société pourrie, il faut même de l'argent pour pouvoir aimer!

Elle aurait voulu lui sceller les lèvres. Comme un trousseau de clés, ces mots ouvraient la porte sur un gouffre vertigineux qu'elle ne voulait pas contempler.

— Nous finirons par trouver un moyen, dit-elle, j'en suis sûre.


Alfie entra dans la chambre de sa sœur. Treize ans; c'était presque un homme, à présent, *ein Mensch*, comme disent les Allemands. Parfois, surtout lorsque leurs parents n'étaient pas à la maison, il venait dans la chambre de Hennie et s'allongeait par terre, à plat ventre, pour faire ses devoirs tandis que sa sœur lisait. Il pouvait lancer des remarques surprenantes pour son âge, révélant par là une faculté d'observation dont ses parents ne se doutaient même pas.

— Dimanche dernier, lui dit-il, j'ai entendu papa et maman qui parlaient de toi.

Elle se brossait les cheveux et le regarda dans le miroir. Il avait pris un air important pour faire sa déclaration.

— Maman voulait que papa te parle.

— Me parler ? De quoi ? dit-elle en se retournant brusquement.

— Tu sais bien de quoi : de Dan.

— Tu veux dire de M. Roth. Tu n'as pas encore l'âge de l'appeler Dan.

Pourquoi harceler son frère ? Tout simplement parce que l'on tue le messager qui apporte de mauvaises nouvelles.

— Pfff ! Je peux l'appeler Dan si j'en ai envie. Ça t'intéresse pas de savoir ce qu'ils ont dit ? Bon, eh bien je te le dirai pas.

— Excuse-moi de t'avoir parlé comme ça, Alfie. Allez, dis-le-moi.

Il se radoucit.

— Bon, eh bien papa a dit : « Non, ce ne serait pas très habile. Laissons les choses prendre tournure d'elles-mêmes », ou quelque chose comme ça. Et il a dit aussi : « Hennie est ensorcelée, ça se voit tout de suite. Mais de toute façon, il n'en sortira probablement rien. » Alors maman a dit : « Oui, mais ça fait un an que ça dure, il lui fait perdre son temps. »

— Ils n'ont rien dit d'autre ?

— Si. Maman a dit que ces derniers temps tu devenais de plus en plus jolie. Et elle a dit que Florence voulait te présenter tout plein de gens, mais que chaque fois tu refusais. C'est vrai, dis ?

— Oui, c'est vrai.

Elle sentait ses jambes fléchir sous elle. Tôt ou tard, ils exigeraient une explication.

Alfie semblait des plus curieux.

— Je parie que t'es amoureuse. En plus, je suis sûr que tu l'as laissé t'embrasser.

Et il éclata de rire.

*Il est comme moi, il pense à ce qu'on fait après s'être embrassés.*

64

— Alfie ! Ne sois pas grivois !

— Ça m'est égal si tu l'embrasses, tu sais. Il me plaît bien. Il est intelligent. Je déteste l'école, mais j'aimerais bien que ça soit lui mon professeur.

— Tu as raison, c'est quelqu'un de très intelligent. Il a inventé quelque chose, tu sais, une sorte de lumière, ou un tube, enfin un truc qui brûle plus longtemps que ce qui existait avant.

— Ah bon ? Il doit être riche alors !

— Oh, non ! On ne lui a presque rien donné pour son invention.

— Alors il s'est fait escroquer. Il n'aurait pas dû la vendre entièrement. Ce qu'il faut, c'est en tirer un revenu régulier.

— Alfie ! Je ne voudrais pas te vexer, mais tu n'as que treize ans : tu ne connais rien aux affaires.

— Même à dix ans, tout le monde sait ça !

— Bon, de toute façon, Dan n'agit pas pour l'argent. Il le fait par plaisir, par curiosité pour les lois de la nature. C'est un véritable scientifique.

— Tu vas te marier avec lui, Hennie ?

Elle avait besoin de partager avec quelqu'un les joies et les espoirs qu'elle vivait depuis tant de mois.

— Est-ce que je peux te faire confiance, Alfie ? Tu sais, je n'en ai encore parlé à personne.

— Même pas à Florence ?

Il était flatté.

— Non. Même pas à Florence. Seulement à toi. Parce que je sais que tu n'en parleras pas avant que je sois prête.

— Je n'en parlerai pas. Alors ? Tu vas te marier avec lui ?

— Oui, dit-elle avec douceur.

— Quand ?

— Je ne sais pas... bientôt.

Après le départ d'Alfie, elle ressentit une grande solitude, une sorte de tristesse plus profonde encore que la simple mélancolie née d'une séparation : ce soir, pour la première fois, elle éprouvait de la peur. Elle voulut se réfugier dans le sommeil, mais le sommeil ne lui offrit qu'un terrifiant cauchemar. Dan se tenait à ses côtés dans une cave voûtée pleine de bruit et de musique ; ses lèvres remuaient, mais elle ne comprenait pas ce qu'il disait ; il dut répéter plusieurs fois sa phrase avant qu'elle ne comprenne.

« Jamais je ne t'épouserai, Hennie », disait-il, tandis que derrière son épaule l'oncle David hochait la tête, d'un air à la fois désolé et sentencieux.

## 2

Hennie repoussa son livre. Impossible de se concentrer. Son regard se posa au loin sur la masse touffue de feuillage qui festonnait les grandes maisons de pierre de la 5ᵉ Avenue, là-bas, de l'autre côté du parc. Le temps était beau et frais ; une petite brise acide courait à travers les massifs d'arbustes ; tout était calme, nouveau, et donnait l'envie d'engloutir le monde entier. Elle eut un sentiment de panique : toute cette énergie qu'elle sentait en elle était gaspillée. Les journées comme celle-ci lui glissaient entre les doigts et elle n'en faisait rien.

Des gens passaient. Un vieil homme et sa femme marchaient bras dessus, bras dessous, offrant gaiement leurs visages au soleil. Retour de l'école, de grands garçons dépenaillés se disputaient et se bousculaient en riant ; avec un grognement, l'un d'eux se plia en deux, les mains sur le ventre.

Sur un banc, en face, une jeune femme était assise : en dépit de son manteau bon marché qui dissimulait mal son état, on devinait qu'elle attendait un bébé.

Elle n'est guère plus âgée que moi, songea Hennie. Peut-être même pas plus âgée du tout, et à en juger d'après son visage, lorsqu'elle lève les yeux de sa revue, elle n'est pas particulièrement belle.

Et pourtant, quelqu'un l'a désirée suffisamment fort pour vouloir passer avec elle le reste de sa vie, et bientôt il y aura cet enfant... Un sourire rêveur se dessina sur les lèvres de la jeune femme. Elle pensait à l'enfant. Non, elle pensait à l'homme qui lui avait donné l'enfant...

Une vie née de deux êtres. De Dan et de moi. Hennie était bouleversée. En elle se mêlaient le désir et la frayeur que cela n'arrive jamais. Elle ferma les yeux et vit le visage de Dan ; elle vit aussi le visage d'un bébé, mouillé, les cheveux bouclés ; elle sentait la chaleur du bébé contre elle, pelotonné contre son épaule...

— Et voilà, je suis là, tante Hennie !

Elle ouvrit les yeux. Sur sa petite bicyclette, Paul avait des allures de conquérant.

— Eh bien dis donc, tu en as fait une longue promenade avec ton vélo ! Il est temps de rentrer, maintenant. C'est l'heure de ta leçon de piano.

— Je veux pas jouer du piano, protesta Paul.

— Mais quand tu seras grand, tu seras bien content de savoir jouer. Moi, j'ai un ami qui joue très bien.

— Je sais, c'est Dan !

— Dan ? Toi, tu dois l'appeler M. Roth.

— Il m'a dit que je pouvais l'appeler Dan.

— Quand est-ce qu'il te l'a dit ?

— La fois où on s'est retrouvés au parc, et où il m'a emmené faire de la barque.

C'était un dimanche après-midi, l'année précédente. Cela faisait plus d'un an qu'ils se connaissaient.

— Où il vit, Dan ?

— Oh, loin d'ici, dans un autre quartier.

— On y va !

— Non, non, je t'ai dit qu'il fallait rentrer.

— Alors amène-moi chez lui la prochaine fois.

— Euh... ça n'est pas possible. Il n'a pas de maison

— Tout le monde a une maison ! se récria Paul.

— Non, pas tout le monde. Enfin, je veux dire que tou
tes les maisons ne sont pas assez grandes pour y recevoir
des gens.

— Oh, tu veux dire comme la maison de grand-mère, là
où tu vis ? Toute plate, sans escaliers ?

— Non, beaucoup plus petite que ça encore.

— J'aime bien l'ascenseur de grand-mère, sauf que ça
dure pas assez longtemps. Quand je serai grand, je serai gar
çon d'ascenseur ; comme ça je pourrai monter et descendre
autant de fois que je voudrai.

— Ce doit être magnifique.

Au coin de la rue, la vue s'étendait jusqu'à la moitié du
pâté de maisons ; devant la maison des Werner, des hommes de peine chargeaient des malles dans une voiture à
cheval.

— Regarde, Paul, on emmène tes affaires à la montagne
Tu es content de partir ?

— Oui, très, et cette année on emmène le canari et le chat
de la cuisinière, maman l'a promis. Ils peuvent aller dans
le train exactement comme nous.

Florence se tenait sur le seuil de la maison et regardait
partir la voiture.

— Mon Dieu, quelle complication ces départs ! soupira-
t-elle. Et cette précipitation ! Il faut recouvrir tous les meubles, clouer des planches en travers des fenêtres. En outre,
la couturière est encore en haut à travailler sur mes robes
d'été et il ne reste plus que deux semaines avant le départ
Je ne sais pas ce que je vais faire si elle ne parvient pas à
les terminer. Eh bien rentre donc, Hennie, et assieds-toi,
tu dois être épuisée.

— Non, non, on s'est bien amusés, Paul et moi. Quelle
journée magnifique.

Le vestibule était sombre. La verrière près de la porte jetait
une lumière mauve et lugubre sur les boiseries de chêne clair
et le papier peint orné de motifs à fleurs de lis.

Dans le salon, un énorme lustre-chandelier entouré de vitraux lui aussi répandait une lumière également sinistre, mais cette fois lie-de-vin, sur les photographies sépia représentant *le Moïse* de Michel-Ange et la *Ronde de nuit* de Rembrandt. Devant le sofa, la table roulante pour le thé était déjà avancée.

— Je veux du gâteau, dit Paul aussitôt.

— Dans un quart d'heure, ce sera l'heure de ta leçon de piano, fit remarquer Florence. Monte te laver les mains, mon chéri, tu auras du gâteau après le dîner.

— Tu sais, sur le chemin du retour, je lui ai promis qu'il en aurait, dit doucement Hennie.

— Ah, ma chérie, tu vas le pourrir, cet enfant. Bon, eh bien c'est d'accord, prends un gâteau au chocolat, cela ne fera pas trop de miettes ; tu monteras ensuite dans ta chambre et tu demanderas à Mary ou à Sheila de te laver les mains. Tu es un bon garçon.

— Ah, là, là, tu vas le pourrir, répéta Florence lorsque Paul eut quitté la pièce.

— Mais je n'en ai pas du tout l'intention. De toute façon, ce serait difficile de gâter un enfant pareil. Il est bien trop intelligent pour ça.

Florence considéra sa sœur.

— Toi, tu es faite pour avoir une dizaine d'enfants.

Hennie se contenta de lui adresser le sourire de rigueur après un tel compliment. Mais un poids venait soudain de s'abattre sur ses épaules et sa main tremblait lorsqu'elle accepta la tasse de thé que lui tendait Florence. Elle suffoquait dans cette pièce sans air avec son palmier en pot et son «salon oriental» délimité par le dais de tissu rayé. Elle avait envie de pleurer et parvint à retenir ses larmes en fixant son attention sur le paon empaillé qui trônait dans le vestibule.

Heureusement pour elle, la pièce était sombre.

— Tu devrais vraiment nous accompagner dans les Adirondacks, Hennie. Avec Alfie, ce sera délicieux. Pourquoi ne veux-tu pas venir ?

La main de Florence caressait le bras incrusté de nacre d'une chaise nouvellement acquise ; elle devait ressentir une impression de douceur et de richesse.

— C'est affreusement loin, bredouilla Hennie.

— Absurde ! Quelle importance ? Tu dormiras dans le train, et le matin tu seras au bord du lac. Tu ne peux pas savoir comme c'est magnifique. Sauvage et magnifique. La nuit on entend le cri des plongeons et tout sent la résine de pin, même les couvertures. Je suis sûre que tu serais enchantée.

*Pourquoi insiste-t-elle tellement ? Quelle importance cela a-t-il que je vienne ou pas ? Mais en fait, je sais bien pourquoi. Et elle sait que je sais.*

— Les parents de Walter ont un tel sens de l'hospitalité ! Tu te sentirais tout de suite chez toi. Mais il est vrai que tu es déjà allée chez eux à Elberon, tu sais comment cela se passe. Mais je t'assure que l'endroit est encore plus beau, même si je reconnais qu'Elberon est joliment pratique puisque Walter peut se rendre à son travail en ferry-boat ; seulement cet été, ses parents ont absolument tenu à ce que nous passions l'été avec eux dans les Adirondacks. Ils sont si bons avec nous. Je suis ravie d'avoir de tels beaux-parents. J'aimerais tellement qu'il en aille de même pour toi, Hennie.

Nous y voilà, songea Hennie, et je la crois sincère.

La sécurité et la satisfaction avaient adouci Florence. L'impatience nerveuse dont Hennie se souvenait provenait à l'évidence de son incertitude face à l'avenir ; les années de mariage l'avaient effacée.

— Viens donc, Hennie, insista Florence en souriant. Sans cela, il faudra persuader papa et maman de ne pas t'emmener passer quinze jours à la montagne avec eux dans un hôtel à mourir d'ennui. Deux semaines sur une terrasse assise dans un fauteuil à bascule ! Qu'est-ce que je pouvais détester ça ! Je me rappelle encore ces grandes bâtisses à bardeaux avec leurs tourelles, les kilomètres de couloirs et tous ces vieillards qui ne faisaient rien de toute la journée à part s'asseoir et manger, puis se rasseoir encore.

Hennie s'était ressaisie.

— Tu sais, en ce moment je suis très occupée au patronage. Je ne t'avais pas dit que j'avais débuté des cours de cuisine ? Je n'aimerais pas interrompre en plein milieu.

Florence se leva alors brusquement et se dirigea vers un petit secrétaire disposé entre deux fenêtres.

— J'ai failli oublier ! Walter a laissé un chèque pour toi, pour le patronage.

— Oh, tu le remercieras pour moi. Et puis non, je lui écrirai moi-même.

En prononçant ces mots, elle eut un peu honte de l'image de Walter qui lui venait à l'esprit : la canne, le chapeau melon et les demi-guêtres.

— Cinq cents dollars ! Comme c'est généreux de sa part !

— Oui, Walter est un homme généreux, répondit Florence d'un air modeste. Les Allemands sont généreux, tu sais, même si maman continue à les regarder de haut. Ils ont beaucoup de sens moral, ils savent ce qu'est l'antisémitisme. Les gens comme les De Rivera sont en Amérique depuis si longtemps (ils appartiennent aux Fils de la Révolution américaine, au Knickerbockers Club et tout ça) qu'ils ont fini par oublier. Bien sûr, ajouta-t-elle en riant, maintenant que les Allemands sont riches, ils sont acceptés dans la meilleure société.

Hennie plia soigneusement le chèque et le rangea dans son sac en répétant :

— C'est si gentil de la part de Walter.

— Tu sais, il admire beaucoup ce que tu fais : amener ces gens à vivre comme des Américains, en faire des Américains de confession juive à part entière. Walter estime que plus vite ces gens abandonneront leur mode de vie étranger, mieux ça sera pour eux et pour nous.

Florence était contente d'elle-même.

Que faire ? Voilà deux sœurs échangeant des banalités, évitant soigneusement d'aborder ce qui les préoccupe véritablement.

Florence se versa une nouvelle tasse de thé. Tourne,

tourne la petite cuiller… Au bout de quelques instants, elle dit d'un ton détaché :

— J'ai lu dans le journal que Lucille Marks allait se marier. N'est-ce pas cette fille Marks avec qui tu es allée en classe ?

— Non, c'était sa sœur, Annie.

— Son fiancé s'appelle Dreyfuss. Il a fait son droit à Harvard. Je me demande s'il s'agit de ce Dreyfuss de Boston que connaît mon amie Hilda. Il faudra que je le lui demande.

Florence aurait pu réciter par cœur le carnet mondain des journaux. Elle s'interrompit, considéra un certain temps sa petite cuiller, puis, ayant apparemment pris décision, releva brusquement la tête.

— Si tu ne viens pas, c'est à cause de Daniel.

Se forçant à croiser le regard de sa sœur, Hennie fut surprise de ne pas y découvrir l'air de défi qu'elle attendait, mais plutôt une manière de tendre inquiétude.

— Je crois que c'est ça, en effet, admit-elle.

— Que se passe-t-il, Hennie ? Je ne veux pas être indiscrète, sincèrement, mais j'ai toutes les peines du monde à calmer maman. Elle ne comprend pas ce qui se passe.

— Ce qui se passe ? Mais mon Dieu, nous nous voyons depuis un peu plus d'un an…

— Presque deux ans, ma chérie.

— Que veulent-ils ? Que je me marie au premier coup de foudre ?

— Hennie… tu le sais bien : ils ne veulent pas du tout de ce mariage. C'est de cela qu'ils s'inquiètent. Il faut que tu en sois consciente.

— Que veulent-ils, alors ? Qu'il demande ma main et que je la refuse ?

— Ils te soupçonnent de le voir beaucoup plus que tu ne veux bien l'admettre, mais comme ils ne peuvent pas le prouver, ils préfèrent ne pas en parler.

— Mais je ne le vois pas si souvent que ça ! Je le rencontre parfois par hasard au patronage. Il n'y a là rien de mal, que je sache. Il a donné des leçons de piano gratuites à quelques-uns de mes élèves.

— C'est très généreux de sa part, dit Florence avec douceur. Tu l'as aussi rencontré à Central Park, n'est-ce pas ? Paul m'en a parlé, et Walter vous a vus une fois ensemble en revenant de chez ses parents.

Hennie rougit.

— Et alors ? Qu'y a-t-il de mal à ce que nous nous soyons retrouvés deux ou trois fois au parc ? A t'entendre, on croirait qu'il avait décidé de... de m'agresser.

— Oh, Hennie ! Quels propos déplacés ! Tu me déçois. Allez, écoute-moi et ne sois pas fâchée. Je cherche seulement à t'aider.

— Toi non plus, tu ne l'aimes pas. Ne le nie pas. De toute façon ça ne servirait à rien, parce que je le sais.

— Les quelques fois où nous nous sommes rencontrés, Walter et moi avons été aussi aimables qu'avec n'importe qui d'autre. Tu ne peux pas dire le contraire.

— Peut-être, mais ce n'est pas le genre de garçons que tu apprécies.

Florence ne répondit pas immédiatement. Puis, posant la main sur le bras de sa sœur, elle lui parla avec toute la dignité et l'autorité que confère l'expérience d'une femme mariée.

— Hennie, je vois bien que tu n'as pas envie d'en parler, alors je préfère en rester là, mais sache que je ne suis pas dupe. N'oublie pas que tu vis tes plus belles années. Dans notre monde, une fille n'a pas toute la vie devant elle, c'est tout ce que je voulais te dire. Veux-tu rester dîner avec nous ?

Hennie se leva.

— Je ne suis pas suffisamment élégante pour dîner dans cette maison, dit-elle sèchement. Paul vient de faire des taches de chocolat sur ma robe.

Le sarcasme n'échappa pas à Florence.

— Mais nous ne sommes pas à Buckingham Palace, tu sais. Et il n'y aura personne à dîner sauf un jeune homme qui travaille dans la société de Walter ; ils ont quelques affaires de dernière minute à régler. C'est un jeune homme charmant, lui aussi, et si tu veux faire sa connaissance, je peux te prêter une robe.

Mais Hennie devait partir. Elle sentait son cœur battre dans sa poitrine. Il fallait faire quelque chose. Elle ne pouvait plus attendre ainsi, attendre un événement qui sans cesse reculait devant elle. Dans le miroir, au-dessus du porte-chapeaux, son visage était cireux. C'est à cause de la verrière colorée, se dit-elle. Non, pas du tout ; je suis affreuse ; j'ai l'air soucieuse, lasse, ridée. Elle mit son chapeau.

— Pour ce séjour à la montagne, réfléchis quand même, dit Florence.

Son visage dans le miroir était lisse, plus jeune que celui de Hennie, et il ne s'y lisait d'autre préoccupation que celle que faisait naître sa sœur.

— Si tu changes d'avis, préviens-moi.

L'omnibus bringuebalait sur les pavés de la 5e Avenue. Hennie vit défiler la grande maison Vanderbilt, les imitations de châteaux, granit gris et marbre blanc, puis, au milieu du fracas métallique et des oscillations de la voiture, après le Croton Reservoir de la 42e Rue, les grandes bâtisses de pierre sombre qui s'élevaient derrière leurs pelouses soigneusement tondues et leurs grilles en fer forgé. Elle jeta un coup d'œil à sa montre. Dans chacun de ces salons richement meublés, on devait à cette heure-ci débarrasser le service à thé Tout était en ordre.

Oh, que cet ordre, après tout, était désirable ! Sous ces toits solides, chacun savait ce que l'on attendait de lui, et la bâtisse qui s'élevait là aujourd'hui s'y trouverait encore le lendemain. La table et l'enfant. Et puis, à l'étage, la chambre que l'on peut fermer à clé, et au centre de cette chambre le lit où l'on ne dort jamais seule.

Pourquoi, pourquoi attendre si longtemps ? Se retrouver dans les lieux publics, dans les parcs, les restaurants, et puis marcher, marcher jusqu'à ce qu'il fasse trop sombre, trop froid ou trop tard pour rester encore. Une pensée lui traversa l'esprit et elle porta involontairement la main à ses lèvres : et si, finalement, il était le genre d'homme à ne pas vouloir se marier du tout ? Ces choses qu'avait dites l'oncle David… Non, impossible ! Mais cette pensée la terrifiait, comme un voleur rencontré au coin d'un bois ; comme un voleur, il a volé et il s'est enfui.

Les chevaux s'immobilisèrent à Washington Square. Il ne restait plus que quelques passagers, et elle fut l'une des dernières à descendre. Dans la lumière dorée de l'après-midi finissant, sous la cime tremblante des arbres, elle se tenait très droite, les poings serrés, comme si elle eût voulu retenir une idée dans la paume de ses mains. Elle tourna les yeux en direction de sa maison, vers l'est. Mais il fallait savoir…

Elle finit par se décider et s'éloigna à grands pas.

Elle ne voulait pas que cela arrive ainsi. Mais lui non plus. Elle voulait seulement lui demander ce qu'ils allaient devenir, tous les deux, et s'il avait vraiment l'intention de rester avec elle, parce qu'il s'était montré si vague à ce propos qu'un sentiment de panique s'était emparé d'elle. Voilà tout ce qu'elle voulait.

Mais voilà qu'arrivait ce que si longtemps, par ignorance et par désir, elle avait imaginé.

Il ouvre la porte et il est surpris de la voir. Soudain, elle aussi s'effraie de sa propre hardiesse, mais il est trop tard pour revenir en arrière.

Il était occupé à son travail ; dans la chambre derrière lui, on distingue la lumière d'un bec de gaz.

— Je te dérange, dit-elle.

— Non, non, je venais de finir. J'allais monter.

Il éteint le bec de gaz. Ils sont là debout, à se regarder

— Tu veux monter ? demande-t-il.

En haut des marches, il ouvre la porte et s'efface pour la laisser passer. C'est donc là qu'il vit… La première chose qu'elle voit en entrant, c'est son lit. Elle détourne les yeux. Mais la chambre est trop petite pour que sa vision lui échappe. Entre le lit et l'affreux piano droit, il y a à peine la place pour passer. Des vêtements sont entassés sur une chaise. En les ôtant, il découvre une pile de livres. Il est là, debout, les vêtements et les livres à la main, cherchant un endroit où les déposer. Comme il n'y a pas de place, il remet le tout sur la chaise. Il s'excuse pour le désordre, et ils s'assoient au bord du lit.

Aucun d'eux ne prononce la moindre parole. La fenêtre est ouverte, laissant parvenir jusqu'à eux les bruits de la rue : le fracas des voitures à cheval, une porte qui claque, un cri d'enfant, les éclats de voix de deux hommes qui se disputent. Et pourtant la rue est lointaine. Les murs de la chambre les en isolent. Cette pièce est une île.

Il l'embrasse. Son baiser est différent des autres, plus doux, mais aussi plus passionné, parce qu'ils sont seuls, que personne ne les regarde et qu'ils ont tout leur temps. Elle voudrait que ce baiser ne finisse jamais.

Les doigts de Dan s'affairent sur la rangée de boutons qui court à l'arrière de sa robe. Pourquoi lui demander ce qu'il veut faire ? Souvent, elle s'était dit qu'en cet instant elle aurait peur, mais elle est surprise : elle n'a pas peur. Tout est simple, lumineux, sa décision est déjà prise. Elle le laissera faire d'elle ce qu'il veut.

L'un après l'autre, il lui retire ses vêtements. Elle est chaude, chaude et faible, mais forte aussi par la façon dont elle se serre contre lui.

Elle ne peut l'arrêter, elle ne peut attendre.

La dernière chose qu'elle entend, c'est l'orgue de Barbarie, les premières mesures d'un air familier qui disparaît rapidement, en même temps que les voix, en même temps que tous les bruits de la terre ; tout s'évanouit, même la lumière de l'après-midi ; la spirale se rétrécit, il ne reste plus que ce petit carré de drap blanc où ils sont allongés.


Il lui tendit une robe de chambre en laine. Il faisait presque nuit et un crépuscule bleuté avait envahi la chambre Sa présence en ces lieux lui semblait parfaitement naturelle

— Tu es si belle, dit-il. Tes épaules, ton cou sont absolument parfaits. C'était pourtant difficile à imaginer. Tes vêtements te dissimulent complètement. Tu devrais porter des décolletés, des robes de couleurs vives. Pourquoi n'en portes-tu jamais ?

— Ma mère dit toujours que les couleurs vives ne me vont pas bien.

— Eh bien, ta mère a tort ! Je me demande pourquoi elle te dit ça. Mais peut-être qu'elle-même ne le sait pas.

— Tu n'aimes pas ma mère. Ne nie pas, je le sais. Je comprends.

— Ton père, lui, je pourrais bien l'aimer. Mais même lui, j'en suis sûr, estime que tu pourrais trouver un meilleur parti que moi.

Elle songea aux années à venir qui pourraient être si belles et menaçaient d'être empoisonnées. Elle s'efforça de lui expliquer.

— Ce n'est pas seulement du snobisme, bien qu'il y ait de cela aussi dans leur attitude. Mais ma famille a été écrasée. C'est à cause de la guerre.

— Tu ne m'en as jamais parlé.

— Ils ont été ruinés. Mon grand-père a été tué, il est tombé d'une terrasse le jour où des soldats avaient envahi la maison. Ma mère l'a veillé toute une nuit, agenouillée dans l'herbe, tandis qu'il agonisait. Ce n'était encore qu'une enfant à l'époque.

Elle se sentit soudain envahie d'amour et de compassion pour sa mère. Elle poursuivit :

— Un jour, je te raconterai tout. Comment ils ont dû vendre leur belle maison. D'après papa, ils l'ont vendue très en dessous de sa valeur, mais ils ne pouvaient plus l'entretenir. De toute façon, il voulait venir s'installer dans le Nord.

— Ah, ma douce Hennie, comme je suis content qu'il l'ait fait !

Elle demeura un instant songeuse.

— N'est-ce pas incroyable que toi et l'oncle David vous vous connaissiez ? Si ça n'avait pas été le cas, jamais je n'aurais eu le courage de t'adresser la parole.

— Quel homme extraordinaire ! Je me sentirais déjà flatté s'il avait ne serait-ce qu'un peu de considération pour moi.

— Il m'a dit plein de choses merveilleuses sur toi, répondit-elle.

Un jour, peut-être lui avouerait-elle ce que l'oncle David lui avait également dit, et ils en riraient tous les deux. Ah ! diraient-ils, ces vieux bonshommes !

Pour se rhabiller, elle sortit de la pièce. Curieux comme le fait d'ôter ses vêtements lui avait été naturel, alors qu'il était si embarrassant de les remettre !

La voix de Dan lui parvint de derrière la porte.

— Hennie, tu sais, je voudrais te dire quelque chose

Il va m'annoncer la date de notre mariage.

— Je te promets que tu n'as pas à t'inquiéter. Tu ne ris ques pas de tomber enceinte. Je suis très prudent.

Pourquoi, soudain, ce tremblement de honte ? Parce que. les conséquences de tant de douceur peuvent donc être aussı effrayantes...

— Hennie ? Tu m'as entendu ? J'ai dit qu'il ne fallait pas t'inquiéter. Tu peux me faire confiance.

— Oui, oui. J'ai confiance.

— Je te connais. Écoute-moi. Je sais qu'en rentrant chez toi tu auras mauvaise conscience. Il ne faut pas. Nous n'avons rien fait de mal. Que peut-il y avoir de mal dans l'amour ?

— Rien, murmura-t-elle.

— Bien sûr que non, rien du tout.


Lorsqu'elle se réveilla le lendemain matin, elle songea aussitôt : après ce qui s'est passé hier, je suis différente. Il semblait impossible que cette différence, cet immense changement, ne fût pas visible au premier coup d'œil. Pourtant, son père lut le *Times* au petit déjeuner et sa mère prépara le départ d'Alfie pour l'école ; tout se déroulait comme d'habitude, les céréales, la cloche du vendeur de glace, le sifflet du facteur  Mais ce jour-là, chaque fois qu'elle passa devant un miroir, elle ne manqua jamais de se lancer un regard furtif.

Par la suite, Hennie et Dan convinrent de se retrouver chaque fois qu'elle pourrait trouver un prétexte plausible à ses absences. Elle arrivait tôt et attendait patiemment qu'il eût fini son travail. D'emblée, elle avait été frappée par l'ordre qui régnait dans le laboratoire ; quelle différence avec la petite chambre où il dormait et prenait ses repas ! Ici, soigneusement rangés, étaient disposés ses papiers, des tubes, des rouleaux de fil de cuivre, des filaments et des outils. Parfois, Dan tentait de lui expliquer ses travaux.

— Ceci est un amplificateur. Et là, c'est un fil de cuivre beaucoup plus épais que le fil de cuivre ordinaire...

Elle n'avait pas la moindre idée de ce que tout cela signifiait et elle accueillait ses paroles avec un sourire vague. Elle n'attendait que lui. Il était si absorbé par sa tâche ; les yeux plissés, la tête inclinée de côté, il sifflotait d'un air songeur et interrompait son travail pour réfléchir. Il semblait tellement sûr de lui, tellement à l'aise. Et tellement à l'aise avec tout le monde. Il disait ce qu'il avait envie de dire, s'habillait comme il lui plaisait (tout en le regardant, elle ne pouvait s'empêcher de sourire intérieurement à l'idée que, bien que fort peu soucieux de sa propre manière de se vêtir, il n'en avait pas moins des idées bien arrêtées sur la façon dont les femmes, elles, devaient s'habiller).

— Ce chemisier jaune te va à ravir, dit-il soudain en se tournant vers elle. Ça y est, j'ai fini. Allez, on monte et on enlève ce chemisier jaune.

Elle aimait apporter un plat ou un gâteau qu'elle avait préparé chez elle en prétendant qu'il était destiné à ses élèves du patronage. Elle s'occupait de la chambre du mieux qu'elle le pouvait, car Dan était fort peu soigneux et laissait tout traîner n'importe où : vêtements, lettres, vaisselle cassée. Ces modestes tâches domestiques l'émerveillaient et elle savourait le plaisir simple du quotidien partagé.

Elle se sentait presque aussi heureuse que si elle avait été mariée.

Les mois se succédaient et Dan était heureux ; il ne parlait plus d'un appartement à eux, et à eux seuls. Elle hésitait à parler de mariage (après tout, dans les romans, c'est l'homme qui toujours le propose), mais un jour, tentant de dissimuler la rougeur qui lui envahissait le front, elle se résolut à aborder le sujet.

— Tu sais, il faudrait d'abord que j'aie un peu d'argent de côté, répondit Dan.

— Je suis une fille simple, Dan, tu le sais. Je n'ai pas de goûts de luxe. Je suis comme toi.

— Nous n'avons peut-être pas des goûts de luxe, mais nous ne pouvons tout de même pas vivre à deux dans cette chambre !

En jetant un coup d'œil au petit lit étroit, à l'unique chaise et à la bouteille de lait posée sur l'appui de la fenêtre, elle dut convenir qu'il avait raison.

— Moi aussi ma chérie, j'aimerais que nous soyons mariés tout de suite, mais crois-moi, il faut que je parvienne à économiser un peu d'argent.

— Comment comptes-tu faire ? demanda-t-elle sans se départir de son calme.

— Je ne sais pas. Vraiment, je ne sais pas. Regarde autour de toi : il y a de plus en plus de soupes populaires, de plus en plus de chômage et de banques qui font faillite. C'est une véritable crise économique. J'ai un salaire, c'est vrai, mais avant de te rencontrer je n'avais que très peu d'économies. J'ai toujours dépensé beaucoup d'argent pour les autres, et maintenant il m'en faudrait encore plus.

— Tu en donnes encore ?

— Pas beaucoup, mais c'est dur de ne pas le faire, quand je vois mes élèves, des enfants, qui viennent le matin à moitié endormis parce qu'ils ont passé la nuit à fabriquer des fleurs artificielles. Mais j'essaie d'économiser, je t'assure. Il faut que tu sois patiente.

81

A son retour des Adirondacks, Alfie raconta avec enthousiasme ses expéditions en canoé et la façon dont il avait fait griller en plein air les truites qu'il avait lui-même pêchées.

— C'était vivre à la dure, mais avec tout le confort. Tu aurais dû venir, Hennie. Tu te serais bien amusée.

Alfie savait apprécier le luxe. Avec lui, les bonnes choses n'étaient jamais perdues.

— Moi, en tout cas, je ne comprends pas pourquoi elle n'y est pas allée, dit sa mère.

En servant le dessert, elle laissa tomber la cuiller dans le pudding.

— Quand je pense que tu as passé tout l'été au patronage, avec cette chaleur ! Tous les gens qui ont la possibilité de quitter la ville le font, sauf Hennie ! La charité c'est très bien, mais il n'y a aucune raison d'en devenir la martyre !

Alfie battit promptement en retraite.

— Oh, maman, ça n'était peut-être pas aussi merveilleux que ça. Et puis tout le monde n'est pas obligé d'aimer la montagne.

Adorable petit Alfie ! Après avoir commis un impair, il tentait vaillamment de se rattraper. Hennie sentait les larmes lui monter aux yeux. Elle était terrifiée à l'idée que ces larmes puissent couler lentement, piteusement, la forçant à fuir la salle à manger pour échapper aux questions.

Et pourtant, quel charmant tableau de famille ! Le père en costume sombre, la mère présidant en bout de table, le joyeux écolier et la jeune fille à marier.

Ah ! si seulement ils savaient. Les pensées les plus folles tourbillonnaient dans la tête de Hennie. Papa pourrait offrir à Dan un emploi mieux payé que celui de professeur. Non, Dan n'accepterait jamais. Il aimait l'enseignement. De toute façon, papa n'avait pas de travail à offrir. Ses affaires étaient déjà bien assez compliquées, et si jamais il y avait un jour une place, elle serait pour Alfie.

Des images défilaient dans son esprit. La robe de mariée. La musique, la bénédiction nuptiale et la sécurité. Par-dessus tout, la sécurité...

Les mois passèrent et l'automne revint. Dans une librairie, elle acheta *La lettre écarlate*. Mon Dieu, quelle cruauté ! Mais, bah ! ces événements avaient eu lieu deux siècles auparavant.

*Non, de nos jours cela n'est guère différent.*

Elle n'allait plus rendre visite que rarement à l'oncle David. Mais en ces occasions, il ne faisait plus jamais allusion à Dan. Se doutait-il de quelque chose ?

Au patronage, Mlle Demarest risquait parfois, avec une pointe d'envie et de curiosité, une petite réflexion à propos de son « jeune homme ». Elle avait dû voir Hennie se promener avec lui dans les environs. Même dans une ville aussi gigantesque que New York, on ne pouvait espérer passer inaperçu.

— En Russie nous n'avions rien, avait dit un jour Olga, et ici nous n'avons toujours rien. Mais tant que je suis avec mon mari, tout est supportable.

— Vous vous connaissiez depuis longtemps, avant votre mariage ?

— Nous sommes du même village, mais nous ne nous connaissions pas vraiment... et puis c'est arrivé soudain. Tu sais ce que c'est... On a décidé de se marier.

Les pensées de Hennie se bousculaient dans son esprit.

— Mais vous vous aimiez, vous avez connu l'amour avant de vous marier ?

Olga releva vivement les yeux.

— Connu l'amour ? Tu veux dire qu'on aurait dormi ensemble ? Oh, il n'aurait jamais fait ça avant le mariage. Ce n'est pas un homme comme ça.

Hennie rougit.

— Ce n'est pas ce que je voulais dire... pas du tout.

Elle resterait seule avec son secret.

— On n'a pas beaucoup vu Daniel Roth, ces derniers temps, fit observer un jour Angelique.

Ils se retrouvaient désormais chez Dan, aussi depuis quelques semaines n'était-il plus venu chez elle.

Comme Hennie ne répondait pas tout de suite, sa mère demanda :

— Il a cessé de te faire la cour ?

— La cour ! C'est ridicule. C'est un ami, voilà tout. Contrairement à ce que tu imagines, on peut avoir un ami sans qu'il vous fasse «la cour».

— Mais il est comme tous les hommes, il peut désirer une relation définitive. Et comme cela ne semble pas être le cas, je peux t'avouer que ton père et moi sommes bien soulagés. Je le regrette pour toi, mais tu finiras par oublier et tu seras finalement bien plus heureuse.

— Tu dois sortir à dix heures, n'est-ce pas ? demanda froidement Hennie. Eh bien tu vas être en retard, il est plus de dix heures.

*Il est comme tous les hommes, il peut désirer une relation définitive.*

Eileen chantait dans la cuisine, et maintenant que la maîtresse de maison était partie, son chant se déployait librement. Hennie gagna sa chambre et ferma la porte pour se protéger de cette voix joyeuse et forte.

Quand avait-elle vraiment senti les premiers flottements ? Difficile à dire. Car ces flottements étaient bien vagues, presque imperceptibles et semblables à une brise nocturne.

Les femmes lui adressaient des regards insistants, et il répondait. Il n'en résultait rien, mais elle se sentait abandonnée et ensuite, à la réflexion, humiliée par la jalousie qu'elle avait ressentie. Elle s'était promis une chose : ne jamais lui montrer qu'elle remarquait tout et qu'elle y attachait de l'importance, sinon elle prendrait rapidement l'allure, comble du ridicule, de la femme possessive et soupçonneuse.

Pour célébrer la fin de l'année scolaire, on avait organisé un pique-nique sur la plage ; cela avait été la première fois. Il y avait les professeurs de l'école où enseignait Dan, avec leurs femmes et leurs filles. C'était une journée merveilleuse, et même s'il faisait trop frais pour se baigner, il était bien agréable de marcher sur le sable mouillé, à l'endroit où viennent mourir les dernières vagues

Nous sommes convenus de marcher jusqu'à la jetée et de revenir ; nous marchons par deux, en file. Je me retrouve avec M. Martson, le professeur de latin. Dan est devant nous avec la fille du professeur, Lucy Martson. Elle a à peu près mon âge et elle est aussi bruyante que mon frère Alfie. Croit-elle vraiment que ce rire retentissant la rend séduisante ?

M. Martson m'entretient de la mort récente de sa femme et des responsabilités qui sont les siennes à présent vis-à-vis de Lucy, puisqu'il lui tient lieu de père et de mère à la fois. Je le regrette pour lui, mais bien que je lui exprime toute ma sympathie, ses propos m'ennuient. Je ne quitte pas des yeux Dan et la fille qui marchent devant nous. Le vent emporte leurs paroles, et je ne comprends pas ce qu'ils disent ; seul me parvient le grand rire de cette fille, mais d'après les grands gestes enthousiastes de Dan, je comprends qu'il est heureux.

Elle trébuche dans le sable ; il lui offre son bras et ils continuent de marcher ainsi. Je me dis qu'une fois arrivés à la jetée, je me débrouillerai pour me retrouver à sa hauteur et faire le trajet du retour avec lui. Mais ils font demi-tour sans se lâcher le bras. Ses cheveux bruns ont des reflets d'or. Ils sont magnifiques. Elle a le nez retroussé, un petit visage de poupée, mignon mais stupide. Elle ne cesse de parler. Dan m'a toujours dit qu'il aimait les filles tranquilles. Il ne supporte pas le bavardage.

C'est l'heure du repas. Certains ont amené des couvertures qu'ils étendent sur le sable. Je m'assieds sur les rochers à côté de Dan. Une assiette à la main, Lucy Martson erre un peu au hasard entre les groupes, cherchant un endroit où s'asseoir. Dan l'appelle.

— Par ici, il y a de la place !

Il se pousse pour lui faire de la place à côté de lui. Je ne sais pas si c'est vraiment lui qui l'a invitée ou si c'est elle qui s'est débrouillée pour rendre cette invitation inévitable. Quelque chose passe entre eux. Pourquoi ne trouve-t-elle pas un autre homme ?

Je m'efforce à présent de regarder cette fille avec les yeux de Dan, des yeux qui sont si brillants que le blanc en paraît presque bleu. Je ne dis rien, je l'étudie, tandis que eux parlent comme si je n'étais pas là. Elle possède une énergie vitale qui me fait défaut. Elle lève les bras haut au-dessus de sa tête pour s'étirer, et cambre ses reins comme si elle était au lit ; son corps est une invitation et une promesse. Puisque moi je m'en aperçois, nul doute que Dan ne s'en rende compte aussi. Il doit l'imaginer étendue dans un lit, je le sens, et j'éprouve une jalousie si terrible que je serais capable d'écraser mon poing sur le visage de cette fille...

Cela avait-il commencé ce jour-là ? Hennie n'osait pas demander.

De temps en temps, Dan continuait de faire allusion à cette fille. La mort de sa mère avait été un tel choc. En rentrant chez eux, Lucy et son père l'avaient un jour trouvée morte dans le salon. Elle n'avait jamais été malade. Un drame. M. Martson n'était plus le même homme. Mais Lucy était d'une vitalité étonnante ; M. Martson avait de la chance d'avoir une fille comme la sienne pour l'aider à supporter son malheur.

Parfois, Dan parlait aussi d'autres femmes. La nouvelle bibliothécaire. Une infirmière rousse au patronage. Peut-être n'était-ce qu'un jeu. Un jeu de regards, de compliments, d'admiration. C'était ce que l'oncle David avait remarqué, mais sans en comprendre la véritable portée.

Hennie cherchait donc à se persuader : tout cela, bien que difficile à vivre, était parfaitement inoffensif. Je dois l'accepter. Il faut lui laisser le champ libre, et il reviendra toujours.

La seconde année touchait à sa fin.

Le dimanche précédant la fête de Thanksgiving, ils allèrent se promener l'après-midi dans Central Park. En cette saison, l'air aurait dû être vif, mais il faisait lourd ce jour-là, et la lumière était voilée dans les allées du parc.

Les gens déambulaient lentement et les enfants éparpillaient à coups de pied les feuilles mortes rassemblées en tas. Un petit groupe s'était formé autour d'un vieil homme qui nourrissait des pigeons ; retrouvant le geste du paysan semant ses graines, il jetait à la volée des miettes de pain puisées dans une besace.

— Voilà un spectacle qui ne ressemble guère à cette ville, fit remarquer Dan. Regarde comme cet homme a les joues rouges.

— Quand je l'amène au parc, Paul va toujours le regarder.

Et des vers de Stevenson appris à l'école lui revinrent en mémoire, des vers où il était question de campagne :

> *Là où les vieillards ont le rouge aux joues*
> *Et les belles jeunes filles*
> *Les yeux tranquilles.*

Mes yeux ne sont pas tranquilles, se dit-elle.

Ils poursuivaient leur promenade. Ils n'avaient échangé que fort peu de paroles. Dan fit remarquer qu'il faisait si chaud que l'on avait à peine besoin de mettre un manteau, que le temps était exceptionnellement beau pour la saison, mais qu'il faudrait s'attendre à des montagnes de neige pour le mois de janvier.

— Probablement, répondit-elle.

Une volée de moineaux s'égailla à leur approche.

— C'est drôle, personne ne les nourrit, dit Dan. Ils ne doivent pas être assez beaux. Je les appelle les misérables parce que le bon Dieu en a fait tellement...

Tu ne crois même pas en Dieu, songea-t-elle. Pourquoi agis-tu ainsi ? Pourquoi parler des moineaux alors que nous devrions être en train de parler de nous ? Vas-y, sois courageux, dis-le-moi : je me suis lassé de toi, j'ai changé d'avis.

Dan l'observait. Ils s'immobilisèrent au milieu d'une allée.

— Que se passe-t-il, Hennie ?

Dans sa voix perçaient aussi bien l'impatience que l'inquiétude.

— Tu as l'air triste. Qu'est-ce qui te préoccupe ?

L'humiliation l'accablait. Tous les promeneurs autour

87

d'eux devaient s'en rendre compte. Comme s'il ne le savait pas !

Elle sentait ses lèvres sèches contre ses dents.

— Oh, rien, un peu de vague à l'âme, c'est tout.

— Très bien, c'est quelque chose qu'il faut respecter, dit-il d'un ton léger. Je te pardonne.

Me pardonner quoi ? hurla-t-elle au fond d'elle-même. Comment oses-tu dire que tu me pardonnes ? Mon Dieu, Dan, tu ne comprends donc rien ? J'ai besoin de savoir où nous allons.

Ils continuaient de marcher, rompant çà et là le silence lorsqu'il devenait trop lourd, des remarques banales à propos du spectacle qui s'offrait à leurs yeux : deux beaux colleys, une calèche marron emportant trois filles qui arboraient le même chapeau à plume. Ils débouchèrent ainsi sur la 5e Avenue où ils se mêlèrent à la foule du dimanche, les couples élégants qui allaient prendre le thé au Plaza, les familles qui prenaient le frais après le déjeuner. Ils montèrent dans l'omnibus.

— J'ai oublié de t'en parler, dit Dan, mais il y a des cousins de ma mère qui arrivent de Chicago. Comme je n'ai pas la place de les loger, ils vont descendre à l'hôtel, mais je vais être obligé de les accompagner, de leur montrer la ville. C'est la première fois qu'ils viennent à New York. La semaine prochaine, je vais être très occupé.

— Bien sûr, répondit vivement Hennie.

A la hauteur de son arrêt, elle lui dit :

— Inutile de m'accompagner jusque chez moi. Non, vraiment... je sais que tu as beaucoup de choses à faire.

— Et toi, tu ne veux pas venir chez moi ? demanda-t-il sans grande conviction.

— Non, ma sœur vient prendre le thé. Walter a dû aller à l'une de ses réunions de travail du dimanche.

Il n'insista pas.

— De toute façon, je saurai m'occuper, dit-il. J'ai une montagne de papiers qui m'attendent.

Il sourit.

— Allons, un peu de gaieté, Hennie. Ce n'est pas encore la fin du monde !

Il lui retournait le couteau dans la plaie.

— Mais je suis très gaie, ça va, ne t'inquiète pas pour moi, répondit-elle en s'éloignant.

Je ne me retournerai pas pour voir s'il me regarde. Pas question. Mais je sais que je l'ai perdu.

En fait, elle n'attendait pas Florence, et elle fut surprise en apercevant devant chez elle la calèche attelée aux deux chevaux gris pommelés. Un peu effrayée, elle espérait trouver d'autres gens chez elle et n'avoir à affronter qu'une banale conversation mondaine. Mais Florence et leur mère étaient seules dans le salon, avec entre elles l'inévitable service à thé. Que deviendrait New York sans les services à thé, les potins, les mariages arrangés pour les fils et les filles de la bonne société ?

— Où est papa ? demanda Hennie.

— Il fait sa sieste du dimanche. Mon Dieu, que tu es pâle !

— Le vent se lève, il commence à faire froid, répondit-elle sans réfléchir.

— Froid ! s'exclama Angelique. Alors que Florence vient tout juste de se plaindre de cette chaleur inhabituelle pour la saison ! Où étais-tu donc, Hennie ?

— J'étais allée me promener au parc.

Tandis que Hennie s'asseyait, Angelique et sa fille aînée échangèrent un regard.

— Goûte-moi donc ce gâteau, dit Florence en lui tendant une assiette. C'est ma nouvelle cuisinière qui l'a préparé. Elle est irlandaise mais elle l'a très bien fait. Comme tu le sais, les Irlandais ne sont pas très réputés pour leur cuisine. Ah ! que j'aimerais pouvoir m'offrir un cuisinier français. Les parents de Walter en ont un, et il est merveilleux.

Un concert des nations, songea Hennie. Cuisiniers français, servantes irlandaises et gouvernantes allemandes. Le nec plus ultra ce serait un majordome anglais, mais cela, c'est encore hors de portée des Werner… Pourquoi épingler ainsi les travers de ma sœur ? Parce que je suis blessée et que j'ai besoin de me venger sur quelqu'un, voilà pourquoi...

La conversation, qu'Hennie avait interrompue par son arrivée, finit par reprendre.

— Le mobilier était entièrement Louis XVI. Une femme sur deux au moins portait un diadème. Tu imagines la scène !

Elle se tourna vers Hennie.

— Je racontais à maman le dîner chez les Brocklehurst. C'est un tout autre monde, mais ce ne sont pas des Juifs, bien sûr. Bien que cela ait été un dîner d'affaires, je n'ai pas cherché à m'esquiver ; j'ai même été très flattée d'être invitée. L'appartement à lui tout seul devait coûter... je ne sais pas, une somme astronomique. Vingt pièces sur la 5e Avenue ! Imagine un peu... Je connais un cousin de Walter qui pour sept pièces sur la même avenue paie cent dollars par mois, alors celui-ci...! Ils sont à deux pas de l'Harmonie Club.

— Je ne suis jamais allée à l'Harmonie Club, dit Angelique d'un air rêveur.

— Oh, cela ne te plairait guère, maman. Moi, bien sûr, je suis obligée d'y aller à cause des parents de Walter, mais c'est tellement allemand ! Il y a le portrait du Kaiser dans le vestibule ! Et ce n'est que cette année que l'allemand a cessé d'être la langue officielle. J'avoue que j'aimerais que l'allemand cesse aussi d'être la langue officielle chez mes beaux-parents. Après tout, cela fait quand même quarante ans qu'ils vivent en Amérique. Mais ils continuent à se considérer comme allemands. Tous les deux ans, ils vont passer l'été à Carlsbad ou à Marienbad.

— Cela doit être bien fatigant, tous ces voyages, soupira Angelique. Et pourtant, j'aimerais tant que ton père puisse...

— Que voudrais-tu que je puisse faire ? demanda Henry en entrant dans la pièce.

— Voyager, mon cher, cela fait des années que tu n'as pas pris de véritables vacances.

— Tu es toujours invité, tu le sais, déclara Florence. Pourquoi ne viendriez-vous pas en Floride avec nous cet hiver ? Tu pourrais venir avec eux, Hennie.

Elle se tourna vers sa sœur.

— Et maintenant, je veux que tu me promettes solennellement que tu viendras avec nous cet hiver.

Hennie avait les mains moites. Des petits points lumineux dansaient dans l'air devant elle.

— J'essaierai, dit-elle faiblement.

Elle se sentait mal. L'estomac lourd. Cela faisait une semaine ou deux qu'elle ressentait ce genre de malaises.

— Qu'est-ce que tu veux dire par « j'essaierai » ? Qu'as-tu d'autre à faire ?

Et comme Hennie ne répondait pas :

— A moins, bien entendu, que tu n'aies vraiment quelque chose à faire.

Autour d'elle, on attendait une réponse.

— Cessons de tourner autour du pot, lança brusquement Angelique. Cela fait longtemps que tu ne vois plus que ce Roth, et personne d'autre.

Hennie baissa la tête. Dans son champ de vision n'apparaissaient plus que des chaussures : celles, fines et pointues, de Florence, celles de son père, usées, il aurait bien besoin d'une nouvelle paire, et le pied de sa mère qui tapotait nerveusement le tapis.

— Alors, Hennie, qu'as-tu à répondre ?

Qu'ai-je à répondre ? Seulement que je l'aime, que je mourrais volontiers pour lui, et qu'il ne veut plus de moi.

— Hennie ! Pourquoi prends-tu cet air-là, comme si c'était la fin du monde ?

C'est drôle, c'est ce qu'il avait dit, lui, que ce n'était pas encore la fin du monde. Elle releva la tête.

— Je voudrais bien une tasse de thé. Vous ne m'en avez pas offert.

Elle espérait calmer un peu ses crampes d'estomac.

Cette conversation était prévue. Rien de spontané. Ils l'attendaient. C'était pour cela que Florence était venue un dimanche. A présent ils faisaient cercle autour d'elle, comme

91

la meute au moment de la curée. Nul moyen de s'échapper, et tout en les détestant pour ce qu'ils étaient en train de faire, elle ne pouvait s'empêcher de se dire qu'ils avaient raison.

— Qu'est-ce que vous voulez, qu'est-ce que vous attendez de moi ? s'écria-t-elle en pleurant.

— Nous voulons seulement savoir ce qui se passe, dit Angelique. Crois-tu que nous ne nous préoccupons pas de toi ? Estimes-tu que nous n'avons pas le droit de savoir ?

Ne vomis pas sur le tapis.

— Tout ce que veut dire maman, déclara Florence avec flegme, c'est : est-ce que tu te rends compte, oui ou non ?

C'était plus qu'Hennie n'en pouvait supporter. Elle adressa un regard suppliant à son père : qu'il intervienne, qu'il mette fin à son supplice. Mais la tête baissée, il était occupé à curer sa pipe. Il n'allait pas l'aider, et pour la première fois de sa vie, Hennie ne ressentit aucune compassion pour lui.

— Nous savons, poursuivit sa mère, que tu l'as vu beaucoup plus souvent que tu ne veux bien l'admettre. Tu as cru pouvoir nous tromper avec tes dénégations. Je dois dire que pendant un certain temps, cela a marché, nous t'avons crue ; mais c'est fini, Hennie. Il est temps, à présent, que tu nous parles avec franchise.

Le regard traqué de Hennie fit le tour de cette petite pièce où elle avait été si heureuse.

— Je n'ai rien de plus à dire. Absolument rien.

— Ton père, peut-être, pourrait parler avec ce jeune homme et voir ce que cet « absolument rien » signifie.

La meute s'acharnait sur elle.

— Non, non ! s'écria Hennie.

Puis, faiblement, elle ajouta :

— Il lui faut un peu plus d'argent. Il ne peut...

Angelique la coupa.

— Quoi ? Mais alors il attend de rencontrer une fille riche.

— Maman ! Comment peux-tu dire une chose pareille !

Tu dis ça pour tout le monde ! Dan se moque de l'argent La richesse ne l'intéresse pas.

Les mots lui faisaient mal.

— Mais tu viens de dire qu'il lui en fallait plus. Donc il ne s'en moque pas autant que ça. Ne sois pas une enfant.

Elle avait posé la main sur son bras et lui parlait avec une douceur surprenante.

— Hennie, ma chérie, tu sais qu'il faut de l'argent pour tenir une maison. Ne serait-ce qu'une femme de ménage une fois par semaine, cela coûte déjà un dollar et demi. T'a-t-il dit comment il comptait faire ?

— Il est professeur. Il a un petit salaire.

— Il y a pourtant des gens qui vivent avec un salaire de professeur, dit Angelique, changeant brusquement d'avis.

Hennie ne répondit pas. Quelqu'un marchait dans l'appartement au-dessus, et les cristaux du lustre se mirent à tinter. Il n'y avait pas d'autre bruit dans la pièce. On attendait la réponse de Hennie.

— Je n'arrive pas à parler, dit-elle. Je ne me sens pas bien. Vous ne voyez pas que ça ne va pas ?

— Bien sûr que si, répondit Angelique, et c'est justement parce que nous l'avons remarqué que nous voulions en parler avec toi.

— Je ne me sens pas bien parce que j'ai attrapé froid, et j'ai envie d'être seule !

Elle avait crié. Sa mère et sa sœur s'étaient reculées.

Hennie se rendait compte que jamais elle ne s'était emportée contre sa famille. Sa voix était devenue une arme. Tout le monde se leva. Florence s'approcha du miroir pour ajuster son chapeau, où un oiseau d'un bleu brillant était perché sur une couronne de mousseline.

Sans se retourner (elle voyait Hennie dans le miroir), elle dit :

— Nous ne voulons que ton bien, ma chérie. Mais j'ai l'impression que le moment n'est pas bien choisi pour parler. Nous verrons cela une autre fois.

Debout à la fenêtre, Hennie regardait l'oiseau sur la mousseline, le manchon de zibeline et la robe en velours disparaître à l'intérieur de la voiture. Elle sentit alors que son père lui posait la main sur l'épaule.

— J'aimerais te parler, Hennie, tu veux bien? Une minute seulement, et ensuite tu pourras aller te reposer.

C'était l'après-midi de congé d'Eileen, et sa mère avait rapporté elle-même le plateau de thé à la cuisine.

— Pas maintenant, papa.

Il aurait dû venir à son secours. Était-il trop fatigué? Il était toujours trop fatigué!

Avant que sa fille ne s'éloigne, il lui parla avec rapidité :

— Je veux que personne ne te fasse de mal, Hennie. Je sais que ta mère et ta sœur se préoccupent de choses qui ne t'intéressent guère, mais elles s'inquiètent pour toi. Peut-être n'aimes-tu pas la manière dont elles le montrent, mais elles t'aiment. Tu le sais, non?

Elle acquiesça. La douceur de sa voix et le geste tendre de sa main sur son épaule lui firent venir les larmes aux yeux. Cette fois-ci, elle ne put les empêcher de couler. Elle prit la main de son père et l'appuya contre sa joue.

— Tout ça ne va pas, Hennie.

— Qu'est-ce qui ne va pas?

— Je ne connais pas ce jeune homme.

— Il ne te plaît pas?

— C'est plutôt que je ne le connais pas. Et puis je t'ai laissée trop libre. Jamais je n'aurais dû permettre cela. Je ne sais pas pourquoi j'ai agi ainsi.

Mais moi, je sais pourquoi. Parce que tu savais que j'avais besoin d'être aimée et que tu ne voulais pas gâcher mon bonheur.

— Ne t'en fais pas pour moi, papa. Tout ira bien.

Plus tard, dans sa chambre, après que son malaise se fut dissipé, elle s'assit à son bureau et rédigea une lettre. Les mots lui venaient tout simplement.

«Mon cher Dan. Je sais que tu t'es lassé de moi. Je ne tenterai pas de plaider ma cause et je ne te demande aucune explication. Chacun est libre d'aimer et de cesser d'aimer.

Je te demande seulement d'être honnête avec moi et de me le dire. »

Sous sa plume, l'encre traçait sur le papier blanc de gracieuses arabesques ; amère ironie que des courbes aussi élégantes pussent épeler les mots froids de la rupture ! Mon Dieu, comment un être humain peut-il faire à ce point partie de vous qu'une séparation vous donne le sentiment d'être tranché en deux ?

« Je ne ferai pas de scène », écrivait-elle.

Il ouvrirait l'enveloppe lors de la distribution du courrier, ou bien elle attendrait dans la boîte aux lettres son retour à la maison. Alors, il s'assiérait près de la fenêtre, devant la table recouverte encore des miettes de pain du petit déjeuner, et il déchirerait l'enveloppe. Il éprouverait... Qu'éprouverait-il, au juste ? Soulagement ? Culpabilité ? Peine ? Tout cela en même temps ? Et qu'en ferait-il ? Se précipiterait-il chez elle pour se faire pardonner ? Non. Il dirait : « Oui, oui, c'est vrai, je le regrette, mais c'est terminé entre nous. Maintenant, je suis amoureux de Lucy Marston... ou d'une autre. »

Le cœur lourd, les tempes battantes, elle traça sur la feuille les mots qui consommaient son sacrifice.

« Je ne te reprocherai rien. La douleur que j'éprouve, c'est moi-même qui me la suis infligée. Il ne sert à rien de feindre des sentiments que l'on n'éprouve pas, et si tu n'éprouves plus rien pour moi, tu n'y peux rien. Mais il ne faut pas me mentir. Ce n'est pas bien. »

Après avoir signé la lettre, elle se redressa, le dos très droit. Elle se sentait fière de supporter aussi courageusement une telle douleur. Enfin, épuisée, elle s'étendit sur son lit et s'endormit aussitôt.

Au matin, elle déchira la lettre.

Dans la maison, l'atmosphère était glaciale. Angelique parlait de choses et d'autres, comme si rien ne s'était passé. Toute son attitude, pourtant, proclamait avec force : comme tu peux le voir, nous respectons les convenances, mais ne t'imagine pas que nous ayons oublié. Nous attendons, c'est tout.

Hennie était affamée. Un après-midi, elle ne fit pas moins de cinq expéditions à la cuisine, se taillant de si gros morceaux de pain que même Eileen en fut supéfaite. Elle engloutit une cuisse de poulet, une pomme, et avala un grand verre de lait. Lorsqu'elle avait l'estomac vide, elle se sentait malade.

Un matin, elle vomit. La délicate mécanique de son corps était détraquée. Elle aurait voulu en savoir davantage... mais d'un autre côté, elle aurait aussi préféré n'avoir jamais ouvert les livres de médecine de l'oncle David...

Mon Dieu, ce n'est pas vrai ! C'est sûrement autre chose. Dan avait dit que ça n'arriverait pas. Ce n'est certainement pas ça.

Cela faisait quelques jours qu'il n'avait pas donné de ses nouvelles. Elle se voyait jouant à un jeu dangereux : s'approcher de chez lui, puis tourner les talons. C'était l'heure où il se tenait devant la fenêtre et corrigeait des devoirs. Il pouvait regarder dans la rue ; elle ne voulait pas risquer l'humiliation de sembler le chercher...

Un jour, sa mère l'envoya faire des courses à l'épicerie, et il lui arriva quelque chose de curieux : elle oublia ce qu'elle était venue chercher. Au milieu des barils de flocons d'avoine et de café, légèrement prise de vertige, elle s'efforçait de se rappeler... Il était tôt, encore, et elle était la seule cliente. L'épicier, M. Potter, avait beau se montrer patient, elle se sentait pour le moins embarrassée.

— Bon, voyons, qu'est-ce que cela pouvait être ? demandait-il plein de sollicitude.

Posées à plat sur le comptoir, ses grosses mains rouges avaient l'aspect de la viande crue ; elle en eut le cœur soulevé.

On dirait un gnome. Je voudrais tout lui raconter. Je dois être folle.

— Qu'est-ce que cela pouvait être ? répétait-il. Voyons... du sucre ? Du pain ?

Du sucre ! C'est ça, du sucre ! Tout lui revint : un sachet de noisettes pour le gâteau dominical et du beurre.

Le beurre commençait déjà à fondre. Il coulait le long des flancs du petit pot en terre, jaune et graisseux. Elle sentait sa bouche s'emplir de salive. Ce beurre était écœurant. Fermer les yeux ! Vite ! Vite ! A la maison ! Elle allait vomir...

Dans la rue, son reflet disparut rapidement de la vitrine de M. Potter. Mais bien sûr ! C'est parce que son corset était trop serré qu'elle s'était sentie ainsi sur le point de défaillir. Voilà pourquoi elle transpirait comme si on était encore au mois d'août !

Au coin de la rue, elle hésita : rentrer à la maison avec le sac à provisions, ou bien être sûre, une fois pour toutes...

Elle ne rentra pas chez elle. Dans la rue de l'oncle David, les charrettes à bras étaient alignées sur deux files, et proposaient au passant leurs empilements de bretelles, de casquettes, de tabliers et de pommes de terre. Une voiture automobile sans cheval (un spectacle rare dans une rue aussi pauvre) fit son apparition dans un bruit de ferraille et s'immobilisa soudain avec un grand bruit : une chaîne, semblable à une chaîne de bicyclette, pendait sous l'essieu arrière. Les camelots se mirent à jurer et un cheval effrayé s'emballa en emportant sa charrette ; deux gamins qui, vu l'heure et leur âge auraient dû être à l'école, conspuèrent le malheureux chauffeur de ce nouveau moyen de locomotion : «Achète un âne !»

Cette scène, qui n'avait pas duré plus d'une minute, s'imprima dans l'esprit de Hennie. Bien que je n'aie rien à voir dans tout ça, se dit-elle, je me souviendrai de ce cheval emballé et de la lumière qui brillait sur la chaîne tombée à terre.

La porte du cabinet de l'oncle David était ouverte, mais la pièce était vide. Elle s'assit, feuilleta la dernière livraison de l'*Illustrated Newspaper* de Frank Leslie, mais fut incapable de fixer son attention. Immobile, presque pétrifiée, elle attendait et redoutait à la fois le bruit des pas de l'oncle David dans l'escalier.

— Pour le médecin, disait l'oncle David, le corps n'est qu'une machine. Comme la mécanique d'une voiture sans cheval. Rien d'autre.

Elle n'osait pas le regarder. Du bout des doigts, elle lissait les ongles de l'autre main. Des ongles roses, soigneusement polis et nacrés comme des coquillages.

— D'après ce que tu me dis, dit doucement l'oncle David, je crois qu'il n'y a pas de doute sur ton état, mais je dois quand même procéder à un examen.

La honte. La honte brûlante. Où trouver le courage ?

— Étends-toi ici et recouvre-toi avec le drap. Moi je vais sortir. Quand tu seras prête, appelle-moi.

Elle était étendue, immobile. Sur la chaise, soigneusement pliés, le corset, le bustier, la chemise et les jupons. Ainsi exposés, flasques, ils avaient quelque chose de honteux. Elle ferma les yeux pour ne pas les voir, pour ne pas voir le plafond, pour ne rien voir du tout. Elle appela.

Lorsqu'il eut soulevé le drap, elle sentit l'air frais puis le froid du métal. Elle agrippa les rebords de la table.

Je ne suis pas ici. Je suis quelqu'un d'autre.

Il rabattit le drap.

— Habille-toi. Nous parlerons ensuite.

La voix était sèche, dépourvue d'émotion, et elle savait qu'il s'efforçait de dissimuler une terrible colère. Ainsi c'était vrai.

La panique s'empara d'elle. Une panique aussi terrible que si elle était en train de vaciller au bord d'une falaise escarpée par un jour de grand vent, ou si elle se trouvait seule la nuit dans une immense maison, et qu'elle entendait des bruits de pas dans l'escalier. Elle réussit pourtant à se lever, à se rhabiller et à lacer ses chaussures. Puis elle éclata en sanglots. Silencieusement.

Lorsque l'oncle David revint dans la pièce, il lui dit avec douceur : «Ne pleure pas, Hennie.»

Il n'y avait plus trace de colère dans sa voix, mais les larmes continuèrent de rouler sur les joues de la jeune fille.

Le vieil homme détourna les yeux. Des moineaux, dans

leur livrée grise et terne, se pressaient en pépiant sur l'appui de la fenêtre. « Les misérables », les appelait Dan. Le vieil homme les observait en tapotant un rythme de marche sur son bureau, avec un crayon.

— Alors, Hennie ? finit-il par dire après une longue minute de silence.

Elle ouvrit les lèvres, mais aucun son ne sortit. Finalement, elle parvint à chuchoter :

— Je ne peux pas.

— Bon. Admettons qu'il n'y ait rien à dire... C'est arrivé, voilà tout. Au moins vous vous aimez, et c'est ça l'essentiel.

Il se montrait égal à lui-même : direct, pratique. Il ne lui faisait aucun reproche, il ravalait sa colère, et n'eût été ce « au moins » qui nuançait son « vous vous aimez », elle se serait sentie totalement appuyée, réconfortée. Ses sanglots cessèrent.

Désespérée, elle parcourut du regard les objets qui l'entouraient, les livres et les flacons de médicaments sur les étagères. Elle eut un geste vague.

— Il n'y a pas un médicament, quelque chose ?

— Le baume du Pérou ?

David eut un sourire triste.

— Ça guérit à peu près tout, mais pas ça.

Il posa sur elle un regard empreint de tendresse.

— Il va falloir te marier. Tout de suite. Absolument tout de suite

Hennie baissa la tête.

— Tout de suite, répéta l'oncle David. Et lui, il sait ce qui t'arrive ?

Elle eut un geste de dénégation.

— Il faut que tu lui en parles aujourd'hui même.

Pourquoi être si fière ? Pourquoi ne pas se blottir contre l'épaule du vieil homme en lui disant : « Oh, mon oncle, c'est toi-même qui m'as dit que certains hommes sont incapables de demeurer toujours avec la même femme. »

— Je dirai que l'enfant est né prématurément. Personne ne s'en étonnera, poursuivit l'oncle David. Aie confiance,

99

Hennie, je m'en occuperai. Mais tu dois aussi faire preuve de courage.

— Je ne sais pas si j'y arriverai.

— Je suis sûr que si.

— Tu es plus sûr que moi.

— Je sais que tu y arriveras, parce que de toute façon tu ne peux pas faire autrement.

En l'aidant à enfiler son manteau, il posa sur son épaule une main chaude et ferme puis, alors qu'elle franchissait le seuil, il répéta : «Au moins vous vous aimez, c'est l'essentiel. Ne l'oublie pas.»

Elle attendit Dan dans les escaliers. Tandis que dans la pénombre il fouillait ses poches à la recherche de ses clés, elle lui lança tout à trac :

— Dan, j'attends un bébé !

Elle avait élaboré mille et un scénarios au cours des heures précédentes. Lui reprocher de l'avoir négligée, le séduire avec un ruban autour du cou et un mignon petit chapeau, lui prendre les mains et se montrer tendre, pleurer, ou bien le rendre jaloux (mais comment, folle que tu es, comment ?) — elle avait tout envisagé et tout abandonné. Non, après tout, il convenait de ne prononcer que ces seuls mots : «J'attends un bébé.»

La porte se referma derrière eux en claquant. Il retira son manteau (elle avait raccommodé une brûlure qu'il avait faite dans son laboratoire) et le déposa sur le dossier de la chaise, puis entassa sur la table la pile de livres qu'il tenait dans les bras. Elle le vit se mordre la lèvre.

— Comment le sais-tu ?

— Je suis allée voir l'oncle David ce matin.

— Oh non, pas lui !

— Et pourquoi, pas lui ?

Il gratta une allumette et alluma une cigarette. La flamme jaillit entre ses doigts.

— Il était sûr et certain ?

— Absolument.

Combien de fois avait-elle grimpé ces escaliers quatre à

quatre et, derrière la porte entrebâillée, trouvé Dan, l'air malicieux, qui l'attendait, les bras grands ouverts ? Entre eux, à présent, la largeur de la pièce, pourtant modeste, semblait un véritable gouffre. Il frotta une autre allumette et l'approcha de la lampe à gaz ; une pâle lumière vint dissiper quelque peu l'obscurité de cet après-midi d'automne.

— Qu'est-ce qu'il a dit ? Il avait l'air furieux ?

*Que nous devions nous marier tout de suite. Que ce qui était important, c'est que nous nous aimions.*

— Il n'a pas dit grand-chose.

— Il a bien dû dire quelque chose.

Dan gardait les yeux rivés sur le sol.

— J'imagine qu'il m'aurait volontiers tué.

— Il n'y aurait pas vraiment de raison.

— Il avait une bonne opinion de moi, de nous deux, et je l'ai déçu.

— Je ne sais pas. En fait, je crois qu'il était surtout très ennuyé.

Ennuyé. Triste plutôt, très triste. Au sens où l'on dit une « triste affaire », pour évoquer quelque chose qui n'aurait jamais dû se produire...

Voilà qu'elle raisonnait comme un professeur d'anglais, se dit-elle, et l'absurdité de ses pensées fit naître un vague sourire sur ses lèvres.

Dan remarqua ce sourire. Il s'approcha d'elle. Il doit avoir peur d'une crise d'hystérie, se dit-elle.

— Assieds-toi, lui dit-il, enlève ton manteau... tu as peut-être envie de t'étendre.

Elle jeta un regard sur le lit, puis alla s'asseoir sur la chaise près de la fenêtre.

Elle sentit la main de Dan sur son épaule.

— N'aie pas peur, Hennie. Il va falloir se marier rapidement, c'est tout.

Sa voix lui parvenait comme assourdie par la distance, presque irréelle. Elle s'entendit alors répondre, comme si quelqu'un d'autre parlait à sa place :

— Tu n'en as pas envie.

101

— Mais bien sûr que si ! C'est simplement un peu plus tôt que... mais on se débrouillera, ça ira très bien.

Et, d'un ton suppliant, il répéta :

— N'aie pas peur, Hennie.

— Pendant tout ce temps... tu disais que tu n'avais pas assez d'argent. Et puis ensuite, tu n'en as plus jamais parlé.

— Je crois que cette responsabilité m'effrayait. Les factures, le loyer, je préférais repousser tout cela à plus tard. Ne crois pas que je ne me sois jamais senti coupable. Cela aurait été mieux pour toi si tu avais rencontré quelqu'un d'autre.

Hennie se cacha le visage dans les mains. Rencontrer quelqu'un d'autre ! Elle se sentait épuisée. Lasse, si lasse !

— Hennie, regarde-moi. Je ne suis pas très fier de moi, tu sais. Allez, ne pleure pas. Je t'en prie, je ne supporte pas de te voir pleurer.

— Mais je ne pleure pas.

Elle releva la tête. Il avait l'air complètement défait. Un sentiment de vindicte triomphante s'empara d'elle.

— Bah, tu finiras bien par supporter mes larmes. Mlle Lucy Martson te consolera.

— Mais pour l'amour de Dieu, qu'est-ce que tu racontes ?

— Ça me paraît clair, pourtant.

— Mais il n'y a absolument rien entre nous ! A quoi penses-tu ? Une si jeune fille... elle est mignonne, c'est vrai, mais... mais il y en a des centaines comme elle... Alors un homme ne peut même plus adresser la parole à une fille sans qu'on s'imagine aussitôt que...

Ce serait bon de pouvoir le croire. Peut-être, après tout, disait-il vrai.

Elle se leva, écarta le rideau et se mit à observer l'allumeur de réverbères qui créait autour de lui, à intervalles réguliers, des cercles de lumière dans la pénombre naissante. Il n'y avait que lui dans la rue.

— Il faut nous marier tout de suite, Hennie, répéta Dan en martelant ses mots.

Elle se retourna vers lui.

— Non. Je ne veux pas que tu m'épouses parce qu'« il faut ».

En elle, un sentiment de fierté, de défi, prenait le pas sur le désespoir.

— Je vaux plus que ça. Je ne veux pas vivre avec un homme qui me reprochera notre mariage à chaque dispute.

— Ça n'arrivera jamais.

— Quoi ? Tu crois qu'on ne se disputera jamais ? C'est ridicule ! Comment peux-tu dire une chose pareille ?

— Je voulais dire que jamais je ne te le reprocherai, comme tu dis. Tu as ma parole.

— Je ne crois plus en ta parole.

— Que veux-tu alors ? demanda-t-il avec le plus grand calme.

La tête appuyée contre la vitre froide, elle songeait : je voudrais que ça soit comme au début. Je voudrais que tu me regardes comme tu le faisais sur le pont de Brooklyn, lorsque tu m'as dit : « Je t'aime, nous aurons une vie merveilleuse. »

— Hennie, parle-moi ! Regarde-moi ! Si tu ne veux pas m'épouser, que veux-tu faire ?

— Je ne sais pas...

Elle s'entendit rire, d'un rire affreux, éraillé.

— ... me tuer, peut-être.

— Hennie !

— Et alors ? Tu crois que je joue la comédie pour me faire plaindre ? Ou que je te menace, bien que je ne voie pas bien pourquoi je le ferais ? De toute façon, ma famille, toi, le monde entier continueraient bien à vivre sans moi, n'est-ce pas ? Oh, bien sûr, on pleurerait en pensant à moi ; toi, tu serais torturé par le remords... au moins pendant quelques semaines... Et puis les amis de la famille en parleraient : « Qu'en pensez-vous ? on dit que la jeune De Rivera... » « Oh, non, ce n'est pas possible ! Si, si, je vous assure, mon cher, je l'ai entendu dire... » Et puis tout redeviendrait comme avant. Mais moi, au moins, je n'aurais plus de souci à me faire.

Les mots lui rendaient sa force, lui permettaient de se dresser face à lui. Elle parlait avec conviction. Sa colère la rendait forte.

— Hennie ! s'écria-t-il, horrifié. Ne parle pas comme ça !

Il passa le bras autour de ses épaules, appuya la joue contre ses cheveux ; elle sentait la chaleur de son souffle, le murmure de sa voix.

— Ne parle pas de mourir, je t'en prie. Tu me fais peur.

Elle se raidissait, résistait à son étreinte. Il n'avait pas évoqué une seule fois ses deux semaines de silence ni l'indifférence qu'il lui avait témoignée auparavant.

Soudain, elle se rendit compte qu'il s'efforçait de contenir un sanglot.

— Je sais que je ne me suis pas toujours conduit comme je l'aurais dû. Je ne suis pas assez bien pour toi. Regarde-moi, Hennie, regarde-moi.

Il lui releva le menton, de façon à ce qu'elle pût voir les larmes qui brillaient dans ses yeux.

— Jamais je n'ai voulu te blesser. Je sais que je ne suis pas toujours facile à vivre. Je suis maladroit, je ne suis pas aussi attentionné que je le devrais. Mais je ferai attention désormais, je te le promets. Crois-moi.

— J'aimerais te croire.

— Tu peux me croire. Fais-moi confiance. Oh, je regrette, je regrette, si tu savais !

Tu ne pourrais pas mentir aussi bien. Non, c'est impossible.

— Tu veux me faire confiance ? A partir de maintenant ?

Elle ne bougeait toujours pas. Hésitante.

Puis les larmes de Dan eurent raison de sa résistance. La colère emprisonnée en elle, son chagrin éclatèrent en larmes et en cris.

— Je ne veux pas mourir. Je ne pensais pas ce que je disais.

— Bien sûr que non, je le sais bien. Tu vas vivre. Ma douce Hennie...

Il déposa un baiser sur ses cheveux. Leurs larmes se mêlè-

104

rent sur les joues mouillées de Hennie. Leurs lèvres se rejoi-
gnirent, ils se serrèrent l'un contre l'autre. La chaleur de
Dan emportait Hennie. La peur, la colère et l'orgueil firent
place à un immense soulagement.

— Tu es si douce, si courageuse.

— Je ne sais pas.

— Moi, je sais.

Pendant de longues minutes, ils demeurèrent ainsi, ser
rés l'un contre l'autre. Hennie finit par sourire. Tendrement,
elle retrouva le geste de repousser du bout des doigts la mèche
de cheveux sur le front de son amant.

— Je vais m'occuper de toi, Hennie. J'irai voir ton oncle
David, même s'il a envie de me tuer.

Elle se mit à rire.

— Il n'a pas du tout envie de te tuer.

— Je vais m'occuper de toi. Tu n'as rien à craindre. Je
suis là. Je serai toujours là.

Oui, oublie tout, ne demande plus rien, recommence
comme au début.


Angelique fronça les sourcils.

— Mais pourquoi une telle hâte ? Je ne comprends pas
non plus pourquoi ton père semble partager la hâte de
Daniel.

— C'est parce que papa est heureux pour moi.

— Tout cela me dépasse. Brusquement, ton père ne tarit
plus d'éloges sur son futur gendre : c'est un homme cultivé,
un savant. Qu'est-ce que cela veut dire ?

C'est parce que papa sait combien j'ai été malheureuse,
se dit Hennie. Ou bien alors soupçonne-t-il la vérité ?

— Si tu voulais attendre le printemps, dit Florence, nous
aurions au moins l'hiver pour nous préparer. Maintenant
que vous êtes officiellement fiancés, il n'y a pas de raison
de presser tellement les choses.

— Mais nous ne voulons pas attendre, Florence.

— Eh bien, il va falloir lancer au plus vite les invitations.

Tu descendras mes escaliers, Hennie, j'accrocherai des guir-landes de salsepareille à la rampe...

— C'est très gentil à toi de vouloir te donner tout ce mal, mais j'ai envie de quelque chose de très simple, ici, à la maison.

— Ce serait pourtant magnifique chez Florence, dit Ange-lique, je trouve que tu devrais accepter sa proposition.

— Je suis sûre que papa sera heureux que je me marie ici.

— Elle a peut-être raison, concéda Florence. Tu sais comme papa a été déçu que je ne me marie pas à la maison.

Angelique soupira et Hennie se dit que décidément, sa mère n'approuvait pas ce mariage. Si j'épousais quelqu'un qu'elle accepte, se dit-elle, elle ne serait pas aussi lasse. Elle éprouva une certaine compassion pour sa mère.

— Au moins, lança Florence avec pétulance, laisse-moi prendre soin des vêtements. Que dirais-tu d'une robe en velours blanc ? Ou plutôt non, le velours, cela ne se porte pas longtemps. Le brocart ou la soie moirée seraient préfé-rables. Quelque chose que tu puisses porter pour des récep-tions, qui te serve par la suite.

— Je doute que nous allions jamais dans des réceptions élégantes.

— Mais vous vivez à New York, vous n'allez tout de même pas vous mettre en hibernation ! Bien, nous commen-cerons les achats lundi. D'abord Lord & Taylor sur Broad-way. Puis McCreery's. Walter et moi avons décidé de te donner un chèque pour faire face aux premières dépenses.

Mais c'était à peine si Hennie l'entendait. On s'occupait de tout. On s'occupait d'elle.

Une nuit, pourtant, elle s'éveilla d'un cauchemar, le cœur battant : elle portait dans les bras un bébé, si lourd ! et elle sonnait à la porte de chez Dan, en haut des escaliers étroits ; elle sonnait sans répit, mais il ne répondait pas, et elle savait que jamais il ne l'épouserait...

Dès qu'elle eut ouvert les yeux, elle porta la main à sa bague de fiançailles, un anneau orné d'un éclat de diamant, qui avait appartenu à la mère de Dan. Elle aimait le tourner autour de son doigt, preuve rassurante de son engagement. Puis elle posa la paume de sa main à l'endroit où en secret un petit être, encore enroulé sur lui-même, attendait de voir le jour, une vie que Dan avait déposée en elle et qui les réunissait tous les deux.

Un soulagement immense l'envahit, semblable à celui que doit éprouver un homme sauvé de la noyade.

Longtemps, elle demeura étendue sur son lit, souriante.


Pour un bébé né avant terme (à sept mois), il est exceptionnellement grand et fort, annonça l'oncle David à la famille. L'enfant, un garçon, fut appelé Frederick, en souvenir du père de Dan, mais on le surnomma aussitôt Freddy.

Après l'accouchement, qui se déroula sans problèmes, les parents de Hennie se rendirent à l'hôpital, où vinrent également Walter, Florence et le petit Paul.

— Nous avons envoyé un landau chez toi, dit Florence. Un landau anglais bleu marine, digne de la famille royale.

Hennie et Dan avaient déjà acheté un très joli landau en osier, avec un parasol, qui valait treize dollars au catalogue de chez Sears. Bah! ils le retourneraient. Il ne fallait pas heurter Florence.

— Je suis sûr que tu ne m'amèneras plus au parc, déclara Paul à Hennie.

— Bien sûr que si! Pourquoi est-ce que je ne t'amènerais plus?

— Parce que maintenant tu l'as, lui, et que tu ne vas plus m'aimer.

Tout le monde éclata de rire, sauf Hennie, qui prit dans les siennes la main de Paul.

— Je vous aimerai tous les deux. Tu m'aideras à m'occuper de Freddy, et tu lui apprendras plein de choses, parce que ce sera toujours toi l'aîné. Et Freddy t'aimera. Vous vous aimerez tous les deux toute votre vie.

— Mais lui tu l'aimeras plus, dit Paul d'un air grave. Parce que lui il est à toi.

107

Quelle sagesse chez ce petit Paul ! A son âge déjà, il voit les choses comme elles sont et il les accepte. Hennie ne répondit pas à sa dernière remarque, mais jusqu'au départ de l'enfant, elle garda la petite main serrée dans les siennes.

Elle se retrouvait enfin seule avec Dan, et le bébé allongé dans un panier près de son lit. Dan s'agenouilla de façon à ce que son visage fût à la hauteur de celui de sa femme. Il avait apporté un bouquet de roses et une petite poupée-chat en chiffon.

— Toi, et maintenant ce bébé... je ne vous mérite pas, dit-il d'une voix hésitante.

Elle lui caressa les cheveux.

— Ne dis pas ça, ce n'est pas vrai.

— Si... ces derniers mois, j'ai pu me rendre compte à quel point tu es merveilleuse. J'ai honte d'un certain nombre de choses que j'ai faites. Tu ne sais pas comment je...

Bouleversée, elle murmura :

— Je ne veux pas t'écouter. Nous sommes ensemble, c'est ça l'essentiel.

Il se releva.

— Entendu. Tu sais ce que je viens de faire, à l'instant ? J'ai acheté des billets pour le concert. On joue un nouveau morceau de Debussy, *L'après-midi d'un faune*. On dit que c'est magnifique. Après le concert, nous irons souper dehors. Bien entendu, il faudra que tu sois rétablie.

— Rétablie ? Mais je ne me suis jamais aussi bien portée !

Lorsque Dan fut parti, elle se retrouva seule avec son bébé, petite forme sous la couverture blanche. Il dormait sur le ventre, et l'on n'apercevait qu'une petite partie de son visage encore marbré, surmonté de quelques rares cheveux noirs. Une de ses deux mains reposait sur la couverture, et l'on voyait les doigts minuscules qui cherchaient à saisir le drap blanc. En se penchant, Hennie vit les petites lèvres remuer et un éclair blanc apparaître entre les longs cils ; il lui sembla qu'il devait rêver à sa prochaine tétée. Pendant de longues minutes, appuyée sur le coude, Hennie contempla la petite merveille qu'elle avait mise au monde.

Le soleil couchant inondait la chambre de lumière et de chaleur ; elle se renversa sur ses oreillers.

Et dire que ce petit être se trouvait encore dans son ventre quelques heures auparavant ! Elle sourit de la naïveté de son émerveillement, mais toutes les femmes qui venaient d'accoucher ne ressentaient-elles pas la même impression ? Décidément, ses sentiments n'avaient rien de bien original !

Mais l'important, c'est qu'il soit là. Nous formons désormais une famille, et c'est ensemble que nous bâtirons notre vie.

# 3

C'est la dernière nuit de l'année, la dernière nuit du XIXᵉ siècle. Il y a dans l'air l'excitation qui précède les départs en vacances, mais aussi la pointe de regret que l'on éprouve à quitter un endroit familier.

D'un regard, Hennie embrasse la famille rassemblée autour de la table. Plus tard, bien plus tard, nous nous rappellerons avoir passé ensemble les dernières heures du siècle ; nous en parlerons, et il percera dans notre voix comme une pointe de nostalgie. L'espace d'un instant, elle s'imagine dans bien longtemps, vieille, assise dans un fauteuil, probablement un fauteuil à oreillettes, les mains à la peau tavelée croisées sur son giron... mais elle chasse cette vision de son esprit.

Cette soirée, elle l'a vécue avec un profond sentiment de sérénité. Chez elle, tout est en ordre ; elle ne manque de rien mais son intérieur n'est pas encombré d'objets inutiles. Seul le service à thé en argent semble incongru dans un tel décor. Ce service est l'un de ceux que sa mère avait enterrés dans

110

les bois lors de la guerre civile ; en argent filigrané, les formes pleines, il est posé sur la table de style Mission.

— Du mobilier Mission ! s'était exclamée Florence lorsqu'ils avaient acheté leurs meubles. C'est tellement quelconque !

— Dan ne trouve pas ça quelconque.

— Ça n'a aucun style. C'est bon pour les gens du commun.

— Mais c'est fait tout exprès pour les gens du peuple ; c'est simple et solide. Voilà pourquoi ça plaît à Dan.

Elle n'a jamais aimé les objets dont sa mère et Florence aiment à s'entourer. A quoi bon tous ces objets dont on n'a pas l'utilité ? En outre, elle déteste le fouillis.

Dan a fait de leur appartement un endroit agréable et joyeux. Alors que la mode est aux papiers peints sombres à motifs, il a peint les murs et le plafond en blanc. Il a eu raison : les couleurs sombres ou trop riches étouffent, alors que le blanc ouvre sur le ciel, le soleil et la vie. L'appartement est ensoleillé. De la fenêtre de la cuisine, Hennie peut apercevoir, à un pâté de maisons de là, les pelouses des belles demeures d'East Broadway. Elle a elle-même cousu des rideaux de fine étoffe, et Dan a construit une bibliothèque. Les livres sont leur seul luxe, et ils contemplent avec plaisir les étagères où ils sont soigneusement rangés. L'ordre qui règne chez elle lui donne un sentiment de confort et d'accomplissement.

Heureusement pour Dan, qui ne partage pas le même goût pour l'ordre et le rangement, il y a dans l'entrée un vaste placard où il peut entasser ses affaires sur des étagères et dans des boîtes à même le sol : papiers divers, brochures politiques, ainsi que toutes les lettres qu'il a reçues dans sa vie. Hennie sourit en songeant au charmant désordre de son mari.

Ses yeux se portent alors sur le vieux piano droit sur lequel il a commencé à donner des leçons à Freddy. Son regard s'attarde sur tous les objets que Dan effleure de ses doigts au cours de la journée. A nouveau, elle se sent envahie de ce sentiment de bien-être et de sérénité qui l'a habitée toute la soirée.

Le dîner a été délicieux : une dinde aux navets, des pommes de terre, des petits pains et des confitures préparées à la maison. A présent, elle sert les fruits et le gâteau sur la table ronde du salon.

— Quel excellent dîner, ma chère Hennie, dit sa mère. J'admire la façon dont tu as appris à faire la cuisine. Quand je pense que le jour de mon mariage je ne savais pas faire bouillir de l'eau ! Et il faut bien reconnaître que je n'ai toujours pas appris ! Oui, vraiment, un excellent dîner, mais j'avoue que les légumes verts me manquent ; et dire que dans ces contrées il faut attendre l'été pour les voir figurer sur la table ! A moins, bien sûr, de pouvoir s'offrir des fruits et des légumes de serre. Oh ! Mais où as-tu trouvé ces fruits ?

Dan apporte en effet une large coupe remplie d'oranges.

— C'est un cadeau de Florence et de Walter.

Angelique est ravie.

— Décidément, Florence pense à tout. C'est vraiment dommage qu'ils aient été retenus en ville pour cette réception, mais que voulez-vous, il y a des obligations assommantes auxquelles il est difficile de se soustraire.

Alfie arrive au grand galop avec Freddy sur ses épaules ; les jambes maigres du garçon, avec leurs épaisses chaussettes de coton noir, viennent battre contre le torse puissant d'Alfie.

— Tu sais que j'ai vu des éléphants au zoo ? s'écrie Freddy. Ils mangent avec leur nez.

— Non, corrige Paul. Ils se servent seulement de leur long nez, leur trompe, pour attraper leur nourriture. Leur bouche est en dessous, tu ne t'en souviens pas ?

Freddy éclate de rire en découvrant deux rangées de petites dents parfaitement régulières. Sa lèvre supérieure est fine, et elle tremble facilement à chaque émotion.

— Si je ne l'avais pas vu aussitôt après sa naissance, a coutume de dire Dan, je jurerais que ce n'est pas notre enfant. Il est beaucoup trop beau pour cela.

Dan est fier de son fils, même si le ton de sa voix laisse percer parfois une vague inquiétude. Bien que l'enfant soit blond, il tient incontestablement de son père : on retrouve chez lui la fossette au menton, le front bombé et les paupières un peu lourdes. Mais il est petit pour ses six ans, et c'est un garçon frêle et craintif.

— Je veux voir encore les éléphants et les singes, dit Freddy tandis qu'Alfie le repose à terre. Paul, tu as dit qu'on apporterait des cacahuètes pour les singes.

— Il fait trop froid pour aller au zoo en hiver. On y retournera au printemps.

Freddy adore Paul. En seconde position vient son oncle Alfie. Il n'a aucun camarade de son âge. Cette situation doit certainement préoccuper Dan, mais Hennie et lui n'en ont jamais vraiment discuté. Elle a l'impression que Dan préfère éviter le sujet.

En reposant Freddy, Alfie adresse un joyeux clin d'œil à Hennie. Alfie est heureux ; il est presque toujours heureux, mais particulièrement ce soir-là, car il est venu en compagnie de la jeune fille qu'il compte épouser, la douce Emily, fille de la redoutable famille Hughes, qui ne fait pas mystère de son opposition catégorique à ce mariage. Les parents d'Alfie ne voient pas non plus cette union d'un très bon œil, mais ils n'y semblent pas aussi farouchement opposés que la famille d'Emily.

La jeune fille se tient dans un coin de la pièce, aux côtés de l'oncle David qui lui montre un livre de photographies de la guerre civile prises par Matthew Brady. Elle écoute poliment le vieil homme qui commente ces photographies avec enthousiasme. Une couronne de cheveux blonds ramenés sur le sommet du crâne et maintenus par un peigne en écaille de tortue surmonte un visage placide de Saxonne. Il est difficile de lui donner un âge ; enfant, elle devait avoir ces mêmes traits réguliers, et il est certain que la vieillesse ne la changera guère.

Comme tout est compliqué, se dit Hennie, alors que les choses devraient être si simples. Vouloir être ensemble, est-ce donc si difficile ? Il semble qu'il y ait à l'œuvre dans le monde des forces qui tendent uniquement à séparer les êtres. Dans le cas d'Alfie et d'Emily, c'est la religion. Dans mon cas à moi... je ne sais pas. Nous n'en parlons jamais. Elle ferme les yeux un instant pour chasser ces pensées importunes.

Puis son regard revient à Emily. Il faut qu'ils se décident rapidement ; Alfie ne doit pas la faire attendre. C'est l'attitude la plus cruelle que l'on puisse avoir envers une femme. En songeant au mot « cruelle », ses lèvres frémissent de colère.

Retour à l'instant présent. Elle se met en devoir de découper le gâteau.

— C'est un gâteau russe à la crème, et c'est la première fois que je le fais. J'espère qu'il sera bon. C'est une de mes anciennes élèves, Olga, mon amie Olga, qui m'a donné l'une des recettes de sa mère. J'en ai fait un deuxième pour elle, parce qu'elle n'a pas de four ; de toute façon, depuis la mort de son mari, elle n'a plus de place pour rien faire puisqu'elle a été obligée de prendre une chambre en pension avec sa petite fille. Son mari est mort de tuberculose, comme tant de gens dans ces quartiers. Je ne suis jamais allée la voir chez elle, mais j'imagine aisément. Tiens, Paul, prends cette assiette.

— J'en voudrais un morceau plus gros, dit Paul.

— Je me demande où tu mets tout ça, fait gentiment remarquer Angelique. Enfin, heureusement pour toi, tu ne grossis pas comme ton oncle Alfie.

Paul glisse un doigt sous son faux col en celluloïd. Sa mère l'avait forcé à revêtir ses plus beaux habits, et il était arrivé sanglé dans son plus beau costume, avec un foulard Windsor élégamment noué. Une telle façon de s'habiller semblait incongrue dans le salon si simple de sa tante, et il en était parfaitement conscient.

Paul est presque un homme. En dépit de ses douze ans, on devine déjà chez lui l'adulte qu'il sera bientôt. Une curiosité sans cesse en éveil vient tempérer une gravité un air presque trop songeur, un peu inhabituels chez un enfant de

114

cet âge. On évoque souvent (et à juste raison) ses manières d'aristocrate. Dan, pour sa part, déteste ce mot, et elle-même ne l'emploie presque jamais. Et pourtant il convient bien à Paul. C'est vrai qu'il y a de l'aristocrate dans ce regard fier, dans l'élégance de son maintien et la force qui émane de lui.

Troublée, Hennie tente de se rappeler l'allure qu'avait Paul à six ans, l'âge qu'a Freddy à présent. Paul était plus hardi. Il approchait sans crainte les chiens qu'il ne connaissait pas ; un jour, en faisant naviguer son petit voilier sur le lac de Central Park, il est tombé à l'eau ; quand on l'a ressorti, il riait aux éclats. Freddy, lui, se tient toujours en retrait... Il est en parfaite santé, il est rarement malade, mais par exemple, il ne joue jamais à la bagarre, même avec Dan

Serait-il un génie musical ? Dan dit qu'il a du talent. Ou bien serait-ce que, mère d'un fils unique, elle s'inquiète trop pour lui ?

Comme le monde est dur ! Dans les rues de l'East Side, on voit tant de ces bandes de mioches sans foyer — certains ont l'âge de Freddy — qui dorment dans les entrées d'immeubles et hantent les bars (quand ce ne sont pas des endroits pires que les bars) à la recherche de quelques piécettes. Cet univers est sans pitié, et Freddy n'y survivrait pas longtemps. Grâce à Dieu, le problème ne se pose pas. Curieusement, elle se dit que si Paul était jeté dans ce milieu, lui qui n'a même jamais l'occasion de passer par ces quartiers-là, il s'y taillerait probablement sa place.

Freddy défie son cousin au jeu de dames.

— Je parie que je te bats !

Ils sortent le damier et le posent sur le sol.

— Paul a une patience d'ange avec Freddy, fait remarquer Angelique. Mais il est vrai que tous les deux sont fils uniques.

Je ne comprends pas pourquoi Paul n'a pas de frères et sœurs, se dit Hennie, je ne comprends pas pourquoi elle ne veut pas d'autres enfants. A sa place, j'en aurais cinq ou six. Hennie est amère. A l'époque où Dan avait juré que je ne risquais rien, j'ai attendu un enfant. Et voilà maintenant six ans que nous en voulons un autre, et toujours rien.

— Oui, poursuit Angelique, c'est vraiment regrettable que Paul n'ait pas de petit frère, comme cela il viendrait moins souvent vous ennuyer chez vous.

— Mais enfin, maman, il ne nous ennuie pas! Il se plaît ici, et nous sommes ravis de l'avoir avec nous.

Elle sait sûrement que si Paul vient si souvent chez eux, ce n'est pas seulement pour jouer avec son petit cousin. Bien sûr, il s'amuse bien avec lui, mais il est surtout attiré par l'atmosphère de liberté qui règne chez Dan et Hennie. En bon pédagogue, Dan sait lui montrer l'importance qu'il attache à ses propos. Elle les voit tous les deux, attablés dans la cuisine, tandis qu'elle prépare le repas, occupés à discuter de politique, d'électricité, d'opéra, du mouvement ouvrier... de tout. Dan se montre passionné, véhément, il accompagne ses propos de grands gestes et il agite sans cesse ses mains devant lui. Paul est ardent et impatient, et souvent il défend son point de vue avec âpreté. Ils se tiennent toujours dans la cuisine, parce que c'est là que se trouvent la cafetière et la coupe à fruits, et que Dan se sent le plus à l'aise. Se comportera-t-il de la même façon avec Freddy lorsque celui-ci aura douze ans?

Soudain, elle sent peser sur elle le regard de l'oncle David.

— Que regardes-tu, oncle David?

— C'est toi que je regarde. Tu es devenue si jolie. Mais je l'avais toujours dit.

Mais elle n'est pas «jolie». Il est vrai cependant qu'elle a beaucoup changé, et à son avantage. Elle s'est épanouie, et l'on ne peut s'empêcher de remarquer, à présent, son opulente chevelure et ses yeux en amande. Cela, elle le doit à Dan. Un jour qu'ils s'étaient arrêtés tous les deux devant la vitrine d'un salon de coiffure où trônaient des têtes de mannequins aux chevelures magnifiques, il l'avait poussée à entrer. Dan aime les femmes soignées; dans la rue, dans les salons, il lui montre discrètement celles qu'il trouve particulièrement bien coiffées ou maquillées... Et chaque fois, elle ressent au cœur un petit pincement qu'elle s'efforce de réprimer.

— C'est vrai, tu es ravissante, renchérit Angelique qui a entendu le compliment que lui adressait l'oncle David. Je me demande d'ailleurs comment tu fais en travaillant aussi dur : la maison, ton enfant, et même le patronage, puisque tu continues à t'occuper de ces pauvres gens.

— Je ne fais que ce que j'ai envie de faire, répond doucement Hennie.

— Oui, on ne peut pas dire que vous passiez vos journées à paresser, tous les deux. A propos, Florence m'a dit que Dan allait être nommé chef du département des sciences de son école.

— Ce n'est pas encore officiel, alors nous n'en avons pas encore beaucoup parlé autour de nous.

— Fait-il toujours ses expériences ?

— Oh, oui. Dès qu'il a un moment de libre, il le passe dans son laboratoire. En ce moment, il travaille sur des transformateurs à haute tension... Mais ne me demande pas de t'expliquer, c'est beaucoup trop compliqué pour moi.

— Ce doit être passionnant. Mais... ajoute-t-elle d'un ton de reproche, ça ne rapporte pas beaucoup d'argent.

— Je suis sûr que ce n'est pas pour cela qu'il le fait, lance aussitôt l'oncle David.

— Mais si tu voulais, Dan, tu pourrais en tirer beaucoup d'argent, n'est-ce pas ? rétorque Alfie.

Dan a l'air amusé.

— Comment cela ?

— Eh bien... je ne suis pas un scientifique, mais j'ai entendu dire qu'on travaille beaucoup sur des machins dans ce genre-là en ce moment. J'ai lu dans le journal des histoires à propos d'électricité qu'on pouvait envoyer à travers les airs, et J.P. Morgan est en train de bâtir une tour dans Long Island pour faire quelque chose comme ça. Une tour de soixante mètres de haut. A mon avis, ce gars-là est parti pour faire une belle fortune.

Paul a l'air intéressé.

— Envoyer de l'électricité à travers les airs ? Comment ça ?

— Parler à travers l'espace. Les gens pourraient se parler à des kilomètres de distance. Ça paraît complètement impossible, mais c'est ce qui était marqué dans le journal.

— Ça n'a rien d'impossible, dit Dan. Ça arrivera plus tôt qu'on ne le pense.

— Eh bien alors j'ai raison ! s'exclame Alfie. Pourquoi ne te lances-tu pas là-dedans, oncle Dan ?

— Mais parce que les gens qui mènent ces recherches sont des génies, ce qui n'est pas mon cas. Ni un génie scientifique ni un génie financier. Je poursuis mes petites recherches dans mon coin et je suis très heureux comme ça.

Gentiment, mais fermement, il réduit Alfie au silence.

— Bon, et cette limonade que vous deviez préparer, Emily et toi ?

En dehors de l'oncle David, se dit Hennie, personne dans la famille ne comprend Dan. Ni toi, maman, pour qui l'argent est la mesure de toutes choses, ni toi, Florence, avec ton mari sinistre et étriqué, mais « qui gagne si bien sa vie ». Pouvez-vous imaginer ce que l'on peut ressentir, lorsqu'au milieu de la foule on croise le regard de son homme, et que l'on se sent fière de lui ? Oui, fière, parce qu'il vaut mille fois ceux qui l'entourent.

De la cuisine, où il a suivi Alfie et Emily, lui parvient le rire joyeux de Dan. Il est heureux, ce soir.

Il revient avec une cruche de limonade et en verse un verre à son beau-père et à l'oncle David. Il est plein d'attentions pour les deux hommes, surtout pour Henry, qui décline plus vite encore que l'oncle David.

— Notre Alfie sait comment s'y prendre avec les filles, dit Dan. Emily est ravissante. Les hommes doivent se retourner sur son passage.

— C'est vrai que c'est une bien belle fille, dit Angelique en soupirant, mais comme vous vous en doutez, elle n'est pas la belle-fille que nous espérions.

— Hum… j'imagine que vous vous doutez aussi que votre fils n'est pas non plus le gendre qu'ils attendaient.

— A qui le dites-vous ! Chaque fois qu'Alfie vient chez eux, ils sont terrifiés à l'idée qu'il puisse leur demander sa main.

— Bah ! lance Dan en haussant les épaules. Après tout, peut-être que cette affaire en restera là. A son âge, un jeune homme peut encore espérer vivre une dizaine d'aventures amoureuses avant de se décider. Si jamais il se décide, ajoute-t-il malicieusement.

Avec un bruit sec, l'oncle David reposa sur la table le verre qu'il portait à ses lèvres.

— Tout homme sensé comprend quand est venu le moment de se décider. Il faut savoir mériter la confiance d'une femme, ou bien alors s'abstenir. On ne peut pas jouer sur les deux tableaux à la fois.

Feignant de ne pas avoir remarqué le ton sec de l'oncle David, Dan continuait de s'activer avec la carafe de limonade et le plateau. Le vieil homme porta le verre à ses lèvres. L'espace d'une seconde, il croisa le regard de Hennie, mais ses yeux disparurent rapidement à l'abri du verre et des gros sourcils gris.

Que voulait dire ce regard ? L'oncle David avait-il voulu la mettre en garde contre quelque chose qu'elle ignorait ? Ou bien avait-il seulement cherché à réveiller l'écho de ces paroles auxquelles ils n'avaient plus jamais fait allusion depuis lors ? Lorsque le doute s'insinue en elle (surtout la nuit, quand elle ne parvient pas à trouver le sommeil), Hennie préfère ne pas en parler. La paix de l'esprit exige que ces doutes soient balayés. En parler ne ferait que donner à ces doutes plus de réalité encore.

Angelique, elle, en est restée à ses propres soucis.

— Je suis la première à souhaiter qu'il ait d'autres aventures amoureuses : et même autant qu'il veut. Je n'ai rien contre Emily, mais...

Sa voix tremble d'indignation.

— ... mais je ne supporterais pas une de ces cérémonies pour mariages mixtes, présidée par un juge, ou même pire, Dieu nous en garde, par un employé municipal.

119

Elle soupire.

— Mais que voulez-vous faire ? Vous pensez bien que nous en avons parlé à Alfie, mais nous ne pouvons tout de même pas l'enfermer à double tour à la maison.

— L'homme est un animal rebelle, dit Dan. Plus vous cherchez à l'entraver, plus il cherchera à s'échapper.

Il n'y a pas de réponse possible, et même l'oncle David ne s'y risque pas. Sur la cheminée, la pendule sonne la demie.

— Plus que trente minutes avant le XX$^e$ siècle, proclame Alfie.

— Onze heures et demie. Oh, regardez, s'écrie Hennie, Freddy s'endort sur le damier. Dan, il faut le mettre au lit.

— Allez ! Laissons-le voir naître le siècle. Ça lui fera un beau souvenir.

— D'accord, tu as raison. Ce sera un siècle magnifique. Même si je n'arrive pas bien à me les représenter, je sens que de grands événements se préparent.

— Ah, mais c'est que le siècle passé a eu aussi ses splendeurs ! s'exclame l'oncle David qui songe au peu qu'il lui sera donné de connaître de ce nouveau siècle. Il a connu ses grandes causes et ses héros...

— Et avec cette sale guerre à Cuba, il se termine dans la honte ! lance Dan.

— C'est vrai, c'est vrai, soupire l'oncle David.

— De toute façon, reprend Dan, je ne perds pas espoir. Hennie a raison : le XX$^e$ siècle sera meilleur que le précédent. Les jeunes sauront bâtir un monde meilleur.

Régulièrement, les aiguilles de la pendule poursuivaient leur course vers minuit. Dan ouvre les fenêtres, et on se penche au-dehors, humant l'air froid de la nuit. La ville est éclairée comme en plein jour ; becs de gaz, ampoules électriques, chandelles, toutes les lumières de New York doivent être allumées. La foule s'est rassemblée dans les rues. Les cornes d'automobiles retentissent, trompes et sifflets se déchaînent, et au loin, quelqu'un bat le tambour.

Soudain, une immense clameur retentit, un rugissement

monte de la cité, comme si tous ses habitants saluaient ainsi au même moment la naissance du siècle nouveau.

— Minuit. Mille neuf cent, dit Dan.

Pendant un court instant, ils demeurent silencieux. Puis le charme se rompt. On s'embrasse, on porte des toasts. On réveille Freddy et, à moitié endormi dans les bras de son père, il a droit à une gorgée de vin. Alfie et Emily s'embrassent sans retenue ; Henry et Angelique font de même, mais avec cérémonie. Hennie et Dan échangent un regard rapide : ils attendront de se retrouver seuls. Déjà, on rassemble les manteaux.


Étendus côte à côte, détendus, ils se regardent en souriant.

— Mmmm, que c'était bon, dit Dan. C'était merveilleux, tu ne trouves pas ?

— Si. Comme toujours, dit-elle avec sérieux.

Comme au premier jour, elle s'émerveille du plaisir qu'ils peuvent encore se donner l'un à l'autre.

— En te regardant, pourtant, on ne devinerait pas que tu peux être comme ça, dit Dan malicieusement. Tu as tellement l'air d'une dame.

— Je n'ai pas l'air guindée, quand même ? demande-t-elle, inquiète.

— Non, pas guindée, mais sérieuse, correcte.

Il se met à rire.

— Mais qu'importe ! Je me moque de ce que les gens peuvent penser : l'important, c'est que tu sois à moi. Toute à moi.

Elle lui dépose un baiser dans le cou.

— Oui, je suis à toi, et à toi seul.

— J'espère bien ! s'exclame-t-il, feignant l'indignation. Si jamais un autre homme osait... je lui brûlerais la cervelle !

Et toi ? songe-t-elle.

Des mains qui s'attardent au moment d'un bonjour, ou lorsqu'il tend un manteau ; des regards qui s'échangent, un battement de cils...

121

Non! Non! Tu rêves, Hennie; tu guettes le moindre détail; après tout ce temps, ici, dans cette maison qui est la vôtre, avec ton mari à tes côtés et ton enfant chéri endormi dans la pièce voisine, après ces longues années, le poison des mots chemine encore en toi. Mais il ne faut pas. Au nom de la raison, au nom de la vie que vous avez bâtie, il faut te persuader que tout va bien. Tout va bien.

— Hennie?

— Oui?

— Ma douce.

Ma douce. C'est ainsi qu'il l'appelle.

— Cela fait longtemps, maintenant, que nous nous aimons, dit-il.

— Oui.

— Tu es une femme merveilleuse. Tu m'apportes la paix.

Oui, elle sait le bonheur qu'elle lui a apporté.

— Freddy a passé une bonne soirée, reprend Dan.

— Oui, il s'est senti important, ce soir.

— Si on dort tout de suite, dit Dan, on pourra se réveiller suffisamment tôt demain matin pour bien commencer la journée. Si tu vois ce que je veux dire...

— Ça ne t'a pas suffi? dit-elle en se lovant contre lui.

— C'était délicieux, mais tu sais ce qu'on dit : ce qu'on fait le jour du nouvel an, on le refera ensuite tous les jours de l'année. Ça me paraît un bon programme, qu'en penses-tu?

— Excellent, dit Hennie en riant.

Non, il n'y a aucun doute, elle lui plaît. Un homme ne pourrait à ce point faire semblant. Si seulement elle pouvait être sûre d'être la seule...

Ça suffit, Hennie, ça suffit!

— Je m'endors, dit-il.

— Moi aussi.

Elle ferme les yeux  La chaleur l'engourdit. Le sommeil s'empare d'elle, doucement... Elle voit du rose sous ses paupières. Cela fait maintenant neuf ans que cet incendie a embrasé leurs deux existences. Et ils s'aiment toujours, à jamais

A jamais?

4

Avec son art aux courbes de lianes et l'exotisme de sa musique la Belle Époque, ainsi qu'on la nomme, offre les couleurs généreuses de la sensualité et les pastels du raffinement. Mais sous les vernis de la toile, grouille et gémit tout un monde d'horreur et de misère.

Les anarchistes terrorisent l'Europe et l'Amérique : le roi d'Italie, l'impératrice d'Autriche et le président des États-Unis tombent sous leurs coups. D'autres groupes, moins radicaux mais également déterminés, agissent, organisent des réunions, des manifestations, font de l'agitation et de la propagande : socialistes, suffragettes et pacifistes. Journalistes et romanciers décrivent la corruption régnant dans les villes, la crasse des taudis, l'horreur du travail des enfants ou la violence qui règne sur les champs de pétrole de Pennsylvanie.

A New York, on organise des grèves des loyers et des boycotts de la viande. Des femmes en colère aspergent de pétrole la viande jugée trop chère. Vingt mille travailleurs de la

123

confection se mettent en grève pour obtenir des augmentations de salaire et de meilleures conditions de travail.

— Ils travaillent soixante-dix heures par semaine pour moins de cinq dollars ! s'exclame Hennie.

D'un revers de main, elle balaye les dentelles qui ornent son chemisier.

— Ça me rend malade de porter ces vêtements de petite bourgeoise américaine ! Est-ce que tu sais, Dan, que les ouvrières doivent payer les chaises sur lesquelles elles travaillent ? Qu'elles doivent payer elles-mêmes leurs aiguilles et les casiers où ranger leurs affaires ? Sans compter qu'elles doivent céder aux avances des hommes...

— Mmmm, dit Dan en riant, elles sont vraiment obligées de céder aux avances ?

— Comment oses-tu te moquer ! Allez, aide-moi plutôt à ôter ces boutons. Je me demande à quoi pensent les fabricants : sans une femme de chambre ou un mari pour les aider, comment veulent-ils que les femmes puissent se déshabiller seules ?

Le visage de Dan apparaît dans le miroir derrière elle.

— L'indignation te va à ravir, dit-il en l'embrassant dans le cou.

— Oh, Dan, si tu savais comme tout cela me touche. Je connais tellement de ces filles qui travaillent dans les ateliers de confection. La plupart viennent au patronage ; elles sont si jeunes et seules le plus souvent ; elles débarquent à peine du bateau ou bien elles sont arrivées d'Italie il y a un an ou deux.

Dan reprend soudain son sérieux.

— Elles devraient se syndiquer.

— Je sais. Mais toutes elles espèrent se marier et se sortir de cet enfer, alors les syndicalistes n'arrivent jamais à grand-chose avec elles. Et puis je pense à Olga. Elle va mal ; j'ai peur que... il faudrait que je fasse quelque chose.

— Toi ? Que veux-tu faire ?

— Je pourrais au moins participer aux piquets de grève avec elle. Au moins ça.

On en était au deuxième mois de grève et les filles continuaient d'arpenter la rue devant l'usine. Deux par deux, elles marchaient, brandissant haut leurs pancartes, chantant des chants révolutionnaires en italien ou en yiddish. Lorsque l'une abandonnait, malade ou découragée, deux autres prenaient sa place.

Mon dieu, quel froid ! Le vent glacial de ce mois de janvier s'engouffrait au coin de la rue où, après avoir marché une cinquantaine de pas, les filles faisaient demi-tour.

Freddy allait à l'école, et Hennie venait tous les jours. En général, elle prenait place aux côtés d'Olga Zaretkin.

— Tu devrais prendre mon manteau, lui dit-elle un jour. Il est beaucoup plus épais que le tien, et tu trembles.

Olga avait relevé le col de son pardessus de fine étoffe, mais les manches trop courtes découvraient ses poignets trop maigres.

— Mais pas du tout ! Pourquoi ? lança-t-elle, indignée. Je n'ai pas besoin de...

Une quinte de toux vint l'interrompre.

— Je ne voulais pas te gêner, Olga. Ne chicanons pas, ton manteau est fin comme du papier et tu es malade.

Elle ne répondit pas. Les deux femmes continuèrent de marcher lentement, écrasant avec un bruit mou la neige sale sous leurs pas. Le vent s'acharnait sur leurs pancartes, cherchant à les leur arracher des mains. Une automobile passa à côté d'elles, accélérant délibérément à leur hauteur ; elles n'eurent que le temps de sauter sur le trottoir, mais ne purent éviter la gerbe de boue. Avec un grand rire, le conducteur s'éloigna. Mais elles eurent tout de même le réconfort de voir un ouvrier qui conduisait un attelage soulever sa casquette en arrivant devant la petite procession qui pour la cinquantième fois ce jour-là tournait à l'angle du bâtiment.

— Tu ne devrais pas rester, Olga, tu devrais aller voir un médecin.

— A quoi bon un médecin si je n'ai pas de quoi vivre décemment ? Non, la grève d'abord !

Olga n'avait plus qu'un léger accent, le même qu'aurait eu une comtesse russe ayant appris l'anglais avec sa gouvernante.

— Et puis de toute façon, je sais très bien ce que j'ai.

Il est vrai qu'il n'était nul besoin de connaissances étendues en médecine pour reconnaître la tuberculose, ce fléau de l'East Side. La transparence rosée du teint et cette lumineuse beauté du regard étaient des signes aussi révélateurs que la toux qui lui déchirait la poitrine.

— Oui, je sais, dit maladroitement Hennie, tu as été malade ces derniers temps, tu m'as dit que...

— Allez, Hennie, ne fais pas semblant de ne pas comprendre !

— Mais... on ne sait jamais, peut-être qu'un médecin pourrait...

— Pourrait quoi ? Tu l'as dit toi-même tout à l'heure : ne chicanons pas.

Elle va mourir comme est mort son mari ; elle le sait parfaitement. Dans quelques mois, elle sera trop faible pour pouvoir sortir de son lit. Elle crachera du sang. La fièvre montera. La fin viendra lentement, trop lentement, à moins qu'elle ne contracte une pneumonie, ici même, à marcher dans ce froid. Alors la mort aura pitié d'elle et se hâtera.

Elles marchèrent en silence jusqu'à l'extrémité du bâtiment. Hennie devait baisser le regard pour croiser les yeux de sa compagne, plus petite qu'elle. Il est vrai que Hennie était si grande ! Olga ne faiblissait pas : deux heures à battre la semelle, trois heures... Pourquoi ? Elle ne verrait certainement pas les fruits de cette grève, si jamais elle était victorieuse, ce qui n'était encore nullement acquis. Il aurait été tellement plus facile pour elle de rejoindre les quelques jaunes terrorisées qui, sous la protection d'une double rangée de costauds s'engouffraient dans l'usine tous les matins.

— Je m'inquiète tellement pour Leah.

Le vent rugissait avec une telle force, que Hennie dut la faire répéter.

— Je m'inquiète pour Leah. Elle n'a que huit ans et demi.

— Tu n'as aucune famille, ici ? demanda Hennie qui connaissait pourtant la réponse.

— Non, ici il n'y a personne. Et en Russie, tout le monde est mort quand ils ont incendié la maison.

Hennie eut une vision de visages carbonisés et de corps tordus par les flammes. Elle entendait les cris, les coups de feu, puis le silence qui s'abattait sur les ruines fumantes. Le silence d'Olga était fait de souvenirs. Il fallait parler, lui permettre de supporter l'insupportable.

— Cela fait si longtemps que je n'ai plus vu ta Leah...

Hennie se sentait honteuse. Tant de choses l'avaient occupée qu'elle avait négligé son amie.

— J'aimerais tant que nous ayons un endroit à nous où habiter. Ce n'est pas bien pour elle de vivre avec des étrangers. Oh, ce sont des braves gens, et ils se battent pour élever leurs cinq enfants. Toute la famille fait de la couture, même les enfants ; ils cousent des pantalons à longueur de journée.

Un sanglot l'interrompit.

— Mon Dieu, que va devenir Leah ?

Et elle regardait Hennie droit dans les yeux, implorante. Tant de terreur, tant d'angoisse étaient insupportables : Hennie détourna le regard. Que pouvait-elle faire ?

— Elle est intelligente ; elle est bonne en calcul. On pourrait en faire une employée aux écritures. Ils les prennent dès douze ans, pour un dollar soixante-quinze cents par semaine, à raison de seize heures par jour... et puis elle sera jolie, aussi, ce qui est un autre de mes soucis. Je ne dis pas ça parce que c'est ma fille, je ne suis pas idiote. Si tu la voyais, tu comprendrais ce que je veux dire. Oh, ne me regarde pas comme ça, elle ne me ressemble pas du tout.

— Mais tu es très belle, Olga, dit doucement Hennie.

Olga réprima un sourire amer en se mordant les lèvres. Son sourire était éloquent : ta remarque est idiote, semblait-

127

elle dire. Ça n'a rien à voir avec ce qui nous occupe, et ce n'est pas ça qui va me réconforter. Ne comprends-tu donc pas qu'il s'agit de la vie de ma fille ? Hennie, mortifiée, comprenait ce que voulait dire le sourire de son amie.

— Je ne sais pas quoi te dire, répondit alors Hennie avec franchise. Dieu sait pourtant que j'aimerais te venir en aide. Tout ce que je peux te dire, c'est que je garderai un œil sur elle.

*Garder un œil sur elle !* Quelle effroyable banalité dans ces mots si faibles et si vains.

— Je ne sais pas si je vais pouvoir véritablement l'aider, poursuivit-elle. Peut-être que si la grève aboutit, ils vont améliorer les conditions de travail et payer des salaires un peu plus dignes.

Mais en quoi cela pouvait-il influer sur le sort d'une enfant seule au monde ?

— Ça prendra du temps, fit remarquer Olga. Il faudra qu'ils fassent voter des lois. Et pendant ce temps-là, les jaunes...

Heureuse de pouvoir changer de sujet de conversation, Hennie l'interrompit.

— Cela fait une semaine qu'on ne les a pas vues.

Elle leva les yeux vers le bâtiment ; des volets gris et sales protégeaient les fenêtres. Une prison. On y mourait. Hennie frissonna.

— C'est plutôt bon signe qu'elles n'aient plus essayé. Ça veut dire que ça ne marche pas fort dans les ateliers. Peut-être les patrons vont-ils céder, ou au moins accepter de négocier. Vous fonderez un syndicat...

A nouveau, elles atteignaient le coin. Combien de temps encore à arpenter cette rue ? Il faisait trop froid pour enlever ses gros gants et fouiller dans sa bourse à la recherche de sa montre. Quelle importance, de toute façon ? Quand l'heure serait venue, elle s'en rendrait bien compte.

Tout était si tranquille. La rumeur de la ville leur semblait lointaine, et même le bruit de ventouse de leurs pieds dans la boue leur parvenait comme assourdi. L'engourdissement commençait à s'emparer de ces femmes qui depuis des heures faisaient les cent pas devant les portes de l'usine. L'une après l'autre, les ouvrières avaient cessé de chanter et même de parler. Elles avaient besoin de toutes leurs forces pour marcher et marcher encore. La journée s'étirait, grise, interminable.

Ce fut comme un coup de tonnerre.

Les grévistes comprirent immédiatement ce qui leur arrivait. Ce n'était pas la première fois.

Poussant des cris sauvages, une dizaine d'hommes se ruaient sur les femmes alignées devant les portes. Des malfrats, de ces vauriens qu'on voit traîner dans les bars et les tripots. Des carrures de dockers, vêtus de chandails miteux ou de vestes rapiécées. Injures, hurlements, coups de pied et de poing, la haie du piquet de grève fut rapidement dispersée.

Ils arrachèrent aux mains bleuies de froid des grévistes les pancartes qu'elles tentaient maladroitement d'utiliser pour se défendre. Des femmes étaient jetées à terre, piétinées, d'autres résistaient, hurlant elles aussi. En italien, en yiddish, en anglais, les insultes fusaient ; folles de rage, les femmes contre-attaquaient, mordant, griffant.

La rue semblait revenue à la vie. Les fenêtres des immeubles qui la bordaient, et qui étaient restées obstinément fermées toute la journée, s'ouvraient avec précipitation, laissant apparaître les visages des curieux.

Alors, à l'abri d'une double rangée de solides gaillards, une file d'êtres pathétiques, femmes au regard fuyant, le visage le plus souvent dissimulé par un châle, s'engouffra honteusement dans l'usine dont on avait entrouvert les portes.

Alors, la bande de vauriens se déchaîna. Ils ne s'étaient pas attendus à rencontrer une telle résistance de la part des femmes. Ils ne s'étaient pas attendu à ces coups de poing et de griffes, à cette résistance collective. Comme par enchantement, briques et gourdins firent leur apparition ; les hurlements redoublèrent et la police ne tarda pas à arriver sur les lieux

Dans la bagarre, Hennie avait été violemment projetée contre un mur. Elle perdit tout d'abord Olga de vue, mais finit par apercevoir, au milieu d'un entremêlement de bras et de jambes, le petit chapeau de laine rouge tombé à terre. A côté, Olga suffoquait sous le poids d'un homme qui la maintenait au sol en lui enfonçant le genou dans la poitrine. Elle tentait vainement de se débattre et ne parvint qu'à lui griffer le visage.

Folle de rage, Hennie se précipita sur l'homme en l'abreuvant d'injures.

— Sauvage! Brute! Chien enragé!

Elle lui donna une série de coups de pied dans les jambes, le tira par les épaules : en vain; l'homme semblait à peine s'apercevoir de sa présence. En revanche, il paraissait savourer les pleurs et les gémissements d'Olga, frêle oiseau broyé sous son poids.

Alors Hennie planta ses dents dans l'oreille du voyou et tira. L'homme poussa un hurlement. Elle sentit elle-même un violent coup sur la tête et perdit connaissance.

Combien de temps était-elle restée inconsciente? Elle n'aurait su le dire. De toute façon, la bande de gouapes avait eu rapidement le dessus; l'échauffourée n'avait pas duré plus de cinq minutes. L'esprit embrumé, elle se rendait compte qu'elle avait dû s'évanouir; c'était la première fois de sa vie que cela lui arrivait. Son visage la brûlait et du sang lui coulait sur la bouche et le menton : elle avait été frappée sur le nez.

Quelqu'un se tenait devant elle. Un policier. Elle se raidit : la brutalité des agents était chose connue.

Mais celui-ci l'aida, sans prévenance particulière, à se remettre sur ses pieds. La fraîcheur de son visage juvénile était gâtée par l'air de mépris qu'il ne cherchait nullement à dissimuler.

— Quelle honte! Une dame! Ou du moins elle en a l'air!

Pour lui, se dit amèrement Hennie, je ne suis pas une «fille», je suis une «dame», et c'est à cause de mon beau manteau.

130

Les costauds s'étaient enfuis; la bataille était terminée. L'arrivée de la police avait fait fuir tout le monde ou presque, voyous et grévistes. Seules restaient les femmes les plus courageuses, mais comment en vouloir aux autres?

— Vous êtes en état d'arrestation, déclara le policier. Me suivrez-vous sans faire d'histoires ou faudra-t-il vous passer les menottes?

Le ton était arrogant. Il jouait un rôle. Son audience : les habitants de la rue, massés aux fenêtres, et les passants qui avaient repris possession des trottoirs.

Par une sorte d'accord tacite, Hennie se retrouva investie, elle, du rôle de porte-parole.

— Nous sommes des femmes honnêtes, donc nous vous suivrons sans faire de scandale. Mais pourquoi nous emmener? Qu'avons-nous fait?

— Désordres sur la voie publique. Alors que vous devriez être chez vous à vous occuper de vos familles!

— Ce n'est pas à vous de nous dire ce que nous devons faire dans la vie. En outre, nous n'avons commis aucun délit.

Le policier avait l'air surpris. Visiblement, il ne savait quelle attitude adopter face à cette femme qui ne semblait pas être une ouvrière et maniait la langue anglaise avec aisance et précision. Par ailleurs, elle ne ressemblait pas à ces dames de la bonne société qui adorent se trouver mêlées à ce genre d'incidents, et qu'il faut traiter avec la plus grande courtoisie, faute de quoi leur mari ira se plaindre auprès du commissaire.

— Bon, écoutez, « madame », dit-il d'un ton ironique. Je vous conseille de vous taire, sans quoi je retiendrai contre vous un autre délit : celui de rébellion.

Il la prit sans ménagements par le coude.

— Je vous conseille en outre de monter dans ce fourgon sans protester. Allez, tout le monde dedans!

*C'est ça, héroïque représentant de l'ordre, fais ton travail!*

Olga toussait et crachait dans son mouchoir.

— Ça va, Olga?

131

— J'ai mal là où il a... mais toi! Ton visage devient tout bleu! Et tu as du sang partout!

— Ce n'est rien, je saigne du nez. Tu sais, si j'avais eu un pistolet, je crois que je l'aurais tué, ce type.

— Silence! Montez dans le camion, et plus vite que ça!

Tandis que les femmes montaient dans le fourgon de police, deux taxis vinrent se ranger le long du trottoir, à quelque distance de là. Un groupe d'hommes et de femmes hilares en descendit pour assister au spectacle.

— Dis donc, vise un peu les mômes!

— Jamais vu autant d'épouvantails à la fois!

— Hé, poulette, t'as pas besoin d'un julot?

— C'est bon pour ce que t'as!

Hennie se retourna. Les femmes, outrageusement maquillées, robes de soie et boas en plumes, n'étaient pas en reste de sarcasmes à leur égard. Pauvres créatures, se dit Hennie, pauvres filles parées pour leur nuit de travail, tout aussi victimes que ces femmes qui se battaient pour obtenir de meilleurs salaires. Mais les ouvrières étaient conscientes de leur misère, et les autres non.

Le fourgon s'éloigna au milieu des éclats de rire.


Au commissariat, le sergent regarda avec indifférence la petite troupe dépenaillée qu'on lui amenait. Ni pitié ni dédain. Sanglé dans son impeccable uniforme bleu à double rangée de boutons de cuivre, il représentait l'image même de l'autorité. L'image du devoir, aussi : il avait une tâche à accomplir, et il s'en acquittait sans sourciller. Une par une, elles furent conduites devant lui.

— Je vais devoir fixer une caution. Disons... deux cents dollars.

Toutes les femmes présentes se récrièrent en même temps. L'une d'entre elles risqua même un «on n'est pas des criminelles».

— La rébellion à agent est un délit.

Il haussa le ton.

— J'ai dit deux cents dollars. Si vous voulez téléphoner à votre avocat, il y a un téléphone sur le bureau ; l'agent McGuire vous assistera.

— Auquel de mes deux avocats vais-je téléphoner, susurra Olga. A celui qui gère mon portefeuille d'actions ou à celui qui s'occupe de mes intérêts immobiliers ?

— Vous pouvez aussi, reprit le sergent, imperturbable, téléphoner à vos familles. Pour réunir le montant de la caution, il y a des prêteurs à quelques mètres d'ici, dans la rue.

— Ni famille ni téléphone, murmura Olga.

— Nous n'avons pas le téléphone, déclara Hennie.

Dan et elle avaient toujours estimé qu'ils n'en avaient pas besoin. A présent, elle aurait donné n'importe quoi pour qu'il y eût un appareil chez eux. Freddy allait rentrer de l'école, et il n'y aurait personne pour l'accueillir. Dan serait certainement à son laboratoire ; pourvu que Freddy ait l'idée de s'y rendre.

— Si nous n'avons pas le téléphone, dit alors Hennie au sergent, y a-t-il un autre moyen de prévenir nos familles ?

— Donnez votre nom et votre adresse à l'agent McGuire. Le commissariat de quartier se chargera de les prévenir. Vous comparaîtrez devant le juge demain matin à dix heures.

Il se mit alors en devoir d'examiner la pile de papiers qui s'entassait devant lui. Il avait suffisamment perdu de temps avec ces fauteuses de troubles ; une bande d'étrangères, en plus !

— Lorsqu'elles auront fini de donner leurs noms et leurs adresses, conduisez-les en cellule, McGuire.

Les cellules se trouvaient à l'extrémité d'un long couloir. Pour ne pas être séparée d'elle, Hennie tint la manche d'Olga. Une fois la première cellule pleine (elle pouvait accueillir une dizaine de personnes), on poussa les autres femmes dans une cellule voisine. La lourde porte en métal se referma sur elles, un bruit de clés dans la serrure, des pas qui s'éloignent...

Pendant un moment, Hennie demeura sans bouger, observant la silhouette bleue qui s'éloignait dans le couloir. Moi dans une cellule ! Moi, Hennie Roth ! Mais surtout, moi, Henrietta De Rivera, fille de Henry et Angelique De Rivera, petite-fille de...

Elle regarda autour d'elle. La pièce en ciment gris était relativement grande, et dépourvue de fenêtre. Quelques lits de camp étaient alignés sur l'un des côtés de la pièce ; l'oreiller et le matelas dont ils étaient pourvus étaient immondes de crasse. Un banc étroit courait le long des trois autres côtés. Aux quatre coins étaient disposés des seaux ; à l'odeur fétide qu'ils exhalaient, on devinait sans peine à quoi ils étaient destinés.

On appelait de tels endroits des « cellules de rétention ». Si personne ne venait payer la caution fixée par la police, on devait y passer la nuit en attendant de comparaître devant un magistrat.

Au bout d'un certain temps, elle remarqua les femmes qui se trouvaient là avant elles ; elles étaient trois, assises sur le banc : une prostituée, jeune et mignonne, vêtue d'une robe à volants de dentelle, une vieille aux cheveux gris et poisseux, comme celles que l'on voit enveloppées de chiffons et recroquevillées dans les portes cochères, et enfin une femme d'aspect modeste, mais correctement vêtue, à qui il semblait bien difficile de donner un âge.

La scène lui rappelait Dickens.

La jeune fille remarqua aussitôt les ecchymoses de Hennie.

— Eh bien dites donc ! Vous vous êtes fait caresser ! Qui c'est qu'a fait ça ?

— Nous étions au piquet de grève de la fabrique de vêtements.

— Oh, alors pour vous, c'est du tout bon. Vous allez sortir rapidement de ce trou. Dans deux ou trois heures, pas plus.

— Qu'est-ce qui vous fait dire ça ?

— A cause que c'est celles de la haute qui vont vous faire sortir. Les gens comme vous, elles les font toujours sortir.

Hennie la considérait d'un air interloqué.

— Mais oui, expliqua-t-elle, vous savez, toutes ces bonnes femmes de la haute : Ann Morgan, M'dame Belmont. Vous lisez pas les gazettes ?

Cette fille avait raison : Hennie se souvenait brusquement de ces noms qui apparaissaient dans les rubriques mondaines des journaux ; en dehors de leurs bals et de leurs réceptions, ces dames de la bonne société participaient aux marches organisées pour le suffrage des femmes et signaient des appels pour la paix. Souvent, en outre, elles venaient en aide à celles qui cousaient les vêtements qu'elles portaient. Hennie en avait souvent parlé avec Dan.

— Oui, mais il est tard, fit remarquer Olga. Même si elles viennent, ce ne sera pas avant demain matin.

En frissonnant, Hennie coula un regard vers les lits de camp.

— J'ai demandé au policier de prévenir Dan : il paiera ta caution à toi aussi, Olga.

Hennie s'efforça de rassembler ses souvenirs à propos de la mise en liberté sous caution : les prêteurs n'exigeaient-ils pas un aval, une garantie ? Quatre cents dollars ! Ils n'avaient évidemment pas une telle somme chez eux. Leurs économies, à la banque, étaient bien d'un montant plus élevé, mais la banque n'ouvrirait que le lendemain matin. De nouveau elle regarda les lits de camp, et à nouveau elle frissonna.

Olga s'était assise sur le banc, à côté de la femme entre deux âges. Hennie chercha elle aussi un endroit où prendre place bien qu'elle fût volontiers restée debout tant elle craignait la vermine qui devait infester les lieux. Elle finit par s'asseoir de l'autre côté de la dame bien mise, qui, après l'avoir dévisagée avec curiosité, engagea la conversation.

— Ils ont frappé fort, dites-moi. Vous souffrez ?

— Un peu, reconnut Hennie, dont le visage enflait de minute en minute.

— Ça n'a pas l'air joli-joli. Je pense que vous allez avoir un œil au beurre noir, peut-être même les deux.

— Ah, si j'avais un miroir !

— Oh, mais je peux vous raconter ! Vous avez un gros hématome sur le nez, votre joue gauche est en train de virer

135

au bleu et elle est très gonflée, comme si vous aviez les oreillons.

— Ils pourraient peut-être me donner de la glace, dit Hennie, guère convaincue.

La femme éclata de rire.

— De la glace ? Eux ? Mais on n'est pas à l'hôpital, ici. Soyez déjà heureuse qu'ils ne vous aient pas frappée de l'autre côté !

En face, sur l'autre banc, la jeune fille ouvrit sa bourse.

— Voilà un miroir, si vous voulez vous reluquer le minois.

— De toute façon, je ne pourrais rien y faire, alors… je ne préfère pas, merci.

La fille haussa les épaules. Se tournant en direction de la petite lampe grillagée, au plafond, qui dispensait une vague lueur, elle se mit en devoir d'examiner son maquillage. Pas plus de dix-sept ans, se dit Hennie. Un visage de poupée.

Olga, qui depuis un moment était restée la tête entre les mains, releva la tête et s'appuya contre la paroi. Ses yeux fermés étaient entourés de profonds cernes bleus.

— Ça va ? murmura Hennie.

Sans ouvrir les yeux, Olga répondit dans un souffle :

— Leah, ma petite Leah.

— Elle aussi, elle était au piquet de grève ? demanda sa voisine.

— Oui, répondit Hennie. Mais elle est malade.

— Ça se voit. Moi, je suis ici pour vol. Une paire de gants. C'est seulement la deuxième fois que je me fais attraper.

Dans la cellule voisine, des ouvrières se mirent à chanter. Doucement d'abord, puis de plus en plus fort. Des chants où il était question de la liberté et des patrons, des guerres, de la paix, et de l'amour. Il y avait tant de vigueur et de force d'âme chez ces femmes ! Hennie, elle, se sentait tout simplement épuisée. Sa tête lui faisait mal. Sans oser le dire, elle fut soulagée lorsqu'un policier vint intimer l'ordre aux femmes de se taire.

Le temps s'étirait. Cela faisait peut-être deux heures

qu'elles se trouvaient là. Sa montre avait été brisée dans la bagarre et elle en était réduite aux conjectures. Où pouvait bien être Dan ? Et si on n'avait pas réussi à le prévenir ? Ils n'avaient pas le téléphone : les policiers allaient-ils se mettre sérieusement à sa recherche ? Il allait être fou d'inquiétude. Songerait-il à venir la chercher ici ? Non, bien sûr.

Le temps s'étirait. Tout compte fait, elle était bien aise de ne plus avoir sa montre : elle serait devenue folle à contempler la progression de la petite aiguille.

Puis un policier fit son apparition et ouvrit la lourde porte à barreaux. Sauf la malheureuse vieille recroquevillée sur le banc, toutes les femmes crurent qu'on venait les chercher. Mais ce n'était que le souper.

— Mesdames, ce soir, c'est nous qu'on régale le dîner fin : un délicieux bout de pain et une carafe de bonne eau bien fraîche.

Il posa le plateau à l'extrémité du banc, prenant bien soin de le disposer au-dessus du seau qui dégageait son odeur nauséabonde. Hennie eut un haut-le-cœur.

— C'est qu'ça vous plaît pas, on dirait ? Pt'êt bien que vous auriez préféré d'la dinde ?

Préférant ignorer le sarcasme, Hennie s'apprêtait à lui demander s'il avait reçu des nouvelles de son mari, lorsque la jeune fille poussa un hurlement strident et se précipita sur le banc situé de l'autre côté de la pièce.

— Un rat ! Au secours, un rat ! Il est sorti par là !

Elle désignait un endroit du mur derrière l'un des seaux.

Le policier repoussa le seau d'un coup de pied (en projetant sur le sol une partie de son contenu) et découvrit un trou à l'endroit où le mur rejoignait le sol.

— Cette pov'tite bête avait froid. Feriez mieux de manger vot'dîner, mesdames, sans ça c'est lui qui va s'faire le festin.

Hennie se rassit, ramenant sa robe contre ses jambes. Où pouvait bien être Dan ? Qu'est-ce qui pouvait bien le retenir ?

Elle attendait. Une cellule ! Et même si elle devait y passer la nuit, il ne fallait en aucun cas s'affoler. En aucune façon. Toute à ses résolutions, elle mit un certain temps à s'apercevoir qu'elle claquait des dents et qu'au fond de ses poches, ses poings étaient serrés.

Il doit être très tard, à présent. D'un pas hésitant, la vieille femme se leva et alla s'accroupir sur l'un des seaux. Olga bougeait à peine, s'étirant seulement de temps à autre, et poussait un léger soupir à intervalles réguliers. Les deux autres femmes aussi demeuraient silencieuses. Comme Hennie, elles attendaient. Oui, il doit être très tard...

C'est alors qu'elle entendit la voix de Dan. Les larmes lui vinrent aux yeux. Elle parvint toutefois à se maîtriser, et ce fut avec les yeux secs qu'elle l'accueillit. Elle jeta ses bras autour de son cou.

— Je croyais que tu n'allais jamais venir.

— Je t'expliquerai quand on sera dehors. Paul est là ; c'est lui qui s'occupe des formalités pour toi et ton amie.

— Olga, viens, s'écria Hennie. C'est Dan : tout va bien, nous sommes libres. Viens, on te raccompagne chez toi.

— Qu'est-ce qu'ils vous ont fait ?

Dan semblait fou d'inquiétude et Paul, qui les attendait devant la porte du commissariat, écarquillait les yeux, stupéfait.

— J'ai donc l'air si affreuse ?

— Oui. Il faut te conduire tout de suite chez un médecin.

— Non, je t'en prie. Je veux rentrer à la maison. Je n'ai besoin que d'un bon bain et d'un peu de glace sur le visage. Je n'ai rien de cassé. Paul, je te présente mon amie, Olga Zaretkin. Mon neveu, Paul Werner.

Paul s'inclina. Avec son manteau à col de velours et son fin visage juvénile, il semblait, dans cette rue sordide, aussi déplacé qu'un Indien des Plaines.

Il aida les deux femmes à grimper dans sa petite automobile, et leur recouvrit les genoux d'un plaid écossais.

— Il doit faire moins vingt dehors, sans parler du vent. Où est-ce que je vous amène ? demanda-t-il à Olga.

— Descendez Grand Street, murmura-t-elle, c'est au coin à gauche, ensuite je vous indiquerai.

138

Hennie se rendit compte, soudain, que c'étaient là les premiers mots qu'Olga prononçait depuis deux heures. Elle était gravement malade, et il n'y avait rien à y faire.

Rien à faire, non plus, pour les trois femmes qu'elles laissaient derrière elles. Elles connaissaient déjà la prison et y retourneraient certainement.

— Quand je ne t'ai pas vue revenir, expliqua Dan, je me suis mis à ta recherche. Je pensais que peut-être tu étais allée au patronage, alors je m'y suis rendu. Puis je me suis dit que tu devais avoir une réunion à l'école de Freddy, mais là-bas non plus, personne n'a pu me renseigner. Je suis même allé chez ta mère ; j'ai pris Freddy et...

— Ma mère le sait ? s'écria Hennie.

— Oui, elle sait. Après mon départ de chez elle, elle a téléphoné à Paul qui venait de rentrer de ses vacances d'hiver. Il est allé la chercher et tous les deux sont arrivés à la maison au moment même où un flic venait me prévenir de ton arrestation.

Dan se retourna et étreignit le poignet de sa femme.

— N'aie pas peur pour demain. Le magistrat t'infligera un sermon et une amende, et tu pourras rentrer chez toi. Évidemment, il risque de ne pas être aussi indulgent la fois prochaine.

— C'est ici, dit brusquement Olga.

Ils s'arrêtèrent devant un immeuble que rien ne distinguait des autres. Le ciel était bas, menaçant ; les charrettes à bras étaient rentrées et un silence de mort pesait sur la rue endormie.

— Non, attendez ici, dit Hennie aux deux hommes qui s'apprêtaient à reconduire Olga jusque chez elle. Je la raccompagne et je reviens tout de suite.

Elle n'osait pas expliquer devant Olga que dans cette rue misérable, Paul aurait eu tôt fait de retrouver sa chère automobile toute cabossée.

Les machines à coudre s'interrompirent au moment où les deux femmes pénétrèrent dans l'appartement. Les quatre hommes et la femme aux cheveux grisonnants levèrent les yeux.

— Qu'est-ce qui t'est arrivé ? demanda l'un d'eux. Encore la grève ?

— Il faut qu'elle s'assoie, dit Hennie. Elle est près de s'évanouir.

Quelqu'un ôta une pile de pantalons en laine d'une chaise.

— Tiens, assieds-toi. Tu veux un verre de thé ?

La femme se leva.

— Tu as l'air gelée.

— Oui, dit Olga en retirant son chapeau, je suis complètement gelée.

— Elle est bien malade, dit l'un des hommes en hochant la tête.

Il rajusta l'aiguille de sa machine à coudre et reprit son travail.

— … oui, bien malade.

Olga voulut alors retirer son manteau.

— Garde-le, dit Hennie. Réchauffe-toi d'abord.

— Mais en même temps j'ai trop chaud. Où est Leah ?

— Je l'ai envoyée chercher du lait, répondit la femme.

Elle lui amena du thé ; Olga réchauffa ses mains autour du verre bouillant avant de boire. Il n'y avait pas d'endroit où s'asseoir et Hennie resta debout. Elle aperçut alors deux jeunes enfants endormis sur une pile de vêtements, près de la fenêtre. Les lampes à pétrole jetaient une lueur d'un jaune sale : ils devaient s'abîmer les yeux à travailler avec une telle lumière. Hennie avait souvent accompagné ses élèves dans des appartements semblables à celui-ci, mais elle ne les avait jamais regardés avec le même regard que celui qu'elle portait aujourd'hui. L'atmosphère était confinée et dans la pièce flottaient des relents de sueur et de friture.

Je ne pourrais pas vivre dans un endroit pareil, se dit Hennie, je deviendrais folle.

De gros flocons de neige commençaient à s'écraser sur les carreaux. Et Paul qui attendait en bas ! Elle s'apprêtait à s'en aller lorsque la porte d'entrée s'ouvrit, laissant le passage à une petite fille qui portait un pot à lait et secouait la neige de son manteau.

— Leah ! s'écria Olga en ouvrant les bras.

L'enfant, qui avait apporté avec elle un peu de la fraîcheur du dehors dans cette pièce fétide, demeura immobile, le regard rivé sur sa mère.

— Maman ! Tu es encore malade ?

— Ta maman va bien, répondit rapidement Hennie Nous avons été retenues, mais elle va bien.

— Oui, oui, ça va bien, renchérit Olga.

Mais devant le regard incrédule de sa fille, elle dut ajouter :

— Ne t'en fais pas, Leah, tout va bien.

La petite fille s'agenouilla à côté de sa mère.

— Il t'est arrivé quelque chose, maman ?

— Je te raconterai tout à l'heure. Mais il ne faut pas faire attendre mon amie qui m'a raccompagnée ici. Tu te souviens d'elle, non ? C'est mon amie Hennie dont je t'ai si souvent parlé.

Leah examina Hennie avec attention.

— Je me souviens de vous. Un jour, vous m'avez donné de la limonade au patronage.

Olga leva les yeux vers Hennie. A la fois tendre et fier, son regard semblait dire : tu vois, tu vois...

Elle n'avait pas menti. Leah était effectivement une petite fille d'une beauté extraordinaire. Il émanait d'elle aussi une chaleur et comme un rayonnement auxquels il était impossible de résister. Son joli visage s'encadrait d'une masse de boucles rousses et l'on ne pouvait qu'être frappé par la fraîcheur de son teint et le rose dont s'ornaient ses joues, au-dessus des petites fossettes. Elle semblait avoir passé toute son enfance au soleil, à la campagne. Combien de temps encore conserverait-elle l'éclat de la santé ?

L'enfant aussi dévisageait Hennie.

— C'est vous qui êtes venue dans l'auto ?

— Oui, c'est celle de mon neveu, répondit-elle, honteuse Mais c'était absurde. Parce que, d'abord, l'automobile

141

n'était pas à elle et ensuite, parce que l'on ne pouvait tout de même pas reprocher à Paul d'en posséder une. Il ne l'avait pas volée et n'avait fait de tort à personne en en faisant l'acquisition.

Mais comment ne pas ressentir de la gêne, alors que se côtoyaient ainsi richesse et misère ?

L'enfant s'approcha de la fenêtre pour regarder au-dehors. L'homme qui travaillait à côté d'elle eut l'air amusé.

— Regardez-la ! Elle lui plaît, cette automobile. Tu aimerais bien en avoir une pareille, hein, ma petite ?

Olga haussa les épaules.

— Une auto ! Je vais aussi bien à pied ! Tout ce que je demande, moi, c'est du pain tous les jours !

Hennie posa la main sur l'épaule d'Olga.

— Prends soin de toi...

Conseil futile, se dit-elle en prononçant ces mots.

— ... et si je peux faire quelque chose...

Olga secoua la tête.

— Pour moi, rien, mais pour Leah...

Sa voix s'étrangla.

— Je sais. Je te le promets.

Cette petite fille de huit ans ne pouvait laisser indifférent. Il y avait en elle quelque chose d'indéfinissable, quelque chose qui n'appartient qu'à certains êtres d'exception : Dan, Paul, par exemple...


Hennie fut réveillée par la douleur lancinante dans la joue et le nez.

Assis sur une chaise à côté du lit, Dan l'observait. Il était descendu au drugstore pour appeler un médecin, il avait acheté des médicaments, lui avait apporté son repas sur un plateau, changé le sac de glace et, en bref, l'avait soignée en la couvant d'un regard éperdu d'admiration.

— Je pensais que peut-être tu serais furieux, lui disait-elle à présent.

— Furieux ? Oui, contre les briseurs de grève et les policiers qui ne valent guère mieux. Je suis seulement heureux que tu n'aies pas été plus sérieusement blessée. Mais tu verras, vous n'aurez pas lutté pour rien. Oh, ça ne se réglera pas demain matin, les patrons vont céder un tout petit peu pour que le travail reprenne et il faudra encore d'autres grèves. Mais on votera finalement des lois pour réglementer les conditions de travail. Et ton courage y aura contribué.

Il neigeait à nouveau. Dan remonta les couvertures sur les épaules de Hennie qui sombrait dans une semi-torpeur.

Il parle de mon courage. Mais je ne suis pas courageuse. J'étais terrorisée. Et j'ai encore plus peur maintenant qu'au moment où ça s'est passé.

Pourquoi est-ce que j'agis ainsi ? Parce que je veux me rendre utile et que je sais que je lutte pour une cause juste. Mais il y a autre chose, je le sais... je crois que... je crois que je veux me faire valoir. Je veux que Dan m'admire. Il m'aime, mais je veux aussi qu'il m'admire.

Soudain, elle bondit hors de son lit et se dirigea vers le miroir accroché au-dessus de la commode.

— Hennie ! Qu'est-ce que tu fais ?

— Je veux voir la tête que j'ai.

La lampe jetait une lueur tremblante sur son visage. Ignorant sa joue gonflée, elle s'observa. C'est seulement l'expression de mon visage qui est attirante, se dit-elle, peut-être pour la millième fois. Mes traits sont trop marqués, trop volontaires, et j'ai les sourcils trop épais. C'est encore quand je souris que je suis le plus présentable. Je devrais sourire plus souvent.

— Dans un jour ou deux tu auras une meilleure tête, dit Dan. Enfin... soyons francs, disons dans quinze jours. Ça te fait très mal ?

— Non, pas très.

— Remets-toi au lit, tu vas geler. Je ne comprends pas comment tu fais pour ne pas dormir. Ces médicaments sont censés te faire dormir.

— C'est parce que je n'arrête pas de penser à cette enfant. Si tu avais pu voir comme elle est adorable, et puis cet horrible logement, la misère, la crasse...

— Je sais, je comprends. Mais comme de toute façon tu n'y peux rien, il vaut mieux arrêter d'y penser.

— Tu sais, j'ai en quelque sorte promis à Olga que je m'occuperais de Leah.

— Hein? Mais comment veux-tu t'occuper d'elle? Tu n'aurais pas dû lui faire une telle promesse.

— Après la mort de sa mère, ces gens ne vont pas la garder. Comment le pourraient-ils, d'ailleurs? Ils doivent probablement assurer leur subsistance à toutes les deux, en ce moment. Et je suis sûre qu'ils s'attendent à ce qu'elle les rembourse après la grève.

— Je vais te dire, moi, ce que tu pourras faire. Continue à aller les voir, et lorsque Olga aura disparu, tu pourras faire les démarches pour la confier à un orphelinat.

Des endroits à faire frémir! D'affreuses bâtisses en brique rouge. Des fenêtres minuscules. Des bataillons, des régiments d'enfants marchant au pas, deux par deux... Oh bien sûr, ils étaient gentils avec les enfants dans ces institutions, mais... à leur manière.

Elle revoyait le visage d'Olga, tordu par le désespoir, les mains qui serrent sur sa gorge le col de son manteau, et son cri de mère : que va devenir mon enfant?

Peut-on ainsi permettre que soit gâchée la vie d'une enfant?

Il y en a des milliers d'autres, Hennie.

Oui, mais je ne les connais pas tous.

Hennie, à quoi songes-tu?

Je songe à Freddy, si nous mourions, Dan et moi, et si personne ne voulait le recueillir. Je songe à la sauvagerie du monde qui nous entoure.

Freddy. Qu'en pensera-t-il?

Il a bon cœur, il n'y aura pas de problèmes avec elle.

Avoue que c'est parce que tu n'as pas eu d'autres enfants.

Si j'avais une fille, si j'avais Leah, je l'enverrais à l'école, je l'habillerais de jaune, de blanc et de rouge. Je la gâterais comme jamais je ne l'ai été.

La main chaude de Dan vint se poser sur son front.

— Ferme les yeux, essaye de dormir. Laisse-toi aller.

Elle rouvrit les yeux.

— Nous pourrions l'adopter. Je ne veux pas dire officiellement, légalement, mais nous pourrions la prendre chez nous.

— Ici ? Dans notre famille ?

— Pourquoi pas ? Nous avons toujours voulu un autre enfant et nous n'en avons pas eu.

— Il est tard, maintenant. Freddy est déjà grand.

— Mais non, il n'est pas trop tard. Tu ne dirais pas la même chose si j'étais enceinte.

— Mais ce n'est pas le cas, et puis c'est une décision importante. Tu es bouleversée, je le comprends, mais tu devrais y réfléchir encore.

— J'y ai déjà réfléchi.

— Eh bien réfléchis-y encore.

— Tu n'en as pas envie, alors que je croyais que tu serais le premier à me le proposer !

— En temps ordinaire, oui, mais dans notre cas, avec la façon dont est Freddy...

— Qu'est-ce que tu veux dire ? s'écria-t-elle.

— Freddy a encore un long chemin à parcourir, et ce ne sera peut-être pas facile.

— Qu'est-ce que tu racontes ! Freddy va très bien !

— C'est un garçon compliqué. Il est différent des autres. Tu le sais aussi bien que moi, Hennie, mais tu as toujours eu peur d'en parler.

*Si on n'en parle pas, peut-être est-ce que cela disparaîtra.*

— C'est un garçon sensible, je le sais, Dan, mais est-ce que ça le rend pour autant... étrange.

— Disons que je ne sais pas très bien ce qu'il deviendra plus tard, répondit tranquillement Dan.

— Tu voudrais qu'il soit comme Paul ! s'exclama-t-elle avec amertume.

*Et toi aussi.*

— Je n'ai jamais dit ça, Hennie.

Un long moment, il demeura silencieux.

145

— La journée a été difficile, et je suis fatigue. Je vais aller voir ce que font Paul et ta mère.

Il ouvrit la porte de la chambre, on entendait des voix qui venaient du salon.

— Maman doit être furieuse.

— Pas du tout. J'ai même été surpris. Elle n'a pas eu un mot de reproche.

— Je me serais attendue à une explosion de colère.

— J'imagine qu'elle doit être encore sous le choc. D'après Paul, sa colère éclatera la semaine prochaine, lorsqu'elle aura eu le temps de ressasser toute l'affaire.

Dan hésita.

— Je ne voulais pas t'opposer un refus brutal, Hennie. Je voulais seulement te dire que c'est une lourde responsabilité d'accueillir un autre enfant, un enfant qui n'est pas à nous. Je vais être franc : je n'en ai pas très envie. Mais si toi, de ton côté... bon, enfin... il faut que tu sois sûre de toi.

— Je suis bien décidée.

Et tandis qu'elle attendait que le sommeil s'emparât d'elle, il semblait à Hennie que le visage de l'enfant se matérialisait dans l'air, au-dessus d'elle, dans l'obscurité : je t'attends, lui disait doucement Leah, lorsque le temps sera venu, lorsque tu seras prête, alors...

Dans le salon, Paul s'était installé dans le fauteuil de Dan. Quelle incroyable journée ! Ses amis auraient du mal à le croire. Sortir sa tante de prison ! Et puis cette jeune femme, Olga, la pauvre, elle avait l'air si frêle. Dieu que cette misère était bouleversante ! Quant à Hennie, c'était bien son genre d'aller se mettre dans un pétrin pareil ! Lui revinrent alors en mémoire les histoires qui couraient dans la famille sur l'enfance de sa tante, comment elle s'occupait des chats abandonnés et comment, un jour, elle avait ramené à la maison un petit garçon qui s'était perdu. Elle avait eu de la chance, aujourd'hui, mais à l'avenir il faudrait qu'elle soit prudente : il avait lu dans le *Times* que peu de temps auparavant, un gréviste avait perdu un œil au cours d'une bagarre semblable à celle-ci, devant les portes d'une usine.

A moitié endormi, il ferma les yeux. Sa grand-mère et Freddy étaient assis sur le canapé, en grande discussion ; ou plutôt c'était Angelique qui parlait, et Freddy qui buvait ses paroles, oubliant même de terminer l'assiette de pudding qu'il avait sur les genoux.

— Après la guerre, disait Angelique, il y a eu une épidémie de fièvre jaune et ma mère en est morte. C'est après cela que nous sommes venus dans le Nord.

— Raconte-moi encore.

Angelique était flattée de l'attention que lui portait le garçon.

— Eh bien, je me souviens qu'on tirait le canon dans toute la ville parce qu'on croyait que la fumée tuait les microbes. On croyait aussi que l'air de la nuit était empoisonné, alors on gardait les fenêtres fermées jusqu'au matin. Il faisait une chaleur, c'était terrible ! Le matin, quand on ouvrait les fenêtres, on sentait une odeur de goudron brûlé ; on croyait aussi que le goudron avait des vertus désinfectantes.

— Oh, continue, disait Freddy.

Quel rêveur, se dit Paul, il se nourrit littéralement de ces histoires du passé.

— Ma mère a annoncé à la famille qu'elle allait mourir.

Angelique se tenait toujours très droite, mais à certains endroits du récit, lorsque les circonstances l'exigeaient, elle pouvait se raidir plus encore. C'était le cas.

— Par la fenêtre de sa chambre, je voyais passer les voitures à cheval chargées de cercueils, et je m'imaginais morte, secouée comme ça dans une boîte, comme le serait bientôt ma mère. Mais je me consolais en me disant que les morts dans leurs cercueils ne ressentaient plus rien. Nous avions un cocher, un très vieux nègre qui s'appelait Sisyphe ; c'est lui qui est allé clouer sur un arbre, devant la maison, un écriteau bordé de noir annonçant la mort de ma mère. Il pleuvait. Lorsqu'il est revenu, il m'a dit : « Il va y avoi' une tempête. Il y a toujou' une tempête quand une vieille femme elle meu'e. » Mais c'était bizarre, parce que ma mère n'était pas vieille du tout. Voilà... ce sont des choses comme ça dont on se souvient...

Un instant, la grand-mère et son petit-fils demeurèrent silencieux, plongés dans leurs pensées lointaines. Ce fut Freddy qui rompit brusquement le silence.

— J'aurais aimé vivre à cette époque. Ça devait être une époque courageuse et magnifique, comme dans les livres d'histoire.

Paul sentit naître en lui un mouvement de colère à l'égard de sa grand-mère, mais aussi à l'égard de Freddy. Le courage, c'était Hennie qui en avait fait preuve, aujourd'hui même, et pour une juste cause.

— Non, Freddy, tu te trompes ! lança Paul. C'était une époque dure, avec des gens arriérés et étroits d'esprit. Tu peux au contraire t'estimer heureux de ne pas avoir vécu dans le Sud et à une telle époque !

— Tu n'y étais pas, alors tu n'en sais rien ! rétorqua Angelique. Les gens exagèrent toujours et condamnent sans savoir. La vie dans le Sud était extrêmement raffinée. Et nous avions des héros que l'on ne voit plus de nos jours, ajouta-t-elle en s'éventant avec son mouchoir de batiste.

Paul n'avait aucune envie de se lancer dans une discussion inutile.

— De toute façon, tout ça ce sont des mots, puisqu'on ne peut pas revenir en arrière. Et puis, Freddy, sais-tu quelle est la meilleure période de la vie ?

— Non, c'est laquelle ?

— Je vais te le dire : c'est maintenant. Hier est passé et demain n'est pas encore arrivé, alors l'instant présent est le seul qui existe. Je n'ai pas raison ?

— Si, tout à fait.

Trop docile, le cousin, toujours prompt à se ranger à l'avis de son interlocuteur. Paul se sentait à la fois agacé et peiné.

— Ça te ferait plaisir de venir me voir à l'université de Yale, de temps en temps ? Tu pourrais y passer une fin de semaine et voir par toi-même si ça te plairait d'y étudier un

148

jour toi aussi. Tu pourrais étudier les sciences, comme ton père. Ou la musique, puisque tu joues si bien ; ou l'économie, comme moi.

— Papa m'a dit que j'irai à l'université de la ville. Il dit que les plus grands esprits du pays sont sortis de là.

— Au moins sur ce point-là je suis d'accord avec toi, Paul, lança rapidement Angelique. Dan continue de nourrir les plus ridicules idées pseudo-démocratiques, comme s'il y avait quelque chose de mal dans les universités privées.

Paul fronça les sourcils. Il n'appréciait guère que sa grand-mère critiquât Dan devant son fils.

— Tu sais quoi ? Ça ne serait pas une mauvaise idée si tu allais faire tes devoirs, lança-t-il à l'adresse de Freddy.

Freddy regagna sa chambre. Sans discuter. Décidément, se dit Paul, j'aimerais parfois qu'il soit moins obéissant.

Lorsqu'ils furent seuls, sa grand-mère se tourna vers lui.

— Eh bien, que penses-tu de toute cette affaire ?

Et, sans attendre la réponse, elle ajouta :

— Moi, je n'y comprends rien ! Ma propre fille arrêtée ! Elle est si différente de ta mère ; on ne dirait pas qu'elles sont sœurs ! De toute façon, cette famille m'est aussi étrangère qu'une tribu de Zoulous ou de Hottentots !

Paul ne répondit pas.

— J'espère quand même que tu n'approuves pas ce qui s'est passé aujourd'hui !

— Je comprends ce qui l'a poussée à agir, répondit tranquillement Paul. Et parfois, j'ai honte de ne pas avoir les mêmes convictions, le même courage.

— C'est absurde ! Tu es issu d'une famille courageuse. Tu sais ce que nous avons enduré dans le Sud pendant la guerre. Nous avions le caractère bien trempé, et ça c'est dans le sang. L'aurais-tu oublié ?

— Non, dit Paul avec lassitude, je ne l'ai pas oublié.

A nouveau, ses pensées le ramenèrent à Freddy. Qu'allait devenir ce garçon, tiraillé comme il l'était entre la ferveur socialiste de ses parents et la nostalgie romantique des histoires dont l'abreuvait sa grand-mère ?

Il se leva, s'approcha de la fenêtre. Ah, les familles! Ça vous aime, ça vous nourrit, ça vous dorlote, et finalement on se retrouve tellement dérouté qu'on ne pageait plus trouver son propre chemin. Même sa propre famille, où les contradictions étaient pourtant moins fortes que dans celle de Freddy, était pour lui source de confusion. Il avait hâte d'être de retour à l'université; non qu'il se trouvât malheureux chez lui, mais au moins au milieu de ses camarades pouvait-il exprimer toutes ses opinions sans craindre de froisser les sensibilités. Il quitta l'embrasure de la fenêtre.

— La neige a cessé, grand-mère. Ils ne doivent plus avoir besoin de nous, alors nous pourrions rentrer. Je te raccompagne chez toi en automobile.

— Comme tu voudras. Les automobiles m'effrayent un peu, mais il va falloir que je m'y fasse. De toute façon, vu ce qui se passe ici, j'ai l'impression qu'il va falloir que je m'habitue à pas mal de choses.

Comme tout le monde, songea Paul à part lui.


— J'ai fait un dessin, maman, dit Leah, tu veux le voir?

De la poche de sa robe, elle tira une feuille de cahier qu'elle aplatit soigneusement avant de la tendre à sa mère.

— C'est une princesse. Hein, qu'on dirait que c'est une princesse?

— Tout à fait. Tu lui as fait une très belle couronne. Dis donc, avec une couronne pareille, elle pourrait être reine.

— Non, elle est trop jeune. C'est une princesse qui attend son prince. Et sa robe est rose. J'avais pas le crayon de la bonne couleur, mais c'est quand même une robe rose.

— Elle est adorable. Tu fais de très beaux dessins.

Le menton dans les mains, Olga contemplait sa fille qui dévorait avec appétit son maigre repas : un morceau de hareng saur, une pomme de terre bouillie et une tranche de pain. Ce repas, elle le devait à la charité, se dit-elle avec amertume. Ces gens qui passaient leurs journées devant leurs machines à coudre devaient savoir qu'elle ne pourrait jamais les rembourser. C'était un cadeau de pauvres à plus pauvres qu'eux.

— J'aimerais bien que tu me fasses une robe rose, dit Leah.

Olga ne put réprimer un frisson. Ce souhait si simple, ce regard si direct, lui plongeaient un couteau dans le cœur. Avec quel argent lui acheter du tissu? Et comment se servir des machines puisqu'elles tournaient pratiquement sans interruption? Sans compter qu'elle n'avait plus guère de forces...

— Tu trembles, maman, et pourtant il fait chaud près du fourneau.

La cuisine était si petite que la table et les deux chaises étaient presque collées au fourneau. Mais au moins il y faisait chaud, ce qui parvenait presque à faire oublier la tenace odeur de poisson et l'évier graisseux.

— Tu m'as pas répondu : tu trembles, maman.

— Ça va. Parfois, tu sais, il me faut un certain temps pour me réchauffer.

L'enfant la dévisagea un long moment, comme pour s'assurer qu'elle lui disait bien la vérité, puis, visiblement satisfaite, retourna à ses préoccupations.

— Alors, dis, tu vas vraiment me faire une robe rose?

— Il me semble qu'il te faudrait d'abord un manteau pour l'hiver, dit-elle avec douceur. Tu as grandi si vite que les manches sont trop courtes, maintenant.

— Ça m'est égal! Je veux une robe! La mère d'Hannah, elle lui en a fait une, pourquoi est-ce que toi tu fais jamais...

Leah porta vivement la main à sa bouche, puis, rougissante, se reprit :

— J'ai oublié que tu es malade. Bon, eh bien quand tu seras guérie.

Quelle enfant adorable, se dit Olga. Elle se plaint, elle exige, et puis brusquement elle se rend compte et elle redevient gentille. Elle est si petite encore.

— Je vais te dire, ma chérie. Le rose est une couleur d'été

151

Maintenant, ça n'irait pas du tout. Mais dès que l'été sera venu, tu auras ta robe rose. Je te le promets.

Je ne sais pas comment je ferai, mais elle aura sa robe !

Même le lait était cher. En Russie, dans le plus pauvre des villages, on pouvait élever une vache. La vache broute de l'herbe qui ne coûte rien, et en retour elle donne du lait. Ici — Olga glissa un regard par la fenêtre, où l'on apercevait, à quelques mètres seulement, une autre fenêtre — ici, pas le moindre brin d'herbe. Il fait si sombre que l'été dernier, le géranium posé dehors est mort faute de soleil.

Ce n'était pas juste. En Amérique il y avait aussi des villages, des vaches et des fleurs. Mais loin d'ici. Elle reporta le regard sur sa petite fille, qui, les deux mains enserrant son gobelet, gardait les yeux perdus dans le vide, dans son rêve.

— A quoi penses-tu, Leah ? Tu as l'air si lointaine.

La petite fille sourit, creusant les fossettes sur ses joues.

— Je pensais à cette dame, ton amie qui est venue en auto. J'aimerais bien aller en auto avec elle.

Tant de naïveté, tant de charmante innocence ! Elle en aurait pleuré. Mais il fallait garder bonne figure.

— Oui, dit-elle en s'efforçant de sourire, ça doit être très amusant.

— Bien sûr que ça doit être amusant ! Dis, elle doit être riche, cette dame.

— Je ne sais pas. Je ne pense pas à ces choses-là. C'est une bonne amie, et c'est tout ce qui importe.

Leah essuya son assiette avec un morceau de pain et la porta ensuite à l'évier. Elle attrapa entre deux doigts un morceau de chiffon humide et gras et fronça le nez d'un air dégoûté.

— Bèèè, il est sale. Tout est sale, ici, maman

— Chut ! Ils pourraient t'entendre.

Inquiète, Olga tourna les yeux en direction de la grande pièce. Ils n'avaient rien entendu ; ils étaient tous penchés sur leurs machines, actionnant les pédales avec régularité en échangeant quelques propos.

— Tu ne devrais pas dire des choses comme ça, Leah Ces gens sont très gentils avec nous. Ils n'ont pas le temps de nettoyer, c'est tout.

— Mais quand on vivait avec papa, c'était propre chez nous.

Elle avait raison. Mais, bien que son mari et elle eussent travaillé tous les deux, il n'y avait qu'un seul enfant à la maison, ce qui rendait le ménage plus facile à tenir.

— Papa me manque, dit Leah.

— Je sais. A moi aussi, il me manque.

Le silence s'installa. Le visage de son mari mort s'imposa devant les yeux de la jeune femme et c'est probablement ce que dut vivre aussi la fillette, car elle fondit en larmes.

— Oh, maman, il ne reviendra jamais.

— Non.

— Et toi, si tu mourais aussi ? J'ai peur... toi aussi tu pourrais mourir, hein ?

Olga toussa. Elle hoquetait si fort qu'elle dut porter son mouchoir à ses lèvres. Lorsqu'elle le retira, il était taché de sang.

— Tu es très malade, maman. Je le sais !

— Oui, je suis malade, très malade.

Olga était soudain résolue à parler ; Leah avait huit ans, elle était en âge de faire face à la réalité.

— Il est possible que je meure, ma petite Leah.

— Je veux pas ! C'est pas possible ! J'aurai plus personne !

— Je n'y peux rien, tu sais. Bon, écoute-moi, écoute-moi bien. Tu es une grande fille, maintenant, et tu peux comprendre comme une grande personne. Je vais t'écrire le nom et l'adresse de la belle dame qui était ici tout à l'heure. Elle s'appelle Hennie Roth. Je la mettrai dans ma petite boîte, derrière mes vêtements. Souviens-toi. Et si jamais quelque chose m'arrive, tu iras chez elle. Ou bien alors quelqu'un d'ici aura la gentillesse de t'y conduire.

— Pourquoi ? Pourquoi ?

Olga dut faire un effort pour raffermir sa voix.

— Parce que... elle m'a promis de veiller sur toi Elle

t'emmènera vivre chez elle, j'en suis sûre. Tu auras une famille, là-bas.

Leah enfouit son visage dans le giron de sa mère.

— Je veux pas vivre avec elle ! Je veux vivre qu'avec toi !

Doucement, Olga la força à se redresser et l'éloigna d'elle.

— Ne t'approche pas trop près : je sens que je vais avoir une nouvelle quinte de toux. Tu sais, ma chérie, ils seront très gentils avec toi. Sans cela, je ne t'aurais pas confiée à eux, tu le sais, non ?

Le front posé sur la table, la petite fille éclata en sanglots.

— Tu auras des belles robes, ma Leah. Des roses, de toutes les couleurs que tu voudras.

Olga cherchait désespérément quelque chose à dire : il lui restait si peu de temps pour préparer l'enfant à l'inévitable.

— Et des jouets, aussi. Tu auras des choses que moi je ne peux pas t'offrir. Peut-être même une maison de poupée.

La réponse lui parvint entrecoupée de hoquets et de sanglots.

— Je veux pas de maison de poupée.

— Mais si, tu en veux ! Tu m'en parles depuis que tu as vu l'image dans ce livre.

Les épaules de l'enfant étaient secouées... petit à petit, cependant, les sanglots se calmèrent. Elle finit par lever vers sa mère un visage chiffonné.

— En plus, dit Olga, je suis sûre qu'ils t'emmèneront faire des promenades en auto.

Sa voix se faisait plus douce encore, persuasive.

— Tu es une petite fille intelligente, Leah. Tu deviendras quelqu'un. Lutte pour obtenir ce que tu veux, lutte pour ce qui te semble juste. Et j'ai confiance en toi, je crois t'avoir montré ce qui était juste.

Le regard sombre rivé sur sa mère, Leah semblait s'imprégner de ses paroles. Pourtant, elle répéta :

— Je veux pas aller là-bas.

— On n'est pas obligées de continuer à en parler ce soir. Allez, déshabille-toi, et puis je te brosserai les cheveux.

Les boucles rousses ployaient sous les doigts de la mère.

Brossant en silence la chevelure de sa fille, Olga se sentait envahir par l'angoisse.

Quelle chose étrange de songer que bientôt, d'autres mains lui caresseraient les cheveux. Une fois estompés les premiers chagrins, lentement, lentement, elle s'habituera à ces mains qui ne seront plus les miennes ; je ne serai plus qu'un souvenir, un visage évoqué, une voix à demi oubliée, un nom à honorer : ma mère. Ma mère morte. Non, c'est irréel. C'est impossible.

La mort vint pourtant plus tôt que prévu. La camarde a eu pitié d'elle, se dit Hennie, elle ne souffre plus.

Après l'enterrement, ils revinrent chercher les affaires de Leah : quelques vêtements, une vieille poupée, un certain nombre de livres en piteux état, ainsi qu'un carnet de papier à dessin et des crayons de couleur. A présent, tout le monde se tenait dans la grande pièce, l'air gauche de gens qui sont pressés de se quitter et ne savent pas très bien comment en finir. Les machines à coudre étaient silencieuses : aucun membre de la famille n'avait travaillé ce matin-là, pour pouvoir accompagner Olga au cimetière de Brooklyn.

Dan et Freddy se tenaient en retrait, dans l'entrée. Freddy arborait un air grave ; il avait eu peur : c'était là sa première rencontre avec la mort. Hennie n'avait pas voulu qu'il assistât à l'enterrement, mais Dan avait insisté : ce garçon avait onze ans, il avait l'âge de faire face aux réalités de la vie et de la mort ; en outre, puisque Hennie était résolue à introduire une nouvelle venue dans la famille, il valait mieux pour Freddy qu'il connaisse parfaitement la situation. Peut-être a-t-il raison, se disait Hennie.

Elle ouvrit sa bourse.

— Qui parmi vous a rassemblé l'argent ? demanda-t-elle.

Un des hommes s'avança, expliquant qu'ils s'étaient cotisés, qu'ils n'allaient tout de même pas laisser la pauvre Olga être enterrée au carré des indigents.

— J'ai ici de quoi couvrir les frais d'inhumation, expliqua Hennie, et il restera même un peu d'argent pour vous.

Elle sentait sa voix faiblir, et elle se hâta de conclure :

— Vous avez été si bons pour elle.

La mère de famille saisit la main de Hennie.

— Vous êtes un ange. Un ange du ciel.

— Non, je n'y suis pour rien. C'est ma sœur qui a donné cet argent, ma sœur et son mari. Lorsqu'ils ont appris la nouvelle, ils ont tenu à faire quelque chose.

— Tu entends, Leah ?

Doucement, la femme releva le menton de la petite fille, révélant un visage défait, des yeux rougis de larmes.

— Tu vas aller vivre chez des gens très gentils. Ta mère savait ce qu'elle faisait, va. Mais tu ne nous oublieras pas, promis ?

Et avant que l'enfant ait pu répondre, elle se tourna vers Hennie.

— C'est une bonne fille, elle ne vous causera pas d'ennuis. Et intelligente, avec ça ! Très intelligente, vous verrez. Dans quelques années, elle pourra travailler. Tu as pris toutes tes affaires, Leah ? Il ne faut pas faire attendre ces gens.

Hennie comprit qu'ayant déjà perdu une demi-journée de travail, ils avaient hâte de retourner à leurs machines. Elle prit la main de Leah, que celle-ci serra bien fort. L'enfant, déjà, se raccrochait à la vie.

— Bon, eh bien, au revoir, au revoir, dit l'enfant en s'efforçant de sourire.

Ils prirent le trolleybus pour se rendre chez eux. Les affaires de Leah, entassées dans une boîte en carton, étaient posées par terre, entre Dan et Hennie. Freddy et Leah étaient assis un peu plus loin. Dan, toujours silencieux, lisait son journal, tandis que Hennie, du coin de l'œil, observait les enfants.

Quel affreux manteau ! se disait-elle. Demain après-midi, nous irons faire des courses. Il faut que j'achète un joli couvre-lit. Jaune, ce sera gai. Et puis une étagère pour les poupées. Oui, il va falloir lui acheter des poupées. Heureusement que nous avons cette petite pièce au fond, elle se

156

croira dans un conte de fées après ce qu'elle a vécu dans cet horrible endroit. Oh, Freddy est en train de lui raconter quelque chose, et elle sourit. Elle doit être terrifiée. Mais Freddy a déjà l'air de bien s'entendre avec elle.

Il comprend. Il ne sera pas jaloux. Brave Freddy. Je l'ai regardé pendant que la petite pleurait au cimetière. Il était bouleversé. Quelle horrible cérémonie : une poignée d'inconnus pressés de s'en aller. Des mottes de terre glacées sur le cercueil. S'en souviendra-t-elle ? Et le pépiement des moineaux dans les arbres ?

Ils devaient encore marcher un peu entre l'arrêt du trolleybus et la maison. Cette journée d'avril, qui avait commencé de façon si maussade, s'égayait un peu : le soleil pourchassait les nuages dans le ciel, et à Washington Square, derrière les grilles en fer forgé, les plates-bandes de jonquilles frémissaient sous la brise.

Leah s'immobilisa.

— Je n'ai jamais vu autant de fleurs, soupira-t-elle.

Et elle demeura un long moment à les observer sans rien dire.

Une bonne d'enfant fit alors son apparition, poussant un landau dans lequel on apercevait un bébé noyé sous des flots de rubans et de couettes en taffetas blanc. Leah était stupéfaite. Mais elle n'était pas au bout de ses surprises : à présent, c'était deux messieurs qui marchaient d'un pas vif sur le trottoir, deux messieurs vêtus de pantalons gris à fines rayures et de hauts-de-forme en soie noire, puis une calèche conduite par un cocher en livrée marron, et enfin une grosse dame qui portait sur le sommet du crâne une pyramide de plumes d'autruche. Que de merveilles !

Comme elle semble vive et curieuse, se dit Hennie. Mais solide, aussi : elle saura rapidement s'adapter à sa nouvelle existence.

— Allez, viens, lui dit-elle gentiment. Demain nous irons faire une grande promenade. Je te montrerai le quartier et ta nouvelle école. Mais maintenant, il faut rentrer à la maison car il faut encore que je prépare le déjeuner. Tu as faim ?

157

Leah hocha la tête d'un air affirmatif. Bien entendu ! Elle devait être toujours affamée.

— Tu pourras m'appeler tante Hennie, et il faudra toujours me dire si tu as faim, ou si tu as envie de quelque chose.

A nouveau, les yeux de l'enfant se remplirent de larmes. Hennie lui étreignit la main et s'efforça d'adopter un ton plus gai.

— Allez, vous deux, dépêchez-vous, il se fait tard !

Leah et Freddy marchèrent en avant.

— Quand tu sauras jouer aux dames, lui disait Freddy, peut-être que je t'apprendrai les échecs. Je suis rudement bon aux échecs.

— Je crois qu'il est heureux de la voir s'installer avec nous, dit Dan.

— Alors ? Tu penses toujours que c'est une erreur ?

— Peu importe ce que je pense. C'est fait, je dois l'accepter.

— Regarde comme le soleil joue dans ses cheveux ! C'est une enfant adorable, reconnais-le.

— Oh, elle est charmante, je suis tout prêt à le reconnaître. Mais surtout, tu es satisfaite, et c'est ce qui m'importe. Et puis je t'aiderai ; je ferai de mon mieux avec elle. Tu n'as pas à t'inquiéter.

— Je ne m'inquiète pas, dit Hennie en souriant.

# 5

Le dîner terminé, Freddy est retourné dans sa chambre où il est censé faire ses devoirs. Douze problèmes de mathématiques l'attendent, ainsi qu'une carte de géographie sur laquelle il doit tracer en couleurs les principaux fleuves du monde. Mais ce soir, il se sent incapable de penser aux fleuves. Son esprit tout entier est occupé par ce qu'il a vu cet après-midi-là. Il pose la tête sur ses bras croisés.

La journée avait si bien commencé ! D'abord, il avait marché jusqu'à l'école en compagnie de Bob Fisher, qui d'habitude ne lui accorde même pas un regard, et qui ce jour-là semblait s'intéresser un peu à lui ; ensuite, il avait eu un morceau de tarte aux pommes dans sa boîte à déjeuner ; et puis il avait récolté un neuf sur dix en composition. Enfin, et ça c'était ce qu'il y avait de mieux, M. Cox lui avait demandé de jouer du piano à l'assemblée du vendredi parce que le professeur de musique était malade.

Alors Freddy sort de l'école en courant et n'attend même pas Bob Fisher pour rentrer avec lui ; il faut qu'il raconte à papa pour le piano ; il imagine déjà la tête de papa. Papa n'arrête pas de lui dire qu'il pourra devenir un grand interprète, qu'il en a le talent. Ça ne lui fera rien qu'il vienne l'interrompre dans son travail au laboratoire. Une nouvelle pareille !

Il court tout le long du chemin, son cartable lui bat les cuisses. Il dérape dans les coins, perd son souffle, le retrouve, arrive devant la porte, tire la sonnette. Personne. Papa doit être là, pourtant ; il est presque toujours là l'après-midi. En outre, comme il fait sombre dehors, les lumières sont allumées. Freddy sonne encore ; plus fort. Ce n'est plus une sonnette, c'est une cloche d'église, si avec ça il n'entend pas... Et pourtant, toujours pas de réponse.

Peut-être est-ce que papa fait une sieste en haut. Peut-être... non, ce n'est pas possible, il ne pourrait pas être mort, comme la mère de Leah. L'espace d'un instant, une angoisse terrible lui broie le cœur, mais le caractère ridicule de ses frayeurs lui apparaît rapidement. Il se souvient alors qu'il a une clef. Il n'y avait pas encore pensé. Quel idiot ! Elle se trouve dans la poche intérieure de son cartable, avec les clefs de la maison ; on les lui avait données pour le cas où il ne trouverait personne à la maison, il s'en souvient, c'était peu après ce jour où maman avait été arrêtée. Même que c'est la seule fois où sa mère n'était pas là à l'attendre. Ça ne lui plaisait pas beaucoup toutes ces histoires. Il ne voulait pas que sa mère soit mêlée à des choses vilaines comme ces bagarres ou ces grèves.

Il trouve la clef, ouvre la porte. Papa ne travaille pas à sa table. La lumière du plafonnier éclaire les papiers, les câbles et les résistances, tous ces machins auxquels Freddy ne comprend rien et qui de toute façon ne l'intéressent pas. Papa est donc là ; il doit être en haut.

Il traverse la pièce, s'apprête à gravir les marches... et c'est alors qu'il entend les voix. Pourquoi s'immobilise-t-il pour écouter au lieu de monter et de faire connaître sa présence ? Parce que... parce qu'il a entendu un rire, un rire léger. Qui est-ce ? Pas sa mère, en tout cas.

Puis la voix de papa :

— Tu es la fille la plus adorable...

Freddy est pétrifié au pied de l'escalier.

La voix de papa :

— Allez, reste encore un peu. On n'en est qu'au début...

Une réponse inaudible. Des rires étouffés. Le silence. Et puis des bruits. Ces bruits, il sait ce que ça veut dire. Il n'en est pas sûr, mais on lui a dit des choses ; ce sont les grands qui en parlent dans les toilettes de l'école. Oui, il sait, mais il ne veut pas savoir. C'est son père. Son propre père !

Il se bouche les oreilles des deux mains et regarde fixement le mur. Dans le coin, en haut, il reste une toile d'araignée. Comment est-ce qu'elle a fait, l'araignée, pour arriver jusque-là ? Il réfléchit à la question, se concentre. Soudain, il ramasse son cartable, et rapidement, mais sur la pointe des pieds, il se précipite dehors.

En rentrant chez lui, il a la nausée. D'abord, il n'en parlera à personne. Il ne peut pas en parler à son père, ou lui demander des explications. Jamais ! Il ne saurait pas expliquer exactement pourquoi il ne peut pas demander à son père, mais il sent que c'est impossible. Mais peut-être qu'après tout, ce n'était rien. Peut-être que c'était rien que des histoires. Non, c'était pas des histoires !

Cette femme, qui riait. De quel droit elle était là-haut, hein ? Celle sale bonne femme, il la déteste !

Le soir, au dîner, son père se comporte comme d'habitude : il déplie sa serviette, et commence à parler de ce qu'il a lu dans le *New York Times*. Mais Freddy ose à peine le regarder. Il laisse Leah faire les frais de la conversation ; de toute façon, il le fait souvent, parce que Leah est vive et intelligente, et qu'il aime l'écouter.

Il pense à Leah. Cela fait un an qu'elle vit chez eux. Elle ne pleure plus, même qu'elle n'a pas beaucoup pleuré au début. Elle est très courageuse. Elle regarde vers l'avenir, comme nous devrions tous le faire, dit maman. Et pas regarder vers le passé. Mais peut-être qu'après tout, la mort ça fait moins souffrir que la trahison. Leah a perdu sa mère,

161

mais elle a gardé d'elle des souvenirs magnifiques. Des moments de joie. Pas des jours affreux, comme aujourd'hui.

Freddy lève la tête de son pupitre. J'ai perdu mon père, se dit-il. Pas tout entier, bien sûr. Mais ça revient au même, j'ai perdu quelque chose que je ne retrouverai jamais plus. Il a pas intérêt à me demander de jouer du piano pour lui, ce soir.

En soupirant, il ouvre son livre de mathématiques.

# 6

Une noire nuit de décembre, la semaine de Noël. C'est l'anniversaire de mariage de Walter et de Florence Werner. La maison, si sombre et étouffante dans la journée, surtout s'il fait beau dehors, est aujourd'hui pleine de joie et de gaieté.

Dans la grande salle à manger, les invités semblent enchâssés comme dans un écrin de velours. Une dizaine de candélabres éclairent vivement les boiseries de chêne qui recouvrent les murs. Les fenêtres sont tendues de rideaux de lourd brocart couleur prune et un tapis oriental, prune également, recouvre le parquet. Sous la lueur d'un lustre en cristal de Bohême, l'argent et les diamants jettent leurs feux autour de la longue table où sont dressés vingt-quatre couverts.

On vient de desservir la soupe de tortue, et Walter Werner se met en devoir de découper le rôti. Deux jeunes servantes posent ensuite les assiettes devant les convives. La vaisselle est à la mesure du cadre : assiettes, bols, carafons et plats de service sont en argent. Quant à la cuisine, elle est d'un raffinement exquis : asperges tièdes, mousse de langouste, huîtres à la crème, soufflés, pêches au cognac, pâtisseries fines, grands vins de France.

Hennie glisse un regard en direction de Florence. C'est elle qui préside cette soirée, elle et non son mari, petites lunettes et calvitie. Il faut avouer que sa robe de soirée joue en faveur de Florence : une longue traîne de soie ivoire caresse le tapis, le laçage, noué très bas, découvre la blancheur de ses épaules et sa gorge s'orne d'un ruban de satin noir où brille un diamant. Florence a de l'autorité. Elle se tient droite et paraît plus grande qu'elle n'est en réalité.

Sa mère ne quitte pas Florence des yeux. Elle est fière de cette fille qui a su reconquérir la splendeur qu'elle-même, autrefois, a connue dans le Sud.

Hennie passait une soirée agréable, et elle en était la première surprise. Sa présence en ces lieux aurait pu paraître déplacée : n'avait-elle pas, même brièvement, été arrêtée par la police ? Mais peu lui importait : la famille avant tout ! Chacun pouvait bien suivre la voie qui était la sienne, dans des moments comme celui-là tout le monde se retrouvait.

Elle savourait donc le triomphe de sa sœur. La vieille rivalité entre elles avait fini par s'estomper ; le mariage et la maternité les plaçaient désormais sur un pied d'égalité.

En songeant au mariage, Hennie ne pouvait s'empêcher de considérer d'un œil attendri Alfie et Emily. Depuis quelques années qu'ils étaient mariés, ils semblaient parfaitement heureux. Et pourtant, jamais elle n'oublierait cette sombre matinée où elle les avait accompagnés à l'hôtel de ville. En dépit de l'amour qu'ils éprouvaient l'un pour l'autre, la cérémonie n'avait guère été réjouissante.

Tant de scènes odieuses l'avaient précédée ! Tant d'amertume, tant de paroles blessantes ! Les deux pères, associés dans leurs affaires, en étaient arrivés à ne plus échanger que les mots strictement nécessaires à leur travail. Pourtant, ils ne pouvaient guère se faire de reproches, car l'un et l'autre avaient fait l'impossible pour empêcher ce mariage et garder leurs enfants au sein de leur communauté d'origine.

Mais Alfie et Émily étaient bien décidés à passer outre.

Elle avait pleuré, et avec sa robe sombre avait plutôt l'allure d'une veuve que d'une jeune mariée. Dans les toilettes des femmes, Hennie lui avait tamponné les yeux avec un mouchoir humide et l'avait réconfortée du mieux qu'elle l'avait pu.

— Je n'ai pas l'air trop affreuse, Hennie ?

— Pas du tout, ma chérie. En plus, ce chapeau dessine de très belles ombres sur ton visage.

— J'avais tellement envie de la robe blanche, du voile, de tout ça ! Et encore, cela je ne le regrette pas trop, mais je n'arrive pas à croire que mes parents aient refusé de venir.

La famille Hughes avait préféré quitter New York ce jour-là. Henry et Angelique, eux, avaient consenti à venir, mais l'expression qu'arborait Angelique devant l'employé municipal suffisait à ôter tout caractère joyeux à une cérémonie qui se réduisait dès lors à une pénible formalité. Décidément, ce mariage s'annonçait mal.

Et pourtant, ils étaient là ce soir, heureux, amoureux, et parents d'une petite fille dont la naissance avait créé entre les beaux-parents une manière de paix glaciale. Une paix fragile.

Non, certes, le monde n'allait pas changer pour faciliter l'existence de ce couple. Ni du bébé d'ailleurs. Dans quelle foi allait-elle être élevée ?

Pendant un moment, Hennie couva son jeune frère d'un regard empreint de tendresse, puis ses yeux se portèrent sur ses propres enfants. Freddy et Leah se trouvaient à l'autre bout de la table, en sorte qu'elle ne pouvait les voir que de trois quarts.

Freddy gardait le silence ; pourtant, il ne perdait rien des propos qui se tenaient autour de lui et il lui ferait part ensuite de ses commentaires.

Leah riait à gorge déployée ; un air de franchise et de hardiesse. Après deux années, elle se sentait parfaitement chez elle à la maison et elle était devenue comme leur fille... ou

165

du moins comme *sa* fille à elle. Hennie s'émerveillait encore de la façon dont cette enfant avait surmonté l'épreuve terrible qu'avait été la mort de sa mère.

Angelique, elle, voyait les choses d'une tout autre façon.

— Elle n'éprouve pas la tristesse qu'une enfant devrait éprouver à la mort de sa mère, déclara-t-elle un jour avant d'ajouter :

— J'espère qu'elle n'emploie pas d'expressions yiddish devant Freddy. Ce n'est qu'un patois, une corruption de l'allemand.

— Je ne vois pas à qui elle pourrait le parler, avait répondu Hennie, car dans cette maison personne ne parle yiddish.

— En tout cas, je continue de penser que tu fais une terrible erreur.

— Eh bien moi, je continue de penser que j'ai tout à fait raison.

Seule la troublait l'attitude de Dan.

— Tu n'aimes pas cette enfant, Dan ?

— Comment est-ce qu'on pourrait ne pas aimer un enfant ? Mais elle ne restera pas toujours un enfant.

Il se débrouillait ainsi pour faire sentir à Hennie que peut-être elle avait agi avec trop de hâte, qu'elle n'avait pas suffisamment réfléchi.

Et pourtant Leah s'épanouissait. Prompte à apprendre, elle travaillait admirablement bien à l'école et la maison retentissait de ses rires et de ses conversations d'enfant. Elle semblait bien lointaine, la douloureuse expérience des taudis.

Elle est ce que j'avais toujours rêvé d'être à son âge, se disait Hennie.

— Tu es bien silencieuse, Hennie, lui disait à présent Florence.

Sa sœur lui signifiait ainsi d'avoir à tenir son rôle, à se montrer sociable.

— Excuse-moi, dit Hennie en souriant. Je crois que j'ai dû trop manger.

Mais elle retourna rapidement à son poste d'observatrice.

La famille entière était réunie ce soir-là ; en de telles occasions, on invitait les cousins les plus éloignés, aux deuxième et troisième degré, car, comme le disait Walter, « le sang est plus épais que l'eau ». Les femmes arboraient des grenats et des robes reprises pour la circonstance, et avec force compliments, elles louaient tout : la cuisine, les fleurs, la maison, tandis que Walter s'entretenait avec les hommes les plus importants de choses sérieuses : taux d'intérêt, rendement des actions, double prime.

Dan était lancé dans une grande conversation avec sa voisine de gauche. Il s'entretenait avec elle depuis le début du dîner. C'était une des cousines de Walter, une fille vive et spirituelle qui, comme Dan, semblait beaucoup s'amuser. Dan riait, et Hennie connaissait bien ce rire, ces inflexions sensuelles. Il se penchait vers elle, comme pour lui confier un secret, et la fille accueillait ces hommages de bonne grâce, n'ignorant apparemment rien du jeu que jouait son voisin.

Si seulement il pouvait s'en empêcher ! Oh, comme elle aurait aimé qu'il sache faire preuve de plus de retenue ! Cela n'avait aucune conséquence, bien sûr, mais comment les gens pouvaient-ils le savoir ? Son attitude ne pouvait qu'attirer l'attention, et Hennie se surprenait à le soupçonner ; d'ailleurs, les gens glissaient vers elle des regards furtifs : comment la douce, la tendre épouse supportait-elle l'attitude de son mari ? La pauvre ! A tous ces gens, elle aurait aimé crier : « Occupez-vous de vos affaires, je n'ai pas besoin qu'on me plaigne, il m'aime, et n'aime que moi. » Mais elle devait faire semblant de ne s'apercevoir de rien. En agissant autrement, elle n'aurait fait qu'affaiblir sa position et se couvrir de honte. Mais surtout, il ne fallait pas que Dan se doutât qu'elle l'observait et en souffrait.

Le plus drôle de l'affaire, c'était que Dan lui-même aurait préféré ne pas venir. Il est vrai qu'il n'aimait guère se rendre chez les Werner, mais ce soir-là, il avait une raison particulière pour ne pas le faire. Il y avait une fête dans leur immeuble. Il se sentait plus à son aise dans ce genre de réunions, bien que (et cela pouvait paraître contradictoire) il n'y eût aucune femme particulièrement attirante à cette fête.

— Au moins ces gens-là vivent, avait grommelé Dan. Chez ta sœur, le seul être vivant ce sera Paul. C'est bien le seul qui ait quelque chose d'intéressant à raconter.

Et il avait ajouté :

— Maintenant que l'oncle David est sénile, c'est le seul homme de la famille à qui je puisse parler.

Paul, lui, discutait calmement avec sa voisine, la jeune Marian Mayer, dite « Mimi ». Jeune encore (elle n'avait pas seize ans), le visage semé de taches de rousseur, elle ne serait probablement jamais véritablement belle, mais elle faisait déjà preuve d'une grande assurance et d'une incontestable élégance.

— Les Mayer font presque partie de la famille, avait coutume de dire fièrement Florence lors des présentations, oubliant qu'elle répétait cette phrase à l'envi depuis des années.

Ils possèdent, se dit Hennie, la simplicité des gens vraiment très riches, ou plutôt des gens habitués à la richesse et qui la portent sans ostentation. A n'en pas douter, les deux familles devaient espérer que Paul et la jeune fille, un jour... Elle chassa ces pensées de son esprit. Absurde ! En Amérique, au XXᵉ siècle, on n'« arrangeait » plus les mariages de la sorte.

Paul laissait ses pensées flotter au hasard. Comme Hennie et Freddy, il avait un tempérament d'observateur. En règle générale, les mondanités l'ennuyaient, et parfois, sans qu'il pût bien l'expliquer, il ressentait en de telles occasions une véritable tristesse. Ses deux grands-pères, par exemple...

Le père de sa mère n'avait pas grand-chose à dire, aussi parlait-il rarement. D'un geste mécanique, il portait sa fourchette à ses lèvres, tandis que son regard se perdait dans le vague. Il avait l'air sombre et semblait parfaitement absent.

Le grand-père Werner, en revanche, se conduisait en maître partout où il allait, même ici, dans la maison de son fils. Toute la richesse de la famille venait de lui, et Paul savait qu'un jour cette richesse qui lui reviendrait, c'est à lui qu'il la devrait. Paul considéra le grand nombre de chaînes en or qui barraient le ventre et la poitrine imposants du vieil homme. Il ne pouvait y avoir autant de montres au bout de ces chaînes, mais dans ce cas, à quoi pouvaient-elles bien servir ? Il parlait l'anglais avec un fort accent, comme s'il n'était arrivé en Amérique que l'année précédente ; en fait, il y vivait depuis l'enfance, mais il n'en continuait pas moins de parler l'allemand chez lui. Se considérant toujours comme allemand, il retournait en Allemagne tous les deux ans. Paul le regrettait bien un peu, mais il n'éprouvait pour son grand-père qu'une solide antipathie.

Il n'aimait guère non plus sa grand-mère Werner, pas plus, d'ailleurs, que sa grand-mère De Rivera ; le plus amusant, c'était que les deux vieilles dames se méprisaient cordialement : l'une parce que c'était une Allemande parvenue, l'autre parce que cette snob séfarade n'avait pas un sou vaillant. Mme De Rivera était mince et élégante, tandis que Mme Werner engloutissait des quantités gigantesques de nourriture et ne pouvait guère le dissimuler. Ses amas de chair rose se drapaient de soie noire, mais de l'avis de Paul, elle eût été plus à son aise vêtue d'un tablier à pétrir de la pâte à strudel.

Et pourtant, ce n'étaient pas des gens méchants ; il n'avait pas le droit de…

On apportait les desserts, notamment le gâteau aux noix nappé de sauce au moka, de tradition dans la famille pour les grandes occasions, mais aussi les sorbets confectionnés avec des fraises et des framboises venues des serres de Long Island, et un pudding au sommet duquel dansaient les flammes bleues du cognac. Deux servantes virevoltaient autour de la table ; Paul les suivit des yeux : bien que l'une fût hongroise et l'autre irlandaise, elles arboraient toutes deux un masque impassible de danseuses orientales.

A quoi pouvaient-elles penser ? Étaient-elles envieuses, impressionnées, résignées, ou cherchaient-elles avant tout à ne pas faire tomber les plats ? Il songeait souvent aux servantes qui vivaient sous son toit, ces filles venues Dieu sait d'où et qui un jour, pour Dieu sait quelle raison, reparti- raient comme elles étaient venues.

Le repas durait depuis des heures ; l'atmosphère était lourde de la fumée des chandelles et de la chaleur des corps. Les gardénias, que la chaleur avait fait souffrir, commen- çaient à se faner. Florence finit par donner le signal et l'on passa au salon.

On avait ouvert les portes donnant entre les deux salons, en sorte que la pièce ainsi ménagée occupait toute la pro- fondeur de la maison. Alors que dans un aimable désordre l'on se cherchait un siège, Paul vint glisser quelques mots à Freddy.

— Tu ne t'ennuies pas trop ?

— M'ennuyer ? s'exclama-t-il, sincèrement surpris. Mais pas du tout, au contraire. Tu sais que j'aime beaucoup venir chez toi.

Dans l'un des coins de la pièce, près des portières à lour- des franges qui dissimulaient le vestibule, se dressait l'arbre de Noël. Haut de près de trois mètres, il était orné de cubes argentés et de boules cramoisies et couronné d'un chérubin scintillant. Freddy contemplait l'arbre avec admiration. Sou- dain, il eut peur. Il se rappelait avoir entendu sa mère, lorsqu'ils avaient quitté la maison, supplier son père de ne faire aucun commentaire à propos de l'arbre de Noël. L'année précédente, il s'était permis une réflexion qui visi- blement n'avait pas plu à tante Florence. Elle s'était mon- trée polie, comme toujours (ah, quel plaisir ce devait être de vivre avec des gens qui n'exhibent pas leurs sentiments à tout propos !), mais on voyait bien qu'elle était très fâchée.

— Vous dites toujours que vous n'avez aucune croyance religieuse, Dan, alors qu'est-ce que cela peut vous faire que nous ayons un arbre de Noël ? Au moins, nous allons régu- lièrement au temple.

— Et vous ne voyez pas la contradiction ? avait rétorqué son père. Vous ne voyez pas que ce que vous faites est absurde ?

— Mais ce n'est qu'un symbole de bonheur, insistait Florence. C'est un jour de congé dans toute l'Amérique, les gens font des fêtes, s'offrent des cadeaux. Pourquoi n'en ferions-nous pas autant ? Pour nous, cela n'a pas d'autre signification.

Sa mère avait alors lancé à son père un de ses fameux « regards de mise en garde », et Freddy avait été soulagé en voyant que son père cette fois en tenait compte, ce qu'il ne faisait pas toujours. En règle générale, lorsque son père avait quelque chose à dire, on ne pouvait l'arrêter. Personne d'ailleurs ne s'y risquait : on eût dit un chien avec un os.

Bien sûr, ils n'auraient pas dû avoir d'arbre de Noël, et même leur fils Paul le disait (il est vrai qu'il suivait les traditions juives plus fidèlement que ses parents), mais il n'empêche : l'arbre était bien beau !

Comme Paul avait de la chance de vivre dans cette maison ! Tout y était parfait.

— Comment trouvez-vous mon nouveau portrait ? demandait à présent tante Florence.

Au-dessus de la cheminée, Florence trônait, l'allure d'une reine. Ces dames se récrièrent.

— Oh ! merveilleux ! En êtes-vous satisfaite, Florence ?

— Oh, ce n'est pas un Boldini, mais ce n'est pas mal non plus, répondit modestement Florence.

— J'ai vu une dame comme vous dans une revue, dit alors Leah.

— Vraiment ? demanda gentiment Florence.

— Oui, elle portait une robe d'intérieur et c'était quelque part en Europe, mais pas en Russie, j'en suis sûre. Elle buvait dans une tasse.

Les dames sourirent. La petite protégée de Hennie apprenait vite, mais où diable avait-elle pu entendre parler de robes d'intérieur, puisque de toute évidence, Hennie n'en portait pas ?

— Leah s'intéresse à la mode, expliqua Hennie. Elle a aussi fait de très beaux dessins.

Hennie avait envie de parler de Leah, de montrer les progrès qu'elle avait faits, mais déjà, en prenant place dans leurs fauteuils, ces dames n'écoutaient plus.

— Toute la maison va bientôt être électrifiée, annonça Florence en désignant d'un geste de la main la flamme du gaz qui tremblait dans les lampes. Les travaux vont commencer la semaine prochaine. Walter tient à garder les conduites de gaz pour le cas où l'électricité ferait défaut.

— Et vous avez aussi le téléphone, fit remarquer avec envie l'une des cousines «pauvres».

— J'aimerais bien, moi aussi, avoir le téléphone, soupira Angelique, au lieu d'avoir à descendre au magasin chaque fois que je veux parler à ma fille. Je m'efforce de persuader mon mari.

— Vous vous rendez compte, raconta la vieille Mme Werner, que lorsque l'on nous a installé le nôtre, la première fois j'ai eu peur de m'en servir! J'avais l'impression que quelque chose allait me sauter au visage. Mais, ajouta-t-elle en se calant dans son fauteuil, on s'habitue très vite à toutes ces machines modernes.

— Nous vivons une époque miraculeuse, dit une femme. Dieu sait ce que l'homme va bien pouvoir inventer à présent. On raconte qu'avant peu nous pourrons voler dans des machines.

— C'est impossible! s'exclama quelqu'un.

En voilà qui ne lisent pas les journaux, pensa Freddy. Elles ne savent donc pas que les frères Wright sont restés en l'air près d'une demi-heure?

Et il chercha du regard Paul, avec qui il aimait à s'entretenir de ce genre de choses (lui-même aurait eu bien trop peur de s'embarquer dans une telle machine volante, mais Paul lui avait souvent dit qu'il en rêvait), mais son cousin était déjà installé à l'autre bout de la pièce avec les hommes, et comme il ne restait plus de place là-bas, force lui fut de demeurer où il était.

Le bavardage de ces dames était des plus ennuyeux, mais à présent elles se penchaient l'une vers l'autre en baissant la voix (comme elles le faisaient toujours lorsqu'elles ne voulaient pas être entendues du « garçon »), signe que la conversation devenait intéressante. Elles parlaient de l'oncle Alfie et de la tante Emily de la même façon qu'elles l'avaient fait un peu avant la naissance de leur bébé, la petite Meg.

— Il n'aurait pas pu continuer dans ce travail, soupirait la grand-mère Angelique. Vu l'opposition de la famille à leur mariage, cela aurait été un véritable cauchemar.

Ses lèvres se pinçaient de manière gourmande sur le mot « cauchemar ». Et pourtant, l'oncle Alfie et la tante Emily étaient assis ensemble, heureux ; il suffisait d'ailleurs de voir la façon dont la main d'Alfie reposait tendrement sur le bras de son épouse.

— Quoi qu'il en soit, poursuivait Angelique, c'est une mauvaise passe, comme on dit maintenant. Mais comme vous le savez, l'immobilier l'a toujours intéressé, alors il a acheté — avec deux associés, bien entendu — un petit immeuble près de Canal Street.

— Eh bien, dit la vieille Mme Werner, cela a dû être un sacrifice pour sa femme.

— Alfie a été très bon avec elle, dit Angelique en martelant ses mots.

Elle parlait fort ; de toute évidence, elle désirait être entendue à l'autre bout de la pièce, là où se tenaient les hommes. Mais ces derniers, qui en étaient au cognac, ne lui prêtaient aucune attention.

— D'après Alfie, New York va devenir la capitale du monde et finira par être plus grande que Londres. Il place tout ce qu'il a dans l'immobilier.

Elle veut que mon père l'entende, se dit Freddy.

Des taudis, disait toujours Dan lorsque l'on faisait allusion devant lui aux placements immobiliers de l'oncle Alfie.

— Votre fils n'est jamais allé à l'université, n'est-ce pas ? demandait à présent Mme Werner.

Elle savait parfaitement qu'Alfie n'avait pas poursuivi d'études supérieures. Paul lui-même, qui était pourtant son petit-fils, disait d'elle que c'était une vieille femme venimeuse.

173

Angelique se raidit.

— Il ne s'est jamais intéressé qu'aux affaires, répliqua-t-elle sèchement. Il est fait pour ça.

— Mais s'intéresser aux affaires est une bien belle chose, dit Walter Werner, qui, en s'approchant, avait saisi les derniers mots prononcés par sa belle-mère. Travailler dur et apporter un peu de bien sur terre, c'est la seule chose qui compte.

— Oui, travailler dur, répéta en écho le père de Walter.

Les hommes approchèrent leurs chaises.

— Moi-même, dit le grand-père Werner, je ne suis allé qu'à l'université des coups durs. Mon fils, lui, est allé à Yale. Et comment a-t-il pu aller à Yale ? Eh bien tout simplement parce que moi, j'étais d'abord allé à l'université des coups durs ! Mon père à moi était colporteur, vous le savez. Il m'a amené dans ce pays avec lui alors que j'étais encore un enfant. Oui, parfaitement, c'était un colporteur, et je ne le cache pas, j'en suis fier !

Sa femme, qui avait certainement trop souvent entendu cette histoire de colporteur et qui n'avait aucune envie qu'on la lui rappelle, lui coupa la parole sans ménagements.

— Joue-nous donc quelque chose, Paul.

— Mais je ne joue plus de piano, dit Paul en riant. Cela fait dix ans que je n'ai plus pris de leçons.

— Il faudrait demander à Freddy, dit Florence, il joue si bien.

Freddy ne put réprimer un frisson. Il tourna vers sa mère un regard implorant ; visiblement, il détestait se faire remarquer.

— Mais oui, renchérit Dan, il joue admirablement bien, bien mieux qu'il ne le croit ou qu'il ne veut l'admettre. Dis-moi, Freddy, pourquoi ne nous jouerais-tu pas cette nouvelle pièce de Mozart que tu viens d'apprendre ?

Le regard de Freddy était toujours aussi implorant. N'était-ce que sa vieille timidité d'enfant, ou bien y avait-il quelque chose de nouveau ? se demandait Hennie. Elle n'avait pas été sans remarquer, en effet, le regard lourd et même hostile qu'il lançait parfois à Dan, surtout lorsque celui-ci lui demandait de jouer du piano. Cette attitude finissait par agacer Hennie : il faudrait bien qu'un jour ou l'autre la vie cesse d'être aussi compliquée !

Elle le regarda avec insistance, ce qui dans le langage muet qu'utilisaient parfois la mère et le fils pouvait signifier : «Joue, Freddy, ton père te le demande. Il n'aime pas te voir aussi timide. Allez, joue. »

— Il faut vraiment ? murmura-t-il.

Florence vola au secours de son neveu.

— Eh bien, le temps que notre Freddy se décide, pourquoi est-ce que Mimi ne jouerait pas quelque chose ? Une petite chanson allemande pour grand-mère, hein, Mimi ? Pourquoi pas *Röslein auf der Heide* ?

Et, à l'intention d'Emily qui ne parlait pas l'allemand, elle traduisit avec gentillesse : « La petite rose dans la prairie. »

Mimi s'assit donc au piano et joua la chanson, mais avec raideur. Cela était d'autant plus absurde que chacun savait ce que Freddy aurait pu jouer. Dan gardait les yeux dans le vague, évitant de croiser le regard de son fils. L'excessive sensibilité de Freddy l'agaçait, mais lui faisait aussi de la peine.

Freddy me ressemble, songeait Hennie de son côté. Et elle se revoyait au même âge que lui. Elle se sentit envahie d'un sentiment de culpabilité, sentiment qu'elle s'efforça de combattre en se répétant qu'elle n'y était pour rien. Et puis, se disait-elle, à quatorze ans on a encore le temps de changer. Mais elle savait bien qu'il ne changerait pas, et en analysant l'amour qu'elle éprouvait pour son fils, un amour tendre et protecteur, elle se disait que si Freddy avait ressemblé à Paul... ou à Leah, cet amour aurait été bien différent.

A la fin de sa petite pièce, on applaudit Mimi. La jeune fille sourit, l'air de s'excuser pour sa piètre exécution, mais n'en accepta pas moins l'hommage.

— C'était délicieux, dit Florence.

— Oh, pas du tout, dit Mimi en secouant la tête. J'ai les doigts affreusement raides ; je joue très mal.

175

— Pas aussi mal que moi, en tout cas, déclara Paul.

La mère de Mimi, Mme Mayer, agita le doigt en direction de Paul.

— Bah, bah, bah ! On vous connaît, Paul. Tout le monde sait que non seulement vous jouiez très bien du piano, mais qu'en outre vous étiez un très brillant étudiant. Mon neveu étudie en ce moment à l'université où vous êtes allé, et il m'a dit que vous aviez laissé là-bas une solide réputation.

L'un des cousins demanda de quelle université il s'agissait.

Walter Werner ne laissa même pas à son fils le temps de répondre :

— Le Sachs Collegiate Institute. Une excellente université.

Il se tourna vers Dan.

— Vous devriez songer à y envoyer Freddy. C'est un garçon exceptionnel, on le sent déjà. Il possède un vocabulaire extraordinairement riche pour son âge, mais il faut dire qu'il a toujours été très en avance.

— Même si j'en avais les moyens, ce qui n'est pas le cas, je ne l'enverrais pas là, répliqua sèchement Dan. Vous savez bien que je suis contre les écoles privées.

Un court silence accueillit ces paroles tranchantes, silence que rompit Forence.

— Oh, il faut tout de même reconnaître, Dan, dit-elle de sa voix la plus charmante, que même si vous enseignez dans une école publique, et je suis tout à fait favorable à l'enseignement public, il faut bien reconnaître que les écoles privées ont leurs avantages : des classes moins nombreuses, un personnel enseignant plus attentif...

La grand-mère Werner l'interrompit.

— Sans compter que c'est dans ces universités que se rencontrent les jeunes gens et les jeunes filles de bonnes familles.

Le vieux Werner caressait entre ses doigts l'une de ses chaînes en or.

— Eh oui, mes amis, c'est aussi grâce à ces mariages que se perpétue une véritable communauté d'amis. Tenez, l'hiver dernier, lorsque Randolph Guggenheimer a donné

176

son grand dîner au Waldorf, eh bien je connaissais tout le monde. Quel spectacle ! Inoubliable. Tous les salons avaient été transformés en jardins. Il y avait des tulipes partout et des canaris qui chantaient dans les buissons. Ah, quel spectacle !

— Oui, quel spectacle ! grommela Dan à mi-voix.

— Mais ce n'était encore rien comparé à certaines réceptions dont nous avons entendu parler, se hâta d'ajouter Florence. Par exemple cette soirée donnée par les Quatre Cents, et où le rez-de-chaussée de l'hôtel avait été transformé en salons de Versailles, tandis que les invités portaient des costumes d'époque et tous leurs bijoux.

Et bien qu'Emily se tînt assise à peu de distance, elle ajouta à voix basse :

— Bien sûr, cette soirée était réservée aux gentils. Nous n'en avons eu des échos que par la presse.

— Et même la simple relation écrite ne vous a pas semblé révoltante ? demanda Dan.

Il se tenait derrière Hennie, le regard grave.

— Oh, dit·Walter, la plupart de ces gens, après tout...

Mentalement, Paul termina la phrase de son père : «... ont gagné honnêtement leur argent et procurent des emplois. »

Mais ce fut Dan qui intervint.

— Ont gagné honnêtement leur argent, je sais. Comme Horatio Alger, j'imagine !

— Quels bouquins idiots ! s'exclama Paul. On a essayé de me refiler ça dès que j'ai su lire, ou presque.

Son père se raidit.

— Mon fils est toujours très critique. Mais tu sais, Paul, il y a dans ces histoires toutes simples un certain nombre de vérités essentielles. Sans cela on ne les éditerait pas ou elles ne se vendraient pas autant.

— Comme si on ne pouvait pas imprimer des mensonges ! s'exclama Dan. Il suffit de lire la presse Hearst !

Freddy ne savait plus où se mettre. Il avait honte ; son père était trop véhément, trop... il cherchait le mot, trop... péremptoire, et tout le monde le regardait.

Hennie était inquiète : il avait trop bu. Il avait le visage empourpré. Il ne supporte pas l'alcool, il ne boit jamais, et ce soir il a bu du vin au dîner et du cognac après le repas.

Elle essaya en vain de croiser son regard. Il se tenait droit, la tête bien au-dessus d'elle. Il avait envie de rabattre leur caquet à ces bonshommes en costumes noirs et blancs, en costumes de pingouin, comme il disait. Il méprisait autant les hommes que leurs costumes.

— Écoutez-moi bien, un jour ou l'autre, il faudra bien qu'il y ait un impôt sur le revenu. Ce ne sera probablement pas cette année, hélas ! mais vous pouvez être sûr qu'il sera bientôt institué.

— Un impôt sur le revenu ! s'exclama Walter avec indignation. L'idée même est scandaleuse. Vous semblez ignorer que nous sommes déjà imposés ; les gens qui comme nous ont quelques biens donnent volontairement de l'argent aux œuvres charitables, suivant ce que leur dicte leur conscience.

— Ah bon, leur conscience ?

La discussion se limitait désormais à ces deux hommes. Les autres invités, silencieux, assistaient à la joute, et une forte tension régnait qui ne laissait pas d'inquiéter Alfie et avait conduit Emily à battre en retraite dans l'embrasure d'une fenêtre par laquelle elle contemplait la rue.

— Parfaitement, leur conscience ! Tous les ans, des fortunes sont ainsi dépensées. Mon père, par exemple — ce n'est peut-être pas très convenable de le révéler, mais j'espère qu'il me pardonnera — eh bien mon père fait don ainsi de milliers de dollars. Oubliez-vous donc la Société d'aide à l'enfance, l'Asile des enfants trouvés ? Et puis il y a des hôpitaux, des maisons de retraite, des patronages.

Walter se tourna vers Hennie.

— Votre propre femme pourrait vous parler des patronages. Demandez-le-lui donc.

— Je n'ai pas besoin de le lui demander. Je le sais et ça ne m'impressionne pas. Ces sommes ne représentent rien pour les donateurs. Par rapport à leur fortune, ce ne sont que des miettes !

Dan, les mains posées sur le dossier de sa chaise, s'était redressé de toute sa taille.

— Il se passe ici, à New York, des choses qui vous paraîtraient horrifiantes si on vous racontait qu'elles ont lieu à Calcutta ou à Bornéo !

M. et Mme Mayer se levèrent alors brusquement.

— Mon Dieu, nous ne nous rendions pas compte de l'heure... il est bien tard... Ce fut une soirée délicieuse.

Florence les raccompagna jusqu'à la porte.

Pourquoi agit-il ainsi ? se demandait Hennie. Ce qu'il dit est vrai, bien sûr, mais ce n'est ni le moment ni le lieu.

— Le mois dernier, dit Dan, mais bien sûr ça n'était pas dans les journaux, c'était trop horrible, ou peut-être ne veut-on pas que le public soit informé...

Il baissa la voix ; tout le monde se raidit.

— ... eh bien le mois dernier, une famille entière est morte de froid : ils n'avaient pas d'argent pour acheter du charbon ou du bois. Bon, me direz-vous, ça n'a rien d'exceptionnel, cela arrive souvent. Cette fois-ci, pourtant, il y eut autre chose : la mère avait déjà contracté une pneumonie, et son corps s'est décomposé pendant une semaine, tandis que ses enfants, trop jeunes ou terrorisés, n'ont pu aller chercher de l'aide. Et puis le plus jeune, un bébé, est mort à son tour ; comme la chambre se trouvait au dernier étage, personne ne l'a entendu crier... et puis les autres enfants ont fini par mourir, mais auparavant... eh bien on a retrouvé... des traces de cannibalisme...

Un silence de plomb accueillit ses derniers mots. Puis le vieux M. Werner se leva de sa chaise, tremblant de rage.

— Comment osez-vous ! Quelle abomination ! Je n'ai jamais rien entendu de pareil ! Et devant ces dames et des jeunes enfants ! Devant votre propre fils ! C'est révoltant, monsieur, et c'est même impardonnable !

— Ce n'est que la réalité, répondit Dan d'un ton tranquille. C'est le monde dans lequel nous vivons, et les enfants doivent apprendre à le connaître.

— Oh, Dan, je t'en prie, dit doucement Hennie.

— Personne n'a goûté ce marzipan ? demanda Florence d'une voix flûtée. J'en ai toujours lorsque Hennie vient nous voir.

Elle promena sur l'assistance un sourire piteux.

— Un jour, à son anniversaire, elle devait avoir six ou sept ans, Hennie en a avalé une boîte entière, une boîte qu'elle avait volée à l'office, bien entendu ; c'était si drôle ! Tu t'en souviens, Hennie ?

Elle se tourna vers sa sœur, tentant désespérément de sourire, mais finit par éclater en sanglots.

Angelique passa son bras autour des épaules de sa fille.

— Allez, ne pleure pas, ça ne vaut pas la peine.

Puis, se tournant vers Dan :

— Dan, vous n'êtes pas un homme civilisé.

Celui-ci s'inclina légèrement.

— Je regrette. Il est difficile de rester civilisé lorsque l'on assiste à des scènes d'une telle sauvagerie. La misère de ces familles, les expulsions... rien que pour l'année dernière, il y en a eu plus de cinq mille, vous vous rendez compte !

— Oui, nous nous rendons compte, dit Florence. Pourquoi croyez-vous que nous donnions tant d'argent ? Oui, parce que nous avons toujours été généreux, même si vous êtes persuadé que nous ne le sommes pas assez.

Dan se radoucit quelque peu.

— La charité n'est pas la seule réponse à cette situation. Ce qu'il faut, c'est en finir une bonne fois pour toutes avec les taudis. Des hommes comme Jacob Riis et Lawrence Veiler se battent pour cela et moi aussi, à mon modeste niveau.

— Et vous continuez à vous battre, demanda Walter, en dépit de la loi sur les immeubles de rapport ? Je pensais que vous seriez satisfaits à présent.

— Oh, elle paraît bien belle sur le papier, mais les vieux immeubles sont encore debout, vous le savez bien. Et ces immeubles tombent en ruine... sur leurs locataires !

Walter voulut dire quelque chose, se ravisa, puis finit par se décider.

— Il me semble que vous devriez plutôt consacrer votre

énergie à assurer l'avenir de votre fils. Charité bien ordonnée...

— Mon fils va très bien. Il est bien vêtu, bien nourri, il a chaud et il est aimé, mais je ne saurais en dire autant des enfants que j'ai vus l'autre jour aux Montgomery Flats, en compagnie de Veiler.

Paul sursauta, puis coula un regard en direction de son père. A présent, l'affaire prenait une tout autre tournure.

Walter ôta ses lunettes, les essuya, puis les replaça sur son nez.

— Puis-je vous demander ce qui vous a amené là-bas ?

— Parce que Montgomery est un des pires ensembles de cette ville ! Bien sûr, de tels taudis sont illégaux depuis la loi de 1901, mais ce groupe d'immeubles a été construit en 1889 ! Il faudrait les abattre, les faire sauter. Vous devriez aller y faire un tour, tenter de grimper ces escaliers sombres, en ruine, respirer l'odeur pestilentielle qui y règne ! Il n'y a qu'un seul cabinet d'aisances, et hors d'usage, pour six familles, dans un couloir glacial, alors qu'il devrait y en avoir un par appartement ! Le loyer est de neuf dollars par mois au premier étage et de huit dollars au cinquième ; mais le loyer est gratuit pour les rats, bien entendu !

Dan haletait, comme s'il venait de courir pendant des heures.

— C'est à ce genre d'endroits que nous avons arraché cette petite, dit-il en désignant Leah. Oui, cette adorable petite fille, condamnée à vivre dans la crasse et la misère.

— C'est très généreux à vous. Mais revenons donc à Montgomery. Il me semble savoir que ces immeubles ont été construits suivant la réglementation en vigueur, à une époque où l'on venait d'interdire les pièces en enfilade. Depuis, les appartements ont été mis en conformité avec la loi : il y a maintenant une fenêtre par pièce...

Dan l'interrompit.

— Vous pouvez dire ce que vous voulez, Walter, c'est un endroit effroyable. Et pire que tout, ces immeubles sont de véritables souricières en cas d'incendie, et cela les propriétaires doivent le savoir parfaitement.

— Les propriétaires n'ont jamais entendu dire de choses pareilles, répliqua sèchement Walter.

Derrière ses lunettes, ses yeux étaient deux pierres noires.

Les cousins Werner se levèrent tous presque en même temps. Les hommes sortirent de gros oignons de leurs goussets, ces dames consultèrent les petites montres pendues à des chaînes d'or à leur cou, et bientôt le vestibule retentit du brouhaha des fins de soirée : une soirée délicieuse... merci infiniment... oh, il neige dehors, où sont mes caoutchoucs... ça ne durera pas... oui, vraiment, une excellente soirée... à très bientôt...

Lorsqu'il est furieux Walter a des yeux de chat, se dit Hennie. Je ne l'avais jamais remarqué. Je veux partir d'ici, rentrer à la maison. Quand tout cela va-t-il finir ?

Les deux hommes se faisaient toujours face.

— Même un enfant de dix ans se rendrait compte que les propriétaires se moquent éperdument des risques d'incendie !

— Vous semblez en savoir long sur les propriétaires !

— En fait, c'est Veiler qui est allé y voir de près. J'aime autant vous dire que lorsqu'il aura remis son rapport au Congrès, cette affaire fera du bruit dans la presse. Nous n'abandonnerons pas. Nous voulons faire voter une nouvelle loi sur les immeubles de rapport. Et je suis invité à aller jusqu'à Albany pour cela. Eh bien, j'ai déjà fait une partie du travail.

Il parlait avec tant d'enthousiasme que sa rage semblait avoir presque complètement disparu.

— Ainsi vous comptez aller à Albany pour dénoncer l'exemple de Montgomery. Avez-vous la moindre idée de qui sont les propriétaires ?

— Oh, un groupe d'hommes d'affaires, une sorte de holding. Veiler en sait plus que moi sur le sujet.

— Ah, vraiment ? Eh bien moi je vais vous renseigner Il se fait que les actionnaires majoritaires sont mon père et quelques amis. Ces immeubles nous sont revenus à la suite du non-remboursement d'une hypothèque. Qu'avez-vous à en dire?

Walter transpirait, et il s'essuya le front avec son mouchoir. Un silence total régnait dans la pièce.

— Bien, bien, dit Dan.

— Oui, bien, bien, répéta le vieux Werner.

— Je ne le savais pas, dit Dan.

Walter poussa un soupir.

— Je veux bien vous croire. Mais cela vous montre ce qui arrive lorsqu'on se mêle de ce qui ne vous regarde pas.

Dan secoua la tête.

— Pas du tout. Je suis un citoyen et ce qui se passe dans ma ville m'intéresse, donc cela me regarde.

— Admettons. Eh bien, dans ce cas particulier, que comptez-vous faire?

— Que voulez-vous que je fasse?

— Cela me paraît pourtant évident. Vous pouvez aller voir vos amis et leur demander d'en rester là.

— Mais enfin, Walter, c'est impossible! Le rapport est déjà entre les mains du comité.

— Il peut être retiré.

— Veiler ne ferait jamais une chose pareille et je ne pourrais jamais le lui demander.

— Pourquoi pas?

— Mais parce que... ce serait malhonnête, contraire à mes convictions.

— Mais ce ne serait pas contraire à vos convictions de voir le nom des Werner traîné dans la boue par les journalistes! Feriez-vous vraiment une chose pareille?

Dan leva les mains en signe d'impuissance.

— Ça ne me plaît guère, vous pouvez en être sûr.

— Je ne sais plus quoi penser, dit Walter. Tout ce que je sais, c'est qu'il s'agit ici d'une affaire de famille, une famille à laquelle vous appartenez et envers qui vous avez le devoir de vous conduire avec loyauté. Il s'agit de principes!

183

— Si vous prenez les choses de cette manière, est-ce que les principes ne devraient pas prévaloir en toute circonstance ? Dans le cas contraire, ce ne seraient plus des principes.

— Sophisme ! jeta Walter d'un ton méprisant. Vous jouez sur les mots. Avec de telles méthodes de raisonnement, on peut prouver ce qu'on veut.

— Je ne joue pas sur les mots. Je n'ai jamais été aussi rigoureux de ma vie.

— Eh bien, à votre manière « rigoureuse », si je comprends bien, vous êtes en train de me dire que vous poursuivez votre détestable entreprise et que nous pouvons aller nous faire voir.

— Je n'ai jamais dit que vous pouviez aller vous faire voir, ne me faites pas dire ce que je n'ai pas dit ! Je vous ai simplement expliqué que le rapport était déjà entre les mains du sous-comité à Albany et que je ne pouvais pas le retirer.

Freddy avait les lèvres tremblantes. Leah écoutait, fascinée. Hennie, elle, cherchait un moyen de fuir, mais il n'y en avait aucun : ils étaient pris au piège.

— Vous ne pouvez pas le retirer ou vous ne voulez pas ? demanda Walter, furieux.

Il y eut un long moment de silence. Hennie sentait le sang battre à ses tempes. Paul, lui, songeait : rien n'est aussi simple que le pensent les gens comme Dan ou comme mon père. Les problèmes ont de multiples facettes. Ils se présentent toujours comme des polygones. Le point de vue dépend de l'endroit où l'on se trouve.

— Vous ne pouvez pas le retirer, ou vous ne voulez pas ? répéta Walter.

— Probablement les deux, répondit tranquillement Dan.

— Vous êtes un misérable ! répliqua Walter tout aussi tranquillement.

Tout le monde semblait pétrifié. Ce fut Walter qui rompit le silence.

— Regardez votre femme ! Elle a le rouge au front ! Si

184

elle n'était pas aussi jeune et en aussi bonne santé, elle aurait eu une attaque d'apoplexie en vous entendant !

Florence se mit à pleurer.

— Ça suffit, Florence ! lança Angelique. Il n'en vaut pas la peine. Et cela, je l'ai su dès le début, dès que je l'ai vu !

— Maman ! Comment peux-tu dire une chose pareille ! s'écria Hennie. Tu n'as pas le droit de dire ça ! Quoi qu'il puisse se passer ici ce soir, tu n'as pas le droit de dire une chose pareille !

— Excuse-moi, Hennie, je ne peux pas m'en empêcher. Dieu sait comme je souffre de voir ce qui arrive ici, dans cette maison, alors que Florence et Walter fêtent leur anniversaire de mariage, alors qu'il ne devrait y avoir que de la joie et du bonheur.

Henry, lui, gardait le silence depuis le début, en sorte que l'on avait oublié sa présence. Il se leva brusquement.

— Ça suffit ! Tous, oui tous ! Insensés que vous êtes ! Mon Dieu, comment un homme peut-il supporter une chose pareille ?

Son visage avait pris une teinte terreuse.

— C'est trop pour moi ! Je n'en puis plus ! Assez ! Assez !

— Son cœur ! Regardez ce que vous avez fait ! Florence, va chercher du cognac !

Walter avait l'air hagard.

— Étendez-vous, père, appuyez votre tête au dossier. Écoutez, Dan, Angelique a raison : nous vous avons supporté depuis le début, vous, vos remarques, votre attitude ! Croyez-vous que nous ne savons pas ce que vous pensez de nous ? Mais maintenant, venir harceler ce vieil homme si bon, ici, dans ma propre maison ! Alors qu'il était venu y chercher un peu de chaleur et de joie ! Allez-vous-en ! C'est encore ce que vous avez de mieux à faire. Allez-vous-en et laissez-nous seuls avec lui. Allez-vous-en tout de suite !

— Walter ! s'écria Hennie. Ce n'est pas possible, êtes-vous vraiment en train de nous chasser de chez vous ?

— Pas vous, Hennie, bien sûr que non. Je regrette beaucoup ce qui arrive, j'en suis désolé pour vous.

Walter voulut poser la main sur le bras de Hennie, mais Dan s'interposa.

— Ma femme vient avec moi, comme le ferait toute femme à sa place. Et je ne reviendrai pas. Et toi non plus, Hennie. Leah, Freddy, allez chercher vos manteaux.

Florence se tordait les mains.

— Est-ce vrai, Hennie ? Tu ne nous verras plus à cause de lui ?

Hennie ferma les yeux, faisant disparaître le visage crispé de son fils, la stupeur de Leah, le pli mauvais qui tordait la bouche de Dan. Puis elle les rouvrit.

— Dan est mon mari, murmura-t-elle.

— Ton mari... répéta Florence comme si ce mot avait été une injure.

Dan posa sa cape sur les épaules de Hennie et la conduisit fermement par le coude en direction de la sortie.

Walter les suivit.

— Il n'est pas trop tard. Revenez, je veux bien oublier tout ce qui a été dit. Je suis sincère, attendez un instant...

Mais sans répondre, Dan descendait déjà les escaliers menant à la rue. Hennie voulait se retourner ; quelqu'un allait sûrement se précipiter pour effacer tout cela. Mais elle eût trouvé humiliant de se retourner. Et il lui fallait presser le pas pour ne pas se laisser distancer par Dan.

En silence, ils gagnèrent l'avenue, en luttant contre le vent, pour y prendre le trolleybus.

Une boule se formait dans la gorge de Hennie. Les choses ne pourraient jamais s'arranger avec Florence ; comme elle, elle devait suivre son mari. Avec ses parents, en revanche, elle pourrait se réconcilier. Et puis bientôt, le nom des Werner allait apparaître dans la presse... Florence, pourtant, n'était pas une mauvaise fille, et c'était sa sœur...

Et Paul, se dit-elle, je vais le perdre aussi. Oh, Dan, tu n'aurais pas dû laisser faire ça.

Au moment où ils grimpaient dans le trolleybus, la neige se mit à tomber avec violence. De gros flocons s'écrasaient contre les vitres, brouillant la lumière des réverbères. Sur la 23ᵉ Rue, ils aperçurent les lumières vertes scintillant sur le gigantesque pickle qui servait de réclame à la marque Heinz. Les passagers se pressaient pour admirer l'énorme légume, à la fois comique et merveilleux.

— Regardez, dit-elle à Freddy et à Leah qui n'avaient pas ouvert la bouche depuis le départ, on passe à nouveau devant le pickle !

Mais personne ne répondit.

Elle rencontra le regard brouillé de Dan. Lui aussi observait les enfants.

— Je suis désolé, Hennie. Tu dois être furieuse.

— Oui... je ne sais pas au juste. Un peu hébétée, je crois.

— J'avais bu trop de cognac.

— C'est ce que je me suis dit.

— Mais il ne faut pas que ça me serve d'excuse. Je n'étais pas soûl, d'ailleurs je ne le suis jamais, tu le sais. Mais ces hommes, après le dîner... je ne pouvais pas les supporter. Ils parlaient de la guerre des Boers, de tout l'argent qu'ils en tiraient et qu'ils investissaient dans les mines de diamant. Moi pendant ce temps-là, je pensais à ce que j'avais vu avec Veiler la semaine précédente, et à notre action. Et j'étais dégoûté, j'en avais marre, c'est tout.

Sans ôter son gant de grosse laine, il caressa la joue de Hennie.

— Tu sais, Hennie, je me disais que c'étaient les mêmes gens qui avaient fait échouer la conférence de La Haye, les mêmes qui provoquent les guerres. Ce sont eux qui logent les pauvres dans leurs taudis et les font ensuite massacrer dans leurs armées.

— Tu as raison, je le sais. Mais ça n'est pas nouveau. Ce n'est quand même pas la première fois que tu rencontres les amis de Walter. Et puis de toute façon, c'est du menu fretin à côté de la bande à Morgan ou des financiers du pétrole et de l'acier.

— Tu as raison. J'y ai pensé ce soir.

— Dis-moi, honnêtement, aurais-tu essayé de faire retirer ce rapport si tu avais su à qui appartenaient ces immeubles ?

187

Dan hésita.

— Peut-être est-ce que j'aurais tenté quelque chose pour protéger ta famille. Je ne sais pas. Mais si tu avais vu cet endroit... Je sais que tu en as vu beaucoup, mais celui-là est un des pires. C'est immonde, des cochons n'en voudraient pas pour étable, et puis je n'arrête pas de penser aux incendies.

*Il se tenait sur l'étroite corniche, au milieu des tourbillons de fumée et la foule dans la rue levait les yeux vers le toit, incrédule. Personne d'autre, personne d'autre dans cette maison ce soir, n'a autant de cœur ni de courage.*

— Si je n'avais pas mon salaire de professeur, poursuivit Dan, Freddy pourrait aussi bien vivre dans l'un de ces taudis.

— Je sais.

Ils descendirent du trolleybus et se mirent à marcher au milieu de la tempête de neige. Le froid leur mordait le visage, et les flocons se collaient à leurs cils. Dan ralentit le pas.

— Je marche trop vite. Quand tu étais petit, dit-il à Freddy, je te portais dans mes bras quand il y avait des tempêtes de neige ; tu t'en souviens ?

Oui, Freddy s'en souvenait. Il se souvenait de tout, et se souviendrait aussi de cette soirée. Papa cherche à se faire pardonner, se disait-il. Mais maintenant qu'ils se sont disputés, je ne verrai plus jamais Paul. Puis il se reprit : Non, Paul trouvera toujours un moyen.

Derrière lui marchaient son père et sa mère, mais il ne ressentait qu'une seule présence, comme s'ils ne formaient qu'un seul être. Sa mère aimait son père ; ce soir, elle s'était fâchée contre lui, mais maintenant ils marchaient ensemble, épaule contre épaule. Quand il était petit, cet amour le rendait furieux, et il aurait voulu qu'il n'y ait que lui et sa mère à la maison. Mais c'était il y a longtemps. Et les filles, se demandait-il à présent, est-ce qu'elles souhaitent, elles aussi, voir disparaître leur mère ? Il songea à le demander à Leah, mais il comprit aussitôt ce qu'une telle question pourrait avoir de cruel.

Il fallait bien se résigner : papa et maman s'aimaient. Si

seulement papa n'était pas aussi effrayant, s'il ne s'empor tait pas toujours comme ça !

Derrière lui, il entendait le bruit mou des semelles sur la neige mouillée, et la voix de son père qui chuchotait ·

— Tu n'es plus fâchée, Hennie ?

— Je suis triste. Mais pas fâchée, tu sais bien que je ne peux pas rester longtemps fâchée contre toi.

Et il entendit un petit bruit rapide, comme un baiser, mais il ne tourna pas la tête pour s'en assurer.

# 7

Les voies de la démocratie parlementaire sont souvent aussi lentes et tortueuses que celles de Dieu. Après de longs et fastidieux débats devant des commissions d'enquête, députés et sénateurs en arrivèrent à la conclusion qu'il était urgent de ne pas voter de nouvelles lois. Celles qui existaient suffisaient bien, il s'agissait seulement de les appliquer et, au mieux, d'en renforcer certains aspects.

On fustigea les propriétaires qui ne respectaient pas les réglementations ; comme d'habitude, on s'indigna de la misère des pauvres dans la ville la plus riche du monde et les réformateurs fourbirent leurs armes pour de nouvelles batailles.

Il s'en fallait de peu que les gros titres des journaux ne fussent aussi accrocheurs que pour un crime crapuleux. Dans un certain nombre de maisons respectables, on faillit s'étouffer de rage, car si l'on avait l'habitude de voir le nom de la famille cité dans les journaux, c'était en général dans les informations boursières ou la rubrique mondaine.

Le sujet fut abondamment exploité, surtout dans la presse de gauche :

LA PLAIE DES GRANDES VILLES... LES LOCATAIRES PÉRISSENT DANS LES FLAMMES : LES RICHES PROPRIÉTAIRES EN ACCUSATION... NÉGLIGENCE CRIMINELLE... TOUS LES JOURS DE NOUVEAUX INCENDIES... LA SOUFFRANCE DE CES FAMILLES RAPPORTE DES MILLIONS DE DOLLARS...

En pages intérieures, on examinait plus sobrement la situation et l'on désignait les responsables : les promoteurs immobiliers et les maisons de prêts hypothécaires telles que Southerland, Van Waters, Werner.

Dans son petit salon du premier étage tendu de jaune et de blanc, Florence, qui souffrait d'un violent mal de tête, était étendue sur un sofa Récamier ; à ses pieds, le journal du dimanche était éparpillé. La famille était rassemblée autour d'elle. Dès que la nouvelle avait été connue, Angelique avait accouru, suivie par Alfie et Emily qui n'habitaient qu'à quelques pas de là, dans un appartement du Dakota.

— Je suis heureux que mes parents soient en Floride, soupira Walter. Ils reçoivent les journaux de New York, bien sûr, mais enfin la distance atténuera quelque peu le choc.

— Quand ils reviendront en mars, tout cela sera déjà du passé, dit Alfie d'un ton rassurant. Les journaux auront trouvé quelqu'un d'autre sur qui s'acharner.

Angelique, vêtue d'une robe de deuil plissée en soie noire, hochait la tête d'un air désespéré.

— D'une certaine façon, je suis presque heureuse que ton pauvre père ne soit plus là pour assister à ce triste épilogue. Il avait déjà tant de tristesse de la brouille de ses deux filles !

— Que doivent penser les gens ? gémit Florence.

— Allez, ressaisis-toi, lança Walter en se redressant lui-même avec vigueur. Notre entourage n'est pas du genre à ajouter foi à ces calomnies de journalistes à sensation. « Négligence criminelle »...

Il s'étranglait d'indignation.

191

— Je voudrais bien les voir gérer de tels immeubles ! On installe des placards, ils en font du bois de chauffage ! Des baignoires ? Ils s'en servent pour remiser le charbon ! Des tuyaux et des robinets ? Ils les démontent pour aller les revendre aux ferrailleurs ! Tous ces gens viennent de taudis en Sicile, en Russie ou dans je ne sais quel trou de campagne ! Il faudra des siècles pour les éduquer. De toute façon, j'ai compris : pour moi, c'est fini ! Terminé les hypothèques ! Je suis un banquier, pas un promoteur immobilier !

Paul aussi se trouvait là. Après avoir passé l'après-midi à la patinoire, il s'apprêtait à monter dans sa chambre lorsque son père lui avait demandé de se joindre à eux. La veille, il s'était rendu chez sa tante Hennie, où l'ambiance était évidemment bien différente : on criait presque au triomphe, bien que l'oncle Dan prît bien soin de préciser que le renforcement de la réglementation n'était qu'une victoire partielle.

— Ce qu'il faudrait, c'est jeter à bas tous ces immeubles, mais bien sûr c'est impossible, trop d'intérêts sont en jeu.

— Je suppose, disait à présent Florence, que l'on doit se réjouir chez ma sœur. Ils doivent penser qu'ils nous ont battus, humiliés, mon mari et moi.

Personne ne répondit. Florence poursuivit :

— Oh, je ne tiens pas à aggraver les choses. Je sais bien, maman, que tu dois continuer à aller voir Hennie, c'est ta fille. Et toi, Emily, tu dois suivre ton mari, et Alfie a toujours été un réconciliateur, mais enfin, Alfie, tu dois bien te douter qu'après cela, il n'y a plus de réconciliation possible.

— Je reconnais que je n'ai pas été très efficace. J'aimerais pourtant que vous puissiez vous retrouver.

— Oui, vous retrouver, lui fit écho Emily.

Dans le monde doré d'Alfie, se disait Paul, il n'y a pas de place pour la dispute : pas question de gâcher ses dîners fins, ses joyeuses réceptions, ses siestes du dimanche après-midi ou même de compromettre l'enthousiasme nécessaire à sa réussite personnelle.

— Mais ce n'est pas ta faute, disait Florence, le fossé est maintenant trop large. Pourtant, je voudrais dire quelque chose à Paul. Ni moi ni ton père n'en avons jamais fait un drame et nous n'avons même pas songé à te l'interdire, mais comment peux-tu encore aller chez eux ? Car nous savons pertinemment que tu y vas très souvent.

— Je ne l'ai jamais caché.

— Mais ne serait-il pas temps de faire sentir qui tu es ? Tu es un homme, maintenant ! Quand je pense, dit-elle d'un ton plaintif, que là-bas tu les entends médire de tes parents... je ne comprends pas... !

— Jamais ils n'ont dit un mot, pas un mot, tu m'entends, à propos de vous ! S'ils l'avaient fait, je n'y serais jamais retourné. De toute façon, ils ne parlent jamais des gens.

Walter ne put dissimuler sa curiosité.

— Puisqu'on aborde ce sujet, dis-moi un peu de quoi ils parlent, alors.

Paul haussa les épaules.

— Oh... de la Société pour la paix, par exemple. Tous les étés, tante Hennie se rend à la conférence annuelle à Lake Mohonk. Elle y a rencontré la baronne von Suttner après qu'elle eut remporté le prix Nobel de la paix. Quant à l'oncle Dan, eh bien...

Paul eut un sourire malicieux.

— Il parle souvent de la propagation dans l'espace des ondes électromagnétiques. Il dit qu'un jour nous serons capables de capter des signaux venus d'autres planètes. En attendant, il a des idées sur les communications maritimes.

Angelique leva les yeux au ciel.

— Ça lui ressemble bien !

— Mais on ne sait jamais, maman, dit Alfie avec enthousiasme. Il a peut-être découvert quelque chose. Regarde Edison !

Angelique tapota affectueusement la main de son fils.

— Tu es comme ton père, tu es toujours prêt à trouver des excuses aux gens. Mais je ne t'en veux pas, ça prouve que tu as un bon fond. Au moins, toi, tu as le sens des réalités et tu assures une existence confortable à ta petite Margaretta.

Angelique aimait bien les sonorités chaudes du nom « Margaretta », et ne l'appelait jamais par son diminutif, « Meg ».

— Au moins, elle, elle ne vit pas comme le pauvre Freddy dans un petit appartement minable, presque un taudis.

— Oh, comme j'ai de la peine pour Freddy, renchérit Florence. Il a l'air si... je ne sais pas, si... lointain. Et puis on le sent tellement sensible, tellement émotif. Bien sûr, cela fait longtemps que je ne l'ai pas vu. A-t-il beaucoup changé, Paul ?

— Il a grandi, répondit sèchement Paul.

— Oui, évidemment... il a seize ans maintenant, quand je pense que...

L'arrivée de la bonne portant un plateau l'interrompit au milieu de sa phrase. Les sandwiches, les gâteaux, le thé, le café et le chocolat apportèrent une heureuse diversion.

— Sers-toi, Paul, dit sa grand-mère, tu dois avoir faim après avoir passé tout l'après-midi à la patinoire !

Paul prit un gâteau ; il aurait volontiers regagné sa chambre, mais il aurait été par trop désinvolte de bouder le rituel de l'après-midi en famille.

Il n'était pas tout à fait vrai que chez la tante Hennie on ne parlait jamais des gens. Elle demandait toujours des nouvelles de sa mère, et Paul sentait bien qu'il s'agissait moins de curiosité que de regrets. Il revoyait encore les deux sœurs à l'enterrement de leur père, assise chacune à une extrémité du temple, et visiblement désolées de ne pouvoir se parler.

Une fois encore, il se demanda comment des êtres issus du même sang pouvaient être à ce point différents. Freddy, par exemple, était aussi différent de son père que de sa mère.

Mais ce qui le troublait le plus (comme sa mère venait de le souligner, mais avec une tout autre intention), c'est qu'effectivement, il était arrivé à l'âge des choix essentiels. Souvent, il se prenait à penser au vieil oncle David, qui glissait doucement vers la sénilité la plus totale dans une maison de retraite. Ils n'avaient jamais beaucoup parlé tous les deux, car l'oncle se faisait déjà bien vieux lorsque lui-même avait atteint l'adolescence, mais il avait le sentiment que l'oncle David, plus que quiconque, aurait pu l'aider, l'éclairer sur ses choix.

C'est ce que n'aurait pas pu faire l'oncle Dan, trop extrémiste, trop passionné par ses idéaux et l'avènement du monde nouveau. Au-delà d'un certain point, il ne pouvait plus accompagner l'oncle Dan. Il savait que pour ce dernier, son père était un homme malfaisant mais lui, Paul, savait que ce n'était pas vrai.

Il se souvenait par exemple des réunions qui s'étaient tenues, longtemps après minuit, à la suite du pogrom de Kitchniev : son père s'était dépensé sans compter. Toujours sur la brèche, multipliant les réunions, levant des fonds, distribuant lui-même des sommes importantes, il avait même reçu les plus vifs éloges de Jacob Schiff, le célèbre philanthrope, réputé pour sa sagesse et sa modération. Mais il avait été également félicité par le baron Hirsch, le plus grand des bienfaiteurs juifs, ainsi que par Harkness, qui n'était pas juif, et puis...

Non, son père n'avait rien d'un être malfaisant, c'était tout simplement un homme aux principes rigides qui considérait que les « anarchistes » (comme il disait) n'étaient que des fauteurs de troubles, des gens qui ne visaient qu'à détruire un ordre social stable et générateur de progrès.

Et peut-être n'avait-il pas entièrement tort. On ne peut pas condamner sans appel un patron parce qu'il ne verse pas de salaires suffisants à ses ouvriers. Il faut au contraire le lui faire comprendre. En observant la marche des affaires de son père, Paul avait appris comment, bien utilisée, la richesse peut bâtir des cités ; les gratte-ciel qui s'élevaient au-dessus de Manhattan n'avaient pas jailli des théories de l'oncle Dan ; ils étaient le produit de la richesse, du capital investi à grands risques, et ces risques se concrétisaient par des résultats tangibles.

Après avoir terminé ses études à Yale, Paul mettait à présent la dernière main à sa thèse de doctorat ; il comptait ensuite aller étudier une année à l'École des sciences économiques de Londres afin d'acquérir une expérience internationale, puis il s'installerait à New York. Il n'était pas encore très sûr de ce dont il avait envie. Mais autour de lui, on lui répétait que ses doutes finiraient par se dissiper au fur et à mesure qu'il avancerait dans ses études.

Il se reconnaissait lui-même les qualités d'ordre et de responsabilité indispensables à l'exercice du métier de banquier. Il est vrai qu'il aimait que les choses fussent organisées à l'avance : en l'occurrence, il aurait donné cher pour savoir ce que la vie lui réservait.

Mais cette préoccupation n'avait rien d'égoïste : par exemple, l'avenir de Freddy lui tenait à cœur. Il aurait aimé « faire quelque chose » pour celui que l'on appelait souvent, et à juste raison, son « petit frère ». Il savait que la famille Roth n'avait guère d'argent, surtout depuis l'arrivée de la petite Leah (il n'imaginait pas ses parents accueillant ainsi dans leur famille un autre enfant).

Souvent, il avait discuté avec l'oncle Dan de l'université où il comptait envoyer Freddy. Dan répétait invariablement que ce serait le City College, l'université municipale de New York. « Il ira là où je suis moi-même allé : au vingt-trois de Lexington Avenue ; les études sont gratuites et il pourra y aller à pied ; certains des plus grands esprits du pays sont sortis de là ! »

Paul n'en était pas disconvenu, mais ne pensait-il pas qu'un changement de décor, une expérience dans une autre ville que New York pourrait aussi lui être profitable ? Paul se proposait de lui payer ces études. Mais pas avec l'argent de ses parents, non, avec le sien propre, celui qu'il recevrait pour ses vingt et un ans, sa part d'héritage. Cet argent était à lui et il pouvait en disposer comme bon lui semblerait. Mais Dan avait refusé. Quelle fierté déplacée ! Il n'avait même pas voulu accepter le bon piano qu'il lui proposait, alors que Freddy en avait tellement envie. Parfois, Paul se demandait comment sa tante Hennie pouvait le supporter. Mais il était injuste : personne ne peut être parfait et les défauts de l'oncle

Dan, après tout, n'étaient pas si graves que ça ! Et puis, de toute façon, tante Hennie était follement amoureuse de Dan. Elle le regardait parfois d'une telle façon ! Jamais il n'avait vu sa mère regarder son père ainsi. C'en était même gênant. S'il devait exister un couple idéal, c'était certainement le leur.

Et pourtant, quel territoire mystérieux que les femmes ! D'abord, il y avait celles que mentalement il voyait toujours « en blanc », probablement parce que c'était ainsi qu'elles étaient vêtues lors de leurs sorties au bord de la mer. Ces filles, il faut les tenir légèrement quand on danse avec elles, parce que les mains moites peuvent laisser des traces sur une robe de mousseline blanche, et on ne peut que deviner la douceur de leur peau sous la barrière de l'étoffe. Leurs cheveux, qui vous caressent le menton, sentent le talc et la violette. Avec ces filles, il faut surveiller ses propos. Elles sont toujours mystérieuses, comme Mimi Mayer, qu'il connaît pourtant depuis toujours et qui pourrait presque être sa sœur. Mais en réalité, il ne la connaît pas, et la distance entre eux semble infranchissable.

Et puis il y a les autres. Celles qu'il aurait envie d'écrire avec un grand A. Les filles de la ville, les grisettes avec lesquelles on rit toujours très fort, pour couvrir les battements de son cœur ; après qu'elles ont fini leur travail vers minuit, on les emmène à la plage, derrière les rochers. Des filles du commun, dirait sa mère, et probablement aussi son père ; mais son père avait-il fait avec elles les mêmes choses que son fils ? Elles parlent toujours très fort, et lorsque l'on s'est dénudé à côté d'elles, elles prononcent des mots qui n'étaient pas toujours... et pourtant elles sont si douces, si vives, et tellement belles dans la douceur des nuits d'été.

Les choses étaient-elles toujours à ce point contradictoires ? Les gens, d'habitude, semblaient tellement sûrs d'eux-mêmes, pourtant ! Ses parents, avec leurs principes rigides ; la grand-mère Angelique, qui vivait toujours à l'époque de la Confédération ; la tante Emily qui semblait se satisfaire entièrement des aimables rituels d'une vie bien réglée ;

197

l'oncle Dan, en révolte perpétuelle contre le monde et persuadé d'avoir toujours raison ; la tante Hennie, qui faisait le bien autour d'elle... Tout le monde avait ses certitudes.

Peut-être dans quelques années vivrait-il lui aussi avec ses certitudes, mais au même moment, au fond de lui, il savait qu'il n'en serait jamais ainsi, que toujours il resterait partagé. Il avait le sentiment que deux routes parcouraient le monde, et que lui avançait avec un pied sur chaque route.

Mais il était jeune, et il avait faim : il tendit une assiette vers sa mère, pour qu'elle la lui remplisse de sandwiches et de ces petits gâteaux roses qui avaient l'air délicieux.

# 8

Dan se tenait au dernier rang, à l'ombre d'un pilier, invisible de l'estrade. Il semblait littéralement captivé.

— Autrefois, les guerres pouvaient être courtes, il y avait place pour l'héroïsme individuel. Les batailles avaient quelque chose des joutes athlétiques ! Mais depuis, l'homme a mis au point de merveilleuses machines qui ont décuplé ses pouvoirs, et les guerres vont devenir infiniment plus longues.

La voix se fit murmure, et pourtant rien ne vint l'interrompre, ni toussotements ni grincements de chaises. Depuis plus d'une demi-heure que l'oratrice parlait, l'assistance était ainsi subjuguée.

— Et à la différence des conflits d'autrefois, la guerre à venir n'épargnera aucun foyer, aucune femme, aucun enfant. Ici, dans notre pays, il y a moins de cinquante ans de cela, nous avons vu de quoi pouvait être capable une soldatesque déchaînée. Vous avez tous en mémoire les exactions de Sherman en Géorgie. Mes parents ont vécu les pires horreurs en Louisiane, et tout cela est aussi présent en moi que si je l'avais vécu personnellement.

Elle joignit les mains, haut devant elle, et à son doigt, le diamant qui avait appartenu à la mère de Dan jeta un bref éclat. C'était là un de ses gestes familiers :

*Oh, regarde, Dan, il a de si beaux yeux !* lorsque Freddy était né, ou *Écoute, il y a quelqu'un qui joue du violon dans cette maison,* ou bien, découvrant un vieillard en haillons s'abritant dans une boîte à ordures : *Mon Dieu, c'est horrible !*

Il se dissimula un peu plus derrière son pilier : il lui avait en effet promis de ne pas venir. C'était la première fois qu'elle prenait la parole dans un meeting de cette importance, et elle n'avait aucune confiance en elle.

« Je vais rencontrer ton regard, lui avait-elle dit, et je vais oublier ce que j'ai à dire pour m'inquiéter seulement de savoir si je suis ou non une bonne oratrice. Si ça se passe bien, et si on m'invite à nouveau, alors tu pourras venir aux prochaines réunions. »

Mais il n'avait pu résister et se félicitait à présent d'avoir manqué à sa promesse.

Bien sûr, jusqu'à présent il avait reconnu ses propres idées, ses propres mots, mais il s'y attendait : on ne pouvait plus guère dire de choses nouvelles à propos de la guerre et de la paix. L'important, désormais, était de convaincre les gens, de répéter inlassablement, meeting après meeting, les arguments qui finiraient par leur ouvrir les yeux.

Là, pourtant, il dressa l'oreille.

— Je vous recommande le livre d'un homme d'affaires polonais, je devrais dire d'un Juif polonais ; il s'appelle Ivan Bloch. C'est un livre remarquable. On dit que c'est après avoir lu ce livre que le tsar a convoqué la conférence de désarmement de 1899.

Et elle a lu ça ! Elle ne m'en a jamais parlé ! Moi-même je ne l'ai pas lu, je voulais le faire, mais...

— On y trouve plein de détails techniques sur les armements modernes, mais l'auteur rend tout cela parfaitement compréhensible. La puissance de feu des armées est telle désormais que les hommes vont devoir s'enterrer! Ce sera l'impasse, il faudra un temps infini pour que la balance penche d'un côté ou de l'autre. Et les massacres seront inimaginables! La jeunesse des nations disparaîtra dans les batailles. Les hommes mourront par millions! Oui, par millions, et non plus par milliers! Ce sera le suicide des nations!

A nouveau ce geste des mains jointes, haut devant elle.

S'il avait fallu la qualifier d'un mot, d'un seul, Dan aurait choisi celui d'*authentique*. En elle il n'y avait jamais rien eu de calculé, d'apprêté ou de faux. Et tandis qu'elle continuait d'évoquer les bateaux sous-marins lanceurs de torpilles, les ballons chargés d'explosifs, Dan laissait son esprit vagabonder...

Les femmes qu'il avait connues : comme elles étaient différentes de Hennie! Ces femmes rencontrées ici et là se mêlaient à présent dans son esprit en un tableau unique aux contours indistincts, aux couleurs vagues de rose et de blond... non, aucune qui lui ressemblât. Et à présent, alors même qu'il l'écoutait avec une fierté immense, il songeait à la nuit qui les attendait.

— On dit toujours que nous avons besoin de ces armements pour assurer notre défense ; mais en fait, leur existence même entraîne un accroissement des armements de l'autre côté. Avec ces alliances, ces équilibres des forces et ces préparatifs pour des guerres que personne ne peut remporter, c'est à un jeu dangereux que nous jouons. La guerre des Boers a été plus importante que la guerre hispano-américaine, la guerre russo-japonaise plus importante que la guerre des Boers... il faut avoir cela présent à l'esprit et faire entendre notre voix auprès de nos gouvernements, partout dans le monde. C'est possible. Si nous en avons la volonté, nous saurons nous faire entendre.

Dan était bouleversé. Reconnaissant aux inflexions de sa voix qu'elle s'apprêtait à conclure, Dan se glissa dehors avant d'avoir été reconnu.

— Si j'avais su que tu étais là, ça aurait été horrible, dit Hennie en riant.

Elle était assise dans le lit, savourant son triomphe et l'admiration qu'il lui témoignait.

— Qu'est-ce que tu regardes, Dan ? Tu as l'air tellement solennel, tout à coup.

— Non, je ne suis pas solennel. C'est toi que je regarde. Je me demande comment ça a pu nous arriver. Toi et moi. Je suis si heureux. Parfois, je n'arrive pas à y croire.

Elle redevint sérieuse et lui caressa doucement la joue.

— Tu peux y croire.

— J'étais si fier quand tu parlais, avec tous ces gens qui t'écoutaient, tu ne peux pas savoir. Et je n'arrêtais pas de me dire : « Elle est à moi, toute à moi. » Dis-moi, Hennie, es-tu vraiment obligée de porter ce machin-là ?

— Ce « machin-là », comme tu dis, c'est ma chemise de nuit de Paris, et c'est le dernier cadeau que m'a fait Florence. Alors comme je ne suis pas près d'en recevoir un autre, j'y tiens.

— Je comprends très bien que tu y tiennes, mais pour l'heure tu pourrais aussi bien l'enlever. Je me lève : je vais aller fermer la porte.

# 9

Hennie avait une excellente mémoire, et elle était sûre que c'était à la maison de campagne d'Alfie, par un bel après-midi de printemps, qu'Alfie avait pour la première fois questionné Dan à propos de son tube à vide. Ils étaient assis sur la terrasse, d'où ils pouvaient voir, au-delà de la rangée de lauriers qui n'étaient pas encore en fleur, la partie de tennis que disputaient en double Mimi Mayer et Paul d'un côté et Freddy et Leah de l'autre.

— Une vraie maison de famille, disait Alfie, c'est de ça que j'avais envie.

Un sourire de satisfaction éclaira son visage qu'un double menton naissant commençait à empâter.

— C'est un endroit suffisamment grand pour recevoir toute la famille.

De fait, tout le monde s'y retrouvait, frères, sœurs, parents, grands-parents, et jusqu'aux cousins les plus éloignés, à cette seule exception que Florence et Hennie ne venaient jamais en même temps.

— Laurel Hill, la colline aux Lauriers : je reconnais que le nom n'est pas très original, dit Alfie, mais il y a tellement de lauriers dans le jardin, et puis il faut avouer que ça a de la classe, un nom pareil !

Il est vrai que cette demeure avait le charme des anciennes propriétés de campagne et tranchait heureusement avec le mauvais goût des somptueuses bâtisses que les maîtres de forge et les rois du sucre et du charbon faisaient construire en grand nombre dans les collines du New Jersey. Mais même si Alfie avait eu l'idée de se faire élever une telle demeure (à une plus modeste échelle, toutefois), son épouse l'en aurait promptement dissuadé. Emily méprisait ouvertement tout ce qui faisait «parvenu» et Alfie avait rapidement appris à distinguer ce qui était «parvenu» de ce qui ne l'était pas.

Carrée et blanche, donc, avec des volets verts, la maison d'Alfie n'avait rien d'une demeure de nouveau riche. A l'extrémité de la pelouse, en haut d'un mât, flottait un drapeau américain qu'Alfie hissait tous les matins. Plus loin, des champs s'étendaient jusqu'à des halliers de sumacs et de cerisiers sauvages ; au-delà commençait la masse sombre des bois, avec ses hêtres, ses chênes et ses frênes. La sauvagerie de ces lieux pouvait faire naître à la nuit tombée un délicieux frisson de peur, pour peu que l'on s'imaginât trois siècles en arrière, découvrant dans cette solitude un campement indien avec ses wigwams en peau de bison d'où s'échappait la fumée.

— Par ici, au XVIIIe siècle, il n'y avait que des fermes, expliquait Alfie. On raconte que les armées de Washington ont bivouaqué ici au cours de leur marche vers Trenton. Cette maison est restée dans la même famille pendant soixante ans. Le dernier propriétaire, un médecin de campagne, n'y a apporté que peu de changements : il a fait ajouter le porche et la porte cochère.

Et le daim en bronze sur la pelouse de devant, ajouta mentalement Hennie. Un détail naïf et charmant.

— Je sais bien que tu aurais voulu que je fasse construire

une maison comme Beau-Jardin, lança malicieusement Alfie à l'adresse de sa mère.

— Oh, Alfie! s'exclama Angelique. Comme si je ne savais pas qu'une maison créole d'avant-guerre n'aurait aucun sens ici, dans le New Jersey! Mais enfin, je dois dire qu'en plus petit... avec une véranda et une colonnade... Tu as une si belle vue, d'ici, ce serait bien agréable, une véranda.

Alfie se mit à rire.

— Je sais bien, maman, tu aurais voulu que je demande à un architecte comme Richard Morris Hunt de me construire une maison Vanderbilt, avec des balcons et des tourelles, ou alors que je commande à McKim, Mead and White un manoir Newport avec une centaine de pièces!

Et comme Angelique s'apprêtait à protester :

— Non, non, je plaisante!

— Tu sais, Alfie, je trouve que tu as fait des merveilles. Quand je pense que tu es encore dans tes trente ans! Je dois dire que c'était un trait de génie d'investir dans Kodak. Mais j'ai la plus totale confiance en toi : tout ce que tu touches se transforme en or.

Alfie était un peu gêné par tant d'éloges.

— Oh, tu sais, pour Kodak, l'idée venait surtout de Walter.

Puis, se tournant vers Dan :

— Je sais bien quels sont tes sentiments envers Walter, mais...

— Et ses sentiments envers moi!

— Oui, je sais, c'est bien dommage. Emily et moi nous avons pourtant fait de notre mieux, j'ai à peine besoin de te le rappeler.

— En effet.

— Eh bien je voulais dire que...

Embarrassé, Alfie s'interrompit au milieu de sa phrase : il avait oublié ce qu'il voulait dire. Emily vola à son secours.

— Ce que tu voulais dire, c'est que souvent Walter t'a donné des conseils judicieux et que tu lui en es reconnaissant.

— Exactement. C'est ça que je voulais dire. Mais tu sais,

205

Dan, je me rends très bien compte que Walter, parfois, peut-être... je ne sais pas, moi, dans la façon dont il parle... je ne trouve pas le mot...

— Pontifiant ? suggéra Dan.

— Oui, peut-être, ça pourrait être ça. Mais nous avons tous nos côtés ennuyeux, moi y compris.

Dan avait l'air amusé.

— Viens-en au fait, Alfie, qu'est-ce que tu essaies de me dire ?

Alfie prit une profonde inspiration.

— Bon, eh bien voilà : Walter connaît des gens qui ont acheté une petite société de matériel électrique. Ne me demande pas exactement ce qu'ils fabriquent, je n'en ai pas la moindre idée, mais en tout cas, ces gens-là sont des experts. Ils savent ce qu'ils font, et j'ai pensé...

Il plongea ses yeux dans ceux de Dan.

— ... j'ai pensé à toutes ces inventions auxquelles tu travailles. Paul m'a dit que tu avais rajouté une pièce à ton laboratoire, c'est vrai ?

— Oui, j'avais besoin de plus de place.

— Tes recherches avancent ?

— Un peu.

Dan ne dissimulait pas son agacement. Comme si des recherches pouvaient « avancer » à la façon d'un mur de brique qui s'élèverait un peu plus chaque jour ! Il suffit pourtant de quelques vagues idées sur la recherche scientifique pour savoir que pour deux pas en avant on en fait un en arrière, ou bien que l'on est conduit dans une direction totalement différente de celle prise au départ.

— Entre autres choses, poursuivit Alfie, Paul m'a parlé d'un tube à vide, mais il n'a pas su bien m'expliquer. C'est vrai que ça n'est pas son domaine. Il m'a dit que tu pensais être tombé sur quelque chose d'important, et que tu semblais tout excité.

Dan haussa les épaules.

— Paul exagère. Je ne suis pas vraiment excité, pour la bonne raison que je ne sais pas encore où ça va me mener.

206

Mais son regard brillant démentait ses propos.

— Le problème, vois-tu, c'est l'amplification, et avec un tube à vide à trois électrodes, on obtient un effet...

Il s'interrompit brutalement.

— Attends un peu, toi ! J'espère que tu n'as pas l'idée saugrenue de m'embarquer dans un quelconque projet de Walter !

— Mais pas du tout, Dan ! s'empressa de répondre Alfie Comment peux-tu penser une chose pareille ?

— Mais parce que tu viens de me parler de lui à l'instant

— Mais il ne s'agit pas du tout d'un projet de Walter Ce sont seulement des gens dont il m'a parlé, comme ça, tout à fait par hasard. Une remarque en passant. Et ça m'a fait réfléchir. Tu sais bien que pour rien au monde je ne chercherais à te mettre dans une position embarrassante.

— Je sais que ça partait d'un bon sentiment, Alfie.

— Bon, eh bien ces gens ont plein d'idées et pas mal d'argent. Ils se rendent compte que nous sommes entrés dans l'ère de l'électricité, qu'un grand nombre de possibilités vont s'ouvrir, et ce qu'ils veulent, c'est arriver les premiers, entrer en contact avec des inventeurs, comme toi, leur acheter leurs brevets, et attendre de nouveaux développements techniques. Voilà, en gros c'est ça.

— Je suis un solitaire, Alfie, répondit Dan. Je te suis reconnaissant d'avoir pensé à moi, mais je n'arrive pas à travailler avec d'autres gens.

— Mais tu n'aurais à travailler avec personne ! Tu n'as qu'à continuer ce que tu fais. Il faudrait seulement déposer le brevet de tes inventions, ton tube, par exemple, et ensuite le céder à ces gens-là ; avec toutes les garanties légales, bien sûr. S'ils peuvent exploiter ton invention ou s'ils la vendent à un autre fabricant, tu toucheras ta part. Et s'il n'y a aucune application possible, eh bien de toute façon tu n'auras rien perdu.

Alfie avait envie de voir tout le monde « installé », comme il le disait. C'est ainsi que grâce à sa générosité, Angelique, depuis la mort de son mari, occupait un appartement petit, mais très ensoleillé, à l'ouest de Central Park. Il avait engagé pour elle une bonne, une Polonaise des plus maternelles, qui s'occupait d'elle comme si elle était invalide, lui cuisait des petits pains chauds pour le petit déjeuner et soignait ses maux de tête. Alfie était un dispensateur de bienfaits.

— Et je pourrais certainement t'obtenir un bon prix dès le départ, poursuivait-il. Cinq ou six mille dollars, j'en suis sûr.

— Je ne pense pas que ça vaille autant, dit Dan.

— On ne sait jamais. Je suis sûr, en tout cas, que je t'en obtiendrais cinq mille dollars : de quoi acheter une jolie maison.

— Je n'ai pas besoin de maison. Nous sommes très bien installés là où nous sommes.

Mais Alfie s'entêtait.

— Après tout, tu n'es pas obligé d'acheter une maison. Tu peux simplement prendre les cinq mille dollars. C'est toujours bon à prendre, non ?

Pendant un moment, Dan ne répondit pas. Il examinait ses mains avec attention, comme s'il y cherchait la réponse aux propos d'Alfie. Puis il releva les yeux.

— Tu sais, Alfie, il y a des choses difficiles à expliquer. Tu te souviens de ton oncle David ? Je ne sais pas si je te l'avais déjà dit, mais avant qu'il ne commence à décliner, bien avant qu'il n'entre en maison de retraite, il m'a beaucoup parlé de lui. Sais-tu qu'autrefois il avait mis au point un nouveau bandage et un nouveau désinfectant ? Il n'en a jamais tiré un cent. Il n'en avait pas envie. Beaucoup de gens l'auraient traité de fou, mais ce n'était pas son avis ni le mien. Ce que j'essaie de te dire, c'est que si quelque chose de bon, de positif, sortait de mes élucubrations dans mon laboratoire, quelque chose qui puisse rendre la vie plus facile ou plus sûre, eh bien je ferais comme lui, je le distribuerais, j'en ferais cadeau. Je n'ai besoin de rien. J'ai tout ce qu'il me faut.

Il y eut un silence. Tout le monde détournait les yeux.

— Comme tu voudras, Dan. Il n'y a pas de mal. J'esti-

208

mais seulement que je devais t'en parler. Mais enfin, si un jour tu changes d'avis, avertis-moi.

Il ne comprend pas, songeait Hennie, ni lui ni personne ici. Dan aurait aussi bien pu parler en turc ou en chinois.

Dan n'avait guère montré d'enthousiasme à l'idée d'aller passer cette fin de semaine chez Alfie ; c'était pour lui autant de temps qu'il ne pouvait consacrer à ses recherches, puisqu'il passait le reste de la semaine à enseigner dans son école. Mais Hennie, elle, était contente d'être venue. La vie en ville finissait par être étouffante, et c'est avec plaisir qu'elle retrouvait le vert tendre des premières feuilles, le bourdonnement ténu d'une abeille sur une fleur ou cette chaleur inattendue pour cette mi-avril, et qui l'avait réveillée ce matin-là. De l'autre côté de la route, au bout d'un champ aux couleurs de chocolat, on apercevait la silhouette d'un homme poussant lourdement sa charrue derrière un cheval.

Hennie était confortablement installée, assise dans l'herbe, le dos appuyé à un rocher plat. Sur le côté, elle apercevait le court de tennis : poc ! poc ! la balle frappait la terre battue avec une régularité de métronome. Ils jouaient bien ; les filles couraient avec grâce, relevant légèrement avec la main gauche le bord de leur jupe blanche qui leur descendait jusqu'aux chevilles.

Leah avait appris à jouer avec une rapidité remarquable. Il est vrai qu'elle apprenait tout avec rapidité. A quinze ans, elle était déjà aussi grande que Hennie. Elle avait l'esprit vif et, comme Hennie le lui disait souvent, elle était curieuse comme un singe. Et puis elle était si jolie, avec son visage un peu trop rond, ses yeux pétillants de malice !

— Bravo, Leah ! criait Mimi.

Hennie tourna le regard vers Mimi. Une fille agréable Tranquille, mesurée. Tout chez elle était « comme il faut » : de la coupe irréprochable de sa jupe de tennis à ses manières, jusqu'au français qu'elle parlait à la perfection. Elle ne faisait montre d'aucune arrogance, ce qui était loin d'être le cas des jeunes filles de son milieu. Oui, une jeune fille bien agréable. Et pourtant, Hennie ne parvenait pas à l'approcher véritablement. Ce serait peut-être différent lorsque Paul et elle seraient mariés.

Parce qu'il était évident qu'ils allaient se marier. On s'en doutait depuis longtemps, et Mimi faisait presque partie de la famille Werner.

Ils changeaient à présent de côté : Freddy et Leah contre Mimi et Paul. Il y avait dans l'attitude de Paul et de Mimi quelque chose de semblable, ce qu'autrefois on appelait du « maintien ». Qu'en était-il, en réalité ? Car après tout, il ne s'agissait pas seulement de se tenir droit ! Peut-être était-ce le sentiment que tous deux appartenaient à la race des vainqueurs, et pas seulement au tennis. Elle songea alors à Florence : elle aussi participait du même esprit. Cela faisait si longtemps qu'elle n'avait plus vu Florence...

Les gens comme Freddy et Leah, en revanche, devaient faire des efforts. Leah en était consciente, et elle s'y employait (avec succès, d'ailleurs), mais Freddy, lui, ne s'en rendait même pas compte.

Innocent Freddy ! Il marchait à quelques pas derrière Leah, déjà lassé par le jeu. Hennie voyait bien qu'il ne s'agissait pas tant de lassitude physique que d'envie de faire autre chose, de lire, de jouer du piano ou de rêver. Mais il se sentait obligé de continuer, à cause des autres ; cela lui faisait du bien.

— Hennie ! Tu as l'air à moitié endormie !

La voix d'Angelique, derrière elle, la fit sursauter.

— J'étais en train de parler avec Emily et Margaretta, c'est une enfant adorable, mais bien timide. J'ai l'impression que ses parents ne s'en rendent pas compte. Tu aurais dû venir avec nous, prendre un peu d'exercice. Sinon, pourquoi venir à la campagne ?

Comme à son habitude, le ton d'Angelique était à la fois autoritaire et critique.

— J'aime bien savourer le printemps de cette manière·

là, répondit patiemment Hennie. On en profite si peu à New York.

— Si tu vivais près de Central Park, tu profiterais du printemps, crois-moi. Je vais m'y promener tous les jours. Florence et moi nous nous retrouvons souvent à Sheep Meadow, ou au bord du lac. Mais évidemment, cela fait bien loin de chez toi.

*Si ton mari gagnait mieux sa vie, tu pourrais déménager.*

A cela, Hennie ne répondit pas. Leurs conversations prenaient si souvent ce tour de reproches, d'attaques et de défenses, sans que jamais un véritable dialogue s'instaurât.

*Je sais que tu méprises mon mari parce qu'il ne « réussit »* pas, songeait Hennie, *mais que je sache, papa n'avait pas* non plus vraiment « réussi ».

Mais sa mère lui aurait sans aucun doute répondu : « C'est une comparaison absurde ! Ton père a consacré quatre ans de sa vie à une guerre que nous avons perdue. Il avait trente ans lorsqu'il a retrouvé sa patrie dévastée, et il a dû gagner le Nord pour tout recommencer. »

Mais Hennie ne ressentait aucune amertume. Elle méprisait ces discussions d'argent. De tels propos ne l'avaient pourtant jamais dérangée dans la bouche d'Alfie. Il est vrai qu'Alfie ne faisait jamais d'allusions voilées à Dan. Alfie avait besoin d'acquérir des biens matériels comme un enfant a besoin de jouets. Il ne cherchait pas à se justifier, et même si l'on n'était pas d'accord avec lui, on ne pouvait lui en vouloir. Il était si affable, si gai, avec son grand rire communicatif, si heureux du confort qui l'entourait et en même temps tellement généreux et hospitalier que l'on pouvait presque partager ses plaisirs avec lui.

— Assieds-toi, maman, on est confortablement installé, là

— Non, merci, je risquerais de tacher ma robe.

Angelique se tenait droite, la main en visière au-dessus des yeux pour se protéger de la lumière du soleil. Elle a une allure d'aristocrate, se dit Hennie en la regardant. Angelique tenait le menton relevé, d'un air presque dédaigneux Hennie fut prise d'un fou rire.

211

— De quoi est-ce que tu ris ? demanda sa mère d'un air soupçonneux.

— De rien. Je trouve leur jeu amusant, au tennis.

Angelique porta son regard sur le court.

— Ils vont bien ensemble, dit-elle.

Hennie faillit demander de qui elle parlait. Elle se ravisa à temps : la question eût été stupide.

— Oui, tu as raison.

Un léger sourire flottait sur les lèvres d'Angelique. Hennie, qui avait si souvent observé ce sourire un peu lointain, se demanda si sa mère voyait vraiment la maison d'Alfie et un court de tennis où jouaient des jeunes gens, ou bien Beau-Jardin et les boucles du Mississippi. Ta mère vit toujours dans le passé, répétait souvent Dan. Mais après tout, elle ne faisait de tort à personne. Seulement, le monde qu'elle avait connu s'était écroulé et elle s'était accrochée à son rêve.

— Je suppose que les parents de Marian veulent encore attendre, dit brusquement Angelique. Aucune promesse n'a encore été échangée, bien sûr, mais si tu veux mon avis, la décision est déjà prise. Et c'est une chose excellente pour tous les deux.

— Bravo, Leah, belle balle !

Cette fois-ci, c'était Paul qui agitait sa raquette en signe d'admiration.

Hennie coula un regard en direction de sa mère, semblant dire : « Tu vois ? » mais au même moment, elle se sentit humiliée de toujours sembler mettre Leah en avant.

— Tu la gâtes, cette fille, dit Angelique.

— Peut-être.

*Et alors ? Je fais pour elle ce que l'on n'a pas fait pour moi. Je veux qu'elle ait confiance en elle, qu'elle se sente merveilleuse.*

— A la réflexion, dit Hennie, je ne la gâte pas du tout. Elle est très reconnaissante, elle ne considère rien comme un dû, crois-moi. Elle sait ce qu'elle reçoit et elle nous aime.

— J'espère bien ! Après tout ce que vous avez fait pour elle !

— Tu ne devrais pas te montrer aussi sévère avec elle,

maman. Elle réussit beaucoup mieux que moi ce que tu attends de la vie. Elle se tient admirablement en société. Tu devrais voir ça ! C'est notre voisine qui lui a appris les bonnes manières.

— Quelle voisine ?

— Celle qui est percluse de rhumatismes. Leah l'aide à s'habiller, lui fait quelques menus travaux et lui prépare son dîner de temps en temps. Cette dame a voulu la payer, mais Leah ne voulait pas en entendre parler. Alors elle m'a donné l'argent directement en me disant de le mettre à la banque au nom de Leah. Sans le savoir, elle a déjà gagné près de deux cents dollars.

— C'est très bien, c'est très serviable, concéda Angelique. Et je vois bien qu'elle a su perdre ses manières d'enfant du ghetto. Et puis je dois reconnaître aussi qu'elle a un langage très châtié.

— Leah est une fille brillante, et elle aime la vie.

— Que va-t-elle faire, après le collège ?

— Je ne sais pas.

C'est drôle, se dit Hennie, que ni pour Florence ni pour moi il n'était question de « faire » quelque chose à la fin de nos études.

— Freddy se montre particulièrement gentil avec elle, fit remarquer Angelique.

— C'est bien normal ! Et puis c'est bon pour lui d'avoir quelqu'un de jeune à la maison. Et elle aussi, elle l'admire. Elle aime bien son élégance. Ça flatte son orgueil, même s'il prétend seulement s'en amuser.

— Espérons que tout cela n'aille pas au-delà de l'admiration et de l'amusement.

— Maman ! Je n'aime pas t'entendre parler comme ça ! Qu'est-ce qui te fait dire des choses pareilles ?

— Crois-tu que je te dise ça pour être méchante ? Pas du tout, mais j'ai peur qu'on ne soit en train de commettre une terrible bêtise, et j'ai le devoir de t'en parler.

— De quelle bêtise parles-tu ? Sommes-nous les premiers à avoir adopté un enfant ?

— Ce n'est pas de cela que je parle. Ce qui est fait est fait, on ne peut pas revenir en arrière. Tu sais très bien à quoi je pense : à mon avis, vous devriez accepter la proposition de Paul et envoyer Freddy à Yale, ça l'éloignerait de chez vous. Car bien sûr, à son âge, vous ne pouvez pas éloigner Leah.

— Mais au nom du ciel, pourquoi est-ce que nous voudrions éloigner Leah ?

— Tu vois bien qu'elle a des visées sur Freddy, non ? Et elle est tout à fait capable de lui tourner la tête.

— Mais enfin elle n'a que quinze ans !

— Et alors ? Je n'en avais guère plus lorsque je me suis mariée. Elle est précoce, et, crois-moi, elle en sait plus long que toi ou moi au même âge ! Mais enfin, regarde-la ! Regarde comme elle marche, regarde sa silhouette !

Regarde ses seins, voulait-elle dire. Ces seins fermes et pleins que ne parvenaient à dissimuler ni la chemise très ample ni le gilet à fronces, étaient un véritable affront pour Angelique ; Hennie, elle, y voyait déjà l'annonce d'une féminité triomphante, source de joie mais aussi de peine. Le corps de Leah était une promesse.

— Tu ne vois jamais rien, Hennie !

Angelique agitait en l'air sa main couverte de bagues, des anneaux ornés de diamants taillés à l'ancienne, qui avaient appartenu à sa mère.

— Tu as le regard perdu dans les étoiles, tu ne penses qu'à la paix dans le monde, au suffrage des femmes ou à Dieu sait quoi ! Mais ce qui se passe dans ta maison, ça tu ne le vois pas ! Pas plus que Dan, d'ailleurs, mais ça, ça ne m'étonne pas !

— Ils sont comme frère et sœur. C'est méchant de ta part de penser des choses pareilles, maman.

— Mais enfin observe comment elle le regarde !

— Elle l'admire ! C'est l'admiration d'une enfant pour son héros ! Et en même temps, je me rappelle comment tu parlais de Mimi et de Paul à l'époque où Paul était encore plus jeune que ne l'est Freddy. Tu disais qu'ils étaient « attendrissants », tous les deux.

214

— Mais c'était vrai. D'ailleurs tu vois bien où ils en sont. Enfin... j'espère que c'est pour bientôt.

— Cela finira par arriver si toi et Florence parvenez à les en persuader ! Les hommes et les femmes, les garçons et les filles, devraient pouvoir être amis sans que cela induise forcément autre chose. Ce que vous faites avec Paul est dégradant ! Vous les poussez dans les bras l'un de l'autre !

— Dégradant ? Mais ils sont faits l'un pour l'autre ! Deux beaux jeunes gens, deux excellentes familles...

Mais la conversation retourna rapidement sur Freddy et Leah.

— Mais pour Freddy, il y a une autre raison, reprit Angelique. C'est l'éducation, l'expérience de la société qu'il n'aura pas en restant chez lui. Yale, c'est tout de même autre chose que l'université municipale. Pourquoi lui refuser cette chance ?

— Dan ne veut pas en entendre parler ! C'est contre ses principes, et il se fait que je suis d'accord avec lui.

*En outre, je ne veux pas que Freddy quitte la maison.*

— Ses principes ! Ah, oui, les principes de Dan ! On les connaît !

Pendant un moment, Angelique considéra sa fille. Curieusement, son regard était à la fois tendre et un peu triste.

— Bon, eh bien je n'en parle plus ! Je vais aller me reposer un peu avant de m'habiller pour le dîner.

Hennie suivit des yeux la silhouette de sa mère qui traversait la pelouse. Que la vie de famille peut être dure, parfois ! Les gens croient que sous couvert d'amour, ils peuvent dire n'importe quoi...


— Nous sommes ici dans une ferme, aimait à répéter Alfie. Ici, on vit simplement.

Un tapis d'Orient aux couleurs de roses fanées (un tapis de Kermanchah, se disait Paul) formait une île de grande dimension sur le parquet brillant de la salle à manger. Posées à chaque extrémité du lourd buffet rustique, deux lampes

215

en verre de Tiffany jetaient une lumière brillante sur les assiettes à motifs floraux et la nappe brodée.

Emily remarqua l'admiration de Paul pour les lampes.

— C'est de l'art nouveau. Cela te plaît?

— Elles sont très belles.

— Moi, je n'aime pas tellement ça, avoua franchement Alfie. Mais Emily adore tout ce qui a une forme de plante ou d'animal.

— Je crois que tu adorerais le travail d'Antonio Gaudi, Emily, dit Paul. Toutes ses constructions, notamment la cathédrale inachevée de Barcelone, sont recouvertes de coquillages, d'oiseaux, d'animaux, d'arbres de toutes sortes sculptés dans la pierre. Tu devrais voir ça.

— On m'a dit que tu allais retourner bientôt en Europe, dit Emily.

— Oui. Je crois que je vais avoir un été bien occupé.

Paul hésita une seconde avant de poursuivre, mais, au risque d'essuyer une nouvelle rebuffade, il lança à la cantonade :

— J'espère toujours que Freddy pourra venir avec moi Cela lui ferait une belle expérience avant son entrée à l'université.

Bien que Paul ne se fût pas adressé directement à lui, Dan répondit :

— Je te remercie beaucoup, Paul, j'ai déjà dit non. Mais c'est une proposition très généreuse.

— Oui, très généreuse, reprit Angelique en lançant un regard glacé à son gendre.

— Freddy est comme un frère pour moi, dit Paul.

Quel orgueil stupide! se disait Paul. Évidemment, pour lui c'est une question de principes : trop de luxe, le voyage en première classe sur le *Lusitania*... comme si l'ascétisme était une vertu en soi! C'était quelque chose chez Dan (et chez Hennie) qu'il ne parvenait pas à comprendre. Alors qu'il y a tant de beauté dans le monde! Évidemment, ce serait merveilleux si chacun pouvait y avoir droit, ce serait le paradis sur terre. Mais en attendant ce jour béni, pourquoi ne pas savourer les beautés dont on peut disposer ?

— Tu vas reprendre les affaires ? demanda Alfie en se res-
servant une deuxième assiette de purée de pommes de terre.

Il ferait bien de surveiller son poids, se dit Paul, qui lui-
même était mince et musclé. Il posa sa fourchette sur son
assiette à moitié pleine.

— Oui, mon père m'a donné un certain nombre de choses à faire. Il est un peu fatigué des voyages d'affaires à
l'étranger et il pense que c'est une occasion pour moi de me
familiariser avec le travail.

— Où vas-tu aller, cette fois ?

— D'abord Londres, ensuite un petit séjour à Paris, et
ensuite en Allemagne. J'ai hâte de partir.

Ses yeux brillants et son sourire témoignaient en effet de
son excitation à l'idée du départ.

— J'ai de tellement sombres pressentiments ! J'ai l'impression que nous sommes au bord de la catastrophe. Ce sera
peut-être mon dernier voyage en Europe avant de longues
années.

— Qu'est-ce qui te fait dire ça ? demanda Alfie.

— Eh bien, regarde ce qui se passe ! La crise au Maroc,
l'été dernier...

— J'ai bien peur de ne rien connaître à tout ça, dit Alfie
d'un air faussement piteux. Je ne fais que parcourir les journaux : d'abord la rubrique financière, un peu le base-ball,
peut-être, et puis...

Il prit un air malicieux.

— ... et puis quand même un regard rapide sur les cari-
catures. Tu vois mon ignorance ! Alors, dis-moi, qu'est-ce
que tu redoutes ?

— La guerre, tout simplement.

— Laissons-les s'étriper là-bas, si ça leur chante !
s'exclama Dan. Nous, nous resterons en dehors de tout ça !

— Ça ne se passera pas comme ça, oncle Dan. En
cas de conflit en Europe, le monde entier sera partie
prenante.

— C'est absurde ! Les classes laborieuses refuseront de se

217

battre. Pourquoi est-ce qu'un salarié irait se faire tuer pour défendre les investissements de son patron ?

— Ce n'est pas si simple. Quand la musique militaire défile, les gens cessent de penser. Ils agitent leurs petits drapeaux et courent sur les trottoirs comme des enfants qui suivent la parade du cirque.

— Un tel cynisme ne te ressemble pas, Paul !

— C'est tout simplement du réalisme, oncle Dan.

— Si la guerre éclate, dit Alfie, je pense comme Paul que nous y serons entraînés. Tu imagines les fortunes qui se feront ?

Dan lui lança un regard indigné.

— Je voulais dire, reprit Alfie, que ce sera une honte, cet argent gagné sur la vie des hommes. D'ailleurs, qui en voudrait ?

— Mais des tas de gens ! rétorqua Dan. Les chauvins n'évoquent jamais cet aspect-là de la question, comme par hasard ! Les chauvins comme Theodore Roosevelt. Parce que ce type-là a osé dire : « Seuls les idéalistes les plus fous espèrent éliminer la guerre. Les couards et les femmelettes. » Eh bien, je les prends quand ils veulent, ces matamores, ces vat-en-guerre ! Ils verront qui est le couard, qui est la femmelette !

— Roosevelt n'a pas tout à fait tort, fit alors remarquer Freddy d'une voix douce. Ce qu'il veut dire, c'est qu'il faut être prêt à mourir pour des principes. Il y a certaines guerres qu'il faut faire.

Tout le monde était stupéfait. Avec sa silhouette fragile, ses cheveux ramenés en arrière par-dessus ses tempes à la peau fine, Freddy était bien loin d'incarner la figure du guerrier prêt à mourir pour des principes.

— Balivernes ! grommela Dan.

— Mais dis donc, Dan, lança alors Alfie, je pensais que toi, un homme de progrès, tu serais du côté de Roosevelt. La démocratie économique et tout ça...

— C'est vrai. Mais sur la question de la guerre, je ne lui fais pas confiance. Alors je soutiens Wilson. Et toi, Paul ?

— Je n'ai encore pris parti ni pour Roosevelt ni pour Wilson. De toute façon, à la maison ils sont pour Howard.

Dan hocha la tête.

— Si j'étais jeune, on ne me ferait pas porter les armes. Je ferais de la forteresse, mais tant pis ! Jamais je ne me battrais.

— Eh bien, moi, si ! déclara Freddy du même ton emphatique. Si on m'appelle je serai prêt. Et même, s'il le fallait, je n'attendrais pas qu'on m'appelle.

Leah ne cachait pas son admiration : elle avait les lèvres entrouvertes, les yeux agrandis.

A nouveau, Dan hocha la tête.

— Tu as beau avoir dix-sept ans, Freddy, on croirait parfois entendre un gamin de dix ans pas très futé !

— Bah, espérons que tout cela ne dépassera pas le stade des mots, de la discussion de fin de repas, dit Mimi en souriant.

Emily et Angelique adressèrent un regard reconnaissant à Mimi, semblant la remercier pour le tact dont elle venait de faire preuve. Alfie s'empressa de poursuivre sur la lancée.

— Je te souhaite de prendre du bon temps, Paul, et j'espère que tu penseras à nous quand tu te promèneras sur les grands boulevards à Paris. Quand je pense qu'Emily et moi ne sommes jamais allés en Europe ! Qu'en dirais-tu, Emily ? Inutile d'attendre d'être en fauteuil à roulettes pour voyager ! On dit dans deux ans ? Meg aura onze ans, elle sera assez grande pour prendre plaisir au voyage. Voyons ce sera l'été 1914.

Et sur ces mots, on repoussa sa chaise et on quitta la table

Non sans difficulté, Alfie réussit enfin à allumer le feu dans la cheminée.

— Le bois est vert, dit-il pour s'excuser, tandis qu'une épaisse fumée se répandait dans le salon. Ouvre les portes, que la fumée s'en aille.

Paul ouvrit les hautes portes vitrées à double battant et

sortit sur la terrasse. Après le repas trop copieux et la chaleur de la maison, le vent humide de la nuit lui fit du bien. Il ferma un instant les yeux, savourant la caresse froide du vent sur son front moite. Dans l'épaisseur des bois, une chouette ululait. Il se sentait heureux ; il aurait aimé avoir Mimi à ses côtés, mais la jeune fille s'enrhumait facilement et comme il faisait encore très froid dehors, elle avait préféré rester à l'intérieur.

Il regagna le salon. La fumée s'était dissipée et le feu flambait dans la cheminée.

Alfie surveillait le confortable demi-cercle des canapés et des fauteuils.

— Vous voyez, j'apprends, dit-il en montrant d'un air satisfait les hautes flammes jaunes. J'apprends rapidement les mœurs de la campagne, tu ne trouves pas, Emily ?

Emily sourit et hocha la tête en signe d'assentiment.

— J'ai appris des tas de choses sur les vaches, poursuivit Alfie, et j'en ai pris trois pour commencer, des Jersey. Si vous ne vous réveillez pas trop tard, je vous montrerai la nouvelle étable demain matin. Moi, je me lève toujours très tôt. C'est perdre son temps que de dormir tard à la campagne.

Deux setters irlandais étaient couchés à ses pieds. Il les caressa, puis alluma une pipe.

Le parfait gentleman-farmer, se dit Paul avec tendresse. C'est Emily qui le pousse dans la vie. S'il n'était pas obligé de gagner de l'argent, cette vie tranquille à la campagne lui conviendrait admirablement. Il aurait dû naître dans une famille de hobereaux anglais. Il en a d'ailleurs l'allure, surtout avec ce visage rubicond ! Décidément, il y a plein de gens qui ne sont pas nés au bon endroit : des artistes élevés dans des familles de commerçants, des révolutionnaires de famille noble... Et moi ? Où est-ce que je me situe ? Je n'en sais rien, songea Paul avec une certaine amertume. De toute façon, inutile de perdre mon temps à ces questions. Il préféra relancer la conversation, et, se tournant vers Alfie :

— Alors, vous êtes-vous faits beaucoup d'amis dans le voisinage ?

Emily ne répondit pas. Elle cousait un ouvrage de dame, tandis que Meg, vêtue d'organdi, apprenait à ses côtés comment tirer l'aiguille.

— Oh, répondit Alfie, ça ne fait jamais qu'un an que nous sommes là. Je ne pense pas que dans la région on se soit vraiment rendu compte de notre arrivée.

Allez donc ! songea Paul. Tout le monde ici sait que vous vous êtes installés. Tu es le seul Juif à cinquante kilomètres à la ronde !

— Si, les gens savent que nous sommes là ! s'écria soudain Meg. Et ils ne nous aiment pas !

— Voyons, Meg ! lança Emily en posant son ouvrage. Ce n'est pas bien de dire ça. Ça m'étonne de toi.

— Tu me dis toujours que c'est pas bien de dire ci ou ça ! L'autre jour, quand j'étais fâchée de ne pas aller à la leçon de danse de Mme Allerton, tu m'as dit la même chose.

— Mais le cours était complet ! se hâta de dire Alfie. Ta mère a raison : tu ne devrais pas colporter des histoires pareilles !

— C'était pas des histoires !

Meg était au bord des larmes.

— Le cours était pas complet. La mère de Janice lui a dit que si on me prenait pas, c'est parce que je suis… enfin, nous sommes juifs ; même que Janice elle était pas censée me le dire mais qu'elle me l'a dit quand même.

— Je ne crois pas un seul mot de cette histoire, rétorqua Alfie. Le monde a changé, tout ça c'est une fable…

Il cherchait le mot.

— … une fable médiévale ! Exactement ! médiévale ! A la rentrée prochaine, tu iras à ce cours de danse, tu verras que j'ai raison.

— Peut-être, mais de toute façon, ils nous aiment pas, bougonna Meg.

— Ça suffit, Meg ! lança Emily, visiblement exaspérée.

Meg, enfant obéissante, obtempéra, mais elle eut quand

221

même le réconfort de croiser le regard complice que lui adressa Paul. Cette enfant est plus réaliste que son père, songeait-il. Lui-même se jugeait plus mûr que son brave oncle d'Alfie.

Un certain embarras régnait dans la pièce. Une automobile passa au loin, escaladant la colline. Emily posa son ouvrage et s'approcha de la fenêtre.

— Je me demande qui ça peut bien être. Il fait trop sombre, on ne voit rien.

— C'est probablement le paysan qui habite près de l'étang. C'est le seul par ici qui ait une automobile, expliqua Alfie. Évidemment, les gens qui viennent ici l'été en villégiature en ont tous une : on est loin de la gare.

— En villégiature ! C'est bien ce que je dis, s'exclama Dan : l'automobile est un jouet de riches ! J'aime autant vous dire que si quelque chose peut amener ce socialisme que vous craignez tous tellement, c'est bien l'automobile, parce qu'elle suscite chez tout le monde une envie impossible à satisfaire

— Mais, oncle Dan, s'écria Leah qui sortait pour la première fois de sa réserve, imagine qu'on arrive à faire baisser les prix de façon à ce que chacun puisse en avoir une ! La vie serait quand même plus facile.

— Que chacun en ait une ? Mais est-ce que tu te rends compte que dans ce pays, la moitié des gens, au moins, n'ont même jamais vu une automobile de leur vie ? Allez, ne parle pas de choses que tu ne connais pas !

Paul vola au secours de la jeune fille.

— Elle a raison, oncle Dan. D'ailleurs ça commence déjà. Évidemment, je ne parle pas de ma Stevens Duryea ou des Renault. Je sais bien que certains tacots ressemblent à des vieux fiacres sans chevaux et qu'ils sont laids comme des poêles à charbon, mais ça t'emmène quand même où tu veux pour moins de 395 dollars.

— Ça représente quand même une jolie somme ! rétorqua sèchement Dan. Beaucoup plus que ce que la plupart des gens pourraient s'offrir. Quant à moi, il faudrait que je me prive !

222

Il a les nerfs à vif, ce soir, se dit Paul, un peu étonné par la vivacité de Dan. Une tension diffuse régnait dans le salon qui mettait tout le monde assez mal à l'aise.

Alfie, guère sensible d'ordinaire à ce genre de subtilités, devait l'avoir senti lui aussi, car il tenta d'égayer l'atmosphère.

— Un peu de distractions, que diantre, avant d'aller au lit ! Et si tu nous récitais quelques-uns de tes poèmes, Meg ?

Puis, se tournant vers ses invités :

— Meg a écrit de très beaux poèmes.

Le visage de l'enfant s'assombrit.

— Je veux pas !

— Allez, Meg ! Tu es tellement timide ! Allez, vas-y, on t'écoute.

Bien qu'âgée de huit ans, Meg ressemblait à présent à un bébé tellement elle s'était recroquevillée dans le canapé. Elle leva vers sa mère un regard suppliant.

— Je dois vraiment ?

— Mais bien sûr, puisque ton père te le demande, répondit Emily sans lever les yeux de son ouvrage.

Résignée, Meg demanda s'il fallait lire ou réciter par cœur.

— Oh, récite ! s'exclama Alfie.

Ils ne comprennent rien, songea Hennie qui se revoyait au même âge, gauche, empruntée. La petite Meg, à présent, les mains croisées sur le ventre, les pieds tournés en dedans, récitait d'une voix monocorde l'histoire rimée d'une famille de lapins.

Emily se pencha vers Hennie.

— Nous cherchons à lui donner confiance en elle, chuchota-t-elle. Elle est tellement timide, tellement sensible, aussi. Elle pleure quand on lui dit que l'on va retourner à New York en septembre : elle s'inquiète pour ses lapins.

Timide ? C'est vrai, se dit Hennie, mais vous ne faites rien pour l'aider.

D'une certaine manière, ils lui rappelaient l'attitude de Dan envers Freddy. Oh, pas toujours, mais suffisamment souvent pour rappeler à Hennie que les rapports entre le père et le fils n'avaient jamais été excellents. Pourvu que Dan n'aille pas demander à Freddy de jouer du piano : chaque fois, cela créait une tension entre eux ; s'il finissait par y consentir, il jouerait trop longtemps, ce qui assommerait Alfie et Emily qui ne goûtaient guère la musique.

Heureusement, Dan ne demanda rien à son fils. La conversation languissait ; Emily tirait l'aiguille ; la soirée touchait à sa fin. Alfie ouvrit les portes de la terrasse pour permettre aux chiens de s'échapper.

La chouette avait cessé de ululer. Dans le jardin, un hêtre pourpre détachait sa haute silhouette dans la lueur laiteuse de la lune. Tout le monde sortit ; sous les pieds, les feuilles mortes formaient un tapis caoutchouteux.

— Je rentre, dit Mimi au bout de quelques instants. Depuis que ma mère l'a attrapée, j'ai très peur de la pneumonie.

Puis Alfie rappela les chiens et l'on se souhaita bonne nuit. Seule Leah ne voulait pas aller se coucher.

— Rentrez si vous voulez, mais moi je veux aller voir les étoiles se refléter dans l'eau de l'étang. La nuit est trop belle pour perdre son temps à dormir. C'est bien ce que tu as dit, oncle Alfie, non ? Qui veut m'accompagner ? Freddy ?

— Il fait noir comme dans un four, grommela Dan. Tu vas te casser une jambe sur un rocher.

— Ne t'inquiète pas, dit Leah en riant. Je suis un vrai chat : je vois dans le noir.

Rapidement, Paul remarqua que Dan fronçait les sourcils ; puis le visage de Dan reprit son impassibilité et Paul détourna le regard. Pendant un moment ils observèrent les silhouettes de Leah et de Freddy qui traversaient le jardin avant de disparaître entre les arbres, puis eux aussi rentrèrent dans la maison.

Le lendemain soir (c'était leur dernière nuit chez Alfie), Dan jeta en bougonnant sa chemise sur le lit.

— Quel ennui d'avoir à se changer pour le dîner ! Heureusement que demain matin on rentre à la maison. Mais enfin, explique-moi un peu pourquoi il faut changer de vêtements pour aller manger !

Il fit tomber un bouton de col et se mit à le chercher sous le bureau.

— Oh, qu'est-ce que je déteste bien m'habiller !

Sa haine des vêtements était devenue un sujet de plaisanterie dans la famille. Freddy, lui, tout au contraire, avait soigneusement préparé sa valise pour cette fin de semaine, il avait toujours apprécié l'élégance. Jamais il n'avait été de ces petits garçons brouillons et dépenaillés. Hennie se souvenait encore de sa petite veste rayée, de ses nœuds papillons, de ses chaussures aux boutons recouverts de tissu, et de la façon dont il disait aimer le doux contact des tissus neufs.

Assise devant le miroir de la coiffeuse, elle admirait à présent la broche qui fermait le col de son corsage en taffetas Elle avait appartenu à sa grand-mère Miriam et Hennie la portait toujours avec plaisir.

Dan l'étudiait avec attention.

— Tu es une très belle femme, Hennie.

— Vraiment ?

— Je te l'ai toujours dit.

C'est vrai, et chaque fois j'éprouve la même surprise.

Dan était déjà couché, il s'étirait. Elle admira les muscles qui jouaient sous sa peau. Il n'a pas vieilli, se dit-elle ; et elle se demanda à quoi il ressemblerait lorsqu'elle serait une vieille femme ridée.

— A quoi penses-tu ? lui demanda-t-elle en le voyant froncer les sourcils.

— Je me disais qu'après tout Freddy pourrait aller en Europe avec Paul.

— Hein ? Qu'est-ce que tu dis ?

— On peut changer d'avis, non ?

— Bien sûr, mais enfin nous non plus nous n'avons pas vu l'Europe et nous ne nous en portons pas plus mal.

225

— C'est vrai, mais reconnais que c'est une chance inespérée pour lui.

— Je n'en sais rien, dit Hennie en faisant la moue, sur tout s'il y va avec Paul.

— Surtout avec Paul ? Ça m'étonne de toi.

— Tu sais que j'adore Paul. Je l'adorais avant d'avoir Freddy, et je l'aime toujours autant, mais...

Elle hésita.

— ... c'est un vrai sybarite. Un gosse de riches, un amateur d'art. Je ne sais pas si ce serait très bon pour Freddy de lui donner des goûts de luxe.

— Il les a déjà ! répondit Dan d'un air sombre.

Il réfléchit, semblant peser avec soin les mots qu'il allait prononcer.

— Je me suis dit aussi que... peut-être que Yale, après tout, ça ne serait pas si mal...

Stupéfaite, elle posa sa brosse à cheveux sur la tablette de la coiffeuse.

— Quoi ? Je n'arrive pas à y croire ! En quoi est-ce que ça serait bon pour lui ?

— Oh, il connaîtrait un nouveau milieu, dit Dan d'un ton vague.

— On croirait entendre ma mère !

— Et si, pour une fois dans sa vie, ta mère avait raison ?

— Je n'en reviens pas ! Toi ! D'accord avec ma mère ! Toi qui as toujours méprisé l'enseignement privé ! Tu parlais de l'université municipale, de la gratuité de l'enseignement... C'est bien à ça que tu croyais, non ?

— Et je continue à y croire, mais...

— Mais quoi ?

— Je me dis que peut-être ça serait mieux, c'est tout.

— C'est renversant ! Mais, dis-moi... où comptes-tu trouver l'argent ? J'imagine que tu ne comptes quand même pas accepter celui de Paul.

— Tu me prends pour qui ? C'est de l'argent des Werner, même si Paul prétend qu'il lui appartient en propre. Non... je compte accepter la proposition qu'Alfie m'a faite ce soir. Je prendrai ses cinq mille dollars pour le tube à vide... s'il est sûr de ce qu'il raconte. Et puis j'ai encore une ou deux trouvailles dans mes tiroirs.

— Comme ça, tout d'un coup ! J'imagine que tu as dû réfléchir un bon bout de temps sans m'en parler.

— Pas du tout. J'ai pris ma décision ce soir, à l'instant. Et il répéta :

— Je pense que ça serait une bonne chose pour Freddy, c'est tout !

— Dis-moi, j'espère que ça n'a aucun rapport avec ce à quoi je pense. As-tu prêté l'oreille à ce que ma mère raconte à propos de Leah ?

— Je n'ai parlé de rien du tout avec ta mère ! Tu n'imagines tout de même pas que je vais aller demander des conseils à Angelique ! Non, non... j'ai tiré moi-même les conclusions qui s'imposaient.

— A propos de Leah ?

— Oui, à propos de Leah !

— Mon Dieu, la pauvre enfant !

— Crois-moi, Leah n'est plus une enfant. Je vois en elle des choses que toi, tu ne vois probablement pas.

— Et qu'est-ce que je ne vois pas ?

— Que c'est une rusée ! Et je pèse mes mots.

— Mais qu'est-ce que tu racontes ! Pauvre petite fille... Ça me rend furieuse ! Parfois, tu dis des choses parfaitement insensées !

— Seul un rusé peut reconnaître quelqu'un de son espèce.

— Ce que tu dis est révoltant ! C'est une fille adorable. Oui, je sais... je suis toujours de son côté ! Et puis en ce qui concerne Freddy, permets-moi de te rappeler qu'il est parti de la maison toute la journée et qu'il se consacre tellement à ses études qu'il n'a de toute façon pas le temps de penser à autre chose.

— Mon Dieu, Hennie, tu es aussi naïve que ton fils ! Tu ne vois donc pas avec quels yeux elle le regarde ?

— Non, je n'ai rien remarqué, répondit froidement Hennie.

227

— Ça ne m'étonne pas de toi, ma chère.

— Ah bon ? Et que veut dire cette remarque, s'il te plaît ?

— Eh bien que même Emily, par exemple, en sait plus long que toi sur les gens, sur l'amour.

— Emily ? La douce et timide Emily ?

— Ne t'y trompe pas ! C'est une femme qui a du tempérament.

— Comment le sais-tu ?

— Ça se voit. Je connais quand même un peu les femmes. Il y a des choses que même les vêtements ne parviennent pas à cacher. Disons que j'ai le don pour deviner ces choses-là.

Tu me blesses, Dan, songeait-elle. C'est peut-être idiot de ma part, mais quand tu parles comme ça, tu me fais mal.

— Tu as l'air toute retournée ! s'exclama Dan. Mon Dieu, tu prends toujours avec tellement de sérieux tout ce que je dis.

Il se mit à rire. Mais la dureté de son regard démentait sa bonne humeur un peu forcée. Il la prit par le bras et la força à s'asseoir à côté de lui, sur le lit. Il l'embrassa.

— Ne te mets pas martel en tête à cause de moi. Fini les discussions. Au lit !

Dan ne dort pas. D'habitude, après l'amour, il sombre dans un sommeil profond, mais ce soir, il ne cesse de retourner dans sa tête les décisions qu'il vient de prendre. Pour quelque raison qu'il ne comprend pas bien lui-même, il ne peut pas dire à Hennie toute la vérité.

La nuit précédente, également, il ne parvenait pas à trouver le sommeil. Il avait entendu la pendule sonner la demie, l'heure, puis l'heure et demie. Hennie, déjà endormie, devait croire que Freddy et Leah étaient dans leurs chambres.

Une heure et demie pour admirer la lueur des étoiles sur l'étang ? Pas de doute, cette fille en avait après Freddy. Quelle sensualité chez elle ! Cette peau odorante, la rondeur ferme de ses seins, de ses hanches, le cristal de sa voix. Le genre de fille à qui il ne faudrait pas faire longtemps la cour !

Voire ! Peut-être au contraire ne désirait-elle rien tant qu'un bon mariage, un diamant au doigt. Elle saurait trouver sa place dans le monde, ça c'était sûr ; c'était une fille solide et décidée. Tout le contraire de Hennie.

Petite garce ! Et si elle se retrouvait enceinte ?

Ses pensées tourbillonnaient dans son cerveau. Depuis longtemps il existait un fossé entre son fils et lui. Dan nourrissait à son endroit des peurs vagues, cachées, des peurs dont il avait tellement honte qu'il n'osait même pas se les avouer et encore moins, bien entendu, en parler avec Hennie. Et si son fils n'était pas... pas tout à fait un homme ? Il existait des mots pour une telle situation, mais ils ne parvenaient pas à s'imposer à lui, même dans le silence de son esprit.

A nouveau, ses pensées le ramenaient à Leah. Et s'il en allait ainsi pour Freddy, n'aurait-il pas dû être soulagé de voir qu'il pouvait éprouver du désir pour elle ?

Non. Ils sont trop jeunes. Et puis c'est une petite garce. Jamais il n'aurait dû céder à Hennie...

Donc il avait pris la décision qui s'imposait. Il enverrait Freddy en Europe avec Paul cet été, et ensuite son fils irait à Yale poursuivre ses études. Paul lui ferait du bien. Peut-être même en ferait-il un homme. Qu'importe après tout que Hennie l'ait qualifié de « sybarite » ! Paul, au moins, a les pieds sur terre...

Dans sa chambre, à l'autre bout de la maison, la « jeune fille sensuelle » sourit, allongée sur son lit. L'édredon de satin est doux sous son menton. Elle le caresse doucement. Il y a de jolies choses dans cette maison. Évidemment, ce n'est pas aussi beau que ce qu'elle voit parfois dans les revues, mais c'est une maison confortable. Un jour, elle aura une maison semblable, mais avec des objets de meilleur goût. Un souvenir s'impose alors à son esprit : les taudis qu'elle a connus. Elle frissonne. Jamais plus ! Jamais plus ça !

Elle aime l'odeur que le savon parfumé a laissée sur sa peau. Elle aime aussi la douceur de sa peau, aussi douce que le satin de l'édredon. Elle a le teint mat, mais parfois l'émotion vient rosir ses joues.

Elle a de beaux seins aussi, ronds comme ceux des statues dans les musées, et pas en forme de poire comme ceux de certaines filles, le genre de seins qui doivent tomber très tôt. Elle caresse ses seins : elle éprouve une sensation délicieuse, et elle pense à des choses auxquelles elle ne devrait pas penser.

Et d'abord, pourquoi ne devrait-elle pas y penser ? Mais qu'importe : cela ne l'empêche nullement de rêver ; toujours dans ses rêves il y a un bel homme blond, qui pourrait — qui sait ? — être Freddy. Elle aime les hommes blonds, élégants, raffinés et romantiques. Comme Freddy. Mais il est tellement timide ! Hier soir, à l'étang, elle a presque dû le forcer à l'embrasser. Il était un peu maladroit, mais il apprendra. Jusque-là, il refusait même carrément de l'embrasser !

L'autre fille, Mimi, se retourne dans son lit. Elle dort. Une jeune fille aussi convenable ne fait probablement pas les mêmes rêves que Leah ; elle doit rêver de tennis, ou de ce cheval qu'elle garde en pension à New York, près du parc. Leah rit.

Elle finit par sombrer dans le sommeil, elle aussi. Elle rêve.

La petite Meg, elle, songe avec effroi à son prochain retour à New York : elle y retrouvera l'école et les méchantes filles qui dominent la classe. Elle ne se sent en sécurité qu'ici, à la ferme.

Alfie et Emily se serrent l'un contre l'autre, avec contentement. Ils ont la faculté de faire comme si rien de mauvais ne pouvait jamais arriver, ou du moins ils ne s'en préoccupent pas.

Épuisé par cette journée au grand air, Freddy a du mal à trouver le sommeil. Chez Alfie, on n'a même jamais le temps de se reposer. Et Leah, la pétulante Leah, ne le laisse jamais non plus en repos. Elle le trouble. Bien sûr, il a envie de l'embrasser, mais d'un autre côté il n'en a pas très envie, il en a un peu peur

Paul s'endort en récapitulant les bons moments de sa journée, et il songe au doux visage de Mimi ; tout se passe bien, et il peut s'endormir sans problème

Dan ne s'en doute pas, mais Hennie est également troublée. Elle aimerait pouvoir se confier à une femme, et elle songe à Florence, qui avait toujours l'art d'arranger les choses et qui aurait su se montrer attentive... Elle s'inquiète pour Freddy ; elle s'inquiète parce que, pour quelque raison inconnue d'elle, Dan n'accepte toujours pas de considérer Leah comme sa fille. Lui-même, peut-être, ne sait pas bien pourquoi. Vaguement, elle s'inquiète aussi pour ses relations avec Dan, mais elle se trouve ridicule et cesse d'y penser. En tout cas, elle est sûre d'une chose : elle est heureuse d'avoir dépassé sa jeunesse, avec toutes ses peurs, heureuse d'avoir laissé derrière elle ses souffrances et de vivre aujourd'hui aux côtés de Dan.

Les jeunes aussi suivront le même chemin, songe-t-elle rassurée, avant de sentir son esprit s'engourdir...

Le ciel de la nuit est calme et seule une légère brise souffle à travers les arbres. Dans l'étable, une vache meugle. Dans les sous-bois, les petites créatures de la nuit mènent leur sarabande.

Dans la maison, chaque dormeur dans sa chambre échappe aux autres et à lui-même. Et pourtant, cela ne durera que le temps de la nuit. Au matin, leurs liens se tisseront à nouveau. Le sang, l'amour et les souvenirs, et parfois même la haine ont tissé entre eux ces mille et un liens secrets qui ne sauraient se défaire.

La vieille maison craque et gémit.

# 10

Le soleil à son couchant avait l'air d'un gros ballon rouge au-dessus de l'Hudson. Par la fenêtre du quatrième étage, Dan regarda l'enchevêtrement d'automobiles et d'autobus sur Riverside Drive, et les piétons poussés par le vent qui se hâtaient vers chez eux. Il regardait sans voir ; ses pensées étaient ailleurs.

— A quoi est-ce que tu rêves ? Ça fait cinq minutes que tu es là, dit Dan.

Assise au bord du lit défait, la fille enfilait ses bas.

— Je me recoucherais bien et je dormirais bien jusqu'à demain matin.

— Eh bien fais-le ! Qu'est-ce qui t'en empêche ?

— Mais je veux faire le trajet en bus avec toi. Cela nous fera une heure de plus à passer ensemble.

— Il fait horriblement froid. Et en plus, tu vas devoir faire le trajet du retour toute seule.

— On dirait que tu n'as pas envie que je vienne !

— Pas du tout. Je voulais seulement dire que...

232

— Peu importe ce que tu voulais dire, mon chéri. Je viens avec toi. Laisse-moi seulement le temps de me recoiffer.

Dan coula un œil vers la pendule.

— Dépêche-toi, s'il te plaît, il faut que j'y aille.

— Mais oui, je sais bien que tu dois être rentré chez toi pour le dîner ! Je suis prête dans un instant.

Le peigne faisait naître de l'électricité dans la masse des cheveux noirs aile-de-corbeau. C'étaient ces cheveux qui l'avaient d'abord attiré. Il est rare de voir des cheveux d'un noir aussi profond ; ils se remarquaient d'autant plus qu'elle avait la peau très blanche et qu'elle portait sa blouse blanche d'infirmière le jour où il l'avait vue pour la première fois, à son école.

Elle n'était pas extraordinairement belle, il le savait, mais cela faisait un an qu'elle avait su le retenir. Chaque fois qu'il la quittait, il se sentait écrasé par la culpabilité, furieux des mensonges qu'il devait inventer pour justifier ces samedis après-midi passés hors de la maison. Chaque fois, après, il s'était promis que c'était bien la dernière. Chaque fois, avant, en milieu de semaine, il se prenait à penser au samedi, se demandant si elle allait le faire attendre ou s'il la trouverait déjà couchée dans le lit.

— Et voilà !

Elle lui adressa un large sourire, attendant visiblement un compliment.

— Comment me trouves-tu ?

— Tu es ravissante. Et cette coiffe est magnifique.

Elle avait enroulé autour de sa tête un turban d'un rouge éclatant, et avec ses larges pommettes et ses yeux soulignés de noir, elle avait l'allure d'une Orientale. Elle avait aussi l'air mystérieuse et secrète, ce qu'elle n'était pas. Elle était tout au contraire d'une grande franchise, presque candide et éperdument amoureuse de lui ; cent fois il lui avait répété que c'était impossible, mais elle nourrissait toujours l'espoir, avoué, de l'avoir tout à elle.

Ils traversèrent le Drive pour gagner l'arrêt de l'autobus. Celui-ci finit par arriver, presque vide, car à cette heure de

233

la journée, les gens remontaient vers le nord de Manhattan.

— Quel vent glacial ! s'exclama Bernice en frissonnant. Laisse-moi me réchauffer contre toi.

Elle prit le bras de Dan et l'enroula autour de ses épaules, posa la tête contre sa poitrine et se lova contre lui comme s'ils étaient encore au lit. Elle avait accompli tous ces gestes avec le plus grand naturel, alors que lui était gêné de ces démonstrations en public. Cette fois-ci, heureusement, il n'y avait personne derrière eux pour les observer. Il se détendit.

Il respira longuement son parfum : perse ou indien, se dit-il, et il eut une vision d'elle en danseuse orientale, des grelots aux chevilles et son corps nu à peine dissimulé par des voiles. Il sourit : le procédé était vulgaire, mais apparemment il fonctionnait.

— Pourquoi souris-tu ? demanda-t-elle.

— Comment sais-tu que je souris ?

— Je peux voir ton visage du coin de l'œil. Alors, dis-moi, pourquoi souris-tu ?

— Je ne sais pas, mentit-il. Peut-être parce que je suis heureux.

— Ça me fait plaisir de te rendre heureux. Je te rends heureux, n'est-ce pas ?

— Oui.

En cahotant, l'autobus avait traversé la 110e Rue et commençait à descendre la 5e Avenue. Les immeubles proprets des petits bourgeois faisaient place aux somptueuses demeures des riches.

— C'est beau, tu ne trouves pas ? demanda Bernice en levant la tête.

— Qu'est-ce qui est beau ?

— Mais ces maisons, gros bêta ! Au retour, il fait nuit, et de temps en temps j'arrive à apercevoir quelque chose à travers les rideaux. Des lustres en cristal, le plus souvent. Ça doit être merveilleux de vivre dans ces maisons-là, tu ne crois pas ?

— Ça ne me tente pas du tout ! Au contraire, même.

L'autobus ralentit au coin d'une rue pour prendre un voyageur.

— Tu es un drôle de coco, Dan ! Tu n'as envie de rien, n'est-ce pas, sauf de moi ?

Elle se redressa et l'embrassa sur la bouche. Longuement. Inquiet, il voulut la repousser.

— Non, Bernice, pas ici !

— Mais pourquoi ? Tu ne connais personne dans cet autobus...

— Ce n'est pas...

Il se figea.

La personne qui venait de monter dans l'autobus les regardait fixement, elle aussi clouée sur place. C'était Leah.

Une sueur froide lui coula dans le dos. Il bondit sur ses pieds.

— Leah ! Assieds-toi... laisse-moi prendre...

Elle portait deux longs cartons à vêtements.

— Merci. Je préfère rester devant. Je descends bientôt.

Elle alla s'asseoir à l'avant, leur tournant le dos. Le cœur de Dan cognait à grands coups dans sa poitrine. Il devait avoir le visage en feu. Il y a deux millions d'habitants dans cette ville et il faut que je tombe sur elle !

— Tu as l'air hors de toi ! Qui est-ce ?

Bernice avait au moins l'intelligence de parler à mi-voix.

— Pas maintenant, murmura-t-il, furieux.

A hauteur de la 87e Rue, sans un mot, Leah descendit. Il la regarda traverser l'avenue, la tête haute, le pas rapide comme si elle se rendait à son travail. Ce n'était plus une enfant. Elle avait le pouvoir de le détruire.

— Mais qui était-ce ? demanda à nouveau Bernice.

— Ma fille. Ou plutôt ma belle-fille. Enfin, non, ma fille adoptive. Oh... je ne sais plus ! C'est Leah !

— Quelle poisse ! Je comprends pourquoi tu t'es conduit d'une aussi drôle de façon ! Pauvre Danny. Mais qu'est-ce qu'elle faisait par ici ?

— Après l'école, elle travaille dans une boutique de modiste. Parfois, elle va livrer une retouche de dernière minute.

235

— Tu as peur qu'elle raconte tout ?

— Bien sûr que j'ai peur ! Qu'est-ce que tu crois ! Oh, mon Dieu !

Il se mordait les lèvres. Il regarda dehors ; on commençait d'allumer les réverbères. Quelle explication fournir ? Cette femme serrée contre lui, leur baiser. Il était censé être allé à une exposition de matériel électrique. Il y avait quatre-vingt-dix-neuf chances sur cent pour que Leah aille tout raconter à Hennie. Elle aimait Hennie. Elle la considérait comme sa mère.

— Je suis désolé pour toi, Danny, vraiment.

C'est faux, se dit-il. Tu n'as qu'une envie, c'est que mon mariage se défasse. Tu crois que je t'épouserais. C'est faux. De toute façon, j'ai été honnête avec toi, je te l'ai dit depuis le début. Mais tu ne m'as pas cru. Les femmes espèrent toujours.

— J'aimerais pouvoir t'aider, Danny.

Le ton était si piteux qu'il tourna les yeux vers elle. C'était une brave fille, après tout, une fille assez quelconque mais qui avait un corps extraordinaire.

— Je ne veux pas parler maintenant, Bernice, dit-il avec gentillesse, j'ai besoin de réfléchir.

— D'accord. Tu sais quoi ? Je te laisse ici et je reprends l'autobus dans l'autre sens, comme ça tu pourras réfléchir plus tranquillement.

Elle se leva et tira sur la sonnette pour demander l'arrêt.

— Danny... je suis sûre que ça s'arrangera. Tiens-moi au courant, veux-tu ?

— Oui, oui, entendu. Merci.

Jusqu'à ce qu'il fût arrivé à son arrêt, les pensées se bousculèrent dans son esprit. Mais qu'y avait-il à débattre ? Tout dépendait de Leah. Une chance sur mille.

Le soir, au dîner, il faisait en sorte de ne pas rencontrer le regard de Leah. Il la haïssait. Il se sentait comme un commerçant marron dont on va examiner les livres de comptes. Il avait perdu sa dignité, à la fois comme chef de famille et comme professeur respecté : qu'est-ce qui l'empêcherait, en effet, de répandre l'histoire dans toute l'école ? Quelle belle histoire à raconter aux copines !

Mais en même temps, il se rendait compte du caractère parfaitement irrationnel de ses pensées ; la haine qu'il ressentait, finalement, était du même ordre que celle que l'on éprouve à l'égard d'un créancier lorsqu'on est dans l'impossibilité de s'acquitter de sa dette. Ses sentiments avaient tout simplement pour nom peur et honte.

Il avait la bouche tellement sèche qu'il ne cessait de boire de l'eau. Personne ne le remarqua. On discutait. Des fragments lui parvenaient, comme dans un rêve : des histoires d'école, des histoires de voisins. Le garçon d'en dessous avait retrouvé les patins à glace que Freddy croyait avoir perdus. La femme du dessus avait eu une crise d'appendicite. Puis il entendit prononcer son nom.

— Tu as remarqué quelque chose d'intéressant à l'exposition, cet après-midi, Dan ?

Il n'osa pas lever les yeux.

— Non, pas grand-chose.

— Ah bon ? C'est dommage. Je me souviens que la dernière fois, tu avais dit que c'était extraordinaire. Qu'il y avait plein de nouvelles machines.

— Non, il n'y avait pas grand-chose, répéta-t-il.

Son regard coula vers Leah ; il ne pouvait s'en empêcher. Elle avalait une grosse fourchettée de haricots verts. Elle ne voulait pas le regarder. Il but un autre verre d'eau.

Dès que la table fut débarrassée, Hennie annonça qu'elle devait aller porter une valise de vieux vêtements au patronage. Dan hésita. D'ordinaire, il l'accompagnait et portait lui-même la lourde valise. Mais se retrouver seul avec elle, ce soir...

— Je viens avec toi, déclara soudain Freddy. Il faut que je passe à la bibliothèque avant l'heure de la fermeture. Ça ne t'ennuie pas ? ajouta-t-il à l'adresse de son père.

— Non, non, pas du tout, comme ça j'aurai le temps de lire le journal.

Il allait se retrouver seul avec Leah. Tant mieux. Autant régler cette histoire le plus rapidement possible.

Dès qu'ils eurent quitté l'appartement, il gagna la fenêtre et écarta le rideau. Il vit sa femme et son fils traverser la rue. La lueur des réverbères. Il attendit de les avoir perdus de vue... seulement l'obscurité et les halos de lumière à intervalles réguliers.

C'est le moment. Il faut en finir.

Il frappa à la porte de Leah.

— Oui ?

— Leah... je voudrais te parler.

— Je suis en train de faire mes devoirs.

— Je ne serai pas long. Ouvre-moi, s'il te plaît.

Elle vint ouvrir. Elle le toisa des pieds à la tête. Il avait le sentiment d'être déshabillé. Seize ans, elle avait seize ans et elle pouvait décider de toute sa vie à lui.

— A propos de tout à l'heure... Tu es très jeune et...

— Trop jeune pour comprendre, crois-tu ?

— Non, ce n'est pas... euh enfin, oui, d'une certaine façon. C'est une question d'expérience, vois-tu, d'expérience de la vie, et... enfin ce que je veux dire c'est que les apparences sont souvent trompeuses, et qu'aujourd'hui...

Les yeux de Leah étaient noirs comme la gueule de deux pistolets braqués sur lui.

— Tu perds ton temps ! Tu sais très bien que je sais.

— Attends ! Laisse-moi t'expliquer.

Et en même temps il revoyait la scène à laquelle Leah avait assisté : le turban rouge, ce long corps souple, l'élégance de la veste, le baiser. Qu'y avait-il à expliquer ?

— J'aime Hennie, lança-t-il abruptement. J'espère que tu t'en rends compte. Ça n'a rien à voir avec elle. Rien !

— Moi aussi, je l'aime, dit Leah d'un ton méprisant.

— Je comprends ta loyauté à son égard. C'est normal.

— Mais tu as peur que j'aille tout lui raconter.

Il ne répondit pas. Il sentait ses jambes se dérober sous lui.

— Si je ne l'aimais pas autant, c'est ce que je ferais, poursuivit Leah. Mais je ne veux pas lui faire de mal. Jamais je ne lui dirai. Tu peux compter sur moi. Tu n'as pas à t'inquiéter.

— Vraiment, je peux compter sur toi ?

— Si je t'ai dit que je ne lui dirai rien, je ne lui dirai rien.

Il n'était pas encore rassuré.

— Tu me le promets ? C'est sûr ?

— Je te l'ai déjà dit, tu n'as pas à t'inquiéter. Moi, au moins, je ne mens pas.

Il en aurait pleuré de gratitude.

— Tu es une fille bien, Leah. Je n'oublierai jamais... Il faut quand même que tu saches que cette femme, tout à l'heure... c'est un peu comme un accroc dans une vie, une histoire en passant. Ce n'est pas de l'amour.

— Eh bien, c'est encore plus dégoûtant !

Le mot « dégoûtant » avait claqué comme une lanière de fouet. Il résonnait encore aux oreilles de Dan. A son âge, c'était normal ; les jeunes ont toujours des jugements très tranchés.

Pourtant, elle n'avait pas tout à fait tort...

— Ce genre de choses n'arrivera plus, murmura-t-il.

— Ce ne sont pas mes affaires. Allez, maintenant il faut que je fasse mes devoirs.

— Oui, oui, vas-y, travaille. Et merci, Leah. Tu es une fille bien, répéta-t-il humblement.

Il s'installa ensuite dans le salon et tenta de se calmer avec les nouvelles du jour. Mais les lignes dansaient sur la page du journal. Il se rendit compte alors de la façon dont il était assis : plié en deux, recroquevillé, tous les muscles contractés, le visage crispé. Il se mit debout et fit quelques mouvements pour se décontracter, se massa la nuque.

Ça ne vaut pas le coup, se disait-il. Ça ne vaut pas le coup de perdre l'amour de Hennie, je le savais depuis le début. Mais l'ivrogne sait aussi ce qu'il risque, et pourtant il continue à boire.

Certains, pourtant, parviennent à arrêter. Et ils s'y tiennent.

Il entendit s'ouvrir la porte de la chambre de Leah. Elle

gagna la cuisine et ouvrit la glacière. Il entendit distinctement le tintement de la bouteille de lait et de la boîte de biscuits. Une enfant, disait-il souvent d'elle ; et pourtant il n'y
avait rien d'enfantin dans sa compassion pour Hennie et dans
son indignation. Du fond du cœur, il lui en était reconnaissant.

Il sentit alors naître en lui un sentiment qu'il connaissait
bien : la résolution. Il se passa la main sur les yeux, comme
pour chasser une image de lui qui aurait été souillée, flé-
trie. Il fallait en finir avec tout cela.

Il prit une feuille de papier dans son bureau et s'assit.
« Chère Bernice... » Clairement, avec gentillesse, mais aussi
avec fermeté, il lui fit part de sa décision d'en finir. La plume
courait sur le papier... Il signa, cacheta l'enveloppe.

C'était fait ! Terminé ! Définitivement, et pour toutes les
autres aussi...

# 11

Le 17 juin 1912

Chers Hennie et Dan,

Cela fait presque une semaine que nous sommes à la campagne. J'ai encore quelques clients à voir à Londres, des rendez-vous d'affaires, mais nos vieux amis les Warren ne voulaient pas en entendre parler : il fallait absolument que j'aille passer quelques jours dans leur propriété de Featherstone.

Il faut dire que ni Freddy ni moi ne regrettons d'avoir accepté leur invitation : je crois qu'il n'y a pas de saison plus agréable qu'un été anglais, à la fois frais et un peu humide.

Freddy et moi partageons la même chambre car il n'y a plus de place dans la maison : amis, cousins, oncles, tantes. Il y a cinq ou six enfants, garçons et filles (je ne suis pas bien sûr du nombre, tellement ils se ressemblent), ainsi que le neveu de M. Warren, Gerald, qui par chance a exactement le même âge que Freddy.

241

Je me sentirai donc un peu plus tranquille de laisser Freddy ici pendant quelques jours, le temps pour moi d'aller régler mes dernières affaires à Londres. Je pense que les Warren lui ont aussi proposé de rester pour qu'il tienne compagnie à leur neveu, mais Freddy s'est montré enchanté de leur proposition. Il a visité Londres, la Tour, Buckingham Palace, Harrods, il a assisté à la relève de la garde... On dit de Rome qu'elle peut être visitée en trois jours ou en trois ans, mais j'ai l'impression qu'il en va de même pour Londres. Freddy y a déjà passé quinze jours, alors je pense qu'un séjour à la campagne est aussi le bienvenu.

Tout ce qui est anglais l'enchante. C'est un véritable coup de foudre. L'autre soir, il était assis au bord du lit, il retirait ses chaussettes, et brusquement il s'est immobilisé, une chaussette à la main, et il m'a dit, d'un air rêveur : «Tu sais, je crois que je pourrais passer ma vie ici.»

Je n'ai pas pu m'empêcher de rire, et il a eu l'air surpris. J'ai aussitôt ajouté que je voyais avec plaisir qu'il ressentait profondément l'atmosphère des lieux qu'il visitait, et que c'était ainsi qu'il convenait de voyager.

Évidemment, il n'a pas vu l'autre visage de l'Angleterre, les chômeurs et les misérables qui dorment sur des bancs, le long des quais près de Westminster, le même genre de spectacle que l'on voit chez nous, malheureusement. Mais il faut d'abord qu'il se soit soûlé de belles choses, de pittoresque, je ne lui en veux pas.

En parlant de pittoresque, j'aperçois en ce moment par ma fenêtre un troupeau de moutons conduits par trois chiens qui s'agitent à côté d'eux. J'admire toujours la façon dont ces chiens parviennent à guider une centaine de moutons. C'est une scène venue du fond des temps, et pourtant intemporelle, une scène rassurante.

Hier matin, nous sommes allés faire du cheval. Comme vous le savez, Freddy n'était jamais monté sur un cheval, et bien qu'ils eussent choisi pour lui la jument la plus douce de leur écurie, je ne laissais pas d'être inquiet. Je n'avais pas envie de le voir cloué en Europe pour le reste de l'été avec un bras ou une jambe cassé. Mais Freddy a été un très bon élève, il n'y a pas eu d'accident et nous retournerons en faire demain. Aujourd'hui, Gerald et lui sont allés jouer au tennis. Tout à l'heure, je suis convié à jouer en double avec eux et un vieux monsieur d'une soixantaine d'années, aussi vigoureux que nous tous. C'est un peu le genre de Gerald et de la plupart des hommes ici : grand, mince et solidement bâti.

Je vais m'arrêter là pour aujourd'hui car ils m'attendent pour la partie de tennis. Je reprendrai ma lettre demain.

18 juin 1912

… Ce matin, il pleut, cette fameuse pluie anglaise qui rend la campagne si verte. Dans la maison, tout le monde dort encore ou rédige son courrier dans sa chambre. Tandis que je vous écris cette lettre, Freddy consigne les événements de la veille dans son journal.

Ce voyage est important pour lui. Hier soir, il a réjoui tout le monde (je devrais plutôt écrire « il a charmé » tout le monde) en nous offrant un récital de piano. Vous savez comment il est d'habitude lorsqu'on lui demande de jouer après le dîner : timide, un peu bougon, eh bien, c'était tout différent hier soir : il s'est montré enjoué et a même prononcé quelques mots avant de s'asseoir, pour expliquer qu'il allait jouer une pièce d'Edward McDowell, un compositeur américain qui a étudié avec César Franck, etc. Puis, à la demande de certains, il a joué du Chopin, ce qui convenait magnifiquement à cette douce nuit d'été à la campagne. Jamais je ne l'ai entendu jouer aussi bien. Il pourrait devenir un très grand artiste, et je ne comprends pas bien ce qui l'en empêche. Tout le monde était fasciné par son jeu. Il s'est attiré les sympathies de toute la famille, notamment des plus âgés, par sa modestie et par la façon délicate dont il exprime son amour de l'Angleterre. Laissez-moi vous dire encore une fois combien je suis heureux que vous l'ayez laissé m'accompagner pour ce voyage.

Lundi, je retourne à Londres pour régler mes dernières affaires ; Freddy m'y rejoindra quelques jours plus tard, puis nous partirons ensemble pour Paris.

Mes pensées les plus tendres à tous les deux.

Paul.

Le 22 juin 1912

Les pages de mon journal de voyage se remplissent : cela plairait à grand-mère Angelique. Le cahier lui-même lui plairait : une belle reliure en cuir, et mon nom en lettres d'or : Frederick Roth.

Ici, c'est la pleine campagne. La maison est de style élisabéthain ; on dit que Cromwell y a dormi. Le linteau de la porte de ma chambre est si bas que je m'y cogne la tête chaque fois que je rentre. Les moineaux mènent un grand tapage dans le lierre qui recouvre la maison ; ce lierre est tellement épais : il doit avoir au moins cent ans ! Il y a quelques instants, je me trouvais à la fenêtre, observant comment le soleil à son lever faisait se dissiper la rosée, et je voyais une voiture tirée par un cheval grimper péniblement la colline. On aurait dit une scène de Constable. Ça n'a pas dû beaucoup changer depuis son époque, si l'on excepte les poteaux télégraphiques, que je m'efforce de ne pas voir. Je crois que je pourrais passer ma vie ici et ne jamais revoir l'Amérique.

Gerald m'a fait visiter toute la campagne environnante : à pied, à cheval et à bicyclette. C'est un merveilleux compagnon. Je n'ai jamais rencontré quelqu'un comme lui, et j'ai l'impression de le connaître depuis toujours. Il a l'air de savoir tant de choses ; quand je pense qu'il n'a que mon âge ! Il étudie l'histoire à Cambridge. Il s'intéresse à tout, il connaît les plantes et les animaux, il joue au cricket et monte à cheval. Il a eu son premier poney à l'âge de trois ans. Et en même temps, il est si posé, si modeste. Ce sont peut-être là les vraies qualités d'un gentleman.

Le 26 juin 1912

C'est la première fois depuis presque une semaine que j'ai le temps d'écrire quelques lignes. Je le regrette, car j'ai envie de tout consigner avant d'oublier.

J'aime la politesse et la gentillesse qui règnent ici. Ce sont des choses que je n'ai jamais vues à New York, au moins chez moi. Dans les champs, l'ouvrier soulève son chapeau lorsque passe un cavalier, et celui-ci lui retourne le compliment. J'ai souvent vu des dames descendre de voiture dans les côtes pour soulager le cheval. Cela aussi, ça me plaît.

Nous avons longé une immense propriété qui appartient à un Lord dont je ne me rappelle plus le nom. Nous avons marché très longtemps : la propriété est véritablement gigantesque. On ne pouvait pas voir le manoir qui se trouvait, m'a dit Gerald, à près de deux kilomètres des murs d'enceinte. Le manoir a quatre cents pièces. En outre, ce Lord possède vingt mille hectares en Écosse et une propriété dans le Sud de la France, où il va passer l'hiver. J'ai pu admirer les haies qui entourent le manoir : elles sont fort épaisses et taillées à la façon de châteaux médiévaux, avec des tourelles et des créneaux.

Alors que nous admirions les haies, nous avons vu arriver un monsieur fort corpulent et d'une taille imposante monté sur un cheval fort imposant lui aussi. Il allait nu-tête, et avec son visage rougeaud et sa barbe grise, il avait l'air d'un fermier sorti tout droit de Thomas Hardy. En fait, il s'avéra être le frère du propriétaire.

Il a salué Gerald, lui a demandé des nouvelles de sa famille, et s'il en avait eu un, je suis sûr qu'il aurait soulevé son chapeau. Puis il a poussé son cheval dans la magnifique allée qui mène au manoir. C'est peut-être enfantin de ma part (c'est sûrement ce que pense Paul), mais j'ai été très

245

impressionné par la simplicité de cet homme. C'est sans doute là le privilège de la noblesse.

Le 30 juin 1912

Je veille tard, je me remémore les événements de la journée. J'ai eu brusquement envie d'écrire un poème et j'ai couché quelques vers sur le papier, mais il n'en est rien sorti de bon. Gerald, lui, a du talent. Il m'a lu quelques-uns de ses poèmes et je les ai trouvés très beaux, ils vont droit au cœur. Il lit très bien la poésie à haute voix, et il m'a lu certains morceaux que je ne connaissais pas. J'en ai copié un de A.E. Housman, qui m'a profondément touché. Il y est question de soldats, c'est très beau et très triste à la fois.

1er juillet 1912

Gerald a une maîtresse. Elle s'appelle Daphné : il m'a montré son portrait : elle n'est pas aussi belle que Leah. Il dit qu'elle ne ressemble à aucune des filles qu'il a connues, et qu'il ressent un amour profond pour elle, quelque chose de l'ordre du spirituel.

Je comprends parfaitement comment une fille peut tomber amoureuse de Gerald. Il est si droit et si viril. L'autre nuit, j'ai fait un rêve qui m'a profondément bouleversé. Gerald s'était transformé en fille et j'étais amoureux de lui ; puis, soudain, il est redevenu lui-même. J'ai honte d'écrire ce que nous avons fait dans le rêve. Le monde des rêves est étrange : tout y est fou, brouillé.

C'est comme lorsque je rêve de Leah : elle s'offre à moi (comme cette nuit chez l'oncle Alfie, au bord de l'étang) et quelque chose en moi me pousse vers elle, mais en même temps je ne peux pas m'abandonner tout à fait, j'ai l'impression de ne rien éprouver.

2 juillet 1912

Paul me traite d'anglophile. Je ne sais pas bien si cela lui plaît ou non. Il doit me trouver un peu bête. Trop jeune, puéril. Tant pis. De toute façon, je ne saurais assez le remercier de m'avoir fait partager ce voyage.

J'aimerais parler avec Paul de mes sentiments, de ce que j'éprouve pour Gerald et Leah, mais je ne puis. Je ne sais pas pourquoi, car nous avons toujours été très proches. Peut-être est-ce parce que lui-même ne me parle jamais de lui, ne parle jamais de Mimi, par exemple, alors qu'ils vont sûrement se marier. C'est un garçon réservé, très secret. Je suppose que je le suis également.

3 juillet 1912

Nous avons vu un hibou l'autre soir. C'est la première fois que j'en vois un, et même que j'en entends un. Nous étions assis sur la pelouse, après le dîner, lorsque nous avons entendu son ululement : il se trouvait à moins de dix mètres de nous, sur la basse branche d'un arbre, et nous regardait de ses grands yeux jaunes.

Après cela, comme il commençait à faire un peu froid, nous sommes rentrés et on m'a demandé de jouer à nouveau du piano. J'ai joué la *Petite musique de nuit*. Ces gens apprécient plus Mozart que les morceaux de bravoure trop ornementés. La musique de Mozart est si pure, si subtile : c'est la musique dans toute sa pureté. Je me souviens qu'un jour, mon père l'a très bien dit, que Mozart c'était aussi simple que la vérité, et puis il a évoqué la science et l'art qui se rejoignent pour ne plus faire qu'un. C'était magnifiquement tourné.

Je sais que je déçois mon père, et par bien des côtés. C'est pourquoi il m'est devenu si difficile, presque impossible, de jouer en sa présence. Quand il est là, certains souvenirs me reviennent en mémoire, d'affreuses pensées... pas toujours, mais bien souvent. Il espère (enfin je suppose qu'il n'espère

247

plus) que je réaliserai ce qu'il n'a pas pu faire : m'exprimer par la musique et jouer devant des parterres subjugués. C'est absurde ! Je joue bien, mais pas suffisamment pour cela. Et c'est presque pire que d'être carrément exécrable.

4 juillet 1912

Demain ce sera le dernier jour. Je retrouverai Paul à Londres et nous gagnerons ensuite Paris. J'ai certes envie de connaître la France, mais en même temps je désirerais rester ici.

Hier, en compagnie de Gerald et de deux de ses amis de Cambridge, nous sommes allés à Glastonbury. Nous avons admiré le val d'Avalon, et ils m'ont appris qu'autrefois la mer montait jusque-là et que c'était à cet endroit que se trouvait l'île d'Avalon où est mort le roi Arthur. J'en avais des frissons. La grande abbaye est en ruine, et il ne reste plus que l'arche d'une tour, dont la base est envahie par les herbes. On dit qu'Arthur et Guenièvre sont enterrés là. Nous sommes demeurés longtemps à écouter le silence. On n'entendait que le vent soufflant sur la colline. Je ressentais au plus profond de moi la noblesse et la dignité des temps anciens.

Ces très vieux villages me semblaient connus, familiers, et j'avais le sentiment de porter en moi l'héritage de la vieille Angleterre. S'il devait y avoir un jour la guerre pour que ce pays reste tel qu'il est, il serait beau de la faire.

Gerald et moi avons longuement parlé tout l'après-midi. De tout : de Daphné, de Yale, de Cambridge, de sa famille et de la mienne. Il était difficile de parler de mes parents. Ils ne lui auraient pas plu, car il aurait bien senti que lui, de son côté, ne leur plaisait pas non plus. Ils l'auraient trouvé trop traditionnel. Il me semble les entendre ; mon père surtout. Il se gausserait. Il le trouverait trop raffiné. C'est également ce qu'il pense de moi, je le sais. Rien ne lui plairait dans cette maison, surtout la présence des domestiques.

Je suis bien décidé à entreprendre des études d'histoire J'ai demandé à Gerald si à son avis il valait mieux que je me spécialise en histoire antique ou médiévale. Il m'a répondu qu'il était encore trop tôt pour me décider, qu'il fallait commencer par étudier les deux.

Ce séjour ici a eu une grande influence sur moi. Je sais que j'ai trouvé un ami pour la vie, même si un océan doit nous séparer. J'ai éprouvé quelque chose que je n'avais jamais éprouvé auparavant, une manière de compréhension immédiate, comme si, de quelque façon mystérieuse, il était l'autre moitié de moi-même.

Paris, le 9 juillet 1912

Ma chère Mimi,

Cela fait deux jours que nous sommes arrivés à Paris, mais je n'ai pas encore pu trouver le temps de t'écrire. Mon père m'avait donné une liste de rendez-vous à honorer, et j'ai été occupé dès le moment où j'ai débarqué du train.

J'en suis maintenant arrivé à la moitié de mon voyage, et bien qu'il ait été jusqu'à présent merveilleux, j'ai hâte de rentrer. Je te laisse deviner pourquoi. Tu as commencé à me manquer dès que le bateau a quitté New York. Il s'est passé tant de petits incidents, j'ai rencontré tant de gens intéressants, écouté tant de choses passionnantes (tu sais comme je suis curieux), que j'aurais aimé t'en parler, entendre ton opinion, ou, tout simplement, t'avoir à mes côtés pour pouvoir te parler : tu sais si bien écouter. Tu me manques. Disons, si l'on ne veut pas chercher trop loin, que c'est peut-être cela l'amour : être heureux ensemble, vouloir être ensemble.

Ce matin, j'ai parlé au téléphone avec la femme d'un de nos clients, une certaine Mme Lamartine, dont tu te souviens peut-être. Tu l'as rencontrée lorsque tu étais venue à Paris avec tes parents il y a quelques années. Elle, en tout cas, se souvient parfaitement de toi.

249

« Et comment va la chère petite Marian ? » m'a-t-elle demandé. Elle a dit de toi que tu étais « une enfant absolument charmante ».

Tu vois l'impression que tu laisses partout où tu vas ! D'après mes calculs, tu ne devais pas avoir plus de douze ans. Elle a été ravie quand je lui ai dit que très bientôt nous allions nous fiancer. J'espère que tu ne m'en veux pas d'ébruiter ainsi notre histoire.

Pour demain, j'ai prévu de me réserver un peu de temps libre afin de voir de Paris autre chose que des banques et des bureaux. Je veux aller revoir certains endroits qui me sont chers, aller déjeuner au Pré Catelan, au Bois de Boulogne, aller jeter un coup d'œil aux toiles des peintres de la place du Tertre et flâner du côté des bouquinistes de la rive gauche.

J'espère qu'un jour nous flânerons ensemble sur les quais de la Seine.

En attendant, je suis bien aise de faire visiter Paris à Freddy. Il se montre tellement enthousiaste ! Parfois même un peu trop, et il est tombé littéralement amoureux de l'Angleterre, du moins de la petite partie qu'il a connue.

Quelles stupidités n'ai-je pas entendu raconter là-bas ! Je songe à une certaine soirée en particulier, une merveilleuse soirée d'été : il y avait là, rassemblés sous les tilleuls croulant sous leurs fleurs blanches, des jeunes gens tout de blanc vêtus eux aussi, assis dans des chaises d'osier blanc. Notre Gerald était en grande conversation avec ses amis de Cambridge, et Freddy, la bouche ouverte, buvait littéralement leurs paroles. Nos jeunes gens s'accordaient à trouver la société « décadente », amollie par trop de prospérité et... tiens-toi bien, par une paix trop longue ! Incroyable ! Le temps est venu du sacrifice, déclamaient-ils, du sacrifice pour une noble cause ! Ce dont nous avons besoin, à présent, c'est de nouveaux héros comme les chevaliers du roi Arthur ! J'ai rarement entendu autant d'imbécillités en une seule soirée ! Mais le plus incroyable, c'est que Freddy semblait parfaitement à l'unisson. Il parle comme s'il était l'héritier de la glorieuse tradition britannique. Pauvre garçon ! J'ai l'impression parfois de ne pas avoir six ans, mais soixante ans de plus que lui. Je vois la guerre poindre en Europe, mais alors que je la redoute, ces brillants jeunes gens l'appellent de leurs vœux ! Ils m'effraient : ils rêvent d'un monde perdu d'honneur et de beauté qui n'a jamais existé que dans leur imagination. Ils baignent dans la confusion la plus totale et ne s'en rendent absolument pas compte.

Il est vrai qu'il est difficile de se rendre compte de ce genre de choses : après tout, peut-être suis-je, moi aussi, en proie à la confusion d'esprit la plus totale, mais cela m'étonnerait quand même. En revanche, j'ai l'impression que mon père, même s'il m'aime bien, doit me trouver quelque peu anarchiste, ce que je ne suis pas.

Je me demande pourquoi je noircis autant de papier ce soir. La lune est si brillante que je pourrais presque écrire sans lampe. Éclairée à la fois par la lune et les réverbères, la rue de Rivoli jette des reflets d'argent. Peut-être, après tout, est-ce toute cette lumière qui me tient éveillé, mais je ne le pense pas. Je me sens seul, voilà la vérité. Seul et nostalgique. Je repense à ces étés où nous nous rencontrions sur la plage, devant la maison de mes grands-parents. Sais-tu qu'on me demandait de me montrer « gentil » avec toi ? Et pourtant, j'aime autant te dire qu'à dix ans, tu étais une vraie peste ! Et puis je me souviens de ce jour (j'avais l'âge qu'a Freddy à présent) où je m'apprêtais à partir à l'université : tu avais quinze ans, et je t'ai regardée comme jamais je ne t'avais regardée auparavant. Tu étais si belle. Te souviens-tu que j'ai pris prétexte d'un devoir de mathématiques à t'expliquer pour pouvoir revenir te voir le soir même ? Il a suffi d'une journée pour que tu changes totalement à mes yeux. Et à mes oreilles... « Sa voix était douce et profonde, ce qui est chose excellente chez une femme. » J'espère que tu ne m'en voudras pas pour Shakespeare, mais cela me semblait tout indiqué.

Je t'écrirai à nouveau très bientôt.

Paul.

251

Ma chère Mimi,

La journée a été longue. Il a fallu que je termine toutes mes affaires, car nous partons pour l'Allemagne dans une semaine. Mais cette journée bien fatigante s'est terminée par une fête, puisque nous sommes allés dîner chez Maxim's. Nous étions les hôtes d'un des clients de mon père, qui avait convié sa femme et ses trois filles. Cela est assez surprenant pour un Français, car ils ne mélangent pratiquement jamais vie sociale et vie privée. Comme ils ne vous invitent non plus jamais chez eux, c'était une faveur rare qu'ils nous accordaient là en nous invitant en famille.

Freddy m'a dit ensuite que l'une des filles te ressemblait. En fait, avec tes cheveux blonds et tes taches de rousseur (que tu détestes et que j'adore), tu as beaucoup plus l'allure d'une Anglaise, en sorte qu'à mon avis Freddy voulait plutôt évoquer ta façon de t'habiller, qui est, je le reconnais, plutôt française. La fille dont il parlait portait en effet des vêtements de cette nuance bleu-vert que tu affectionnes particulièrement.

Je crois que cette fille lui plaisait et qu'il s'est senti mortifié de voir qu'elle ne prêtait aucune attention à ses timides efforts. Il est joli garçon, mais les filles semblent ne pas le remarquer ; sa timidité le rend gauche et il paraît plus jeune qu'il n'est en réalité.

Il me pose beaucoup de questions à ton sujet ; il parle beaucoup de l'amour et voudrait savoir à quoi l'on se rend compte que l'on est amoureux. Je lui ai dit qu'il le saura lorsque cela lui arrivera et qu'en attendant, ce genre de questions n'avait pas grand sens.

En ce moment, il écrit dans son journal. Sa plume court sur le papier en crachant de petites gouttes d'encre, comme si elle n'arrivait pas à suivre la vitesse de sa pensée. De temps à autre, il s'interrompt et il contemple le ciel par la fenêtre.

Je songe souvent à l'attitude de ses parents face à ses sentiments aristocratiques et anglophiles. Contrairement à ce que l'on pourrait croire, Freddy n'est pas très différent de ses parents, au contraire, il en est l'image inversée, comme dans un miroir. Il idéalise un passé qui n'a jamais été, tandis qu'eux idéalisent le futur, y voient une manière d'utopie socialiste qui jamais non plus ne sera.

J'aime ton réalisme, Mimi, ta façon toute pratique d'envisager la vie : cela évite de se perdre dans les faux problèmes. Après ces semaines passées aux côtés de Freddy, j'éprouve le besoin urgent de retrouver ta sagesse et ton bon sens. Freddy a les nerfs faibles. J'ai toujours l'impression qu'il est capable, sur un coup de tête, de se lancer dans n'importe quelle aventure. Ce voyage a pourtant représenté pour lui une expérience irremplaçable, et je suis heureux qu'il l'ait accompli.

J'ai réussi à me ménager de temps à autre quelques moments de liberté, et j'ai fait l'acquisition d'un certain nombre de belles choses, qui, je l'espère, plairont à tout le monde.

J'ai acheté un bol ancien en porcelaine de Chine, de cette merveilleuse teinte bleu-vert qui me fait toujours penser à toi. Je l'ai pris en songeant à notre maison, mais tandis qu'on l'emballait, je me suis demandé si je n'allais pas un peu vite en besogne. Après tout, nous ne sommes même pas officiellement fiancés. Et si tu changeais d'avis ? Et si tu rencontrais quelqu'un d'autre ? Mais en réalité, je n'en crois rien. J'ai en toi une confiance absolue, et je sais qu'il en va de même de ton côté.

Je me sens heureux et je t'avoue que je ne suis pas fâché de voir approcher la fin de ce voyage. Je suis satisfait également de la façon dont j'ai conduit les affaires que m'avait confiées mon père, et je pense même lui avoir trouvé deux ou trois nouveaux clients.

J'ai hâte de te retrouver et cette idée me remplit de joie. Ma prochaine lettre ne tardera guère.

Paul.

Comment trouver les mots pour décrire Paris? Cette ville, ou du moins ce que m'en a montré Paul, n'est que fontaines, fleurs, et larges avenues bordées de hautes maisons en pierre de taille. Cette ville est une splendeur.

Et pourtant, un partie de moi-même est demeurée en Angleterre. Cela est peut-être un peu fou de ma part, après tout je n'y ai passé que quelques semaines, mais je n'y peux rien. Je revois encore Gerald agitant la main, sur le quai de la petite gare, alors que notre train s'éloignait en direction de Londres. La dernière image qui s'est offerte à mes yeux a été celle d'un bouquet de chardons violets dans un champ et la silhouette de Gerald, dans le lointain, qui agitait encore la main. Ce n'était pas un adieu; nous sommes sûrs que nous nous reverrons souvent; très souvent.

Paul est très occupé. C'est un grand amateur de peinture, et il m'a amené dans une galerie voisine de l'hôtel; comme il faut bien que je me distraie, m'a-t-il dit, il m'a également indiqué nombre d'autres galeries où il ne pourra pas m'accompagner mais qu'à son avis je ne devrais pas manquer de visiter. Ah, j'aimerais tant mieux connaître les arts et l'architecture! Paul a un goût très sûr et sait trouver son plaisir dans la contemplation esthétique, alors que moi, de mon côté, je me sens bien ignorant.

L'autre soir, nous sommes allés au ballet et nous avons vu Nijinski dans *L'après-midi d'un faune*. C'était extraordinaire. Les Parisiens sont fous de Diaghilev. J'aurais tant aimé que Leah fût avec nous, elle qui aime tant la danse. Chère petite Leah! Elle a tant appris en quelques années. Je me souviens (et j'en ai un peu honte!) que je n'étais guère heureux de la voir arriver à la maison, bien que je l'eusse caché avec soin pour ne point peiner ma mère, si entichée de cette enfant.

Cela fait six ans! Je me souviens à peine de l'époque où Leah n'était pas à la maison. Elle est un peu comme Paul, elle sait se faire aimer. Cela semble un peu étrange, tant ils sont différents : Paul est sage, raffiné, tandis que Leah est vive, éclatante. Mais ils ont en commun le même enthousiasme, la même énergie débordante, la même curiosité. Paul est curieux de tout. Rien ne lui échappe. Il veut absolument savoir le nombre de chevaux-vapeur du nouveau moteur Renault, et lorsque dans un jardin public il remarque une variété de rose qu'il ne connaît pas, il s'arrête pour demander son nom au jardinier qui travaille sur le massif.

A chaque instant, Paul retire quelque chose de la vie.

19 juillet 1912

Nous sommes sortis dîner avec une famille française. L'homme est un des clients de Paul. Nous avons passé la soirée chez Maxim's, mais je me suis ennuyé à mourir ; je ne parle pas le français et seule l'une des trois filles parlait l'anglais, mais elle ne faisait aucunement attention à moi. J'aurais dû écouter ma grand-mère de La Nouvelle-Orléans et apprendre le français.

J'aimerais posséder l'aisance de Paul. Il est si sûr de lui alors que moi, je ne sais jamais quoi dire. Il possède un calme et une autorité naturelle qui me font défaut, je le sais bien. Et il a de l'humour. Ses yeux pétillent d'humour (ma mère dit que ses yeux sont bleus comme la mer des Tropiques).

Quelque chose ne va pas chez moi : la seule fille à qui je puisse parler, c'est Leah, et c'est parce qu'elle est amoureuse de moi. Enfin, le dîner était délicieux et je n'ai donc pas perdu totalement ma soirée.

Paul doit avoir beaucoup d'affaires à traiter avec ces gens, car demain nous allons en pique-nique avec eux. J'ai peur de m'ennuyer.

20 juillet 1912

La région qui entoure Paris s'appelle l'Ile-de-France : une

île ! Quel beau nom ! L'endroit où nous avons déjeuné ressemblait tout à fait à une île : une clairière tranquille et isolée. Les Français ne pique-niquent pas comme nous : alors que nous nous contentons de jeter une couverture sur le sol, eux amènent une table, des chaises, des nappes et un véritable déjeuner. Il faut reconnaître que les Français s'y entendent en cuisine. Nous avons mangé du poulet, de la salade et de ces longs pains encore chauds et croustillants. J'ai aussi goûté les meilleures pêches de toute mon existence, sucrées, juteuses, et grosses comme des balles de base-ball.

Mais cela s'est passé comme l'autre soir. L'une des filles a chanté en s'accompagnant à la guitare, puis tout le monde s'est mis à parler en français. Paul et la fille qui parle anglais ont bien essayé de me faire participer à la conversation, mais cela n'a pas dépassé les quelques remarques polies. Je suis sûr d'avoir compris ce qu'elle a murmuré à Paul : « Votre cousin est bien timide. » Oui, elle avait raison, mais je ne suis pas toujours comme ça.

Mes meilleurs moments, je les ai passés avec le chien. Ils avaient amené avec eux leur teckel, un tout jeune chien, presque un chiot, encore. Il était joueur, affectueux, et il m'a fait oublier ma solitude. C'est bien agréable d'avoir un chien, et j'ai dit à Paul que je comptais en acheter un et le ramener à Leah pour lui faire une surprise. Il m'a conseillé de l'acheter plutôt en Allemagne. Leah va être ravie.

Munich, le 5 août 1912

Mes chers parents,

J'espère que maman me pardonnera toutes les nouvelles de nos affaires, qui alourdissent tant mes lettres, mais enfin, c'est avant tout un voyage d'affaires que j'ai entrepris.

J'ai donc rencontré tous les gens que je devais voir et j'ai envoyé sous plis séparés les documents et les contrats.

Cela fait donc deux semaines que Freddy et moi voyageons à travers l'Allemagne, comme vous avez pu vous en rendre compte par les cachets de la poste sur les documents d'affaires que vous avez déjà reçus. C'est la première soirée où j'ai trouvé un peu de temps pour vous écrire : mon cher papa, tu m'as vraiment donné une longue liste de gens à aller voir, mais je ne m'en plains pas, rassure-toi.

Nous sommes installés depuis deux jours à Munich, où nous passons nos journées à flâner dans les parcs, les musées, et à boire du bon vin. Je me dis parfois que peut-être ma décision d'emmener Freddy avec moi a dû vous indisposer, mais j'espère que vous comprenez qu'il n'a rien à voir avec ces disputes de famille.

Hier, j'ai acheté deux tableaux «expressionnistes», mais je crains que vous ne goûtiez guère cette peinture. J'ai le sentiment qu'ils prendront de la valeur et que je me suis montré sage en en faisant l'acquisition ; dans le cas contraire, cela n'a pas d'importance, car ils me plaisent et m'apporteront du plaisir jusqu'à la fin de mes jours. J'ai également acheté quelques porcelaines de Nymphenburg, bien moins onéreuses ici qu'en Amérique, cela va sans dire. Nous avons beaucoup visité la ville, la Residenz, le Hofgarten, la Frauenkirche, tout ce que vous m'aviez recommandé de ne manquer sous aucun prétexte.

Nous avons été également invités chez les frères Stein, et je n'ai pas manqué, le jour suivant, d'envoyer des fleurs, comme papa m'avait conseillé de le faire, pour respecter les coutumes européennes.

Tout le monde s'est montré fort cordial, si j'excepte un incident assez déplaisant qui a eu lieu cet après-midi. A la fin de mon entrevue avec M. von Mädler, il a fait glisser la conversation sur le sujet de la guerre. Ce n'était pas la première fois, mais là, il a fait preuve d'une véhémence inattendue.

«Nous autres Allemands ne voulons pas la guerre, m'a-t-il dit, mais l'Angleterre cherche à nous encercler. Ils veulent nous étrangler et nous empêcher de jouer notre rôle de grande puissance. »

Je n'ai pas répondu. J'avoue qu'avec son monocle et son gros ventre, il ne m'inspire qu'une solide antipathie.

« Mais s'il faut en arriver là, poursuivait-il, nous serons prêts. Notre jeunesse est forte, et la guerre la rendra plus forte encore. »

Il doit y avoir une école près du bureau où nous nous tenions, car en regardant par la fenêtre, nous vîmes tous les deux des écoliers d'une douzaine d'années en uniforme, qui marchaient en colonne par deux. En les voyant, il ajouta : « Oui, s'il faut en arriver là, la guerre anoblira ces garçons. »

Il était occupé à couper le bout de son cigare, en sorte qu'à cet instant il ne pouvait voir mon expression. Heureusement, car comme vous me l'avez souvent fait remarquer, mes sentiments se lisent clairement sur mon visage (oui, papa, je sais que pour réussir dans les affaires, il va me falloir apprendre à conserver un visage impassible).

Relevant alors la tête, il m'a dit : « Bien sûr, vous autres Américains resterez en dehors de tout cela », et en prononçant ces mots il m'a lancé un regard que je ne peux qualifier autrement que de sournois.

Je ne sais pas quelle réponse il attendait de moi : après tout, ce n'est pas moi qui conduis la politique étrangère des États-Unis ! J'ai seulement répondu qu'on pouvait espérer que les choses n'allaient pas en arriver là, et que partout dans le monde, le mouvement pour la paix était puissant.

« Ach ! a-t-il dit, le mouvement pour la paix ! Des révolutionnaires, des femmes sentimentales, des fauteurs de troubles, des Juifs... »

En prononçant ces mots, il s'est rappelé, et il a rougi !

« Pas comme vous, Herr Werner, bien sûr, vous comprenez. Vous voyez de quelles gens je parle. Des basses classes, des Russes, ce genre-là. »

Je n'allais évidemment pas discuter avec lui. Cent heures de discussion ne seraient pas venues à bout de ses préjugés de butor. Je n'avais qu'une envie, c'était de sortir dans la rue pour respirer un peu d'air frais.

Il se dégage de ce pays une impression de force, de puissance, qui est proprement effrayante. Ici, tout n'est que mines, acier, énergie, toutes choses que l'on ne ressent pas en France, où l'on se préoccupe avant tout du plaisir de bien vivre. Lorsque nous étions à Essen, j'ai vu les usines Krupp : des hectares de bâtiments noirs, hideux, de réservoirs, de voies de chemin de fer, une atmosphère de ruche, de fourmilière. Je me trompe peut-être, mais une ville comme Pittsburgh fait figure en comparaison de petit village tranquille.

A la frontière belge, j'ai vu aboutir l'entrelacs de voies de chemin de fer venues du cœur même de l'Allemagne. Les Belges veulent rester neutres, mais à mon avis cela ne tiendra pas. Vous devez me trouver bien pessimiste, mais en fait je ne suis que sceptique et un peu inquiet. Pardonnez mon humeur sombre. Après un bon dîner, il n'y paraîtra plus. Je vous embrasse bien tendrement.

Paul.

PS : Embrassez pour moi l'oncle Alfie, la tante Emily et la petite Meg. J'ai trouvé pour elle la plus jolie poupée qu'on puisse trouver au monde.

Le 8 août 1912

Mes chers parents,

Vous serez heureux d'apprendre que votre fils est de charmante humeur. J'ai rendu visite à notre dernier client il y a de cela une heure, et je m'apprête à passer une semaine entière de vacances avant mon retour.

Après d'infinies recherches au cours desquelles je me faisais l'effet d'un policier, j'ai fini par retrouver la trace de notre cousin Joachim Nathanson avec qui j'ai eu hier soir une longue conversation téléphonique. Apparemment, lui comme moi étions fort émus. Nous avons parlé moitié en anglais moitié en allemand.

Je regrette que nous n'ayons pas maintenu de relations avec ces cousins, mais il est vrai que chaque fois que nous

259

sommes venus en Allemagne, c'était avec les grands-parents Werner, qui ne s'intéressaient guère à la famille de maman.

Eh bien ce Joachim m'a l'air d'une personne fort agréable. Il a vingt-deux ans, il sort de l'université de Nuremberg et il exerce la profession de journaliste. Il travaille pour un grand quotidien, et donne également des articles de politique générale à d'autres journaux ou revues. Il vit à Stuttgart avec sa mère. Son père est mort l'année dernière. J'imagine qu'ils doivent être financièrement à l'aise, car il a déjà voyagé dans toute l'Europe et parle de se rendre aux États-Unis, surtout dans l'Ouest.

Tant de choses ont changé, pour lui comme pour moi, depuis cet ancêtre colporteur dont nous parlait l'oncle David !

Nous nous sommes rendu compte que Freddy, lui et moi avions les mêmes arrière-arrière-arrière-grands-parents. Il est étrange de se dire que nous aurions pu être assis l'un à côté de l'autre dans le train sans savoir que nous étions de la même famille. Heureusement, l'oncle David a maintenu une correspondance épisodique avec les générations successives.

Joachim a proposé que nous nous rencontrions à Bayreuth pour y assister à un opéra, et que nous allions ensuite passer quelques jours dans une petite auberge de la Forêt noire où il fait de fréquents séjours. Nous sommes, je crois, tous les deux aussi intrigués par cette rencontre.


Bayreuth, le 11 août 1912

Mes chers parents,

Quelle journée ! Freddy et moi avons rencontré Joachim dans le hall de notre hôtel. Nous avions laissé nos noms à la réception, en sorte qu'il nous fut conduit dès son arrivée. Je ne sais pas comment il nous imaginait, nous n'avons pas parlé de cela, mais je me promets bien de le lui demander plus tard ; je ne sais pas exactement à quoi je m'attendais, moi non plus, mais il m'a surpris. Il est tellement allemand !

260

Il a les cheveux blonds, taillés en brosse, des yeux bleus (comme les miens) et il a tout à fait l'allure d'un Nordique sorti du *Niebelungen Ring*, sauf que ces héros sont toujours de haute taille et que lui est plutôt de taille moyenne. Il nous a embrassés sur les deux joues, nous a serré la main et, comme moi, il avait les larmes aux yeux.

Nous nous sommes assis, et nous avons parlé de la tragédie familiale, qu'il connaissait aussi bien que moi. Cela fait si longtemps ! Et pourtant, l'oncle David en parlait comme si c'était hier. Mais je crois que même si l'on vivait cinq cents ans, l'on ne pourrait oublier ces émeutes antisémites ou la mort de sa mère. J'aurais dû en parler plus souvent avec lui lorsqu'il était encore temps. Je me souviens qu'il avait quitté le village dans une berline attelée à des chevaux et fait la traversée de l'Atlantique dans un bateau à voiles. Alors que moi, je suis venu en train jusqu'à Bayreuth, après avoir traversé l'océan dans un paquebot à hélice.

Nous avons passé un excellent moment, à nous raconter nos histoires de famille respectives. Joachim s'est montré particulièrement intéressé par ce que nous lui avons raconté de l'oncle David, le seul membre encore vivant de la famille qui formait le lien entre nous. Il ne connaissait que fort peu de chose de la guerre de Sécession, alors nous lui avons expliqué quel avait été le rôle de notre famille dans les événements, ce que nous faisions à présent, etc. Lui, de son côté, nous a parlé de son grand-père, tué au cours de la guerre franco-prussienne de 1870, et d'un aïeul commun qui avait joué un certain rôle au cours de la révolution de 1848. En écrivant ces mots, je me rends compte que l'histoire de notre famille, à nous entendre tous les trois, semblait marquée par les guerres.

Joachim est cultivé comme seuls les Européens peuvent l'être. Il est indéniable que l'éducation ici est infiniment plus approfondie que chez nous, surtout dans le domaine des langues vivantes. Outre l'anglais, il parle le français, l'italien et l'espagnol. Plus la soirée avançait, et plus son anglais s'améliorait ; il en allait de même de mon allemand, mais nous avons surtout parlé anglais pour que Freddy puisse participer à la conversation. Les écoles publiques de New York n'offrent pas de tels enseignements.

Comme ces nombreux groupes de jeunes gens que l'on voit marcher dans les campagnes, Joachim s'adonne aux exercices de plein air. Quelques années auparavant, il est allé en Grèce avec l'un de ces groupes.

C'est un Juif religieux, pas orthodoxe, mais pas non plus aussi libre que dans notre famille. Je ne sais pas comment la conversation en est arrivée là, mais il nous a dit n'avoir guère de sympathie pour les organisations de jeunes sionistes qui se développent un peu partout en Allemagne. Il ne voit pas pourquoi il ne serait pas à la fois profondément allemand et profondément attaché à la foi juive. Je dois dire que je suis d'accord avec lui et que l'idée d'un foyer national pour les Juifs ne m'intéresse guère.

Nous avons parlé presque toute la nuit et je tombe de sommeil. Je vous écrirai probablement encore une fois avant notre départ. Je vous embrasse bien fort.

Paul.

Le 16 août 1912

Mes chers parents,

La Forêt noire est certainement l'une des plus belles régions du monde. Cela me rappelle les images ornant mon livre de contes de Grimm que Fräulein me lisait lorsque j'avais six ans.

A l'auberge, ma chambre donne sur les montagnes, en sorte que lorsque la fenêtre est ouverte, j'entends le vent courir dans l'épaisseur sombre du feuillage. On s'attend à entendre jaillir les voix puissantes des opéras de Wagner. Tous les mythes, ici, prennent vie de façon extraordinaire, les gnomes, les elfes, les chevaliers de l'épopée. Cette forêt est littéralement enchantée, et je comprends pourquoi les grands-parents Werner tiennent à y revenir régulièrement.

Nous sommes allés au village pour y acheter le teckel de Freddy. Il est bien décidé à le ramener aux États-Unis. Le village aussi semblait tout droit sorti d'un livre d'images : les maisons ont des balcons sculptés et semblent faites en pain d'épice. Avec leurs toits en pente et leurs géraniums aux fenêtres, on dirait des pendules-coucous. A quelques mètres de la Grand-Rue, on entend les cloches des vaches. Freddy a acheté son teckel, qu'il a appelé Strudel : nous serons donc trois à rentrer en bateau.

Freddy est ravi. Le chiot ne sera pas encombrant : il tient dans ma main, et dans le train, nous le mettrons dans un panier et pourrons le garder avec nous dans le compartiment. En revanche, sur le bateau, il devra rester dans une niche sur le pont. Freddy s'est montré désolé lorsque je lui ai appris que les chiens n'étaient pas admis dans les cabines.

J'ai interrompu hier soir la rédaction de cette lettre ; je la reprends maintenant. Ce sera la dernière avant notre départ.

Je dois vous avouer que Joachim m'a beaucoup choqué hier soir. Nous étions assis sur la terrasse, en compagnie d'autres Allemands. Freddy était rentré dans sa chambre pour lire, car la conversation avait lieu en allemand. Il me semblait que tous les gens présents (il n'y avait que des hommes) appartenaient à la Ligue pangermanique, dont la devise est : *Le monde appartient à l'Allemagne*. La culture allemande, la race allemande... ils n'ont que le mot allemand à la bouche. D'après eux, tous les empires connaissent la chute après l'apogée : Rome, l'Angleterre, et c'est maintenant au tour de l'Allemagne de s'élever. Je n'ai pas dit un mot de toute la soirée, mais lorsque tout le monde est rentré, j'ai fait remarquer à Joachim qu'ils racontaient des absurdités, et qu'en proclamant «l'État c'est moi» ou en mettant sans cesse en avant la puissance de «son armée», le Kaiser n'était qu'un fieffé imbécile.

Je lui ai dit aussi que le Kaiser était un homme dangereux. Il s'est aussitôt raidi. La nuque crispée, il m'a sèchement rétorqué qu'il ne fallait pas parler comme ça de «notre»

Kaiser, qu'il était le chef de l'État et qu'il savait ce qu'il faisait. Voyant qu'il était réellement furieux, je me suis excusé, je lui ai dit que j'aurais mieux fait de m'occuper de mes affaires, que je comprenais parfaitement ses sentiments (ce qui était faux), que je ne voulais nullement l'offenser, etc. Je brûlais d'envie de lui demander comment lui, un Juif, était accueilli dans les cercles prussiens (j'avais encore en mémoire les balbutiements gênés de von Mädler : « Pas comme vous, Herr Werner, bien sûr... »), mais j'ai préféré ne rien dire. Nous nous sommes donc souhaité bonne nuit en toute amitié, avec une petite tape sur l'épaule.

C'est vrai, c'est un pays magnifique, mais je vous avoue que je ne l'aime pas. Le mythe de la Grande Allemagne a corrompu les Allemands, même les gens estimables comme Joachim. Tout leur verbiage pseudo-philosophique cache mal la vérité, à savoir qu'ils lorgnent les colonies britanniques et veulent s'assurer le contrôle des mers. C'est visible comme le nez au milieu de la figure. Ils sont prêts à entraîner le monde entier (et eux-mêmes) dans l'apocalypse si rien ne vient s'opposer à leurs ambitions.

Ainsi donc, adieu à l'Allemagne et au cousin Joachim. Je suis tout de même heureux de l'avoir rencontré et heureux que nous nous soyons quittés bons amis, ce qui permettra à nos familles sur les deux continents de rester en contact.

Nous prenons le train tôt demain matin et embarquerons vendredi à bord du *Lusitania*. A bientôt à New York. J'ai hâte de vous revoir. Mes plus tendres pensées vont vers vous.

Paul.

Deuxième Partie

*Paul et Anna*

# 1

C'était bon d'être de retour. Il y avait quelque chose de propre, de salubre et de stimulant dans l'atmosphère américaine, qui le changeait agréablement des intrigues, du cynisme et de la débauche de la vieille Europe. L'Amérique était plus simple et plus sensible. Peutetre se montrait-il naïf, mais c'était ainsi qu'il ressentait les choses. Au moins était-il agréable d'être accueilli par une jeune fille dont les façons directes lui faisaient oublier la rouerie et le charme subtil des Européennes.

Lorsque Paul frappa à la porte, M. Mayer était assis dans sa bibliothèque et lisait le *Times*.

— Pourriez-vous me consacrer quelques minutes, monsieur ? J'ai quelque chose à vous demander.

Il s'était souvent représenté cette scène en esprit, se demandant s'il allait se montrer solennel ou embarrassé. Il n'était ni l'un ni l'autre.

M. Mayer posa le journal sur ses genoux.

— Je crois savoir de quoi il s'agit, Paul. Je serais heureux de ne m'être pas trompé.

— C'est à propos de Marian... Mimi... et moi, dit-il en souriant. Nous sommes...

— Amoureux, termina M. Mayer. Et la réponse est oui, bien sûr. Oui, et que Dieu vous bénisse.

Le regard de M. Mayer s'embua.

— Une seule chose, Paul... j'aimerais attendre le printemps, l'anniversaire de Marian, pour annoncer officiellement les fiançailles. C'est une tradition dans la famille : nous attendons que les femmes aient vingt et un ans pour faire les choses officiellement. Cela vous convient ?

— Il le faudra bien, monsieur, répondit Paul qui jugeait cette « tradition » parfaitement ridicule. Après tout, cela ne fait que quelques mois à attendre.

— Eh bien à présent, allons rejoindre ces dames et ouvrons une bouteille de champagne.

Mme Mayer embrassa son futur gendre et Mimi lui donna son premier baiser en public, sous l'œil attendri de ses parents. On le pria de rester pour le dîner, au cours duquel M. Mayer discuta de portefeuilles d'actions, demanda l'opinion de Paul, et lui fit des confidences, comme s'il était déjà le fils de la famille.

Après le dîner, les parents leur annoncèrent qu'ils sortaient, laissant pour la première fois les jeunes gens seuls au salon.

Mimi posa la tête sur l'épaule de Paul.

— Je suis heureuse, mon chéri. Une vie tout entière ensemble... ce sera merveilleux. Et puis nous sommes si jeunes !

Il lui prit la main. Les doigts de Mimi étaient longs et fins ; un frisson le parcourut.

— Il faut que tu choisisses une bague, Mimi. Tu devrais aller voir chez Tiffany ; je pourrai la commander et nous serons sûr de l'avoir à temps.

— J'aimerais que tu viennes avec moi, dit-elle timidement. Je ne saurais pas laquelle choisir, ni le prix qu'il convient de mettre.

— Peu importe le prix ! La bague que tu porteras toute ta vie doit être parfaite. Mais tu as raison : nous irons ensemble.

Il la serra contre lui, posa la joue contre sa chevelure. Quelle fille adorable !

Les pétales finement ciselés d'une unique rose blanche dans un vase attirèrent son regard ; c'était la plus belle fleur qu'il eût jamais vue. Un bon feu de bois pétillait dans la cheminée. Un sentiment de bien-être et de plénitude l'envahit.

Un samedi, contrairement à son habitude, Paul revint chez lui avant midi. En entrant dans sa chambre, il remarqua tout de suite le chiffon à poussière sur son couvre-lit et le balai posé contre le mur ; la nouvelle bonne était occupée à lire. Assise au bureau de Paul, elle avait ouvert l'un de ses livres d'art, et elle était tellement absorbée par sa lecture qu'elle ne l'avait même pas entendu entrer.

Bien que ne l'apercevant que de trois quarts, il remarqua l'expression de plaisir qui avait envahi le visage de la jeune fille. Comme tout le monde dans la maison, il avait remarqué que la nouvelle femme de chambre était ravissante. Son opulente chevelure rousse attirait en effet l'attention au premier regard.

— Elle est juive, tu sais, lui avait dit sa mère.

C'était inhabituel. Dans sa maison, on était plutôt habitué aux jeunes paysannes catholiques, slaves ou irlandaises, mais, pour quelque raison inconnue de lui, on n'avait jamais engagé de Juives ou d'Italiennes. Il est vrai qu'il faisait peu attention à elles. Les femmes de chambre venaient et disparaissaient fréquemment. Seule Mme Monagham, la cuisinière, était une figure familière de la maison ; les jeunes, elles, se mariaient et disparaissaient.

Il demeura un long moment à l'observer, jusqu'à ce qu'elle finisse par s'apercevoir de sa présence.

— Oh, excusez-moi ! Je suis désolée, je...

— Ce n'est rien Anna, ce n'est rien. Qu'êtes-vous en train de regarder ?

269

Elle lui montra le livre.

— Oh, Monet.

Une femme en robe d'été se tenait dans un verger. Le tableau était vert et doré ; on croyait sentir la fraîcheur odorante de la brise.

— C'est un beau tableau, n'est-ce pas ? Vous aimez la peinture, Anna ?

— Je n'ai jamais vu de tableaux, sinon dans ces livres.

— Mais il y a plein de galeries et de musées à New York. Vous devriez aller les visiter. Cela ne coûte rien.

— Ah bon ? Eh bien dans ce cas j'irai.

Un instant de silence. Paul se sentit gêné.

— Ainsi vous aimez mes livres ? finit-il par dire.

— Je les regarde tous les jours, reconnut-elle.

— Ah bon ? Ils vous apportent du plaisir, alors.

— Oh oui ! Je suis heureuse qu'il existe des maisons comme la vôtre.

La simplicité de sa déclaration le toucha.

— Écoutez. Inutile de venir ici pour lire ces livres à toute allure. Prenez-en quelques-uns dans votre chambre. Emportez ceux que vous voudrez et prenez votre temps pour les lire.

— C'est vrai ? Ça ne vous dérange pas ? Oh, merci beaucoup, monsieur.

Elle sortit avec un livre à la main, poussant le balai de l'autre ; il remarqua qu'elle tremblait un peu.

Il raconta l'anecdote à sa mère.

— C'est une jeune fille très agréable, reconnut Florence. Je craignais un peu au début qu'elle ne travaille pas très bien — elle n'a pas d'expérience — mais elle est intelligente, elle apprend vite. Je me demande seulement combien de temps elle restera : pour son jour de congé, j'ai vu un jeune homme qui vient régulièrement l'attendre.

Paul se demandait à quoi pouvait bien ressembler cet homme, quel genre d'homme pouvait attirer Anna. Il lui semblait la connaître un peu mieux, et pourtant il n'avait parlé que cinq minutes avec elle.

Sa mère avait l'habitude de prendre le petit déjeuner au

lit, dans sa chambre, tandis que Paul et son père le prenaient dans la salle à manger. Ce matin-là, Walter fit quelques tentatives pour se montrer aimable envers Anna.

— Il fait froid, aujourd'hui ! On dit que l'hiver sera précoce : c'est le moment de sortir votre serre-tête.

Ou bien :

— Alors, Anna, avez-vous beaucoup dansé hier soir ?

Paul gardait les yeux baissés sur son assiette. Le ton protecteur de son père l'agaçait ; il lui parlait comme à une petite fille simplette, et pourtant sa mère n'avait-elle pas reconnu qu'Anna était intelligente ?

Il se dit qu'Anna devait se sentir aussi gênée que lui. Il se promit de lui parler à nouveau, pour tenter de faire oublier la condescendance maladroite de son père.

Pourtant, lorsque le samedi suivant il rentra une fois encore plus tôt que de coutume, il se comporta avec Anna de manière aussi sotte que son père.

— Et comment va votre jeune homme, Anna ? Ma mère m'a dit qu'un charmant jeune homme venait vous chercher les jours où vous étiez en congé.

— Oh, ce n'est qu'un ami. La vie serait bien triste sans amis.

— Bien sûr. Le voyez-vous souvent ?

— Surtout le dimanche, car le mercredi, mon jour de sortie, il travaille.

Il posait trop de questions, il en était parfaitement conscient, mais la curiosité était la plus forte.

— Et que faites-vous donc le mercredi, alors ?

— Eh bien depuis que vous me l'avez conseillé, je suis allé visiter des musées. Surtout le musée de peinture, de l'autre côté du parc.

Que la vie est étrange ! Cela faisait des mois qu'il vivait aux côtés d'une fille qui lui servait ses repas et prenait soin de ses affaires, et il ne savait rien d'elle ; il avait fallu que...

Il interrompit de lui-même le cours de ses pensées.

— Nous n'avons pas reparlé depuis ce jour du mois dernier. C'est curieux, vous ne trouvez pas ?

Elle eut un petit sourire.

— Non, ça n'est peut-être pas si curieux que ça.

Il hocha la tête.

— Parce que c'est la maison de ma famille et que vous y êtes employée. C'est ce que vous voulez dire ?

Elle acquiesça.

— Eh bien, c'est regrettable. Il faut juger les gens sur ce qu'ils sont, pas sur le travail qu'ils font ou les gens qu'ils fréquentent...

Il s'interrompit.

— Je crois que je ne suis pas très clair.

— Mais je comprends ce que vous voulez dire.

Elle avait le regard candide. Évidemment, elle savait. Il se sentait embarrassé.

— Je vous distrais de votre travail. Excusez-moi, Anna.

— Non, non, j'ai fini pour cette chambre. Il faut que je descende, maintenant.

Comme c'est curieux, se disait-il alors qu'elle s'éloignait, elle ressent le besoin de voir et de connaître le beau, alors que de toute évidence elle est peu familiarisée avec l'art.

Dès lors, il lui arriva de temps en temps de rentrer chez lui plus tôt à midi, et il se surprenait à espérer sa présence. Ils eurent de brèves conversations ; elle lui parla de ses parents (morts en Pologne), de ses frères qui vivaient encore à Vienne, de ses premiers mois en Amérique.

Puis il lui vint à l'esprit que peut-être elle attendait ces conversations, il les attendait même avec impatience. Un certain vertige s'empara de lui.


Le dimanche, Paul aimait à se rendre chez Mimi, dans l'East Side, en traversant le parc. Un dimanche, alors que Mimi s'était rendue à l'hôpital en compagnie de ses parents pour y visiter un parent, Paul se promenait seul dans Central Park.

Il errait sans but précis au hasard des allées, savourant la fraîcheur vivifiante des dernières journées d'hiver.

Les pensées se bousculaient dans son esprit. Freud avait raison : l'esprit n'est jamais en repos, même pendant le sommeil.

Depuis son voyage en Europe, rien ne lui semblait plus important que de lutter pour la paix. Il écrivait bien ; peut-être pourrait-il mettre sa plume au service du mouvement pacifiste. Hennie saurait le conseiller.

Les récits que sa grand-mère lui avait faits de la guerre de Sécession lui avaient donné horreur de la guerre. Il avait aussi horreur de la chasse, et les trophées accrochés aux murs de la maison des Adirondacks ainsi que le souvenir d'une tête sanglante de daim ballottant sur le capot d'une voiture l'empêchaient à tout jamais d'aller chasser avec les autres. La guerre c'était cela, sauf que les têtes glorieusement exhibées étaient celles d'êtres humains. Il était bien décidé à se rendre aux réunions du mouvement pour la paix et à offrir à la cause ce que l'on pouvait attendre de lui. Il donnerait de l'argent, beaucoup d'argent. Avec un brin d'ironie, il se dit qu'au moins, Dan ne pourrait l'accuser d'avarice.

Il avait presque atteint la 5e Avenue, lorsqu'il aperçut une femme qui marchait rapidement à quelques mètres devant lui. Elle était grande, et sa chevelure rousse lui était familière. Il pressa le pas.

— Anna ! Que faites-vous donc ici ?

— Je vais au musée.

— Toute seule, un dimanche ?

— Mon ami n'a pas pu venir aujourd'hui.

— Cela vous ennuie si je fais un petit bout de chemin avec vous ?

— Non, non, pas du tout, au contraire.

— Alors... avez-vous apprécié les livres d'art ?

— Oh, oui ! Je m'excuse de les avoir conservés si longtemps, je vous les rapporterai demain.

Pauvre fille. Elle devait se sentir gênée.

— Ce n'est pas du tout ce que je voulais dire, Anna ! Gardez-les aussi longtemps que vous voudrez.

Il n'aurait su dire ce qui le poussa ensuite.

273

— Dites-moi, puisque nous sommes là, voulez-vous m'accompagner à l'Armory Show, cet après-midi ?

Et il se hâta d'expliquer :

— Il y a une exposition très intéressante de peintres modernes, surtout européens. Peut-être n'aimerez-vous pas ces tableaux, mais tout le monde en parle, et comme vous aimez la peinture, je pense que ça vous intéressera.

— Eh bien...

Il l'interrompit.

— Cela vaut vraiment la peine d'y aller, vous savez.

— Vous l'avez déjà vue ? Dans ce cas, vous ne devez pas avoir très envie d'y retourner.

— Au contraire. J'ai très envie de la revoir. C'est tellement merveilleux, excitant, nouveau !

La fille hésitait encore. La rougeur, qui avait un instant reflué, envahissait à nouveau ses joues.

Il comprenait son embarras.

— Si nous rencontrons quelqu'un, nous dirons, ce qui est la vérité, que nous nous sommes rencontrés par hasard. Venez. Il n'y a aucun mal à cela, Anna.

Ils prirent la direction de Lexington Avenue.

— C'est sur la 25ᵉ Rue, cela fait loin d'ici. Nous devrions prendre le trolley, dit Paul.

— Pourquoi ne pas marcher ? Il fait beau. L'air est frais.

Il leva les yeux vers le ciel bleu où s'accrochaient très haut des écharpes de nuages blancs ; il y sentait la promesse du printemps et d'un bleu plus intense encore. Il baissa ensuite le regard et vit qu'elle le regardait.

— Je reste si longtemps dans la maison, expliqua-t-elle, j'ai envie de sortir.

Mais elle ajouta aussitôt :

— Mais ça ne me fait rien, c'est une maison si agréable, et je suis si contente d'y travailler.

Pour tenter de dissiper la gêne, il lui parla avec la plus grande douceur.

— Vous aimez New York ? Vous vous promenez beaucoup en ville ?

— Oh oui, je vais partout. Je connais la tombe de Grant, le Woolworth Building...

— Dites donc, vous ne perdez pas de temps ! On vient de finir le Woolworth Building !

— C'est le plus grand immeuble de bureaux du monde ! s'écria-t-elle avec admiration.

Cet émerveillement avait quelque chose de frais et de touchant. Elle admirait les voitures qui passaient, les tulipes dans la vitrine d'un fleuriste, un grand chien.

— C'est un afghan, lui dit Paul. C'est un chien très rare.

A l'Armory, elle s'extasia devant la longue file d'automobiles garées devant la galerie, puis devant l'immensité du hall et la beauté des élégantes qui inspectaient les sculptures et les tableaux.

— Regardez, Anna, c'est un tableau d'un réaliste américain, John Sloan. Vous comprenez ce que ça veut dire, réaliste ?

— Qu'il peint la réalité ?

Elle s'approcha pour lire le titre du tableau : *Filles se séchant les cheveux.*

Du linge blanc était étendu aux fenêtres d'un immeuble de rapport. Le soleil brillait sur le toit.

— Oui, dit-elle, je sais ce qu'elles peuvent ressentir. Elles sont heureuses de sortir de leurs pièces sombres. Je connais bien ça.

Ils admirèrent des Van Gogh, des Matisse, des Cézanne.

*La maison sur la colline*, lut Anna. Elle parlait si doucement, que Paul était obligé de se pencher vers elle pour ne pas être distrait par le brouhaha de la foule.

— Regardez comme la terre est belle. Et ces collines arrondies ! Là d'où je viens, en Pologne, le paysage était plat. Un jour, j'aimerais voir des collines comme celles-là.

Il se sentit bouleversé par l'expression d'un souhait aussi simple. Soudain, il éprouva une certaine curiosité.

— Venez par ici, j'aimerais vous montrer quelque chose.

Une petite foule était rassemblée devant un tableau, en

sorte qu'ils durent se livrer à une petite manœuvre d'approche.

— *Nu descendant un escalier*, dit Paul. C'est d'un Français, Marcel Duchamp.

Derrière eux, des gens riaient.

— C'est grotesque ! Ça ne vaut même pas le prix de la toile et de la peinture !

— C'est même indécent. Ils devraient avoir honte d'exposer de telles ordures !

— Dites-moi, Anna, qu'en pensez-vous ?

Elle hésitait, les sourcils froncés. Il l'observait.

— Vous aimez ou vous détestez ? insistait Paul.

— Je ne sais pas. Toutes ces lignes et ces carrés, ça n'est pas vraiment beau, mais...

— Mais quoi ?

— Eh bien, c'est... comment dire, c'est original. Enfin, je veux dire que personne n'a jamais peint comme ça auparavant.

— C'est original, vous avez raison. C'est ce qu'on appelle du cubisme ; ce que vous appelez des carrés, ce sont des cubes.

— Oh, oui, comme des petites boîtes. Empilées les unes sur les autres. Et ça bouge, n'est-ce pas ? C'est si étrange ! On détourne le regard, et ensuite on a envie de regarder à nouveau pour la voir descendre l'escalier.

— Je suis d'accord avec vous. Les critiques, ici, se moquent, parce que l'Amérique n'est pas encore prête. Mais cela viendra.

Quelques jours auparavant, il se tenait face au même tableau, mais avec Mimi.

— Je n'ai jamais rien vu d'aussi affreux ! avait-elle déclaré. C'est un barbouillage horrible. Un enfant en ferait autant. On ne peut vraiment pas appeler ça de l'art.

Il fallait reconnaître, toutefois, que la plupart des critiques d'art partageaient son opinion, et même une personnalité de l'envergure de Theodore Roosevelt.

276

— Je pense même que ça n'est pas très... moral, avait-elle ajouté en pensant, bien entendu, à la nudité.

Il n'avait pas répondu.

Après tout, la plupart des petits bourgeois qui n'avaient pas les moyens de s'offrir des œuvres originales tapissaient leurs murs de reproductions photographiques sépia, comme celles du célèbre *Blue Boy* de Gainsborough. Non, décidément, l'Amérique n'était pas prête à accueillir Marcel Duchamp.

Et pourtant Anna, cette fille sans instruction, savait regarder, admirer et accepter.

Elle étudiait encore le tableau. Il se tenait derrière elle, mais au lieu de regarder le tableau, il ne pouvait s'empêcher d'admirer la courbe de sa nuque. Son chapeau, haut perché, révélait une masse de cheveux roux aux reflets multiples : cuivre, feuille morte, acajou ; les quelques mèches qui s'échappaient du chignon capturaient les rayons d'or du soleil.

Elle disait quelque chose. Il sursauta.

— Excusez-moi, je n'ai pas bien entendu.

— Je disais qu'il était déjà tard, répéta-t-elle. Nous devrions peut-être partir.

— Nous prendrons le trolley.

D'ordinaire, il aurait hélé un fiacre, mais il n'aurait guère été sage d'arriver chez lui en compagnie de la jeune femme de chambre. Il imaginait déjà ce que l'on aurait raconté ! Cela n'aurait guère été bon pour Anna. Ni, honnêtement, pour lui !

— Vous n'avez qu'à prendre le trolley, moi je préfère marcher, dit Anna.

— Après tout ce que vous avez marché aujourd'hui ! Mais vous avez traversé la ville.

— Vous savez, je ne sortirai pas avant mercredi prochain.

— Eh bien dans ce cas, je vous accompagne.

Elle marchait rapidement, sans flâner. Quelle vigueur en elle ! Le vent se leva ; l'après-midi se rafraîchit. Son manteau de laine, d'un vilain gris, était fin et ne devait guère la protéger du froid. Le manteau de Paul, en revanche, était doublé de fourrure.

Ils marchaient en silence. Pour quelque raison, il se sentait agacé. Il s'en voulait d'avoir rapproché l'opinion de Mimi de celle d'Anna. Après tout, qu'importait le jugement porté sur un tableau ? Ce n'était qu'affaire de goût, comme de préférer le chocolat à la vanille.

— J'ai oublié le nom de ce peintre, dit Anna, vous savez, le cubiste.

— Duchamp. Marcel Duchamp.

— Vous avez l'air de connaître tant de choses en art. Vous peignez, vous aussi ?

— Mon Dieu, non ! Je serais bien incapable de dessiner quoi que ce soit. Mais je m'efforce d'apprendre, de comprendre les arts. On ne peut pas s'occuper tout le temps d'économie.

— L'économie, c'est...

— Les affaires. L'argent. La banque.

— Ah oui, c'est vrai que vous travaillez dans une banque.

— D'une certaine façon, oui.

Il était difficile de lui expliquer ce qu'était une société d'investissements, et de toute façon cela ne présentait guère d'intérêt.

— Je vois, dit-elle.

Il lui sembla qu'elle avait légèrement froncé les sourcils : comme tous les ouvriers, se dit-il, elle doit voir le banquier comme une sorte d'ogre qui dévore les pauvres.

— J'imagine que pour vous, les banquiers sont des gens affreux qui prêtent de l'argent à des taux usuraires ?

— Oh non, pas du tout, dit Anna. Sans les banquiers, comment est-ce qu'on ferait des choses comme ça ?

Et d'un geste, elle montrait le gratte-ciel qui s'élevait au-dessus du parc.

— Une seule personne n'aurait jamais assez d'argent pour construire un immeuble comme celui-là. Il faut bien qu'elle emprunte, n'est-ce pas ?

— Mais oui, dit-il, visiblement ravi. C'est bien la raison

d'être des banquiers. Vous savez, Anna, que vous êtes une femme très intéressante.

— Vous dites ça parce que vous n'avez jamais parlé à personne comme moi auparavant.

Elle s'exprimait avec franchise, sans trace d'ironie. La timidité des premiers moments s'en était allée.

— Je suis une immigrante sans éducation. Je suis différente des autres.

— C'est vrai. Très différente.

— Mais vous et votre famille, vous êtes aussi différents des autres.

— Ah bon ? De quelle façon ?

— Eh bien, auparavant je n'avais jamais rencontré de Juifs comme vous. Avant que Mme Monagham ne me le dise, je ne pensais pas que vous étiez juifs.

— Mais si, et fiers de l'être. Nous sommes comme Jacob Schiff, des Américains de confession juive.

— J'ai donc appris quelque chose. Mais, vous savez, je suis un peu découragée. J'ai l'impression de ne rien savoir, et je sens que je n'apprendrai rien, que je ne verrai rien, alors que j'ai envie de voir le monde entier.

— Le monde entier ! Peste, quel programme ! Mais vous savez, Anna, j'ai le sentiment que la vie vous apportera plus encore que ce que vous espérez. Je suis sûr que vous verrez le monde. L'Europe, des endroits merveilleux...

— L'Europe ? Plus jamais la Pologne, j'aime autant vous le dire !

— Non, pas la Pologne, mais Paris, Londres, l'Italie. Le lac Majeur, les châteaux, les îles. Les Alpes, avec leurs sommets enneigés en plein été. Vous m'avez bien dit que vous aimeriez voir des collines.

Ils étaient arrivés devant la maison. Il faisait sombre et le vent soufflait fort. Les fenêtres du salon étaient éclairées, promesse de chaleur et de confort.

— Eh bien, Anna, c'était un après-midi bien agréable.

Ses yeux et ses cheveux brillaient dans la lumière du réverbère. Elle lui adressa un des plus beaux sourires qu'il eût jamais contemplés.

— J'ai passé un moment merveilleux. Je m'en souviendrai, ainsi que des tableaux et de la neige sur les Alpes.

Puis elle descendit les marches menant au sous-sol, où aucune lumière ne brillait. Il la regarda ouvrir la porte, souleva ensuite son chapeau, puis demeura là un instant avant de gravir les marches du perron.


— Lorsque j'étais enfant, dit Angelique, je ne devais pas avoir plus de dix ou douze ans, j'allais avec la femme de mon grand-père rendre visite à sa famille à elle. C'était une créole. On pensait que je ne comprenais pas, mais bien sûr je comprenais tout ! Après mon mariage, ma mère m'a expliqué à propos des enfants esclaves d'un vieil homme. Ils ressemblaient tout à fait aux enfants qu'il avait eus de sa femme. Même moi je me rendais compte qu'ils étaient frères. Il s'appelait Sylvain Labouisse.

Savourant les histoires qu'elle racontait, elle glissa un coup d'œil par-dessus sa tasse à café pour voir l'effet qu'elle produisait. De nos jours, se disait Paul, il est rare qu'elle découvre ainsi une nouvelle audience.

Mimi était pendue à ses lèvres.

— Sylvain Labouisse ! Quel nom merveilleux !

Mimi, dont le visage reflétait pourtant rarement les émotions, semblait illuminée. Avant de venir avec elle chez Hennie, Paul s'était demandé ce que Mimi allait penser du modeste appartement et du quartier populaire ; à vrai dire, l'opinion de Mimi à ce sujet ne le préoccupait guère, mais il espérait tout de même que les deux femmes finiraient par s'apprécier. Après tout, Mimi n'avait rencontré Hennie que dans des cadres choisis, chez ses parents à lui, ou dans la maison d'Alfie. Jamais elle n'avait dû pénétrer dans un immeuble comme celui-ci et de fait, assise sur le pauvre canapé de Hennie, elle avait l'allure d'une dame de la bonne société venue visiter « ses pauvres ». Dans cette pièce où les seuls objets de valeur étaient les livres alignés sur les étagères et le service à thé en argent d'Angelique, les bottines en chevreau et la veste de velours grenat de Mimi se détachaient avec une netteté presque insupportable.

— Pensez-vous que son fils connaissait l'existence de ses demi-frères ? demanda Mimi.

— S'il la connaissait, en tout cas il n'en parlait pas, répondit Angelique en riant. Il y avait tellement de sujets dont on ne parlait jamais ! Vous ne pouvez pas imaginer l'étiquette qui régnait à cette époque. Et on parle de l'étiquette des cours royales ! Je me souviens encore de la première fois où j'ai vu M. Labouisse... il marchait dans son jardin avec un port de tête, un maintien ! On eût dit Louis XIV à Versailles !

Hennie et Paul échangèrent un regard de connivence Leur regard était pourtant empreint d'affection et d'amusement.

— Oh, que ces hommes étaient courtois ! Et mon père également ! Tous les hommes étaient comme cela.

— Pas l'oncle David, corrigea Hennie.

— Mais l'oncle David n'a jamais vraiment été un homme du Sud, corrigea à son tour Angelique, tu le sais bien.

— Quelle famille extraordinaire ! s'exclama Mimi.

— Oh, c'est vrai que notre famille a une histoire, dit Angelique, ravie. Je pourrais vous en parler pendant des heures. Mais puisque vous semblez vous intéresser à l'histoire et aux objets anciens, venez donc prendre un jour le thé à la maison avec Paul. Je vous montrerai de jolies choses.

— Oh, ce serait avec grand plaisir, répondit Mimi.

Sa courtoisie n'était pas feinte, elle appréciait Angelique, mais la vieille dame l'aurait-elle ennuyée à mourir que Mimi eût fait preuve de la même courtoisie. Paul était fière d'elle. Mimi était irréprochable. Elle s'était montrée simple et amicale. Sans effusions inutiles, mais correcte et enjouée.

Ils se levèrent. Paul déposa sa cape de fourrure sur les épaules de Mimi.

— J'ai passé un après-midi délicieux, dit Mimi en serrant la main aux deux femmes. Quant au gâteau, madame Roth, il y a longtemps que je n'en avais pas goûté d'aussi bon.

— Appelez-moi Hennie.

— Eh bien, Hennie, j'aimerais avoir vos talents de cuisinière. Transmettez mon bon souvenir à Freddy.

— Au fait, où est-il? demanda Paul.

— Il a emmené Leah à un ballet d'Isadora Duncan; ils y sont allés en matinée parce que Freddy repart à Yale par le train du soir. Ils avaient déjà acheté leurs billets, sans cela ils seraient restés.

— Il faut absolument que Mimi et moi allions voir Isadora Duncan. On dit qu'elle est extraordinaire.

— Moi non plus je ne l'ai pas vue, dit Hennie, mais Leah en est toute bouleversée.

Et, avec tendresse, elle ajouta :

— Mais Leah est facilement bouleversée.

— Encore une fois, dit sèchement Angelique, je n'aime pas ça.

La sécheresse du ton tranchait avec l'atmosphère cordiale du départ. Mimi eut l'air surpris.

— Qu'est-ce que tu n'aimes pas, maman, Isadora Duncan? demanda Hennie, agacée.

— Tu sais très bien ce que je veux dire. Dès qu'il a un moment de libre, il le passe avec elle.

— D'abord ce n'est pas vrai, et ensuite tu t'inquiètes trop, maman.

Hennie semblait furieuse.

Ils se tenaient dans le vestibule : la porte d'entrée était déjà ouverte. Mimi, poliment, avait détourné les yeux et regardait une gravure à l'eau-forte représentant le Colisée.

— C'était une bonne action, poursuivait Angelique, mais bien déraisonnable, aussi. Il y a des choses qui ne se font pas, et cela je le dis depuis le début.

En dehors de la vieille dame, tout le monde était gêné.

— Bon... dit Paul, je crois que nous allons y aller. Merci, Hennie, merci grand-mère.

282

Et tandis qu'ils descendaient les escaliers, il expliqua à l'adresse de Mimi :

— Vraiment, je regrette... Leah semble être une éternelle pomme de discorde entre elles.

— C'est pourtant une fille très intelligente. Et belle, aussi.

— Dans le genre effrontée, oui.

— Tu n'as pas l'air de beaucoup l'apprécier.

— En fait, si. Mais ce n'est pas mon genre de fille.

Les mots tourbillonnaient à ses propres oreilles... mon genre de fille... mon genre de fille... Au fait, quel est mon genre de fille ?

La nouvelle voiture électrique de Mimi était garée à quelques pas de là. Avec un ronronnement délicat, la petite machine glissa sur la chaussée.

— Vingt kilomètres à l'heure ! Comme c'est drôle ! s'écria Mimi. Une voiture à moi toute seule, tu te rends compte ! C'est le plus beau cadeau que papa m'ait jamais fait.

— Je te crois !

Cette petite boîte gainée de cuir et montée sur roues devait valoir une véritable fortune. La mère de Paul en possédait une, ainsi que la femme de l'oncle Alfie ; c'était l'objet à la mode.

— Ferme la fenêtre, s'il te plaît, dit Mimi, tu sais que j'attrape facilement froid.

Paul obtempéra, mais aussitôt le lourd parfum des œillets disposés dans le vase en cristal envahit la voiture. Paul détestait ce parfum entêtant.

— Ta grand-mère est charmante, dit Mimi alors qu'ils tournaient dans la 5e Avenue.

— Tu trouves ? Parfois, je la trouve plutôt maladroite.

— C'est drôle, ce que tu dis. Moi, elle m'a beaucoup plu.

— Elle n'aurait pas dû parler de Leah. Ce n'était ni le lieu ni le moment.

— Ça ne fait rien, elle me plaît bien quand même. C'est une grande dame, tu ne trouves pas ? Mais, dis-moi, à quoi tient cette brouille entre ta tante Hennie et tes parents ?

— Oh, c'est quelque chose à propos des immeubles de

rapport. L'oncle Dan est un réformateur. C'est une longue histoire, je te la raconterai une autre fois.

Il se sentait fatigué ; le parfum des œillets lui donnait mal à la tête.

— Vraiment, je regrette pour ta tante, dit Mimi.

— Tu regrettes pour Hennie ? Tu veux dire pour la brouille avec mes parents ?

— Non, je voulais dire à cause de sa pauvreté. Quel appartement ! Cela doit être terrible pour elle !

Jamais avant ce jour il n'avait songé à la « pauvreté » de Hennie. Mais il songea alors à la robe de Mimi sur le canapé au tissu élimé et à ses bottines en chevreau sur le vieux tapis.

— Hennie s'en moque, répondit-il.

— Elle s'en moque ! Comment est-ce possible ?

— Elle est infiniment trop occupée.

Et une autre image lui vint à l'esprit.

— Tu aurais dû la voir défiler sur la 5e Avenue avec les suffragettes ! Toutes vêtues de blanc, la tête haute, si fières !

Il eut un petit rire.

— Un sacré spectacle, je t'assure !

— Oui, j'ai vu les suffragettes. Papa dit que le vote des femmes ne changerait absolument rien.

— Ce défilé n'était pas seulement en faveur du vote des femmes. C'était aussi contre le travail des enfants. Hennie s'est beaucoup consacrée à ce mouvement. Je suis fière d'elle. C'est une femme extraordinaire, tu verras.

— J'ai l'impression que ta grand-mère est bien plus à l'aise. Plus à l'aise que Hennie, je veux dire.

— Ah bon, tu trouves, pourquoi ?

— Oh, mais parce qu'elle portait une belle robe et des chaussures coûteuses.

— Mon oncle Alfie est très généreux avec sa mère, dit sèchement Paul.

— C'est bien de sa part. Toutes les familles devraient être comme ça. Mon père, par exemple, envoie de l'argent à des cousins en Allemagne qu'il n'a même jamais vus. On a bon cœur dans ma famille, alors j'y suis habituée.

284

Elle avait raison. Les Mayer étaient des gens solides et généreux, ils étaient une des familles les plus en vue de la communauté juive allemande. Dans toutes les maisons qu'ils possédaient, on se sentait aussi bien que chez soi.

Mais je ne me sens pas toujours bien chez moi, se dit Paul. Et puis un vague sourire se dessina sur ses lèvres, lorsqu'il songea : mais la plupart du temps, si, je m'y sens bien.

— Pourquoi souris-tu ? demanda Mimi en quittant la route des yeux.

— Oh... parce que je suis heureux.

Il posa la main sur la sienne.

— J'espère que toi aussi tu es heureuse.

— Oui, très heureuse, si tu savais ! Dis-moi, après notre mariage, j'aimerais aider Hennie. Oh, rien qui puisse l'embarrasser ou l'offenser, seulement des petits présents pour son anniversaire ou en certaines circonstances particulières. Je déteste voir les gens dans le besoin.

— Tu es très gentille, Mimi.

Cela aussi c'était vrai. Elle était d'une gentillesse à toute épreuve ; un homme pouvait compter sur une femme comme Mimi. Un sentiment de bien-être et de reconnaissance l'envahit ; il étreignit dans la sienne la main gantée de chevreau gris.

Il lui arriva quelque chose de fou. Il passait devant chez Wanamaker lorsqu'il entendit deux femmes qui parlaient à voix haute, assez fort.

— Oh, regarde ! Arrêtons-nous une seconde. Mon Dieu quel beau chapeau ! Je n'ai jamais rien vu d'aussi beau !

— Magnifique ! Mais il doit coûter une fortune ! Il n'a certainement pas été fabriqué ici. Ce genre de chapeaux, on ne les trouve qu'à Paris !

Malgré lui, son regard fut attiré. Dans la vitrine, il ne se trouvait qu'un seul chapeau, présenté comme un joyau. La tête du mannequin sur lequel il était posé portait une somptueuse perruque de cheveux roux. Ce chapeau ne pouvait être porté que par une jeune fille de haute taille, lors d'une garden-party ou d'un mariage, sur une pelouse de cinq hectares. Ou à l'heure du thé, au Plaza. Il ferma les yeux un instant. Folie ! Folie ! Il ouvrit les yeux. Le chapeau était toujours là. Pourquoi le laisser à quelque grosse bourgeoise de cinquante ans ou plus, ou à une fille plus jeune, qui aurait certes les moyens de se l'offrir, mais ni la grâce ni l'élégance naturelle pour le porter ?

Une image s'imposa à son esprit : un manteau de fine laine grise, un petit chapeau à trois sous, un sourire...

Depuis leur dernière rencontre, il lui avait à peine parlé, et même, il avait évité de la rencontrer, se débrouillant pour être absent lorsqu'elle nettoyait sa chambre. Lorsqu'elle servait à table, il ne pouvait s'empêcher de regarder ses mains sur le plateau ; un doux parfum émanait de son corps. Il évitait son regard. Elle devait croire qu'il était fâché...

Et pendant tout ce temps, il regardait le chapeau.

Il rentra dans le magasin et l'acheta. Il ne demanda le prix qu'une fois le chapeau emballé dans sa boîte ronde ornée d'un magnifique ruban. Le chapeau devait valoir une véritable fortune, car la vendeuse lui tendit le paquet avec un infini respect, en lui disant : « Voici, monsieur. J'espère qu'il plaira à cette dame. »

Sur le chemin du retour, dans le trolleybus, la boîte reposait sur le siège à côté de lui. Il en avait peur. Le receveur dut lui demander deux fois le prix de son passage. Ses pensées se bousculaient en lui, troublantes. Mais pour être honnête, cela faisait déjà un certain temps qu'elles étaient troublantes !

Mais tous les hommes ont de telles pensées ! Tout le monde sait bien que l'homme le plus heureux en mariage a toujours un œil qui vagabonde. Oh, évidemment, pas comme l'oncle Dan. Et, un peu ennuyé, il se mit à songer à Hennie ; toutes ces questions de fidélité, de loyauté, étaient bien compliquées ! Oui, tous les hommes regardent les femmes. Pourquoi serait-il différent des autres ? Le drôle de citoyen qu'il aurait fait là ! Et il soupçonnait les femmes d'en faire autant ; à la dérobée. Et pourquoi pas ? Il n'y avait aucune raison d'avoir honte de ces appels de la chair, bien naturels après tout, du moment que cela restait dans des limites décentes et que cela ne mettait pas en danger sa famille !

Pourtant, il ne voudrait pas que Mimi (ni que personne d'autre, d'ailleurs) pénètre ses pensées ou en vienne à apprendre l'histoire du chapeau. Seigneur Dieu, qu'avait-il fait ! Cette fille allait se méprendre. Il aurait volontiers laissé ce chapeau sur le siège du trolley.

Pourtant, il le ramena chez lui. Il attendit Anna devant la porte de sa chambre à lui, et la surprit alors qu'elle arrivait en haut des marches.

— J'ai pensé que cela vous ferait plaisir, dit-il en lui tendant la boîte ornée de ses rubans.

Elle ne comprenait pas.

— Ceci. Cette boîte. C'est un présent pour vous.

— Pour moi ? Pourquoi ?

— Parce que je vous aime bien. Parce que j'aime bien offrir des cadeaux aux gens que j'aime bien.

Les mots lui venaient à présent plus aisément.

— Tenez, je vais vous aider, dit-il, alors que la jeune femme essayait maladroitement de défaire le ruban.

Il retira le chapeau de son enveloppe de papier.

— Et voilà ! Qu'en pensez-vous ?

Elle rougit à nouveau, de cette rougeur particulière aux rousses, tellement brillante sur la peau laiteuse.

— Oh ! Il est magnifique ! Merci, merci mille fois, mais vraiment ça n'est pas possible, je ne peux pas !

— Pourquoi pas ?

Elle leva les yeux.

— Ce ne serait pas convenable.

— Pas convenable… oui, je vois ce que vous voulez dire. Et si pour une fois nous envoyions promener les convenances, Anna ? Je suis un homme, j'ai les moyens de vous offrir un beau chapeau, et vous, vous êtes une belle fille qui n'avez pas les moyens de vous l'offrir… Oh, faites-moi donc ce plaisir ! Portez-le dimanche prochain pour sortir avec votre ami.

— Je ne devrais pas.

De la paume de la main, elle caressait doucement le chapeau.

— Vous voyez, vous l'aimez déjà ! Votre ami aussi l'aimera lorsqu'il le verra sur vous. C'est presque le printemps, Anna. Il faut le célébrer. Nous ne sommes jeunes qu'une seule fois dans notre vie.

Il parlait presque durement. Il éprouvait... il ne savait pas ce qu'il éprouvait.

— Bon, eh bien bonne nuit, dit-il brusquement.

Il rentra dans sa chambre et referma la porte avec un petit bruit sec.

Il se sentait las. Pourtant, d'habitude, il aimait voir venir le printemps. Les journées s'allongeaient ; les garçons jouaient aux billes dans la rue ; par les fenêtres ouvertes, on entendait les enfants massacrer consciencieusement leurs leçons de piano ; sur les étals des épiciers s'amoncelaient les grosses fraises bien mûres. Au bureau, les clients lui parlaient de leurs projets pour l'été : Biarritz, les Adirondacks ou Bar Harbor ; ils parlaient des vents du large, de l'eau bleue et de la musique ; mais rien ne pouvait dissiper sa morosité. Assis à son bureau, le menton dans les mains, il y avait devant lui cinq messages téléphoniques auxquels il devait répondre.

— Alors ? Tu rêves à ton mariage ?

Le visage de son père apparut dans l'entrebâillement de la porte.

— Hein ?

Il lui fallut quelques secondes pour prendre conscience de ce que lui avait dit son père et arborer en conséquence le sourire que l'on attendait de lui, le sourire complaisant et rêveur de l'homme « amoureux ».

— Oui, oui, le mariage.

— Ta mère a peur de te perdre pour toujours

— De me perdre ?

288

— Eh bien oui, maintenant que tu vas te marier.

— Je croyais qu'elle était ravie.

— Oh, mais bien sûr. Elle se moquait seulement un peu de toi parce que tu ne rentres pratiquement plus jamais dîner. Je ne sais pas si tu t'en rends compte, mais tu es presque tous les soirs chez les Mayer.

— Ils me proposent toujours de rester.

— La cuisine doit être meilleure là-bas...

Walter posa la main sur le bras de son fils.

— Ah, la jeunesse! Ne t'inquiète pas : nous sommes enchantés de te voir heureux, de voir que tu as envie d'être aussi souvent avec Mimi, et puis nous savons bien que nous ne te perdrons pas. Mimi sera notre fille. Elle est adorable.

Il se sentait sale. Ses pensées étaient sales. Voilà pourquoi il évitait leur table, excepté les mercredis, son jour de sortie, où c'était Mme Monagham qui passait les plats. De l'obsession, il ne connaissait que la définition du dictionnaire, qui est loin d'en rendre toute l'horreur. Son incapacité à contrôler ses pensées était effrayante. Jusqu'alors, il ne savait pas qu'il était possible de penser à deux choses à la fois, de lire, par exemple, les gros titres des journaux, de les comprendre, et en même temps, de voir apparaître sous ses yeux un visage de femme, beau et pensif; ou bien d'être assis au milieu d'une foule de gens qui parlent, ou même pire, d'être seul en compagnie de Mimi, et d'entendre une autre voix, musicale, parler avec un accent étranger.

*J'ai envie de voir le monde entier...*

C'était donc cela, l'obsession. Quelle misérable condition ! Quand cela prendrait-il fin?

Un samedi matin, il la rencontra dans le vestibule. Il montait les escaliers, alors qu'elle attendait en haut des marches pour descendre à son tour; il ne pouvait l'éviter.

— Eh bien, dit-il, votre jeune homme a-t-il... aimé le chapeau?

En prononçant ces mots, il se rendait bien compte qu'il avait employé le ton légèrement protecteur et condescendant qu'adoptait son père pour parler aux domestiques, et il en fut profondément mortifié.

— Je ne l'ai pas encore porté. Il est trop beau pour les endroits où nous allons.

— Ah bon ? Dans ce cas, demandez-lui de vous conduire ailleurs. Demain, par exemple, vous pourriez aller prendre le thé dans un endroit chic.

— Peut-être. Mais pas demain : c'est un dimanche où il travaille.

Les mots lui vinrent tout naturellement.

— Alors c'est moi qui vous emmène prendre le thé.

— Oh non, non, ce ne serait pas convenable !

— Pourquoi pas ?

Elle cherchait à descendre les marches, mais il lui barrait le passage.

— En quoi est-ce que ça n'est pas convenable ? J'aimerais seulement m'asseoir quelque part et bavarder avec vous. Il n'y a rien de mal à ça. Rien de honteux.

— Quand même ! Je ne trouve pas...

— Personne n'a besoin de savoir, si c'est cela qui vous tracasse. Si quelqu'un nous voit, je dirai que vous êtes la sœur d'un client d'un autre État, et que pour lui être agréable j'ai accepté de vous montrer un peu la ville. Vous êtes d'accord ?

A nouveau, son sourire éclaira son visage, un sourire qui n'était guère éloigné d'un éclat de rire.

— D'accord, dit-elle, à demain.


Il l'emmena au Plaza. Ils trouvèrent une petite table dans un coin, à l'abri d'un écran de palmiers en pots. On leur servit du thé, et un serveur poussa devant eux un chariot de pâtisseries.

— Vous êtes ravissante, Anna, surtout avec ce chapeau.

— Mes chaussures ne vont pas avec le chapeau.

Il ne comprenait pas.

— Comment ça, elles ne vont pas !

— Elles ne sont pas assez belles. Elles vont avec l'uniforme que je porte tous les jours, et je n'ai pas les moyens de m'offrir deux paires de chaussures. Ça coûte deux dollars cinquante, vous savez.

Il baissa les yeux et aperçut, sous la robe qui avait un peu remonté, une paire de chaussures ordinaires, à haut laçage. Surprenant son regard, Anna tira sur sa robe.

— Elles sont très bien, dit Paul, et votre robe les cache...

Il se rendit compte de son impair et se mit à bafouiller :

— Euh... non... je veux dire qu'elles sont très bien...

Elle se mit à rire.

— Vous savez bien que ce n'est pas vrai.

Lui aussi se mit à rire. Ils étaient complices.

— Savez-vous qu'ici, c'est vous la plus belle femme ?

— Comment pouvez-vous dire une chose pareille ! Tenez, regardez celle qui arrive, là, avec la robe jaune. .

— Rien à voir. La ville est pleine de femmes aussi jolies qu'elle. Vous, vous êtes différente. Vous êtes vivante. La plupart de ces soi-disant jolies femmes portent un masque, elles sont blasées, revenues de tout, alors que vous, vous êtes encore capable de vous émerveiller.

— Que voulez-vous dire ?

— Que vous aimez la vie, qu'elle ne vous ennuie pas.

— Ah non, je ne m'ennuie jamais !

— Et vous avez déjà fait tellement de choses.

— Moi ? Mais je n'ai rien fait ! Rien du tout !

— Vous avez traversé l'océan toute seule, vous avez appris une langue, vous gagnez votre vie. Tandis que moi... tout m'a été offert. Sur un plateau. Je vous admire, Anna...

Elle eut un petit geste de dépréciation. Il vit qu'il l'avait embarrassée et n'ajouta pas un mot, se contentant de l'observer tandis qu'elle dégustait ses pâtisseries avec une joie d'enfant.

— Essayez donc le gâteau aux fraises. Et celui-ci est bon, aussi, c'est une meringue.

Les violons attaquèrent une valse.

— Oh, comme j'aime les violons ! s'écria Anna.

291

— Vous n'êtes jamais allée à l'Opéra, Anna ?

Question idiote ! Quand, comment aurait-elle pu ? Évidemment, elle secoua la tête.

— Je vous trouverai un billet pour l'opéra. Nous avons tous des abonnements.

Par « tous », il entendait évidemment sa famille et celle de Mimi.

— La prochaine fois qu'il y aura un billet non utilisé, je ferai en sorte de vous le donner. Je suis sûr que ce sera une grande expérience pour vous.

Il y a une limite aux quantités de thé qu'un être humain peut absorber. Ils sortirent et observèrent pendant un moment la lente procession des promeneurs du dimanche qui défilaient devant la statue du général Sherman. Le soleil faisait luire la croupe de bronze de la fière monture ; il éclairait les jeunes feuilles dans le parc, dissipait les nuages et faisait danser des paillettes d'or dans les yeux d'Anna. On n'était encore qu'au milieu de l'après-midi, et ils avaient des heures devant eux.

— Nous pourrions prendre le métro aérien, proposa Paul, cela fait une jolie promenade.

L'endroit n'était ni spectaculaire ni luxueux, mais l'on pouvait s'y asseoir et cela donnait l'occasion de rester un peu plus longtemps ensemble. Ils prirent Columbus Avenue en direction de l'ouest, grimpèrent l'escalier jusqu'à la sombre plate-forme métallique. Quelques instants plus tard, une rame fit son apparition dans un fracas de ferraille.

— C'est l'express, dit Paul. Nous pouvons aller aussi loin que nous voulons. Il suffit de se laisser aller.

Elle ne répondit pas, mais s'assit à l'endroit qu'il lui indiquait. Le siège était étroit et leurs épaules se touchaient. Elle aurait pu se pousser un peu plus du côté de la fenêtre, mais elle ne le fit pas. Lorsque la rame attaquait une courbe, tout son corps venait s'appuyer doucement contre celui de Paul.

Le parfum léger qu'il avait déjà respiré l'enveloppa ; ce n'étaient pas les senteurs lourdes d'essences florales ou celles d'un savon parfumé, mais l'odeur douce de l'herbe ou d'un ciel lavé après la pluie. Il était persuadé que c'était le parfum naturel de sa chevelure et de sa peau. Il écoutait sa respiration. Était-ce un effet de son imagination ? Il lui semblait que la respiration d'Anna s'accélérait au même rythme que la sienne.

La proximité de leurs deux corps les réduisait au silence. Ou était-ce dû au fracas du métro ? Il était difficile de se faire entendre par-dessus le grondement des roues et le sifflement du vent. Hébété, presque pétrifié, il regardait défiler sous ses yeux les panneaux de réclame : à chaque station, d'immenses lettres lui sautaient au visage : KELLOGG'S CORN FLAKES.

Mais en même temps, il songeait : tout ce qui est stable et solide s'enfuit, comme si le train se précipitait vers un précipice et que nous soyons incapables de l'arrêter...

Des cendres crachées par la locomotive tourbillonnaient à travers les fenêtres et leur rentraient parfois dans les yeux. Anna s'essuya le coin de l'œil avec un mouchoir.

— Je crois que nous devrions rentrer, dit Paul.

Dans toute cette ville, il n'y avait pas un endroit où l'on pouvait s'asseoir tranquillement plus d'une heure.

Ils regagnèrent la rue. Ils n'étaient guère éloignés de la maison de Paul ; Anna remettrait son uniforme de femme de chambre et retrouverait la distance qui convient entre un domestique et son maître. Il promena autour de lui un regard de détresse. Et puis, soudain, il se souvint.

— Il y a un très joli glacier, plus haut sur l'avenue. Nous y allons.

Il n'avait pas dit : voulez-vous y aller ?

En silence, bien que le vacarme du métro eût pris fin, ils se dirigèrent vers le glacier. Pour chaque pas de Paul, Anna était obligée d'en faire deux. Il finit par s'en apercevoir, s'excusa et ralentit le pas.

Toujours sans mot dire, ils s'installèrent sur les tabourets pivotants, devant le comptoir. Paul commanda deux glaces à la cerise, et le silence retomba à nouveau. Fixé sur l'immense miroir encadré d'acajou, un placard annonçait ·

BANANA SPLIT, CHOCOLATE SUNDAE, VANILLA
SHAKE. Ses yeux parcoururent la ligne entière, puis revinrent aux premiers mots BANANA SPLIT, avant de rencontrer le regard d'Anna dans le miroir. Elle l'observait.

— Bien, bien… dit-il, c'est un peu différent du Plaza.

— Oui, mais je ne suis jamais allée chez un glacier aussi chic, aussi élégant.

— Vous n'allez jamais manger de glaces ?

— Oh, si, le dimanche, mais dans les quartiers où je vais, les glaciers ne sont pas aussi beaux.

Le dimanche. Avec son ami, son « jeune homme ». Paul l'avait rencontré une fois, devant la maison. Anna les avait présentés rapidement l'un à l'autre, et le garçon avait ôté sa casquette, une casquette d'ouvrier. Il se souvenait d'un garçon solide, mais au visage quelconque, sans rien de particulier, sinon qu'il avait l'air sérieux. Et sobre. Quel genre d'homme pouvait-il être ? Se laissait-elle embrasser ? Ou même… Paul se sentit soudain furieux.

Anna, qui avait terminé sa glace, était penchée sur le comptoir et suivait du bout du doigt les veinures du marbre. Lorsqu'elle se rendit compte qu'il la regardait, elle lui dit en souriant : « C'est une belle pierre ; on dirait la crème qui se mélange dans le café. » Sa bouche avait caressé les mots « belle pierre ».

— C'est du marbre. Le plus beau vient d'Italie.

Les lèvres d'Anna étaient fraîches et humides et il admira l'éclat de ses dents dans la mince ouverture qu'elles ménageaient.

Il la dévisageait, il s'en rendait compte, soudain, et elle faisait de même. Ils semblaient aussi stupéfaits l'un que l'autre ; ils continuèrent de se regarder sans rien dire. Le sang battait aux tempes de Paul.

Terreur. Il retrouvait la même sensation que dans le métro : l'impression vertigineuse de courir droit au précipice et de ne pouvoir s'arrêter. Il se leva brusquement.

— Il faut y aller.

Sa voix résonnait étrangement à ses oreilles.

— Il se fait vraiment tard. Il faut y aller.

Mimi aurait vingt et un ans cette semaine, et toute la mécanique allait se mettre en marche : l'anniversaire, les fiançailles et ensuite le mariage.

Oh, Mimi, tu es charmante, mais je ne veux pas t'épouser, pas maintenant, pas encore.

Quand, alors ?

Je dois t'épouser, je le sais, mais il me faut un peu de temps.

N'est-ce pas Anna que tu veux épouser ? Anna ?

Je ne sais pas.

Que veux-tu dire par « je ne sais pas » ? Es-tu amoureux d'elle ?

Je ne sais pas... je crois... je pense sans cesse à elle.

Tu sais que tu es amoureux d'elle. Pourquoi ne pas l'admettre ?

D'accord... d'accord... je l'admettrai. Et alors ? Que faire ?

Il avait besoin de parler à quelqu'un. Mais à qui ? Tous ses amis lui conseilleraient de ne pas faire de bêtise. Ça te passera, lui diraient-ils en lui administrant une bonne claque sur l'épaule. Ta femme de chambre ? On connaît ça, on est tous passés par là ! Il songea à l'oncle Dan, un homme avec qui l'on pouvait parler de tout, de n'importe quoi ; mais il se rappela alors l'attitude de Dan envers les femmes : il en déduirait aussitôt qu'il en allait de même pour son neveu et ne comprendrait donc rien à la situation. Il songea à l'oncle David, qui avait été un homme sage, mais qui n'était plus qu'un vieillard sénile. Il songea à Hennie, repoussa cette pensée, y revint, et la repoussa encore.

Quelques jours plus tard, il y eut un enterrement dans la famille, et une place d'opéra se trouva du même coup libérée. Paul récupéra le billet pour Anna. On donnait *Tristan et Isolde*. Wagner ne serait-il pas un peu austère pour une initiation à l'opéra ? Mais c'était une si belle histoire d'amour, si pathétique...

Tout l'après-midi (c'était une représentation en matinée),

il l'imagina dans son fauteuil d'orchestre, et comme il connaissait parfaitement le livret, il avait l'impression de vivre avec elle le déroulement de l'intrigue : à présent c'est le premier acte, le bateau, le philtre d'amour ; le deuxième acte ; et maintenant la mort d'Isolde... Allait-elle, elle aussi, être bouleversée comme il l'était à chaque représentation ?

Ce soir-là, il l'attendit à l'étage, devant sa chambre. Il voulait seulement lui demander : « Était-ce ce que vous attendiez ? » Mais les mots ne parvinrent pas jusqu'à ses lèvres. Elle rayonnait de joie, de bonheur. Elle tremblait. Elle attendait.

Alors, submergé par le désir, emporté par un élan qu'il n'avait jamais connu auparavant, il s'avança vers elle et la prit dans ses bras. Il baisa ses cheveux, ses paupières, sa bouche. Anna lui étreignit la nuque, promena les doigts dans ses cheveux. Elle était douce et ferme, forte contre lui, et si tendre...

Il n'aurait su dire combien de temps dura leur étreinte.

Enivré de sa douceur, de son parfum, il crut s'entendre murmurer : « Je t'aime. »

Ils titubaient... Éloigne-toi, arrache-toi à elle avant qu'il ne soit trop tard !

Doucement, il la repoussa :

— Retourne à ta chambre. Va, mon amour, va.

Lui-même rentra dans la sienne et se jeta sur son lit, le visage enfoui dans l'oreiller, jusqu'à ce que le sang eût cessé de battre à ses tempes. Puis il prit un livre, mais il n'arrivait pas à fixer son attention ; il éteignit alors la lumière, mais il ne parvint pas à dormir.

Il fallait donner forme à l'ouragan qui faisait rage en lui. Lui donner la forme des mots.

« Il faut que j'en parle à quelqu'un », dit-il à haute voix. Cette chambre où il avait passé toute sa vie lui semblait à présent étrangère, presque hostile, et il ne reconnaissait plus, dans la pénombre, le fanion de Yale, ses livres, et ses bottes d'équitation...

Une angoisse subite lui tordit la gorge : demain... non,

aujourd'hui ! C'était l'anniversaire de Mimi, le dîner de famille et... non, au secours, l'annonce officielle des fiançailles !

Il faut que j'en parle avec quelqu'un. Hennie ! J'irai voir Hennie.


Assis sur le canapé, il avait la tête penchée et ses mains pendaient entre ses genoux. Cela faisait plus d'une heure qu'il se trouvait chez Hennie.

— Es-tu horriblement choquée ? lui demandait-il à présent.

— Surprise, mais pas choquée, répondit Hennie après un instant d'hésitation. J'ai toujours estimé qu'il ne fallait pas faire les choses uniquement pour ne pas faire souffrir quelqu'un. Je ne parle pas de petites choses sans importance, mais de ce qui peut engager toute une vie.

Paul releva la tête.

— Mimi est une fille très gentille.

— Ça se voit.

— L'alliance est déjà prête. C'est ma grand-mère Werner qui me l'a donnée avant sa mort. Elle est tout à fait passée de mode, mais Mimi est enchantée.

Hennie ne fit aucun commentaire.

— Tout est prêt. Et moi, je n'arrive pas encore à me rendre compte de ce qui m'arrive.

Quelque temps auparavant, Mimi lui avait montré le linge de maison.

— Je sais que les hommes ne s'intéressent pas à ce genre de choses, mais après tout, ce sera aussi ta maison, et maman a acheté de si belles choses. Entre voir une minute.

Elle lui avait montré des piles de draps, de nappes en lin, de serviettes de table, il y en avait des dizaines, de quoi satisfaire plusieurs générations, et tout cela brodé à leurs initiales, permanent, définitif comme un sceau au bas d'un document.

M Mayer était alors entré dans la chambre, et, posant

297

la main sur l'épaule de Paul, comme un père s'adressant à son fils, il avait plaisanté sur la charmante futilité des femmes, avec leurs histoires de chiffons. Mais on le sentait fier, également, d'avoir pu fournir un aussi beau trousseau à sa fille.

— Tout le linge de maison est prêt, disait à présent Paul d'un air misérable.

— Le linge de maison... répéta Hennie.

Et Paul savait ce qu'elle pensait : s'obstiner pour un anneau de mariage et quelques dizaines de mètres de serviettes en lin !

Désespérément, Paul contemplait ses mains.

— Mais ce n'est pas bien de continuer, ni pour Mimi ni pour toi, si tu n'éprouves rien pour elle, dit Hennie.

— Mais j'éprouve quelque chose pour elle !

— Mais pas la même chose que pour l'autre.

— Non, c'est différent.

— En as-tu parlé à... Anna ?

— Anna...

Le nom résonnait avec douceur à ses oreilles.

— Tu lui as dit quelque chose ? Que tu l'aimais ? Que tu voulais l'épouser ?

— Je crois lui avoir dit que je l'aimais. Mais il n'y a pas besoin de le dire : ça se sent.

— Oui, oui, soupira Hennie. De toute façon, quoi que tu fasses, ce sera douloureux, puisque les deux t'aiment. C'est terrible de ne pas être aimée. On se sent réduit à rien du tout, la vie n'a plus de sens.

Il la regarda, intrigué. Elle gardait les yeux baissés, obstinément fixés sur le tapis. Un voile de tristesse s'était abattu sur son visage.

— On a toujours envie de savoir exactement ce qu'il en est, poursuivait Hennie.

Sa voix était si faible qu'il éprouva le besoin de la réconforter.

— Savoir exactement ?

— Oui, besoin de savoir si c'est l'amour parfait. Car je

crois qu'il n'y a rien de pire qu'aimer sans être aimé. Crois-moi.

Il était troublé. Parlait-elle de lui, ou faisait-elle allusion à sa propre situation ? Il ne pouvait pourtant pas s'agir d'elle et de Dan... mais sait-on réellement ce qui se passe dans un couple ; il est déjà tellement difficile de voir clair en soi-même.

Plus désorienté encore qu'avant sa venue, il bredouilla :

— Je crois t'avoir tout dit... je ferais mieux de m'en aller.

— Je n'ai pas pu t'aider. Je suis désolée.

— Cela aide toujours de parler, répondit-il sans croire un mot de ce qu'il disait.

— Mais il faut que tu prennes une décision.

Il attendait encore. Elle était plus jeune que sa mère, mais elle était si maternelle, elle s'était occupée de lui quand il était petit, elle avait accueilli chez elle une enfant qu'elle n'avait pas mis au monde ; il attendait encore qu'elle lui dise quoi faire, qu'elle résolve le problème à sa place, comme elle le faisait quand il était enfant.

Elle comprit son attente.

— Je vais te dire, Paul. Je crois que tu devrais en parler à tes parents aujourd'hui, avant la venue de Marian et de sa famille ce soir. Dis-leur la vérité ; il vous sera plus facile, ensuite, d'affronter ensemble cette situation.

— Leur dire quoi ? demanda Paul avec amertume. Que je suis amoureux de la bonne ?

— La bonne ! Paul ! Ce langage ne te ressemble guère.

— Bon, d'accord, tu as raison. Mais les faits sont là, Hennie. Tu imagines la tête de mes parents ? Tu es pourtant bien placée pour deviner quelle serait leur réaction.

— Ce serait très, très dur, je le sais.

— J'ai l'impression de m'être enfoncé dans une impasse et de ne pas pouvoir m'en sortir.

— Tu peux encore revenir en arrière.

A nouveau, il se mit à contempler ses mains.

— Je crois que je n'ai pas ton courage, Hennie.

— Comment le sais-tu ? Tu n'as encore jamais eu l'occasion de l'éprouver, c'est tout.

En haut, dans sa chambre, il était prêt, habillé pour le dîner. Debout devant le miroir, il parlait à voix haute.

— Père, n'annoncez rien, ne dites rien ce soir. Donnez-moi le temps de m'expliquer. Je vous parlerai demain. Il faut d'abord que je parle à Anna... Je ne sais pas ce que je lui dirai... elle servira à table. Je me souviens encore... lorsque le cousin Dora s'est fiancé, il s'est levé et il a prononcé quelques mots. En ce genre d'occasions, c'est toujours lui qui prononce une allocution. Il faut que je le voie avant le dîner. Je ne peux pas attendre demain. Oh, Anna, aide-moi...

Mais la cloche de la porte d'entrée avait retenti. Des voix dans le vestibule... On souhaitait un bon anniversaire à Mimi... elle répondait joyeusement.

A table, il était assis en face d'elle, tandis que son père à lui présidait. Elle était vêtue d'une robe d'été bleue ; un large col de dentelle encadrait son fin visage. Un portrait de jeune fille, songeait-il, qui aurait pu être exécuté trois ou quatre siècles auparavant. Ou maintenant, ou il y a dix ans. Le portrait intemporel d'une belle jeune femme, élégante et raffinée. *Fille d'un marchand hollandais.* Ou *Sœur d'un chevalier anglais*, par Sir Joshua Reynolds.

Il s'épongea le front. La chaleur et le parfum des fleurs qui l'indisposait déjà en temps ordinaire le rendaient à présent malade ; la maison était pleine de fleurs, comme pour l'enterrement d'un homme politique. Non, il était injuste ; les bouquets étaient magnifiques, sa mère avait l'art de les disposer.

Fuir ! N'importe où ! Sur l'océan, dans les airs ! Fuir les redingotes et les couverts en argent, les bouches qui sourient, qui mâchonnent de la conversation. Fuir !

Mimi avait l'air d'une biche. Délicate comme une biche, avec ses grands yeux et l'incarnat de ses joues. Un jour, dans

300

les Adirondacks, on l'avait entraîné malgré lui à une chasse. Du plus profond des fourrés il avait vu jaillir une biche, légère, gracieuse. Elle avait levé la tête, et il avait vu ses yeux, il avait croisé son regard pathétique. Pathétique... c'était un lieu commun, mais comme tous les lieux communs celui-ci recelait aussi sa part de vérité. Apercevant l'ennemi, lui, l'homme, elle avait fui. Il aurait pu tirer : il en avait eu tout le loisir, mais il en avait été incapable. Heureusement pour lui, il se trouvait seul à cet instant : les autres chasseurs auraient raillé sa sensiblerie.

Il s'ébroua, comme au sortir d'un rêve, et retourna à la réalité.

— ... et vous savez combien Paul aime les fraises.

C'était la voix de Mimi, qui terminait ainsi une anecdote. Ce devait être amusant, car tout le monde rit, et Paul, jugeant que c'était là ce que l'on attendait de lui, sourit en regardant à la ronde. Les mots de Mimi résonnaient à ses oreilles : « Paul aime les fraises. » Elle se souvenait de tout ce qui le concernait, par exemple que Hardy était son romancier anglais préféré ou qu'il affectionnait les cravates rayées.

Et s'il se levait de table en prétextant un soudain malaise ? Il s'imaginait poussant un grand cri et se précipitant dans sa chambre.

Un plateau de légumes apparut à sa gauche : des betteraves découpées en pétales et entourées d'un liséré de carottes râpées. Le plateau tremblait. Il leva la tête et rencontra le regard d'Anna. Pendant un court instant, il plongea ses yeux dans les siens. Ils détournèrent le regard en même temps.

— Nous autres Juifs allemands, nous avons toujours été républicains.

C'était la voix de son père.

— Je sais bien que certains se sont tournés vers Wilson parce que c'est un intellectuel, et que la présence de Brandeis à ses côtés comme conseiller les a impressionnés, mais moi, rien de tout cela ne m'impressionne.

Avec cordialité, M. Mayer réintroduisit Paul dans la conversation.

— Et vous, Paul, qu'en pensez-vous ?

— J'ai voté pour Wilson.

Son père se raidit.

— Hein ? Mais tu ne me l'avais jamais dit ! Pourquoi as-tu fait ça ?

— Parce que j'estime que Wilson est le seul à pouvoir nous tenir à l'écart de la guerre qui menace d'éclater.

— Tu continues à dire qu'il y a une guerre qui se prépare, rétorqua son père, mais moi je n'en crois rien.

Paul se força à parler.

— J'espère aussi qu'il va remédier à un certain nombre d'injustices. Toute cette sauvagerie, ces conflits, ces grèves à Paterson et Lawrence.

— J'espère que tu n'es pas en train de devenir un révolutionnaire ! s'exclama Walter en souriant et en lançant un clin d'œil à M. Mayer.

— Tu sais bien que non.

— Heureusement, parce qu'il en suffit d'un dans la famille.

M. Mayer levant les sourcils d'un air surpris, Walter dut lui fournir une explication.

— Oh, ce n'est pas vraiment la famille. Il s'agit du mari de ma belle-sœur. Nous ne les voyons même pas.

— Moi, je les vois, dit Paul.

— Il aime sa tante, expliqua Walter. C'est son privilège et nous ne disons rien. C'est une sacrée personnalité, mais dans le fond elle est assez inoffensive. Elle défile sur la 5e Avenue en faveur de toutes sortes de causes : le suffrage des femmes, la paix, et Dieu sait quoi encore.

Le petit rire de Walter dissimulait mal l'agacement qu'il éprouvait à l'endroit de son fils. Ce soir particulièrement, songeait-il, il faut qu'il fasse ce genre de remarques ! Quel manque de tact !

Répondant apparemment à une question de Mme Mayer, sa mère détourna la conversation en s'adressant à la cantonade : elle, elle ne manque pas de tact, se dit Paul avec amertume

— Vous me parlez de cette argenterie ? Oui, les coupes et les couverts à dessert que vous allez voir dans un instant ont été enterrés dans une carrière pendant la durée de la guerre de Sécession, celle que ma mère s'obstine à appeler la guerre entre les États.

— J'aime beaucoup votre mère, dit Mimi. J'ai l'impression qu'elle doit avoir un nombre incalculable de belles histoires à raconter.

C'est vrai, se dit Paul, des histoires elle en a à revendre ! Mais... qu'avait dit sa mère ? Les couverts à dessert ? Oh, mon Dieu, on va annoncer les fiançailles, le toast... Oh non, père, s'il te plaît... Non, mon Dieu, ne le laissez pas faire... Allez, continuez à parler... des couverts en argent, de Wilson, de n'importe quoi...

On déposa le dessert devant sa mère. C'était le gâteau aux noix, la recette de famille, le dessert des grandes occasions. Son cœur se mit à battre la chamade.

— Anna, dit son père, voulez-vous dire à Agnès et Mme Monagham de venir et d'apporter du champagne.

Trop tard !

Mme Monagham apporta le seau à champagne et Agnès un plateau avec des flûtes en cristal. Paul compta les verres. Il y en avait pour tous les convives et pour les domestiques. Anna lèverait son verre et porterait un toast en l'honneur de ses fiançailles avec Mimi !

Son père se leva.

— Inutile de vous redire combien nous sommes heureux ce soir. D'abord, parce que c'est l'anniversaire de Marian...

Il avait le rouge aux joues, et il levait son verre d'un air réjoui, comme s'il allait éclater de rire.

— ... à qui nous souhaitons le plus grand bonheur. Mais aussi...

Et là, la voix se fit plus solennelle :

— ... oh, le faire-part paraîtra demain dans le *Times*, mais j'espère que M. et Mme Mayer me pardonneront si, entre nous, j'annonce l'événement un peu à l'avance. Je lève donc mon verre en l'honneur du bonheur à venir  A Paul, notre fils, et à Marian, notre Mimi, qui sera bientôt notre fille !

Et il embrassa Mimi à l'européenne, un baiser sur chaque joue. Mimi prononça quelques mots que Paul n'entendit pas ; mais des éclats de rire accueillirent sa déclaration, suivis du tintement des verres en cristal que l'on entrechoquait.

Mme Monagham disait quelque chose qui pouvait ressembler à : « Un mariage dans la maison ! Les saints nous protégeront. » Puis, en embrassant Paul, elle ajouta : « Je vous ai connu quand vous étiez encore dans votre chaise de bébé... Allez donc embrasser votre fiancée. »

Il se leva, s'approcha de Mimi, se pencha pour l'embrasser. Les longues boucles d'oreilles ornées de perles lui caressèrent la joue et il retourna s'asseoir à sa place. La voix de sa mère dominait le brouhaha.

— Je peux vous avouer que nous attendons ce moment depuis votre petite enfance à tous les deux.

Un éclat de rire général.

— Je reprendrais bien du gâteau, dit son père, le visage empourpré, l'air jovial. Mais où est donc cette fille ?

Sa mère agita la clochette. Elle va réapparaître, se dit Paul en baissant les yeux sur son assiette.

Mais au lieu d'Anna, ce fut Agnès qui apparut, Agnès la petite aide cuisinière, si gauche et maladroite qu'elle servait rarement à table, et jamais quand il y avait des invités. Il avait dû se passer quelque chose. Anna... Il frissonna.

Il parvint pourtant à terminer la soirée.

*Paul a été bien silencieux, ce soir. Le pauvre garçon doit être encore sur son nuage... il sera comme ça jusqu'au jour de son mariage. Ça lui passera.*

— Quel trésor ! disait sa mère en éteignant l'une après l'autre les lumières du salon.

— Tu es un homme comblé, Paul. Mimi est déjà une grande dame. Elle tiendrait sa place à la table d'un roi. Quelle distinction pour une si jeune fille !

Il se leva tôt et ne songea même pas à se préparer un petit déjeuner. Sur la table de la salle à manger se dressaient encore les fleurs de la fête : les narcisses, vifs et blancs comme l'innocence d'une jeune fille, et les tulipes, d'un rouge profond, cachant au fond de leurs coupelles un parfum humide, secret... Il quitta la maison en hâte.

Au bureau, sur sa table, il retrouva les piles de papiers et la correspondance qu'il avait négligée ces derniers temps. Décacheter, lire, répondre... travailler, s'occuper l'esprit Il y a des choses à faire, des clients qui attendent. Tu vas te marier.

Que faisait Anna, aujourd'hui ? Anna, je t'aime.. crois-moi...

Dans les autres bureaux, on entendait des sonneries de téléphone, des cliquetis de machine à écrire. Dans la rue, une corne d'automobile retentit. Des sabots de cheval claquaient sur le pavé.

— Mon Dieu, qu'est-ce qui t'arrive ? s'écria son père.

Il leva les yeux. Il se rendit compte, alors, qu'il se tenait le visage entre les mains.

— Je... j'ai... un horrible mal de dents. Cela fait une ou deux semaines que ça dure.

— Mais enfin, pourquoi ne t'en es-tu pas occupé ? Tu es sûr que c'est une dent ?

— Oui. Je n'ai pas pu dormir de toute la nuit. Ce doit être une carie.

Il se leva.

— Je ferais peut-être mieux d'aller tout de suite chez le dentiste.

— Je crois en effet que c'est ce qu'il y a de mieux à faire.

Il marchait. De plus en plus vite. Il regardait les vitrines défiler devant lui. Qui est-ce, là, à côté de moi ? Un jeune homme vêtu d'un impeccable costume sombre, qui se rend à sa banque, ou chez un agent de change ou au tribunal. Un jeune homme heureux et plein d'avenir. Il passa devant la statue de l'amiral Farragut, dans Madison Square, puis longea le jardin et l'hippodrome, où on l'amenait au cirque

305

quand il était enfant, et où, plus tard, il avait lui-même conduit le petit Freddy. Ô, insouciance de l'enfance !

— Qu'est-ce que je fais ? dit-il à voix haute. Qu'est-ce que je vais faire ?

Mais il savait parfaitement ce qu'il allait faire. Il se méprisait.

Il se mit à pleuvoir. Il descendit dans le métro et prit la première rame qui pénétra dans la station. Peu importait la destination. Il parcourut la ville pendant des heures. Les visages défilaient devant lui. Des silhouettes élégantes ou misérables, des regards inexpressifs. Qu'y avait-il derrière ces yeux morts ? Derrière ces portes closes ? Dans la vitre, il vit son propre visage éclairé de rouge par les feux de signalisation de la voie.

Lorsque plusieurs heures après il émergea du métro, non loin de chez lui, la petite pluie fine s'était transformée en averse. Il hâta le pas, mais rien n'y fit : en arrivant chez lui, il était trempé jusqu'aux os. Qu'allait-il lui dire ? Il avait envie de faire demi-tour, de marcher encore, mais il demeura immobile, face à la porte, laissant la pluie le transpercer. Sur la porte de la grille, on avait laissé un petit mot pour le marchand de glace : vingt-cinq livres, cinquante, soixante-quinze.

Résolument, il gravit les marches du perron et entra. Ses parents étaient déjà réunis autour de la table du dîner.

— Il est tard, Paul. Mon Dieu, mais tu es trempé ! Pourquoi n'as-tu pas pris un taxi ? s'exclama sa mère.

Et, sans attendre la réponse :

— Tu te rends compte, nous avons perdu notre femme de chambre ! Anna est partie aujourd'hui. Comme ça ! Sans préavis. Elle a prétendu qu'elle était malade, mais je n'en crois rien.

Le regard de sa mère était-il inquisiteur ? Non. Impossible. Pourquoi ?

— C'est dommage, dit Walter. Cette jeune fille m'avait fait une excellente impression. J'espère que ta dent va mieux.

— Hein ?

— Ta dent. C'était un abcès ?

— Non, non. Ce n'était rien ; le dentiste m'a arrangé ça

— Il y en a une autre qui commence demain, dit alors sa mère, à l'intention évidente de Mme Monagham, qui, Paul le savait, n'aimait pas servir à table.

Lorsque Mme Monagham eut quitté la pièce, Florence se pencha vers son fils.

— Tu sais, Paul, j'ai bien l'impression que cette fille avait le béguin pour toi. Je crois que c'est pour ça qu'elle est partie aussi brusquement.

*Le béguin.* Quel mot affreux et stupide !

— C'est ridicule ! s'exclama Paul, de manière plus véhémente qu'il ne l'aurait voulu.

— Bien sûr que c'est ridicule ! Il n'empêche, ça arrive. Ces filles se font des idées. Elles cherchent à sortir de leur condition. Comment les en blâmer ?

Anna, partie. Où cela ? Et il songea à la pluie, aux rues blafardes... que pouvait-elle penser de lui ?

Il fallait courir après elle. Et il eut une vision absurde, humiliante, de lui-même courant au milieu de la foule, de gens qui le regardaient avec curiosité tandis qu'il courait comme un fou le long des avenues, des rues sordides, haletant, hagard. Et s'il la retrouvait ? Se tiendrait-il devant elle sans rien dire ? Et elle, garderait-elle aussi le silence, méprisante ? Le prendrait-elle en pitié ?

Il était acculé, piégé. Il n'était qu'un lâche, un insensé, victime des règles de bienséance et des traditions.

Tu ne peux t'en prendre qu'à toi, Paul ! Comment oseras-tu encore te regarder dans la glace ?

Le mariage est un mystère dont la symbolique remonte à la nuit des temps. La mariée, tout de blanc vêtue, s'avance lentement au bras de son père, au son d'une marche nuptiale. Puis, pour la dernière fois, le père soulève le voile et embrasse sa fille avant de la confier à un autre homme qui lui devra amour et protection. L'instant est solennel, tous deux sont au bord des larmes. Seule la demoiselle d'honneur, avec sa robe jaune, la petite Meg, âgée de dix ans, sourit à Paul en serrant très fort contre elle son petit bouquet de fleurs. Paul lui rend son sourire et songe à Freddy qui en ce moment même doit beaucoup penser à lui mais qui, évidemment, n'est pas venu parce que ses parents n'ont pas été invités. Et Leah... comment se comporterait-elle en de telles circonstances? Et Hennie... après tout, il vaut encore mieux qu'elle ne soit pas là : comment oserait-il affronter son regard après ce qu'il lui avait dit? Et pourtant, il regrette son absence.

Le rabbin place la main glacée de Mimi dans la sienne. Le rabbin est un vieil homme; Paul le connaît depuis l'enfance; il l'a toujours connu vieux, et il le juge un peu austère. Qu'aurait dit le rabbin s'il s'était confié à lui? On dit qu'un homme en train de se noyer voit défiler sa vie tout entière en quelques secondes : cela doit être vrai, car il se voit enfant, au parc, avec Hennie, à Yale, la première année, sur le bateau avec Freddy, assis à sa table, au bureau de son père, achetant une bague avec Marian... embrassant Anna.

La musique s'est tue. On s'adresse à lui, on lui pose des questions, auxquelles il répond *oui*, *oui*, mécaniquement, sans les comprendre. Le rabbin se montre paternel. Il prononce des paroles belles et vraies : la confiance, la famille, l'amour, Dieu, la foi. Le bouquet de fleurs d'oranger tremble dans les mains de la demoiselle d'honneur, qui se demande si ce sera bientôt son tour. La voix du rabbin s'élève, s'enfle, la conclusion approche. Ça y est, la cérémonie est terminée.

Le rabbin hoche la tête en souriant, et la musique reprend. Il reconnaît l'hymne de sortie de Mendelssohn, son caractère triomphant. Ils descendent l'allée. Les femmes se tamponnent les yeux. Au fond, un photographe attend.

— Souriez!

Et puis vient la réception. Félicitations... je vous connaissais avant votre naissance... la jeune mariée est charmante.. si heureux... je vous souhaite... la santé... de longues années... merci. merci...

Et puis le repas, la danse ; l'orchestre attaque une valse, puis des tangos, des fox-trots. Il danse avec sa jeune épouse, avec sa mère, sa belle-mère et toutes les demoiselles d'honneur, les unes après les autres. Crissements du taffetas, parfums et odeurs de sueur, tintinnabulement des bracelets, éclats de voix, de rires.

Marian est entourée, admirée. On loue son alliance, son voile, ses perles.

A sa grande surprise, il mange. Il engloutit : poulet, asperges, ananas, gâteaux, comme s'il était affamé. Son meilleur ami le taquine :

— Alors, on prend des forces pour tout à l'heure ?

Ils sont suffisamment intimes pour qu'il puisse se permettre de lui parler sur ce ton.

Tout est fini, à présent. On a jeté le bouquet, exhibé la jarretière et fait ses adieux. Ils sont seuls dans la Packard des Mayer, seuls dans la partie réservée aux passagers, car sur le siège extérieur, il y a le chauffeur, emmitouflé dans un gros manteau de fourrure, une casquette sur la tête et de grosses lunettes sur les yeux, comme s'il se trouvait au Pôle Nord.

Lorsque Mimi lui prend la main, il se rend compte qu'il est resté trop silencieux, même pour un jeune mari nageant en plein bonheur.

— C'était un beau mariage, dit-il, ta mère a bien fait les choses.

— Et ce n'est pas tout : lorsque nous rentrerons de voyage de noces, la maison sera toute prête : elle a tout arrangé. Nous avons reçu de si beaux cadeaux, Paul ! Je suis sûre que tu n'en as pas vu la moitié. Et les décorations de la maison !

Pourtant, on lui avait tout raconté plus de dix fois : les tapis et les tentures, les poufs et les coussins, la passementerie, les fronces, les drapés, écrus, havane et bois de rose, tout ce qui, apparemment, était indispensable pour vivre ensemble.

La voiture s'immobilise devant le Plaza, où ils doivent

309

passer la nuit avant leur départ en bateau, le lendemain matin. Lui-même n'aurait pas choisi le Plaza, mais enfin, il y était ; heureusement, les ascenseurs se trouvent face à la réception, et ils n'auront pas à traverser le salon aux palmiers. Il n'y est pas retourné depuis l'autre jour, et si cela ne tenait qu'à lui, il n'y remettrait jamais les pieds. Mais tôt ou tard, il le faudra bien, il le sait.

La suite se trouve à l'extrémité d'un long corridor. Leurs pas ne font aucun bruit sur le tapis à motifs. Le garçon d'étage ouvre la porte et dépose leurs bagages dans une alcôve ; leurs valises sentent le cuir neuf et coûteux. Là aussi, sur chaque table, sur chaque étagère, il y a des fleurs : d'immenses glaïeuls, cette fois, déployés comme des éventails aux couleurs de l'arc-en-ciel. Il les mettra dans la salle de bain pour la nuit. Et il y a aussi du champagne. Il en a assez bu pour aujourd'hui, et Mimi est du même avis : elle non plus n'en prendra pas.

Ni l'un ni l'autre ne savent très bien quoi faire ; ils vont ensemble à la fenêtre, contemplent le parc et les lumières de la ville.

— Les demoiselles d'honneur étaient bien mignonnes, dit Mimi. Et les tables étaient magnifiquement servies.

Après le théâtre, se dit-il, quand on rentre à la maison, on discute de la pièce que l'on a vue.

— Tout était merveilleux, dit-il.

Par la fenêtre ils regardent les lanternes des fiacres. Il songe à des lucioles sur la prairie, pendant l'été, aux criquets et au bruissement des feuilles dans le vent. Et puis il se dit que tout cela est ridicule, qu'ils ne vont pas passer leur nuit à regarder par la fenêtre.

— Bon, dit-il, je vais prendre l'autre chambre.

Et avec un sourire d'encouragement, il prend sa valise et s'éloigne.

J'espère qu'elle a compris que j'allais seulement me changer, se dit-il. Évidemment, elle a dû comprendre.

A son retour, elle aussi s'est préparée pour la nuit, mais il y a tant de plis, de volants et de rubans à sa chemise de nuit, qu'elle semble avoir seulement changé de robe de mariée. Elle ne le regarde pas, comme si elle était effrayée de ce qu'elle allait découvrir.

Elle est si jeune, si fragile, si apeurée. Il voudrait lisser les plis de son col, l'embrasser sur le front, la border dans son lit comme on borde un enfant, et aller lui-même dormir dans la chambre voisine. Ou sortir se promener dans la douceur de la nuit. Mais à présent elle le regarde, tremblante, offerte. On a dû lui parler de la nuit de noces, et elle attend.

Il s'approche, la prend dans ses bras. D'un geste résolu, elle croise ses mains autour de la nuque de Paul. Ses doigts sont légers comme des plumes. Il la dépose sur le lit, comme il est censé le faire. C'est sa nuit de noces, mais le cœur de Paul ne bondit pas dans sa poitrine. Il n'éprouve que douceur et regret.

Il s'allonge à ses côtés, la serre dans ses bras. Elle se raidit, se rétracte ; seules leurs épaules et leurs hanches se touchent. Il voudrait dormir. Petit à petit, elle se détend et à nouveau croise les mains autour de son cou. Il la serre plus fort contre lui, mais il n'y a toujours rien. Rien...

Il se rappelle alors la chaleur et la force d'Anna qui l'attirait à elle ; le désir qui les emportait tous les deux. Sa peau brûlait. Il s'imagine lui dénouant les cheveux, comment ils tomberaient en cascade rousse, glissant sur ses épaules ; il enfouirait son visage dans cette chevelure, entre ses seins ronds et chauds...

Oh, Anna, Anna, crie-t-il en silence. Alors, soudain, son cœur s'accélère, il suffoque presque... il ne peut plus attendre.

Il tend le bras pour éteindre la lampe. Maintenant !...

# 2

Par un bel après-midi d'été, l'archiduc et l'archiduchesse d'Autriche traversent au trot de leur landau découvert une petite ville sans grâce de Serbie. Leurs altesses saluent en souriant le petit peuple. Des coups de feu claquent.

C'est l'affaire d'un instant. La foule hurle, les chevaux se cabrent et le sang éclabousse la soie blanche. Ensuite, ce seront les gros titres de la presse qui feront le tour du monde Et quatre années de guerre.

— Bismarck avait prédit que ça commencerait par une grosse sottise dans les Balkans, dit Paul.

Pendant deux mois, les capitales vont échanger menaces et propositions conciliantes. Pantalons rayés et chapeaux hauts de forme, les diplomates vont faire la navette entre les ambassades et les chancelleries. Bluff. Négociations. Et puis l'Autriche mobilise, suivie de la Russie. L'une après l'autre, les nations se déclarent la guerre et en peu de temps, la vieille Europe est tout entière jetée dans l'ouragan.

La guerre éclate les premiers jours d'août. Au 1$^{er}$ septembre, la France a déjà perdu plus de cent mille hommes, la fleur de sa jeunesse. Les photographies de presse qui parviennent en Amérique montrent des scènes atroces : les trains de soldats qui partent pour le front, tandis que les femmes et les mères courent le long des quais ; les maisons qui brûlent en Belgique, après le déferlement des troupes allemandes ; les villageois jetés sur les routes, emportant sur des charrettes matelas, enfants et poulets, et traînant parfois leurs vaches derrière eux.

Une peur terrible s'empara de l'Amérique : la peur d'être elle aussi entraînée dans ces orages d'acier. Et des millions de voix — notamment celles de femmes — s'élevèrent pour exiger la paix.

L'émotion était si profonde que lorsque la première marche pour la paix descendit la 5e Avenue, pas un mot ne jaillit de la foule massée sur les trottoirs. Précédées du drapeau frappé de la colombe, au son des tambours voilés, les femmes, vêtues de noir comme des veuves de guerre, descendaient lentement l'avenue.

Mimi avait passé son bras dans celui de Paul. Tous deux observaient la manifestation.

— Quelle tristesse, murmura-t-elle.

Il baissa le regard. Sous son chapeau à la mode (ce chapeau portait le nom de « Veuve joyeuse »), Mimi avait les larmes aux yeux. Elle voulut les sécher, car une telle émotion en public l'embarrassait, et Paul lui tendit son mouchoir. En un peu plus d'un an de mariage, ils avaient appris à saisir ainsi, sans un mot, leurs désirs réciproques.

Lui aussi était bouleversé par le spectacle qui s'offrait à ses yeux. Le mois qui venait de s'écouler avait été éprouvant pour toute personne un peu éclairée, mais pour un amoureux de l'Europe tel que lui, cette guerre faisait figure de cataclysme.

Il se revoyait à La Haye, en 1907, lorsqu'en compagnie de son père, alors en voyage d'affaires à Amsterdam, il s'était rendu à la Conférence de la paix. Les messieurs à barbe blanche, vêtus de leurs redingotes, apparaissaient parfois aux fenêtres du Parlement, jetaient un coup d'œil aux plages cuivrées balayées par les vents de la mer du Nord et retournaient à leurs discussions. On édictait des règles aussi pointilleuses que celles d'un tournoi d'échecs : alimentation des prisonniers, bombardements des civils (autorisés ou non ?), utilisation des gaz asphyxiants et des balles dum-dum. Lorsque ces messieurs se séparèrent, la pluie couchait les chrysanthèmes et les nuages gris plombaient le ciel glacé. En quatre mois, ils avaient pris une seule décision importante : ils se reverraient en 1915.

Vieillards, que la peste vous emporte !

On disait à présent que tout serait terminé à Noël. Folie, se disait Paul en se rappelant les cheminées d'usine et les gares de triage en Allemagne.

Il se souvint alors de son cousin Joachim, à l'opéra de Bayreuth, marchant au milieu des sapins de la Forêt noire, levant son verre à la gloire de l'empereur. Un véritable Allemand ! Nul doute qu'il eût déjà revêtu l'uniforme et fût à présent occupé à combattre pour son Kaiser. Que Dieu le protège. Que Dieu nous protège tous.

— Crois-tu que nous allons voir Hennie ? demanda Mimi.

— Je regarde. Elles se ressemblent toutes avec leurs robes noires.

Les femmes continuaient de défiler devant eux, jeunes et vieilles mêlées, certaines poussant devant elles des landaus ; les visages étaient graves.

— Hennie n'a pourtant pas l'air suffisamment résolue pour participer à ce genre de marches, fit remarquer Mimi.

— C'est vrai, c'est l'impression qu'elle donne, mais lorsqu'elle est en groupe, sa timidité disparaît. Ses convictions l'emportent. Tiens, voilà Hennie, la voilà !

— Où ça ? Où ça ?

Mimi se dressait sur la pointe des pieds.

— La troisième à partir de la droite. Regarde mon doigt, là...

Elle marchait fièrement, dépassant d'une demi-tête ses voisines

Un sourire naquit sur les lèvres de Paul. Chère vieille Hennie ! Rien ne pouvait avoir raison de sa détermination. Décidément, elle ressemblait bien peu aux autres femmes de la famille. L'oncle David disait souvent qu'elle ressemblait à sa grand-mère. Une femme extraordinaire elle aussi, d'après lui, qui a lutté pour ses idées jusqu'à son dernier souffle.

— Maintenant que nous l'avons vue, si nous rentrions à la maison, proposa Mimi. Comme tout le monde vient dîner ce soir, je veux être sûre qu'Effie aura tout préparé comme il faut.

La jeune Mme Werner était une parfaite maîtresse de maison.

— On m'a appris, disait-elle parfois à Paul, à ne jamais attendre d'un domestique qu'il fasse ce que l'on ne sait pas faire soi-même.

Elle savait faire la pâtisserie, nettoyer, servir à table et disposer des bouquets de fleurs ; elle ne s'occupait que des fleurs, mais elle connaissait le travail et s'assurait qu'il était correctement exécuté.

Tous ces efforts ne visaient qu'un seul but : le confort du maître de maison. Il lui suffisait d'exprimer un souhait et aussitôt il était exaucé : demandait-il une pomme avant d'aller se coucher, elle apparaissait sur sa table de nuit, un nouveau livre dont il avait entendu parler, il le trouvait dès le lendemain sur la petite table de sa bibliothèque, à côté de son fauteuil.

La rue était déserte. Dans ce quartier tranquille à l'est de la 5e Avenue, rares étaient les fenêtres qui n'avaient pas été encloués pour l'été ; les propriétaires avaient fui New York pendant les chaleurs. Une fine poussière recouvrait les feuilles des arbres bordant un des côtés de la rue, et un vent chaud leur soufflait au visage.

— Traversons pour aller à l'ombre, dit Paul.

Il était bien décidé à l'envoyer, l'été prochain, au bord de la mer, et à faire lui-même le voyage en ferry-boat ou à venir la voir en fin de semaine.

— Tu devrais être sur la plage à prendre le frais, Mimi.

— Tant que tu seras obligé de rester travailler en ville, je préfère être avec toi. Les fins de semaine au bord de la mer, c'est amplement suffisant.

— Merci de ta générosité, Mimi.

— Il ne s'agit pas de générosité : je suis tout simplement heureuse d'être avec toi.

Elle se serra contre lui.

— Je sais, dit-il en lui tapotant le bras avec affection.

Mais en même temps, il se disait : je ne mérite pas un tel amour.


A table, chez lui, Paul présidait. Songeant à l'opulence voyante qui régnait chez ses parents, il n'était pas mécontent, après tout, de la façon dont sa belle-mère avait arrangé son intérieur. Les tissus fleuris apportaient une note de gaieté au milieu de ses meubles anglais en acajou. Sur une desserte, le service à thé étincelait ; c'était un cadeau de la grand-mère Angélique, qui, se disait-il, devait les avoir cultivés dans sa plantation pour pouvoir ainsi en distribuer à toute la famille. La lueur du couchant baignait d'une lumière orangée le parquet que ne recouvrait aucun tapis, et faisait irradier le cadeau de mariage que leur avait envoyé Joachim, un magnifique cheval en cristal dressé sur un socle. Entre les fenêtres, Paul avait accroché ce qui faisait la fierté de ses collections : un petit tableau de Cézanne, un paysage de champs de blé découpés en carrés par des rangées de cyprès.

Quel peintre ! Que ne donnerait-il pas pour peindre comme cela ! Dans une autre vie, peut-être. En attendant, il se contenterait d'admirer ; voir ce tableau tous les matins, à l'heure du petit déjeuner, lui procurait un plaisir immense, presque physique. Il était bien décidé, dès qu'il en aurait les moyens, à s'offrir d'autres plaisirs semblables.

La voix de Dan le tira de ses rêveries.

— ... incroyable comme les masses ont marché au canon. Je n'aurais jamais cru que les ouvriers puissent oublier ainsi leur fraternité.

316

En deux mois, son visage s'était ridé, et la mèche de cheveux qui lui barrait d'ordinaire le front pendait piteusement jusqu'aux sourcils. Il avait vieilli.

— Je crois que c'est la plus grande déception de toute ma vie, dit-il d'un air las.

Paul avait envie de répondre qu'il en avait assez des problèmes, ceux du monde et les siens, qu'il n'aspirait qu'à un peu de tranquillité. Le conflit intérieur qu'il vivait depuis un an l'avait épuisé. Au bureau aussi, il connaissait des problèmes, même s'ils étaient sans commune mesure avec le sentiment de culpabilité qui le rongeait.

Ah, ne plus penser qu'à soi, ne plus penser qu'au bonheur et à la joie ! Il remarqua alors le regard scrutateur de Leah, assise à côté de lui ; elle devait l'observer depuis un bon moment, elle avait dû saisir sur son visage une expression qui avait dû l'intriguer.

— C'est une pièce magnifique, déclara Leah qui les tirait ainsi tous les deux d'une discussion pénible. Ces tons d'ambre sont parfaits. Ils ne sont pas trop froids pour la fraîcheur des nuits d'hiver, et pas non plus trop chauds pour des journées comme aujourd'hui, par exemple.

Paul sourit.

— Tu as un œil d'artiste.

— Non, pas vraiment. Mais j'ai l'œil pour les couleurs. Et pour la mode, bien sûr. C'est comme ça que j'ai obtenu mon travail.

Visiblement, elle attendait qu'il la questionne sur son travail. Elle avait commencé un mois ou deux auparavant, après la fin de ses études secondaires. Mais Paul n'avait nul besoin qu'on le poussât à poser des questions : Leah l'intéressait, et quelque chose en elle lui rappelait vaguement… Oui, elles étaient différentes, mais il y avait en elles la même vitalité.

— Alors, lui demanda-t-il avec gentillesse, ce travail te plaît-il autant que tu l'avais espéré ?

— Oh, oui. Je commence au bas de l'échelle, bien sûr, mais j'apprends tous les jours. On me permet de faire mes retouches dans la salle d'essayage, et c'est moi qui déballe les modèles de Paris que nous copions par la suite. Je connais déjà la différence entre une robe de Lanvin, de Callot ou de Redfern. Quels vêtements magnifiques ! Ils peuvent transformer une femme. Sauf que parfois, quand je regarde certaines clientes dans le salon, de ces grosses mémères insupportables, je me dis que rien ne pourra les transformer.

Et Leah fronça son petit nez d'un air dégoûté, en une grimace que Hennie appelait son «nez de singe».

Paul rit. Quelle fraîcheur chez Leah ! Ses lourds cheveux étaient retenus par des peignes en écaille de tortue et il était sûr qu'aucun artifice ne venait les gonfler ; de même, à la différence de tant d'autres femmes, elle n'empilait pas les sous-vêtements et les jupons : il suffisait de suivre la courbe de ses hanches et de sa poitrine pour en être persuadé !

Mimi, elle, portait des flots de dentelles sous sa robe.

— Il faut rester en dehors de tout ça, disait Dan en agitant sa fourchette. Peu importe le vainqueur. Ce sera lui qui dictera les termes de la paix et qu'en résultera-t-il ? Le vaincu préparera sa vengeance et cela conduira à une nouvelle guerre. C'est une histoire sans fin. Non. L'Amérique doit rester en dehors.

— Tout le monde n'est pas de ton avis, dit Freddy. A Yale, beaucoup de ceux de la promotion de l'année dernière se sont engagés dans l'armée britannique.

— Des imbéciles ! s'écria Dan.

— Pas du tout ! Il faut en finir une fois pour toutes avec le militarisme allemand. H.G. Wells estime qu'une fois que l'Allemagne aura été battue, il y aura le désarmement et la paix mondiale. Je pense comme lui.

— Si Wells a dit ça, eh bien c'est un con !

— J'ai reçu ce matin une lettre de Gerald, reprit Freddy sans s'émouvoir.

Il tira la lettre de la poche intérieure de sa veste.

— Écoutez ça : «Je crois profondément que nous sommes dans le vrai… c'est un honneur de servir, et c'est vers la gloire que nous marchons. »

Il avala sa salive, faisant monter et descendre sa pomme d'Adam, qu'il avait proéminente.

— Il poursuit en donnant des détails sur son entraînement... Ah, oui, écoutez : «Je ne veux pas manquer la plus grande aventure de notre époque. Je pense que j'en reviendrai sain et sauf, comme la plupart d'entre nous. Si ce ne devait pas être le cas, je ne peux que dire : *Dulce et decorum est pro patria mori.* »

En silence, comme pour mieux faire goûter la solennité des dernières paroles, Freddy replia la lettre et la mit dans sa poche.

— Avec tout le respect que je dois à ton ami, dit Dan, ce sont les plus belles cornichonneries que j'aie entendues depuis longtemps. Il est doux de mourir pour la patrie ! Tu crois vraiment qu'il est doux de mourir ? Pour quoi que ce soit ? Évidemment, si on dit ça en latin, ça change tout... ! Tu nous as ramené d'Angleterre un beau fatras de niaiseries, mon Freddy, et la moindre de ces niaiseries, ça n'est encore pas tout ce bric-à-brac d'antiquité classique !

Freddy rougit.

— Moi je trouve absolument merveilleux que Freddy connaisse le latin et le grec ! s'exclama Leah.

— Dieu sait que je n'ai rien contre l'érudition ! Je suis bien le dernier au monde à m'en moquer !

Dan était au bord des larmes. Cette guerre en Europe l'affecte décidément beaucoup, songea Paul.

L'atmosphère devenait oppressante. Quand s'était-il pour la dernière fois senti léger ? Léger de corps, léger d'esprit ? Depuis son retour d'Europe, depuis ses fiançailles... C'est décidé, il irait passer une soirée aux Ziegfeld Follies. Des filles avec des paillettes et des chapeaux à plumes ; de longues jambes gainées de soie ; les plaisanteries de Will Rogers.

— Bon d'accord, étudie toutes les langues mortes que tu veux, mais je ne comprends pas qu'on puisse consacrer sa vie à ça ! s'écria Dan. Qu'est-ce que c'est que cette adoration pour un monde mort ! Pourquoi ne pas te servir de ton

319

intelligence pour affronter les problèmes du monde moderne, au lieu de les fuir ?

— Ce n'est pas un monde mort, rétorqua Freddy, le visage cramoisi. Le classicisme, que ce soit en architecture, en musique, en n'importe quoi, c'est la pureté des formes, c'est l'essence profonde.

, D'un grand geste de sa fourchette, Dan balaya l'argument.

— Bah, bah, bah, du baratin ! De l'ergotage ! Tout ça c'est du passé, ça n'est qu'un moyen de fuir la réalité ! C'est comme ça que je vois les choses.

— Freddy est un idéaliste, il est comme toi, dit Leah.

— Comme moi ? Mais moi je m'occupe de la réalité. De la science, du progrès social.

— C'est dirigé vers d'autres buts, c'est tout, insista Leah.

Depuis qu'elle gagne sa vie, elle est de plus en plus sûre d'elle, se dit Paul. Elle se tenait droite, défiant Dan du regard.

Paul redoutait que la discussion ne s'envenime. Il tenta de prendre les choses à la légère.

— Moi aussi, j'ai souvent pensé la même chose de Freddy et de Dan, dit-il.

Puis, se tournant vers Dan, il ajouta d'un air malicieux :

— Au moins, Dan, tu dois être heureux que ton fils ne soit pas devenu banquier !

Tout le monde éclata de rire, même Hennie qui, depuis le début de la discussion, se tenait parfaitement coite.

Mimi, dont la diplomatie faisait toujours merveille, se tourna en souriant vers Dan.

— Paul m'a dit que vous travailliez sur quelque chose d'intéressant. De quoi s'agit-il, exactement ?

— Oh, je travaille sur quelques projets. Mais c'est difficile à expliquer, c'est très technique. Je ne pense pas que cela vous intéresserait.

On sentait pourtant qu'il avait envie d'être cajolé.

Mimi le cajola donc.

— Mais si, cela nous intéresserait beaucoup ! Donnez-nous les grandes lignes, employez des mots simples.

— Eh bien, j'ai travaillé sur la machine Gramme. C'est une dynamo, mais lorsqu'on l'inverse elle devient un moteur. Et puis j'ai travaillé sur les signaux sonores. Vous savez peut-être que les objets solides réfléchissent les ondes courtes ; et je me disais que cette propriété pourrait être utilisée pour le sauvetage des bateaux en détresse. Il y a tant de bateaux de pêche, par exemple, qui disparaissent au large de Newfoundland.

— Vous avez raison, je n'y comprends rien du tout, dit gaiement Mimi, sauf que ça pourrait servir à sauver des bateaux, et je trouve ça merveilleux. Pensez-vous que vos idées peuvent aboutir à quelque chose ?

— Je n'en sais rien. J'ai des idées, mais je n'ai guère les moyens de les mettre en application. La dernière, je l'ai abandonnée à Alfie. Il travaille avec des gens qui possèdent une usine et qui en auront peut-être l'utilité. Mais je ne veux pas en tirer un sou. Si c'est réalisable et que ça peut servir à quelque chose, eh bien tant mieux !

— Je ne comprends pas pourquoi tu dis toujours ça ! lança Leah. Après tout, quel mal y aurait-il à en retirer de l'argent ' Si ça ne te rapporte pas à toi, ça rapportera à quelqu'un d'autre. Moi, en tout cas, j'ai envie de gagner de l'argent. Je ne ferai pas ce travail toute ma vie. Un jour quand j'aurai suffisamment appris, j'ouvrirai ma propre maison.

— Tu fais ce que tu veux de ta vie, répondit sèchement Dan.

— Tu as amené ton carnet de croquis, Leah, dit Hennie Montre-nous un peu les esquisses que tu m'as déjà montrées

Mimi se leva.

— Excellente idée. Nous prendrons le café au salon et Leah nous montrera ses dessins.

Il s'agissait essentiellement de dessins au crayon, certains admirablement coloriés, de jeunes femmes vêtues à la dernière mode, comme on en voyait dans les revues féminines.

— Très joli, murmura Paul, impressionné par la hardiesse et la précision du trait. Ce sont des copies, j'imagine

321

— La plupart, oui, mais je dessine aussi mes propres modèles. Celui-là, par exemple, est de moi.

Leah sortit un papier à dessin de son carnet et le fit circuler.

— C'est une robe habillée. Je la verrais bien en bleu moiré. J'adore les reflets changeants de la moire.

— C'est magnifique ! s'écria Mimi. Viens donc voir, Freddy !

Freddy, en effet, se tenait un peu à l'écart du cercle des admirateurs.

— Oh, il les a déjà vus ! Je l'ennuie à mourir avec mes histoires !

Le sourire de Freddy, qui avait l'air d'un père exhibant les talents d'un enfant précoce, démentait les paroles de Leah. Celle-ci poursuivit :

— Je mettrais une dentelle de couleur crème. J'ai toujours trouvé cela plus joli que le blanc pur.

— Tout à fait d'accord avec toi, dit Mimi, attentive.

— Quant à la garniture de dentelle, cela dépendrait de la personne qui porterait la robe. Pour certaines, je verrais bien une double rangée, avec des plissés. Pour d'autres... comme, par exemple... la tante Emily, je verrais ça beaucoup plus discret, peut-être une seule rangée dans le dos et une autre devant jusqu'à la ceinture. Il faut tenir compte de la personne qui porte le vêtement, de sa maison, de plein de choses...

— Tu es une fille astucieuse, dit Mimi amusée, et je vois très bien ce que tu veux dire. Et maintenant, dis-moi, comment arrangerais-tu cette robe pour moi ?

Leah pencha la tête de côté pour étudier son modèle.

— Je crois que je choisirais un moyen terme. Pas aussi stricte que pour la tante Emily, mais avec moins de dentelles et de rubans que... que pour d'autres.

— C'est donc ainsi que tu me vois. Et maintenant, dis-moi, honnêtement, que penses-tu de ma façon de m'habiller, en général ? Comment est-ce que je pourrais m'améliorer ?

— Je peux te parler franchement ? demanda Leah.

— Tout à fait.

— Eh bien, tu es élégante et tu es très distinguée comme tu es. Mais je trouve que tu devrais être un peu plus fantaisiste dans ta façon de t'habiller.

— Je crois que je vais être une de tes premières clientes. Je suis sûre que tu iras loin... et maintenant...

Mimi se mit à applaudir.

— ... un bravo pour Mme Leah !

— Et pour Hennie, que suggérerais-tu ? demanda Dan.

— Je n'ai rien à suggérer. Il n'y a personne comme elle, répondit Leah avec le plus grand sérieux. Comme vous pouvez le voir, même habillée tout en noir, elle est magnifique.

Elle avait raison. Sa haute taille et sa carrure relativement large, qui dans sa jeunesse auraient pu la desservir et lui donner l'air gauche (c'est du moins ce que l'on disait dans la famille), lui conféraient à présent, à quarante ans, une manière de dignité et d'autorité naturelle. Elle rayonnait ; les trois petites lignes parallèles dessinées sur le front, comme les ombres sous ses yeux en amande, disaient la réflexion et l'intérêt qu'elle portait au monde.

— En fait, dit Hennie en souriant, cette robe noire est affreusement chaude, et je n'ai qu'une envie c'est de rentrer chez moi me changer. Mais je voudrais quand même vous remercier d'être restés debout en plein soleil pour encourager la manifestation.

Lorsqu'elle se leva, Dan passa son bras autour de ses épaules et Hennie adressa à l'assemblée un petit geste de la main, comme un geste de bénédiction.

— Ah, la famille... vous êtes tout pour moi.

Malheureusement, songea Paul, nous ne sommes pas tous là, et je regrette que ma mère ne soit pas parmi nous.

Lorsqu'ils furent partis, Mimi se regarda dans le grand miroir du salon.

— Paul, est-ce que tu trouves toi aussi que je devrais faire preuve de plus de fantaisie ?

— Tu es très bien comme tu es. Je n'ai aucune envie de te voir changer.

— Tu dis toujours ça. Tu es adorable.

— C'est que je le pense sincèrement.

Ils s'installèrent dans la bibliothèque ; Paul prit place à son bureau et se mit à trier les papiers qui s'entassaient régulièrement depuis un certain temps, et Mimi prit un livre Quelques instants plus tard, elle leva les yeux :

— Il me semble que Dan et Hennie ne doivent guère approuver ce travail.

— De quoi parles-tu ?

— De l'ambition de Leah. Faire des vêtements pour les femmes riches. Des «parasites de la société», c'est bien comme ça que Dan les appelle, non ?

— C'est drôle... Dan aime bien que les femmes soient bien habillées et, bien sûr, Hennie encourage Leah. Pourquoi pas ? C'est un travail honnête. En outre, il me semble que cette fille est particulièrement douée pour ça.

— Je me suis toujours demandé ce que Dan n'aimait pas chez Leah. Car c'est visible, il n'arrive pas à le cacher.

— J'ai l'impression qu'elle n'a d'yeux que pour Freddy, et c'est ça qui doit déplaire à Dan. Cela dit, je ne comprends pas très bien l'attirance de Leah : Freddy et elle, c'est le jour et la nuit.

— Ça n'est pas difficile à deviner ! répondit Mimi. Elle admire son raffinement et voudrait lui ressembler. En plus, il est peut-être un peu frêle, mais il est beau garçon. J'avoue quand même que ça n'est pas le genre d'homme qui m'attire.

Paul, qui s'apprêtait à se plonger dans ses colonnes de chiffres, avait senti poindre en lui un moment d'agacement mais celui-ci disparut quand Mimi évoqua les mystères de l'attirance entre hommes et femmes. Il referma son grand livre de comptes.

— Alors c'est comme ça que tu vois toute cette histoire. Et lui, qu'est-ce qui peut bien l'attirer en elle, à ton avis ?

— Oh, j'imagine que c'est la seule fille qui se soit intéressée à lui et ce doit être piquant, tu ne crois pas ? En outre, il la connaît bien. Il se sent à l'aise avec elle. Il est si naïf, ce pauvre Freddy.

Tu es toi-même si naïve, songeait Paul. Mais il lui dit :

— Tu es perspicace !

— J'aime bien Leah, tu sais. Vraiment.

— Cela m'étonne. Elle te ressemble tellement peu.

— Elle ne me ressemble peut-être pas, comme tu dis, mais elle est authentique. Elle a du caractère et elle est honnête. Elle est certainement incapable de mentir ou de dissimuler ses sentiments.

Paul se sentit défaillir ; ses lèvres se mirent à trembler et il se replongea dans son livre de comptes.

— Il faut que j'en finisse avec ça, dit-il rapidement.

Impossible, pourtant, de se concentrer : les chiffres dansaient devant ses yeux comme des dessins dépourvus de signification. Avec un soupir, il referma le grand livre.

Mimi aussi referma son livre et vint s'agenouiller à côté de lui.

— Paul... je n'arrive pas à lire. Si l'Amérique rentre en guerre, est-ce qu'il faudra que toi aussi tu partes ?

— Nous ne participerons pas à cette guerre.

— Tu en es sûr ?

— Comment en être complètement sûr ? Mais vraiment, je ne le crois pas. Comme tu l'as vu cet après-midi, l'opinion publique y est totalement opposée.

— Mais quand même, si nous rentrons en guerre, il faudra que tu partes, non ?

Il ne répondit pas, mais en la regardant, il vit que ses yeux se remplissaient de larmes. Elle se releva et vint poser sa tête sur son épaule ; il la serra contre lui et lui caressa doucement les cheveux, en un geste de réconfort.

Sa tendre épouse ! Sa délicate et intelligente Mimi, qui tous les vendredis après-midi se rendait au concert au Philharmonique avec ses amies, qui faisait tant de bien à l'ouvroir féminin du temple, qui respectait les parents et les amis de son mari, qui savait si bien recevoir, le soutenait dans son travail et l'aimait tant...

Comme elle l'aimait !

— Ne t'inquiète pas, dit-il avec douceur. Reprends ton livre il avait l'air d'être passionnant.

— Mais toi... toi, tu travailles trop, Paul. Le soir, au moins, tu devrais te détendre. Veux-tu que j'aille te chercher ton livre sur la table de nuit ?

— Non, non, j'irai moi-même.

Si seulement elle n'était pas aussi gentille avec lui !

Cette fois-ci, il s'installa dans le fauteuil en cuir, sous la lampe, lui tournant presque le dos. Elle ne pouvait voir qu'il ne tournait même pas les pages de son livre.

Chaque fois qu'il voyait Leah, il ne pouvait s'empêcher de penser à l'autre. Un jour qu'il était rentré dans la cuisine, chez ses parents, la petite Agnès lui avait donné des nouvelles d'Anna : elle était mariée, à présent.

Ah bon, vraiment ?

Oui, avec l'homme qui venait souvent la chercher ici.

Mme Monagham avait fait taire la jeune fille. Pourquoi ? Était-ce seulement le fruit de son imagination, ce regard aigu que lui avait lancé la vieille femme ? Il avait alors répondu, de son ton le plus « maître de maison », qu'il était heureux d'apprendre la nouvelle et qu'il formait les meilleurs vœux de bonheur pour Anna, qui était une excellente jeune fille.

La famille lui avait envoyé un cadeau de mariage, une pendule de chez Tiffany. Était-ce également le fruit de son imagination, ce curieux regard que semblait lui avoir lancé sa mère en lui annonçant l'achat de ce cadeau ?

— Elle ne nous a même pas prévenus. C'est impardonnable. Ton père est bien d'accord avec moi. Nous l'avons toujours très bien traitée, et c'était une bonne maison pour elle. Mais la pauvre fille est seule au monde, il ne faut pas lui en tenir rancune.

On lui avait donc fait parvenir une belle et coûteuse pendule de cheminée, alors qu'elle n'avait probablement même pas de cheminée chez elle ! Une pendule pour marquer le décompte des heures mornes de son existence. Car elle ne pouvait être que bien morne, la vie qu'allait lui offrir le pauvre garçon que lui avait un jour présenté Anna. Et elle, avec toute sa fougue, son appétit de vivre, sa douceur... c'était injuste ! Trop injuste !

Un mois ou deux auparavant, alors qu'il traversait Central Park, il avait vu devant lui une femme de haute taille, avec une grosse natte de cheveux roux ; son cœur avait bondi dans sa poitrine. Il avait pressé le pas pour passer devant elle, mais, bien entendu, ce n'était pas Anna. Elle ne devait certainement plus vivre dans ce quartier.

Partout où il allait, il espérait et redoutait à la fois de la rencontrer. New York était une ville immense, mais ne risquait-il pas, un jour ou l'autre, de la rencontrer par hasard ?

Que diraient-ils, l'un et l'autre ? Comment se comporteraient-ils ?

Tantôt son souvenir d'elle s'estompait, tantôt il se matérialisait avec force devant lui ; parfois aussi, un sentiment d'irréalité l'envahissait, comme s'il avait inventé, embelli et conservé vivants des moments de tendresse et de passion qui n'avaient existé que dans son imagination.

Non... il était sûr de ce qu'il avait vécu.

Ah, s'il pouvait une fois pour toutes être débarrassé de ce souvenir !

# 3

Chez les Roth, la famille avait conclu une trêve : sauf lorsque Dan et Hennie se retrouvaient seuls, on ne parlait plus de la guerre en Europe. Autrement, la vie quotidienne eût été impossible.

Avant cela, Freddy, le visage empourpré par la rage, ne cessait d'énumérer les atrocités des Allemands.

— Ce sont les criminels les plus effroyables depuis Gengis Khan ! Ils prennent des otages, massacrent les enfants, utilisent les gaz, détruisent les plus beaux monuments d'Europe pour le seul plaisir ! Ce sont des sauvages, voilà tout !

A quoi son père rétorquait :

— Ils ne sont pas plus sauvages que les autres ! Ce sont tous les mêmes ; tu ne vois pas que tu ne fais que réciter de la propagande ! Plutôt que de perdre ton énergie à maudire les Allemands, tu ferais mieux de lutter pour la justice sociale ici, en Amérique.

Alors on avait conclu une trêve.

Freddy revenait passer chez lui les vacances universitaires, amenant avec lui livres, partitions de musique et raquettes de tennis, alors qu'en Europe, les jeunes gens de son âge avait laissé ce bric-à-brac pour le fusil et les grenades. Les batailles se succédaient qui devaient toutes marquer un tournant décisif de la guerre, mais de tournant décisif, il n'y en avait jamais. La Marne, Ypres, Neuve-Chapelle... A Neuve-Chapelle, l'offensive britannique se solde par un désastre. Des milliers d'hommes disparaissent sous le feu des Allemands. Les survivants repartent au combat...

Lorsque Freddy revint chez lui pour les vacances d'hiver, une lettre venue d'Angleterre l'attendait. Il l'emmena dans sa chambre pour la lire. Un long moment s'écoula. Le dîner était servi. De sa place, Hennie pouvait voir au fond du couloir la porte de la chambre de Freddy. Elle se leva et alla frapper.

— Freddy, c'est servi. Le dîner va refroidir.

Pas de réponse.

— Freddy, tu m'entends ?

La porte s'ouvrit alors à la volée, et Freddy apparut, les yeux rougis par les larmes.

— Ils l'ont tué ! Ces salauds de Boches l'ont tué !

Le spectacle de sa douleur (jamais ses parents ne l'avaient vu pleurer) était plus affligeant pour eux que la mort de cet ami qu'ils ne connaissaient pas.

Il agita la lettre.

— C'est la mère de Gerald. Elle dit que dans sa dernière lettre, il lui disait de ne pas s'inquiéter, qu'il allait bien, qu'il avait bon moral. Son supérieur lui a écrit que son fils était mort bravement. A la bataille de Neuve-Chapelle.

Freddy s'assit, la tête dans les mains. Hennie lança un regard silencieux à Dan, qui ne lui répondit que par un haussement de sourcils signifiant son impuissance à consoler leur fils. Leah, elle, caressa doucement les cheveux de Freddy, en silence, elle aussi.

Après un long moment, il releva la tête.

— Excusez-moi... mais le peu de temps que nous nous

329

sommes connus, nous étions devenus très proches. C'était un être merveilleux. Quel gâchis !

— Oui, dit Dan en soupirant, c'est un immense gâchis !

— Nies-tu encore que ce soient des sauvages ? s'écria Freddy. As-tu lu leur *Hymne de haine* contre l'Angleterre ? Et la réponse de Kipling : « Que reste-t-il si la Liberté disparaît ? » Comment peux-tu encore dire que ce sont tous les mêmes !

— Tu as perdu ton ami... c'est terrible, répondit Dan avec douceur. Mais reste avec nous. Prends une tasse de thé et parle-nous.

Ils retournèrent s'asseoir à la table de la cuisine, et Hennie servit le repas. Freddy était incapable d'avaler une gorgée de thé. Il avait les yeux injectés de sang ; sa voix retrouvait les accents de fausset qui étaient apparus au moment de la mue de l'adolescence.

— Il était prêt au sacrifice. Il faut que je m'en souvienne.

— Le sacrifice pour quoi ? s'écria Dan. Quelle foutaise sentimentalo-patriotique ! Quelle confusion mentale ! As-tu déjà vu du sang ? As-tu déjà vu un blessé qui perd son sang et qui va mourir ? Moi, un jour, j'ai vu un ouvrier tombé d'un échafaudage, les tripes répandues sur le sol : des tripes grises et sales. Quelle horreur !

Freddy se raidit.

— Il y a des gens qui ne sont pas de ton avis, et qui ne sont pas plus bêtes que d'autres !

— Je sais, j'ai entendu parler de ces insensés qui sont allés s'engager dans l'armée britannique. Tu nous en as parlé. Tu crois que je les respecte ? Non, ils me dégoûtent. Quelle bande d'imbéciles, de gamins morveux ! Un coup de clairon, de beaux uniformes, quelques vers de mirliton, et en avant ! Les voilà partis la fleur au fusil !

Il glissa un regard rapide à Leah.

— Et pendant ce temps-là, il y a des gourdes qui viennent applaudir les défilés, se pâmer devant les uniformes et qui se réjouissent de voir les hommes partir au massacre !

330

On ne peut pas parler avec toi ! s'écria Freddy. Autant te parler chinois ou javanais ! Il vaut mieux que je quitte la table. Je ne peux rien avaler, et puis de toute façon, tu es systématiquement contre tout ce que je dis !

Aussitôt, Dan se radoucit.

— Assieds-toi, Freddy, assieds-toi. Je sais, je m'emporte trop facilement. Je suis véhément, je le reconnais. Mais ces événements me bouleversent, et j'ai du mal à me contrôler.

— Freddy aussi est bouleversé, fit remarquer Leah. Gerald était son ami.

— Je le comprends parfaitement, dit Dan en posant avec affection la main sur le bras de son fils. Je suis très triste que tu aies perdu ton ami. La mort de tous ces jeunes gens m'attriste profondément. La seule chose, c'est que j'y vois une tragédie, et que je n'y vois aucune gloire. Surtout quand des deux côtés, il y a d'autres hommes qui bâtissent des fortunes sur l'horreur de la guerre.

Hennie servit le pain perdu puis débarrassa la table. Elle avait besoin de faire quelque chose de ses mains, et elle refusa l'aide de Leah. Les pensées les plus confuses se bousculaient dans son esprit. On était presque au printemps ; chaque année, à la même époque, Freddy avait trouvé un travail pour l'été, mais cette fois-ci, il n'en avait pas encore parlé. Elle n'avait pas osé lui demander ce qu'il en était...

Il s'éloignait de sa famille ; c'était normal, bien sûr, et même souhaitable, surtout compte tenu de l'aversion secrète qui, en dépit de l'amour de Dan, avait toujours existé entre le père et le fils. Malgré sa tristesse, Hennie avait fini par l'accepter. Elle reconnaissait le caractère inéluctable d'un tel détachement mais ne pouvait s'empêcher de s'interroger : comment se faisait-il que, par exemple, Dan et elle pussent encore parler à Paul, alors que cela se révélait impossible avec Freddy ?

Alors qu'ils se déshabillaient pour se mettre au lit, elle demanda à Dan :

— Tu ne crois pas qu'il pourrait aller au Canada, ou faire une folie du même genre ?

— Il lui reste encore une année d'université. Heureusement.

— Et ensuite une grande école. Il a économisé de l'argent pour se payer ces études-là, alors j'espère que...

Dan ne répondit pas.

Leah chantait dans sa chambre. En souriant, Freddy reposa son livre de grec. Elle chantait un air d'*Aïda* en ne détonnant que très légèrement. Il se rappelait cette représentation à laquelle il l'avait emmenée, au cours des vacances de Noël, et l'enthousiasme qu'elle avait connu. Il avait eu envie de l'emmener à nouveau quelque part lors de cette semaine de vacances, mais les examens de la mi-année s'approchaient, et il ne pouvait distraire une seule minute de ses études.

Fermant les yeux, il se renversa dans son fauteuil. Quoi qu'on puisse penser, se concentrer sur les caractères grecs, c'était fatigant. Pourtant, il adorait le grec ancien. Il apprenait à pénétrer dans le monde antique ; il devenait familier avec le bronze, l'or et la pourpre. Il entrait dans les temples aux colonnades chauffées par le brûlant soleil de la Grèce, et il discutait de longues heures avec les philosophes. Il songea alors à Gerald et à la discussion qu'ils avaient eue : valait-il mieux se spécialiser en histoire antique ou en histoire médiévale ? Ces longues discussions avec Gerald lui manquaient, comme lui manquaient sa présence ou l'avis qu'il aurait aimé lui demander : que pensait-il de tel livre, de telle personne, de tel événement ? Par exemple, qu'aurait pensé Gerald de cette petite Leah, dont les manières simples et directes étaient si différentes de la distinction britannique ?

Elle s'affairait dans sa chambre, il l'entendait déplacer des objets, mener grand tapage. Soudain, il entendit un grand bruit et une exclamation : « Oh, non ! »

Freddy se leva d'un bond. Par la porte entrouverte, il la vit agenouillée, occupée à ramasser le contenu d'un tiroir répandu sur le sol. Elle riait.

332

— Quelle idiote je suis ! Le tiroir était coincé et je l'ai tiré trop fort.

— Laisse-moi t'aider.

Il se mit à ramasser ce qu'il trouvait par terre ; puis, s'apercevant de ce qu'il tenait en main, il le rejeta.

— Euh, peut-être est-ce que tu devrais...

Leah l'interrompit d'un grand éclat de rire.

— Tu as raison, si une culotte bouffante en soie te fait rougir, il vaut mieux que ce soit moi qui m'en occupe !

Il la regarda. Elle portait une robe de chambre, mais très différente de celles qu'il connaissait, de celles de sa mère ou de sa grand-mère. De couleur bleu clair, elle était bordée de plumes au col et à l'ourlet du bas. Lorsqu'elle se remit debout, sa robe de chambre s'ouvrit, et il aperçut ses seins lourds dans l'échancrure de la soie.

— Qu'est-ce que tu regardes, Freddy ?

— Ta robe de chambre, dit-il gauchement. Les plumes sont très belles.

— Ce sont des plumes de marabout. Elles sont affreusement chères. Mon patron me l'a donnée parce que quelqu'un y a laissé une marque de fer dans le dos. Elle te plaît ?

— Elle est magnifique.

Il ne la quittait pas du regard. Elle fourra rapidement les sous-vêtements dans le tiroir. Lorsqu'elle eut terminé, il replaça lui-même le tiroir dans la commode.

— Qu'est-ce que tu comptes faire, maintenant ? lui demanda-t-elle.

— Retourner travailler.

— Tu n'as pas suffisamment travaillé ? Tu n'as rien fait d'autre de toute la semaine.

— Je sais, mais il le faut.

— Accorde-toi cinq minutes. Moi, je prendrai bien une tasse de thé et un morceau de gâteau.

— Tu aurais pu aller au théâtre avec des amis. Ils t'auraient trouvé un billet.

— Je sais, mais je préfère rester ici avec toi.

Il vit que cette fois-ci elle ne le taquinait pas, comme elle le faisait si souvent. Quand donc avait-elle commencé à le taquiner ? Il ne s'en souvenait pas bien, cela s'était installé petit à petit. En revanche, il se rendait bien compte qu'elle n'était plus la petite Leah avec qui il avait grandi.

— Je prépare un plateau et je l'amène dans ta chambre. Ce sera plus agréable que de prendre le thé dans la cuisine.

Il l'attendit, en proie à une excitation encore inconnue de lui. Elle revint et posa le plateau sur son bureau après avoir écarté les livres. Vive, habile, le moindre de ses mouvements le fascinait. C'est parce qu'elle est très différente de moi, se disait-il ; j'aimerais être aussi fort et aussi sûr de moi qu'elle.

Ils avalèrent le gâteau sans un mot, elle parce qu'elle avait faim, lui parce que ses pensées tourbillonnaient dans sa tête. Lorsqu'ils eurent terminé, il soupira.

— Que se passe-t-il, Freddy ?

— Oh, parfois je soupire comme ça, sans raison.

— Ça ne va pas ? Tu es malheureux ?

— De temps en temps, oui.

— C'est normal, tout le monde est comme ça.

Elle lécha un morceau de sucre sur ses lèvres et balaya les miettes tombées sur sa robe.

— On ne peut pas être heureux tout le temps. Toi, pourtant, tu devrais. Tu as tout.

— Moi ? répéta-t-il, stupéfait.

— Mais oui. D'abord tu es beau garçon. Non, non, ne dis pas le contraire, tu le sais très bien. Ensuite tu es élégant, intelligent et cultivé. J'aimerais bien avoir ton élégance naturelle, mais je sais bien que je ne l'aurai jamais.

Il hocha la tête.

— C'est drôle... figure-toi que j'étais en train de me dire que j'aimerais bien te ressembler.

— Hein ? Mais tu es fou ! Pourquoi ?

— Tu es tellement sûre de toi.

— Mais toi tu as tes parents, une famille qui est vraiment à toi. Tu ne te rends pas compte du bonheur que c'est ?

Il sentait une telle confusion en lui ! La tension qui résultait de leur intimité, là, dans cette chambre, les élans qu'il sentait naître au plus profond de lui, mêlés à une certaine mélancolie...

— Je ne sais pas... répondit-il finalement.

Et, sans réfléchir, il ajouta :

— Les apparences sont souvent trompeuses.

Un sourire fugitif passa sur les lèvres de Leah. Il le remarqua.

— Je reconnais que c'est un lieu commun, dit-il d'un air piteux.

— Ce n'est pas pour ça que j'ai souri. Je me souviens qu'un jour ton père m'a dit exactement la même chose. Et pendant un instant, tu lui as ressemblé.

— Ne me dis pas que je lui ressemble, je t'en prie !

— Non, tu ne lui ressembles pas beaucoup. Mais après tout, est-ce que ça serait tellement horrible ?

Imperceptiblement, la conversation glissait vers quelque chose qu'il ne comprenait pas encore très bien. Comme un aveu, une confession, une manière de se soulager d'un poids.

— Je n'ai jamais bien compris la nature de mes sentiments envers mon père, dit-il lentement. Je voulais l'aimer, mais en même temps, parfois, je le haïssais.

— Pourquoi ? Qu'est-ce qu'il t'a fait ?

— Il ne m'a rien fait directement à moi. Mais il s'est passé quelque chose de difficile à supporter pour un enfant. J'étais très jeune. Je n'en ai jamais parlé à personne.

— Peut-être que ça irait mieux si tu en parlais, dit gentiment Leah.

Il courba la tête. A nouveau ce tourbillon qui s'emparait de lui. Il sentit alors la main de Leah sur son front.

— Je crois savoir ce que c'est. Un jour, tu l'as trouvé avec une femme, ou tu as appris quelque chose à ce sujet.

Surpris, il leva les yeux.

— Je me suis souvent demandé, poursuivit-elle, ce que tu savais à son sujet.

Leah laissa glisser sa main sur son épaule ; il était sûr de sentir sa chaleur à travers sa manche.

— Il y a quelques années, je l'ai vu avec une femme, dans un trolleybus. Ils s'embrassaient. C'était...

— Continue.

— Ta mère devait croire qu'il travaillait, ou quelque chose comme ça. Il était terrifié à l'idée que j'aille tout lui raconter.

— Et tu ne l'as jamais fait.

— Comment aurais-je pu faire une chose pareille ? Non, elle n'a jamais su. Et elle ne saura jamais. De toute façon, je suis prête à jurer qu'il n'a plus recommencé.

— Comment le sais-tu ?

— Après cela, nous avons eu une longue conversation, lui et moi.

Une image se forma devant les yeux de Freddy. Son père embrasse une femme, très maquillée, le genre vulgaire ; et puis il est debout sur le toit d'une maison en flammes, il agite les bras ; il parle devant un auditoire attentif et respectueux, il est vêtu d'un costume noir, il est très digne ; il s'effondre devant Leah, il se sent coupable, il a peur...

— Pour moi, dit Freddy, c'est ce que j'ai entendu. Ça se passait dans la chambre au-dessus du laboratoire. Je n'ai rien vu, mais je n'en avais pas besoin. J'ai couru jusqu'à la maison. Pendant longtemps, je n'osais même plus le regarder en face.

— Pauvre garçon !

Elle se penchait vers lui, sa bouche sentait le citron.

— Et pendant tout ce temps-là, tu as gardé ça pour toi !

— A qui pouvais-je en parler ?

— A Paul, par exemple. Vous êtes si proches.

— J'aurais eu l'impression de salir ma mère, même en le disant à Paul.

— Mais maintenant, ça ne te fait rien de me le dire à moi

— Non, dit-il, un peu émerveillé par cette découverte. Pas du tout. C'en est même curieux.

— Tu dois te sentir soulagé d'en avoir parlé.

— Oui, tu as raison. Tu as ôté ce poids de ma poitrine

— C'est normal, Freddy. Tu sais, toi et moi nous sommes des êtres à part. Tu ne l'as donc pas senti, cette dernière année ?

Ils se levèrent tous les deux. On dit que les amants voient leur reflet dans l'œil de l'être aimé, se disait Freddy. L'espace d'un instant, il ne vit que son image dans ses yeux, puis il sentit les bras de Leah autour de son cou. Son cœur se mit à cogner dans sa poitrine, une joie folle le submergeait...

— Je t'aime, Leah...

Les lèvres de Leah s'écrasèrent contre les siennes ; douces ; jamais il n'avait connu une telle douceur. Il n'aurait su dire combien de temps dura leur baiser. La pendule sonna ; un bruissement de soie à ses oreilles. Les lèvres de Leah le tenaient toujours prisonnier.

Lorsqu'ils se séparèrent, il se rendit compte qu'elle l'avait doucement poussé vers le lit. Comme dans un rêve, il l'entendit murmurer :

— Maintenant, Freddy, maintenant.

Sa chaleur, la rondeur de ses hanches, sa secrète douceur... Elle les lui offrait. Il n'avait rien demandé, jamais il n'aurait osé demander, et voilà qu'elle s'offrait à lui...

Il tremblait. Il la désirait, mais en même temps il avait peur. Un baiser, d'accord, mais ça... il se recula.

— Pas avant d'être marié, s'entendit-il dire, comme si sa voix était lointaine, assourdie.

— Freddy... je n'ai pas peur.

— Leah, ma douce Leah, je ne peux pas te faire ça.

Le silence de Leah était une question.

— Je veux que toute ta vie, tu te souviennes que tu es arrivée pure au mariage.

Il y avait un indéniable accent de sincérité dans ses paroles, la sincérité du jeune homme qui ne voulait pas « profiter de la situation ». Mais aussi, sa propre réaction l'effrayait, car il aurait dû être difficile pour lui de résister, et ce n'était pas le cas.

— Je comprends, dit-elle.

Son sourire fit naître sur ses joues deux charmantes petites fossettes.

— Tu es adorable, Freddy, et je vois que tu m'aimes vraiment, puisque tu veux m'épouser.

— Peut-être est-ce que je t'ai toujours aimée, mais que je n'étais pas assez âgé pour m'en rendre compte.

Il l'embrassa sur le front. La tête de Leah lui arrivait à l'épaule. Elle n'avait que dix-neuf ans, et elle allait être à lui pour la vie. Il se sentait tendre, il se sentait responsable et plus âgé que ses vingt et un ans, comme si brusquement, la jeunesse et la dépendance par rapport à ses parents s'en étaient allées. Il se sentait même plus grand de taille et plus fort qu'il ne l'avait jamais été. Comme cela avait été soudain ! Une heure auparavant, encore, ses examens occupaient toutes ses pensées ; à présent, il était un homme et il avait une femme dont il allait falloir s'occuper.

Une nouvelle vie s'ouvrait devant lui, une vie merveilleuse, et la peur étrange qu'il avait éprouvée quelques instants auparavant serait vite oubliée.

Leah leva vers lui un regard inquiet.

— Tes parents...

— Nous ne leur dirons pas tout de suite, dit-il rapidement. Je dois d'abord passer mes examens. Ensuite, nous aurons tout le temps.

— Mais même après, ton père ne m'aimera pas plus pour ça. De toute façon, il n'a jamais accepté de gaieté de cœur de voir une étrangère s'installer chez lui. Et puis après que je l'ai eu surpris dans le trolleybus...

Il lui posa un doigt sur les lèvres.

— Ne dis pas des choses comme ça. Il peut mener la vie qu'il veut, et nous la nôtre.

Ils entendirent une clé tourner dans la serrure de la porte d'entrée.

Ils rentrent !

Leah souleva le bas de sa robe de chambre et sortit en courant. Un éclair de plumes bleues et elle disparut. Freddy referma sa porte et retourna à ses livres.

338

Des plumes bleues et des yeux noirs dansaient devant ses yeux. Comme elle était vive et drôle ! Et elle qui disait manquer d'élégance ! Il rit tout fort. Elle était adorable. Bientôt, la vie leur appartiendrait, bientôt il serait prêt

4

En janvier 1915, Carrie Chapman fonda à Washington
le Parti des femmes pour la paix ; peu de temps après, une
section new-yorkaise était formée. Hennie y adhéra presque aussitôt et ne tarda pas à être élue à un poste de responsabilité. Elle débordait d'enthousiasme.

— Si partout dans le monde les femmes avaient le droit
de vote, disait-elle, les choses iraient différemment. J'aime
autant vous dire que nous ne voterions pas de crédits pour
les armements. Les femmes sont différentes des hommes,
le pouvoir et la force ne nous tentent pas.

Mais elle ajoutait aussi :

— Mais tous les hommes ne sont pas non plus fascinés
par la violence. En tout cas pas les hommes comme mon
mari.

Elle ne manquait aucune réunion, prenait souvent la
parole au cours des meetings où l'on admirait son éloquence.
Elle fabriqua des affiches qu'elle alla elle-même placer dans
les vitrines des commerçants qui les acceptaient. Elle avait

le sentiment qu'à son humble façon, elle contribuait à bâtir la paix. Patiemment, pierre après pierre, se disait-elle, mais nous construisons quelque chose.

Un samedi après-midi, après une réunion au cours de laquelle elle s'était montrée particulièrement brillante (il s'agissait d'organiser une campagne de placards dans les principales revues populaires du pays), Hennie rentrait chez elle, à pied.

Le chemin était long, mais elle se sentait d'humeur joyeuse et elle avait choisi de ne pas prendre le trolleybus. L'après-midi touchait à sa fin, et à l'ouest le ciel s'embrasait de pourpre. A un coin de rue, elle acheta des tulipes. Roses et blanches, aux pétales satinés, elles coûtaient affreusement cher, mais, après tout, c'était le jour du printemps, et il fallait bien le célébrer de quelque façon !

Lorsqu'elle pénétra dans l'appartement, elle eut la surprise de découvrir Freddy, qui se tenait dans la cuisine avec Dan. Celui-ci devait être rentré quelques instants seulement avant elle, car il portait encore son pardessus. Freddy, à genoux, remplissait le bol de Strudel, le basset.

— Oh, quelle bonne surprise ! On ne t'attendait pas ce samedi-ci. Tu ne nous avais pas dit que...

— Je sais. Je suis parti à l'aube. Comment vas-tu, maman ?

— Très bien. Mais je suis en retard, je sors d'une réunion. Tu dois être affamé. Mais je n'ai qu'à faire réchauffer le dîner : je l'ai préparé ce matin.

— Ne fais rien pour moi ou pour Leah, nous...

— Encore Leah ! s'écria Dan. Tu reprends d'une main ce que tu donnes de l'autre. Es-tu venu ici pour la voir ou pour passer quelques heures avec tes parents ?

— Je suis venu pour la voir, répondit tranquillement Freddy.

Encore une dispute, songea Hennie avec désespoir.

Les mâchoires serrées, la nuque raidie, Dan planta ses yeux dans ceux de son fils.

341

— J'ai bien entendu ? Alors si c'est vraiment cela, je ne comprends pas. Explique-toi !

Freddy caressait doucement le chien qui engloutissait sa pâtée. Il se leva.

— Je l'aime.

Dan s'assit. Hennie, qui n'avait encore retiré ni son manteau ni son chapeau, regardait tour à tour son mari et son fils et puis, pour quelque raison inconnue d'elle, son regard se porta sur la pendule, sur la longue aiguille noire des minutes qui hésitait avant de passer sur le chiffre voisin.

— Tu ne sais même pas de quoi tu parles ! finit par lancer Dan d'un ton rogue.

— Je crois que si. Et je te demande de ne rien dire que j'aurais, moi, envie d'oublier par la suite.

— Mais de quoi parles-tu ? Ça ne te ferait rien de nous le dire ?

Hennie pressa sa main contre son cœur.

— Je parle de Leah, que j'aime. Et je t'ai demandé de ne rien dire que j'aurais envie d'oublier par la suite.

Dan se radoucit, comme s'il avait senti dans le ton de Freddy une mise en garde sérieuse.

— Je ne veux rien te dire de blessant, Freddy. Tu devrais pourtant me connaître mieux que ça. Leah est une fille très bien. Ne me suis-je pas montré bon avec elle ? Ne l'ai-je pas accueillie et élevée ici, chez nous ? Je cherche simplement à te dire que tu manques d'expérience pour pouvoir parler d'amour, c'est tout.

— Tu n'étais pas tellement plus âgé quand tu es tombé amoureux de maman.

— En fait, si. J'avais vingt-quatre ans, alors que tu n'en as que vingt et un. Tu es encore très jeune, et sans vouloir te vexer, plus jeune encore que ton âge. Tu manques de jugement, Freddy.

— Ce n'est pas ce que mes professeurs me disent.

— J'imagine que toi et eux vous ne parlez pas beaucoup des femmes, sans cela ils t'auraient dit qu'il y a beaucoup de choses que tu ne comprends pas encore.

— Je comprends seulement que j'aime Leah et qu'elle m'aime.

— Tu ne vois pas qu'elle n'est pas faite pour toi ? Vous n'avez presque rien en commun ! Tu es à Yale, tu prépareras bientôt un doctorat ; elle, elle travaille chez une modiste. Elle est ambitieuse et...

— Incroyable ! Toi, le démocrate impénitent, tu oses faire état d'un préjugé pareil !

— Ça n'a rien d'un préjugé. Je veux simplement te dire que vous êtes différents et que cela n'ira qu'en s'accentuant avec le temps. L'amour entre vous n'a aucun sens. Le plus tôt tu te sortiras ça de la tête, le mieux ça sera, non seulement pour toi mais aussi pour Leah.

Dan éleva alors la voix :

— C'est une mangeuse d'hommes, Freddy.

— Papa ! Tu ne sais pas ce que tu dis !

— Oh, que si ! Il y a des choses que l'on sent d'expérience. Crois-moi !

D'expérience... Hennie sentit à nouveau sa gorge se nouer.

Freddy ne répondit pas. Il se baissa, prit le basset et l'installa sur ses genoux, le museau dans le creux de son bras, et se mit à le caresser doucement sous le menton. Puis il prit une profonde inspiration et se décida :

— Je regrette que tu me parles comme ça, parce que nous venons de nous marier. Là, à midi.

Ses mots semblaient venir de très loin. Hennie doutait que ce fût son fils qui les eût prononcés.

— Vous vous êtes mariés, répéta-t-elle, incrédule.

— Oui. A l'hôtel de ville.

Et Freddy avala sa salive, faisant, comme à chaque fois, monter et descendre rapidement sa pomme d'Adam.

— Ne soyez pas fâchés... ne gâchez pas cet instant. S'il vous plaît. C'est le jour de notre mariage.

Il avait l'air d'un enfant pris en faute, vulnérable, pitoyable. Hennie porta la main à ses lèvres, pour en arrêter le tremblement. Elle demeura ainsi un long moment avant de pouvoir proférer une parole.

— Pourquoi ne pas nous l'avoir dit avant ? finit-elle par
dire.

— Vous auriez essayé de nous en dissuader. C'était plus
simple d'agir comme cela.

Dan toussota.

— Je trouve le procédé assez peu honorable. C'est une
façon bien ingrate de nous rendre la confiance que nous
t'avons toujours manifestée. Je trouve ça non seulement
ingrat, mais fourbe.

— Nous ne voulions pas agir ainsi en cachette. Laissez-
moi m'expliquer...

— Excellente idée. J'aimerais bien que tu m'expliques
comment tu en es arrivé à faire quelque chose que tu vas
regretter toute ta vie ! T'installer dans la vie alors que tu
n'es même pas encore capable de la gagner. Quelle niaiserie !

— Papa, je te demande de garder ce genre de réflexions
pour une autre fois ! Nous voudrions garder un souvenir heureux de cette journée. Car c'est un jour dont on se souvient
toute sa vie.

— Un souvenir heureux ! Au fait, dis-moi, où est la jeune
et tendre épouse ?

— Elle est allée acheter des gants : elle avait perdu les siens
dans le taxi. Ah, la voilà ! Je l'entends.

Le rose aux joues, essoufflée d'avoir grimpé les marches
quatre à quatre, Leah s'immobilisa dans l'embrasure de la
porte en apercevant le tableau guindé qui s'offrait à ses yeux.

— Ah... je vois que... vous connaissez la nouvelle.

Elle attendit, respectueuse, mais dans le même temps, elle
semblait dire : nous avons fait selon notre désir et nous
n'avons pas peur.

D'un bref coup d'œil, Hennie détailla Leah : une robe
bleu pâle, neuve, bien entendu ; la finesse des chevilles gainées de soie, le jabot de dentelle, le collier de perles descendant jusqu'à la taille, la petite plume effrontément fichée au
sommet du chapeau bleu. Souriante, Leah attendait.

Ignorant Dan, elle s'adressa à Hennie.

— Nous souhaiteras-tu du bonheur ?

Une frayeur s'empara rapidement de l'esprit de Hennie : celle que son fils ne parte pour la guerre, une frayeur qu'elle avait longtemps tenté d'ignorer, mais en vain. A présent, cette peur était sans objet : marié, son fils ne partirait pas ! Il terminerait ses études, trouverait une situation ; ils auraient un bébé. Après tout, ce mariage avait du bon, il resserrerait les liens de la famille. Dan finirait par s'y habituer. Toutes ces pensées avaient défilé dans son esprit à la vitesse de l'éclair. S'abandonnant à son optimisme naturel et à sa générosité, elle prit Leah dans ses bras.

— Bien sûr que nous vous souhaitons du bonheur ! Je regrette que ça se soit passé de cette façon, mais je vous souhaite le plus grand bonheur !

— Mariés un samedi ! s'exclama Dan, furieux, et à l'hôtel de ville, en plus ! Moi ça ne me dérange pas vraiment, mais vous connaissez les sentiments de votre mère. Vous auriez pu au moins vous marier devant un rabbin et attendre la fin du sabbat. Inutile d'ajouter le blasphème à la dissimulation.

— Je sais, répondit rapidement Leah. Je suis d'accord, et nous ferons la cérémonie religieuse plus tard. Mais aujourd'hui, il n'y avait pas le temps...

Dan saisit la phrase au vol.

— Qu'est-ce que ça veut dire, « pas le temps » ?

Leah se tourna vers Freddy.

— Tu ne leur as pas dit ?

— Non, je ne...

Il pressait toujours le chien contre lui, comme pour se protéger.

— Enfin, je...

Leah l'interrompit.

— Il n'ose pas vous le dire. Freddy s'est engagé dans l'armée britannique. Il ne lui reste qu'une semaine. Voilà pourquoi nous devions nous marier rapidement.

Les franges de l'abat-jour du salon, plus loin, dansèrent devant les yeux de Hennie. Ses forces l'abandonnèrent et elle s'effondra sur une chaise. Dans un tourbillon, elle aperçut la bouche de Dan, grande ouverte ; son visage était sombre, la pièce était sombre, tout tournait autour d'elle. Elle posa le front sur la table.

Elle sentit une main lui caresser les cheveux, et la voix de Freddy :

— Ne pleure pas, maman. C'est quelque chose que je devais faire. Tu dis toujours que les gens doivent mettre leurs actes en accord avec leurs principes, car sans cela leurs principes sont sans valeur.

Elle poussa un long soupir. Freddy poursuivit :

— Je regrette que nos convictions ne soient pas les mêmes, mais c'est comme ça, et je te demande de les respecter, comme moi j'ai toujours respecté les tiennes.

La large main de son fils lui caressait toujours les cheveux. Cette main... elle se souvenait encore de l'époque où elle glissait une cuiller entre ses petits doigts, de cette main dans la sienne le premier jour d'école, ou courant sur les touches d'ivoire du piano.

Elle releva la tête. Cette cuisine familière où tous les quatre avaient pris d'innombrables repas, devant la cuisinière, allait rester gravée à jamais dans sa mémoire, telle qu'aujourd'hui : les rideaux de vichy rouge et blanc, la marmite en fonte, le visage suppliant de Freddy, Dan, en manches de chemise, partagé entre le chagrin et la fureur, et qui semblait tout d'un coup avoir vieilli de dix ans, et enfin Leah, auréolée de son nouveau statut d'épouse, et plus forte qu'elle et Dan.

— Oh, Freddy, qu'as-tu fait ? s'écria Hennie.

On lit dans les livres que les femmes se tordent les mains de désespoir : c'est bien ce qu'elle fit.

— Oh, Freddy, qu'as-tu fait ?

— J'ai fait ce que je devais faire, maman. Cette guerre est la dernière. Il en sortira la paix et la liberté pour le monde entier. Je sais que j'ai eu raison.

Dan bondit sur ses pieds.

— Tu as quitté l'université ! Abandonné tes études ! Tu n'aurais pas pu attendre au moins un an avant d'aller jouer les héros ?

— Je terminerai l'année à mon retour. Il n'y a pas de problème.

Dan se tourna vers Leah.

— Et toi ? Est-ce toi qui es derrière tout ça ? Toi qui as encouragé ce... ce fou furieux, à se jeter comme ça par la fenêtre ?

— Non, Dan, ce n'est pas juste ! s'écria Hennie avant que Leah ait pu répondre. Tu sais quels étaient les sentiments de Freddy depuis le début de la guerre. Ce n'est pas juste de blâmer Leah pour cet acte insensé.

— Bon, d'accord, je retire mes paroles. Je ne sais plus ce que je dis !

Dan se prit la tête entre les mains.

— Ce n'est pas possible, c'est un cauchemar... je vais me réveiller...

— Tu ne partages pas les convictions de Freddy, dit Leah avec douceur, mais il me semble que tu devrais être fier de son courage.

Hennie regarda son fils. Il n'avait pas grandi. Devant elle, elle voyait l'enfant aux cheveux blonds et aux pâles yeux bleus. Il allait partir à présent, et peut-être mourir pour rien. Depuis longtemps avant la guerre, elle avait consacré toutes ses forces à la paix. La force de sa conviction avait parfois entraîné l'adhésion de gens qu'elle ne connaissait pas, mais elle, et Dan aussi, avaient échoué à convaincre leur propre fils.

— Je ne sais plus quoi te dire, murmura Hennie avant d'éclater en sanglots.

Dan passa son bras autour de ses épaules.

— Regarde ce que tu fais à ta mère, hurla-t-il. Et toi, Leah, qu'as-tu fait à Hennie qui t'a recueillie, qui s'est battue pour toi, qui t'a donné son cœur, son amour ! Vous devriez avoir honte, tous les deux !

— Non, Dan, je t'en prie, protesta Hennie. On ne peut plus revenir en arrière, maintenant. Il faut regarder l'avenir.

— Si vous ne voulez pas que je revienne ici, dit Leah, je peux aller vivre chez des amis après le départ de Freddy.

Quelle assurance avait prise cette petite orpheline ! Hennie se rappelait encore cette glaciale journée de janvier où elle avait promis à sa mère de s'occuper d'elle. Maintenant, se disait-elle, elle est ma fille, elle aime mon fils et va se séparer de lui après une semaine de mariage. Folle. Cette histoire est folle.

Hennie se leva et prit à nouveau Leah dans ses bras.

— Fais ce que tu veux. Si tu veux revenir, tu es ici chez toi. Tu le sais bien.

— Je ferai ce que Freddy me dira de faire, dit Leah avec des sanglots dans la voix, mais si Dan veut bien de moi, je resterai.

— Je serais plus tranquille si je la savais ici avec vous, dit Freddy.

— Tu es la femme de mon fils, dit Dan avec raideur. En tant que telle, tu es la bienvenue ici. Le problème est donc réglé.

— Nous allons partir quelques jours, dit Freddy. L'oncle Alfie nous a proposé d'aller à Laurel Hill. Eux n'y vont pas cette semaine.

— Tu veux dire qu'Alfie était au courant ? demanda Dan.

— Depuis ce matin seulement. C'est Paul qui lui a demandé si nous pouvions y aller. C'est lui aussi qui nous conduira là-bas.

— Ah, parce que Paul est au courant. Décidément, toute cette affaire s'est tramée dans notre dos. Tout le monde savait sauf ton père et ta mère.

— Depuis ce matin seulement. Ne leur en veux pas, ce n'est pas leur faute. Je leur ai fait promettre de ne rien dire, et de toute façon ça n'aurait rien changé, parce que nous étions décidés, Paul le savait. Et Alfie aussi.

Un silence pesant, solennel, retomba à nouveau sur la petite cuisine. On eût dit une visite mondaine touchant à sa fin, lorsque les gens en présence ne savent plus très bien quoi se dire et cherchent la meilleure manière de prendre congé.

Ce fut Leah qui les tira d'embarras.

348

— Il est quatre heures et demie. Nous avons dit à Paul que nous l'attendrions en bas.

Le basset gémit et elle le prit dans ses bras.

— Il va me manquer. Mais je vais revenir, Strudel. Tu t'en occuperas, Hennie?

— Bien sûr.

Freddy ramassa les sacs de voyage.

— Nous serons de retour vendredi. Nous nous dirons au revoir à ce moment-là.

Dan ouvrit la porte.

— Tu as raison. Bon séjour là-bas.

Lorsqu'il eut refermé la porte, Dan y appuya son front. Son corps était secoué de sanglots tandis que le bruit des pas décroissait dans l'escalier. On entendit démarrer une voiture, puis le silence revint.

— Ça ne durera pas, dit Dan.

Ils étaient assis dans le lit, et avaient passé presque toute la nuit à parler.

— Jamais il ne parviendra à la satisfaire.

— Dans quel sens dis-tu ça?

— Elle est trop forte pour lui. Elle le poussera jusqu'à ce qu'il tombe.

— Leah est une fille de cœur.

Elle avait prononcé ces mots tant de fois qu'elle en était fatiguée. De toute manière, ce n'était pas ce mariage qui la tourmentait, mais l'idée de voir son Freddy revêtir l'uniforme et partir à la guerre. Elle songeait à ces tranchées que l'on voyait dans les journaux, à cet univers dévasté comme un paysage lunaire, aux orages d'acier qui éclaboussaient la terre du sang des hommes.

— Elle le fera marcher par le bout du nez, poursuivait amèrement Dan. Tu verras.

— Ils s'aiment, Dan, et probablement depuis très longtemps. Tu me l'avais dit et tu avais raison. Je ne m'en étais pas aperçue.

— Il y a tellement de choses que tu ne vois pas. Je te le dis toujours.

Ma mère aussi va pouvoir dire : « Je te l'avais bien dit », songea Hennie ; mais je pourrai répondre : « Mais tu avais dit aussi que j'avais tort d'épouser Dan, n'est-ce pas ? » Non... que le ciel vous bénisse, toi et Leah, et puisses-tu revenir chez toi sain et sauf. J'espère aussi que vous serez heureux ensemble. C'est curieux, on dit toujours que pour une mère, aucune fille ne sera jamais assez bien pour son fils, mais ce n'est pas ce que j'éprouve ; je suis certaine que Leah sera une bonne épouse ; sa force de caractère lui sera bénéfique.

Elle soupira.

— Espérons qu'ils seront aussi heureux que nous l'avons été.

Et elle se serra contre Dan.

Il attira la tête de Hennie sur son épaule.

— Oui, je l'espère aussi. Mais cette saleté de guerre...

— On ne peut plus rien y faire. Il ne nous reste plus que l'espoir. Et... la paix dans cette maison. Pauvre petite Leah ! Pauvre fille ! Quelle triste lune de miel !

Mais elle pensait : et pourtant, notre mariage n'a pas débuté non plus sous d'excellents auspices.

— Non, pas pauvre Leah, grommela-t-il, pauvre Hennie !

— Tant que tu es avec moi, je ne suis pas à plaindre. Serre-moi contre toi, Dan, je suis si fatiguée. Je crois que je vais m'endormir tout de suite...

A Laurel Hill, les moineaux chantaient à tue-tête le retour du printemps. Vêtus tous trois de gros chandails, Leah, Freddy et Paul étaient allés s'asseoir sur la terrasse après le dîner.

— Écoutez leur chant ! s'exclama Leah. Quelle nuit merveilleuse ! C'est bien dommage que Mimi ne veuille pas sortir.

— Il fait trop froid pour elle, dit Paul. Elle risquerait d'attraper mal.

350

Il se leva.

— Je vais rentrer aussi. Nous rentrerons à New York tôt demain matin ; nous ne vous réveillerons pas.

— Vous n'êtes pas obligés de partir à cause de nous ? dit Freddy.

— C'est votre lune de miel. Je suis sûr que vous n'avez pas besoin de nous.

— Mais cette maison est immense, renchérit Leah. On peut très bien y vivre à plusieurs et ne pas se voir si on n'en a pas envie.

Elle se leva aussi et s'avança jusqu'à la balustrade.

— Regardez les étoiles ! Leur lumière n'est pas froide. Elle semble brûler. Oh, regardez ! s'écria-t-elle soudain. Qu'est-ce que c'est que ça ?

Au-dessus des collines, entre les arbres, le ciel s'illuminait d'une gerbe de feu.

— Une pluie de météorites ! s'exclama Freddy.

En silence, ils contemplèrent le spectacle magique. En quelques secondes, le poudroiement lumineux s'était dissipé.

— Qu'est-ce que c'était ? demanda Leah, au comble de l'excitation.

En souriant, Freddy passa son bras autour des épaules de Leah.

— Rien à craindre. Ce sont des boules de glace, expliqua-t-il. Elles traversent les espaces interstellaires cent fois plus vite qu'une balle de fusil.

— Je n'ai jamais entendu parler de ça ! Et toi qui disais toujours que tu n'y connaissais rien en sciences !

— Mais c'est vrai. J'ai seulement glané quelques informations par-ci, par-là, grâce à mon père. Il m'emmenait souvent sur l'échelle d'incendie pour observer les étoiles. Il m'en est resté quelques souvenirs, c'est tout.

D'un geste de la main, Leah balaya le ciel de la nuit.

— Une lumière venue de millions de kilomètres pour se poser au bout de mes doigts... On ne sait vraiment rien de l'univers !

Paul les considérait d'un air attendri. Il songeait à ces vers

351

écrits par un poète de la Rome antique, évoquant les étoiles, l'amour et l'éternité ; bien des siècles plus tard, des amants regardaient les cieux avec les mêmes yeux que le poète. Il rentra dans la maison ; Freddy et Leah ne s'aperçurent même pas de son départ.

Qu'avait dit Leah ? Qu'on ne savait rien de l'univers ? Elle avait raison. Et Paul, qui n'attendait guère de sensibilité de la part de Leah, était forcé de reconnaître qu'il s'était montré trop hâtif dans son jugement. Pourtant, il la soupçonnait toujours de manquer par trop de douceur. Mais peut-être cela équilibrerait-il la personnalité de Freddy, qui, lui, en avait en excès.

Grands dieux ! Que lui était-il donc passé par la tête ? Partir ainsi à la guerre alors que rien ne l'y obligeait ! Était-ce pour se montrer à la hauteur de Gerald, son héroïque ami tombé au champ d'honneur ? Ou pour montrer à son père (dont la bravoure au cours de cet incendie avait dû lui être mille et mille fois citée en exemple) que lui aussi pouvait être brave ? Ne s'agissait-il pas aussi de quelque besoin inconscient de se prouver à lui-même sa virilité ? Tout cela semblait si compliqué : les célèbres psychiatres de Vienne auraient su peut-être y voir plus clair. Une chose était sûre, en tout cas : Freddy était un romantique, et s'il revenait vivant de cette guerre, Dieu sait où cela le conduirait par la suite. Peut-être partirait-il explorer l'Arabie, ou, plus probablement, finirait-il par enseigner l'histoire antique dans quelque modeste école privée, en regrettant de n'être pas né un siècle plus tôt.

Et Leah ? Qu'est-ce qui l'avait attirée chez lui ? Un air de tragédie ? Il serait si beau, cet angelot blond, en uniforme kaki de l'armée britannique. On dit que l'uniforme agit sur les femmes comme un aphrodisiaque.

Non, c'était cruel ; elle était plus intelligente que cela. Elle l'aimait, c'est tout. Ou elle le pensait, ce qui revient au même. Et elle l'avait épousé pendant qu'il était encore temps. Elles étaient des millions dans son cas. Pauvres filles !

Une semaine auparavant, plus d'une centaine d'Américains avaient péri à bord du *Lusitania*. Il se souvenait de sa traversée à bord de ce palace flottant : les bals, le caviar dans la grande salle à manger tandis que l'orchestre jouait, les après-midi sur le pont allongé dans une chaise longue, relevant de temps à autre les yeux de son livre pour observer l'étrave qui fendait la houle grise de l'Atlantique. A présent, la longue carcasse d'acier rouillait au fond de l'océan. Wilson dit qu'il ne se laissera pas entraîner dans la guerre, mais sait-on jamais.

Il faut pourtant rester en dehors. A tout prix...

Dans le salon, il passa devant les hideuses natures mortes d'Alfie, ces fruits trop ronds et ces oiseaux morts avec leurs yeux grands ouverts et leurs ailes cassées. Il grimpa doucement les escaliers et pénétra dans la chambre où Mimi dormait déjà. Son ouvrage, un entrelacs de fleurs aux tons pastel, sur un fond sombre, était tombé par terre près du lit ; il le ramassa.

Un peu angoissé sans bien savoir pourquoi, il s'approcha de la fenêtre et écarta le rideau. La lampe du salon éclairait faiblement la pelouse où les deux silhouettes, étroitement enlacées, ne projetaient qu'une seule ombre. Lorsqu'ils se séparèrent pour rentrer à la maison, il s'écarta de la fenêtre. Une sourde douleur le tenaillait, comme si le désir qui rapprochait violemment Freddy et Leah avait été trop fort pour que lui-même le supportât.

Il se déshabilla et se glissa dans le lit. Mimi dormait, le visage serein ; sa main reposait auprès de sa joue, et à son doigt brillait l'anneau d'or, symbole de leur union. Même ses doigts sont raffinés, se dit-il.

Il se prit alors à penser au client avec qui il devait avoir le lendemain matin une entrevue des plus importantes. Il repassa dans son esprit l'un après l'autre les points qu'il entendait voir traiter. Au bout d'un long moment, il parvint enfin à s'endormir.

# Troisième Partie
## *Freddy et Leah*

# 1

Quelque chose dans la grossesse d'une femme, songeait Hennie, apaise la colère et efface le ressentiment.

Dès que la condition de Leah n'avait plus pu lui être dissimulée, Angelique avait semblé oublier l'exaspération qui avait été la sienne à l'annonce du mariage. Elle devint toute tendresse. Elle acheta des draps et des chemises de nuit brodées pour la layette. Elle se mit à tricoter. Quelque instinct primordial de survie de la race ? se demandait Hennie. Ou sa mère s'était-elle plus simplement adoucie avec l'âge ?

Dan, de son côté, une fois passés les premiers moments de colère, avait fini par accepter à contrecœur le nouveau statut de Leah à la maison.

L'hiver était rigoureux. Au cinquième mois de grossesse, Leah avait cessé de travailler, non parce que son état était trop visible, mais parce que les rues se recouvraient de glace. A présent, à sept mois, avec son ouvrage sur les genoux et le petit chien couché à ses pieds, là où les plis de sa robe touchaient le sol, on eût dit un portrait de la Renaissance ;

ses cheveux étaient coiffés simplement, dans ce style « madone » récemment mis à la mode par Lady Diana Manners. Hennie la considérait avec une affection mêlée d'amusement.

Leah, vêtue d'une blouse d'un gris argent coupée suffisamment large pour ne point la gêner, expliquait :

— Elle vient de la collection Poiret de l'année dernière ; on me l'a donnée parce qu'il y avait une tache. Regardez-moi ce travail : il n'y a que les Français pour faire des choses aussi belles !

— Tu as du goût, ma chérie, mais des goûts de luxe, dit Angelique.

Hennie acquiesça et Leah releva vivement la tête.

— Si c'est à Freddy que vous pensez, ne vous inquiétez pas. Je sais bien qu'il ne gagnera jamais d'argent. C'est un intellectuel, comme son père. Je le vois très bien professeur dans une belle école privée, mais pas dans l'enseignement public, il détesterait ça. Quant à moi, je gagnerai beaucoup d'argent pour tous les deux. Une des couturières, une Juive russe, comme moi, sauf que elle, elle vient directement de Russie, a travaillé à Paris ; elle est habile et veut ouvrir une maison avec moi. Nous connaissons la mode et nous savons quels modèles il faut réaliser. Ce qu'il nous faut, c'est un capital pour commencer.

Hennie regarda pensivement la jeune femme. Elle avait tant appris depuis qu'elle avait commencé à travailler ! Elle avait même pris de très légères intonations irlandaises, probablement parce que sa patronne était elle-même irlandaise. Au souvenir du parler vert de sa mère, la militante ouvrière, Hennie ne put s'empêcher de sourire avec un brin d'amertume.

Quelques instants après le départ d'Angelique, Leah dit brusquement :

— Je me disais que peut-être l'oncle Alfie pourrait me prêter de l'argent pour commencer. Crois-tu qu'il serait d'accord ? Il est si généreux.

Puis ses traits se durcirent, et elle ajouta :

— En plus, à la différence de Dan, il m'aime bien.

— Je ne peux rien te promettre pour l'argent d'Alfie,

répondit Hennie, mais pour ce qui est de Dan, je peux t'assurer qu'il t'aime bien ; pourquoi dis-tu que...

Leah eut un rire amer.

— Il m'aime bien ? Allez, Hennie, je n'ai pas peur de la vérité. Il n'a jamais accepté ma présence ici, tu le sais aussi bien que moi.

Pendant un moment, Hennie demeura silencieuse. Cette remarque triste et désabusée ressemblait si peu à Leah ! Un peu hésitante, elle répondit :

— Ce n'est pas qu'il ne t'aimait pas, mais c'est qu'au début il avait du mal à s'habituer à la présence d'un autre enfant à la maison. Jusque-là, nous n'étions que trois.

Leah gardait un air buté. La blessure avait-elle été si profonde qu'elle ne fût pas encore guérie ?

— Ce n'était rien de plus que ça, Leah, ma chérie, crois-moi. Tout le monde n'est pas prêt à adopter un enfant. Mais il a fini par t'aimer... et maintenant il se montre particulièrement attentionné à ton égard, non ? J'ai l'impression que tu vas chercher trop loin.

— Non, Hennie, je ne vais pas chercher trop loin.

Étrange conversation. Les sourcils froncés, les lèvres pincées, Leah avait l'air vraiment fâchée. Et puis elle se détournait comme si elle cachait quelque chose. Intriguée, Hennie voulut poursuivre.

— En fait, je pense que c'est toi qui n'aimes pas Dan. Et ce n'est pas bien de ta part, Leah. Ou alors, c'est que tu as d'autres raisons, et dans ce cas, ce qui n'est pas bien, c'est de me les cacher.

— Je sais ce que je sais, répondit Leah, l'air buté. Mais quoi qu'il en soit, nous vivons ici en paix, alors à quoi bon poursuivre cette discussion ?

Cela a une certaine importance, songea Hennie. Tu fais naître en moi des inquiétudes, des soupçons. Qu'entendais-tu par « je sais ce que je sais » ?

— Cherches-tu à me dire quelque chose à propos de mon mari ? demanda Hennie.

Leah se ressaisit aussitôt.

— Oh, non, Hennie ! Évidemment pas ! Mais je n'aurais pas dû évoquer ces ressentiments d'enfant. Je regrette d'avoir ressorti ça du placard.

Il y a autre chose, se disait pourtant Hennie. Ou bien est-ce ma vieille peur qui refait surface, comme chaque fois qu'il est question de quelque chose de secret ou de caché ? Mais oui, bien sûr, c'est ça ! C'est absurde ! Quant à Leah, elle est tendue, elle s'inquiète pour son mari. La pauvre petite ! Nous vivons tous dans la terreur en songeant à Freddy.

— Relis-moi encore la dernière lettre de Freddy à haute voix, s'il te plaît, demanda Hennie.

Leah avait l'habitude de lire à haute voix les lettres de Freddy, en dissimulant bien sûr les passages intimes qui lui étaient particulièrement destinés. Il n'en ressortait que des banalités, au moins pour Hennie, dont l'inquiétude n'était nullement dissipée par ces lettres. A présent, il n'écrivait plus d'Angleterre mais de France, et au moins ses missives prouvaient-elles qu'il était toujours vivant.

« J'ai bon moral, écrivait-il (l'ombre de Gerald ! Leur avait-on appris cette formule bien militaire ?), et je suis très optimiste. (Comment pouvait-on être optimiste avec ces centaines de milliers de morts ? Il ne doit pas se trouver encore sur les lignes de front.) C'est un sentiment merveilleux que d'appartenir à cette armée magnifique. Ces hommes ont du cran et font preuve d'un immense dévouement. »

— Il écrit comme un Anglais : nous, ici, on n'emploie pas ces mots-là, avait fait remarquer Dan.

« J'ai connu mon baptême du feu. C'était effrayant ; le bruit seul peut clouer quelqu'un sur place, mais notre unité s'en est bien sortie et je suis sain et sauf. Je suis heureux de ne pas être un lâche. »

Leah replia la lettre. Hennie baissa la tête sur son ouvrage. Il n'y avait rien à dire. Toute la journée, à gros flocons, une neige silencieuse s'était déposée sur la ville ; à présent, le vent qui avait changé de direction projetait contre les vitres des paquets de neige fondue. Elle songeait à son fils qui devait battre la semelle dans une tranchée glaciale, là-bas en France, si loin.

Ses yeux étaient secs ; sa bouche était sèche aussi, mais de peur. Le monde était fou.

Ici, aux États-Unis, Wilson parlait de paix et entreprenait en même temps de renforcer de façon considérable la flotte de guerre. Au Congrès, on affirmait que seule la mise en état d'alerte du pays pouvait préserver la neutralité. La meilleure façon de rester en dehors de la guerre, c'était de s'armer. Folie !

Le ministère de la Guerre avait ouvert à Plattsburgh un camp d'entraînement pour les volontaires.

— Paul va y aller, lui annonça un jour Angelique. Comme officier, bien sûr.

Et comme Hennie s'était montrée surprise et même peinée que Paul ne lui en ait pas fait part lui-même, Angelique lui avait expliqué :

— Ce n'est pas qu'il soit favorable à la guerre ; il tient simplement, au cas où il serait appelé, à être bien préparé. Mais ne t'inquiète pas, il viendra t'en parler lui-même. Je suppose qu'il hésite en raison de tes sentiments à ce sujet.

Et elle avait ajouté :

— Florence, elle, s'occupe très activement de la Société de secours particuliers. Comme tu le sais, ils sont favorables à l'état d'alerte.

Et comme Hennie ne répondait pas, Angelique avait ajouté :

— Ces femmes combattent l'action de votre groupe.

A haute voix, Hennie disait à présent :

— Ils vont entraîner le monde à sa perte, voilà ce qu'ils vont faire, oui !

Leah sursauta.

— De quoi parles-tu ?

— Oh, je pensais à haute voix. Je voulais dire tous ces gens qui se préparent à la guerre, qui prônent l'état d'alerte. Ils élèvent le ton. As-tu remarqué comment nous, les pacifistes, on nous attaque dans les journaux ?

— Hennie... Freddy est là-bas. Comment peut-on être pacifiste ? Il a besoin de toute notre aide.

Là non plus, Hennie n'avait pas répondu.

L'enfant de Leah, un garçon, naquit par une belle matinée ensoleillée de février. Sur l'appui de la fenêtre de la chambre du bébé, la glace fondait à grosses gouttes. L'enfant, lui, reposait dans un magnifique berceau, langé d'organdi blanc et de rubans de satin bleu. Ces rubans et ces langes, Mimi les avait apportés deux heures seulement après la naissance de l'enfant.

— De la part de Paul et de moi, avec tout notre amour.

Longtemps, elle était restée penchée sur le berceau, l'air grave, et lorsqu'elle s'était relevée, elle n'avait pu dissimuler la crispation de ses traits.

— Prends bien soin de toi, Leah, avait-elle dit avant de partir. Repose-toi et ne prends pas froid.

Mais Leah, à la stupéfaction de Hennie, s'était levée le troisième jour. A présent, le ventre plat et vêtue d'une belle robe de chambre à fleurs, elle était assise à côté du berceau.

— Ce sont mes origines paysannes, disait-elle. Je me sens en pleine forme, alors je n'arrive pas à rester au lit. Dès que je pourrai cesser de pouponner, je retournerai au travail, dit-elle à Hennie, puisque tu m'as proposé de t'occuper de lui.

Le bébé était déjà le roi de la maison.

— Regarde-le, il sourit, dit Dan.

— Ce ne sont que des grimaces, dit Leah.

— Il te ressemble, Dan, dit Alfie qui venait d'arriver en compagnie d'Emily et de leur fille Meg.

En fait, en dépit de l'abondance de ses cheveux noirs semblables à ceux de Dan, il ne ressemblait à personne dans la famille. Il avait de grands yeux, un petit nez étroit et un menton bien marqué : c'était ce qu'on appelle un beau bébé.

— Comment vas-tu l'appeler ? demanda Meg.

— Du nom de mon père : Henry. Et nous l'appellerons

Hank. C'est un beau nom pour un garçon. Évidemment, ajouta Leah, le vrai nom de mon père c'était Herschel.

— Alors pourquoi ne pas l'appeler Herschel ? demanda Meg.

— Oh, parce que ce n'est pas un nom américain. Ce ne serait pas très gentil de lui donner un nom comme ça alors que les autres petits garçons à l'école s'appelleront Bob et Ed. Tu voudras le prendre dans tes bras quand il se réveillera ?

— Oh, oui !

Hennie songea que Leah savait s'y prendre avec les enfants.

De toute évidence, Leah goûtait fort l'attention dont son bébé était l'objet : elle devait en être d'autant plus touchée qu'elle n'avait plus de famille à elle pour accueillir son enfant.

— Son nom hébreu est également celui de mon père : Avram. C'était celui de son grand-père, et ça remonte comme ça loin en arrière.

Meg semblait fort intéressée.

— C'est quoi, un nom hébreu ?

— Tous les Juifs ont un nom hébreu, répondit rapidement Hennie, parce que nous sommes originaires d'Israël. Nous sommes Israël, nous formons un seul peuple, voilà ce que ça veut dire. Ton père a un nom hébreu, Jochanan.

— Pourquoi ne me l'as-tu jamais dit ? demanda Meg à Alfie.

Alfie rougit et coula un regard en direction d'Emily ; il y avait une sorte de honte et de culpabilité dans ce regard.

— Oh... parce que l'occasion ne s'est jamais présentée ; ce n'est pas très important.

Son rougissement s'accentua ; ses oreilles étaient cramoisies.

Hennie regrettait un peu d'avoir mis son frère dans un tel embarras ; après tout, s'il avait choisi d'envoyer sa fille dans une école épiscopale, c'était son affaire. Mais elle avait ressenti le besoin de faire sentir à Alfie sa désapprobation : pourquoi cacher à son enfant ses origines familiales, pourquoi la troubler ainsi en entretenant une telle confusion ?

Mais Meg, elle, se faisait carrément accusatrice.

— Tu me caches toujours quelque chose à propos de toi et de ta famille, lançait-elle à son père. Tu ne me laisses rien savoir à propos des Juifs. Je pense presque que ça ne te plaît pas d'être juif.

— Ce n'est pas une manière de parler à son père ! lança sèchement Emily. Tu es grossière. Tu devrais t'excuser.

Elle ne l'a pas insulté, se dit Hennie ; elle n'a fait qu'une observation tout à fait honnête.

Emily était affreusement gênée.

— Je ne sais pas quoi faire avec les enfants d'aujourd'hui. Vous vous rendez compte, insulter ses parents ! De mon temps, nous n'aurions jamais osé nous conduire comme ça !

Ce n'est plus une enfant, songeait à nouveau Hennie. Elle a treize ans et elle est intelligente, on ne peut lui raconter n'importe quoi.

— Ton père est tellement proche de sa famille ! poursuivait Emily en jetant un regard circulaire. J'attends vraiment des excuses, Margaretta.

La mère et la fille se faisaient face, hostiles. Alfie s'absorbait dans la contemplation d'un trousseau de clés, tâchant d'oublier son humiliation. Leah pliait une pile de couches. Dan et Hennie échangèrent un regard, puis détournèrent les yeux.

— D'accord, je m'excuse, finit par dire Meg. Je ne voulais pas te faire de peine, papa. C'est seulement que j'aimerais que tu me parles.

Le ton était ferme.

— A l'école, poursuivait-elle à l'adresse de toute l'assistance, ça a beau être une école épiscopale, on m'appelle la Juive, alors que nos voisines, les filles Levy, elles me disent que je ne le suis pas. C'est comme si personne ne voulait de moi. Je ne suis de nulle part. Pour vous, c'est facile, vous savez tous ce que vous êtes, mais moi pas !

— Allez, allez, dit Alfie.

— Et y'a encore autre chose. Vous dites toujours que tout le monde est pareil et qu'il ne faut faire de tort à personne, mais toi, maman, tu ne dis rien quand tes amis font des blagues stupides sur les Juifs...

364

— C'est ridicule, Meg! Et tu le sais très bien!

— Pas du tout! J'ai entendu Mme Leghorn quand vous jouiez au bridge.

— Ah bon, on écoute aux portes, maintenant?

— Non. J'allais chercher un dictionnaire dans la pièce d'à côté, et je l'ai entendue qui disait...

Emily rougit violemment.

— Inutile de répéter les paroles d'une ignorante! Nous n'avons pas envie de les entendre! Et puis en voilà assez, Meg! Ça suffit!

— Tu es trop sensible, Meg, dit alors Alfie avec douceur. Tu as toujours été trop sensible. Tu devrais cesser de penser tout le temps à toi. Tu es une bonne élève, une fille intelligente, alors fais tes devoirs, occupe-toi de tes études et oublie un peu ce que racontent les autres. Tu te sentiras mieux, tu verras. C'est comme ça que j'ai toujours fait, et je crois que c'est le meilleur conseil que je puisse te donner.

Hennie était outrée. Comment, cette fille, désorientée, vous demande de l'aider, vous demande de lui dire la vérité, et vous, tout ce que vous trouvez à faire, ce sont des réponses évasives! Vous ne vous rendez même pas compte de la solitude dans laquelle elle se trouve! En dépit de votre gentillesse, Alfie et Emily, vous êtes deux irresponsables!

Meg s'approcha du berceau, mais Hennie comprit bien qu'en réalité, elle cherchait avant tout à se retrouver un peu seule. Elle se tenait trop droite et devait certainement faire des efforts pour ne pas pleurer. Hennie connaissait bien tout cela.

Alfie rejoignit sa fille près du berceau.

— Parlons un peu de choses joyeuses...

Il se retourna vers les autres assistants.

— Leah, j'ai amené un cadeau pour ce petit bonhomme.

— Oui, je sais, tante Emily me l'a déjà fait porter : c'est un magnifique petit édredon. C'est si gentil à vous deux.

— Non, non, c'est quelque chose d'autre.

Il sortit un papier de la poche intérieure de sa veste.

— C'est un chèque pour toi, Dan. C'est de l'argent que

tu as gagné. Ce ne sont que deux cents dollars, mais je me suis dit que tu pourrais ouvrir un compte pour le petit.

— Quelle surprise ! Et qu'est-ce qui me vaut cet argent ?

— Tu te souviens que l'année dernière tu m'avais confié plusieurs plans. Il y en avait un d'un appareil appelé... comment était-ce, déjà ? Un... coreur...

— Un cohéreur. C'est un détecteur. Lorsqu'on fait passer de l'électricité dans le tube...

— Inutile ! De toute façon je ne comprendrais rien ! Bon, en tout cas, mes amis s'y sont intéressés. Ils n'en ont encore rien fait de concret, mais l'un d'eux m'a demandé si je t'avais vu récemment, alors j'ai dit oui, j'ai parlé de ton petit-fils, et il m'a donné ce chèque pour toi en me disant que tu le méritais bien, même si finalement ils n'arrivaient à rien faire avec ton invention.

— C'est très honnête de leur part, et même trop généreux. Je le prends pour le bébé, et puis ça couvrira au moins les frais que j'ai engagés pour la reproduction des plans. Merci, Alfie.

— Tu sais, Dan, ils s'intéressent beaucoup à tes travaux. De plus en plus même, dirait-on. Ils sont en train de se développer : ils ont pris quatre étages à deux pas de Canal Street. Ça va devenir une très grosse affaire, et je sais de quoi je parle.

Et en disant ces mots, Alfie faisait tinter des pièces de monnaie dans la poche de son veston de tweed anglais.

— Tu sais toujours de quoi tu parles, Alfie.

— Tu as des nouvelles de Freddy ?

— Pas grand-chose. Nous recevons souvent des lettres, mais il ne raconte rien. Le courrier est censuré, bien sûr.

— Tu devrais être fier de lui, Dan, dit Alfie avec respect.

— Fier ? C'est un écervelé, oui !

— Oh, comment pouvez-vous dire une chose pareille ! s'exclama Emily. Ce sont des jeunes gens comme lui qui nous sauveront tous ! J'aimerais avoir un fils comme lui.

Et elle jeta un regard presque indigné à Meg, qui s'éloignait en compagnie de Hennie en direction de la cuisine.

366

— Ils disent ça parce qu'ils n'ont pas de fils, tante Hennie, murmura Meg.

— Tu crois, Meg? demanda Hennie, la gorge serrée.

— J'en suis sûre. Tu sais, j'ai vu un film, *Naissance d'une nation* : c'était horrible, tous ces jeunes hommes blessés et qui souffraient...

Elle plaqua sa main sur sa bouche.

— Oh, excuse-moi! C'est cruel de ma part de te dire ça!

Sa gaucherie même touchait profondément Hennie. Treize ans... un âge difficile.

— Ce n'est rien. Tu es une fille adorable, Meg, tu comprends tout.


Au milieu de l'hiver 1917, le gouvernement allemand décréta la guerre sous-marine totale. Peu de temps après, des navires marchands américains furent envoyés par le fond. D'innocents bateaux de pêche furent également torpillés, et l'on signala des sous-marins allemands au large de Long Island. Désespérés, Dan et Hennie découvrirent les gros titres des journaux.

Dan et Paul, qui ne se voyaient plus aussi souvent qu'avant, poursuivaient leurs vieilles discussions.

— Il faut rester pacifique, et malgré tout ce qui se passe, nous devons rester un exemple pour le reste du monde, insistait Dan.

Mais Paul n'en était plus aussi convaincu.

— Je ne suis plus sûr de rien, dit-il.

Cette remarque, qui dans la bouche de quelqu'un d'autre aurait tout simplement semblé banale, parut à Hennie, qui connaissait bien Paul, la marque d'une certitude nouvelle.

Il lui semblait parfois que elle et Dan étaient les derniers à résister aux emportements guerriers. Une à une, les vieilles idoles basculaient dans l'autre camp. Samuel Gompers promit le soutien des syndicats au cas où le pays rentrerait en guerre. Même la Fondation Carnegie pour la paix fut prise par la fièvre guerrière, et Carrie Chapman Catt, la suffragette qui avait été l'une des premières héroïnes de Hennie, demandait aux femmes de son organisation de contribuer à l'effort de guerre si la nation le demandait. Et pourtant, la joie et la bonne humeur régnaient partout dans le pays.

Les théâtres ne désemplissaient pas, les attelages se pressaient sur la 5e Avenue, partout s'ouvraient de nouvelles boutiques qui proposaient les marchandises les plus luxueuses, depuis les montres en platine jusqu'aux chemises de soie. New York vivait à un rythme effréné. Les couples élégants dansaient au Plaza. Les femmes se coiffaient à la Irene Castle et sur les petits chapeaux de satin, les aigrettes se balançaient au rythme du tango.

— Il y a déjà des fortunes qui se sont faites, dit sombrement Dan.

Les Alliés avaient non seulement besoin de tout, mais avaient aussi besoin de crédits pour acheter ces marchandises. Céréales, outils, munitions, vêtements, acier, charbon, fer, cuir, câbles, lait en poudre... ils manquaient de tout. Les marchés financiers connurent une expansion extraordinaire ; les carnets de commande des usines étaient pleins ; les entrepôts, les trains, étaient bourrés de marchandises ; les valeurs immobilières triplèrent et tout le monde, depuis les armateurs jusqu'aux hommes d'affaires connut une prospérité inconnue jusqu'alors. Une nouvelle race de millionnaires était née

Un soir, Alfie sonna à la porte. Leah venait de rentrer du travail. Dans la cuisine, Hennie donnait à la petite cuiller sa bouillie de céréales au petit Hank assis sur les genoux de son grand-père.

— Je ne vous dérange pas ? Je n'ai pas pu attendre jusqu'à demain. J'ai déjà téléphoné à Emily que je serais en retard pour dîner. J'ai de si bonnes nouvelles pour vous.

Un tel sourire éclairait le visage d'Alfie que Hennie se dit qu'il ne pouvait s'agir que de nouvelles de Freddy : il allait rentrer... Peut-être même était-il déjà derrière la porte...

— C'est Freddy ? Il revient ?

— Non, hélas, ce n'est pas ça. Mais c'est quand même une très, très bonne nouvelle.

Alfie chercha du regard un endroit où poser son chapeau melon, mais la table de la cuisine était encombrée d'objets destinés à Hank : bouteilles, biberons ou animaux en chiffons ; il le garda donc sur ses genoux.

— Tu te souviens, Dan, qu'il y a un certain temps déjà, oh... ce devait être il y a trois ans, tu m'avais donné les plans d'un détecteur d'ondes radio ?

— Non, ce n'était pas un détecteur, corrigea Dan, seulement une pièce d'un détecteur, un tube.

— Bon... de toute façon tu sais que je ne comprends jamais rien à tes machins techniques, en tout cas...

Alfie s'interrompit un instant, le temps de donner plus de poids à ses paroles.

— ... eh bien c'est vendu ! La Finn and Weber Electroparts, enfin une filiale, va en commencer la production. Et ça va faire un succès fabuleux, Dan. Tu vas être riche, Dan, et moi encore plus riche. Une vraie mine d'or ! Si je n'avais pas ce chèque à la main, je n'y croirais pas moi-même. Tiens, regarde.

Dan prit le chèque par-dessus la tête du bébé. Sidéré, il le retourna pour voir s'il n'y avait rien écrit d'autre au dos.

— Je... je ne comprends pas, Alfie.

Un sourire radieux éclairait le visage d'Alfie.

— C'est simple, il y a marqué : Payez à l'ordre de Daniel Roth la somme de vingt mille dollars.

— Quoi ! s'écria Hennie en lâchant la petite cuiller.

— Vingt mille dollars ! répéta Leah.

Alfie se mit à se balancer sur sa chaise. Il couvait son beau-frère d'un regard ravi, comme un père qui vient d'offrir un jouet magnifique à son enfant et qui savoure sa joie et son émerveillement.

— Je ne comprends pas, répéta Dan en fronçant les sourcils.

— Eh bien, Dan, c'est ta première part sur le prix de vente, c'est tout. J'ai pris des actions à ton nom, et puis aussi au mien, quinze parts chacun, toi parce que tu es l'inventeur, et moi parce que j'ai trouvé à vendre l'invention.

Alfie plissa les yeux et une expression rusée se peignit sur ses traits.

— Il faut savoir se débrouiller dans ce genre d'affaires. Et j'ai été conseillé par mes avocats. Nous nous sommes arrangés pour que la plus grande partie du prix de vente soit convertie en actions. Cela évite de payer trop d'impôts... entre autres avantages. Mais... tu as l'air perplexe.

— Je suis perplexe.

— Bon, c'est pas grave. Une soirée, on s'assiéra tranquillement, toi et moi... Non, que dis-je, une soirée ! Une journée entière. Je veux que tu ailles discuter avec mon avocat. C'est un type de toute confiance et il t'expliquera toute l'opération dans le détail, et il te conseillera pour tes investissements, aussi, parce que, ajouta Alfie en gloussant, tu vas recevoir d'autres chèques tout aussi mignons, mon cher ami, et il va falloir que tu gères tout ça avec sagesse, que tu les fasses fructifier.

— Tout cet argent pour un petit tube ! Une bricole ! s'exclama Dan. Ça n'a aucun sens.

— Oh si, que ça a du sens ! Placé dans de bonnes mains, cette bricole, comme tu dis, devient une vraie mine d'or.

— Dans de bonnes mains ? Quelles bonnes mains ?

— Le ministère de la Guerre, Dan, c'est lui qui achète. Tu as décroché un contrat de l'État fédéral ! Et ça va continuer, parce que je donnerais ma tête à couper qu'on va entrer en guerre, et ça ne s'arrêtera pas là parce que, comme Larry Finn me l'a expliqué grossièrement, ça sert à la détection des ondes radio, un domaine qu'on commence seulement à explorer. Dès maintenant, en tout cas, on peut déjà grâce à ça détecter la présence d'un navire ennemi dès qu'ils ont envoyé une ou deux transmissions radio, et...

Dan leva la main.

— C'est donc le ministère de la Guerre. Eh bien, Alfie,

370

je ne vends pas mes inventions au ministère de la Guerre. Tu devrais savoir ça.

Alfie le considéra d'un air stupéfait.

— Hein ? Tu es fou ? Tu ne vends pas au...

— Non. Pas question. Si, comme tu le dis, mon invention sert à détecter des bateaux en mer, cela veut dire envoyer des êtres humains au fond de l'eau. Qui voudrait d'un tel argent ?

— Dan, tu es fou ! Complètement fou ! La guerre n'est pas un jeu. Il s'agit de survie. Quand je pense que ton propre fils se bat là-bas, et que toi...

— Laisse mon fils en dehors de ça, je t'en prie !

— Cesse donc de m'interrompre ! Ce que je cherche à te dire, c'est que pendant les guerres, les affaires continuent. Et pourquoi devraient-elles s'arrêter, d'ailleurs ? Tout homme a le droit de jouir des fruits de son labeur. Pourquoi ne serais-tu pas payé par le ministère de la Guerre ou par n'importe qui d'autre qui pourrait utiliser ton invention ?

— Pour la même raison qu'un homme ne devrait pas s'enrichir en louant des taudis qui s'enflamment comme du petit bois. Tu sais ce que je pense de la location des immeubles de rapport !

— Je n'ai jamais possédé d'immeubles de rapport.

— Je n'ai jamais dit ça. J'ai dit que tout ça était lié : les munitions, les taudis, tout ça c'est de l'exploitation, et je ne veux rien avoir à faire avec ça ! Voilà pourquoi je ne peux accepter cet argent.

Ces deux hommes, qui s'aimaient bien, se faisaient à présent face comme deux boxeurs sur un ring. Le visage cramoisi, Alfie prit son chapeau ; Dan, le visage rouge lui aussi, tenait fermement le bébé, qui, suçant un morceau de biscotte, était sur le point de s'endormir.

Toute cette fortune ! songeait Hennie. C'était parfaitement irréel ! Et elle coula un regard en direction de Leah, qui observait cette scène avec les yeux ronds, comme si elle avait été au théâtre.

— Je te remercie, dit Dan. Tu voulais faire quelque chose

d'extraordinaire pour moi, je le comprends et je t'en suis très reconnaissant. Mais tu dois comprendre, aussi, que je ne peux pas l'accepter.

Et il rendit le chèque à Alfie.

— Je ne le reprends pas, dit Alfie.

— Dans ce cas, je vais devoir le déchirer.

Alfie essuya la sueur qui perlait à son front. Il frappa ses genoux de ses deux mains et se pencha en avant, comme si en se rapprochant physiquement de Dan il cherchait à faire appel à sa raison.

— Dan c'est fait et on ne peut pas revenir en arrière. L'affaire est conclue, les actions sont déjà portées à ton nom, je ne peux plus rien faire, même si je le voulais. Si tu n'es pas, toi, d'accord avec ça, pourquoi ne pas le prendre pour Hennie ? Il suffira à Hennie de l'endosser, et puis voilà !

Dan secoua la tête.

— Je ne tiens pas à faire un prêche, Alfie, mais Hennie est ma femme. Nous sommes mariés. Nous ne formons qu'un seul être.

Et il posa la main sur celle de Hennie.

Elle se sentait forte, et fière.

— Je suis d'accord avec Dan, dit-elle sans la moindre hésitation. Je ne veux pas gagner d'argent grâce à la guerre. Oh, Alfie, ne te vexe pas. Nous t'aimons, tous les deux... toi, tu fais ce que tu estimes juste et bon, et nous de même.

Alfie se leva.

— Dan, tu es complètement fou. Quant à ma sœur, je ne la critique pas : après tout, c'est une femme, et on ne peut pas attendre des femmes qu'elles comprennent grand-chose à la marche du monde. Mais vous devriez savoir qu'un jour, vous tomberez peut-être malade, et qu'un jour, vous serez sûrement trop vieux pour travailler. Alors, vous regretterez cet argent. Quand je pense que vous avez ici la richesse, le moyen d'être délivrés de tout souci...!

— On se débrouillera, Alfie. Nous nous sommes toujours débrouillés jusqu'à présent. Nous n'avons pas besoin de plus d'argent.

Hennie vit que son frère jetait un regard rapide autour de lui : la petite cuisine et, au-delà, par la porte ouverte, le salon si pauvrement meublé. Nulle intention blessante dans le regard d'Alfie, non, il devait seulement frémir à l'idée de devoir, lui, vivre dans une telle médiocrité.

— Vingt mille dollars, Dan, ça ne te donne pas le vertige ?

— As-tu oublié cette soirée à la campagne, il doit y avoir deux ans de ça, où je t'avais dit que je ferais volontiers don, gratuitement, de mes inventions si elles pouvaient rendre la vie sur terre un peu plus facile ? Je ne recherche pas la richesse. Je ne saurais même pas quoi faire de tout cet argent.

— Réfléchis encore, Dan. Ce chèque ne représente qu'un premier versement. Vingt mille dollars par an, et plus encore dans un avenir proche. Cette société est en pleine croissance et tes travaux les intéressent beaucoup...

— Désolé de t'interrompre à nouveau, Alfie.

Il commençait à être exaspéré.

— La réponse est non et sera toujours non. Veux-tu reprendre ce chèque ?

Il était posé sur la table : un rectangle de papier jaune, craquant, avec des lettres noires qui se détachaient bien nettement. Leah le prit, l'examina un instant, puis le reposa.

— Je suis atterré, dit Alfie en les regardant tous les trois les uns après les autres. Atterré. Il faut vraiment l'entendre pour y croire. En dépit de tout ton savoir, Dan, et Dieu sait que tes connaissances m'ont souvent impressionné, eh bien en dépit de tout ça, tu es un cinglé. Un naïf.

— Reprends ce chèque, Alfie, tu veux bien ? dit doucement Dan.

— Ah, ça c'est sûr, je vais le reprendre ! Et comment !

— Ne sois pas fâché, Alfie, dit Hennie en le raccompagnant à la porte.

— Fâché ? Non, mais époustouflé, et triste pour vous.

Il promena un dernier regard autour de la pièce

— Bon... eh bien, bonne nuit, Hennie.

Il embrassa sa sœur et sortit.

— Je suppose que toi aussi tu me prends pour un fou, dit Dan en se tournant vers Leah.

— Oui, répondit-elle franchement. Puisque tu me le demandes, je te réponds oui.

Dan sourit.

— C'est parfait. Je pensais bien que tu allais me dire ça.

— Je regrette pour Alfie, dit Hennie. Il avait l'air tellement déçu.

— Je sais, dit Dan en se levant. Tenez, qu'une de vous deux prenne Hank, il s'est endormi. C'est un brave garçon, Alfie. Je ne peux pas m'empêcher de bien l'aimer, même si je me dis parfois qu'un Esquimau me comprendrait mieux que lui.


En cette fraîche journée d'avril, le vent agitait les cerisiers en fleur autour du bassin à flot, tandis qu'au Capitole Woodrow Wilson prononçait un discours devant les deux chambres réunies en Congrès.

« La neutralité n'est plus désormais ni praticable ni souhaitable, alors que le monde entier est partie prenante au conflit... Il est effrayant de devoir conduire ce peuple pacifique à la guerre... Nous nous battrons pour ce en quoi nous avons toujours cru, pour la démocratie... pour les droits et les libertés des nations les plus faibles. » Et en termes solennels, il ajouta : « Le jour est venu pour l'Amérique d'avoir l'honneur de verser son sang et d'utiliser sa force pour les principes qui lui ont donné naissance et lui ont apporté le bonheur... elle ne peut faire autrement, mais Dieu est à ses côtés. »

Le 6 avril 1917, l'Amérique entra en guerre.

Ce jour-là, Hennie marcha dans les rues. Les rues familières, les petites boutiques, tout lui semblait menacé par un froid terrible. Une nouvelle ère glaciaire s'annonçait. Tout le monde était menacé : les enfants dans les cours de récréation, le gros épicier au coin de la rue, la vieille dame qui transportait son chat malade dans un panier, tout le monde...

Elle songeait aux années passées, aux causeries et aux conférences que donnaient des professeurs et des quakers, à New York ou sur les bords du lac Mohonk : il y était question de la paix, d'un monde meilleur, les gens étaient heureux, pleins d'espoir. Tout cela appartenait au passé.

Au hasard de sa déambulation, elle se retrouva devant la maison de retraite où l'oncle David achevait doucement sa vie. Cela faisait des mois qu'elle ne lui avait pas rendu visite. Il est vrai qu'elle avait été tellement occupée par sa vie à elle : la maison, son petit-fils, ses efforts, bien futiles, pour la paix, et surtout cette préoccupation constante qu'elle tentait de dissimuler pour ne point ajouter aux soucis de Dan et de Leah, le sort de Freddy. Un peu honteuse de sa négligence et se rappelant combien elle avait pu s'appuyer autrefois sur son oncle, elle fut prise du désir brusque de revoir le vieil homme et de se confier à lui.

— Il est en train de lire dans sa chambre, lui dit l'employée à la réception. Il lit beaucoup.

L'oncle David était assis à sa table, un livre posé devant lui. Mais le livre était fermé : il ne lisait pas. Il regardait par la fenêtre où il n'y avait rien à voir, excepté une morne étendue de toits gris.

Lorsqu'il lui demanda, avec une lueur d'intérêt dans le regard, ce qui se passait dans le monde, elle lui dit la vérité · l'Amérique était entrée en guerre.

— Oui, oui, la guerre... dit-il avec un vague sourire. J'y étais, tu sais, sous l'uniforme bleu. Je t'ai déjà montré ma photographie ?

Sur la table de nuit, était posée une photographie sépia le représentant en uniforme, posant devant une tente militaire, quelque part dans le Tennessee.

— Tu l'as déjà vue ? demanda-t-il avec un sourire fier.

— Oui, oncle David, je l'ai déjà vue.

Secrètement, avec un espoir un peu fou, elle avait espéré trouver chez lui un peu de compréhension, pouvoir lui parler de Freddy et lui dire son désespoir face à la déclaration de guerre. Elle avait espéré retrouver le réconfort qu'il lui prodiguait autrefois. Mais les années avaient passé, nombreuses.

— Les hommes en bleu...

Il se mit à fredonner les premières mesures d'une marche, puis, ayant oublié la suite, il ferma les yeux et se tut.

— Tu es fatigué, oncle David.

— Oui, il est déjà plus de minuit et tu devrais être chez toi. Que fais-tu ici ? Rentre chez toi.

Elle retrouva la tristesse de ce bel après-midi d'avril et reprit sa marche au long des rues.


Paul vint la voir quelques jours plus tard pour lui dire au revoir.

— Je me suis engagé. La conscription ne va pas tarder, alors inutile d'attendre.

Elle se souvenait de Freddy, assis dans ce même fauteuil, qui lui parlait de gloire, d'honneur et de sacrifice. Les pensées de Paul n'étaient sûrement pas les mêmes, mais son visage demeurait impénétrable.

— Avec les relations qu'il a, ton père pourrait sûrement te trouver un poste au ministère de la Guerre, non ?

Mais voyant que Paul fronçait les sourcils, elle se hâta d'ajouter :

— Tu ne dois pas trouver ça très honorable, mais y a-t-il plus d'honneur à empoigner un fusil et à aller tuer d'autres hommes ?

— Oh, tu sais, je suis très conformiste. Je fais ce qu'il y a à faire, c'est tout. Je ne me suis jamais servi d'un fusil, mais j'apprendrai.

Et d'un air pensif, il ajouta :

— Dieu sait que je ne pars pas dans le même état d'esprit que Freddy. Je pars, c'est tout.. Tu as des nouvelles de lui ?

— Oui. J'aime autant te dire que ça ne ressemble plus à ce qu'il disait au début. Il a vu des Allemands morts, et il a écrit : « Ils nous ressemblent. » J'imagine que ça a dû le frapper ; ils cessaient tout d'un coup d'être des démons ou des sous-hommes. Mais ses dernières lettres ne sont que des cartes, des imprimés où l'on raye les mentions inutiles : je suis malade et à l'hôpital, je suis blessé, je vais bien. Ça veut dire qu'il est sur le front, c'est tout ce qu'on peut savoir.

Paul demeura silencieux.

— Penser que son bébé marche et que Freddy ne l'a même pas vu ! s'écria Hennie, pour la centième fois peut-être.

— Puis-je le voir ? demanda Paul.

— Oui. Il dort, mais il a un sommeil de plomb. Viens.

L'enfant dormait sur le ventre, le visage appuyé sur un petit oreiller, les cheveux sombres en bataille. Il était entouré d'une ribambelle d'animaux : un ours en peluche, un lapin rose, un chien blanc et un mouton avec une cloche et un ruban autour du cou.

Paul le regarda dormir pendant un long moment. Puis, de retour au salon, il dit à Hennie :

— J'aurais aimé avoir un enfant. Je crois que partir comme ça à la guerre ne fait que raviver un tel désir.

Cela fait des années qu'ils sont mariés, se dit Hennie. Jamais ils n'avaient parlé de ce mariage, depuis ce jour où il était venu lui confier sa tristesse et son désarroi (une sombre journée, se rappelait-elle, il faisait froid et il pleuvait).

— Paul, dis-moi... dit-elle d'une voix un peu hésitante, tout va bien entre toi et Marian ? Ça ne te gêne pas si je te demande ça ?

— Non, non, ça ne me gêne pas. Tout va bien : Mimi est une très chic fille.

Une réponse bien conventionnelle !

— C'est vrai, renchérit Hennie, c'est une femme responsable, sur qui l'on peut compter. Elle ne te causera jamais de souci, je crois que jamais tu n'auras à douter d'elle.

— Je sais.

Quelque chose la poussait à parler d'elle, à révéler ses propres inquiétudes. Elle avait besoin de cette imprudence.

— Ce doit être merveilleux de se sentir en sécurité avec quelqu'un.

— Tu en sais quelque chose, Hennie, je m'en doute.

377

Cette réponse la ramena aussitôt sur ses gardes. Quelle folie allait-elle commettre ! Révéler ses craintes insensées, ses soupçons envers son mari, trahir cette vie merveilleuse qu'elle avait vécue à ses côtés, admettre, ne serait-ce qu'un instant, que cette vie n'avait pas été pure perfection...

— Bien sûr, je pensais à toi, dit-elle rapidement.

Paul méritait d'être heureux. Les débuts de son mariage avaient été placés sous de mauvais auspices. Elle espérait sincèrement que le temps avait fini par arranger les choses.

— Je ne veux pas me mêler de ce qui ne me regarde pas...

Elle lui parlait avec tendresse, cherchant à le ramener à elle, à l'inviter à s'abandonner un peu. Mais il ne répondit pas. Elle ne parvenait même pas à saisir son regard. Elle devinait en lui une résistance qu'elle eut envie de vaincre. Après tout, elle l'avait en partie élevé ! Elle se sentait presque envers lui des devoirs de mère.

— Et cette autre fille... Anna ?

Il lui lança un regard dur.

— Oui, quoi ?

— Enfin... tu as eu des nouvelles d'elle ?

— Non. Pourquoi ?

— Je ne sais pas.

Hennie se sentait obligée de battre en retraite.

— Excuse-moi... c'est normal que tu n'aies pas eu de nouvelles.

— Ce n'est rien.

Visiblement, il était comme elle : il n'avait aucune envie de se livrer. Et pour la première fois de sa vie, elle se sentit gênée en sa présence. Elle chercha donc quelque chose à dire et aborda le premier sujet de discussion qui lui traversa l'esprit.

— Je suppose qu'Alfie t'a appris la nouvelle au sujet de Dan : il a refusé une véritable fortune parce qu'elle venait d'une commande du ministère de la Guerre.

— Oui. Il pense que Dan est complètement fou.

— Et toi, tu penses la même chose ?

— Je ne sais pas, Hennie. Je crois qu'il faut agir selon

sa conscience. En tout cas, je sais que les Alliés ont de gros besoins. Franchement, je n'avais aucune envie de voir les Allemands remporter cette guerre, et notre société a consenti d'énormes prêts aux Alliés pour qu'ils puissent s'approvisionner. Est-ce mal ? La guerre est une mauvaise chose, mais nous sommes plongés dedans, les Alliés avaient besoin de toutes sortes de marchandises et nous, nous avons gagné de l'argent.

Son visage s'éclaira et il se mit à rire.

— Ce que je sais, en tout cas, c'est que la famille de mon père a intérêt à ne plus parler allemand dans la rue, s'ils ne veulent pas qu'il leur arrive des ennuis.

— Ce n'est pas un tort d'être d'origine allemande. C'est triste pour eux. C'est aussi triste pour Marian et pour ta mère de te voir partir comme ça. Je pense si souvent à ta mère, Paul, si tu savais...

Il demeura silencieux pendant un moment.

— Tout ça est absurde, finit par dire Paul, les guerres, les querelles de famille... mais enfin Mimi et ma mère prennent les choses avec philosophie. Mimi ressemble beaucoup à ma mère. Je suppose que c'est pour ça qu'elles s'entendent si bien.

— Je suis heureuse pour elles, dit Hennie avec sincérité.

Paul se leva.

— Dis-moi, veux-tu venir voir le défilé d'adieu ? Je serai dans les rangs. C'est la 27e division qui part. Tu pourras même me voir ! Tu te rends compte ! dit-il en lui lançant un clin d'œil.

— J'aimerais mieux te voir dans d'autres circonstances, mais c'est entendu, je viendrai au défilé. Au revoir, Paul, que Dieu te garde.

Paul l'embrassa et sortit.

Du haut des escaliers, Hennie le regardait s'éloigner. Elle avait le sentiment qu'elle ne le reverrait jamais. La gorge serrée, elle songeait qu'elle n'avait pas éprouvé le même sentiment lors du départ de Freddy : lui, elle était sûre qu'elle allait le revoir.

379

La 27e division descendait la 5e Avenue sous le chaud soleil du mois d'août. Des drapeaux flottaient aux fenêtres et des milliers de mains agitaient des petites bannières étoilées. Le fusil sur l'épaule gauche, les bandes molletières soigneusement ajustées, des milliers de soldats, la tête haute, défilaient aux accents de *Stars and Stripes Forever* et du *Battle Hymn of the Republic*. Roulements des tambours, fracas des clairons... la cavalerie caracolait en tête des troupes. Massée sur les trottoirs, la foule chantait en chœur : « *Over there, over there... the Yanks are coming, the Yanks are coming... and we won't get back till it's over, over there.* »

Hennie ne parvint pas à reconnaître Paul, mais elle lui souhaita un silencieux au revoir tandis que la 27e division s'éloignait sur l'avenue pavoisée. Puis, au milieu de la foule qui se dispersait joyeusement en chantonnant encore les marches militaires, elle prit le chemin de sa rue, bien incapable, elle, de sourire ou de chanter.

## 2

Le pays s'installa dans la guerre. Les usines dont la production n'était pas essentielle pour l'effort de guerre furent invitées à fermer leurs portes pour économiser le charbon Les États-Unis connurent les lundis sans farine, les mardis sans viande, les jours sans essence, et les entreprises furent encouragées à travailler au maximum à la lumière du jour. Les murs libres se recouvraient d'affiches : COMBIEN AVEZ-VOUS ACHETÉ DE BONS DE LA DÉFENSE NATIONALE ?

Hennie et Dan n'achetèrent pas de bons. Mais ils firent à la Croix-Rouge des dons plus importants qu'ils n'auraient pu se le permettre compte tenu de leurs modestes ressources. Ils assistèrent même au défilé en faveur de la Croix-Rouge, sur la 5e Avenue, conduit par le président Wilson en personne, en chapeau haut de forme et en queue-de-pie.

— Donner de l'argent pour les blessés des hôpitaux, ça n'est pas la même chose qu'en donner pour les obus, disait sombrement Dan

Mais ces paroles, il n'osait les prononcer que devant les quelques intimes qui partageaient ses convictions. Autrement, le silence constituait la prudence la plus élémentaire. On n'osait même plus évoquer l'idée qu'il pût exister une créature aussi étrange qu'un «bon Allemand». Les Allemands étaient les « Huns », les « barbares », les « Boches », vilipendés quotidiennement dans la presse et au cinéma. Dès qu'ils sortaient de chez eux, Hennie et Dan se retrouvaient dans la rue face à une immense affiche sur laquelle on lisait, sous une main puissante dégoulinant de sang : ÉCRASONS LE MARK BOCHE AVEC LES BONS DE LA LIBERTÉ. Schultz, le boucher bavard qui fournissait le quartier en rôtis et en côtelettes depuis près de trente ans, se prétendait désormais suédois et avait changé son nom en Svensen. En Angleterre, la famille royale des Battenberg avait fait de même et s'était rebaptisée Mountbatten.

Le monde est devenu fou, se répétait Hennie.


Tout s'écroula en moins d'une journée. Plus tard, Hennie devait se dire que tout avait commencé avec la mort du pauvre Strudel, le basset.

Hank était dans sa poussette avec un sac à provisions à ses pieds, tandis que le chien trottinait aux côtés de Hennie. A quelque distance de la maison, un chat vint narguer Strudel, qui, justement furieux de cette outrecuidance, se mit à tirer sur sa laisse en aboyant. Le chat sauta sur un appui de fenêtre, le dos en accent circonflexe, le poil hérissé.

— Non, Strudel ! Allez, viens ! Strudel !

Ses cris avaient attiré l'attention. Quatre ou cinq jeunes gaillards, des butors, comme le dit plus tard Hennie, se tenaient devant elle.

— Strudel, Strudel, lança l'un d'eux. Qu'est-ce que c'est que ce nom-là ?

Sans répondre, elle voulut poursuivre son chemin, mais les quatre garçons se placèrent devant la poussette pour lui barrer le passage.

— Je répète ma question, madame, qu'est-ce que c'est que ce nom-là ?

— Un nom de chien. Voudriez-vous me laisser passer, s'il vous plaît ?

L'un d'eux attrapa la laisse.

— C'est un nom allemand, ça, un nom boche ! Alors comme ça, on a un chien boche ! Vous devriez avoir honte, madame, dit-il en découvrant ses dents gâtées.

— Lâchez cette laisse tout de suite, dit-elle sèchement.

Pour toute réponse, il tira violemment sur la laisse et Strudel poussa un cri de douleur.

— Lâchez cette laisse, vous dis-je ! C'est mon chien. Laissez-le tranquille !

— Du calme, baronne, du calme ! On sait bien qu'c'est vot'clebs, mais une Américaine elle devrait pas avoir un clébard boche. Hein, les gars, trouvez pas ?

— Ça, c'est sûr ! Une Américaine, elle devrait avoir un chien américain !

Ils arrachèrent la laisse des mains de Hennie. Elle ne voulait pas lâcher la poussette : elle ne pouvait rien faire. Elle jeta un regard autour d'elle : personne. La rue était vide.

L'un d'eux leva haut la laisse, au bout de laquelle Strudel se balança, à moitié étouffé.

— Vous allez le tuer ! hurla Hennie. Mais qu'est-ce que vous faites ? Arrêtez ! Vous allez le tuer !

— Vous croyez, m'dame ? Ça serait vraiment dommage. Écoutez ça, les gars, y paraît qu'on va le tuer !

Un des garçons, demeuré jusque-là en retrait, s'approcha alors, une batte de base-ball à la main. Horrifiée, Hennie comprit ce qui allait arriver à son chien.

Courir ? Abandonner le chien et mettre le bébé à l'abri ? Mais ils barraient toujours le passage. Ils tenaient à la faire assister au spectacle. Elle tenta de plaider sa cause.

— Écoutez, je ne vous ai rien fait. Vous voyez bien que j'ai un bébé avec moi. S'il vous plaît, rendez-moi mon chien et laissez-moi rentrer chez moi. S'il vous plaît.

— Vous voulez vot'chien ?

Strudel se tortillait toujours au bout de sa laisse. Celui qui le tenait ainsi en l'air le laissa brutalement retomber sur le sol ; l'autre leva sa batte de base-ball...

Un hurlement horrible.

— Le v'là, vot'clébard boche ! Allez, prenez-le et rentrez dans vot'turne ! Allez, rentrez chez vous ! Qu'esse vous attendez ? V'zavez bien dit que vous vouliez rentrer chez vous !

Elle tomba à genoux à côté du petit corps écrasé, maculé de sang ; seul l'arrière-train palpitait encore faiblement.

Elle se mit à pleurer. Au milieu de ses sanglots, elle entendit les voyous s'éloigner en courant.

Hank aussi se mit à pleurer, et dans le silence de la rue, on n'entendait plus que leurs gémissements.

Puis deux femmes apparurent sur le seuil de l'immeuble.

— Doux Jésus !

Un homme qui passait pressa le pas. Un autre s'approcha et posa la main sur l'épaule de Hennie.

— Relevez-vous, m'dame, il n'y a plus rien à faire.

— ... c'est triste !

Où étaient donc tous ces gens quand elle aurait eu besoin d'eux ?

— Qu'est-ce que je peux faire pour lui ? gémit Hennie. Pauvre bête, pauvre petit Strudel... Il faut que je ramène le bébé à la maison, mais je ne peux pas abandonner le chien ici.

Quelques instants plus tard, un policier fit son apparition.

— Regardez ce qu'ils ont fait ! s'écria-t-elle. Oh, mon Dieu, quel monde !

Le policier hocha la tête.

— Oui, oui, le monde est bien dur, madame.

— Est-ce que quelqu'un... enfin est-ce que nous ne pourrions pas l'emporter chez un vétérinaire...?

— Regardez, madame, dit patiemment le policier, le chien est mort. Relevez-vous et rentrez chez vous.

Le policier avait raison : l'arrière-train avait cessé de bouger. Il était allongé sur le trottoir au milieu d'une flaque de sang.

A son tour, le policier s'agenouilla.

— Tenez, voici le collier et la laisse. Je me charge du chien.

Elle refusa d'un signe de tête sans mot dire, mais le policier essuya dans son mouchoir le collier de cuir vert et le lui glissa dans la main en même temps que la laisse.

— Allez, madame, ramenez ce petit garçon chez vous.

Elle se pencha pour réconforter Hank. Qu'avait-il compris de ce qui s'était passé sous ses yeux ? Il est difficile de deviner la façon dont les événements peuvent s'imprimer dans la mémoire d'un enfant.

Heureusement, Dan était déjà rentré à la maison. Elle se sentait si faible qu'elle eut du mal à sortir Hank de sa poussette. Lorsqu'en quelques mots hachés elle lui eut expliqué ce qui venait de se passer, Dan sortit lui-même l'enfant de la poussette et força Hennie à s'allonger. Il se chargerait d'annoncer la nouvelle à Leah ; il était blême de rage.

Toute la nuit, il la tint serrée dans ses bras pour la réconforter.

— Dis-toi, ma chérie, que la violence est devenue une véritable maladie, une épidémie. Songe qu'en ce moment même, des milliers d'hommes meurent sur les champs de bataille.

— Je sais, mais je ne les ai pas vus.

— Tu ferais un bien mauvais soldat, ma douce Hennie.

Puis, songeant tous deux à leur fils, ils n'ajoutèrent pas un mot. Dan lui fit tendrement l'amour, et elle se sentit éperdue d'amour pour lui, pour lui qui rassemblait autour d'elle les morceaux épars d'une existence.


Le lendemain après-midi, après que le bébé eut fini sa sieste, Dan l'emmena en promenade. Hank était le seul à pouvoir l'arracher à son laboratoire. C'était un petit garçon vigoureux, affectueux même avec les gens qu'il ne connaissait pas et qui s'arrêtaient souvent dans la rue et dans les parcs pour lui adresser quelques mots, tant il semblait

385

drôle et charmant. A sa grande joie, Dan le lançait en l'air et le rattrapait en douceur ; Hank adorait son grand-père. Et Dan lui rendait cet amour, sans aucune des inquiétudes et des réticences qui avaient marqué sa relation avec Freddy.

A la fenêtre, Hennie les regarda s'éloigner en souriant.

Lorsqu'elle eut préparé les légumes pour le souper, elle se demanda quoi faire. Depuis longtemps, depuis qu'elle s'occupait de Hank, à vrai dire, elle n'était pas retournée au patronage, et cela lui manquait parfois, mais elle se disait qu'il était plus important de permettre à Leah de gagner sa vie et de préparer son avenir.

Leah avait laissé un ouvrage sur une des chaises du salon. Elle ramenait souvent du travail à la maison, pour gagner un peu plus d'argent : rien de très compliqué, un ourlet, un col à recoudre. Sur son panier à couture, elle avait laissé une veste de soirée en brocart vert pâle ; Hennie la ramassa et lissa les plis de la soie, admirant l'étoffe et la coupe du vêtement. Pourtant, jamais elle n'aurait aimé porter une telle veste. Elle suspendit la veste à un cintre : Ah ! cette Leah ! Elle n'était guère soigneuse !

Quant aux jouets de Hank, ils étaient entassés dans le fauteuil de Dan. En rangeant ces jouets sur leur étagère, elle songea qu'elle avait enfin le temps de se livrer à une opération qu'elle repoussait depuis des mois : ranger le placard de Dan, ce qui permettrait de dégager un peu de place pour les jouets de Hank qui commençaient à envahir l'appartement.

Elle prit un escabeau et se mit en devoir de nettoyer la plus haute étagère, encombrée de cartons remplis de papiers de toutes sortes. Elle souleva un nuage de poussière en tirant à elle le premier carton. Par quoi commencer ? Pauvre de moi ! songea-t-elle. Dan ne jette jamais rien ! Elle retrouva des notes de fournisseurs vieilles de plus de dix ans, des vieux talons de chèques, une réclame d'un grand magasin vantant des patins à roulettes que Dan avait achetés à Freddy. Elle ne put s'empêcher de rire.

Son regard fut alors attiré par une feuille de papier à lettres rose qui tranchait sur le reste de la paperasse.

386

« Mon cher Dan », lut-elle.

Son cœur se mit à battre plus fort.

Elle lut la date dans le coin droit, en haut : trois ans auparavant.

Elle ferma les yeux. Remets-la dans le carton. Ça ne t'appartient pas. Ce doit être une lettre d'une de ses élèves, une enfant. Ne sois pas idiote, ça ne peut pas être ça. Remets-la là-haut ! Ne cherche pas les ennuis. Inutile de savoir. Tu n'as pas le droit. Cette lettre ne t'était pas destinée.

Elle la sortit du carton et alla s'asseoir sur le canapé. Son cœur, à présent, battait à tout rompre ; le sang cognait à ses tempes. Ses yeux volèrent au long des lignes.

« Malgré la rupture que ta lettre m'a signifiée, tu resteras pour toujours mon amour... tu m'as dit que cette année était la plus belle année de ta vie, tu me l'as dit cent fois, et maintenant tu me dis que nous ne pouvons plus continuer ensemble... tu m'as dit que jamais tu n'avais connu de femme comme moi... je sais que tu n'es pas heureux avec ta femme et que tu as eu de nombreuses maîtresses... je suis brisée, je vais chercher un travail dans une autre ville, là où je ne serai pas obligée de te voir tous les jours... je comprends que tu ne puisses pas demander le divorce, même si tu le souhaites, je le sais, tu me l'as dit, mais les épouses comme la tienne s'accrochent, font du scandale... moi je n'aurais jamais fait de scandale... pourquoi n'avons-nous pas continué à nous voir le samedi, c'était si beau... je ne comprends pas pourquoi... »

Une rage insensée s'empara d'elle. La première chose qui lui tomba sous la main, ce fut le globe en cristal contenant le bouquet de violettes de leur mariage : un cadeau de Florence. Elle le jeta violemment contre le mur où il explosa en mille morceaux. Des éclats pointus retombèrent en pluie sur l'ours en peluche. En sanglotant, elle se mit en devoir de les ramasser.

Elle frappa le mur à coups de poing. Puis elle se planta devant le miroir et se laboura une joue de ses ongles, y laissant deux profonds sillons rouges.

— Je deviens folle ! hurla-t-elle.

Folle, dit le miroir.

Elle revint aux feuillets épars de la lettre. Les mots dansaient devant elle : «je comprends que tu ne puisses pas demander le divorce, même si tu le souhaites, je le sais, tu me l'as dit... je sais que tu n'es pas heureux avec ta femme et que tu as eu de nombreuses maîtresses...»

— Je n'y crois pas, dit-elle à voix haute.

Mais si, tu y crois. Si tu n'avais pas été enceinte, il ne t'aurait pas épousée ; il ne peut pas s'empêcher de séduire. Toi-même, tu te disais qu'il était ridicule d'être jalouse, que tu étais le jouet de ton imagination.

Mais il ne s'agissait pas d'imagination.

Le froid gagnait l'appartement. Dehors, pourtant, il faisait beau, mais le froid semblait venir du pôle, qui lui glaçait le sang. Elle prit un manteau dans le placard et, s'enroulant dedans, s'allongea sur le sol.

— Je veux mourir.

Longtemps, elle demeura ainsi, la tête dans le creux des bras, à l'écoute du silence. Puis la sonnerie du téléphone retentit et sans réfléchir, elle se leva pour répondre. C'était Angelique.

— Dis-moi, ma chérie, voulez-vous venir dîner, toi et Dan ? J'ai un très beau rôti et la bonne a préparé un gâteau.

Devant ses yeux brouillés par les larmes, les murs de la pièce semblaient se disloquer. Elle parvint pourtant à raffermir sa voix.

— Merci, maman, mais une autre fois. Notre dîner est déjà prêt.

— Eh bien, laisse-le pour Leah ! J'ai l'impression que tu passes ton temps à t'occuper de ce bébé, tu ne sors plus jamais de chez toi.

— Ça ne me dérange pas, maman, tu dois bien t'en douter. On se verra cette semaine si tu veux.

Mais Angelique avait envie de bavarder.

— Je ne t'ai pas dit que je suis invitée chez Alfie la semaine prochaine ? Ce sont les vacances de Meg, et ils vont aller les passer à la campagne. Ah, c'est une petite fille si douce, mais je m'inquiète pour elle : elle est bien tourmentée. Toutes ces histoires à propos de la religion et de la famille...

— Maman, il faut que j'y aille ! s'écria soudain Hennie. Il y a un livreur.

— Tu vas bien, Hennie ? Tu as une drôle de voix...

— Je vais bien, mais je crois que je couve une grippe. Bon, je te quitte, il continue de sonner à la porte.

Elle raccrocha. Elle avait envie de hurler. Mais les voisins appelleraient sûrement la police. Si seulement elle pouvait aller ailleurs et crier ! Il lui semblait déjà ressentir au fond de la gorge la douleur d'avoir tant hurlé. Elle se frappa la tête à coups de poing, puis s'enfonça un poing dans la bouche.

Et si elle allait voir l'oncle David ? Ainsi, oncle David, tu avais raison. Quand Dan faisait le joli cœur devant moi, il me semblait que ce n'étaient là que des pacotilles que je pourrais supporter et je pensais que tu t'étais trompé. Mais non, tu avais raison. Tu m'avais dit que certains hommes ne pouvaient se contenter d'une seule femme. Oh, je t'avais écouté, mais je ne te croyais pas...

L'oncle David est gâteux. Ça ne servirait à rien d'aller le voir. Tu ne peux aller voir personne.

Dans la rue, un joueur d'orgue de Barbarie jouait une tarentelle : une danse de mariage, des paysannes joyeuses qui font tournoyer leurs robes. En s'approchant de la fenêtre pour la fermer, elle aperçut l'homme en bas : il s'inclinait, la casquette à la main pour recueillir les pièces, tandis qu'à ses côtés, un petit singe triste vêtu de rouge faisait de même. Pauvre homme, songea-t-elle. Mais dans son cœur, il n'y avait plus de place pour une autre douleur que la sienne.

Soudain, elle retrouva son calme et reprit ses esprits.

Aurait-il mieux valu, à l'époque, rompre avec lui, lui envoyer cette lettre qu'elle avait fini par jeter au panier ? Je lui rendais sa liberté : quelle noblesse, songea-t-elle avec ironie ; mais au moment même où elle écrivait cette lettre, elle savait bien qu'elle n'était qu'à moitié sincère.

Qu'aurais-je fait s'il m'avait abandonné ?

Elle se prit le visage dans les mains et s'abandonna de nouveau à la douleur. Effondrée sur le canapé, elle pleurait.

La clé tourna dans la serrure de la porte d'entrée.


— Nous avons fait une belle promenade, lança joyeusement Dan. Ce petit bonhomme attire l'attention partout où il passe. Est-ce que tu as remarqué que les parents exhibent plus un petit garçon qu'une petite fille ? C'est idiot, mais c'est comme ça... mais, mais... qu'est-ce qui t'arrive ?

— Non, ça n'est pas Freddy, si c'est ça que tu crains, dit-elle froidement. J'ai besoin de discuter d'un certain nombre de choses avec toi.

Dan la regarda sans comprendre.

— Emmène Hank faire sa sieste et referme la porte.

Inquiet, Dan obéit sans risquer le moindre commentaire. Lorsqu'il revint, elle se tenait debout au centre de la pièce, la lettre rose à la main.

— Tiens, c'est à toi.

Il blêmit. S'assit sur le canapé.

— Oh, mon Dieu !

— Comme tu dis, oh, mon Dieu ! Je ne fouillais pas, j'avais décidé de nettoyer le placard. Je n'ai jamais fouillé dans tes affaires, je n'avais pas de raison de le faire, du moins c'est ce que je croyais.

Le visage de Dan semblait impénétrable. Pourtant, il était vert. Vert comme la mort.

— Veux-tu divorcer ? demanda-t-elle toujours aussi froidement, la tête haute.

— Tu es folle ?

— Apparemment, tu as dit à cette... à cette personne, que c'est ce que tu voulais.

Il frappa ses mains l'une contre l'autre.

— Oh, Hennie, Hennie, comment t'expliquer, comment

te rendre tout ça compréhensible. Bon, eh bien oui, j'ai eu une aventure avec elle. J'étais idiot... mais il faut comprendre, c'était une femme très attirante. Je n'ai jamais pensé une seule seconde les paroles qu'elle m'attribue... ou que j'ai pu prononcer. Jamais. A aucun moment.

— Tu es en train de me dire que tu lui as menti, mais qu'est-ce qui me prouve que ce que tu dis maintenant est vrai ? Est-ce que tu mens à toutes tes femmes ou seulement à moi ? Hein ? Comment le savoir ?

Dan leva les mains au ciel.

— Crois-moi !

— Je t'ai toujours cru, imbécile que j'étais !

— Crois-moi maintenant. Je n'ai jamais aimé que toi. Oui, toi. Pourquoi crois-tu que je t'ai épousée si je ne t'aimais pas ?

— Parce que vu les circonstances, tu étais obligé. Voilà pourquoi. C'était une question d'honneur. Sans ça, tu aurais aussi bien pu épouser Lucy Martson. Comme je m'en souviens bien, de celle-là !

— Lucy ! Elle ne t'arrivait pas à la cheville, Hennie, aucune des autres non plus !

Sa voix était brisée par les larmes.

— C'est vrai que de temps à autre, je pouvais avoir l'esprit occupé ailleurs pendant un mois ou deux. Mais ce n'étaient que des histoires purement physiques, rien d'autre. Ça ne dure jamais. Chaque fois, je sais que ça ne durera pas.

Il s'interrompit une seconde.

— Je n'en ai jamais eu l'intention.

— Dans ce cas, tu te moquais d'elles, comme tu te moquais de moi. Tu promets l'amour et tu n'as pas l'intention de tenir ta promesse. Quelle bassesse !

— J'ai honte, Hennie. J'ai fait des choses dont j'ai honte. Mais je n'ai jamais triché. J'ai toujours dit la vérité : que j'avais une femme et que jamais je ne la quitterais.

— Mais seulement que tu étais malheureux avec elle.

— C'était une manière de parler, grommela-t-il.

— Oh, je vois. Dis-moi, pourquoi finalement t'es-tu débarrassé de celle-ci ?

Dan répondit avec lenteur, pesant ses mots.

— J'ai compris qu'il fallait en finir une bonne fois pour toutes avec ce genre de choses, qu'il fallait devenir adulte (apparemment c'était trop tard), que je risquais de te faire beaucoup de mal, ce que je ne voulais pour rien au monde.

— Quand je pense que si tu n'avais pas été aussi désordonné, si tu avais jeté cette lettre comme n'importe qui de normal l'aurait fait, je n'aurais jamais rien su !

— Hennie, je t'en prie, viens ici, prends ma main. Je te jure que ce n'était rien. Sans conséquences. Je donnerais dix ans de ma vie pour que ça n'ait pas eu lieu.

— Ne me touche pas ! L'oncle David m'avait prévenue dès le début. Mon Dieu, pourquoi ne l'ai-je pas écouté ?

— L'oncle David... ?

— Oui, il m'avait dit que tu ne pourrais pas être fidèle, que certains hommes en étaient incapables, et que tu étais de ceux-là.

Elle porta alors son regard sur le lierre qui retombait en lourdes cascades sur l'appui de la fenêtre, et se dit : ma confiance en lui était semblable à ce lierre, elle était aussi forte, et maintenant elle est détruite, arrachée par la racine.

— Oh, la catin ! s'écria-t-elle. Si je ne risquais pas moi-même la mort, je la tuerais ! J'irais la trouver chez elle, je l'attendrais un soir et je l'étranglerais avec un de ces plaisirs !

Elle s'effondra sur une chaise et rejeta la tête en arrière.

— Pourquoi est-ce que ce n'est pas toi que je veux tuer ? Est-ce parce que je t'aime ? Oh, non, c'est parce que... parce que je crois qu'un homme ne vaut même pas la peine d'être tué. C'est encore lui faire trop d'honneur. Vous, les hommes, vous êtes comme des chiens qui courent après toutes les chiennes en chaleur. Je me souviens encore, l'année dernière chez Alfie, de tous ces chiens qui tournaient autour de leur chienne, leur setter, ils grognaient, ils aboyaient à longueur de nuit et de journée ; ils avaient même à moitié défoncé la porte-moustiquaire. Les hommes sont comme ça.

— Tu nous flattes, dit Dan d'un air un peu piteux.

— Ce n'est pas vrai, peut-être ?

— Peut-être pas tout à fait, mais il y a de ça.

— Dis-moi, combien en as-tu eu, toutes ces années ? Tu en connais le nombre ?

— Je n'ai jamais aimé que toi, Hennie.

— Pas de chicane, ne cherche pas à t'esquiver. Je t'ai demandé combien tu en as eu, pas combien tu en as aimé, depuis notre mariage. Combien de fois as-tu été infidèle ?

— Infidèle ? Qu'est-ce que ça veut dire, infidèle ?

— Tu t'esquives encore ?

— Non. Ai-je jamais manqué à mes engagements envers toi ? Est-ce que pendant toutes ces années, dans notre vie quotidienne, je n'ai pas été aimant, attentionné ?

Cette manière de ne pas répondre à sa question la mit en rage.

— Réponds-moi ! hurla-t-elle. Je veux une réponse !

Un silence de plomb se coula entre eux. Ils s'observaient.

Je te regarde et je ne te reconnais pas, se disait-elle.

En bas, dans la rue, on entendit un sifflement, de ceux que les gamins parviennent à produire avec deux doigts enfoncés dans la bouche. Elle sursauta et rompit le silence.

— Ainsi donc, mes soupçons n'étaient pas ceux d'une folle. Je me sermonnais, j'avais honte de moi, alors qu'en fait j'avais raison. Quel bon acteur tu es ! Sans la moindre pudeur tu rentrais à la maison, tu me faisais l'amour, tu me disais que tu m'aimais, alors qu'en même temps tu disais la même chose à je ne sais pas combien de tes poules...

— Il n'y en a pas eu autant que ça, Hennie, et ça n'a jamais été la même chose qu'avec toi !

Dan se frappa la tête du plat de la main, puis il se couvrit les yeux.

Hennie poursuivit, martelant ses mots.

— J'ai été une femme de remplacement, une femme non désirée. Comme vous avez dû vous moquer de moi, toi et tes bonnes femmes, dans le lit, vous deviez me prendre en pitié...

393

— Non, non ! Je n'ai jamais parlé de toi. Je...

La clé tournait dans la serrure.

— On m'a laissée partir plus tôt, aujourd'hui, annonça Leah.

Elle s'immobilisa sur le seuil en les voyant, la bouche grande ouverte, comme si elle allait demander : que se passe-t-il ?

— Ne t'inquiète pas, il n'y a aucune nouvelle de Freddy, la rassura aussitôt Hennie.

— Hank dort toujours, dit Dan.

— Bon, je vais préparer le dîner, dit Leah qui avait aussitôt compris qu'il se passait quelque chose de grave. C'est un peu mon tour, je ne fais jamais la cuisine.

— Ne fais rien pour moi, dit Hennie. Je ne me sens pas bien. Je vais aller me coucher tôt.

Et lorsque Leah fut entrée dans la cuisine, elle dit à Dan :

— Tu n'auras qu'à faire le lit sur le canapé. C'est suffisamment confortable.

Plus tard, lorsqu'il pénétra dans la chambre à coucher, elle fit semblant de dormir. Il lui murmura quelques mots, mais elle ne répondit pas. Lorsqu'il posa la main sur la sienne, elle la glissa sous l'édredon. Pétrifiée, elle attendit qu'il eût quitté la chambre, puis elle éclata en sanglots et tenta d'étouffer le bruit en enfouissant son visage dans les couvertures.

Il semblait à Hennie qu'un brouillard froid, humide et cotonneux l'enveloppait désormais. Elle ne se déplaçait plus qu'avec peine, comme si elle avait eu à soulever à chaque pas un poids trop lourd pour elle.

Heureusement, la présence de Leah lui évitait de trop longs tête-à-tête avec Dan. Et Leah, avec une infinie délicatesse, continuait à vivre comme si de rien n'était.

Le dimanche qui suivit leur discussion, dès que Leah fut sortie avec le garçon, Dan s'approcha de Hennie, assise dans la chambre, près de la fenêtre. Sans un mot, elle regardait l'avenue.

— On dirait que tu attends la mort, lui dit doucement Dan. Ton visage est dur comme la pierre. Ou bien est-ce ma mort à moi que tu attends ?

Il lui posa la main sur les cheveux.

Elle se rejeta en arrière en poussant un cri.

— Ne me touche pas ! Ne me touche pas !

Il retira sa main comme s'il l'avait posée sur le feu.

— Excuse-moi.

Dans sa douleur même, le visage de Dan restait beau. Seuls ses yeux avaient un éclat inhabituel.

— J'ai perdu quelque chose, murmura-t-il. Dis-moi, Hennie, le retrouverai-je un jour ?

— Tu n'as pas perdu autant que moi. Comment ai-je pu vivre ainsi ? Comment ai-je pu croire à Roméo et Juliette ? Et pourtant, cela doit être vrai, il doit être possible à un homme et à une femme de vivre ensemble une vie entière sans se mentir. Je ne sais pas. Je ne sais plus...

— Ne peux-tu pardonner ? Est-ce qu'on ne peut pas pardonner un moment d'égarement ? Dis-moi, Hennie, réponds-moi.

— Je te l'ai déjà dit : j'aurais pu pardonner une aventure. Cela aurait été dur, mais j'aurais pu le faire. Mais je ne te pardonne pas d'avoir dit que tu voulais divorcer.

— Mais je t'ai déjà expliqué... Mon Dieu, je me ferais volontiers trancher les deux mains pour pouvoir revenir en arrière.

Elle continuait de regarder dehors ; les gens se hâtaient, ils allaient à l'église, au parc, ils allaient rendre visite à un malade. Toute cette agitation grotesque...

— J'étais ignorante, murmura-t-elle, je ne connaissais rien de l'âme humaine.

— Et tu n'en sais toujours rien, renchérit doucement Dan.

Elle se tourna vers lui, le regard étincelant.

— Comment oses-tu ? Comment oses-tu... ?

— Parce que pour toi, les choses sont toutes noires ou toutes blanches. Il y a les bons d'un côté et les mauvais de l'autre. Tu aimes ou tu condamnes.

— Ma parole, mais tu me fais la leçon !

— Non, je ne te fais pas la leçon. Je te demande seulement de me pardonner des fautes que je regrette et que je n'ai plus commises depuis trois ans. Et que je ne répéterai plus jamais. Je te le jure.

— Des fautes ! Dire à... à une traînée que tu es malheureux avec moi, comme ça elle pourra triompher en couchant avec mon mari...

— On tourne en rond. Je ne sais plus quels mots employer pour te faire comprendre ce qui s'est passé. J'étais pris dans...

Il secoua la tête.

— Donne-nous une deuxième chance, Hennie. S'il te plaît. Étends-toi, repose-toi. Dors. Peut-être que ça te soulagera.

Il sortit de la pièce et ferma la porte.

Mais rien ne s'arrangeait, et un soir la souffrance devint intolérable. Devant le miroir du salon, elle se regardait : elle avait son chapeau à la main.

Elle était affreuse ! En quelques jours, deux sillons s'étaient creusés depuis les ailes du nez jusqu'aux coins des lèvres. Elle posa le chapeau de travers sur ses cheveux ébouriffés. Pourquoi ? Mais parce que l'on ne sort pas dans la rue en cheveux.

— Où vas-tu, demanda Dan en posant son journal.

— Je sors.

La rue était en pente. Deux pâtés de maisons plus loin, là où la pente devenait raide, l'omnibus qui descendait la rue prenait de la vitesse après avoir tourné le coin. Le dernier passait tous les soirs à neuf heures. Au sortir du tournant, elle attendait le bringuebalement caractéristique et les deux yeux jaunes qui balayaient l'obscurité.

Dans un instant, si rapidement que ce sera sans douleur,

tout sera fini. Le poids sur sa poitrine se faisait si lourd qu'elle en avait littéralement le cœur brisé, et que ce n'était plus là un lieu commun mais une effroyable réalité. Quelque chose en elle avait lâché, elle ne voulait plus vivre.

Dan arriva derrière elle.

— Si tu as décidé de te tuer, dit-il d'un ton parfaitement calme, sache que je le ferai également. A son retour, Freddy n'aura plus ni père ni mère. Et le petit Hank, là-haut, n'aura plus de grands-parents.

L'autobus tournait déjà le coin de la rue lorsqu'elle se décida à le suivre. De toute façon, se dit-elle avec lassitude, je crois que je ne l'aurais pas fait. Au dernier moment, j'aurais manqué de courage.


Mais quelque chose en elle prenait consistance, quelque chose d'amer et de douloureux. Elle se rendait compte qu'elle pouvait se passer de lui.

Au cours des dernières semaines, il avait commencé à prendre ses repas dehors et à rentrer tard à la maison. Le soir, elle s'asseyait souvent à la cuisine avec Leah devant le bon café que celle-ci venait de moudre. Heureusement, les premiers temps, Leah ne fit pas la moindre allusion à la situation et ne posa pas de questions. Elle évitait même de regarder Hennie dans les yeux. Hennie se décida pourtant un jour à lui parler.

— Tu te rends compte que quelque chose de terrible s'est produit.

Elle s'interrompit, contempla le fond de sa tasse.

— Il faut que je t'en parle, je sais, mais c'est dur, très dur...

— Ne m'en parle que si tu en as vraiment envie.

— Non, il faut... tu fais partie de la famille. Il le faut...

— Tu n'es obligée à rien du tout. C'est moi qui te dois tout. Tu as été ma mère, tu m'as élevée.

Elle caressa la main de Hennie.

— Je ferais n'importe quoi pour toi, tu le sais.

Les mots de Leah, son geste tendre, la bouleversèrent. C'était bien la fille qu'elle avait toujours désirée. Incapable de parler, elle hocha la tête.

— Puis-je te demander… ? Est-ce que Dan… est-ce qu'il t'a fait beaucoup de mal ?

Un bourdonnement semblait envahir le silence. C'est le sang à mes oreilles, se dit Hennie. Parler… dire son chagrin, sa colère, la honte, la cruauté et le mensonge… se décharger du poids… elle tremblait. Non, Hennie, ce serait honteux. Où est ton courage ? Elle releva la tête, sans craindre que Leah aperçût les larmes qui brillaient dans ses yeux.

— Tu as raison, je suis ta mère. Et les mères n'accablent pas leurs enfants, elles leur donnent du courage. Parlons d'autre chose.

— Tu oublies que je ne suis plus une enfant, répondit doucement Leah.

— Tu es jeune ! Tu as la vie devant toi. Lorsque Freddy rentrera… lorsqu'il rentrera, vous serez tellement heureux tous les deux ! Et lui il sera bon avec toi, il sera loyal. Voilà pourquoi je ne veux pas parler de choses tristes.

— Enfin, si tu en éprouves le besoin, dis-toi que je serai toujours là pour t'aider.

— Merci, ma petite Leah. Mais c'est au fond de soi-même qu'il faut chercher de l'aide ; cela, je crois que la vie te l'a appris. Je m'habituerai… à ce qui est arrivé. J'ai toujours vécu avec des peurs, et maintenant elles se sont concrétisées, voilà tout.

Leah avait l'air pensif. Elle ouvrit la bouche, comme pour dire quelque chose, puis se ravisa.

— Je regrette de devoir faire tant de mystères, dit Hennie.

— Ne t'excuse pas. Mais si un jour tu as envie de m'en parler, dis-toi que je saurai t'écouter. Je crois que je pourrai te comprendre plus que tu ne l'imagines.

Hennie demeura un long moment dans la cuisine après le départ de Leah, se réchauffant les mains autour de la tasse encore chaude. Que pouvait bien «comprendre» Leah ? Savait-elle des choses à propos de Dan ? Et après tout, quelle importance ? se dit Hennie, c'est ma fille. Le problème est plutôt de savoir ce que je vais faire. Elle était plongée dans la plus cruelle indécision.

Puis elle entendit les pas de Dan. Il se tenait dans l'entre-bâillement de la porte, attendant un signe d'elle, mais elle ignora sa présence. Sans même le regarder, elle savait que sa cravate devait être défaite (il se plaignait toujours que les professeurs eussent à porter des cravates !). Elle connaissait les petites boucles de cheveux à la base du cou, lorsqu'il avait besoin d'une bonne coupe, elle savait la douceur de ces cheveux sous ses doigts et la caresse des mains de Dan sur toutes les parties de son corps à elle.

Une main de fer sembla lui broyer le ventre.

— Ce sont les tripes, murmura-t-elle.

*Les tripes...* C'était là une expression de l'oncle David, qu'elle-même n'employait jamais.

— Hein ? Qu'est-ce que tu as dit ?

— C'est très profond...

Puis elle se mit à parler avec volubilité.

— En bas, là, dans la rue, tu sais, là où ils sont en train de construire ? Eh bien j'ai regardé les ouvriers sur les poutrelles, avec leurs outils. Ils travaillent à dix étages au-dessus du sol, sur une étroite pièce d'acier, avec rien pour se retenir. C'est incroyable : comment font-ils ? Pour moi, ça serait impossible. Eh bien, ce que tu attends de moi est impossible aussi.

— Je n'attends pourtant pas grand-chose, sinon qu'après toutes ces années, tu essayes de te souvenir que...

— Je me souviens très bien de tout, Dan ! Tu ne vois pas que c'est ça, le problème ? Oh, c'est tellement triste ! J'avais tellement d'amour et tellement de tendresse à te donner, Dan !

— Je sais. Et tu me les as donnés.

Elle voyait qu'il était épuisé.

— Mais j'aurais dû être plus forte. Et plus sage. Parce qu'en fin de compte, on est toujours seul.

Pour la première fois, ce soir-là, elle le regarda. Lorsqu'il serait vieux il serait encore fort. Ses cheveux seraient blancs, mais encore épais. Les gens diraient : il devait être beau quand il était jeune.

— Je comprends, répéta-t-elle, je dois absolument comprendre qu'on est toujours seul.

— C'est faux. Si pour toi, en ce moment, être avec moi c'est être seule, pense au moins à ton fils.

— Non. C'est un homme maintenant. Lorsqu'il reviendra, il aura sa vie. Et c'est normal, je n'y peux rien.

— Hennie, ne veux-tu pas essayer, réellement essayer, de ne pas m'en vouloir ?

— Je ne t'en veux pas, ce n'est pas de la colère. C'est beaucoup, beaucoup plus profond. Je n'arrive pas à en parler... je veux m'en aller.

— T'en aller ? Où ça ?

— Je ne sais pas. Je ne peux plus vivre avec toi. Ces discussions ne servent à rien. Elles ne mènent nulle part. L'atmosphère est trop tendue ici, et le petit va finir par en souffrir. Je veux m'en aller.

— Si quelqu'un doit partir, ce sera moi, murmura-t-il.

— Eh bien d'accord, que ce soit toi.

— Hennie ! Ça n'est pas possible ! Tu ne parles pas sérieusement !

— Si. Toi et moi nous ne pouvons plus vivre ensemble. Elle n'avait plus qu'une envie : être seule.

— Hennie, tu es sûre ? Tu parles sérieusement ?

— Oui. Va-t'en, Dan, va-t'en.

# 3

Cela faisait-il donc des années qu'il était là ? Les vents glacés avaient cessé de souffler, la boue avait dégelé, et ce n'était que l'été suivant. A présent il fait chaud, sauf avant l'aube, comme en ce moment.

Autour de Paul, les hommes sont à leurs postes de combat, le fusil à portée de la main. A moins d'un kilomètre de là, dans les tranchées d'en face, les Allemands eux aussi épient les moindres mouvements de l'adversaire. Lorsque l'aube aura blanchi le ciel, tout le monde redescendra et plus aucun casque ne sera visible au-dessus du remblai.

S'il n'y a ni attaque ni bombardements d'artillerie, ils pourront dormir un peu. Toute la nuit, ils ont travaillé : extension et surtout étaiement des tranchées qui menacent sans cesse de s'écrouler, réparation du réseau de fil de fer barbelé dans le no-man's-land, approvisionnement en munitions depuis l'arrière, sans compter les patrouilles et la petite expédition de sabotage des barbelés d'en face.

Mais au moins cette nuit a-t-elle été tranquille : ils n'ont pas connu la bacchanale de l'artillerie, le feu d'artifice insensé qui incendie le ciel avant la mort.

Serrant les épaules pour lutter contre le froid humide, Paul se rappelle d'autres aubes, quand il allait pêcher sur le lac encore silencieux, ou dans un torrent poissonneux des Adirondacks, là où les bancs de truites scintillent dans la lumière grise du petit matin...

Le souvenir s'en est allé. Le silence n'est qu'un répit avant que l'air ne retentisse à nouveau du vacarme de l'enfer. Il n'y a pas de mots pour décrire ce qu'ils ont vécu la veille et les jours précédents.

Il songe à ce qu'il a à faire aujourd'hui. D'abord, vérifier que les hommes ont nettoyé leurs armes. Envoyer une estafette à l'arrière pour demander des vivres et des munitions. Écrire les lettres de condoléances. Un premier lieutenant se doit aussi d'être un peu écrivain, songe-t-il avec ironie. Ces lettres sont effrayantes à écrire. Chère madame, votre fils a été tué... (en hurlant votre nom ? en pleurant ?) Que dire ? Ils veulent savoir quelque chose. Chère jeune mariée, votre joli mari est mort (il n'a jamais compris comment, il a été taillé en mille morceaux, il y en avait partout, éparpillés dans la boue).

Le brouillard se lève en écharpes blanches sur la campagne sombre. Bientôt, il fera suffisamment jour pour voir les collines derrière les lignes allemandes. Il n'y a plus ni herbe ni feuilles, comme si l'idée même de vert avait été oubliée.

Il a fallu une semaine pour déloger les Allemands du bois de Belleau, et le bruit court parmi les troupes que les Américains ont eu cinquante-cinq pour cent de pertes. Sa section a été reconstituée avec de nouveaux éléments venus de la réserve. Lui-même a pris récemment le commandement de cette section, en remplacement d'un lieutenant tué devant le bois de Belleau. Demain ou la semaine prochaine il est fort possible qu'il faille lui aussi le remplacer.

Rien ne bouge sur les lignes allemandes ; peut-être ne se passera-t-il rien aujourd'hui. Le ciel rosit, et au même moment deux oiseaux passent en criaillant au-dessus d'eux.

Les hommes descendent ; l'eau qui stagne dans la tranchée leur arrive aux chevilles. Ils se dispersent par groupes de deux ou trois pour aller prendre le petit déjeuner qu'on a apporté de l'arrière.

— Mon lieutenant ?

C'est Koslinski, le sergent.

— Il faudrait mettre en batterie une autre pompe ; si ça continue comme ça, on va avoir le cul dans l'eau.

Le ton est respectueux, mais Paul y discerne une sourde raillerie. Visiblement, il pense que Paul aurait déjà dû faire installer cette nouvelle pompe. En fait, Paul s'apprêtait à en donner l'ordre au moment où les hommes auraient eu fini de manger. Le sergent cherche seulement à l'embarrasser.

Koslinski n'aime pas Paul. Il sait que le sergent et d'autres sous-officiers l'ont «jaugé» ; ils le trouvent tatillon, arrogant et probablement pas à la hauteur de sa tâche. Paul s'étonne : il s'est toujours considéré comme un homme simple et chaleureux ; quelque chose en lui doit irriter les hommes comme Koslinski : tant pis pour eux, il le regrette mais il n'y peut rien.

Il est presque impossible de garder les tranchées au sec. A la rigueur, on pourrait s'habituer à stationner de longues heures les pieds dans l'eau, mais il est impossible de s'habituer aux rats qui prolifèrent, aux gros rats noirs qui viennent dévorer les cadavres tombés dans le no-man's-land ou accrochés aux barbelés, et que l'on n'a pas encore eu le temps de ramasser. Paul frissonne ; il a la nausée en pensant à ces bestioles immondes.

— Mon lieutenant ?

Paul se retourne.

— Qu'en pensez-vous ? Vous croyez qu'ils vont attaquer aujourd'hui ?

C'est McCarthy, il vient d'arriver il y a quelques jours. Il est très jeune, dix-neuf ans environ, et paraît plus jeune encore lorsque levant la tête il regarde en faisant la moue la bande de ciel au-dessus de la tranchée, tellement sembla-

403

ble à celle que l'on doit apercevoir du fond d'une tombe.

— Peut-être pas aujourd'hui, répond Paul qui sait très bien que McCarthy se doute que pas plus que lui-même, son lieutenant ne connaît la réponse.

Paul repousse de côté un sac de sable qui vient de tomber du parapet.

— Il faudrait apporter d'autres sacs, dit-il au garçon pour lui donner quelque chose à faire.

On ne cesse de réparer, d'étayer les tranchées. Paul se fait l'effet d'être autant un maçon qu'un soldat.

Certains de ses hommes sont toujours endormis. Crasseux, les uniformes chiffonnés, ils sont pelotonnés dans leurs abris. D'autres font leur toilette torse nu et certains font la chasse aux poux dans les coutures de leurs vêtements. Ils ont tous entre dix-huit et vingt-cinq ans et à côté de lui, qui en a vingt-neuf, ils font figure de gosses. L'un d'eux, du nom de Drummond, était vendeur dans une chemiserie de Madison Avenue ; ils s'étaient dit en riant tous les deux qu'ils avaient dû se rencontrer là-bas. Paul lui posa la main sur l'épaule.

— Vous avez reçu pas mal de courrier, hier, dites-moi. Ça se passe bien, chez vous ?

— Les jumeaux ont eu trois ans le mois dernier, répondit Drummond en souriant. Ma femme m'a envoyé les photos de l'anniversaire où on les voit en train de souffler sur les bougies.

— Vous serez de retour pour leurs quatre ans, dit Paul d'un ton joyeux.

Soutenir le moral de ses hommes fait aussi partie de sa tâche.

Maintenant, il n'y a plus rien d'autre à faire qu'attendre. Il va s'asseoir dans l'abri des officiers, appuie la tête contre un madrier et ferme les yeux. Il devrait écrire chez lui, cela fait une semaine qu'il n'a pas écrit ; ils doivent être fous d'inquiétude là-bas, mais il est trop fatigué pour le faire tout de suite.

Marian (ici, c'est sous ce nom-là qu'il y pense, et non sous le nom de Mimi, trop léger), Marian lui écrit tous les jours.

Ses lettres lui arrivent par paquets, et il les reçoit comme une liqueur stimulante, tonique. Elle décrit tout avec précision, et il lui semble voir devant lui les drapeaux qui flottent sur les balcons des grands magasins de la 5ᵉ Avenue, ses parents réunis autour de la grande table de la salle à manger, et le cercle de lumière rose sur le tapis couleur prune ; il entend les criquets depuis la terrasse de chez l'oncle Alfie ; il voit la plume de Marian courir sur le beau papier à lettres gris pâle, avec son monogramme en bleu sombre : M-M-W (le W est plus grand, comme il convient).

Elle lui envoie des photographies d'elle-même avec Florence et Walter, ou avec l'oncle Alfie ; Alfie tient entre ses doigts un cigare, de Cuba bien sûr, les meilleurs. Paul ne peut s'empêcher de rire. Et puis voici Meg, avec ses nattes, le visage impassible. Elle lui envoie une photographie de Hennie, dans l'encadrement d'une porte, probablement au patronage ; de l'oncle David, à qui elle est allée porter une boîte de biscuits à sa maison de retraite ; d'elle-même, en uniforme de la Croix-Rouge ; d'elle-même encore, prise par un photographe des rues : il fait un beau soleil, et le photographe a admirablement saisi son expression, mieux que n'aurait su le faire un grand portraitiste ; elle porte une robe d'été qu'il croit reconnaître, en lin de couleur crème, et un petit chapeau de paille. Elle sourit, elle est si fine, si élégante et féminine… «Avec tout mon amour», a-t-elle écrit au dos de la photo.

Ses lettres ne sont jamais larmoyantes, elle ne l'accable pas de son inquiétude perpétuelle à son sujet ou de longues considérations sur sa solitude, comme le font tant de femmes de soldats.

«Je pense à l'heure de ton retour, à ta présence à côté de moi lorsque je me réveillerai le matin, et à la merveilleuse journée que nous passerons ensuite ensemble.»

Elle est toujours joyeuse ; elle écrit bien. Lorsqu'il entend ses hommes parler de leurs femmes ou de leurs compagnes, il comprend à quel point il est heureux.

Ses désirs sont ceux de tout homme de son âge, mais lors

405

de ses permissions il n'a jamais été attiré par les prostituées qui hantent les bars de Paris. Il a envie d'une femme, l'idée le hante, mais pas de celles-là.

Il songe à celle qu'il a tant désirée : c'était comme le feu... Son nom résonne à ses oreilles : Anna. Cela fait longtemps qu'il pense à elle. Il l'imagine vêtue d'une robe de velours, ce qui est étrange car elle n'a jamais dû en porter. En robe de soie légère, alors, bleu-vert comme l'océan au mois d'août. Non, le bleu-vert c'est la couleur de Marian. En blanc ? Ses cheveux roux sur la neige de sa robe. Elle se tient près d'une grande fenêtre, un livre à la main. Il l'a surprise, et elle sourit, ravie ; elle pose le livre et s'avance vers lui, les yeux éclatants, les lèvres entrouvertes... sa chaleur...

Elle est mariée. Mais enfin, tu ne te souviens pas ? Elle a épousé ce jeune homme honnête, qui ne buvait pas, que tu as vu un jour rouler sa casquette entre ses doigts en te donnant du « monsieur ». Ce jeune homme sombre avec qui Anna doit s'ennuyer à mourir...

Comment peux-tu dire une chose pareille alors que tu ne l'as vu qu'une minute de toute ta vie ?

Elle ne l'aimait pas, j'en suis sûr. Elle l'a épousé sans amour.

Combien d'hommes et de femmes, si on pouvait leur arracher la vérité, avoueraient s'être mariés sans amour ? Ses parents ? Comment en être sûr ? Ils sont presque toujours agréables l'un avec l'autre, gentils, attentionnés, mais est-ce cela, l'amour ?

Tante Hennie et oncle Dan... eux, c'est sûr, ils s'aiment. On le voit dans ses yeux à elle quand elle le regarde, et dans sa voix à lui quand il parle d'elle avec admiration. Oui, en dépit des jeux idiots de séduction de Dan, ils s'aiment profondément.

Il se redresse sur sa banquette, ouvre les yeux, s'étire. Toujours perdu dans ses rêveries ! Que faire d'autre ? Tout le monde ici, même le général bien à l'abri dans son château à quinze kilomètres du front, au milieu de ses boiseries du XVIᵉ siècle, même lui doit avoir de ces rêveries qui s'évaporeront sitôt de retour chez lui.

Les miennes aussi, songe Paul, car elles sont folles et n'ont pas lieu d'être.

Ce qui est, ce qui existe, ce qui l'attend à son retour, c'est sa bibliothèque chez lui, ses livres entassés du plancher au plafond, la cheminée, et, accroché au-dessus, l'admirable tableau de Matisse, des papillons jaunes et blancs voletant au-dessus d'un champ. La table de la salle à manger, dressée pour le petit déjeuner tardif du dimanche, avec Marian assise en face de lui dans son déshabillé orné de plumes de marabout. Elle étale pour lui du beurre sur un toast et lui parle d'un ton enjoué ; par-dessus son épaule, il aperçoit les frondaisons de Central Park ; c'est peut-être une journée d'automne et ils sortiront ensuite se promener sous les feuilles rousses des grands arbres. C'est cela qui est réel, et c'est cela qui l'attend à son retour.

Et il songe : j'aurai un fils. Deux, trois fils. Quand je pense que Freddy a un enfant et qu'il ne l'a jamais vu ! Le désir d'un enfant se fait soudain violent... Ils porteront des costumes de marin, ils auront des visages rieurs ; il les emmènera au parc, il leur achètera des bateaux à voiles, des grands, avec un pont en teck, et ils les feront naviguer sur la pièce d'eau et il cessera de penser à Anna ; il sera bon père et bon époux...

Un grondement déchire le silence. Ça y est ! Ça recommence !

Comme un train lancé à toute allure, et puis le fracas terrible de dix locomotives qui s'écrasent les unes sur les autres, l'éruption du Vésuve, un cyclone qui dévaste une ville à plus de trois cents kilomètres à l'heure. Les hommes plongent dans leurs casemates. Paul pourrait lui aussi gagner sa casemate, mais il préfère rester dehors. Il pourrait y avoir un assaut après le barrage d'artillerie.

Un autre obus tombe, plus près ! Il est projeté à terre. Celui-ci était vraiment tout près... les oreilles bourdonnent. Il se rappelle, il y a de cela plusieurs mois, lorsque, terrifié, il avait cru être devenu sourd, pendant plusieurs heures il n'avait plus rien entendu. Il se fait tout petit sur le sol, s'aplatit contre la paroi, il voudrait se glisser comme un ver dans la terre. D'autres obus arrivent, de plus petit calibre ; ceux-là sifflent avant d'exploser ; ils arrivent très bas. Mécaniquement, il compte : dix, vingt, **trente** secondes, puis un rugissement — celui-là c'est un gros — puis l'explosion, et le silence. Dix, vingt, trente secondes, un rugissement — encore un gros — l'explosion et le silence. Dix, vingt... le grondement est plus fort, c'est du plus gros calibre, ils se suivent de plus en plus rapidement et ils tombent plus près.

Il rampe jusqu'à une casemate. C'est sûr : les Boches préparent une attaque. Il essaye de se souvenir : combien a-t-il demandé de grenades au poste de ravitaillement ? Il faut tenir l'ennemi à au moins quarante mètres. Il imagine la ligne mouvante des casques d'acier, ils approchent... de plus en plus près... on aperçoit maintenant leurs visages tordus par la haine et par la peur, aussi humains et inhumains que les nôtres. Il ne s'est retrouvé qu'une seule fois au corps à corps et préfère ne plus y penser ; jamais il ne se serait cru capable de se servir d'une baïonnette, et pourtant c'est ce qu'il a fait.

Les grondements, le fracas et les coups de tonnerre continuent. Un peu plus loin, McCarthy vomit. Paul a un haut-le-cœur. C'est une préparation d'artillerie destinée à nous briser, se dit-il à nouveau, ensuite ils vont attaquer ; pourvu seulement que nos propres mitrailleuses ne tirent pas trop court et n'arrosent pas nos tranchées. C'est déjà arrivé. Mais rien ne sert de retourner les pensées dans sa tête, il faut attendre la sonnerie du téléphone de campagne et les ordres du poste de commandement. En attendant, rien.

Mais il pense quand même : ce bombardement va bousiller tout le réseau de barbelés qu'on a mis en place. Ils vont venir jusqu'ici. C'est sûr.

Il bondit sur le périscope. C'est de la folie, mais il veut voir ce qui se passe. Au loin, il voit jaillir les gerbes de terre c'est notre artillerie qui pilonne les barbelés allemands. Ainsi donc, l'offensive dont on parle tant depuis quelques jours (mais il y a tellement de rumeurs fantaisistes qui circulent au fond des tranchées!) va avoir lieu. Demain, probablement. Son cœur bat plus fort dans sa poitrine. Il ne s'est battu qu'une seule fois en terrain découvert, le jour où il s'est servi de sa baïonnette. Il a laissé plusieurs de ses hommes sur le terrain, de braves gars, morts ou si effroyablement mutilés qu'une mort brutale eût été préférable. Il chargeait à la tête de sa section, les autres tombaient derrière lui : cette fois-là il a eu de la chance, mais ça ne peut pas durer toujours. Impossible.

Au loin, un arbre jaillit vers le ciel au milieu d'une grande gerbe de terre ; déchiqueté, il retombe. Il a l'impression d'une image de cinéma tournée au ralenti. Étrange.

Un de ses hommes sanglote. Koslinski l'abreuve d'injures. Il se frappe la tête à coups redoublés contre la paroi de la tranchée : c'est Daniels, un brave soldat, mais ses nerfs ont lâché. Paul pose les deux mains sur les épaules de l'homme.

— Du calme. Allez vous étendre et bouchez-vous les oreilles avec les mains. Ça aide.

Ses propres tympans sont près d'éclater.

— Le bruit ! Le bruit ! hoquette Daniels.

— Je sais. Allez-y, mettez vos mains sur les oreillles. Fermez les yeux. Allez, allez...

Il lui parle entre deux explosions, tranquillement mais avec fermeté : trop de sollicitude ne servirait à rien et de toute façon Paul n'en a guère à dispenser.

— Vous êtes là pour un bon bout de temps. Comme nous tous. Vous allez tenir. Je le sais. Vous en êtes capable.

Daniels est allongé dans la casemate. Il pleure doucement.

Cela dure depuis combien de temps, maintenant ? Deux heures. Trois heures. Ça peut durer toute la journée. Ce vacarme effroyable peut durer toute la journée. Une fois, ça a duré quatre jours. C'était le mois dernier. Quatre jours de cet enfer. On a l'impression que sa tête va éclater aussi comme un obus.

Un bruit nouveau. A l'arrière, ils ont amené l'artillerie lourde. Ça veut sûrement dire qu'on va attaquer. Peut-être même avant demain.

Il ne peut pas s'en empêcher. Il bondit à nouveau sur le périscope. Il voit... une fine ligne grise, fine comme une vague à marée basse. Non. Si, c'est ça ! Ils sortent de leurs tranchées. Ils arrivent !

— Tout le monde en haut ! A vos postes !

Quels sont les ordres ? La sonnerie du téléphone crachote ; il se précipite, mais le grondement de la canonnade l'empêche d'entendre. Il va falloir qu'il se débrouille tout seul, sans instructions. De toute façon, il n'y a pas le choix : Feu à volonté ! Attendre seulement qu'ils soient assez près.

Un autre ronflement maintenant, accompagné d'une sorte de sifflement. Il lève les yeux : trois aéroplanes traversent le bout de ciel au-dessus de sa tranchée. Trois, mais il y en a peut-être d'autres.

Il reprend le périscope : des explosions tout au long des lignes allemandes. Ce sont les avions ! Ils tirent à la mitrailleuse ! Incroyable !

On dirait qu'ils ont cassé la progression des Boches. Mais on ne peut pas se reposer uniquement sur les aéroplanes. Ça a marché cette fois-ci, ça ne veut pas dire que ça marchera à nouveau. Cette fois-ci, les Boches avaient mal préparé leur attaque, c'est tout. Ils la reprendront demain, mieux organisée.

Soudain, il se rend compte que la canonnade a cessé. Cela fait sûrement plus de trente secondes. Trente, quarante, cinquante... Il attend. Les hommes relèvent la tête, incrédules. Deux minutes, trois minutes. Oui, c'est fini. Répit pour aujourd'hui. A demain.

Silence. Un silence relatif, parce qu'il y a toujours au loin une rumeur d'artillerie. On dit que ça s'entend de l'autre côté de la Manche. Ils se trouvent dans le nord à présent, en secteur britannique. C'est le soulagement. Les hommes s'étirent. Ils sont pâles.

— Bon, ben on est encore là ! lance Paul. On devrait en

profiter pour dormir un peu. Daniels, restez en sentinelle. Vous serez relevé avant le déjeuner.

Il descend enfin dans sa casemate et s'étend, les mains derrière la tête. Mais son corps vibre encore des tremblements du sol, et il ne parvient pas à trouver le sommeil.

Ses pensées se bousculent dans son esprit, sans ordre précis.

On entend encore un lointain grondement, vers le nord. En temps normal, il ne lui faudrait que quelques heures de train pour se rendre en Allemagne. Une ville ancienne, des maisons à pignons, des beffrois, il rencontrerait son cousin, des hommes de sa lignée ; après tout il n'y avait pas si longtemps qu'une des branches de la famille avait quitté l'Europe : trois générations seulement.

Après une nuit passée à boire de la bière et à manger des saucisses, ils étaient allés faire une promenade dans un jardin public, et leurs pas crissaient sur le gravier des allées. Il se rappelait le jour où ils avaient acheté le basset de Freddy. La porte de la cage s'était ouverte en grinçant sur une dizaine de ces chiots qui aboyaient avec la férocité de petits fauves. A la gare, Joachim lui avait passé le bras autour des épaules.

— Je ne te dis pas adieu mais *Auf wiedersehen*, au revoir, nous nous reverrons.

Son anglais était parfait.

Se revoir ! A présent, il portait l'uniforme de son *Vaterland*. Étrange, tout de même, d'être prêt à mourir pour la gloire de Guillaume II, ce tyran manchot ! Surtout quand le tyran en question ne cache pas le mépris qu'il vous porte.

Mais les choses changent rapidement, disait Joachim. L'Allemagne était le pays le plus civilisé du monde. Lui-même allait faire une belle carrière. Sa sœur venait de se marier avec un jeune homme d'une grande famille, juive bien entendu, mais tout ce qu'il y a de plus allemande. Pour la famille, l'avenir s'annonçait radieux.

— Mon lieutenant !

Paul sursaute ; il a dû s'endormir, finalement. Koslinski se tient devant lui, une gamelle à la main.

411

— J'ai pensé que vous en voudriez un peu. C'est du ragoût. McCarthy vient de recevoir un colis avec six boîtes de conserve.

— Remerciez-le pour moi. Et je vous remercie aussi d'avoir pensé à moi. Mettez ça là. Oh, j'y pense, Koslinski, il faut aller relever Daniels. Je me suis endormi.

— C'est déjà fait, mon lieutenant.

Entre les sourcils épais, le regard semble légèrement méprisant.

— Merci.

Paul renifle le ragoût. Il y a surtout des carottes et des pommes de terre, mais c'est bon et chaud. Pour une boîte de conserve, finalement, ce n'est pas si mal. Koslinski me méprise, il n'arrive pas à le cacher... Tiens, le grondement au nord a cessé. Avec un bout de pain qu'il garde au fond de sa poche, il sauce la gamelle. Tout est tranquille. Non... il y a quelque chose. On dirait une plainte.

Il grimpe les marches, la gamelle vide à la main.

— Il me semble que j'ai entendu un cri, une plainte.

— Oui, mon lieutenant. Ça dure depuis une heure. Ça doit être un pauvre type pris dans les barbelés.

— Ou plus loin encore, corrige Koslinski. Ça vient de plus loin, on dirait.

Le son est étouffé. Soudain la plainte enfle, de plus en plus forte, et se termine dans un râle.

Daniels grimace.

— On dirait un porc qu'on égorge.

Daniels est un paysan de l'État de New York. La comparaison est malheureuse, songe Paul.

Les cris sont de plus en plus forts. Paul s'assied. Ce sont encore les bruits de la guerre : il suffit de ne pas écouter, voilà tout. Mais il demande pourquoi les brancardiers ne sont pas encore allés le chercher.

— Je crois qu'ils ont essayé, répond Drummond. Ça devait être ceux de la 42ᵉ. J'ai jeté un œil dans le périscope. Il est trop loin et à portée de fusil des Allemands, là sur la droite.

— Je vais jeter un regard moi-même, dit Paul.

Pourquoi ? Curiosité morbide ? La lumière décline rapidement, il lui faut mettre soigneusement au point. Oui, là-bas, après la forêt de barbelés bouleversée par les bombardements, il distingue une forme grise. Le type a dû sortir d'un trou d'obus. Un sapeur, probablement, qui se sera aventuré trop loin en avant de ses lignes. La forme bouge, l'homme semble se débattre. On voit s'élever un bras ou une jambe.

Paul redescend. Il faudrait pouvoir lui tirer dessus, abréger ses souffrances. On montre plus de pitié pour un cheval blessé ! J'aimerais pourtant pas être chargé de le faire ! Il doit être terrifié, ce type, s'il est encore conscient ; mais vu la façon dont il remue, il doit certainement être conscient.

Paul boit du café chaud. Ses hommes discutent à voix basse, comme si les Allemands étaient à deux pas. Quand il n'y a pas la canonnade, on prend l'habitude de parler à voix basse : la nuit, les voix portent loin. Il saisit au vol des bribes de phrase : il est question de baiser une veuve avec cinq enfants. Tout le monde s'esclaffe. C'est bon, ça leur tiendra l'esprit occupé pendant un bout de temps.

Les cris se font de plus en plus forts. Un cri plus déchirant que les autres interrompt les conversations ; les hommes échangent des regards.

— Il va pas tarder à mourir, dit McCarthy.

Mais il ne meurt pas. La nuit ne va pas tarder et l'homme crie toujours. De plus en plus fort. C'est intolérable.

Mes nerfs vont lâcher, se dit Paul. Je ne supporte plus. J'y vais.

Il se lève et dit à voix haute :

— Je vais le chercher !

Les soldats le regardent, incrédules.

— Il fait presque nuit, explique-t-il, et j'ai bien repéré où il se trouve.

— Mais mon lieutenant, c'est du suicide ! dit Koslinski.

— Non. Je prendrai des pinces coupantes. Mais il y a tel-

413

lement d'obus qui sont tombés dans le coin que ça sera peut-être même pas nécessaire.

Ses hommes ne parviennent pas à le croire.

— Il est trop loin !

— Lieutenant... pourquoi risquer votre vie ?

— Si les brancardiers avaient pu le récupérer, ils l'auraient fait.

— Attendez au moins la nuit que les équipes soient sorties pour réparer les barbelés, suggère Drummond.

— Il faudrait attendre des heures. Il risque d'être mort d'ici là.

— C'est du suicide, répète Koslinski. Mais enfin, pourquoi est-ce que vous faites ça ?

S'il répond que c'est parce qu'il ne supporte pas les cris de l'homme, ils vont le prendre pour un fou. Et peut-être n'auraient-ils pas tort.

— J'y vais !

Il grimpe jusqu'au poste d'observation et regarde par-dessus les sacs de sable. Le ciel est encore blanc, mais il sera difficile de distinguer un mouvement sur le champ.

— C'est de la folie ! s'exclame Koslinski.

Il veut dire, bien sûr : vous êtes complètement fou, mais ce sont des choses qu'on ne dit pas à un supérieur.

Paul scrute attentivement le champ qui s'étend devant lui. En rampant de trou d'obus en trou d'obus, ils ne le verront peut-être pas (c'est idiot : bien sûr qu'ils le verront). Mais il sera trop loin pour qu'ils lui balancent des grenades, et les balles passeront au-dessus de lui. Ramper comme un serpent. Et ramper au retour aussi, avec un homme sur le dos ?

— N'y allez pas, mon lieutenant, dit le jeune McCarthy.

Les cris sont devenus des hurlements, une longue plainte ululée à vous glacer le sang. Jamais je n'oublierai ça, se dit Paul avec un frisson. Il enjambe le parapet de sacs de sable et se retrouve de l'autre côté, à quatre pattes. Il s'aplatit et commence à ramper.

Un bout de fil de fer barbelé lui déchire la main. Il ferme les yeux pour les protéger. Il aurait dû mettre des gants. Il

414

passe un temps infini à se découper un passage avec ses pinces. Il croyait avoir repéré l'endroit exact où les fils barbelés avaient été détruits par le bombardement, mais il n'a pas avancé en droite ligne, et il va devoir tailler beaucoup plus que prévu. Il coupe, coupe, coupe encore, repousse sur les côtés les extrémités pour se ménager une ouverture. Pourvu qu'il retrouve le chemin du retour.

Jusqu'à présent, personne ne l'a vu. Cela doit faire un quart d'heure qu'il est parti. La terrible plainte est plus proche, maintenant. Il a affreusement mal aux genoux, sa main saigne et une douleur pointue lui vrille la nuque, mais il ne faut pas lever la tête, surtout pas ! Il se repose une minute, la joue plaquée contre la terre humide. Et s'il retournait ? Non, il continue !

Il tombe dans un trou d'obus et atterrit sur quelque chose de mou ; il frissonne. C'est un corps, il le sait bien, mais il préfère ne pas regarder. Il sort du trou, recommence à ramper.

C'est là. Il y est arrivé ! La forme ne bouge plus, mais il entend des gémissements. Il parvient à se glisser sous l'homme, l'assure sur son dos, les bras passés autour de son cou à lui. L'homme est bien calé : il ne devrait pas rouler sur le côté. Il fait demi-tour. Le chemin sera beaucoup, beaucoup plus long, il le sait.

Ses hommes avaient raison : il est complètement fou. Mais si cet homme ne mourait pas grâce à lui ? « Sauver une vie, une seule, c'est sauver l'humanité tout entière. » C'est une phrase qu'on lui avait apprise au catéchisme. Hennie la citait souvent.

L'homme est chaud et respire bruyamment dans l'oreille de Paul. Il glisse sur le côté. Paul le replace sur son dos et reprend sa progression. Il n'en peut plus, il s'arrête une minute pour reprendre haleine ; avant de repartir, il lève la tête pour voir le chemin qui lui reste à parcourir.

Aussitôt, une mitrailleuse se met à cracher. Les balles font jaillir la terre à quelques pas devant lui. Il s'arrête et attend. S'il ne bouge plus pendant un moment ils vont croire qu'ils l'ont tué. Il compte les secondes… Arrivé à deux minutes, il se remet à ramper. La mitrailleuse déchire le silence de son fracas régulier ; à nouveau, les mottes de terre jaillissent devant lui, autour de lui. Ils arrosent le coin de champ où il se trouve. Même s'il cesse d'avancer ils finiront par tirer au but. Il n'a qu'une chance sur mille de s'en tirer, alors autant continuer !

Le bruit semble venir de partout, ce qui est impossible, il lui semble être cerné par le hoquettement des mitrailleuses ; oui, les giclées de balles tracent un cercle autour de lui. Il continue de ramper. Soudain, il est tellement certain d'avoir été touché que la terreur l'abandonne. C'est la fin : il est calme, engourdi, comme si c'était déjà fait. Alors il continue, centimètre après centimètre…

Soudain, sa tête heurte quelque chose de mou et de résistant à la fois. Les sacs de sable ! Les sacs de sable ! Incroyable ! Il fait glisser son fardeau sur le côté ; puis il le soulève par les épaules, l'homme grogne de douleur, il le hisse sur le parapet de sacs et le pousse de l'autre côté en espérant qu'il y aura quelqu'un pour l'accueillir et qu'il ne va pas s'écraser lourdement sur le sol de la tranchée. A son tour, maintenant ! Un dernier effort… il est épuisé… c'est fini, il va mourir…

Maintenant… j'espère que je suis touché à la tête : je vais mourir rapidement, je ne resterai pas infirme. En haut, je vais mourir en haut des sacs…

Mais il se retrouve allongé sur le sol de la tranchée, le cœur cognant à tout rompre, avec dans la bouche un goût de sang et de terre.

Son « fardeau » est étendu, le visage tourné vers le ciel. Il fait noir à présent, et il ne peut distinguer ses traits. Mais les soldats rassemblés autour d'eux ne regardent pas son visage : tout le monde a les yeux fixés sur le ventre de l'homme où bée une blessure sanglante, assez large pour y enfoncer le poing. Le sang coule par saccades, tandis que l'homme gémit doucement, de plus en plus doucement…

— Les brancardiers arrivent avec un médecin, mon lieutenant, dit Koslinski.

Quelqu'un glisse une veste roulée sous la tête du malheureux. Ce geste est à la fois touchant et parfaitement dérisoire. Les geignements deviennent presque inaudibles.

— Ça va, mon lieutenant? demande quand même l'un des soldats.

— Je transpire, dit-il. Je suis trempé.

Et il tente d'essuyer dans son cou ce liquide qui lui coule entre les omoplates.

— Ce n'est pas votre sueur, c'est le sang du gars, dit Koslinski.

Les brancardiers arrivent par le boyau de communication. Le médecin s'agenouille près de l'homme.

— Il est mort.

Personne ne dit mot. Ils déposent le corps sur un brancard et repartent rapidement par où ils sont venus. Après leur départ, le silence dure encore une minute. Combien de morts ont-ils déjà vu? Combien en verront-ils encore? Et pourtant, celui-ci était différent.

Quelqu'un apporte à Paul un gobelet de café chaud. Il n'en a pas envie mais il ne peut refuser. Les soldats rassemblés autour de lui le regardent boire.

— Il aurait pu être allemand, mon lieutenant, laisse tomber McCarthy. Vous pouviez pas savoir.

Paul est trop bouleversé pour répondre. S'il le pouvait, il répondrait : « Et alors ? » Certains de ces hommes comprendraient, d'autres non.

Ils l'admirent, il le voit sur leurs visages. C'est embarrassant. Ils s'éloignent un peu, parlent à mi-voix.

— Il faudrait le nommer capitaine dès demain matin, dit l'un.

— Capitaine? Commandant en chef des Forces alliées, tu veux dire! Ce mec-là, il a des tripes!

C'est la voix de Koslinski!

— Des comme lui, j'en ai jamais vu! Pourtant, qui aurait cru. . ?

Il est très embarrassé. Brave, lui ? D'abord, j'ai été malade de peur et, à la fin, complètement paralysé. En fait, je ne supportais pas les cris de cet homme. Pauvre gars ! Je me demande s'il a vraiment beaucoup souffert. On dit qu'avec des blessures pareilles, le choc est tellement fort qu'on est complètement sonné, qu'on ne souffre pratiquement pas. Je ne sais pas. Pauvre gars.

... de n'être pas un lâche.

C'était ce qu'avait écrit Freddy dans une de ses premières lettres du front. Paul avait été bouleversé par cette phrase, sans bien en mesurer toute la portée ; cela semblait si naïf, si juvénile. Il comprend maintenant à quel point son arrogance était injustifiable, face à ces mots si simples : je suis heureux de n'être pas un lâche.

C'était il y a trois ans. Pauvre Freddy, où peux-tu être à présent ? Mais je suis sûr que tu vas t'en tirer. Tu en as réchappé jusqu'ici, cela veut dire que le sort t'est favorable et que tu vivras.

Soudain, le ciel s'éclaire du côté du nord-ouest. On entend un grondement lointain, comme un orage d'été, et à nouveau, Paul songe à cet endroit qu'il aimait tant : les Adirondacks, la chambre qui sentait bon le pin, où il était en sécurité.

— Ça canarde, là-bas !

Les hommes sont montés aux postes d'observation. Ils lèvent les yeux vers le ciel.

— A quelle distance, à ton avis ?

— Quatre-vingts kilomètres environ.

— Alors c'est les Angliches ! Ça doit être du côté d'Armentières.

Paul lève lui aussi les yeux vers le ciel. Des fontaines de lumière se déversent dans la nuit, des cascades de fleurs rouges et argentées, haut, de plus en plus haut, en une splendeur infinie. Étrange que ce soit si beau, se dit-il.

Lorsque les somptueuses lueurs disparaissent au-dessus d'Armentières, il devient évident que cette journée n'aura apporté ni victoire ni défaite. Il faut se préparer pour le lendemain : réparer les dégâts, approvisionner les tranchées en vivres et en munitions et ramener les blessés à l'arrière.

Dans les lignes britanniques, on rassemble les blessés avant leur évacuation.

— Celui-ci a été salement touché, regarde.

— Ses jambes sont fichues.

— Merde, alors ! Les deux, tu crois ?

— Absolument sûr.

— On dirait que c'est le Ricain, non ?

— Je sais pas. Ouais, p'têt. Comment il s'appelle, encore ?

— Fred quelque chose, je crois. Fred Ross, un truc comme ça.

— Bon, allez, on va pas passer la nuit ici ! Regarde son insigne !

— Attends ! attends une seconde. Tiens, le v'là. J'avais raison : Fred Roth.

— Bon, allez, on va pas passer la nuit ici ! Emmène-le !

# 4

Passé les premiers moments de surprise, Angelique laissa éclater son indignation.

— Mais enfin où a-t-il pu aller ?

— Il vit dans sa chambre, au-dessus du laboratoire, dit Leah en glissant un regard en direction de Hennie. Il m'a dit de te le dire si tu le demandais.

— Je ne l'ai pas demandé.

Ainsi, il était retourné à cette chambre où il vivait avant leur mariage, là où Freddy avait été conçu ; la neige s'était entassée si haut sur l'appui de la fenêtre que du lit on pouvait l'apercevoir sans lever la tête ; le vent chaud de l'été faisait battre le volet ; les partitions s'entassaient en désordre sur le haut du vieux piano trop volumineux pour la pièce minuscule.

Tu n'as qu'à souffrir là-bas ! Tu n'as qu'à pleurer sur ce que tu as perdu !

Angelique ouvrit son panier à tricot, puis d'un geste impatient le repoussa de côté, comme pour dire : je ne suis pas d'humeur à m'amuser à des fredaines !

420

— Quel homme charitable ! lança-t-elle avec mépris. Le grand bienfaiteur de l'humanité abandonne sa femme après vingt-trois ans de vie commune !

— Il ne m'a pas abandonnée ! rétorqua sèchement Hennie. C'est moi qui l'ai mis dehors. Que ça soit clair !

— Comment veux-tu que j'y comprenne quelque chose, tu ne me dis rien ! Que s'est-il passé ? Tu ne me dis rien...

— Parfois, dit Leah en bravant le regard courroucé d'Angelique, il y a des choses dont on se sent incapable de parler.

— Merci, Leah, dit Hennie.

On est assises là comme trois vieilles chaisières, se dit Hennie. En plus il fait noir comme dans des catacombes. Et elle se leva pour allumer les lumières.

Angelique se leva aussi.

— Bon, eh bien puisque tu ne veux pas en parler, je ne vois pas comment je pourrais t'aider, et Dieu sait que j'en aurais envie ! Tout s'écroule. C'est la guerre. Quand il y a une guerre, tout s'écroule. Je me souviens...

Elle hocha la tête en soupirant.

— Il se fait tard. Je ferais mieux de rentrer.

— Tu ne veux pas rester pour le dîner ? demanda Leah en usant du ton respectueux qu'elle réservait à Angelique.

— Non, pas ce soir. Demain peut-être. Appelez-moi si vous avez besoin de moi.

Et Angelique donna à sa fille un de ses baisers un peu rapides mais tendres cependant dont elle avait le secret. Un parfum de fleurs flotta dans la pièce quelque temps encore après son départ.

Depuis le départ de Dan, elle était venue tous les jours, apportant des fleurs ou des gâteaux. Ses attentions avaient touché Hennie. Alors qu'elle aurait pu triompher aisément, elle ne s'était pas exclamée : « Je l'avais bien dit », ou : « Je t'avais prévenue », et Hennie lui en était reconnaissante.

L'atmosphère était pourtant moins tendue quand elle n'était pas là. Hennie, alors, dînait dans la cuisine ; dans sa chaise haute, Hank accaparait toute l'attention de Leah, en dehors de quelques rapides regards qu'elle lançait à Hennie.

Une fois seulement, Hennie regarda Leah dans les yeux et lui dit :

— Leah, tu es une fille pour moi.

Puis une colère terrible lui fit prononcer ces mots qu'elle s'était juré de ne jamais prononcer :

— Tu sais, il ne t'a jamais acceptée.

— Je le sais, répondit calmement Leah.

Elle enleva le bébé de sa chaise haute et posa le biberon sur la table.

— Il a téléphoné aujourd'hui. Il voudrait voir Hank.

— Laisse-le venir quand il veut. Moi, j'irai dans ma chambre, ou bien je sortirai.

Un jour, soudain, la lassitude de Hennie sembla s'évanouir. Elle ne pouvait plus tenir en place. Elle se mit à nettoyer et ranger la maison de fond en comble.

Leah était stupéfaite.

— Tu n'es pas obligée de faire tout en même temps.

— Cette maison est crasseuse ! Mais je me débrouille très bien toute seule. Toi, tu as travaillé toute la journée.

Ceinte d'un grand tablier, un foulard sur les cheveux, Hennie avait rassemblé ses outils devant elle : brosse, serpillière, chiffon et pelle à poussière, tapette à tapis, camphre, éponges, seaux et cire à bois. Elle nettoya les tapis avec des feuilles de thé, aéra les couvertures, descendit les rideaux, les lava, les repassa et les remit en place ; elle lava les meubles à l'eau et au vinaigre avant de les cirer ; elle lava toutes les porcelaines et vida tous les tiroirs ; elle ôta la poussière sur chaque livre de la bibliothèque.

A la fin, son dos lui était tellement douloureux qu'elle eut du mal à se redresser, mais de son épuisement même, elle tirait une intense satisfaction. Trompée, bafouée, méprisée et humiliée, elle se sentait fière de sa force et de sa volonté de vivre.

Puis, n'ayant plus la force de nettoyer, la frénésie s'estompa et revint la lassitude. L'après-midi, elle emmena

422

Hank dans un square et s'assit sur un banc à le regarder jouer. Il y avait là d'autres femmes qui gardaient des enfants, mais elle n'eut aucune envie de leur adresser la parole. Elle avait l'impression que sa solitude devait être aussi visible que l'auréole des saints sur les images pieuses.

Elle aurait tant voulu parler à une femme ! Mais ni à Angelique ni à Leah. Ces derniers jours, elle avait beaucoup pensé à Florence. Les yeux mi-clos, tout en surveillant l'enfant de Freddy qui jouait avec son seau et sa pelle, elle voyait défiler d'autres images devant ses yeux, des images d'un temps qui, curieusement, lui semblait à présent paré des couleurs de l'enchantement.

Florence entre dans la chambre de Hennie, se campe devant le miroir et lisse les plis de sa première robe de soirée. Florence vient la réveiller à minuit avec un plateau de petits fours qu'elle a chipés pendant la fête : il y en a au chocolat et à la fraise. Avant cela, bien avant cela, Florence et Hennie ont été grondées et punies. Elles s'enferment dans leur chambre et pleurent ensemble. Et puis, plus récemment : la naissance de Paul. Après que le bébé eut été emmailloté, Hennie est la première à le tenir dans ses bras.

— Il te ressemble, dit-elle à Florence.

C'était vrai, et il n'a pas changé. Son calme, cette allure patricienne, il les tient de sa mère.

A son retour, comment expliquera-t-elle à Paul ce qui s'est passé dans sa « deuxième famille », comme il se plaît à l'appeler ? Et que dira-t-elle à Freddy ? Il sera bouleversé. Anéanti.

Il vaut mieux ne jamais aimer ! Si elle n'avait pas aimé Dan, elle ne se trouverait pas là, assise sur un banc au milieu des pigeons, du vacarme de la circulation et de ces promeneurs indifférents. Si elle n'avait pas été blessée... elle se sentait soudain gauche et ridicule, avec ses mains serrées sur ses genoux.


Vint l'été. La ville se liquéfiait sous un soleil de plomb La nuit, les gens dormaient sur les paliers des escaliers de secours, à côté de bougies à la citronnelle pour éloigner les moustiques. Parfois, en se penchant à la fenêtre, Hennie apercevait un homme ou une femme solitaire qui veillait tard, assis à un balcon, le regard perdu dans l'obscurité.

Parfois, en début de soirée, elle prenait l'autobus qui remontait la 5e Avenue. De l'autre côté de l'Hudson, quelques lumières scintillaient. Elle imaginait l'humidité parfumée qui devait régner là-bas, au milieu des arbres. Elle voyageait jusqu'au terminus puis faisait le chemin en sens inverse.

Il faisait toujours nuit noire lors du trajet de retour ; de jeunes couples étaient assis, serrés l'un contre l'autre, partageant une écharpe ou un chandail jeté sur les épaules ; entre eux, nulle solitude. Que savaient-ils de la vie ? Elle les considérait avec un mélange de dédain et de pitié. Heureusement pour eux, ils ne pouvaient voir leur avenir ! Un jour, elle eut envie de prévenir la jeune fille dont la tête reposait de façon si tendre sur l'épaule de son compagnon, de lui tapoter le bras, et de lui dire... de lui dire quoi, au fait ?

Un soir, au retour d'une de ces promenades, elle trouva son frère qui l'attendait chez elle.

— Quelle chaleur ! dit-il en s'éventant avec un journal.

Avec son faux col rigide et son canotier (Decoration Day étant passé, il avait abandonné son habituel melon noir), il arrivait visiblement du bureau.

— Quelle chaleur ! Tu as l'air épuisée, Hennie.

— Non, ça va.

Elle n'avait aucune envie d'être plainte.

— Je viens de faire un tour en autobus. Comment se fait-il que tu ne sois pas à la campagne ?

— Nous partons vendredi, dès que Meg aura fini l'école. Hennie, combien de temps encore vas-tu rester comme ça ? Tout le monde s'inquiète tellement à ton sujet.

— Il n'y a aucune raison. Je vais très bien, je te l'ai dit.

— Vas-tu demander le divorce ?

— Il n'existe aucun motif légitime. Et de toute façon, je n'ai aucune envie de me livrer à toutes les démarches.

— Alors est-ce que vous comptez revivre ensemble un jour ?

— Non, jamais.

— Je n'y comprends rien ! s'exclama Alfie en levant les bras au ciel. Qu'est-ce que c'est que toute cette histoire ? Si j'en savais un peu plus long, je pourrais peut-être arranger les choses entre toi et Dan. Plus personne ne se parle, ajouta-t-il d'un air désespéré. Et puis cette vieille brouille entre Florence et toi ! Je ne comprends pas, Emily et moi nous ne nous disputons jamais avec personne !

— Comment va Emily ? Et Meg ?

— Emily va bien. Elle est en train d'emballer les affaires pour l'été. Et Meg rafle tous les prix à l'école. Ce n'est pas de moi qu'elle tient ça, en tout cas.

Hennie sourit.

— Non, ça c'est sûr. Embrasse-les de ma part. Cela fait si longtemps que je ne les ai pas vues. Que je n'ai vu personne, ajouta-t-elle dans un murmure.

— C'est justement de ça que je suis venu te parler. Nous aimerions que tu viennes passer une semaine à la campagne avec nous. Te détendre, te reposer. Emmène Leah et le bébé, bien sûr. Ça vous fera du bien à tous les trois.

Ah, la bonne humeur qui régnera là-bas ! Il lui faudra aller faire des promenades, voir le nouveau poulain, jouer au croquet et assister à des dîners de famille... Elle secoua la tête pour signifier son refus.

— J'insiste, dit Alfie. Viens donc passer là-bas le 4 juillet*. Tu n'as jamais vu de fête et de défilé dans des petits patelins de campagne. Il y aura une superbe parade. Nous ne serons pas très nombreux. Il y aura maman, un cousin d'Emily, Thayer Hughes : c'est un professeur d'anglais, qui a perdu sa femme il y a quelques années. Un très chic type. Il vient toujours pour le 4 juillet. Et puis Ben Marcus sera là aussi : c'est un jeune avocat ; il ne travaille pas dans ma société, mais j'ai traité quelques affaires immobilières avec

* Fête nationale américaine (*NdT*).

lui et nous sommes devenus amis ; il viendra voir s'il y a des propriétés à vendre dans la région.

Alfie faisait montre de beaucoup d'enthousiasme pour tenter de convaincre Hennie.

— Oui, c'est un jeune garçon très brillant. Il a eu un ulcère à l'estomac, alors il a été réformé pour l'armée. Je crois qu'il en a été très humilié. Bon, alors c'est d'accord pour le 4. Je vous y emmènerai, vous ne serez pas obligées de prendre le train avec toutes les affaires du bébé.


— Oh, quelle belle voiture ! s'écria Leah. C'est une Pierce-Arrow, non ?

Pour le voyage, Leah avait revêtu un splendide cache-poussière tout neuf, serré un foulard autour de ses cheveux et chaussé d'énormes lunettes d'automobiliste. Elle s'émerveillait de tout et, au grand désagrément d'Angelique, ne cessait de se tourner de tous côtés pour montrer à Hank les merveilles de la voiture.

— Tiens, Hank, tu vois, là, ces boutons-pression ?

Elle lui montrait les rideaux de pluie en celluloïd.

— Tu peux les fermer quand il pleut et comme ça tu restes bien au sec !

La voiture monta en cahotant sur le ferry-boat. Les machines se mirent à gronder et le navire entama sa traversée de l'Hudson. Devant s'étendait le rivage de Jersey, légèrement bombé comme une carapace de tortue et, comme elle, tacheté de brun et de vert. Alfie et Ben Marcus sortirent de la voiture et allèrent s'installer à la proue.

— Je sors aussi, dit Leah.

— Attention, il y a du vent ! prévint Angelique. Regarde comme leurs manteaux sont gonflés.

— Tant mieux, j'adore le vent !

— Dans ce cas, laisse-nous Hank. C'est dangereux de le tenir comme ça près du bastingage.

Et lorsque Leah eut quitté la voiture, elle ajouta à l'adresse de Hennie :

— Cette fille est incapable de tenir en place plus de deux minutes d'affilée.

A l'avant du bateau, les deux hommes s'écartèrent pour lui faire de la place entre eux. Le vent qui soufflait fort souleva sa jupe, laissant apparaître l'espace d'un instant la blancheur d'une cuisse gainée de soie.

— On voit bien qu'elle ne lui est pas indifférente! dit Angelique.

— Maman! Tu ne veux quand même pas dire que ce jeune homme...

— Mais bien sûr que si! C'est un finaud!

— C'est vrai qu'il a un peu une tête de renard malin.

Ben Marcus avait un visage pointu, taillé en lame de couteau; quant à ses cheveux, ses cils et ses sourcils, ils étaient d'un roux flamboyant. Il avait en outre un regard pétillant, plutôt agréable, et semblait toujours prêt à rire.

— Mais Leah est mariée, grommela Angelique. Cela devrait suffire à le décourager.

— Mais que vas-tu chercher là? Moi je suis soulagée de la voir un peu joyeuse. Elle se fait tellement de souci pour Freddy, la pauvre petite.

Finalement, maman ne pense qu'à ça, se dit Hennie; mais elle s'étoufferait d'indignation si je le lui disais.

— Tu penses toujours du mal de Leah, poursuivit Hennie. Mais enfin regarde comme elle est belle, vivante, joyeuse.

Tournant le dos au fleuve, appuyée au bastingage, Leah parlait avec animation; elle bougeait les mains avec grâce tout en racontant une histoire qui devait être drôle, car les deux hommes riaient.

— Je te l'ai toujours dit : je ne la trouve pas véritablement jolie; mais elle ne passe pas inaperçue, on la remarque, je l'admets tout à fait.

Du côté de Jersey, le ciel semblait plus grand. D'énormes nuages de coton blanc filaient vers l'ouest, parallèlement à eux, tandis qu'ils franchissaient en voiture les rivières ou traversaient les petites villes toutes semblables.

427

Après une heure de voyage à travers la campagne, ils approchaient du chef-lieu du comté. La route s'était élargie ; de grands ormes la bordaient, formant au-dessus d'eux un toit vert sombre. Les fermes firent place aux grandes propriétés ; à travers les hautes grilles en fer forgé ou par-dessus les haies soigneusement taillées, on apercevait des allées sablées, des écuries, des remises et des serres.

La tête de Leah ne cessait de pivoter de droite à gauche.

— Celle-là, à droite, c'est une copie de Hampton Court ; c'est Paul qui nous l'avait dit, je m'en souviens. Et dis-moi, oncle Alfie, cette maison, là, sur la colline, est-ce que ça n'est pas celle de Rowell Evans ?

Ben se pencha pour apercevoir la maison.

— L'Evans des chemins de fer ?

— Oui, dit Alfie, il élève des vaches Guernesey, des bêtes à concours ; c'est son violon d'Ingres.

Le chef-lieu était mignonnement serré autour de son esplanade du XVIII\ :e\ :siècle. Tout autour, les boutiques attiraient la foule des après-midi de fête.

Après avoir traversé la bourgade, ils grimpèrent une côte, dépassant une voiture arrêtée sur le bas-côté. Le chauffeur avait laissé une caisse à outils ouverte sur le capot ; les outils, un démonte-pneu, des rustines et une pelle à manche repliable, étaient posés sur le sol.

— C'est une Winston, dit Leah.

— Mais enfin comment sais-tu cela ? s'exclama Alfie. Tu connaissais la marque de cette voiture, toi, Ben ?

— Je n'y connais rien en voitures, répondit Ben. En vivant à New York, on n'en a pas vraiment besoin.

— C'est vrai, concéda Leah, mais j'aime bien les voitures quand même.

— Notre homme a de sérieux ennuis, fit remarquer Alfie. Quatre pneus à plat ! Ce ne serait déjà pas facile de grimper la côte avec un seul pneu crevé...

— Il descendait, objecta Angelique.

— Non, il montait, rétorqua Leah. C'est une vieille voiture. Sur ces vieux modèles l'essence arrive dans le carburateur par gravité, et avec une pente aussi raide, il n'aurait pas pu démarrer, alors il l'a tournée de l'autre côté.

— Mais comment savez-vous tout ça ? demanda Ben Marcus curieux.

— C'est mon cousin Paul qui m'a expliqué ça un jour.

— C'est incroyable ! lança Alfie par-dessus son épaule. Tu as une mémoire d'éléphant, Leah.

Et, se tournant vers Ben :

— Elle est calée, hein, notre jeune dame !

Alfie n'avait pas menti : il y eut une superbe parade pour le 4 juillet. Toute la ville et les gens des environs s'y étaient donné rendez-vous. On vit défiler en costumes de la guerre d'Indépendance les volontaires des milices, les *minutemen*, des chars tirés par des chevaux, et l'on vit George Washington traverser la Delaware. Il y avait Betsy Ross et Patrick Henry, et sur une lente charrette se tenait l'Oncle Sam en personne avec sa barbiche blanche et son chapeau haut de forme ; à ses côtés, drapée de rouge, de blanc et de bleu, une vivante statue de la Liberté brandissait à bout de bras un calicot appelant à acheter les bons de la liberté. Les rayons des roues de la charrette étaient décorés de marguerites, de coquelicots et de bleuets, tandis que le soleil accrochait des reflets d'or aux tricornes des valeureux guerriers qui l'escortaient.

Comme tout cela est loin de l'horreur des tranchées, son geait Hennie. Et un frisson la parcourut, comme si, sous ce chaud soleil de juillet, elle avait avalé d'un trait un grand verre d'eau glacée.

A côté d'elle, le petit Hank, juché sur les épaules de Ben Marcus, écarquillait de grands yeux ébahis. Le petit garçon avait tout de suite adopté le nouveau venu. Rien de plus normal, se dit Hennie, il a besoin d'une présence masculine. Était-il affecté par l'absence de Dan, qui n'était plus là pour lui lire des histoires avant d'aller au lit, ou le matin à l'heure des flocons d'avoine ?

— Vous pensez à votre fils.

C'était la voix de Thayer Hughes, qui depuis un moment se tenait à ses côtés.

— Oui, oui, aussi.

— Drapeaux, tambours et chants patriotiques... Je suppose que c'est nécessaire.

— Admettons.

— C'est votre fils unique?

— Oui, je n'ai qu'un enfant. A mon grand regret.

— Moi, je n'en ai aucun, et ma femme est morte. Je me dis parfois que la solitude est une maladie.

— Ce n'est pas la plus mauvaise façon d'envisager les choses.

— Votre mari et vous, vous êtes séparés, n'est-ce pas? Emily m'a dit quelque chose comme ça.

A n'en pas douter, elle avait dû dire «quelque chose comme ça».

— Oui, séparés.

Elle n'avait pas été choquée, comme elle aurait pu l'être si quelqu'un d'autre s'était permis cette intrusion dans sa vie privée. Car l'homme était courtois, aussi courtois et distingué que sa cousine Emily. Dès le premier coup d'œil, elle s'était dit avec un certain amusement que l'homme avait tout à fait l'allure du professeur tel qu'on se l'imagine : grand, mince, un peu voûté, et vêtu d'une belle veste de tweed. Une chevelure épaisse, qu'éclairaient çà et là quelques fils d'argent et qui aurait eu besoin de quelques coups de ciseaux, encadrait un visage serein qui n'était pas sans rappeler celui d'Emily, avec en plus un air de virile autorité.

— Cela vous choque, que nous soyons séparés? lui demanda-t-elle.

Thayer sourit.

— Non, non, pas du tout. Ce sont des préjugés de petits bourgeois.

Hennie sourit intérieurement : l'homme était évidemment trop bien élevé pour dire : je suis, nous sommes tous, de grands bourgeois. Elle se dit que cet homme déplairait certainement à Dan, mais elle ne pouvait s'empêcher de le trouver agréable.

Tandis que le défilé disparaissait derrière le bâtiment des pompiers, il lui demanda :

— Voulez-vous venir faire un brin de promenade ? Il fait beau.

— Volontiers.

Et Meg annonça qu'elle irait avec eux.

— Il va pleuvoir des cordes avant peu, annonça Alfie, regardez ces gros nuages d'orage.

— Ils ne crèveront pas avant plusieurs heures, rétorqua Thayer. Nous serons de retour bien avant.

Tandis que les autres rentraient à la maison, Hennie, Thayer et Meg s'éloignèrent dans une autre direction.

— On va traverser la grand-route et prendre cette allée, dit Meg en prenant la tête ; ça nous mènera au bout de notre propriété et vous pourrez voir les cinquante hectares que papa vient d'acheter.

En longeant les jardins potagers, Meg leur indiquait les plantations : ici les fraisiers, là les plumes délicates des asperges ; à gauche une treille et les framboisiers à droite.

Hennie s'immobilisa.

— Comme tout est tranquille, ici, murmura-t-elle.

Thayer leva les yeux vers le ciel.

— J'ai bien peur que ce ne soit le calme avant la tempête. Je me suis trompé dans mes prévisions.

Le ciel était devenu gris foncé. De gros nuages surgis de nulle part fonçaient à l'assaut du dernier carré de bleu qui rétrécissait à vue d'œil.

— C'est si beau, pourtant. J'ai vécu en ville toute ma vie, et ces paysages me bouleversent.

— Un sentiment ancestral, dit Thayer en souriant. C'est peut-être l'écho lointain des plantations louisianaises.

— Oh, non, pas du tout ! Ça ne m'a jamais attiré !

Hennie cueillit une poignée de baies, de petites boules rose pâle veinées de bleu sombre.

— La peau est si fine : on dirait des oignons.

— Ce sont des groseilles à maquereau, dit Meg. C'est très acide, moi je trouve que ça n'est bon qu'en confiture.

Avec autorité, Meg leur faisait les honneurs de son domaine.

— Il y a quelque chose de touchant dans la manière dont elle nous guide, murmura Hennie à Thayer.

— Vous aussi, vous ressentez cela? Mais, oui... je comprends.

— Pourquoi dites-vous ça?

— Parce que vous avez l'air très douce. Aussi douce que Meg.

— Alors vous êtes probablement «doux» vous-même.

Il sourit, sans répondre.

Meg revint sur ses pas.

— Je sais traire les vaches, maintenant, tu sais. Vous voulez venir à l'étable? Il y a deux autres veaux qui viennent de naître.

Ils allèrent donc caresser le museau rose des vaches et observer les veaux qui tétaient. Au sortir de l'étable, le ciel était parcouru d'éclairs effrayants; le tonnerre grondait.

— Papa avait raison! s'écria Meg. Il va falloir courir.

Retroussant sa jupe jusqu'aux genoux, elle quitta l'allée et se dirigea vers la maison en prenant un raccourci à travers champs.

Hennie reçut dans les yeux une volée de sable soulevée par une bourrasque violente et soudaine. Retournées par le vent, les feuilles des arbres offraient à la vue leur côté plus pâle; les branches giflaient l'air tandis que les premières gouttes de pluie vinrent s'écraser sur le sol.

— Plus vite! lança Meg qui était déjà bien en avant d'eux. Il va pleuvoir des cordes!

Mais la maison était encore loin. Hennie accrocha sa robe dans des ronces, et en cherchant à se dégager, elle la déchira; elle perdit une chaussure.

— Continue, Meg, ne m'attends pas!

Les éclairs zébraient le ciel d'étoupe noire que le fracas du tonnerre semblait vouloir déchirer.

— Pas sous un arbre! cria Thayer en tirant Hennie par le bras.

— Il ne faut jamais s'abriter sous un arbre, c'est dangereux ! Tenez, là-bas, on peut s'abriter dans cette maison !

Une maisonnette délabrée se trouvait en effet un peu plus loin, à moitié dissimulée par les bouquets d'arbustes.

La «maison» était de forme octogonale, et deux de ses côtés étaient ouverts aux vents ; le toit, en revanche, était sain et offrait un abri contre la pluie qui giflait à présent avec violence le paysage alentour.

— Désolée de vous avoir retardé, s'excusa Hennie. Vous auriez dû continuer avec Meg.

— Pas du tout. Il n'en était même pas question.

— C'est à cause de ces chaussures, impossible de courir avec ça !

Elle s'essuya le front, reprit haleine et, ressentant brusquement une certaine gêne, poussa un long soupir. On se serait cru dans une maison de poupée ou dans une hutte d'Indiens construite par des enfants.

Au bout d'une ou deux minutes de silence, elle éprouva le besoin de dire quelque chose.

— Alfie parle de restaurer cette maisonnette. Cela ferait un endroit agréable pour venir lire tranquillement, vous ne trouvez pas ?

Les roulements de tambour de la pluie sur le toit étouffaient sa voix, en sorte qu'elle dut répéter sa phrase.

— Oui, oui, très agréable. Vous lisez beaucoup ?

— Je ne sais pas ce que vous appelez beaucoup. En ce moment, je suis en train de lire *Sister Carrie*, de Theodore Dreiser.

— Ah bon ? dit Thayer en levant un sourcil surpris. Un livre interdit ?

— Je sais. On l'a taxé de pornographie.

— J'imagine que ma cousine Emily ne sait pas que vous avez amené un tel livre chez elle.

Dan trouvait Emily délurée. Son cousin, lui, évoque sa pruderie. Lequel a raison ?

— Maintenant que j'y pense, ajouta Thayer d'un air malicieux, je n'ai jamais vu aucun livre dans cette maison, sauf la Bible et Omar Khayyam, sur la table basse du salon. Mais il est vrai qu'aux États-Unis, on trouve ces deux livres dans chaque foyer. C'est d'ailleurs drôle de les trouver côte à côte. Les gens, eux, ne doivent pas saisir l'ironie. Ainsi, vous lisez *Sister Carrie*! Qu'en pensez-vous?

— Je ressens à la fois de la tristesse et de la compassion. Cela montre bien que la vie d'une femme peut être très, très dure. Et cruelle.

L'homme la regarda un moment avant de répondre.

— Vous étiez très belle en prononçant ces derniers mots.

La pluie faisait un tel vacarme sur le toit que Hennie n'était pas bien sûre d'avoir entendu; elle ne répondit pas.

— Je vous ai dit que vous étiez très belle.

— Merci.

Elle se sentait gauche et gênée, comme une adolescente timide qui reçoit son premier compliment.

— Vous ne devriez pas vivre dans un tel vide, lui dit-il ensuite. Vous êtes vivante, mais vous semblez vous être retirée de la vie et cela se voit.

Elle se figea. Elle avait envie de lui dire qu'elle le savait parfaitement, et qu'elle préférerait qu'il la laisse tranquille, mais les mots ne vinrent pas à ses lèvres, tandis que la voix de l'homme se rapprochait.

— Je vous ai dit tout à l'heure que la solitude était une maladie, mais le remède est à portée de la main, vous savez.

Un terrible coup de tonnerre ébranla le ciel et la terre; le petit toit lui-même trembla comme s'il allait s'effondrer. Hennie remonta le col de sa veste et ferma les yeux.

Soudain, elle sentit ses mains sur ses épaules. Il lui fit faire demi-tour et elle ouvrit les yeux. Il l'attirait contre lui, la serrait contre son corps. Instantanément, elle retrouva un vertige familier; c'était donc aussi simple! Et en l'espace d'une seconde, elle comprit combien lui manquait cet emportement du désir, combien lui manquait le corps d'un homme contre le sien. Elle se serra contre lui... Il prit sa bouche. Le visage de l'homme exhalait un doux parfum, mélange d'eau de Cologne et de tabac à pipe. Pendant un long, un

434

très long moment, ils demeurèrent ainsi pressés l'un contre l'autre.

Et puis, soudain, une pensée la força à relâcher son étreinte.

— Non... pas ici !

— Bien sûr que non, pas ici. Il n'y a pas la place. Mais demain, je trouverai quelque chose.

La pensée prenait forme en elle, l'envahissait : la peur. Partagée entre le désir et la crainte, effrayée par ce qu'elle sentait vibrer en elle... elle trouva la force de murmurer :

— Oh, non... je ne voulais pas dire... ça !

Les yeux de l'homme pétillaient d'ironie.

— Tut, tut, tut... pourquoi vous débattre ainsi, Hennie ? Ne feignez pas une indignation de pure convenance. Je sais que vous n'avez pas détesté cet instant.

Il avait raison : il eût été absurde de s'indigner. Mais à la vérité, elle n'était pas tant indignée qu'effrayée.

— Mais je ne le ferai pas, dit-elle.

— Pourquoi pas ?

— Je ne sais pas, dit-elle d'un air songeur.

— Moi je vais vous le dire. A cause de plusieurs millénaires de morale juive. Oh, ne vous sentez pas insultée : je ne suis nullement antisémite ! Mais il s'agit quand même de morale juive. C'est votre peuple qui l'a inventée.

— Je n'y peux rien, murmura-t-elle.

— Pensez-vous toujours que vous « appartenez » à votre mari ?

La colère s'empara d'elle.

— Je ne veux pas parler de ça ! Cela me regarde !

Il inclina la tête.

— Vous avez raison. Je vous prie de m'excuser.

En rougissant, il se tourna pour observer la pluie. Elle comprit que son refus l'avait humilié. Que pensait-il d'elle ? Qu'elle était stupide ? Je n'aurais jamais cru ça de lui, se dit-elle. Il n'avait pas l'air du genre d'homme qui... mais quelle bêtise ! A quoi peut ressembler « ce genre d'homme » ?

435

Et elle se dit que même la jeune Leah devait en savoir plus qu'elle sur la vie.

L'orage s'éloignait à présent ; il tombait encore une petite pluie fine, mais de grosses gouttes descendues du toit s'écrasaient encore devant la maisonnette. Il ne leur restait plus qu'à se séparer le plus vite possible.

— Si vous êtes prête, nous pourrions courir jusqu'à la maison, dit Thayer le plus naturellement qu'il put. Je peux vous donner ma veste pour vous couvrir la tête.

— Non, non, je vous remercie.

Et puis, sans un mot, ils se mirent à courir dans le champ détrempé.

Hennie était allongée dans la grande baignoire ; une légère vapeur se répandait dans la pièce, chargée des senteurs délicates de géranium, les sels de bain d'Emily. Elle étendit les jambes, sortit de l'eau des orteils aux ongles vernissés de rouge sombre. Contrairement aux femmes qui avaient eu beaucoup d'enfants, son ventre était plat, et à la différence de celles qui avaient beaucoup allaité, ses seins étaient hauts et fermes. Son corps était jeune... mais sa jeunesse était perdue.

Elle sortit du bain et s'habilla pour le dîner. La dernière fois qu'elle avait occupé cette chambre, elle regardait Dan batailler avec un faux col devant le grand miroir, pestant contre l'idiotie d'avoir à s'habiller simplement pour aller manger. En se regardant à présent dans ce même miroir, elle se dit qu'elle aimerait bien que Dan sût ce qui lui était arrivé cet après-midi.

C'était donc aussi facile que cela ! Nul besoin de chercher un homme bien loin : il suffisait d'être attirante.

Vous êtes une femme adorable, lui avait-il dit, ou quelque chose comme ça. Peut-être n'était-ce qu'un badinage amoureux qui lui était habituel, mais il n'aurait pas joué à ce petit jeu s'il ne l'avait pas trouvée attirante. Elle s'examina dans le miroir avec plus d'attention. Décidément, elle avait meilleure allure. Était-ce à cause de ces quelques jours de soleil et de bon lait frais, ou bien... Ou bien était-ce à cause de ce qui s'était passé cet après-midi que ses yeux étaient si éclatants ?

Tes yeux en forme de feuille, disait Dan. Comme des feuilles d'automne. Au diable ce que disait Dan ! Elle était parfaitement capable de le voir par elle-même ! Mais il était tout de même agaçant qu'il ne sût pas qu'elle aussi était parfaitement capable de faire ce que lui avait fait.

Mais pourquoi avait-elle refusé d'aller jusqu'au bout ? Des millénaires de morale, avait-il dit. Elle rit. Oui, cinq mille ans, Thayer. Était-ce donc la raison ? Peut-être. En tout cas en partie. Et pour le reste ? Oh, au diable le reste... !

Elle devait se souvenir par la suite des moindres détails de cette soirée. La soupe de champignons avait été trop épaisse ; les asperges, en revanche, dont Alfie était très fier, avaient été parfaites, ainsi que les framboises dont il se montrait aussi extrêmement fier. Le nouveau papier peint de la salle à manger était bleu, surchargé d'arabesques et de médaillons ; Leah, qui ne jurait que par Syrie Maugham et la mode du blanc, ne devait sûrement pas le trouver à son goût.

Après le dîner on roula les tapis du salon : Alfie et Emily prenaient en effet des leçons de danse et entendaient pratiquer souvent. Meg se chargeait de remonter le gramophone.

Hennie se sentait d'humeur joyeuse. Elle observa les figures compliquées d'Alfie et d'Emily, et Ben et Leah qui dansaient un turkey trot endiablé. L'œil aiguisé, comme si soudain elle se mettait à nouveau à observer les gens autour d'elle, elle remarqua à quel point Ben était propre et soigné ; quand il riait, il découvrait deux rangées de dents parfaitement blanches et régulières. Décidément, ce garçon-là lui plaisait bien.

Thayer Hughes, lui, était assis sur un canapé à l'autre bout de la pièce, en compagnie d'Angelique, manifestant clairement qu'il n'entendait pas danser et comptait se tenir à l'écart de Hennie. Les jambes élégamment croisées, il inclinait respectueusement la tête vers Angelique. Celle-ci devait être charmée de l'attention dont elle était l'objet. Elle n'avait sûrement pas décelé l'ironie qui perçait sous l'affabilité de Thayer, non plus que le secret dédain qui semblait impliquer qu'au fond, rien n'avait d'importance.

Et pourtant, malgré sa brièveté, cette étreinte sensuelle avait été un ravissement : il lui semblait sentir encore contre elle la chaleur enveloppante de cet homme. Cela était d'autant plus étrange qu'elle savait à présent qu'il ne lui plaisait pas. Cependant, elle lui était redevable de quelque chose.

Alfie et Emily tournoyaient avec infiniment de style. Le visage d'Emily ne semblait pas refléter la moindre expression ; son cousin et elle se composaient-ils un masque d'impassibilité ou était-ce que réellement ils ne ressentaient pas la moindre émotion ? Alfie, lui, qui s'était jeté à corps perdu dans la danse, suait à grosses gouttes. Alfie était un travailleur acharné, et il semblait même faire des efforts quand il s'amusait. Il voulait aussi que les gens autour de lui s'amusent et lui en soient reconnaissants. Pourtant, il était bien agréable de l'observer. Angelique, même elle, tapait du pied en mesure sans s'en rendre compte.

La musique s'arrêta, et Meg, consciencieuse, s'approcha de la pile de disques.

— Et si on mettait un tango, maintenant ?

— Mets plutôt un fox-trot, dit Alfie. J'aimerais bien danser avec Hennie, et si je ne me trompe pas, elle ne sait pas danser le tango.

— Non, dit Hennie, tu ne te trompes pas.

— Bon... est-ce que tu t'amuses bien ? lui demanda-t-il.

Et avant qu'elle ait pu répondre, il lui affirma que c'était certainement le cas car il retrouvait la Hennie qu'il avait connue autrefois.

— Tu aimes bien ce tableau au-dessus du canapé ?

demanda-t-il. C'est un Braque. C'est Paul qui m'a conseillé de l'acheter.

Hennie l'observa un instant.

— Je ne connais pas grand-chose en peinture, mais ça me semble intéressant.

— Eh bien ni moi ni Emily n'aimons ça, mais c'est un peintre déjà connu et c'est un bon investissement. Au fait, Hennie, je ne le dirais à personne d'autre, mais à toi je peux le dire : je gagne des montagnes d'argent avec le petit tube de Dan. La société ne peut même pas assurer toutes les commandes.

— C'est l'argent de la guerre, Alfie.

— D'accord, mais sais-tu combien de sous-marins allemands ont été envoyés par le fond grâce à ce détecteur d'ondes radio ?

Des hommes privés d'air suffoquent, étouffent, hurlent d'horreur. La coque se fend, explose, l'engin s'enfonce dans les profondeurs. Deux à trois kilomètres sous la surface... Hennie frissonna.

— Je sais à quoi tu penses, Hennie, mais les loups se dévorent entre eux. C'est eux ou nous.

— Ce devrait n'être personne.

— Oui, le jour où les hommes auront des ailes ! Bon, d'accord, n'en parlons plus ! Alors, que penses-tu de notre ami Ben ?

— C'est un garçon agréable. Et il a l'air honnête.

— Figure-toi que son jeune frère était à Yale avec Freddy. Il se souvient de lui, il l'a rencontré une ou deux fois en compagnie de son frère. Je l'aime bien, je me sens bien avec lui. Malheureusement, je ne peux pas le présenter partout : il est un peu trop juif, ça n'irait pas avec tout le monde, si tu vois ce que je veux dire.

Une boule d'angoisse se forma soudain dans la gorge de Hennie.

— Non, je ne suis pas sûre de très bien comprendre.

— Mais si, voyons ! Il se met un peu trop en avant, il parle un peu trop fort, il porte des cravates voyantes..

439

Et on les reconnaîtra à leurs cravates, songeait-elle avec amertume, sans savoir qui était le plus à plaindre, de Ben Marcus ou d'Alfie.

— Par exemple, ce n'est pas quelqu'un que l'on accepterait au Country Club.

— Mais toi-même tu n'en fais pas partie !

— Je dois y rentrer bientôt. J'ai des amis qui me parrainent. Les préjugés ont la vie dure, mais comme Emily est ma femme...

Hennie n'avait pas le cœur à protester. A quoi bon ? Mais tout de même, songer qu'il allait fréquenter dans un club des gens qui ne voulaient pas de lui !

Puis elle se souvint de l'histoire d'amour entre Freddy et l'aristocratie anglaise. Était-ce là la même attitude de celui qui se sent exclu ? Elle ne le pensait pas : Freddy était trop attaché à sa culture juive pour cela. Dans son cas, il s'agissait plus vraisemblablement d'esthétique, d'admiration pour le raffinement britannique.

Elle songeait donc à Freddy lorsque la sonnerie du téléphone retentit. Alfie décrocha le récepteur. L'air surpris, il annonça à la cantonade : « C'est Dan. »

Il écouta sans mot dire pendant quelques minutes. Meg arrêta le gramophone et tout le monde attendit. Hennie avait la bouche sèche et les mains moites. La gaieté disparut du visage d'Alfie comme la mer se retire à marée basse.

« Les jambes ? l'entendirent-ils dire. Oui. Bon. Je les ramène dès demain matin. Ce soir, on ne peut rien faire. »

Après avoir raccroché, il s'approcha de Hennie et de Leah.

— Freddy a été blessé. A la jambe, ou peut-être aux deux jambes, on ne sait pas.

Leah porta la main à ses lèvres, en un cri silencieux. Hennie, elle, s'efforça, mais en vain, de garder une voix assurée.

— C'est grave ?

— Je ne sais pas.

Si, il sait, se dit Hennie, mais il n'ose pas nous le dire. Il sait.

## 5

Il n'y avait rien à dire. Ils étaient assis sur des bancs à claire-voie, formant un demi-cercle autour de Freddy dans sa chaise roulante. Dan, Leah, Angelique et Hennie se disputaient presque pour lui parler, feignant l'entrain et la bonne humeur tout en évitant de le regarder.

Leurs yeux vagabondaient sur le lierre recouvrant les murs extérieurs de l'hôpital, sur le ballet des infirmières qui bien souvent poussaient devant elles des chaises roulantes sembla bles à celle-ci, leurs yeux se posaient partout sauf sur Freddy

— Pourquoi n'as-tu pas amené Hank aujourd'hui ? demanda-t-il.

Leah se mordit la lèvre inférieure ; cette habitude lui était venue depuis le retour de Freddy.

— Nous nous sommes dit que la dernière fois il t'avait ennuyé. Cela fait un long trajet depuis New York, et il devient vite insupportable quand il n'a pas fait sa sieste

— Comment peux-tu dire qu'il m'ennuie ? La prochaine fois, amène-le ! dit-il avec colère.

Le vent de ces premiers jours d'automne avait dispersé quelques feuilles mortes sur la pelouse. Une infirmière avait apporté une couverture pour recouvrir ce qui restait des jambes de Freddy, mais la couverture de l'armée, vert olive, était si fine qu'elle aurait aussi bien pu être transparente tant elle laissait deviner la forme des deux moignons.

— C'est obscène ! s'écria Freddy, à la grande stupeur de sa famille qui ne comprit pas d'abord de quoi il s'agissait.

A l'autre extrémité de la pelouse, deux équipes de jeunes gens en chaise roulante jouaient au ballon.

— Ils me demandent toujours de jouer avec eux, mais je refuse absolument. Je n'étais pas un athlète quand j'avais mes jambes, alors je ne vois pas pourquoi je commencerais maintenant.

Comme personne ne risquait le moindre commentaire, Freddy poursuivit.

— Vous savez que j'ai reçu une lettre de tante Florence et d'oncle Walter ? Ils vont venir me voir. Quand je pense qu'il faut des circonstances comme ça pour que les gens se retrouvent ! Quelle imbécillité de voir des adultes se comporter en ennemis pour rien du tout ! Mais rien ! Rien du tout ! Des sottises !

Le regard de Dan se perdait au loin au-delà de la pelouse. Il avait les yeux cernés, comme s'il n'avait pas dormi. Ses joues étaient sombres, presque bleues, et Hennie se dit qu'il n'avait pas dû se raser depuis deux jours.

Jamais ils ne s'étaient adressé la parole au cours de ces quelques visites ; Leah et Angelique leur servaient d'écran. Elle n'avait aucune envie de revoir Dan, mais pouvait-elle faire autrement ?

La rancœur la brûlait encore, se vrillait en elle comme une pointe de feu. Il n'y avait aucun moyen d'éteindre ce brasier sourd qui la rongeait.

On aurait pu croire que l'immense douleur qui était la sienne saurait lui faire oublier ces blessures plus anciennes, mais il n'en avait rien été. Au contraire, la douleur s'en était trouvée avivée. Que ressentirait Freddy lorsqu'il saurait ?

Sentant les larmes lui nouer la gorge, Hennie se raidit.

— L'oncle Alfie me charge de te dire qu'ils t'attendent à la campagne dès que... tu iras mieux.

Freddy ignora sa remarque.

— Vous ne m'avez pas parlé de Strudel : il s'entend bien avec Hank ?

Leah et Hennie échangèrent un regard. Ce fut Leah qui répondit.

— Nous avions peur de t'annoncer la nouvelle. Il a attrapé une pneumonie l'année dernière et il en est mort.

— Mais enfin, bon sang, vous ne l'avez pas amené chez un vétérinaire ?

— Si, mais ça n'a servi à rien. C'est si triste.

— Eh bien dans ce cas je veux un autre chien. Un basset, comme lui, brun avec une raie noire jusqu'à la queue.

Irascible comme un enfant, se dit Hennie. Il était si jeune encore, et il avait presque l'air d'un enfant avec ses joues lisses, sans guère de barbe. Et malgré ses terribles épreuves, il n'avait pas pris une ride.

Oh, mon fils, que t'est-il arrivé !

Leah, avec ses yeux cernés, semblait plus âgée et plus meurtrie que lui. Cela n'allait pas être facile pour elle non plus...

Le cœur de Hennie battait violemment, puis ralentissait brusquement ; elle s'en effraya. Il y avait tant à faire ! Il n'était pas question de tomber malade. Elle s'étonnait presque de ne pas éclater en sanglots. Elle avait tant pleuré quand le chien avait été tué ! Mais là, en présence de Freddy, elle parvint à refouler ses larmes.

Lorsqu'elle se trouvait avec lui, elle ne pouvait se résoudre à se lever et à le quitter, mais dans le même temps, elle attendait presque avec impatience que l'heure de la visite fût passée pour pouvoir s'en aller.


La voiture de location les attendait devant l'hôpital. Sans un mot, Leah prit le bras de Hennie. Angelique pleurait dans son mouchoir, et Dan demeurait silencieux, le menton sur la poitrine.

Hennie entendit soudain appeler son nom. Une femme descendait d'une limousine et se dirigeait vers elle. Quelque chose se déchira dans la poitrine de Hennie et elle put enfin éclater en sanglots, tandis que Florence, qui pleurait elle aussi, lui ouvrait les bras...

— Hennie, Hennie, je ne sais pas quoi te dire, murmurait Florence.

Ne dis rien, offre-moi seulement le réconfort de tes bras.

Après un long moment, elles se séparèrent, se regardèrent.

Autour d'elles, les gens allaient et venaient sans un regard : en ce lieu, les larmes étaient devenues chose commune.

Pendant ce temps, les retrouvailles se déroulaient de façon fort civile

Walter étreignit la main de Dan. Et ce dernier, un peu mal à l'aise, lui présenta Leah.

— Vous vous souvenez de Leah...

— Je me souviens d'une délicieuse petite fille.

Puis Angelique eut un moment de faiblesse, et il fallut la conduire à la voiture. Walter ne fut pas mécontent de ce petit intermède, qui venait un peu dissiper la gêne qui menaçait de s'installer.

Walter s'éclaircit la gorge. Aussitôt, Hennie se rappela qu'il faisait toujours ainsi lorsqu'il était ému ; après toutes ces années, ces petits détails lui revenaient, familiers, comme s'ils s'étaient quittés la veille. Ni lui ni Florence n'avaient changé.

— Êtes-vous au moins satisfaits des soins qu'il reçoit ? demanda Walter. Si je peux faire quelque chose, n'hésitez pas à me le demander. J'ai un cousin...

Il corrigea aussitôt, méticuleusement.

— ... enfin, un cousin issu de germain, qui est une sommité en matière de rééducation.

— Je crois qu'ils font tout ce qui peut être fait, répondit Dan. Mais plus tard, il est fort possible que je fasse appel à vous. Il aura certainement besoin qu'on l'aide.

Walter s'éclaircit à nouveau la gorge.

— C'est terrible. Quand nous avons appris la nouvelle, nous avons ressenti... c'était effroyable, il n'y a pas de mots pour cela.

Il ôta ses lunettes et se mit à les essuyer.

— Paul est encore là-bas, vous savez.

— Je sais. Nous... je pense sans cesse à lui.

— Et lui aussi il pense à vous. Il disait toujours...

Soudain embarrassé, Walter laissa sa phrase en suspens.

— Oh, quelle guerre horrible ! s'écria Florence. Paul nous écrit que... mais je ne vais pas vous accabler encore avec des histoires de guerre.

Elle prit la main de Hennie.

— Je voudrais... je voudrais que nous revenions en arrière, que tout recommence à zéro. Mais différemment. Nous voudrions vous aider. Mais nous ne savons pas très bien quoi faire. Vous viendrez nous voir, n'est-ce pas ? Toi et...

Mais elle ne dit pas « Dan ». Donc elle savait : Angelique lui avait tout raconté, bien sûr.

— Oui, Leah et moi nous viendrons.

— Pouvons-nous aller voir Freddy maintenant ?

— Il vous attend, dit Dan.

— Nous lui avons apporté quelques livres, annonça Walter. Des romans, des choses légères. Et aussi des biscuits. J'imagine que la nourriture ne doit pas être très bonne ici.

Florence caressa la joue de sa sœur.

— Tu sauras faire face, tu as toujours été forte. Et Dieu t'aidera.

— Dieu ! s'exclama Hennie. A quoi a-t-il servi ? Où sont donc l'amour et la compassion dont il est censé faire preuve envers l'humanité ?

Le ton devenait souvent véhément, comme si jusque-là elle avait oublié où elle se trouvait et ce qu'elle était venue y faire. Le sol se déroba sous ses pieds. Leah et Florence durent la soutenir. Elle entendit alors la voix de Dan.

— Ne perds pas ta foi, Hennie. C'est maintenant que tu en as besoin.

Alors que lui-même était parfaitement incroyant ! Elle leva les yeux, croyant trouver sur son visage une expression ironique. Elle n'y lut que tendresse et pitié.

Elle détourna alors le regard, et, aidée de Leah, monta dans la voiture.


Dan courait presque le long des rues. Une odeur de pierre montait de la rue que les balayeurs venaient de nettoyer à grande eau. On livrait le lait ; les sabots des chevaux tintaient contre le pavé et sur la charrette, les bouteilles s'entrechoquaient. Il était tôt.

Il s'était éveillé peu après minuit, après un court sommeil agité. D'où lui était venue l'idée ? d'un de ses cauchemars ? Peu importait, mais elle s'était emparée de lui avec la force brutale d'une évidence indiscutable. Il avait alors fébrilement attendu l'aube, s'était habillé et s'était précipité dehors. Il avait marché longtemps, passant devant des magasins encore fermés, des usines, des ateliers, avant d'arriver dans les rues discrètes où l'on gagnait et où l'on perdait de l'argent, où on l'empruntait et où on le prêtait, dans ces rues où il était roi.

Les bureaux ouvraient à peine leurs portes, mais Dan était persuadé qu'Alfie serait là : il avait l'habitude de se lever tôt. Il regarda à nouveau l'adresse qu'il avait griffonnée sur un morceau de papier. C'était bien là. De l'autre côté de la rue, un immeuble de vingt étages. Alfie se trouvait au neuvième. La façade était recouverte de marbre gris, luisant comme du verre, et les doubles portes étaient en bronze.

En traversant la rue, il aperçut son reflet dans les vitres de la banque. J'ai l'air d'un fou avec ces cheveux en bataille ! Satanés cheveux, ils ne tiennent pas en place. Et puis j'ai oublié de changer de chemise : les poignets sont crasseux Oh, tant pis, Alfie me connaît. Et il m'aime bien.

Derrière le guichet de la réception, la matrone tirée à qua-

446

tre épingles disposait ses crayons pour la journée. Les sourcils en accent circonflexe, la bouche grande ouverte, elle le regarda passer sans oser dire un mot. Assis derrière son grand bureau, Alfie s'entretenait avec un jeune homme. Les pensées défilèrent à toute allure dans l'esprit de Dan : il s'appelle Ben Marcus. Il est venu voir Freddy à l'hôpital. Avocat. Expert-comptable. Affaires avec Alfie. La mémoire de Dan fonctionnait comme un jouet mécanique.

Alfie se leva en le voyant entrer. Bouleversé.

— Dan ! Il s'est passé quelque chose ?

La rage de Dan, contenue depuis minuit, éclata comme une bombe à retardement.

— Je veux l'argent ! Et jusqu'au dernier cent, tu m'entends !

— Mais de quoi parles-tu ? De quel argent ?

— L'argent ! Pour ce machin ! Là... ce truc que tu as vendu, mes brevets, les actions !

Et puis il s'interrompit brusquement.

— Ce n'est pas pour moi. Cet argent est ignoble, c'est pour mon fils. Pour lui, tu comprends ?

Lorsque Ben Marcus alla fermer la porte, il se rendit compte qu'il hurlait comme un possédé.

— Je t'en prie, dit Alfie. Assieds-toi et calme-toi. Je n'y comprends rien, alors je suis prêt à t'écouter.

— Il a perdu ses jambes ! s'écria Dan. Il a perdu ses jambes !

— Je sais.

Et il posa sa main sur celle de Dan. Les ongles soigneusement manucurés se détachaient sur le poignet crasseux de la chemise.

Doucement, Ben demanda s'il pouvait quitter la pièce.

— Je n'ai rien à cacher, lança aussitôt Dan. Je veux que mon fils retire quand même quelque chose de cette guerre ignoble, c'est tout. Quelque chose qui puisse compenser.

Il se prit le visage entre les mains, puis releva la tête.

— Compenser ! Comme si c'était possible !

— Non, ça n'est pas possible, dit doucement Alfie.

447

— Alors, cet argent, tu l'as encore ? Tu ne l'as pas rendu parce que je disais que je n'en voulais pas ?

— Il est placé sur un compte en fidéicommis. Tu ne pensais tout de même pas que j'allais jeter un tel paquet d'actions à la corbeille à papiers ! Oui, cet argent est toujours là, et il y en a même beaucoup plus depuis la dernière fois où nous en avons parlé.

— Ah bon ! Tant que ça ? Suffisamment pour lui permettre de faire vivre sa famille ? L'enfant, Hank, avec un père invalide, je m'inquiète…

Alfie sourit.

— Je dirais même qu'il y a de quoi les faire vivre de façon somptueuse. Et au passage, je t'annonce que le ministère de la Guerre a renouvelé le contrat.

Alfie ne s'était pas départi de son sourire.

C'était une pointe contre lui. Tant pis. Après tout, c'était bien naturel. Il doit savourer son triomphe en me voyant ainsi retourner ma veste. Sauf que je n'ai pas changé. Jamais. C'est pour mon fils. Peu importe d'où vient l'argent.

— Quand puis-je… enfin quand peut-il l'avoir ?

Alfie se tourna vers Ben.

— Demain ? Tu pourrais préparer les papiers aussi vite ?

Ben acquiesça.

— Dès cet après-midi en ce qui me concerne. Les avocats auront peut-être besoin d'un peu plus de temps pour le fidéicommis, et…

— Je ferai activer les choses.

Puis, se tournant à nouveau vers Dan, Alfie expliqua :

— Ben est devenu mon expert-comptable. Et un fabuleux expert, crois-moi. Sa formation juridique le rend redoutable. Par ailleurs, j'ai conservé mon ancien cabinet d'avocats.

Il se leva. Ben Marcus se leva également. On prenait congé de lui. Privilège des gens occupés.

— Tout sera vraiment prêt pour demain, Alfie ?

— Reviens demain en fin d'après-midi. Non, retrouvons-nous plutôt chez l'avocat vers quatre heures. Tu devras peut-être attendre un peu ; j'ai une clôture à une heure et demie que je ne peux pas manquer. Et puis, Dan, maintenant que cet argent va être entre les mains de Freddy, il va falloir rester en relations avec les avocats et avec Ben, ici. Il aura besoin de conseils. J'imagine qu'il ne connaît rien à la gestion financière.

— Il n'a jamais eu d'argent à gérer.

Alfie prit la main de Dan et se mit à la secouer vigoureusement.

— Tu ne peux pas savoir comme je suis content que tu sois revenu à des sentiments un peu plus sensés à propos de tout ça. Dieu sait que j'aimerais que les circonstances soient différentes, mais...

— Oui. Merci, Alfie. Et merci aussi à vous, monsieur Marcus.

— Appelez-moi Ben. Je crois que nous allons nous revoir souvent ces jours-ci.

— Entendu, au revoir, Ben, et merci.

Un visage chaleureux. Un brave garçon. Mais rusé. Comme tous ces gens qui s'occupent d'argent. Qui le font fructifier. C'est leur raison de vivre. Le sang qui coule dans leurs veines.

Dans l'ascenseur, il se sentit soulagé. Il avait le sentiment d'avoir accompli quelque chose de positif, comme s'il avait soigneusement empaqueté un cadeau et fermé le tout d'un joli ruban, étroitement serré.

Dans la rue l'air était frais, agréable. Mais il serait encore plus agréable dans la cour de son école, au milieu des cris d'enfants. Et plus agréable aussi dans son laboratoire, avec le roucoulement des pigeons venus picorer sur l'appui de la fenêtre. Un air plus propre et plus pur que dans ce quartier où l'argent était roi.

Mais enfin, c'était pour Freddy...

Quelques semaines plus tard, chez Hennie...

— Tu verrais ça ! dit Alfie en posant les coudes sur la table de la cuisine. Depuis qu'il est venu récupérer cet argent, il

449

court partout comme un fou. Dis-moi, tu n'aurais pas de quoi faire un sandwich, ou quelque chose ? Je ne suis pas passé chez moi et je meurs de faim. Il m'a fait visiter la maison qu'il veut acheter.

Hennie coupa plusieurs tranches de rôti, du pain et du gâteau aux pommes, tandis qu'Alfie continuait de tenir des propos décousus.

— Tu sais qu'Emily et moi nous serions ravis de les laisser là-bas à la campagne autant qu'ils veulent. La maison est suffisamment grande et le gosse est ravi. Et puis le bon air ferait du bien à Freddy. Mais Dan ne veut pas en entendre parler : il dit qu'il leur faut un endroit à eux.

— C'est ce que je pense aussi, Alfie. Et puis de toute façon, Leah ne pourrait pas venir travailler tous les jours à New York, cela fait trop loin. C'est déjà bien que son patron lui ait permis de s'absenter aussi longtemps, mais ils ont besoin d'elle et si elle veut conserver son travail, il va falloir qu'elle y retourne.

— Elle n'a plus besoin de travailler. Lorsque ton fou furieux de mari a refusé de prendre sa part d'actions, je les ai fait fructifier, et ça a quadruplé en deux ans. Freddy est un homme riche maintenant.

Ces mots n'avaient guère de réalité pour Hennie.

— Où est donc cet appartement ? J'espère qu'il a choisi un rez-de-chaussée sans perron avec des escaliers.

— Pas un appartement. Une maison ! Tu devrais voir ça ! A deux pas de la 5e Avenue, près du musée. Au beau milieu du quartier juif allemand le plus huppé. En dessous, à partir de la 79e, ce ne sont plus que des gentils, bien sûr.

Les mots commençaient à dessiner une réalité.

— Une maison entière ? Une maison privée ?

— Mais oui ! Tu ne m'écoutes pas ? Moi-même je n'en reviens pas. Et pourtant tu sais que je ne suis pas du genre à regarder à la dépense. Mais alors cette maison ! C'est la demeure d'un prince ! Et il va faire installer un ascenseur.

— Combien est-ce qu'elle coûte ?

— La maison ? Tiens-toi bien : vingt-cinq mille dollars !

— Hein ? Je... je ne comprends pas... ces actions, ça représente combien ?

— Un peu plus de cent mille dollars. Et ça n'est pas fini ! ajouta Alfie d'un air triomphant.

Et en mordant dans son sandwich, il guettait du coin de l'œil la réaction de sa sœur.

Hennie, comme tout le monde, avait entendu parler par la presse des fortunes colossales amassées grâce à la guerre. Elle se doutait bien aussi que la plupart de ces fortunes n'avaient pas été divulguées. De gigantesques escroqueries avaient été commises, elle le savait également, mais la plupart avaient été réalisées en toute légalité, car une guerre entraîne des dépenses colossales ; il suffit de produire ce qu'il faut au moment où il faut. Oui, elle savait tout cela, mais elle n'en était pas moins stupéfaite.

Comment ! Toute sa vie, Dan avait travaillé dans une salle de classe plus de six heures par jour, sans compter les corrections de devoirs qu'il faisait à la maison ; tous les matins, qu'il vente ou qu'il pleuve, il se rendait à son école ; le soir, en rentrant, il lui parlait des poêles qui fumaient, des odeurs de bois, de charbon et de laine mouillée ; et tout cela n'avait rien rapporté au regard de ce petit jouet de rien du tout avec lequel il s'amusait dans son laboratoire ! Une pluie d'or !

— Tant que ça ! dit-elle, ébahie.

Alfie se mit à rire.

— Ça n'est pas grand-chose si tu songes à la fortune de Ford, de la Banque Morgan ou de l'US Steel, mais enfin c'est quand même une jolie petite somme. Et le mieux, c'est que ça va continuer une fois la paix revenue. Il va falloir que j'aie une discussion avec Freddy, que je lui explique comment investir cet argent. Écoute, le mois prochain, la clôture des cours, à la Bourse, aura lieu plus tôt, en sorte que quand Dan sera au travail je pourrai te faire visiter la maison ; j'ai les clés, c'est pour qu'on puisse livrer les meubles. Il a déjà commencé à en acheter à droite et à gauche.

— Hein ? Il meuble leur maison sans même demander son avis à Leah ?

451

Alfie haussa les épaules.

— Il veut faire à sa manière. Il dit que si ça ne plaît pas à Leah, elle n'aura qu'à en faire du feu de bois.

Hennie se tenait sur le trottoir, entre Alfie et Angelique, et regardait la maison. Le soleil du matin éclairait vivement la façade de brique et de pierre d'une belle et authentique maison de style fédéral ; le perron était flanqué de deux arbres à feuilles persistantes. Sur la porte, le marteau de cuivre luisait comme de l'or.

Dan avait-il complètement perdu la tête ?

— Attendez d'être à l'intérieur, dit fièrement Alfie, comme si la maison lui appartenait. Elle est en parfait état. Et être aussi près du parc et du musée, ce sera bien agréable pour Freddy.

Il ouvrit la porte. Après le vestibule, une deuxième porte donnait sur un grand salon circulaire dont les murs étaient recouverts de boiseries d'un blond pâle. Le sol était de marbre et les escaliers recouverts de tapis.

— Regardez ces boiseries, elles sont toutes sculptées ! s'exclama Angelique.

— Je vous l'avais bien dit : cette maison est un vrai bijou ! répondit Alfie. Mais allons voir à l'étage.

Au premier étage, les pièces de devant donnaient sur la rue. Les peintres venaient de finir leur travail et les murs étaient d'un beau vert pâle. Un grand piano était disposé devant l'une des trois fenêtres.

— C'est un Steinway, le meilleur piano qui soit, expliqua Alfie. Dan voudrait que Freddy se remette à jouer.

La seule chose que Dan se serait offerte s'il en avait eu les moyens !

Sur le piano, dans une grande jarre de porcelaine, un magnifique gardénia.

— Ce sont les précédents propriétaires qui l'ont laissé là, dit Alfie. Quand ils ont su, pour Freddy, ils ont laissé un certain nombre de choses, notamment le tapis dans l'escalier et un beau meuble vitré dans la bibliothèque. Des gens charmants. Ils ont accéléré leur départ quand ils ont appris à qui était destinée cette maison, mais enfin je crois quand même que le fait que Ben Marcus connaissait leur avocat y a été pour quelque chose. Ben a été parfait et dimanche dernier il a emmené Freddy faire une promenade. Hum… cette plante doit avoir besoin d'eau ; je crois que j'ai vu une boîte ou un seau en bas : je reviens.

Hennie souleva le couvercle du piano et appuya sur l'une des touches. Par la fenêtre, elle aperçut une gouvernante qui accompagnait en promenade deux petites filles vêtues de manteaux en tweed anglais, une bonne d'enfant qui poussait un coûteux landau et des hommes de peine livrant un canapé Chippendale dans l'une des maisons voisines. Dans le quartier comme dans cette maison, il régnait un véritable décorum anglais. Elle avait du mal à en croire ses yeux.

Angelique s'approcha d'elle.

— C'est toi, et non Leah, qui devrais vivre dans cette maison, dit-elle d'un ton indigné. Tu n'as rien eu de toute ta vie…

— Oh, maman, ne recommence pas, je suis fatiguée…

Toute ma vie, elle m'a poursuivie avec cette exaspérante nostalgie du luxe.

— Et tu ne veux toujours pas me dire ce qui s'est passé entre Dan et toi ! Quelle honte de ne même pas vouloir se confier à sa mère !

Alfie venait à peine de revenir avec une carafe d'eau que la cloche de la porte d'entrée retentissait.

— Ce doit être les filles, dit Alfie. Je leur avais dit que nous serions ici.

Et il redescendit pour leur ouvrir.

— Eh bien, je crois qu'il faut remercier Alfie pour tout ça, dit Angelique. En dépit de tout ce qu'il peut faire par ailleurs (comme de se convertir à la religion chrétienne, songea Hennie)… il faut reconnaître que ce garçon a un cœur d'or. Je l'ai toujours dit.

Hennie retourna près du piano. Elle était bouleversée. Plus

453

encore que la maison, ce piano enchanterait Freddy. Enfin, il jouerait de la musique ! Du moins lui restait-il cela ! Du bout des doigts, elle effleura les touches d'ivoire.

Pourtant, il n'y avait nul besoin d'un tel cadre pour jouer de la musique.

Bien sûr, Freddy allait avoir besoin d'argent. Même avec le salaire de Leah, sa pension d'invalide de guerre ne lui permettrait pas de nourrir convenablement sa famille. Mais pourquoi tant de luxe ?

Un babillage de femmes dans l'escalier. Elle reconnut les voix de Florence, d'Emily et de Mimi. Et puis celle d'Angelique :

— Alfie a un cœur d'or !

Si je l'entends encore dire ça une fois, je ne vais plus pouvoir me contenir, songea Hennie.

Dans l'escalier, derrière les femmes, Hennie aperçut deux hommes qui portaient un bureau, eux-mêmes suivis d'un troisième, plus petit, qui semblait leur donner des ordres.

— Le bureau va là-bas ! Et les deux chaises dans le camion vont là aussi. Ainsi que les deux tapisseries à fleurs et l'horloge.

Et tandis que les deux déménageurs redescendaient déjà les marches, il leur cria :

— Trouvez quelque chose pour la fixer, cette horloge, je ne veux plus la voir couchée.

Il se tourna vers les femmes et se présenta.

— Vous êtes la famille, je suppose. Je me présente : M. Scaline, le décorateur. Je n'ai pas eu le plaisir... enfin, M. Roth a tout choisi lui-même, dit-il comme si ce comportement était absolument extraordinaire. Mais monsieur Roth a un goût très sûr, se hâta-t-il d'ajouter devant le regard ébahi de ses interlocutrices. Un goût vraiment excellent. Et je n'ai pas eu le moindre problème avec lui.

— Qui l'aurait cru, venant de Dan ? s'exclama Alfie.

Hennie, elle, n'avait aucun mal à le croire. Les autres jugeaient à partir de sa tenue vestimentaire, souvent négligée, mais elle, elle connaissait son goût et son raffinement.

Deux belles chaises tapissées faisaient à présent leur apparition en haut des marches, en même temps que l'horloge et une table Sheraton. M. Scaline se frappa le front.

— Bon sang, j'avais oublié la lampe ! Parce qu'il y a une lampe qui va dessus, bien sûr. Il faut m'excuser, dit-il d'un air désolé, mais M. Roth a tellement précipité les choses que je me suis senti parfois un peu bousculé. Mais enfin on y arrive, on y arrive.

Les déménageurs installèrent deux grands vases chinois de part et d'autre de l'horloge, sur la cheminée.

Lorsque le décorateur et les déménageurs furent partis, Alfie emmena tout le monde, sauf Hennie, visiter le reste de la maison. Demeurée seule, elle s'assit sur l'une des chaises. Les rayons du soleil faisaient scintiller le parquet, révélant les cercles irréguliers du bois, semblables à des empreintes digitales. La pendule, ornée de deux colonnettes ioniques, se mit à tinter joyeusement, comme pour saluer son arrivée dans sa nouvelle demeure. Cette maison commençait à vivre. Dan avait eu beau dire que si le mobilier ne lui plaisait pas, Leah avait tout le loisir de le passer par la cheminée, Hennie était persuadée que Leah serait sensible à la coûteuse simplicité de la décoration. La maison était magnifiquement installée.

Ce n'en était pas moins une erreur.

Les voix étaient de retour.

— Quelle élégance, Hennie ! s'écria Florence.

Oui, songea Hennie, cette maison était meublée et décorée de façon infiniment plus élégante et raffinée que la sombre maison des Werner à l'ouest de Central Park.

— Et dans une rue splendide ! ajouta Florence avec sincérité, sans la moindre trace d'envie ou de jalousie.

Mimi s'inquiéta de savoir qui allait entretenir une telle maison, deux fois plus grande que son propre appartement.

— Le couple qui travaillait ici du temps des anciens propriétaires va rester, expliqua Alfie. Ils s'appellent M. et Mme Roedling. Ce sont des Suédois. L'homme aidera Freddy à se déplacer, et...

Il s'interrompit pour couler un regard en direction de Hennie.

— ... et il conduira la voiture. Dan a acheté une voiture.

— Il y aura aussi une gouvernante pour Hank, ajouta Emily d'un ton légèrement désapprobateur, puisque Leah ne veut pas cesser de travailler.

— Je lui en ai parlé, dit Alfie, et je crois que Dan l'a fait aussi, mais elle aime son travail. Elle dit qu'elle ne veut pas dépendre de l'argent de Dan.

— Mais c'est l'argent de Freddy, maintenant, corrigea Angelique.

— Bon, d'accord, mais après tout c'est Dan qui l'a gagné, dit Alfie.

Gagné ! songea Hennie. Dan ne s'exprimerait certainement pas de cette façon.

— Tu es bien silencieuse, Hennie, dit Alfie en fronçant les sourcils. Il y a quelque chose qui ne va pas ?

— Je suis souvent silencieuse. Tu ne l'avais pas remarqué ?

— Elle est seulement pensive, dit gentiment Mimi. Je crois qu'il y a de quoi.

Un silence s'installa au milieu du petit groupe, un silence qui semblait faire écho, rendant du même coup la maison plus grande et plus vide. Ce fut Mimi qui rompit le silence.

— On dirait que Paul est parti depuis des siècles.

— Il paraît que la guerre va bientôt se terminer, dit Angelique.

— Oui, ce n'est qu'une question de jours, maintenant, dit Alfie. Bien, et si nous nous en allions, à présent ?

Ils redescendirent l'escalier au tapis rouge, en file indienne, et quittèrent la nouvelle et somptueuse demeure de Freddy.

# 6

Au début du printemps de 1919, par un après-midi venteux, après avoir rendu une première visite à ses parents, Paul se rendit chez Freddy.

Un feu brûlait dans la cheminée de la bibliothèque, nid douillet de bois précieux et de tapis orientaux. Le domestique ayant apporté le nécessaire à thé, ce fut Mimi qui servit. Les petits sandwiches et les gâteaux glacés étaient familiers à Paul : c'étaient les mêmes que l'on servait toujours chez les Werner. Étrange impression de se les voir servis dans cette maison, celle de Freddy !

On avait poussé la chaise roulante près du feu. Il faisait si chaud que Freddy avait rejeté la couverture trouée de brûlures de cigarettes servant à dissimuler ce qui restait de ses jambes, en sorte que l'horreur était clairement visible : des moignons. Une moitié d'être humain, mais aux épaules curieusement élargies en raison de l'usage fréquent des béquilles. Paul sentit des fourmis dans ses propres jambes ; une grimace tordit son visage ; il voulait détourner les yeux, mais son regard était attiré malgré lui par la hideuse absence. Mimi, elle, avait la chance de s'occuper du thé.

— Tu as ton garçon et Leah : ils ont besoin de toi.

Paul était gêné de proférer un tel lieu commun, mais que répondre aux lamentations de Freddy ?

Freddy ne releva pas la banalité du propos.

— Je vois que tu arbores tes galons de capitaine, Paul. Pourquoi ? Tu ne supportes pas l'idée d'ôter ton uniforme ?

Paul fronça les sourcils. Ce ton sarcastique ressemblait si peu à Freddy.

— Non, mais j'ai perdu beaucoup de poids et il faut reprendre tous mes vêtements.

— Les miens aussi.

Mimi prit un autre gâteau et dit d'une voix plaisante :

— Depuis ton retour, Paul, j'ai retrouvé mon appétit. Ils sont délicieux, ces gâteaux. Tu en veux un autre, Freddy ?

— En réalité, dit Freddy, Hank n'a pas besoin de moi. C'est un petit garçon extrêmement vif, tout le contraire de moi à son âge.

Je t'ai appris à faire du patin à glace, songea Paul, et à voix haute, il lança, un peu trop vivement :

— Mais bien sûr que si, il a besoin de toi ! Il n'y a pas que le sport dans la vie ! Tu es son père, tu es là. Même...

Il avait du mal à terminer sa phrase.

— ... même si tu as perdu tes jambes.

— Et Leah t'aime, dit Mimi.

— Tu as été merveilleuse, lui dit Freddy. Ta femme est venue me voir régulièrement, Paul, elle m'a apporté des livres.

L'espace d'un instant, une ombre rêveuse passa sur son visage.

— Et Meg vient me rendre visite après l'école. Elle n'a que quinze ans, mais on peut discuter avec elle. Ta mère vient aussi, et la mienne... quand elle est sûre de ne pas y rencontrer mon père. Mais qu'est-ce qui s'est passé entre eux ? Vous le savez ?

— Je crois que personne ne sait, dit Mimi.

— Comme s'il n'y avait pas suffisamment de misère...
Tu as dû savoir, Paul, que l'oncle David était mort.

— Oui, le jour de l'armistice.

— Il y avait des explosions de joie partout dans les rues,
les sirènes. Tu te souviens de la veille du Nouvel An 1900 ?
Eh bien, ça ressemblait à ça.

— Oui, moi je m'en souviens très bien, mais toi, tu t'en
souviens aussi ?

— Oui. Mon père m'a pris dans ses bras pour me faire
regarder par la fenêtre, et il a dit : Il se souviendra toujours
de cette nuit-là.

Freddy avait les yeux fixés sur les flammes, qui rendaient
ses paupières presque transparentes. Que voyait-il dans ces
flammes ? Personne ne parlait. La tasse de Mimi fit un bruit
cristallin lorsqu'elle la reposa dans la soucoupe.

— Que penses-tu de cette maison ? demanda brusquement
Freddy.

Paul était un peu interloqué : Freddy attendait-il de lui
une opinion élogieuse ou défavorable ? Il choisit la prudence.

— C'est une belle, une solide maison.

— Toi, tu es habitué aux maisons solides et belles. Pas
moi. Franchement, je ne sais pas très bien quoi en penser,
et ça m'est un peu égal. Peut-être que mon fils l'appréciera
un jour à sa juste valeur. Ce sera un gentleman américain,
presque aussi distingué qu'un gentleman anglais.

Troublés par cette terrible amertume, Paul et Mimi échangèrent un regard rapide.

— Les gens qui ont déclenché cette guerre devraient être
fusillés ! s'écria soudain Freddy, si fort qu'il réveilla le basset qui dormait dans son panier. Et Wilson avec eux, tous !

Paul ne dit rien. Une immense tristesse l'envahissait. Des
paroles lui venaient à l'esprit, mais il eût été par trop cruel
de les prononcer : Et toi ? Toi, avec tes idées de croisade
et les propos méprisants que tu tenais sur les pacifistes comme
tes parents ?

— Tu connais ces mots de Wilfred Owens, dit alors lentement Freddy : «Ces hommes dont la mort a ravi l'esprit» ?

459

Moi, au moins, j'ai gardé mon esprit. Mais peut-être n'est-ce pas si bon, après tout. Je me rappelle trop. La boue, les rats, et les rats qui dévoraient les cadavres.

Ni Mimi ni Paul ne bougèrent tandis qu'il dardait sur eux un regard brûlant.

— Est-ce que vous savez que nous nous sommes battus trois mois et demi à Passchendaele ? Que nous nous sommes battus dans la boue, et que deux cent cinquante mille jeunes Anglais sont morts ? Oui, nous nous sommes battus ! J'ai appris le combat au corps à corps. A la grenade. Beaucoup plus efficace que les baïonnettes ! Oui, et je me souviens des lettres de Gerald, et aussi de celle de sa mère. «Gerald est mort en héros», avait-elle écrit.

Freddy se mit à rire.

— Certainement : une belle mort bien propre, avec une balle dans le cœur, ou bien alors il est tombé avec grâce de son blanc destrier en levant bien haut l'étendard de sa patrie !

Du coin de l'œil, Paul observait Mimi, qui tremblait. Avec douceur, il répondit à Freddy :

— Pourtant, tu sais, le monde serait bien différent à présent si l'Allemagne et ses alliés avaient remporté la victoire.

— Je n'en suis pas sûr du tout, Paul.

Il est vrai que sans ses jambes, rien n'avait plus beaucoup d'importance. Et Paul choisit de dévier la conversation.

— Écoute, je me suis dit (c'est peut-être une très mauvaise idée, je n'en sais rien) que tu aimerais peut-être étudier le commerce de banque. Les banquiers restent assis pratiquement toute la journée. Qu'en penses-tu ?

Freddy ramena les yeux sur le feu qui achevait de se consumer.

— Je ne peux penser à rien pour l'instant. Mais je te remercie quand même.

Paul se leva.

— Nous en parlerons une autre fois. J'ai peur que nous ne t'ayons fatigué.

— Non, non. Je suis fatigué, c'est tout. Vous n'y êtes pour rien.

Bouleversés, Paul et Mimi gagnèrent la rue, où un vent froid soufflait.

— Je me souviens encore de ses envolées lyriques avant son départ ! Il remerciait Dieu pour cette heure de gloire ou quelque chose comme ça. Je trouvais tout ça d'une naïveté terrifiante. Et puis maintenant, cette amertume désespérée.. ça me brise le cœur.

Au coin de la rue, ils rencontrèrent Leah, qui rentrait chez elle à grands pas. Il fallut que Mimi allât à sa rencontre pour qu'il la reconnût. Elle avait l'air encore jeune, mais elle avait changé depuis son départ ; elle portait un petit chapeau bleu, deux anglaises encadraient joliment ses joues rougies par le froid, et sa jupe était aussi courte que celles qu'il avait vu porter par les élégantes à Paris quelques semaines auparavant.

— Vous l'avez vu, murmura-t-elle. C'est effrayant, non ?

Paul l'embrassa sur la joue et goûta le chaud parfum de la jeune femme.

— C'est effrayant, non ? répéta-t-elle. Qu'est-ce que vous en pensez ? Que va-t-il se passer ?

— Ce sont des questions sans réponses, Leah.

— Je sais. Il passe ses journées sans rien faire. Parfois, très rarement, il se met au piano et laisse ses doigts courir, au hasard, sans vraiment jouer de morceau. Il ne veut pas que nous poussions sa chaise dans le petit jardin de derrière parce qu'il dit que les voisins, depuis les autres maisons, pourraient le voir. Et nous sommes à deux pas du parc, mais il ne veut pas non plus y aller parce que les gens pourraient le prendre en pitié. Il ne voit les gens qu'à la maison, dit-elle en soupirant.

— Nous continuerons à venir, la rassura Mimi.

— Je sais. Tu as été si bonne, Mimi. Tout le monde a été merveilleux. Ben Marcus aussi vient le voir. Je crois que ses visites égaient un peu Freddy. Et puis, bien sûr, Dan vient aussi. Mais ça agace un peu Freddy ; il ne comprend pas ce qui s'est passé entre Dan et Hennie. Moi non plus, d'ailleurs ! Tout s'est brisé !

— Tu as l'air malgré tout d'aller bien, dit Paul.

C'était la seule remarque qui lui était venue à l'esprit.

— Il le faut bien. C'est grâce à mon travail. C'est la seule chose qui aille bien. J'ai eu une grosse augmentation, et ça fait quand même plaisir. C'est important pour moi de ne pas dépendre de Dan. Je suis bien obligée de vivre dans la maison qu'il a achetée, mais au moins je suis capable de gagner ma vie.

— Il faut que j'aille voir Dan, dit Paul. Comment va-t-il en ce moment ?

— Il travaille, comme toujours. Mais je crois qu'il se sent coupable. Il doit se rappeler ses derniers mots à Freddy, avant son départ. Tu sais ce qu'il lui a dit ? Il l'a traité de fou, de fou furieux. Il était dans une de ces colères !

Le vent soufflait fort au carrefour où ils se tenaient.

— On te retient, dit Mimi.

Et Paul comprit que Mimi avait envie de s'en aller.

Mais Leah serra le bras de Mimi.

— Non, non, pas du tout. Je ne peux parler à personne de ce que je ressens. Il est difficile d'être honnête avec moi-même, parce que mes sentiments sont tellement horribles. Par exemple, je n'ai pas pu avouer à Hennie que le premier jour où j'ai vu Freddy à l'hôpital, je suis allée vomir dans la salle de bain. Ce n'est pas seulement de la pitié, bien que j'en ressente aussi, bien sûr, mais par exemple, quand il est déshabillé, je ne supporte pas de le regarder, et j'ai tellement honte de moi... Ce sont des choses qu'on n'ose pas avouer.

Mimi demeurait silencieuse. Paul aussi.

— Et c'est impossible de parler à Freddy. Lui-même ne me parle plus.

Leah regardait Paul, implorante. Mimi s'était imperceptiblement reculée. Cette conversation la mettait mal à l'aise ; Paul le savait et probablement Leah l'avait-elle senti elle aussi.

— Tu es un homme, poursuivit Leah, tu connaissais la vie avant même d'avoir vécu l'enfer dans les tranchées ; la vérité ne te fera pas reculer, même si elle est affreuse… Dis-moi ? Ou bien est-ce qu'il vaut mieux que je me taise ?

— Non, Leah, dis-moi ce que tu as à dire.

— Eh bien ce qui est affreux, c'est que parfois je voudrais disparaître. M'évanouir. Ou pire, que Freddy disparaisse. Quand je pense que toute ma vie va être comme ça, je crois que je ne le supporterai pas, et pourtant je sais qu'il le faut. Et puis j'ai honte de me lamenter sur mon sort, alors que c'est lui…

L'espace d'un instant, la douleur tordit son beau visage. Puis elle se ressaisit.

— Non, ne réponds rien. Ne cherche pas à me réconforter.

— Nous ne dirons rien, répondit doucement Paul. Nous essaierons seulement d'être très présents.

— Merci. Bon, je crois qu'il vaut mieux que je rentre. Merci de m'avoir écoutée.

Elle fit quelques pas, se retourna.

— Je vous ai choqués ?

Paul secoua la tête en signe de dénégation. Et il ressentit envers Leah une immense pitié, une pitié qu'il croyait devoir seulement à Freddy.


Mimi tirait l'aiguille sur le canevas ; c'était la dernière des douze tapisseries de fauteuil qu'elle avait commencées lorsque Paul était parti à la guerre.

— Je trouve ça… affreux ce qu'a dit Leah, pas toi, Paul ? Je n'ai pas cessé d'y penser de toute la journée. Pauvre, pauvre Freddy.

Cette façon qu'elle avait de doubler les adjectifs l'exaspérait.

— Comment oser dire qu'elle avait envie de disparaître ? Ce n'est pas juste, ce n'est pas loyal. Je n'arrive pas à comprendre.

Paul leva les yeux de son livre. Ils n'avaient pas encore tiré les rideaux, et la pièce était baignée par les lumières de la ville, un rouge pâle et sinistre.

463

«Pas juste», avait-elle dit...

Était-ce «juste» qu'il fût, lui, revenu indemne, et Freddy mutilé ? «Juste» qu'un président eût été réélu grâce au slogan «Il nous a tenus en dehors de la guerre», et nous y précipite ensuite à la première occasion ? Mais enfin, Wilson aurait-il pu agir autrement ? Était-il «juste» que la petite banque Werner, ainsi que Morgan, Rockefeller, la Banque d'Angleterre, etc., se fussent enrichies grâce aux emprunts de guerre ? Et d'abord, le mariage de Leah et de Freddy avait-il été «juste» ? Dan avait d'abord dit «non», mais enfin, Dan lui-même n'était pas infaillible... Personne n'est infaillible.

Je ne juge personne, se disait Paul. Et il ne put répondre à Mimi qu'en lui disant qu'à son avis, elle s'était méprise sur le sens à donner aux paroles de Leah.

Mimi posa son ouvrage.

— Tu sais que tu as l'air épuisé, Paul ? Je fais faire du thé. Ça donne un coup de fouet.

— Mais je n'ai pas besoin de coup de fouet, je t'assure.

Elle s'approcha de lui.

— Je ne sais pas... Dieu soit loué, ce n'est pas à toi que c'est arrivé, mais si cela avait été le cas, je n'aurais pas cessé de t'aimer, Paul. Pour toujours. Et je t'aime tellement, maintenant.

Il leva les yeux vers elle. Tendre, candide, elle lui rendit son regard.

Oui, se dit-il, je dois être reconnaissant, heureux. Pauvre Freddy, pauvre Leah...

Mimi prit sa main et la serra si fort qu'il sentit l'empreinte de son alliance.

*Par cette alliance... pour le meilleur et pour le pire... en présence des fidèles...*

Comme si elle avait lu dans ses pensées, elle sourit et porta la main de Paul à ses lèvres.

# 7

En entendant les pas de son père, Freddy s'écarta du piano et fit rouler sa chaise de l'autre côté de la pièce.

Une bouffée d'air frais pénétra dans la pièce avec Dan En costume et cravate, il arrivait directement de son école Il avait l'air en pleine forme.

— Je t'ai entendu jouer. On aurait dit du Debussy.

— Oh, ce n'étaient que quelques accords. Pas grand-chose.

Dan s'assit sur le canapé, croisa les jambes et alluma une pipe ; apparemment, il était venu lui rendre une visite en bonne et due forme. Et après tout pourquoi pas ? C'était bien lui qui avait acheté cette maison !

— Alors ce piano te fait plaisir ? C'est bien.

— Oui, le Steinway a un son extraordinaire.

Dan ne répondit pas. Il est si transparent, songea Freddy, si aimable et enjoué, jamais il ne regarde mes jambes, il évite même de croiser mon regard, par peur de ce qu'il va y découvrir. Il se montre si patient, si plein de tact... mais il n'est pas le seul, tout le monde agit comme cela avec moi...

— Où est Hank ? Encore dans le parc, j'imagine ?

— Oui.

Il savait parfaitement que l'enfant se trouvait encore au parc, mais il avait besoin de conversation, il ne supportait pas le silence qui menaçait toujours de s'installer entre eux. Comme avant. Comme toujours.

Dan promenait le doigt sur la table impeccablement cirée.

— Ils entretiennent bien la maison, dis-moi.

— Oui.

Une remarque bien incongrue dans la bouche de Dan, lui qui ne s'était jamais intéressé le moins du monde au ménage. Des propos mondains.

Dan soupira. Son regard fit lentement le tour de la pièce : les rideaux en soie tirés de part et d'autre des fenêtres, l'azalée en fleur, le tapis de couleur fauve, le balancier de la pendule, et finalement les moulures qui couraient au plafond. Puis ses yeux se posèrent sur Freddy, et il le regarda longuement sans rien dire. Il finit par rompre le silence.

— Est-ce que tu aimes cette maison, Freddy ? Dis-moi la vérité, s'il te plaît. Même si tu réponds non, ça m'est égal.

— Elle est superbe. Comment ne l'aimerais-je pas ? Pourquoi me demandes-tu ça ?

— Alors c'est ma présence qui ne te plaît pas. C'est à peine si tu m'adresses la parole.

— Ces jours-ci, je n'ai guère envie de parler.

— Je comprends. Pourtant, je remarque que tu parles un peu à d'autres. Mais pas à moi.

J'ai toujours été comme ça.

Pas tout à fait. Tu ne te donnes plus la peine, ou alors tu n'en es plus capable, de cacher tes sentiments comme autrefois.

— Cacher quoi ?

Freddy sentait qu'il fronçait les sourcils, malgré lui, et il sentait aussi son cœur battre plus vite.

— Freddy, ne cherche pas à biaiser avec moi. Tu sais très

bien, et moi aussi, que depuis très, très longtemps, il y a quelque chose qui ne va pas entre nous.

— Pourquoi abordes-tu ce sujet maintenant ?

— Je ne sais pas. Ce n'est pas toujours facile d'expliquer pourquoi on est soudainement poussé à dire ou à faire quelque chose qui aurait dû être dit ou fait depuis longtemps.

Une mélancolie certaine perçait dans la voix de Dan. Freddy en était bouleversé. Il aurait voulu que son père s'en aille. Ne pas avoir à répondre.

— Ce qui s'est passé entre toi et maman m'a beaucoup affecté.

Ce qui était vrai. Aussi.

— Oui, bien sûr.

Dan baissa les yeux, fit craquer les jointures de ses doigts.

— C'est une véritable tragédie. Si seulement... bon, je ne peux pas. Je n'y peux rien. Je ne peux même pas t'expliquer ce qu'il en est. Elle ne voudrait pas que j'en parle. Je t'en prie, accepte-le.

Il est profondément bouleversé, se dit Freddy. Mais enfin qu'est-ce qui a bien pu se passer ? De qui est-ce la faute ?

Dan se ressaisit.

— Mais il y a autre chose que ça. Je parle de toi et de moi. De quoi s'agit-il, Freddy ? Je veux savoir. J'ai besoin de savoir. Parce que j'ai mal accueilli ton mariage avec Leah ? Non, c'était bien antérieur à ça.

Le silence. Il se répercute. Les plafonds sont trop hauts, les escaliers trop larges, la maison trop grande. Comment rompre le silence ? Pour toi aussi, est-ce le moment de dire les mots que tu aurais dû dire plusieurs années auparavant ? Au lieu de les laisser te consumer ?

— Il n'y a jamais une seule raison, pas vrai ? commença Freddy. Je... j'ai toujours pensé que tu ne me trouvais pas assez fort, pas assez viril.

— Continue.

— Je ne te ressemble pas. Quand tu as sauvé cette femme dans l'incendie, toutes ces histoires de héros...

— Je n'ai jamais dit que...

467

— Je sais, je sais. Mais c'était quand même présent.

— Est-ce tout ? N'y a-t-il rien d'autre ?

Maintenant. Mais pourquoi ? Cela s'est produit il y a si longtemps, au cours de l'enfance. Et pourtant tous les détails étaient encore extraordinairement présents : l'ampoule qui brûlait dans le laboratoire, malgré la lumière du jour, les voix en haut, le lit qu'il savait être là, et toutes ces choses qu'on fait dans un lit...

Ces souvenirs lui faisaient mal ; les mots se pressaient dans sa gorge. Dan le suppliait de parler. Eh bien, soit !

— Comme je viens de le dire, il n'y a jamais une seule raison... il est donc difficile de désigner un événement en particulier, mais...

— Mais ?

— Bon, eh bien il s'est passé quelque chose un jour, quelque chose de très important. Un jour, après l'école, je suis venu au laboratoire pour te dire quelque chose, et tu n'étais pas là, tu étais en haut. Et il y avait quelqu'un avec toi.

— Quelqu'un ?

— Une femme. Je vous ai entendus. Je suis resté, j'ai écouté : oh, pas longtemps, une minute ou deux. Et puis je ne voulais pas en entendre plus. Je suis parti et je suis rentré à la maison.

Son père rougit. Il sentait son visage le brûler.

— Tu n'as jamais rien dit.

— Je ne pouvais pas.

Dan releva la tête. Il avait les yeux brillants. S'il pleure, se dit Freddy, je serai incapable de le supporter.

— Freddy... je ne suis pas un homme méchant.

— Je ne l'ai jamais pensé.

— Si, certainement. Au moins jusqu'à ce que tu sois plus âgé, jusqu'à ce que tu en saches un peu plus sur... l'amour. Mais ce jour-là tu as dû me haïr, n'est-ce pas ?

— Peut-être.

— Tu as dû croire que je n'aimais pas ta mère. Je ne te blâme pas. C'est normal pour un enfant... pour un garçon. Et pourtant j'aimais ta mère, Freddy. Et je l'aime encore.

468

Les lèvres de Freddy tremblaient : arrête... Je ne veux pas en entendre plus...

— L'amour physique peut se passer du cœur ou de l'esprit. Je ne dis pas que c'est bien. Un homme peut souvent se sentir honteux après l'amour, ou craindre d'être découvert et de blesser terriblement l'être qu'il aime le plus au monde. Est-ce que tu peux comprendre ça ?

— Je crois.

C'est cette réponse qu'il attend de moi. Il recherche le pardon. Mais ce n'est pas à moi de l'accorder.

— Maman n'a jamais su ?

— Pour ce jour-là ? Non.

Il a répondu : pour ce jour-là. Donc, pour les autres fois... C'est donc ça qui s'est passé entre eux ? Il est comme tous ces types que j'ai vus à l'armée, toujours entourés de femmes. Il les attire. Il ne peut pas s'en empêcher. Je me demande quel effet ça doit faire.

— Je n'ai jamais voulu blesser personne, Freddy.

Recroquevillé dans un coin du canapé, Dan semblait plus petit.

— Je crois que je peux comprendre, dit à nouveau Freddy.

— C'est vrai ? J'en suis heureux. Et puis je voudrais que tu saches que ce genre de... d'aventures, ce n'était pas quelque chose d'installé dans ma vie. De temps en temps, comme ça... Parfois il est difficile de résister à une occasion qui se présente... c'était ma faiblesse. Mais ce n'était pas souvent, je t'assure. Pour moi, c'était toujours...

Il se mordit la lèvre.

— .. c'était toujours Hennie qui comptait.

— Elle ne le sait pas, ça ?

— On ne dirait pas.

— C'est vraiment trop triste. Tout ça est trop triste.

— Au moins, tu as Leah.

— Ce n'est pas si simple, papa.

Je ne me souviens pas quand je l'ai appelé comme ça pour la dernière fois. Dois-je avoir pitié de lui pour pouvoir à nouveau prononcer ce nom-là ?

469

— J'imagine qu'effectivement, vu les circonstances, ça ne doit pas être simple.

Ils demeurèrent tous les deux silencieux pendant un moment. Dan finit par rompre le silence.

— Si je peux t'aider en quoi que ce soit, je ne sais pas, moi, en parlant, en t'écoutant... mais peut-être est-ce que ce sont des choses trop intimes pour que tu en parles à ton père. Peut-être préférerais-tu en parler à un médecin ?

Freddy secoua la tête.

— Non, je t'en prie, pas maintenant.

— D'accord. Mais ne sois pas trop fier pour demander un conseil, mon garçon. Rappelle-toi que la sexualité ne disparaît jamais comme ça.

Dan se leva et prit la main de son fils.

— Je regrette pour cette vieille histoire. Je regrette de t'avoir fait de la peine. Ça n'a jamais été mon intention, Freddy, Dieu m'en soit témoin. J'espère que tu le sais.

— Oui, je le sais.

Étrange, comme sa colère s'était évanouie. Lorsqu'il est entré ici, il y a une heure, j'étais furieux. Maintenant, j'ai de la peine à le voir partir.

— Freddy... inutile de nous voiler la face. Nous avons eu une histoire difficile tous les deux. Tu n'as pas toujours été ce que je voulais que tu sois, et tu l'as senti. Et moi je n'ai sûrement pas été le père que tu aurais voulu, ou dont tu aurais eu besoin. Mais je t'ai toujours aimé, je t'aime maintenant et je t'aimerai toujours. Je suis heureux que nous ayons eu cette discussion et je voudrais que nous en ayons d'autres à l'avenir.

Il déposa un baiser sur le front de son fils.

— Bon, allez, je m'en vais avant d'éclater en sanglots comme une bonne femme. On se voit demain, si tu veux.

— D'accord, à demain.

La haute silhouette disparut derrière la porte. Il entendit son père descendre l'escalier (quatre à quatre, semblait-il). Et un sourire illumina le visage de Freddy, le premier sourire depuis de nombreux mois.

# 8

En sortant de chez Brooks Brothers, Paul se dirigea vers le haut de Manhattan. Il se sentait détendu, « en pleine forme ». Il avait acheté de nouveaux vêtements ; l'uniforme, nettoyé, serait conservé dans la naphtaline et ne sortirait que plusieurs années plus tard, comme l'uniforme bleu de l'oncle David, à l'occasion d'une réunion de famille, pour l'édification d'enfants ébahis : « Et toi, papa, qu'est-ce que tu faisais pendant la Grande Guerre ? »

Ce qu'il avait fait ? Ce qu'il avait vu ? Pour l'instant, il préférait ne pas en parler : ces souvenirs, trop proches, le réveillaient encore la nuit, le cœur battant, les yeux hagards fixés sur l'étroite bande de ciel noir, là où les rideaux s'ouvraient ; rassuré par l'éclat du miroir au-dessus de la coiffeuse, il s'efforçait de chasser de son esprit les derniers lambeaux de cauchemar.

A présent, un luxueux étalage de foulards de soie et de cravates rayées attirait son regard : c'était la boutique où avait travaillé le deuxième classe Drummond ; il se rappe-

471

lait encore la voix plaintive et l'amabilité un peu empressée du jeune homme qui avait du mal à se défaire de ses habitudes de vendeur. Il avait été tué.

Voilà un souvenir parfaitement capable de vous ôter toute bonne humeur.

C'était la dernière semaine de mars, mais déjà avril pointait dans la fraîche douceur de l'air ; dans les vitrines des magasins, il remarqua avec plaisir les jonquilles en papier et les chapeaux de paille : il était de retour depuis deux mois, mais il commençait seulement à se sentir chez lui.

Ses parents étaient partis une semaine en vacances, mais il avait promis de passer chez eux prendre quelques papiers ; il se dirigea donc en direction de Central Park. La 5ᵉ Avenue était pleine de promeneurs qui goûtaient aux prémices du printemps. Un coup d'œil dans une vitrine, et il aperçut son reflet : quel bonheur de se retrouver dans son costume bleu marine ! Il était encore un peu maigre, mais Mimi s'employait activement à faire disparaître les dernières séquelles de la guerre. Elle lui confectionnait des soupes épaisses, des pâtés et des puddings, comme s'il avait souffert de la faim, ce qui avait été loin d'être le cas. Elle le maternait.

Ce dernier mot, *materner*... trottait dans son esprit tandis qu'il traversait Central Park. Là, autour de l'étang, il vit ces enfants dont l'image n'avait cessé de l'habiter au cours des heures les plus terribles de la guerre. Accompagnés par leurs parents ou par leur gouvernante, ils faisaient naviguer leurs petits bateaux. Peu de choses avaient changé depuis son enfance ; il se revoyait à ce même endroit, avec cette détestable Fräulein qu'il n'avait jamais regrettée, ou avec Hennie, poussant son beau voilier au bord du bassin. Peut-être était-ce pour cela que lorsqu'il songeait à avoir un enfant, l'image ne lui venait que d'un garçon.

Mimi serait une mère attentive. Il l'imaginait s'occupant de son enfant comme elle s'occupait de lui à présent : la nourriture, les pieds mouillés... Elle avait tellement envie d'un enfant ! Et il était grand temps ! Maintenant qu'il était de retour, se dit-il, elle se détendrait et ce serait à nouveau possible. Bien sûr, ce n'était pas une femme bien vigoureuse, elle était facilement sujette aux grippes et aux sinusites, mais ce n'étaient là que des problèmes mineurs et ils ne devraient pas avoir d'effet...

Freddy avait un bien bel enfant, joyeux, en bonne santé. Il avait une «forte personnalité», comme sa mère, peut-être comme Dan, mais certainement pas comme Freddy. Il se souvenait encore d'avoir emmené le petit Freddy au cinéma pour y voir *Le vol du rapide*; au moment crucial, lorsque les sinistres bandits masqués sautent sur le convoi, Freddy était devenu livide et il avait dû lui prendre la main pour le rassurer.

«Il passe ses journées sans rien faire, disait Leah. Quand on lui dit quelque chose, il lève les yeux et vous regarde avec un vague sourire. C'est comme s'il avait oublié qu'on était là. Il ne parle plus de rien.»

La voix de Leah, d'habitude bien timbrée, s'étrangle de sanglots; on dirait qu'elle pose une question, qu'elle veut savoir si ça va durer toujours ainsi.

On a toujours envie de savoir ce qui va arriver. On aimerait bien voir sa vie étalée devant soi, comme les morceaux d'un puzzle qu'il suffirait de reconstituer. Mais si on savait tout d'avance, où serait alors le charme de la vie?

Un jour, en France, il avait entendu le ronronnement régulier de moteurs d'avions, de plus en plus fort, jusqu'à ce qu'ils apparaissent dans le ciel et s'engagent dans leur ballet de mort : ils tournoyaient, virevoltaient, se frôlaient, jusqu'à ce que l'un d'eux se fût transformé en torche et descendît en vrille vers le sol comme un oiseau blessé. Il avait alors eu un bref instant la vision atroce d'une autre guerre, une guerre qui verrait des centaines, des milliers d'avions obscurcir le ciel...

Cela risquait-il de se produire un jour? Mieux valait ne pas le savoir.

Tout va si vite. Tout s'accélère. Dans le parc, il y avait à présent presque autant d'automobiles que de voitures à

473

cheval. Le monde avait changé. Freddy lui avait rappelé les fêtes du Nouvel An 1900, moins de vingt ans auparavant ; à quoi ressemblerait le monde d'ici vingt ans ? Maintenant, les femmes fumaient des cigarettes ! Même Mimi en avait essayé une, mais elle n'avait pas aimé ça. Leah, en revanche, fumait avec plaisir. Leah s'essayait à tout ce qui était nouveau.

Seuls les parents de Paul semblaient ne pas avoir changé leurs habitudes. C'était l'arrière-garde, des gens qui gardaient le meilleur de l'ancien monde, ne changeant leurs pratiques ou leur façon de voir qu'avec lenteur et circonspection. Peut-être, après tout, n'était-ce pas un mal d'avoir de tels parents : ils vous donnent le sens des réalités solides, le sens de l'intangible, alors qu'autour de soi le monde tourbillonne et affole l'esprit. C'était également le cas de sa grand-mère Angelique. Ses pensées n'avaient pas quitté le Vieux Sud. Conversations raffinées sur les vérandas. Esprit chevaleresque. Il sourit, sentant naître en lui ce mélange d'affection et d'exaspération qu'il avait toujours éprouvé vis-à-vis d'Angelique.

Et voilà l'immeuble Dakota, surplombant l'ouest de Central Park, ce phare qui le guidait, étant petit, lorsqu'il revenait du parc après un après-midi de jeux. Il quitta le parc et s'engagea dans la rue bordée de maisons de grès brun qui à jamais évoqueraient pour lui le paysage de son enfance. Ces maisons étaient toutes identiques, et la sienne ne se distinguait que par des détails perceptibles aux seuls habitants : les lanternes de fiacre disposées de part et d'autre de la porte d'entrée, et les lourds rideaux de dentelle à chaque fenêtre, du dernier étage au rez-de-chaussée. Les blanches dentelles de l'ordre et de la prospérité. Il chercha la clé dans sa poche et grimpa les marches du perron.

Sa mère lui avait laissé un mot sur le plateau d'argent du vestibule : « Paul, n'oublie pas de refermer soigneusement la porte après ton départ. Les domestiques sont partis avec nous. »

Il demeura un instant dans le vestibule, le papier à la main.

Puis il gagna le bureau de son père, au premier étage. A côté du dossier qu'il devait prendre, il trouva le numéro de téléphone de la maison où ils étaient descendus, sur la côte. Une bouffée de nostalgie s'empara de lui, lorsqu'il songea aux vacances qu'il passait au bord de la mer, les bonbons au caramel, les promenades à dos de poney sur la plage. Peut-être devrait-il partir une semaine ou deux avec Mimi. A la fin du mois d'avril, il ferait doux sur les rivages de l'Atlantique.

La cloche de la porte d'entrée retentit. Qui pouvait bien venir rendre visite à sa famille un samedi matin ? Il descendit. Dans l'encadrement du judas, se tenait une silhouette ; une femme, certainement, mais qui ? Il plissa les yeux pour tenter de mieux distinguer, en espérant que ce ne fût pas la vieille bonne d'à côté, Mlle Foster : il serait obligé de lui dire quelques mots et elle en profiterait pour l'entretenir pendant des heures.

Puis il recula d'un pas. Son cœur se mit à cogner sourdement dans sa poitrine. Une apparition ! La cloche retentit à nouveau, mais plus faiblement, comme si elle avait hésité. Il ouvrit la porte.

— Anna !

Il eut peur : elle était venue lui faire des reproches, lui dire qu'il était un monstre. Mais c'était ridicule, cinq ans avaient passé... Non, six ans !

— J'ai rendez-vous avec votre mère, dit-elle en regardant au-dessus de son épaule, dans le vestibule.

— Ma mère ? ma mère ? Mais elle n'est pas ici. Il n'y a personne aujourd'hui.

— Elle m'a dit de venir ce matin à onze heures.

Anna évitait toujours son regard.

— Je ne comprends pas. Ils sont allés passer quelques jours au bord de la mer, chez nos cousins Blanche.

— Elle m'a dit de venir à onze heures.

Elle tripotait nerveusement son petit sac à main, et Paul sentit le chagrin le transpercer comme une longue aiguille.

— Entre, dit-il en retrouvant le tutoiement qui avait été

le leur pendant quelques jours. Elle a peut-être laissé un papier pour toi. On va aller voir dans son bureau.

Il s'effaça pour la laisser passer. Sa robe l'effleura. Il se souvenait, ou croyait se souvenir, de son parfum ; des senteurs d'herbe et de grand air. Le col de sa robe s'ornait de dentelles brodées à la main. Elle portait toujours aussi longs sa masse de cheveux roux.

Il n'avait pas besoin de lui indiquer le chemin : elle connaissait la maison.

Dans la chambre tendue de blanc et de jaune, les volets étaient fermés. Il les ouvrit et alla regarder sur le bureau de sa mère : du papier à lettres, un buvard, un calendrier et un carnet de rendez-vous.

— Elle n'a rien laissé pour toi, Anna.

Elle continuait de tripoter nerveusement son sac à main. Paul se sentait gêné de cette agitation. Il regrettait cette visite.

— Tiens, regarde, là, sur le calendrier ! Ton nom est marqué : samedi prochain. Tu t'es trompée de semaine.

Anna avait l'air désespéré.

— J'étais sûre que c'était aujourd'hui.

— Eh bien alors c'est ma mère qui s'est trompée. Je suis désolé pour toi.

Il se rendit alors compte que leurs préoccupations devaient être entièrement différentes : lui, il songeait au passé, tandis qu'Anna devait avoir quelque problème urgent à résoudre.

— Puis-je te demander de quoi il s'agit ? demanda-t-il avec douceur. Est-ce que je peux faire quelque chose ?

— Je voulais lui demander si elle pouvait nous prêter un peu d'argent.

— Assieds-toi, Anna, et explique-moi.

— Mais je te retiens. Tu as encore ton manteau.

— Alors je vais l'enlever. Je ne suis pas pressé.

Elle détourna de nouveau le regard. Et puis elle se mit à parler ; elle murmurait presque, et avait presque perdu tout accent étranger. Cela faisait si longtemps…

— Mon mari, Joseph, est peintre en bâtiment ; il travaille

dur, et nous avons un petit garçon... Il travaille pour l'enfant, tu comprends. Il a de l'ambition. Lui et un de ses compagnons de travail, un Irlandais, un plombier ils connaissent bien les travaux du bâtiment. Ils voudraient ils voudraient construire une maison.

Elle s'interrompit un instant, craignant d'ennuyer son interlocuteur.

— S'il... enfin si Joseph avait deux mille dollars, il pourrait acheter une maison en mauvais état, la reconstruire et la vendre un bon prix. Il dit que c'est comme ça qu'on commence. Oh ! s'écria-t-elle soudain, presque avec colère, je ne voulais pas venir ici mendier ! Pourquoi est-ce que tes parents prêteraient deux mille dollars à quelqu'un qu'ils connaissent à peine ?

— La seule réponse, dit Paul en souriant, ça serait qu'ils le veulent bien.

— Tu crois qu'ils accepteraient ?

— Bien sûr. Mais puisque ma mère n'est pas là, c'est moi qui le ferai à sa place.

Anna avait l'air stupéfaite. Elle devait sûrement s'attendre à un refus. Mais Paul avait besoin de faire quelque chose pour elle, de lui prouver qu'il avait du cœur et qu'il était capable de repentir...

— Tu as du courage et de la volonté, lui dit-il. Voilà pourquoi j'ai envie de t'aider.

Il sortit son carnet de chèques et son stylographe de sa poche de veston.

— Quel est le nom de ton mari ?

— Joseph Friedman.

— Et voilà ! Deux mille dollars. Une fois chez toi, fais lui signer ce papier : c'est une reconnaissance de dette. Tu n'auras qu'à me l'envoyer. Non, envoie-la plutôt ici, aux bons soins de ma mère.

— Je ne sais pas comment te remercier, dit-elle, les larmes aux yeux.

— Inutile.

— Mon mari va être tellement reconnaissant. Il n'y

croyait pas tellement : c'était une tentative un peu désespérée, un dernier espoir. Nous ne connaissions personne
d'autre à qui demander...

Cela avait sûrement été son idée à lui. Il avait dû insister
longtemps pour qu'elle se résolve à entreprendre cette démar-
che. Elle avait dû venir ici comme on marche à la potence.
Il se souvenait encore de la façon dont elle avait fui cette
maison...

— C'est un très brave garçon. L'homme le meilleur, le
plus honnête qu'on puisse rencontrer.

Soulagée, presque joyeuse, elle se mettait à bavarder avec
un brin de nervosité.

— Mais que je suis sotte ! Quelle femme avouerait que
son mari est malhonnête ?

— Aucune, j'imagine, dit-il en riant. Mais j'espère que
cet argent vous permettra de réaliser vos projets.

Mais de quoi parlons-nous ? se demanda-t-il soudain.
Qu'ai-je donc à faire de son mari ? Je l'ai tenue dans mes
bras, je lui ai dit que je l'aimais, et maintenant nous en sommes à discuter de son mari et de ses affaires. Son image n'a
cessé de me hanter pendant toutes ces années...

Il faisait trop chaud dans la pièce. Elle avait déboutonné
sa veste, révélant deux rangées de dentelles froncées entre
ses seins.

— Et ton petit garçon ?

— Il a quatre ans.

— Il te ressemble ?

— Je ne sais pas.

Elle sourit. Il avait oublié cette profonde fossette qu'elle
avait au menton.

— Il a les cheveux roux ?

— Non, blonds. Mais ils vont probablement foncer,
comme ceux de son père.

Paul eut l'impression de recevoir un coup dans la poitrine :
il venait d'imaginer Anna et cet homme concevant un enfant.
Le mot « mari » ne l'avait pas encore touché, et il n'avait
pris toute sa réalité que lorsqu'elle avait dit : « comme ceux

de son père». Ainsi, cet homme et elle... Quel imbécile tu fais, Paul! Il la regarda, il regarda les petites perles qu'elle portait aux oreilles, le léger mouvement de sa poitrine sous le fin chemisier blanc, les boucles de cheveux le long de ses joues, ces cheveux qu'un homme pouvait dénouer, caresser...

Son cœur se mit à battre plus fort, de nouveau.

— Tu es encore plus belle qu'autrefois, Anna.

Elle baissa les yeux, sans rien dire. En bas, dans la rue, un klaxon de voiture retentit; lointain. La rue, la ville, le monde étaient loin, très loin de ce petit espace douillet, de ce lit de femme où elle était assise, un lit où s'entassaient des coussins si doux... si doux. Elle releva les yeux; ses cils n'étaient pas roux, mais noirs. Tiens, il n'avait jamais remarqué cela auparavant. Puis il lui sembla qu'elle attendait; il lui sembla que les mêmes pensées avaient dû traverser l'esprit d'Anna, écho des années passées...

Un éclair de lumière sembla incendier le tapis. Mais aussitôt, il songea: non, c'est ma vision qui me trompe. La tache de lumière sur le tapis, un ovale irrégulier, n'avait pas bougé. Le silence entre eux semblait presque palpable... il attendait, mais ne pouvait attendre plus longtemps.

Il tomba à genoux près du lit et enfouit son visage dans sa robe, sur ses genoux. Puis il leva les yeux. Ils s'embrassèrent longuement... Ses doigts trouvèrent les petits boutons dissimulés par les dentelles. Puis les jupons de taffetas. Lentement, il ôta les épaisseurs de soie et de dentelles. Lentement, d'abord, puis de plus en plus vite, presque frénétiquement.

Il la déposa au milieu du lit et étendit sur eux le lourd édredon. Sa chevelure flamboyante, libérée des épingles et des peignes qui la retenaient, se répandit sur les coussins. Les bras d'Anna l'attirèrent violemment à elle, comme il en avait toujours rêvé. A travers ses paupières mi-closes, les yeux d'Anna ne semblaient pas le voir. Ils sombrèrent tous deux au-delà des mots...

479

Lorsqu'il ouvrit les yeux, ils étaient toujours étroitement enlacés et elle dormait encore. Se dégageant doucement, il se prit à l'observer, admirant la douce rondeur de l'épaule, là où l'édredon avait glissé. Son cœur se mit à nouveau à battre plus fort, mais ce n'était plus de désir, maintenant apaisé, mais plutôt parce qu'il se sentait envahi par un sentiment d'infinie tristesse. Il se pencha vers elle, comme pour imprimer en lui les traits de son visage.

Il se leva, s'habilla, et replia soigneusement les vêtements d'Anna, qui gisaient en tas sur le sol. Puis il descendit et demeura un long moment à regarder par la fenêtre. Il se sentait épuisé.

Il songea au proverbe latin : *Post coïtum homo tristus est*. Mais ce qu'il éprouvait était infiniment plus profond que la mélancolie qui suit souvent la passion amoureuse. Sans les voir, il regardait par la fenêtre un groupe d'écoliers occupés à jouer aux billes sur le trottoir, et une charrette tirée par un cheval, débordante d'asperges, de rhubarbe et de bottes de tulipes.

Puis il entendit Anna dévaler les escaliers. Aussitôt, il se leva pour aller à sa rencontre. Mais, l'air hagard, elle passa à côté de lui sans lui adresser la parole.

— Anna ! Attends ! Attends ! Tu es fâchée ?

— Fâchée… ? Non !

— Alors que se passe-t-il ?

— Qu'est-ce que j'ai fait ! Mais qu'est-ce que j'ai fait !

Il avait peur de comprendre.

— Anna, ma chérie ! Tu n'as rien fait de mal. Tu ne dois pas croire que je… Anna, je te respecte plus que toutes les femmes que j'ai connues.

— Tu me respectes ? Maintenant ?

— Bien sûr ! Pourquoi te mépriserais-je ? Tu es la femme la plus extraordinaire… C'était si beau, si pur ! Tu le sais, non ?

— Pur ! J'ai un enfant. Un mari.

Il voulut lui prendre les mains, mais elle les retira.

— Tu n'as rien fait de mal. Ma tendre Anna...

— Ah, mon Dieu ! s'écria-t-elle, désespérée.

— Écoute. Tu étais une toute jeune fille, presque une enfant, quand tu es venue vivre ici. A l'époque, je ne t'aurais pas touchée. Mais j'ai eu envie de toi dès la première fois que je t'ai vue. Maintenant je le sais. Et toi aussi tu avais envie de moi... tu le sais bien. Il n'y a rien de honteux. Ne l'oublie jamais.

— Je ne veux me souvenir de rien. De rien du tout !

Elle se mit à batailler avec le loquet de la porte.

— Il faut que je parte ! Laisse-moi sortir !

Il avait peur qu'elle se trouvât mal. Il était terrifié.

— Je ne peux pas te laisser partir comme ça ! Je t'en prie, assieds-toi une minute et parlons, je t'en prie.

Mais elle ne voulut rien entendre. Le loquet finit par céder, elle ouvrit la porte et dévala les escaliers du perron. Il voulut courir après elle mais il se ravisa : elle était à moitié folle et elle lui résisterait certainement ; cette scène serait terrible pour elle.

La mort dans l'âme, il la regarda s'éloigner. Lentement, il remonta les quelques marches qu'il avait descendues. Dans le boudoir de sa mère, il referma les volets, replaça l'édredon et les oreillers, puis contempla longuement l'endroit où, quelques minutes auparavant, elle se tenait endormie. Dans un roman, songea-t-il, on écrirait : « C'était comme un rêve. » Mais ce n'était pas un rêve ; ces moments, il les avait vécus, et cela avait été les plus beaux moments de sa vie. Il sentit une boule se former dans sa gorge.

Au moment de sortir, il aperçut un bracelet sur le sol. Il le ramassa. Un joli petit bracelet de pacotille. Il promena son doigt sur le métal ouvragé. Elle était pauvre. Il espérait ne pas lui avoir apporté un sentiment de culpabilité en même temps que la joie. Car elle avait été heureuse. Il le savait. Je la reverrai, se dit-il. Ce n'est pas la fin. C'est impossible.

Il quitta la maison de ses parents et retourna chez lui en traversant le parc. Un taxi passa à côté de lui ; il lui fit signe de s'arrêter, puis le renvoya. Il était tendu comme une corde d'arc et il avait besoin de marcher pour se détendre.

Quand elle lui avait parlé de son petit garçon, son visage s'était illuminé. «Ils vont probablement foncer, comme ceux de son père»... et à nouveau, la rage le prit en songeant à cet homme, cet inconnu, qui l'avait toute à lui. Il s'efforça de préciser son souvenir, mais en vain ; il se rappelait seulement d'un visage jeune, très jeune. Il doit avoir mon âge, se dit Paul, et pourtant j'ai l'impression d'être plus âgé. C'est parce que tu es plus riche, Paul, que tu as plus de pouvoir, et que par un pur hasard, tu n'es obligé d'emprunter de l'argent à personne.

C'est vrai. Mais pourquoi se sentir coupable de l'argent que tu possèdes ? Le monde est ainsi fait, c'est tout. Tu pourrais faire tellement pour elle...

Il pressa le pas. Ses idées étaient claires à présent.

La persuader de le quitter. Tu y arriveras, c'est possible.

En entendant la clé dans la serrure, la bonne vint l'accueillir dans le vestibule.

— Mme Werner m'a chargée de vous dire, si vous rentriez tôt, qu'elle serait de retour à trois heures. Voulez-vous déjeuner, monsieur ?

— Non, merci. Je n'ai pas faim.

Il gagna la bibliothèque où le *New York Times* était encore soigneusement plié ; Mimi savait qu'il n'aimait pas lire un journal qui avait déjà été dérangé. Il parcourut les grands titres sans rien retenir.

Puis il prit l'un de ses livres d'art ; cela l'apaisa. L'ouvrant au hasard, il tomba sur une reproduction de Van Gogh, un paysage aux Saintes-Maries-de-la-Mer. Il avait vu l'original au Rijksmuseum d'Amsterdam, et se rappelait encore l'impression de saisissement qui avait été la sienne face à ce chef-d'œuvre. C'était un sentiment magique, un sentiment au-delà des mots. L'écume blanche éparpillée au-dessus des vagues, les nuages blancs qui se mélangeaient comme de la neige aux myriades de bleus d'un ciel qui était parfois vert et parfois presque noir.

482

Son souvenir était maintenant parfaitement net : il ne se rappelait pas les minutes au cours desquelles il avait vu pour la première fois le tableau dans ce musée, non, il se rappelait la réalité elle-même ; la côte provençale, le bruit des vagues... et son cœur, à nouveau, se mit à battre plus fort, de plus en plus fort ; il sentait l'haleine fraîche du vent contre sa peau, la morsure du soleil...

Il regardait le livre.

Tant de splendeurs dans le monde, et si peu de temps pour les vivre ! Tant de jeunes gens déjà morts, qui auraient pu aimer et jamais n'aimeraient. Qui jamais n'aimeraient ni ne verraient les flots bleus de la Méditerranée.

Saisis la vie pendant qu'il est encore temps ! Saisis la vie !

# 9

— Viens donc avec nous à la foire aux antiquités, dit Leah. Alfie et Emily y vont tous les printemps, c'est follement amusant.

— Ce n'est qu'à dix kilomètres d'ici, ce n'est pas loin, renchérit Alfie.

— J'installerai votre chaise roulante dans la camionnette, dit Ben

Freday refusa catégoriquement.

Je n'ai aucune envie d'y aller, mais que cela ne vous empêche pas de vous y rendre. Cela ne me fait rien du tout.

— Qu'est-ce que tu vas faire pendant ce temps-là ? s'inquiéta Leah.

Comme il détestait ce regard inquiet ! Il se sentait ramené à un état de bébé, totalement dépendant. Mais si elle ne s'était pas préoccupée de lui, il en aurait souffert encore plus, et il le savait. Il fit un effort pour se radoucir.

— Honnêtement, les antiquités ça ne m'intéresse pas. Je

vais lire pendant ce temps-là. Regarde, j'ai trois nouveaux livres qui m'attendent.

— Je vais t'emmener faire une promenade dans un autre endroit, dit Meg. Comme ça tu n'auras pas toujours la vue de la terrasse.

— Bonne idée, Meg, dit son père d'un ton approbateur. Comme ça tu tiendras compagnie à Freddy. De toute façon, nous n'en aurons pas pour longtemps.

Meg poussa la chaise sur l'allée de graviers. De part et d'autre, vers le fond du jardin, des fils de fer tendus sur des piquets délimitaient des rangées bien nettes où l'on avait planté les légumes tardifs ; les haricots grimpaient déjà sur les tuteurs et après la pluie de la nuit, la terre dégageait une odeur à la fois douce et forte.

Plus loin, des rangées de pommiers flanquaient l'allée ; les arbres, jeunes, s'étendaient en diagonales régulières aussi loin que la vue pouvait porter.

— Moi, plus tard, j'aimerais bien avoir une ferme et cultiver des pommiers, annonça Meg. Je connais toutes les variétés. J'en aurais de chaque sorte : des reinettes grises, des Gravenstein, des Canada, de toutes !

Elle abandonna la chaise un instant pour aller pousser le portail.

— C'est le nouveau terrain que papa vient d'acheter Comme tu peux voir, c'est du bon pâturage.

Une dizaine de vaches Jersey broutaient l'herbe du pré ; au milieu d'elles, il y avait également quelques chevaux. Les chiens s'ébattaient devant les vaches : les setters caracolaient fièrement, tandis que le basset courait à perdre haleine pour rester à leur hauteur.

— Strudel, c'est toi qu'il préfère, lança Meg.

Freddy se rendait bien compte qu'elle faisait tout pour l'égayer, mais venant de Meg cette attitude, qui l'aurait exaspéré chez tout autre, ne le gênait pas le moins du monde.

— Les chiens ont toujours des favoris, poursuivit Meg. Je me demande comment ils font pour choisir. King, c'est papa qu'il préfère, et Lady, c'est moi. Moi je trouve que les chiens sont des philosophes : ça se voit rien qu'à leurs yeux. Et je suis sûre aussi qu'ils rient ; les gens disent que c'est faux, mais moi je le vois à leur bouche, et puis évidemment, ça se voit à leur queue, quand ils la remuent. Tu ne crois pas, toi ?

Dans les arbres, les oiseaux lançaient leurs trilles et l'air était plein de leurs chants. Sur la prairie détrempée, des rouges-gorges sautillaient, à la recherche de vers de terre. L'espace d'un moment, Freddy oublia la douleur de vivre et se laissa envahir par la joie de cet été qui s'annonçait.

— Tu as vu les cinq érables alignés, là-bas ? dit Meg. Notre voisin d'en bas (il est vieux comme le monde) était encore petit garçon et il ramassait du maïs quand un cavalier est arrivé et lui a annoncé que Lincoln avait été assassiné. Alors il a couru le dire à son père, qui à ce moment-là était en train de planter ces érables. Oh, qu'est-ce que j'aime cet endroit ! Pour moi, c'est ma maison, même si je n'y vis pas toute l'année. Quand j'étais petite, je pleurais chaque fois en septembre quand il fallait rentrer à New York ; maintenant encore, j'aurais presque envie de pleurer. Tu me trouves folle ?

— Non, pas du tout. Raconte-moi un peu...

— Eh bien à l'automne, à New York, quand les nuits sont encore chaudes, je laisse les fenêtres ouvertes et j'entends le grondement du métro aérien, au-dessus de l'avenue. C'est un bruit tellement triste... tous ces gens entassés comme des sardines, qui vont à leur travail. Alors je me dis que pendant ce temps-là, ici, les oies du Canada se sont posées sur l'étang ; quand elles migrent vers le sud, elles s'arrêtent toujours un jour ou deux ici. Tiens, voilà justement l'étang. Mais il fait trop chaud pour toi, dit-elle gaiement. Je connais un coin avec de l'ombre où tu pourras lire.

Meg poussa la chaise à l'ombre de grands arbres. En contrebas, à travers la masse mouvante du feuillage, on voyait scintiller la surface de l'étang. Sur près de la moitié de sa circonférence, il était entouré par des bosquets de lilas.

Meg semblait satisfaite.

— Et voilà ! Ici tu pourras lire tranquillement.

— Mais toi tu n'as rien à lire, et j'ai peur que tu n'aimes aucun des livres que j'ai amenés.

— Ça va. Je réfléchirai. Je ne m'ennuie jamais.

Elle alla s'asseoir un peu plus loin, adossée à un pin. Du coin de l'œil, sans qu'il s'en aperçoive, elle observait Freddy. Toute sa vie il va rester comme ça, se disait-elle ; sans jamais pouvoir courir à travers champs, sans aucun espoir que ça puisse changer un jour !

Dans son malheur, il n'avait eu qu'une seule chose de bien : sa nouvelle maison, qui était bien plus belle que celle de la tante Florence, plus belle que l'appartement du Dakota. Meg en était heureuse pour lui. S'il fallait passer sa vie sur une chaise roulante ou se déplacer sur des béquilles, autant avoir une belle maison !

Autour d'eux, le silence était impressionnant, rompu seulement de temps à autre par le bruit des pages que Freddy tournait.

— Tiens, regarde de l'autre côté de l'étang ! chuchota soudain Freddy.

Un daim, sorti de l'épaisseur des fourrés, s'était immobilisé. Une patte levée, il penchait gracieusement la tête de côté, comme s'il avait entendu un bruit. Apparemment rassuré, il s'approcha de l'étang, puis après avoir bu regarda dans leur direction sans les voir, car ils étaient dissimulés par l'épaisseur du feuillage. Il demeura ainsi pendant près d'une minute, et le soleil faisait luire doucement le satin roux de son pelage. Puis il fit demi-tour et disparut dans le sous-bois aussi silencieusement qu'il était venu.

— Tu sais ce qui me rend furieuse ? dit Meg en serrant les poings. Ce sont les amis de papa qui chassent le daim. Papa ne le fait pas, mais c'est parce qu'il ne peut pas être membre de leur club de chasse, mais moi je les vois sur les routes quand on vient ici en automne pour les fins de semaine. Moi, ça me rend malade de voir un daim mort jeté sur le capot d'une voiture, ou des têtes de daim sur les murs d'une salle à manger. C'est pas comme s'ils chassaient pour manger.

— Oui, c'est ce que disait toujours Paul.

— C'est répugnant. Parfois, ils chassent avec un arc ; s'ils n'arrivent pas à le tuer tout de suite, le daim réussit à s'enfuir, mais la blessure s'infecte et il finit par mourir. Et les pièges, c'est encore pire ! Parfois, dit Meg d'une voix tremblante, lorsqu'ils ont pris un renard ou un raton laveur, ils se rendent compte qu'il a essayé de se dévorer une patte pour se libérer. Moi, je porterai jamais de fourrure !

Freddy ferma son livre.

— Je me souviens du premier jour où tu as marché, Meg. Ça s'est passé chez moi ; tes parents étaient venus nous voir avec toi.

— Tu sais quoi ? J'ai toujours bien aimé venir chez toi. J'aurais aimé venir plus souvent. J'aime beaucoup ta mère.

— Elle t'aime beaucoup aussi. Elle trouve qu'au fond de toi, tu lui ressembles.

— Je regrette vraiment pour tes parents, dit Meg d'une voix un peu hésitante. Dans la famille, tout le monde essaie de comprendre ce qui s'est passé.

— Il n'y a qu'à les laisser essayer. Ça leur fait du bien !

— Je ne voulais pas te faire de la peine ou avoir l'air d'être curieuse.

— Je sais, Meg, je sais.

— Tu sais, j'aime bien ta famille, la famille du côté de mon père. Je sais que je ne devrais pas dire ça, parce que la famille de ma mère est aussi très gentille, mais je me sens mieux avec celle de papa, avec toi, Paul et Florence. Y'a que les deux grand-mères... (Elle se mit à rire...) Heureusement qu'elles ne se voient pratiquement plus depuis que la grand-mère Hughes est partie dans le Sud, mais à chaque fois, c'est drôle de les voir s'insulter poliment à propos de leurs ancêtres. Elles sont tellement orgueilleuses, toutes les deux !

Freddy éclata de rire.

— Ça, c'est sûr ! Que veux-tu, c'est la nature humaine ! Enfin, la nature de certains humains.

— Je voudrais te dire quelque chose, dit Meg avec un profond soupir. C'est peut-être un peu bête, mais de temps en temps, j'aimerais être aussi sûre de ce que je suis que mes deux grand-mères. Et pas seulement elles. Toi, tu sais qui tu es, et Leah aussi. Oh, Leah est si douce ! J'aimerais avoir une sœur comme elle. Hein, qu'elle est douce ?

— Tu étais sur le point de me dire quelque chose, dit Freddy.

— Ah oui, c'est vrai. Eh bien... Maman est épiscopalienne, et maintenant, papa l'est devenu aussi, mais ils ne pratiquent presque pas et j'ai l'impression qu'ils ne croient pas beaucoup en Dieu tous les deux. C'est seulement une attitude, parce qu'il faut bien appartenir à une religion. Et moi, je fête pesach chez la tante Florence et Pâques à l'école. Je ne sais pas où me situer. Toi au moins tu sais, Freddy, n'est-ce pas ?

— Oui... c'est la seule chose que j'ai conservée et qui n'a pas changé.

— Mais fêter Pâques et pesach c'est comme si on ne faisait rien.

Meg ressentait parfaitement la gêne de son père, que lui-même niait. Lorsqu'il se trouvait en compagnie de ses nouveaux amis ou avec la famille de sa femme, il n'interrompait pas les gens ou ne riait pas aussi fort qu'avec sa propre famille ou avec ses amis de New York, juifs pour la plupart.

Un peu hésitante, elle lui avait dit un jour qu'elle l'avait trouvé « différent », sans préciser de quelle façon. Il avait paru surpris et s'en était défendu.

— Tu es victime de ton imagination, Meggie ! J'ai certainement des défauts, comme tout le monde, mais je suis quelqu'un de spontané, de naturel. Et ça, avec tout le monde.

Elle avait bien vu qu'il était sincère.

Pensant à haute voix, elle répéta :

— Je ne sais pas qui je suis.

— Je comprends.

— Mais je t'ennuie ! s'écria-t-elle en voyant que Freddy avait le regard fixé loin derrière elle.

489

— Non, non, dit-il rapidement, pourquoi dis-tu cela?

— Eh bien... je me disais... je n'ai que quinze ans : nous n'avons pas beaucoup de choses en commun.

— Tiens, Meg, viens te placer devant moi, comme ça je n'aurai pas besoin de me tordre le cou.

Un rayon de soleil faisait paraître presque blancs les blonds cheveux de Freddy. Il ressemble à une statue grecque, se dit Meg, comme dans mon livre d'histoire antique ; il est grand, mince et élégant comme une femme. Si ses cheveux étaient plus longs, il pourrait avoir l'air d'une femme.

— Si je devais tout recommencer, dit Freddy, c'est toi que je voudrais épouser.

Un peu gênée, elle eut un petit rire.

— Nous sommes cousins! Ça n'est pas permis.

— Bon, eh bien une fille comme toi. Peut-être qu'en cherchant beaucoup on pourrait en trouver qui te ressemblent.

Mal à l'aise, elle chercha quelque chose à répondre, et ne put que bredouiller :

— Mais... mais tu as Leah...

— C'est vrai.

— Oh, elle est si belle ! M. Marcus... enfin l'oncle Ben, puisqu'il m'a demandé de l'appeler comme ça, eh bien il dit que Leah lui rappelle Pola Negri. Un jour qu'ils étaient à l'opéra, il a entendu quelqu'un qui chuchotait : «C'est elle ! »

— Je ne savais pas qu'ils étaient allés à l'opéra.

— Oui, pendant que tu étais à la guerre. Ils ont vu *La fille de l'Ouest*, je m'en souviens, et Leah a dit que cela aurait été mieux si cela avait été chanté en anglais.

— C'est probablement vrai.

Le ton de Freddy était curieusement neutre. Meg avait peur de l'ennuyer. Peut-être devrait-elle cesser de parler. Mais au bout de quelques minutes, le silence devint insupportable, car il ne lisait pas mais gardait les yeux obstinément fixés sur les lichens et les feuilles mortes qui jonchaient le sol. Alors elle se lança à nouveau dans la conversation.

— C'est quelqu'un de très agréable, l'oncle Ben. Papa dit que c'est un très bon avocat et qu'il ira loin.

— Je n'en doute pas.

Et puis elle eut le sentiment d'avoir commis une lourde gaffe : parler de quelqu'un qui « ira loin » alors que lui ne pouvait même pas se déplacer ! Quelle idiote !

Freddy avait l'air fatigué. Elle eut peur d'être responsable de sa fatigue : peut-être aurait-il dû rester à la maison et se reposer.

— Veux-tu que je te ramène ? demanda-t-elle, anxieuse.

— Non, restons encore un peu, si tu veux bien. Cet endroit me rappelle un après-midi d'été en Angleterre. Mon Dieu que l'Angleterre était belle, cet été-là ! Un vrai paradis ! Mais un paradis bien illusoire. Nous prenions le thé sur la pelouse et parlions pendant des heures... même si en fin de compte ces discussions étaient parfaitement fumeuses. Quelle naïveté, quel enthousiasme dans tous ces rêves de bravoure et de sacrifice ! Au cours de ce mois-là, je me suis fait le meilleur ami que j'ai jamais eu. Je pouvais tout dire à Gerald, et il me comprenait...

Et puis, brusquement, il reprit son livre, et Meg retourna s'asseoir au pied de son arbre. L'après-midi s'étirait. Les chiens dormaient sur le côté, les flancs agités parfois de soubresauts quand ils rêvaient.

C'était drôle ce qu'il avait dit à propos de son mariage avec elle ! Il devait la croire parfaitement innocente pour ajouter foi à un tel compliment. Après tout, il avait Leah ! Il surveillait toujours sa femme ; il était évident qu'il n'aimait pas la savoir hors de sa vue. Et elle prenait tellement soin de lui, arrangeait sa couverture, ses oreillers, lui apportant un chandail ou une tasse de thé.

Leah était gentille. Elle faisait grand cas de Meg, ne la traitait pas comme une enfant à qui il convient de cacher un certain nombre de choses. Elle avait le sens des réalités et donnait de bons conseils pleins de bon sens, pas des sermons, mais des réponses à des questions qu'on a souvent honte de poser à d'autres... à maman ou même à tante Hennie.

« Il faut toujours laisser un homme parler de lui. Les hom-

491

mes adorent ça. Ouvre grands les yeux quand tu l'écoutes, d'abord ça te rend plus jolie, et ensuite tu as l'air d'être fascinée. Prends bien soin de tes mains, efforce-toi de les garder blanches, de façon à faire ressortir les bagues que tu porteras un jour. »

Et elle avait ri ; ses yeux pétillaient de malice et de bonne humeur ; elle avait l'air de n'avoir peur de personne et on avait envie d'être comme elle, plus tard.

Oh, comme ça doit être terrible de voir l'homme qu'on aime revenir dans cet état ! Ça ne doit plus être le même amour qu'avant...

L'homme que j'aimerai sera... il sera comme.. non, pas comme Freddy, il est... trop fragile. Quelqu'un comme Paul... sérieux, avec un beau sourire.

— Je suis fatigué de lire, dit Freddy. Tu veux bien me parler, Meg ?

— De quoi tu veux que je parle ?

— De n'importe quoi. Dis-moi à quoi tu pensais quand tu avais les yeux fermés, avec ton petit sourire secret.

— Je pensais que j'aimerais bien me faire faire une permanente : mes cheveux sont trop raides. J'ai vu des photos de filles avec les cheveux comme les miens, avant et après Ça devient tout bouclé. Leah dit que ça a commencé à se faire à Paris et que maintenant ça se fait ici aussi, mais maman ne voudra jamais.

— Chut ! dit brusquement Freddy.

Tournant la tête de côté, il scruta l'épaisseur du feuillage Surprise, Meg suivit son regard.

— Oh, c'est Leah et Ben, dit-elle, ils sont revenus...

Il se tourna vers elle.

— Chut, pas un mot.

Sans comprendre, elle obéit. La petite brise était tombée ; les oiseaux s'étaient tus ; tout était silencieux et les voix portaient distinctement au-dessus de l'étang.

— C'est un endroit magique, disait Leah. On dirait qu'il n'y a pas un être humain à des kilomètres à la ronde.

— J'aimerais que ce soit vrai, dit Ben.

— Je sais, mon chéri, mais comme ça n'est pas le cas, il vaut mieux ne plus y penser.

Meg étouffa un petit râle ; Freddy lui prit la main et la serra à la broyer. Une expression horrible se peignait sur ses traits. Meg ne pouvait détacher son regard de lui.

Lorsqu'elle détourna les yeux, elle aperçut Leah et Ben étroitement enlacés. Pétrifiée, elle se sentait à la fois fascinée et horrifiée. Pour la première fois, elle voyait ce qu'elle n'avait fait qu'imaginer jusque-là : la façon dont un homme et une femme ne forment plus qu'un seul corps, les lèvres soudées...

Le souffle rapide, Meg se pencha en avant pour mieux apercevoir, jusqu'à ce que la présence de Freddy vînt se rappeler à elle. Il lui pressait la main avec violence. Il semblait lui aussi avoir tout oublié hormis l'affreux spectacle qui s'offrait à lui à travers les branchages, de l'autre côté de l'étang.

Les deux amants finirent par se séparer. On entendit la voix claire et forte de Leah.

— Pas ici ! Tu es complètement fou ?

Tandis qu'ils s'éloignaient, leurs voix devenaient moins audibles, mais on entendit encore ces mots de Ben : « New York » et « mardi ».

Freddy abandonna la main de Meg. Ses phalanges étaient blanches et endolories, en sorte qu'elle dut les frotter ; une peur terrible s'empara d'elle. Elle avait honte de regarder Freddy ; c'était comme s'il l'avait surprise, elle, et non Leah. Elle ressentait pour lui une immense pitié. Comment Leah pouvait-elle faire une chose pareille ? Elle se souvint alors de ses responsabilités de garde-malade.

— On rentre, Freddy ? dit-elle sans le regarder.

Et sans attendre sa réponse, elle tourna la chaise en direction de la maison.

L'étang lui sembla sinistre. Jamais je ne pourrai revoir cet endroit sans me rappeler, songea Meg ; il a été souillé. Il n'y avait plus que le bruit régulier des roues sur les feuilles mouillées et le halètement des chiens. Elle n'avait pas encore osé regarder Freddy en face.

Le silence devenait insupportable. Ne voulant pas embarrasser Freddy en le forçant à lui répondre (d'autant que peut-être il devait pleurer en silence ou au moins être au bord des larmes), elle préféra s'adresser aux chiens.

— King! attention! Ne bouscule pas Strudel! C'est un petit chien!

Freddy étendit le bras. Meg s'arrêta et passa devant la chaise pour voir ce qu'il voulait. Il serra alors le poing, et involontairement, Meg s'écarta hors de sa portée.

— Jamais, Meg, ne dis jamais à personne ce...

Il agitait violemment le poing.

— Tu me fais peur, Freddy! Je ne dirai rien, c'est promis, je ne dirai rien!

— Je l'espère bien! Sans ça...

Il ne finit pas sa phrase. Sa main retomba sur sa chaise et il inclina la tête sur la poitrine. Ses livres glissèrent sur le sol.

Meg les ramassa, et lentement, poussa la chaise en haut de la pente.

De la terrasse leur parvenaient des bruits de joyeuse conversation et le tintement des tasses de thé contre les soucoupes. La voix de Leah, enjouée, dominait le brouhaha :

— Mais enfin où peut bien être Freddy! Ma parole, Meg a dû lui faire visiter la région!

# 10

Cela faisait maintenant des mois que les rêves de Hennie avaient pris une acuité étonnante. Ils étaient souvent si angoissants qu'elle se réveillait trempée de sueur. Il y avait eu ce rêve de la naissance de Freddy : à l'hôpital, après l'accouchement, on lui montrait son bébé et il n'avait pas de jambes. D'autres rêves étaient fortement marqués de sensualité ; elle serrait la tête d'un homme contre son sein, et le désir qui s'emparait d'elle était si fort que la peur de le perdre le disputait en elle au plaisir de sentir son poids et sa chaleur contre elle. Une fois, elle se réveilla en riant. Il lui semblait, alors qu'elle tentait de se remémorer son rêve, que le beau cousin d'Emily, Thayer, lui avait fait des compliments. Elle se sentait heureuse.

Un coq chantait au loin ; l'aube devait être proche. Une petite pluie se mit à tomber, tambourinant contre les volets, légèrement d'abord, puis de plus en plus fort, et l'on entendait distinctement les gouttes s'écraser sur les feuilles des érables.

Petit à petit, la réalité se précisait : de l'autre côté du palier, la chambre de Freddy. Leah et Hank dormaient dans une autre chambre, car Freddy avait le sommeil léger et ne devait pas être dérangé. Qu'allait-il devenir ? Toujours cette même question angoissante et futile. Il n'y avait pas de réponse. Ou plutôt la réponse n'était que trop claire : encore cinquante ou soixante ans comme cela !

En soupirant, Hennie retomba dans un demi-sommeil. Un rêve, encore un rêve...

Sur la nappe du pique-nique, on voit encore les restes du gâteau d'anniversaire sur lequel la banderole en massepain portant *Bon anniversaire* a été à moitié grignotée. Il n'y a pas encore grand monde au zoo ; les gens déambulent dans l'allée bordée de lions de pierre qui mène aux cages à lions.

La journée a été agréable. Walter et Dan ont eu une discussion passionnante, sans sous-entendus venimeux, tandis que Paul apprend à Freddy à se servir d'une batte de base-ball.

Le soleil décline vers l'ouest, derrière les arbres. Les gens se lèvent, replient leurs couvertures et appellent leurs enfants. Il est temps de rentrer à la maison.

Une fille avec un chapeau de paille jaune, qui n'a pas cessé de faire de l'œil à Dan pendant tout l'après-midi, renverse un panier de pommes. Dan les ramasse, les lui rend, et elle le gratifie d'un charmant sourire.

— Oh, merci, merci beaucoup !

– Quelle belle journée ! dit Dan.

— C'est vrai, magnifique, répond le chapeau jaune. C'est un endroit charmant. J'y viens presque tous les dimanches.

— Dan, est-ce que tu sais où est le chandail de Freddy ? crie Hennie, qui se trouve un peu éloignée de là.

A présent, elle se rend compte qu'elle est en train de rêver, et elle ressent encore ce picotement familier dans le cou, et se souvient d'avoir pensé : *Ce genre de choses n'arrive jamais à Walter.*

Elle se réveilla tout à fait. Un rai de lumière lui éclairait le visage. Elle observa un autre trait jaune qui barrait le pla-

496

fond  La pluie avait cessé ; des voix lui parvenaient de la cuisine . dans la maison d'Alfie, la journée avait commencé. Elle demeura encore un moment au lit, savourant sa paresse.

Alors, retrouvant une très ancienne habitude héritée de son enfance lorsque, triste ou effrayée, elle avait besoin de s'encourager, elle se mit à dénombrer les belles choses et les événements heureux de sa vie : « Tu ne connais pas ton bonheur », disait sa mère, oubliant à quel point elle-même se plaignait de sa vie (comme ce serait étrange le jour où cette mère rigide, acariâtre et pourtant si aimante, ne serait plus !).

Donc, une liste des bienfaits de l'existence. Un, songea Hennie, maman est toujours vivante et se porte bien. Deux, Florence et moi nous nous sommes retrouvées. Trois, Leah a donné naissance au petit Hank. Quatre : Freddy est entouré de gens qui l'aiment.

Elle entendit quelqu'un ouvrir la porte de la chambre de Freddy. Quelqu'un, Ben ou Alfie, allait l'asseoir dans sa chaise roulante et le préparer pour la journée. Elle repoussa ses couvertures et se leva. Le temps était frais et le ciel couvert, aussi sortit-elle une jupe chaude et un chandail de laine aux couleurs vives ; elle avait le sentiment que vis-à-vis de Freddy il était important d'arborer des couleurs gaies. La porte de Freddy s'ouvrait à nouveau : on devait lui amener le plateau du petit déjeuner. Elle se dépêcha d'enfiler son chandail...

Un cri terrible retentit dans la maison ; le sang de Hennie se figea dans ses veines. On entendit un fracas dans les escaliers. Dans les escaliers ? Un objet lourd qui rebondissait et se cognait aux barreaux de métal... un nouveau hurlement d'animal blessé...

Elle se précipita sur sa porte ; au même instant, toutes les chambres de la maison s'ouvraient ; bruits de cavalcade dans les couloirs et les escaliers. Hennie se précipita en haut des escaliers. Alfie en pyjama et Emily en chemise de nuit avaient déjà descendu la moitié des marches.

Et en bas, oh, mon Dieu ! En bas, renversée, les roues tournant encore, se trouvait la chaise d'invalide tandis que

497

Freddy... Freddy était coincé au-dessous, immobile. Ensanglanté, les bras en croix.

La femme de chambre laissa tomber le plateau du petit déjeuner. Deux jeunes bonnes s'étaient jetées à genoux et gémissaient. L'un des valets de ferme arriva en courant de la cuisine, tandis qu'un autre se précipitait sur le téléphone. On se bousculait dans l'escalier.

— Qu'est-ce qui s'est passé ? Comment ?

— Il était seul. C'est lui qui s'est jeté dans la cage d'escalier.

— Mon Dieu !

— Non, Leah, ne regarde pas !

— Meg, occupe-toi de Hank ! Referme sa porte ! Tiens-le éloigné !

— Un docteur ! Appelez une ambulance !

— Du whisky ! Du cognac !

— De l'eau froide !

— Relevez-le !

— Ne le touchez pas !

— Il est mort.

Alfie se rua à nouveau en haut des marches.

— Qu'on s'occupe de maman... elle va avoir une attaque. Et Leah. Non, Hennie, ne descends pas. L'ambulance va arriver, Ben et moi nous allons nous en occuper. Vous les femmes, restez là. Non, Hennie, je t'en prie ! Hennie ! Retenez-la !

On la retint ; elle se mit à hurler d'une voix suraiguë, mais elle se calma rapidement ; il fallait aider Freddy, ses hurlements n'arrangeaient rien.

— Aidez-le, murmura-t-elle.

Et puis la voix d'Alfie, qui la tenait serrée contre lui. Hennie... il est mort.


Les gens venaient de partout. De son lit, elle entendait la porte s'ouvrir et se fermer sans cesse ; d'innombrables bruits de pas dans les escaliers. Des gens autour de son lit, et quelqu'un, ce devait être un médecin, lui dit : « Prenez ceci, cela vous fera dormir. »

Lorsqu'elle se réveilla, la paupière lourde, quelqu'un était assis sur son lit.

— C'est moi, murmura Emily.

— Il faut que je sorte, dit Hennie d'une voix pâteuse.

— Non, non. Recouche-toi. Ça vaut mieux, Hennie.

Une sonnerie de téléphone. Un brouhaha dans la maison. Oui, bien sûr, Freddy était mort.

— Je n'y crois pas, dit Hennie.

Emily ne répondit rien mais lui prit la main et la serra très fort.

— Où est Leah ?

— Elle est couchée aussi. Le médecin lui a donné quelque chose.

— Pauvre Leah.

Emily continuait de lui serrer la main ; douce sensation de chaleur.

— Tu es merveilleuse, Emily ; tu ne dis rien, et c'est bon.

— Il n'y a rien à dire, sauf que nous sommes là et que nous t'aimons.

Hennie enfouit son visage dans l'oreiller. Un spasme la secoua, mais elle ne pleurait pas. Il n'y avait qu'une pression intolérable en elle, et il fallait absolument se débarrasser de ce poids, sinon elle en mourrait elle aussi.

Elle sauta à bas de son lit, repoussant Emily.

— Il faut que je sorte !

— Ce n'est pas possible ! Il pleut, il ne faut pas, Hennie...

Elle était déjà sur le palier, dévalait les escaliers, jetait un regard à l'endroit où il s'était écrasé dans sa chaise. Mais on ne voyait plus rien : au pied des marches, on avait disposé un petit tapis oriental.

Emily courut après elle.

— Il pleut à verse, Hennie. Où vas-tu ?

Puis on entendit la voix de Ben.

— Laissez-la. Elle doit avoir besoin de sortir, d'être seule. Nous irons la rechercher avant qu'elle n'aille trop loin.

La pluie lui fouettait le visage. Hébétée, elle ne savait où diriger ses pas. Puis elle courut se mettre à l'abri d'un bouquet d'arbres. Là, elle jeta les bras autour d'un tronc, ignorant les griffures de l'écorce sur sa joue, insensible à la douleur, étreignant cet arbre comme si elle avait voulu attirer en elle toute sa sève, toute sa vie.

Mort ! Écrasé dans sa chaise ! Et maintenant il allait pourrir, comme pourrissent les feuilles pourpres pendant l'hiver à l'endroit où le vent les a poussées ; comme les oiseaux et les petits animaux à fourrure dont on a jeté les corps dans les fossés, le long de la route.

Pourquoi ? Nous t'entourions du mieux que nous pouvions, Freddy. Nous nous serions occupés de toi toute notre vie. La vie ne vaut-elle donc rien du tout, même sans ses jambes ?

Elle sentit deux mains se poser sur ses épaules.

— Vous ne pouvez pas rester ici toute la nuit, Hennie, dit doucement Ben. Il fait froid et vous êtes trempée.

Elle leva le regard vers lui. Ses yeux, d'habitude si rieurs, étaient tristes et voilés.

— Je veux rester ici, seule.

— Non, ce n'est pas possible. Vous ne pouvez pas tomber malade. Pas maintenant. Nous ne vous laisserons pas.

La voix était ferme, à la fois douce et très mâle. Il fallait lui obéir. Elle frissonna. Puis, à travers le brouillard, elle se laissa reconduire jusqu'à la maison.

Dans le salon, les gens semblaient pétrifiés. Hennie le remarqua tout de suite en entrant. Glacée, dégouttante d'eau, elle se demanda ce qui avait bien pu encore arriver. Elle vit alors qu'Alfie tenait un papier à la main et que Leah pleurait.

— Qu'est-ce que c'est ? Donne-moi ça, je veux le voir ! lança Hennie en s'apercevant qu'Alfie tentait de dissimuler le papier derrière son dos.

— Ça concerne Freddy, n'est-ce pas ? Donne-le-moi ! Tu dois me le donner !

Il n'y avait que quelques mots, écrits de la main de Freddy : *J'ai tout perdu. J'espère que tu seras heureuse avec Ben. Il est plus homme que moi.*

— Qu'est-ce que ça veut dire ? s'écria Hennie.

Personne ne répondit.

Ce fut Meg, hoquetante, des sanglots dans la voix, qui finit par rompre le silence.

— Je ne voulais pas le dire ! Je ne voulais pas, mais quand ils ont trouvé le papier, ça a été plus fort que moi... ce que je savais, ce que nous avons vu hier près de l'étang...

— C'est bon, Meg, dit alors Leah, tu as tout à fait le droit de dire ce que tu as vu.

Hennie jeta un regard fou sur Leah et Ben.

— Alors c'est vrai ? Vous... vous deux ?

— Non, ce n'est pas ce que tu crois. C'est affreux à dire, mais je serais restée avec Freddy tant qu'il aurait vécu. Jamais je ne l'aurais abandonné.

Hennie eut l'impression de recevoir un violent coup de poing dans la poitrine. Elle dut s'agripper au dossier d'une chaise.

C'est Leah, c'est bien elle. Regarde-la, avec ses larmes dans les yeux et ses boucles d'oreilles qui se balancent. C'est le visage d'une étrangère. Une tricheuse. Ce qu'elle a fait à mon fils ! Comment Leah a-t-elle pu faire une chose pareille ? Je ne la connais plus.

— L'abandonner ! cria Hennie. Mais tu l'as tué, oui !

— Je te le répète, jamais je ne l'aurais laissé. J'ai été bonne avec lui, tu le sais.

— Parce que tu crois que ton... ton amant t'aurait attendue toute sa vie ? Toi... toi que j'ai sortie du ruisseau ! L'as-tu oublié ? Tu es une meurtrière ! Je t'ai sauvée, je t'ai accueillie chez moi, dans ma famille, et toi, c'est ce que tu fais ensuite ! Toi et lui...

— Il faut croire Leah, dit alors Ben. C'est vrai, je veux l'épouser, je l'aime de tout mon cœur, de toute mon âme, mais jamais je ne l'aurais fait tant que Freddy était vivant. Malgré notre amour, jamais nous ne lui aurions fait le moindre mal.

Hennie l'ignora.

— Oh, Dan va vouloir te tuer ! Je dois bien reconnaître

501

qu'il avait raison à ton sujet. Il te connaissait, Leah, il avait raison.

Ivre de colère, elle s'avança vers Leah, comme pour la frapper ou lui arracher les yeux. Alfie la saisit par le bras.

— Hennie, je t'en prie, pas de crise d'hystérie ! Il y a un enfant dans cette maison. Pense à Hank. Il faut garder la tête froide. Allez, accompagne-moi en haut. Dan a été prévenu ; c'est lui le père et il s'occupera de tout.

D'un pas incertain, elle se mit à gravir les marches, aidée par Alfie.

— Je ne veux pas de Dan, dit-elle en sanglotant. Pas Dan, je veux voir Paul. Prévenez Paul.

— Oui, oui, on essaie de le joindre. J'ai laissé un message.

— Je ne serai pas là de la journée, dit Paul.

La secrétaire, qui venait d'arriver, avait été surprise de le voir dans le bureau avant elle et plus surprise encore de le voir repartir aussi tôt.

Il avait plusieurs rendez-vous en ville et se réjouissait déjà des déplacements qu'il allait faire un peu partout. Il devait rencontrer différents clients, des banquiers, des avocats et des agents de change qu'il allait falloir convaincre. Enfin une journée où il n'allait pas rester vissé à son siège !

Avant de prendre son chapeau et sa serviette de cuir, il jeta un regard circulaire sur son domaine. Sur son bureau, encadrée du même cuir que celui qui recouvrait la table, il remarqua tout d'abord la nouvelle photographie de Mimi. Elle se tenait de trois quarts et portait la robe qu'il préférait ; pour quelque raison inconnue de lui-même, il avait toujours aimé voir les femmes porter des dentelles ; cette robe-ci s'ornait d'une double collerette de dentelles portées haut sur la nuque, qui n'était pas sans rappeler les robes amples de la période élisabéthaine. Mimi avait la tête légèrement inclinée de côté, avec cet air de modestie qui n'appartenait qu'à elle. Pourtant, la tête était inclinée de telle manière que son nez, un peu trop busqué pour les canons de l'esthétique européenne, était particulièrement mis en valeur et conférait à ce visage une fierté qui venait démentir ce que l'attitude aurait pu avoir de trop humble.

Il se sentait désemparé. Il sortit rapidement.

Une fois dans la rue, il ne songea plus qu'à son premier rendez-vous. Autour de lui, les gens étaient pressés, se bousculaient. Une à une, les petites rues étroites du quartier des affaires se transformaient en sombres canyons à mesure que les vieilles maisons de deux ou trois étages étaient remplacées par des gratte-ciel de trente ou quarante étages. L'immeuble Werner était déjà flanqué de deux tours semblables. Mais il tenait encore debout, et aussi longtemps qu'il aurait son mot à dire, il ne serait pas question de le détruire. Avec ses deux étages de briques patinées par les ans, le petit immeuble semblait tout droit sorti d'un roman de Dickens, et Paul en était fort aise.

A quatre heures, il en avait terminé avec ses rendez-vous. Il lui fallait retourner au bureau : une montagne de courrier devait l'y attendre. Mais il pouvait aussi rentrer chez lui l'esprit en paix : il avait bien « gagné sa journée ». Mais il lui était impossible de se décider : l'anxiété s'était à nouveau emparée de lui et il avait besoin de mouvement, de grand air.

Il entra dans Central Park à hauteur de la 59e Rue, avec l'intention d'en sortir sur la 5e Avenue, au niveau de la 72e Rue. Le soleil avait disparu derrière une voûte de nuages, tandis qu'à l'ouest le ciel était blanc. Il devait pleuvoir à la campagne, chez Alfie ! Un fin brouillard gris flottait dans le parc, et il avait l'impression étrange de se trouver en Angleterre ou en Irlande. Peu de monde autour de lui. A la Bethesda Fountain, il ne vit que des pigeons picorant tristement au milieu d'épluchures de cacahuètes. Les pensées qu'il s'efforçait en vain de chasser de son esprit depuis le matin revenaient en force.

Ces mêmes pensées, il les traquait depuis ce jour-là, il y avait de cela deux mois... une éternité ! Les images se bousculaient dans son esprit : Anna sur le lit, les lèvres humides, les yeux brillant sous les pétales de ses paupières. Anna descendant quatre à quatre les escaliers, le visage révulsé. Anna courant dans la rue, les cheveux en bataille sous son chapeau. Terrifiée...

Mais plus tard, elle avait dû se calmer, songer à ce qui venait de se passer. Elle n'avait dû cesser d'y penser au cours des dernières semaines et comme lui se demander : que faire ?

Car elle l'avait désiré. Ce désir, ils l'avaient partagé depuis ce jour où rentrant dans sa chambre à l'improviste, il l'avait trouvée feuilletant un de ses livres d'art. Il sourit à ce souvenir, et une dame aux cheveux gris qui promenait son chien eut l'air scandalisée par l'impertinence de ce sourire. Et ce jeune effronté qui riait, à présent !

Un instant plus tard, il était accablé. Tout, le monde entier s'acharnait à séparer deux êtres qui n'avaient qu'un seul tort, celui de s'aimer. Depuis le début, tout le monde conspirait contre eux ! Et ce n'était pas fini : quand il avait raconté à sa mère la visite imprévue d'Anna et le prêt qu'il lui avait fait, elle avait osé le questionner comme s'il était encore un enfant.

— Tu es resté seul dans cette maison avec elle ? Ce n'est pas très sage, Paul. Cette fille avait le béguin pour toi.

Furieux, il lui avait sèchement répondu :

— Excuse-moi, maman, mais ce sont des propos honteux !

Mais loin de se laisser impressionner, sa mère avait poursuivi :

— Non, Paul, je suis seulement réaliste. Cette fille n'avait d'yeux que pour toi, et mariée ou pas, cela ne change rien Comme le dit ton père, il faut jouer cartes sur table.

En prononçant ces mots, elle l'avait regardé droit dans les yeux.

Eh bien puisqu'ils le voulaient tant, il abattrait son jeu ! Tant pis pour eux si la nouvelle donne ne leur plaisait pas ! Il ne voulait faire souffrir personne, mais certaines décisions ne pouvaient être indéfiniment remises.

Il avait soigneusement élaboré ses plans. Elle n'avait pas

le téléphone. Une lettre était trop risquée. Il avait même eu le fol espoir qu'Anna allait faire le premier pas.

Et pourtant, il y avait sûrement un moyen. Il ferait les choses avec prudence, avec douceur. En faisant en sorte d'infliger le moins de douleur possible.

Lorsqu'il ouvrit la porte d'entrée, Mimi se tenait dans le vestibule. Toute la douleur du monde se lisait sur son visage quand elle s'avança vers lui.

— Mon chéri… je ne sais pas comment te le dire… Freddy est mort.

# 11

Au cours des mois qui suivirent la mort de Freddy, Paul rendit souvent visite à Hennie après son travail. En descendant du trolleybus, il était à chaque fois frappé par la façon dont ce quartier avait changé depuis son enfance. Plus pauvre, plus sale, plus peuplé et plus bruyant. De nombreux rez-de-chaussée étaient à présent occupés par des boutiques crasseuses ; des camions encombraient les rues, de ces camions que d'innombrables enfants chargeaient et déchargeaient à longueur de journée. A n'en pas douter, il y avait sur terre des endroits bien pires que ce quartier de New York, mais pourquoi Hennie ne le quittait-elle pas ? C'était certainement chez elle un choix délibéré.

En montant les escaliers, Paul fut assailli par des relents de cuisine internationale : de la soupe italienne et une odeur d'épices indiennes, particulièrement douceâtre et écœurante.

Hennie lui ouvrit la porte ; il l'embrassa sur les deux joues.

— Comment vas-tu, Hennie ?

— Je ne sais pas. Je continue à vivre.

Il faisait sombre dans le salon. Il avait le sentiment, sans en être parfaitement sûr, que la poussière n'avait pas été nettoyée depuis longtemps. Un des volets des doubles fenêtres était tiré, laissant passer le peu de lumière qu'autorisait la présence de hauts immeubles de l'autre côté de la rue. Le lierre, autrefois si vivace, était en train de mourir.

— A quoi penses-tu ? demanda-t-il doucement en voyant que Hennie, silencieuse, regardait obstinément les murs gris par la fenêtre.

— Tu veux vraiment savoir ? demanda-t-elle avec un sourire triste.

— Bien sûr.

— Je pensais à l'enterrement. Le cimetière, le lieu du dernier repos... Ce jour-là, je ne me rendais pas compte que je voyais tout le monde ; ce jour-là, je ne savais rien. Mais enfin j'ai dû les voir, parce que je m'en souviens aujourd'hui. Ta femme te tenait le bras, et je me suis dit qu'elle devait songer à toi : et si c'était Paul qui était revenu comme ça de la guerre ?

— La guerre est une loterie. On ne sait jamais pourquoi on est encore debout, alors qu'une balle vient de frapper le voisin. C'est la loterie la plus ignoble qui soit.

— Oui, cela je peux le comprendre. Finalement, c'est une douleur assez simple. La tristesse est terrible, mais elle est localisable. Mais quand je pense à la mort de Freddy ! Pourquoi ? Leah valait-elle la peine qu'il se tue pour elle ?

— C'est un mystère, Hennie. Personne ne sait ce qui a pu se passer en lui.

Il ne savait comment alléger sa peine. Et comment, même, aurait-il pu vraiment comprendre le désespoir qui avait habité Freddy, alors que son avenir à lui s'annonçait plein de joie et de bonheur. Il avait enfin pris sa décision. Non, ce qu'avait éprouvé Freddy demeurerait à jamais un mystère. On ne pouvait que risquer des conjectures. Tous les amputés de la Grande Guerre ne s'étaient pas suicidés. Même ceux qui avaient été amputés des deux jambes. Peut-être au cours de ces courtes secondes de chute dans la cage

507

d'escalier, peut-être alors avait-il regretté son geste. Qui le saura jamais ? Il en était désolé pour la malheureuse Hennie, mais il n'avait aucune explication à lui offrir.

— Tu es trop seule ! lança-t-il à brûle-pourpoint. Il faut faire quelque chose.

Et il en vint sans détours à l'objet de sa visite.

— Dis-moi, Hennie, pourquoi ne parles-tu jamais de ce qui s'est passé entre Dan et toi ? Cela ne peut être que quelque chose d'impardonnable... mais il me semble difficile à imaginer que Dan ait pu faire quelque chose d'impardonnable.

Cette habitude agaçante qu'il avait de courtiser les jolies femmes ? Ce devait être exaspérant pour Hennie, mais tout de même pas au point d'entraîner une séparation, après toutes ces années vécues ensemble !

Et comme Hennie ne répondait pas, il répéta :

— Je n'arrive pas à imaginer que Dan ait pu faire quelque chose d'impardonnable.

Pour la première fois de sa vie, il s'aperçut que Hennie le regardait avec haine.

— Pardonne-moi, dit-il.

Visiblement, elle regrettait son attitude.

— Et toi, dit-elle, radoucie, toi qui t'inquiètes tellement de moi, comment vas-tu ?

— J'ai revu Anna, dit-il brusquement.

— Anna ? Ah bon ? Que s'est-il passé ?

— Rien... elle a un enfant.

Il voulait que Hennie le questionne à son sujet, tout en étant bien décidé à ne rien lui révéler de ses projets : le moment n'était pas encore venu de les dévoiler. Peut-être voulait-il seulement entendre prononcer le nom d'Anna.

Mais Hennie ne lui demanda rien. Elle s'était à nouveau absorbée dans ses pensées.

— Je regrette de ne plus voir Hank, dit-elle. Je ne l'ai pas vu depuis... depuis que c'est arrivé. Mais je ne veux pas mettre les pieds dans cette maison. Je la méprise, je ne veux plus la voir. C'est au moins une chose que Dan et moi avons en commun, dit-elle avec une satisfaction amère qui ne lui ressemblait guère.

Cette aigreur chez Hennie, qu'il aimait comme sa mère, dérouta Paul et le mit même en colère, et c'est avec sécheresse qu'il répondit :

— Tu seras surprise d'apprendre qu'il y a eu de grands changements. Il vient la voir presque tous les jours.

— Hein ? Je n'y crois pas ! Il lui a pardonné ?

— Je ne sais absolument pas ce qui s'est passé. Nous n'en avons pas parlé.

Il lui a pardonné, se dit-elle. Toute la famille lui avait donc pardonné, si l'on pouvait appeler « pardon » ce silence pudique à propos de « l'autre homme ».

— Sais-tu aussi que Leah a renoncé à tous ses droits de succession ? Tout a été mis au nom de Hank, y compris la maison.

— Ça aussi, c'est incroyable ! s'écria Hennie. Alors que Leah aime tant l'argent !

Un jour, se rappelait Paul, elle avait loué devant lui l'ambition et la persévérance de Leah. Décidément, songea-t-il, on ne voit chez les autres que ce que l'on veut bien voir...

— C'est peut-être incroyable, mais c'est vrai. Hank sera riche quand il sera grand.

— Ça ne veut rien dire. On peut être riche et pauvre d'esprit !

— La richesse n'est pas obligatoirement la ruine de l'âme, tu sais. Leah voudrait bien déménager, mais Dan ne veut pas en entendre parler. Il veut qu'elle garde la maison pour l'enfant.

Elle était effondrée. Son regard retourna aux murs gris, de l'autre côté de la rue.

— J'aimerais revoir mon petit-fils, dit-elle finalement à mi-voix, comme si elle se parlait à elle-même. Il a dû m'oublier.

Ses derniers mots résonnèrent dans le triste salon.

Un sentiment de compassion envahit Paul, et il se revit,

petit enfant, se promenant au parc avec Hennie ; Hennie et Dan...

— Tu sais ce que je vais faire ? Je vais me débrouiller pour que tu vois Hank quand Leah ne sera pas chez elle. Nous irons ensemble.


Il ressemblait à Dan. Hennie remarqua qu'il avait ce même geste de repousser sur son front la mèche de cheveux sombres qui lui tombait sur les yeux. Mais il avait les yeux ronds et vifs de Leah et son nez retroussé ; il avait... Agacée par ses propres réflexions, Hennie interrompit le cours de ses pensées. Un enfant est ce qu'il est ! Pourquoi toujours chercher des ressemblances ?

Pour l'instant, Hank construisait une pyramide de cubes avec Paul. Le doux soleil de cet après-midi d'automne baignait de sa lumière dorée cet univers enfantin. A la tête du lit était peint Humpty-Dumpty ; au pied, la Mère l'Oie. Dans la chambre, tout était proportionné à la taille de l'enfant, depuis la table et les chaises rouges devant la cheminée, jusqu'aux étagères à jouets et aux placards où étaient suspendues des rangées de petits pantalons et de petites vestes, des culottes de cuir et un manteau à col de velours.

Oui, c'était un paradis d'enfant. Et elle se dit que chaque enfant qui venait sur terre devrait posséder une chambre à lui, aussi claire, aussi calme.

— Je te montre comment je sais attraper ! dit Hank en prenant un ballon sur une étagère. Toi, oncle Paul, tu restes là. Non, t'es trop près. C'est pour les bébés quand c'est aussi près !

— Tu peux l'attraper d'aussi loin ?

— Oui ! Tu vas voir !

Paul envoya la balle que Hank rattrapa adroitement.

— Tu vois, j'tavais dit ! dit-il fièrement.

— Qui c'est qui t'a appris ?

— C'est oncle Ben. On va au parc et on joue à la balle.

Cet étranger, qui prenait la place de son père ! Mais quand

il était petit, Freddy détestait les jeux de plein air. Plus âgé il avait appris à jouer au tennis, mais c'était sur les instances de Paul, et pour des raisons de pure convenance ; en réalité, il détestait ça...

Hank interrompit les réflexions de Hennie.

— Oncle Ben va m'acheter des patins pour mon anniversaire. Il me l'a promis.

— Oh, c'est magnifique, dit Paul. Et maintenant, dis-moi, est-ce que tu voudrais que moi je t'achète un bateau ? Un voilier. Et que je t'emmène au bassin ?

— Pour mon anniversaire des quatre ans ?

— Peut-être même avant, dit Paul en lui renvoyant la balle.

La pendule carillonna, et Hank rangea la balle.

— C'est l'heure de mon déjeuner à moi. Tu veux savoir comment je le sais ? Eh bien c'est quand ces deux bâtons, là, sont tout droits, ça veut dire que c'est midi et que c'est le déjeuner. Et puis aussi que j'ai faim.

— Toi, tu as toujours faim, heureusement, d'ailleurs !

Une femme entre deux âges, vêtue d'un uniforme blanc et portant un plateau, venait de faire son entrée.

Paul fit les présentations.

— Mme Roth, Scotty. Elle s'appelle Mme Duncan, mais elle préfère qu'on l'appelle Scotty.

En uniforme, avait raconté Angelique, avec une cape bleu marine lorsqu'elle le sort. Très gentille, mais aussi très correcte. Il est très bien élevé, notre petit Hank. Les Écossais savent y faire.

— Allez, viens, dit Scotty en posant le plateau sur la table. Tu as une côtelette d'agneau, et Mme Roedling a préparé ce matin des gâteaux au gingembre ; ils sont encore chauds. Et maintenant tu vas être un gentil garçon, tu vas aller te laver les mains dans la salle de bain.

Certainement curieuse de rencontrer enfin cette grand-mère qu'on lui avait cachée jusqu'à ce jour, Scotty regardait Hennie en souriant. Elle avait un visage avenant, cette femme qui avait pris la place de Hennie auprès du petit Hank.

Sans réfléchir, Hennie dit à Scotty :

— Je suis heureuse que Hank vous ait auprès de lui, Scotty. Surtout que sa mère ne passe guère de temps avec lui.

— Oh non, madame, répondit Scotty, surprise. Sa mère est merveilleuse avec lui. Quand on pense qu'elle travaille toute la journée ! Moi, j'ai travaillé dans des familles où la mère ne faisait rien d'autre que d'aller déjeuner et prendre le thé avec ses amies, mais où elle s'occupait infiniment moins de ses enfants que la maman de Hank.

Ainsi poliment rabrouée, Hennie rougit et s'apprêtait à s'asseoir avec Hank sans plus s'occuper de la gouvernante, lorsqu'elle entendit des voix dans l'escalier.

— Mais... qu'est-ce que c'est ? s'exclama Paul. Je ne comprends pas !

Tous deux avaient reconnu les voix de Leah et de Dan.

Hennie était furieuse ; elle était persuadée que Paul lui avait tendu un piège. Ils quittèrent la chambre et descendirent rapidement l'escalier.

— Comment as-tu pu me faire une chose pareille ? chuchota-t-elle dans son dos.

— Je te jure que je n'y suis pour rien ! Il y a eu un malentendu sur son emploi du temps. Je te le jure, Hennie !

Rapidement, Hennie aperçut Leah, élégamment vêtue de gris, une manière de demi-deuil, et Dan qui se détachait dans la pénombre, l'attitude protectrice.

— Nous partons, dit Paul, affreusement mal à l'aise. Et il ajouta : Nous sommes venus voir Hank.

Hennie se dirigea vers la porte d'entrée. Elle tremblait ; elle ne savait comment tirer le loquet et les deux verrous.

— Tu ne montes pas voir Hank aujourd'hui ? demanda Leah à Dan.

— Non, demain. Aujourd'hui je n'ai pas le temps. J'étais seulement venu t'apporter ces papiers à signer.

Puis, se tournant vers Hennie :

— Hennie, ce sont les actes de renonciation à la succession...

Hennie se retourna, mais regretta aussitôt d'avoir l'air

512

ainsi d'obéir à ses ordres. Dan poursuivit ses explications :

— ... Hennie, je crois que tu dois savoir qu'en signant ces papiers, Leah renonce à ses droits de succession, y compris sur cette maison. Tout passe au nom de Hank.

— Je suis déjà au courant. Paul, veux-tu m'ouvrir cette porte, s'il te plaît.

Paul se tenait entre eux, les bras ballants, l'air malheureux.

— J'estimais que tu devais savoir ce qu'avait fait Leah, répéta Dan.

— Oui, c'est admirable. C'est bien le commentaire qu'on attend de moi, n'est-ce pas ?

— Je sais que j'ai perdu ton estime, Hennie, dit Leah d'une voix posée, mais tant pis, je m'en passe. La vie est trop dure pour qu'on s'arrête trop longtemps à ce qui vous fait mal.

Elle haussa les épaules, petit geste de regret charmant et désabusé, et monta l'escalier sans ajouter un mot.

Une grande dame, se dit Hennie.

Puis Dan, Hennie et Paul quittèrent la maison en même temps. Ils marchaient en direction de Madison Avenue ; Paul se tenait entre Hennie et Dan.

— Jamais je ne te pardonnerai ! lança Hennie entre ses dents.

Elle savait que Paul, bien que lancé dans une grande conversation avec Dan, l'avait entendue.

C'était un dimanche. Les femmes portaient fourrure et les hommes des pardessus de ville et des chapeaux hauts de forme ; ces messieurs jouaient souvent avec une canne en jonc. Dan, lui, portait toujours son vieux manteau d'hiver et semblait déplacé dans ce quartier où il ne se rendait que pour venir voir Leah.

— Y a-t-il un endroit où déjeuner, par ici ? demanda Dan.

— Il n'y a pas grand-chose dans le voisinage immédiat, mais... (il hésitait)... à quelques rues d'ici, en descendant, il y a un bon petit restaurant, seulement.

Dan sourit.

— Un peu trop chic pour moi, c'est ça ? Eh bien, essayons quand même.

— Je n'ai pas faim du tout, dit Hennie.

Pensait-il vraiment qu'elle allait s'asseoir à la même table que lui ? Présomptueux comme à son habitude, il en était bien capable ! Mais pour quoi faire ? Ils n'avaient plus rien à se dire !

— Il faut que tu déjeunes, Hennie, dit Paul d'un ton de reproche. Et puis moi aussi, j'ai faim. Mimi est allée chez ses parents et personne ne m'attend. Allez, viens.

Paul la tenait par le coude en la serrant un peu fort.

Le hall de l'hôtel respirait le printemps : partout, on avait disposé des bouquets de fleurs. Hennie était fatiguée et se trouvait mal fagotée pour un endroit aussi élégant.

Paul la poussa en direction de la salle de restaurant. Encore des fleurs et des nappes blanches ! L'endroit l'intimidait un peu. Mais elle fut presque assise de force sur une chaise.

Immédiatement, un serveur fit son apparition, un crayon et un bloc de papier à la main.

— Je n'ai pas faim, dit Hennie. Vraiment, je n'ai envie de rien.

Dan l'ignora.

— Madame prendra un steak. Saignant. Et une pomme de terre au four, sans beurre. Et une salade.

Elle se sentait misérable, humiliée. Dan cherchait son regard, mais elle l'évita. Paul, lui, s'était plongé dans l'étude de la carte. Il n'y avait pas de fenêtres dans la salle, pas d'endroit où son regard aurait pu se perdre, se réfugier. Devant elle, il n'y avait qu'un grand chapeau à plumes. Elle se dit que la petite Meg aurait été furieuse de voir des plumes d'oiseau orner un chapeau.

Mais Dan n'entendait pas jouer les utilités.

— Eh bien, Hennie, j'espère que tu n'es pas complètement effondrée.

— Non, comme tu le vois, je continue à vivre.

— Heureusement, nous avons Hank. C'est tout ce qui nous reste.

Que répondre à cela ? Comme si je ne savais pas ce que j'avais perdu et ce qui me restait ! Paul est gêné, il ne sait pas où se mettre, il ne peut pas m'aider. Toute cette histoire est sa faute. Oui, je vois bien qu'il regrette. Il doit s'imaginer qu'il comprend ce que je ressens, mais comment le pourrait-il ? Avec Marian il a une vie tranquille, et cette vieille histoire d'amour est depuis longtemps oubliée. Comment peut-il savoir ce que moi, je ressens ?

Le serveur amena des petits pains et du beurre. Personne n'y toucha.

— Eh bien, personne ne dit rien ? s'exclama Dan.

A présent, elle le regardait bien en face. Les lignes verticales qui s'étaient creusées sur son front dénotaient l'angoisse et la colère. Alors, elle eut envie de parler.

— Oui, moi je vais dire quelque chose. Je ne comprends pas cette histoire entre Leah et toi. Après ce qu'elle a fait à Freddy, comment peux-tu oublier ? Toi qui de toute façon ne l'as jamais beaucoup aimée ? Je t'ai toujours trouvé trop dur avec elle, tu lui reprochais sa frivolité, son caractère autoritaire, tu estimais qu'elle n'était pas faite pour Freddy, et maintenant, je le regrette bien, mais je suis obligée de reconnaître que tu avais raison. Mais alors je ne comprends plus !

— Je n'avais ni tout à fait raison ni tout à fait tort. Je me demande si tu peux comprendre une phrase comme celle-là. Parce que pour toi, il n'y a pas de milieu : les choses sont ou toutes noires ou toutes blanches. Par exemple, ni toi ni personne d'entre nous n'aurait cru Leah capable de renoncer à la succession.

Le serveur revint. En silence, avec impatience, ils le regardèrent servir les légumes avec délicatesse, comme si la tâche était d'une importance capitale. Lorsqu'il fut parti, Dan poursuivit.

— Si, il y en avait un parmi nous. Alfie. Lui, n'a pas été surpris. Elle veut être indépendante, m'a-t-il dit. A partir de maintenant, elle ne veut plus rien devoir à personne. Je crois qu'il avait reconnu en elle des traits de son propre caractère.

— Des traits que tu méprises.

— Je ne dirais pas les choses comme ça.

Dan se mit alors à contempler son assiette ; il avait l'air soudain extrêmement las.

— Je ne peux qu'admirer l'énergie que possèdent certains. Je suis incapable de réussir comme eux. Alfie s'était donné un but et il l'a atteint. Moi, j'ai consacré toute mon énergie à la justice et à la paix dans le monde, mais je n'ai connu que des échecs...

Paul l'interrompit.

— Non, Dan. Tu te souviens de la loi sur les immeubles de location ? Je pourrais aussi citer...

Ce fut au tour de Dan de l'interrompre.

— Non, non, ça n'est rien à côté de ce que j'espérais.

Hennie se sentait envahie de pitié, et peut-être de tendresse ; furieuse contre elle-même, elle éprouva le besoin de contre-attaquer.

— Elle a ôté à mon fils sa dernière raison de vivre, elle lui a brisé le cœur, et toi tu en fais une sainte simplement parce qu'elle ne veut pas de ton argent !

— Moi, grimaça Dan, j'en fais une sainte ? Certainement pas ! Notre conception de la vie est trop différente. Elle était fière de voir Freddy partir à la guerre, et cela je ne l'oublierai jamais. Elle est attachée à des choses qui pour moi ne représentent rien. Mais enfin faut-il aimer passionnément quelqu'un ou approuver tout ce qu'il fait ou tout ce qu'il pense pour entretenir des relations normales avec lui ? Ça ne m'empêche pas de reconnaître ce qu'il y a de bon et d'estimable en elle.

— Alors si je comprends bien, c'est toi qui es devenu un saint !

— Sûrement pas ! Tu dois le savoir, d'ailleurs. Essaie simplement de te souvenir de ce qui se passe quand on est jeune. Il n'y a pas si longtemps, toi aussi tu étais jeune. Elle voit arriver ce gars, Ben, beau garçon... tu ne comprends pas ce qu'elle a pu éprouver ? L'amour... le corps...

Il était penché vers elle, la regardant droit dans les yeux

— Ne te donne pas en spectacle ! dit-elle sèchement.

— L'amour, le corps ! Toi tu ne comprends peut-être pas, mais moi, oui !

— C'est le moins qu'on puisse dire ! Pendant toutes ces années, crois-tu que je ne remarquais pas ton manège avec toutes les femmes que tu rencontrais ? Ta façon de leur faire la cour devant moi était tellement humiliante...

— Mais de quoi parlons-nous ? s'écria Dan en levant les mains au ciel. Je n'ai jamais rien fait !

— Ah bon, tu ne te rendais pas compte ? Tout le monde le voyait, je sais bien...

— Parce que j'adresse la parole aux femmes ? Mais bien sûr, les jolies femmes m'attirent. Qu'est-ce que tu crois ! Mais c'était parfaitement inoffensif, ça ne tirait jamais à conséquence !

— Mais qu'est-ce que je détestais cette façon de se comporter ! Qu'est-ce que je détestais ça !

— Mais pourquoi ne le disais-tu pas ? Pourquoi ne me donnais-tu pas un coup de pied sous la table, pourquoi ne me lançais-tu pas un regard mauvais ?

— Par amour-propre ! Je n'avais pas de raison de m'abaisser !

— Ah, tu vois bien ! Une autre femme, à ta place, aurait exigé une explication ou serait devenue enragée, mais elle aurait été honnête vis-à-vis d'elle-même. Leah, par exemple, puisque nous parlons d'elle, aurait réagi comme ça !

— Leah, encore Leah ! Elle qui a tué notre fils !

Les larmes lui gonflaient les paupières. Elle ferma les yeux pour les empêcher de couler ; fichues larmes ! Et en public ! Elle détourna le regard, ailleurs, ne pas les regarder... ! Tiens, deux couples viennent d'entrer, ils ont l'air sympathiques... ils ont des gants mais ils se frottent quand même les mains pour se réchauffer. A l'autre table, deux vieilles dames aux joues poudrées pouffent à l'écoute d'une plaisanterie. Plus loin, des parents sont assis avec leurs trois petites filles endimanchées. Des gens à leur place dans ce restaurant, des gens heureux.

— Ce n'est pas vrai, dit Dan. Ce n'était pas sa faute.

— Ah bon ? Et de qui était-ce la faute, alors ?

Dan poussa un long soupir.

— Je ne devrais pas t'en parler. Franchement, je ne sais pas si tu vas comprendre. Te connaissant, je me demande même si tu vas vouloir comprendre.

— Je ne suis pas venue ici pour être insultée ! D'abord, je ne voulais pas venir du tout !

— Hennie, je t'en prie, murmura Paul, désespéré.

— Oui, il a perdu ses jambes, dit Dan, oui elle a pris un amant. C'est vrai, il y a eu tout ça, mais la principale raison de son suicide, c'est le mépris qu'il se portait à lui-même.

— Qu'est-ce que tu veux dire ?

L'air embarrassé, Dan leva les yeux au plafond, puis se mit à faire craquer les jointures de ses doigts, un geste tout à fait inhabituel chez lui. Hennie attendait. Dan finit par se décider.

— C'était parce que... il ne se sentait pas un homme. Et cela bien avant d'avoir perdu ses jambes. Ça n'allait pas, avec les femmes. Il s'était rendu compte... que ce n'étaient pas les femmes qui l'attiraient.

Hennie se sentit chavirer. Elle réussit à réprimer un haut-le-cœur.

— Si j'ai bien compris ce que tu as voulu dire, alors c'est... c'est révoltant !

— Je ne pouvais pas être plus clair. Mais ça n'a rien de révoltant. C'est peut-être triste, mais c'est un fait. C'est la réalité.

— Je n'y crois pas ! s'écria-t-elle d'une voix si forte qu'une femme à la table voisine leur jeta un regard irrité. Elle baissa la voix.

— Comment as-tu fait pour le savoir ?

— C'est Leah qui me l'a dit. Il fallait qu'elle en parle à quelqu'un de la famille, et j'imagine que j'étais le plus indiqué pour cela. C'est cela qu'il voulait dire dans son petit mot, en disant que Ben était plus homme que lui. Leah et

Freddy en avaient longuement parlé. Très longuement. Ce n'étaient pas ses jambes...

— Elle ment ! Elle ment pour se faire pardonner ! Est-ce que tu y crois, toi, Paul ? Peux-tu imaginer une chose pareille ?

Paul hésita un instant avant de répondre.

— Oui. Je dois avouer que d'une certaine façon, ça m'a traversé l'esprit, mais à l'époque j'avais honte de me l'avouer.

Elle venait de perdre son allié. Elle était seule face aux deux hommes.

— Oser dire que Freddy était comme ça ! C'est une calomnie ! C'est ignoble ! Tu me dégoûtes !

— Je ne dis pas qu'il a eu de telles relations. Je pense seulement qu'il méprisait ce qu'il sentait en lui. Et je pense que c'était notre faute. Ou disons la mienne. Parce que cela faisait des années que je m'en étais rendu compte. Mais toi et moi nous n'en parlions pas, car nous ne pouvions pas parler de quelque chose que nous jugions laid. Encore maintenant, nous sommes incapables de prononcer le nom. Comme si Freddy y pouvait quelque chose ! Comme si c'était un péché !

Paul posa la main sur celle de Hennie. Du calme, semblait-il dire, je suis là. Elle retira sa main.

— Et quand as-tu fait cette... cette « découverte » ?

— Cela fait des années, je m'en rends compte maintenant. Mais je refusais de voir les choses clairement. Au lieu de ça, je me montrais impatient avec lui. Je l'aimais tellement que je refusais de voir... Peut-être aurais-je pu l'aider si nous avions parlé. Peut-être même aurais-je pu lui faire abandonner ses rêves idiots d'héroïsme et de virilité, et ne serait-il pas parti à la guerre comme il l'a fait.

Dan demeura un long moment silencieux avant de poursuivre.

— Alors quand il est revenu, je suis devenu comme fou, je lui ai acheté cette maison, je l'ai remplie d'objets luxueux, je lui ai acheté tout ce qu'il voulait, au lieu de lui parler fran chement. Je voulais qu'au moins il ait quelque chose. Le confort que procure l'argent... tout ça, dit-il en embrassant d'un grand geste la salle luxueuse du restaurant.

Hennie vacilla. Elle serra très fort le rebord de la table. Elle aurait été incapable de se lever. Au plus profond d'elle-même, elle hurlait son refus. Mais elle ne pouvait s'empêcher, aussi, de sentir que cette dénégation rageuse ne tiendrait pas longtemps contre ce qui, lentement, se faisait jour en elle : la vérité.

Ils n'avaient pas touché à leurs assiettes, et seul Paul grignotait un peu de temps à autre. Inquiet, le maître d'hôtel s'approcha.

— Tout va bien, messieurs dames ?

– Oui, oui, ça va, répondit sèchement Dan. Puis, à Hennie :

— Nous étions trop sûrs de nous, toi et moi, trop effrayés par une vérité que nous jugions horrible. Il en va de même pour ce qui s'est passé entre nous, Hennie. Si j'avais eu le courage de te dire la vérité dès le début... Je parie que tu n'as jamais rien expliqué à personne...

Elle lui lança alors un regard furieux pour lui rappeler la présence de Paul. Mais Dan ignora l'avertissement.

— ... ça ne me dérange pas que Paul entende ce que j'ai à dire.

Dan la regarda droit dans les yeux. Elle soutint son regard, attendant qu'il détourne les yeux le premier.

Il se tourna vers Paul.

— J'ai fait quelque chose de terrible à Hennie. Elle peut t'en parler si elle le veut.

Paul rougit et se tortilla sur sa chaise.

— Ma femme a beau avoir les pieds sur terre, elle est par certains côtés d'une naïveté toute romantique. Elle m'a pris pour un prince sur son cheval blanc, alors que je n'étais qu'un homme avec ses qualités et ses défauts.

— Je t'en prie, dit Paul, je ne sais rien de tout cela.

— Tu sais, répondit Dan, je me dis parfois que moi non

plus je ne sais rien de tout ça. Enfin, de toute façon, j'espère que Leah épousera Ben. Peut-être seront-ils plus heureux que nous et termineront-ils leur vie ensemble. C'est un bon garçon. Il lui prête de l'argent pour ouvrir une maison à elle, et il aime le petit.

— Tu espères qu'elle va épouser Ben ! s'écria Hennie. Alors que ça ne fait pas trois mois que Freddy est mort ! Même si ce que tu dis à propos de Freddy est vrai, elle l'a quitté quand il avait besoin d'elle.

— Toi aussi tu m'as quitté quand j'avais besoin de toi Hennie.

— Moi, je t'ai quitté ! Quel mensonge !

— Pas ici, dit Paul d'un ton de reproche. Vous vous expl! querez une autre fois.

— Tu as raison, dit Dan. De toute façon, ce n'est pas très élégant de te mêler à ça.

— Paul, il faut que je parte, il le faut absolument, dit Hennie. Tu n'aurais pas dû me faire ça.

Dan se leva.

— Ne vous en faites pas. Je m'en vais. Juste une chose, Paul. Cette histoire entre ton père et moi. A l'époque, je pensais que j'avais raison, et je le pense encore. De son côté, ton père doit estimer que c'était lui qui était dans le vrai. Mais cela n'aurait pas dû durer aussi longtemps. Nous aurions dû constater notre désaccord et faire la paix. Bon, c'est tout. Je m'en vais.

— Termine ton déjeuner, au moins, dit Paul d'un air piteux. Ne t'en va pas comme ça, Dan.

— Non, non, voici ma part pour le déjeuner.

Il sortit quelques billets de son portefeuille et les posa sur la table. Toujours le même vieux portefeuille, remarqua Hennie. Il la regarda. Elle se sentait clouée dans sa chaise, elle avait l'impression que tout le monde dans le restaurant avait les yeux fixés sur eux

— Réveille-toi, Hennie, dit-il doucement. Sois humaine. apprends à pardonner. Pour moi, ça m'est égal, mais Leah.. elle a souffert, elle a du courage, de la volonté, et c'est la

521

mère de notre petit-fils. Veux-tu me serrer la main, Hennie ? Non ? Tant pis...

Puis, se tournant vers Paul :

— Paul, veux-tu rappeler à tes parents, je l'ai déjà fait moi-même, de veiller sur Hennie ? Elle a besoin d'eux.

Quand il s'éloigna, plusieurs têtes se tournèrent sur son passage ; les gens avaient compris qu'il s'était passé quelque chose à leur table, quelque chose d'intéressant ou peut-être de scandaleux. Hennie tremblait. Elle avait l'impression étrange de se trouver au cœur d'un drame et d'en être en même temps la spectatrice.

Paul considéra les assiettes encore pleines.

— Je suppose que tu n'as pas envie de terminer ton déjeuner.

— Non. Je regrette ce qui s'est passé.

— Moi aussi je regrette. C'était ma faute. Je n'aurais pas dû insister.

Ils quittèrent le restaurant. Tout était calme. Les gens déambulaient tranquillement.

— Veux-tu venir à la maison ? proposa Paul.

— Non, merci. Je crois que c'est assez pour aujourd'hui. Je veux rentrer à la maison

La semaine suivante, elle ne sortit pas de chez elle. Elle dormait, se levait pour aller se faire du thé, se recouchait. Parfois, elle gagnait la fenêtre et regardait dehors d'un œil las. Un ballon d'enfant qui brillait dans le soleil, le toit luisant d'un camion qui roulait sous la pluie...

Sa lassitude était si extrême qu'elle n'avait plus la volonté d'accomplir les gestes quotidiens indispensables. Il lui arrivait de parler à voix haute.

Il faut reconnaître qu'il a dit un certain nombre de choses justes. C'est vrai, Freddy était un enfant étrange. Sans savoir exactement pourquoi, je m'inquiétais. Je pensais qu'il me ressemblait, que c'était ma faute. J'aurais dû en parler avec lui ; il se serait senti moins isolé. Je n'en sais rien. Je voulais que tout soit parfait, que tout ait l'air parfait. Notre mariage... Je reculais devant l'idée qu'il pût y avoir des choses cachées. Et puis est venu ce jour où j'ai découvert la lettre, et je n'ai plus pu me voiler la face.

Il a dit à Paul : « J'ai fait quelque chose de terrible à Hennie. Elle peut t'en parler si elle veut. » C'était courageux de sa part, parce qu'il tient à l'estime de Paul. Mais il n'a jamais eu peur de dire la vérité, comme pour Leah, à l'époque où il ne l'aimait pas. Il ne cherchait pas à s'excuser. Et après tout, pourquoi pas ? Ce n'était pas plus surprenant que mes sentiments pour elle alors qu'elle était encore enfant. Il faut quand même reconnaître qu'il a toujours été gentil avec elle, jusqu'à cette histoire de mariage avec Freddy. Et maintenant il en vient même à prendre son parti... Souviens-toi de ta jeunesse, m'a-t-il dit. Suis-je donc si vieille que cela ? Croit-il vraiment que j'aie oublié ? Me croit-il donc aigrie au point de ne plus penser qu'à moi ?

Elle a dit que jamais elle n'aurait quitté Freddy. Je ne l'ai pas crue. Mais enfin peut-être était-ce vrai. Elle n'a jamais menti. Je crois que je la connais comme une mère connaît son enfant, et quoi qu'elle ait pu faire par ailleurs, je sais qu'elle ne ment pas. Ainsi, elle serait restée avec Freddy mais elle aurait eu un amant. Ce genre de situation a existé de tout temps...

Que c'est donc terrible de vivre sans aimer ou sans être aimé !

Pourquoi m'as-tu fait ça, Dan ? J'étais si heureuse avec toi. Quand nous étions ensemble, tout se passait bien autour de nous. Tu avais l'air si seul quand tu as quitté ce restaurant. Je t'ai haï l'autre dimanche, et je me rappelle encore ton air malheureux. Tes yeux étaient pleins de reproches...

Moi aussi, j'ai ce même regard. J'ai peur de ce que je découvre dans le miroir. Je n'ai que quarante-cinq ans, mais j'ai le visage dur, les lèvres pincées, j'ai l'allure d'une femme qui dort seule et ne connaît plus le désir, pas même son souvenir. J'ai vu de telles femmes au patronage ; elles étaient charitables et respectables, c'étaient de braves femmes, mais déjà, je ne les trouvais qu'à moitié vivantes. Elles étaient si vertueuses…

Et pourtant, en moi, le désir n'est pas mort. Je me souviens encore de ce jour chez Alfie, à la campagne, le jour où nous avons appris le retour de Freddy, blessé aux jambes… il y a eu cet homme dans la maisonnette, Thayer. Je me suis refusée à lui, mais au fond de moi, je le désirais. Une deuxième fois, je n'aurais probablement pas refusé. Je me sentais si jeune… Je n'aimais pas cet homme, et même il ne me plaisait pas beaucoup, mais c'était merveilleux quand même. Ça s'est peut-être passé de cette façon, entre Dan et cette fille… C'est d'ailleurs ce que lui a toujours dit.. Il y a si longtemps…

Elle marchait de long en large ; là où aucun tapis ne venait amortir ses pas, ses talons résonnaient durement sur le plancher.

Elle buta contre une chaise, faisant rouler un ballon que Hank avait un jour laissé chez elle. En le ramassant, elle revit la façon dont ses petits doigts potelés avaient du mal à ne pas glisser.

Elle se dirigea alors vers l'ancienne chambre de Freddy Depuis toutes ces années, rien n'avait bougé. A la lueur sourde de la lampe, on eût dit un caveau funéraire où auraient été entassées toutes les possessions du mort pour qu'elles l'accompagnent dans l'au-delà. Elle éteignit la lampe et alla ouvrir les volets. La lumière inonda la pièce, et elle revit sur la table de nuit les derniers livres qu'il avait lus avant son départ à la guerre : un texte grec, une traduction d'une tragédie d'Euripide et les poèmes d'Emily Dickinson

Elle demeura devant la fenêtre, pétrifiée.

Que suis-je donc en train de faire ?

La terreur avait envahi la chambre vide. Elle ouvrit la fenêtre, comme pour y échapper. De la rue, lui parvinrent les bruits de la vie : des cris de marchands, des cris d'enfants, des hommes qui se querellaient, un moteur qui démarrait et le claquement sec d'un couvercle de poubelle Et des éclats de rire. Même ici, dans ce quartier sordide on pouvait vivre et rire.

Mon Dieu, qu'ai-je fait ?

Elle se dirigea vers le téléphone. Sa voix tremblait tellement que l'opératrice dut lui faire répéter le numéro. Lorsque son correspondant décrocha, elle put à peine murmurer ·

— Dan, s'il te plaît, reviens.


Le soleil de l'après-midi finissant incendiait les murs de la chambre où ils avait passé l'après-midi. Ils étaient couchés. Ils avaient fait l'amour, ils avaient dormi, et à présent seulement les mots leur venaient, librement.

— Dis-moi, disait Dan, est-ce que ce soir-là tu as vraiment voulu te tuer ? Je n'ai pas cessé d'y penser pendant toutes ces années.

— Je ne sais pas... j'avais l'impression de ne plus avoir ma place sur terre.

— Ta place... ta place est ici. Tu le sais, maintenant, non ?

— Oui, Dan, oui.

Ce ne serait plus exactement la même chose qu'au début. Mais tout de même, ce serait la vie avec Dan... l'amour.

— J'espère que je ne me suis pas montré trop désagréable l'autre jour au restaurant, dit Dan.

— Non. En plus, tu sais, je crois que si nous ne nous étions pas revus là-bas, je n'aurais pas réfléchi autant à notre histoire et nous ne serions pas ensemble à présent dans ce lit

— Je suis si heureux de t'avoir retrouvée, Hennie.

Dans l'entrée, l'horloge faisait toujours son tic-tac régulier. Ce bruit qui lui avait semblé si menaçant ce matin-là était à présent tout à fait amical.

— J'étais en train de me dire, Hennie, que ce serait bien de déménager. Nous pourrions trouver un joli petit appartement en haut, à Yorkville. On peut trouver un loyer raisonnable si on choisit un immeuble sans ascenseur. On ne serait qu'à quelques rues du petit. Qu'en penses-tu ?

— Je serais d'accord.

— Nous n'avons plus besoin d'autant de pièces qu'ici, donc le loyer pourrait être sensiblement le même. Et puis de toute façon, je dois être augmenté au prochain semestre. Je pourrai donner des leçons de piano à Hank dès qu'il aura quatre ans. Il n'est jamais trop tôt pour commencer.

Elle s'appuya sur son coude et regarda Dan. Les rides avaient miraculeusement disparu de son front ; il avait l'air d'un jeune garçon.

— Bonjour ! dit-il en riant.

— Te voilà de retour ! Dis-moi, tu n'as pas faim ?

— Je n'ai rien mangé depuis le petit déjeuner.

— Bon, je vais aller te préparer quelque chose. Je crois qu'il n'y a que des œufs dans la maison, mais je me débrouillerai.

Ils prirent le dîner dans la cuisine, lui à sa place habituelle, elle à la sienne, puis Dan alla s'installer au salon pour lire son journal et Hennie prit place à son bureau et se mit à écrire.

Après un moment, Dan posa son journal et s'approcha d'elle.

— Qu'est-ce que tu écris ?

Elle couvrit le papier de sa main.

— Pas grand-chose. Il y a quinze jours, j'avais commencé à écrire un poème sur Freddy. Je voulais évoquer sa douceur... enfin, j'ai essayé, mais il n'en est rien sorti. L'amour ne remplace pas le talent. Quand j'ai relu ce que j'avais écrit, les mots me semblaient bien ternes.

— Tu veux bien me le montrer quand même ?

— Je l'ai déchiré. Quant à ça, ce sont quelques phrases jetées comme ça sur le papier pour me clarifier les idées. Je pensais que ça me ferait du bien.

— Et ça, tu veux bien me le montrer ?

— Ça risque de ne pas te plaire.

Mais elle retira sa main, et par-dessus son épaule, il lut :

« En dépit de toute sa gaieté enfantine, c'est un homme solitaire, un musicien frustré et un réformateur déçu. J'imagine qu'il doit se sentir tout-puissant quand les femmes le regardent. Il faut pourtant que je me rappelle que pour lui, cela est sans signification aucune.

« Quant à ce qui s'est passé il y a bien longtemps, je crois qu'il m'a dit la vérité : cela n'avait pas grande importance, alors même que, peut-être, il l'aurait épousée s'il avait pu... mais je dois aussi me souvenir que pendant toutes ces années, c'est moi qu'il a aimée.

« Non, l'amertume n'a pas totalement disparu en moi ; je ne suis pas aussi magnanime.

« Nous ne sommes propriétaires de rien ni de personne. Nos enfants grandissent et s'en vont, et parfois ils meurent avant nous. Et pourtant nous continuons à vivre. Car ces quelques années sont notre seul bien. Prenons alors ce qu'il nous est donné de prendre. J'avais un fils. Je voulais la perfection. Ce qui a été a été. J'avais aussi un amant, un homme bon et courageux, un homme qui a fait de grandes choses dans sa vie, et cet homme je l'ai encore. Je ne veux plus jamais vivre sans lui. Je... »

Ici se terminait le texte.

Dan sortit Hennie de sa chaise et la serra dans ses bras. Il avait les larmes aux yeux.

— Tu as le sentiment que ça t'a aidée d'écrire ?

— Oui, je crois.

— Alors maintenant déchire ce papier et jette-le. Oh, Hennie, Hennie, c'est une nouvelle vie qui commence !


En quittant Hennie devant le restaurant, Paul ressentit une profonde détresse. En la regardant s'éloigner, il était partagé entre le désir de courir après elle, de la prendre par le bras, et l'envie de rester seul, lui aussi.

Quelle amertume en elle ! Comme elle avait changé, cette Hennie qu'il connaissait depuis l'enfance !

Et Dan qui semblait vaincu, éteint... Et Paul revit alors fugitivement l'image de Dan perché sur la corniche d'un dernier étage, des gens qui criaient, qui applaudissaient ; s'en souvenait-il vraiment ou bien s'était-il recomposé un souvenir à la suite du récit qu'on lui en avait fait maintes et maintes fois ?

Dan avait du courage. Le courage d'avoir dit ce qu'il venait de dire à propos de son attitude affreuse envers Hennie.

Et pourtant, ils continuaient de se détruire. Comme si la mort de Freddy n'avait pas été suffisante pour les réunir !

Mais après tout, en quoi suis-je juge ? se demanda Paul. En me regardant vivre, personne ne pourrait savoir ce que je ressens au plus profond de moi.

Un petit garçon marchait devant lui en compagnie de ses parents, un voilier dans les bras ; ils se rendaient au parc. Ne pas oublier, cette semaine, d'acheter un bateau pour Hank, sans attendre son anniversaire ; dans la vie, on remet trop souvent les choses à plus tard.

A partir de Hank, ses pensées le conduisirent à Anna : elle aussi avait un petit garçon du même âge. Mais il ne devait pas faire naviguer de bateau à Central Park. Dans son quartier, à sa connaissance, il n'y avait nulle part de bassin où faire naviguer un bateau. Il se rappela alors l'adresse portée sur la reconnaissance de dette que lui avait renvoyée son mari. Cette adresse sur Fort Washington Avenue s'était gravée dans sa mémoire sans qu'il en ait eu vraiment l'intention.

Il dirigea ses pas vers l'est, en direction de chez lui. C'était une journée fraîche, le vent tordait les branches des arbres, ce genre de journées où certains se calfeutrent chez eux et que d'autres, dont il était, prennent plaisir à affronter. Le ciel était d'un bleu limpide, nettoyé par le vent. Une journée à se promener à pied dans la campagne, puis prendre la voiture et aller boire un verre dans une vieille auberge. Oui, mais pas tout seul...

Il regarda sa montre ; l'après-midi ne faisait que commencer. Le garage où il rangeait sa voiture se trouvait à l'extrémité de sa rue. Arrivé devant le garage, il hésita un moment. Bien sûr, il pouvait aller rendre visite à sa belle-famille qui recevait un cousin relevant d'une grave maladie. Mais l'idée de se retrouver dans cet appartement plein de monde, au milieu des conversations futiles, le découragea d'avance. La journée avait déjà mal commencé avec Hennie et Dan...

Il finit par se décider et entra dans le garage pour demander sa voiture. Il fallait bien faire tourner le moteur de temps en temps, n'est-ce pas ? La dernière fois qu'il s'en était servi, c'était pour aller chez Alfie, il y avait plusieurs semaines de cela.

Il s'installa au volant, enfila ses gants de conduite et fila vers l'ouest. Il ouvrit la vitre et savoura la gifle du vent sur son visage. Riverside Drive. A sa gauche, le vent ridait la surface étincelante du fleuve. De fins nuages firent alors leur apparition dans le ciel : le vent ne tarda pas à les étirer comme de longues queues de cerfs-volants.

Trois gros bateaux de guerre gris étaient ancrés au milieu du fleuve. Il frissonna.

Il s'arrêta devant Claremont Inn, avec l'idée de s'installer devant un verre et de regarder le fil de l'eau. Mais avant de descendre de voiture, il se souvint : la Prohibition ! Cette stupide loi Volstead ! Il ne trouverait à boire que du thé ou du café ! Il poursuivit donc sa route en direction du nord ; pour arriver jusqu'à la campagne, il lui faudrait traverser le Bronx et continuer jusqu'à Westchester. Le spectacle des champs parviendrait peut-être à l'apaiser.

Il remonta Broadway, prenant bien garde aux promeneurs du dimanche qui avaient une fâcheuse tendance à déborder sur la chaussée et aux enfants qui risquaient toujours de traverser en trombe sans regarder. Soudain, il aperçut sur la gauche le début de Fort Washington Avenue. S'il n'avait pas roulé aussi lentement, il n'aurait pas remarqué la plaque. Son cœur battait plus fort. Il poursuivit sa route. Cinq rues, dix rues. Tout de même, vivre à New York depuis son enfance et n'être jamais passé par Fort Washington Avenue ! Ce n'était pourtant qu'à une demi-heure de son quartier, quarante minutes au plus ! Et sans y réfléchir, il fit demi-tour au beau milieu de Broadway.

Une folie ! En outre, il n'avait pas une chance sur mille

de l'apercevoir dans ce quartier surpeuplé aux immeubles tous semblables. Et c'était dimanche : son mari serait là. Mais aussi, pourquoi ne pas passer par sa rue, observer les maisons, voir l'atmosphère dans laquelle elle vivait ?

Il parqua sa voiture de l'autre côté de la rue, à quelque distance du numéro qui s'était gravé dans sa mémoire. Des gens allaient et venaient ; des vieillards avaient sorti des chaises et bavardaient sur les perrons, à l'abri du vent ; de grands garçons sur leurs patins à roulettes esquivaient adroitement les quelques rares voitures ; les familles se promenaient, landaus et chiens en laisse, semblables à celles de son quartier, mais plus pauvrement vêtues.

Son regard glissa sur l'immeuble d'Anna et il se demanda lesquelles de ces fenêtres pouvaient bien être les siennes ; où pouvait bien se trouver la cuisine où elle travaillait (chantait-elle en faisant la cuisine ?) et la chambre... leur chambre ?

Il avait honte de lui : il se faisait l'effet d'un voleur repérant les lieux de son prochain forfait. Il avait envie de l'apercevoir et le redoutait tout à la fois. Quelle folie d'attendre là plus longtemps, assis dans sa voiture ! Cela faisait déjà près de vingt-cinq minutes ! C'est alors qu'il la vit, dans son rétroviseur.

Elle grimpait la côte au bras de son mari ; leur petit garçon poussait un tricycle. Il détourna la tête quand ils arrivèrent à sa hauteur. Il tremblait. Ils traversèrent la rue. Le vent faillit emporter son chapeau et elle l'enleva pour remettre ses épingles ; ses cheveux roux flamboyèrent un instant dans le soleil. Il la vit se tourner vers l'homme et rire ; lui aussi riait.

Puis l'homme enleva le petit garçon et l'installa sur ses épaules. L'enfant, taquin, voulut alors arracher le chapeau de sa mère, mais celle-ci s'écarta en riant. Elle ramassa le tricycle, et pendant un moment ils demeurèrent immobiles à l'entrée de l'immeuble, semblant hésiter à rentrer ou à poursuivre leur promenade. Puis ils gravirent les marches du perron.

Que pense-t-elle en regardant ainsi son mari ? se demanda

Paul. Qu'éprouve-t-elle lorsqu'elle repense à cette folle matinée que nous avons passée ensemble ? Les hommes qui marchaient dans la rue jetaient un regard admiratif sur sa belle voiture ; lui, demeurait toujours immobile, un bras passé sur la portière par la vitre baissée.

Était-ce simplement affaire d'attirance physique, d'emportement des sens ? Était-ce l'attrait de la chose défendue ?

Un secret. Comme d'avoir un trou à ses chaussettes sous de belles chaussures toutes neuves.

Là-haut, derrière ces fenêtres, Anna devait être occupée à préparer le dîner. Le mari devait jouer avec le garçon. Est-ce que cette histoire d'immeuble à rénover s'était finalement bien conclue ? Cet homme avait de l'ambition. Il fallait bien reconnaître qu'il cherchait à assurer l'avenir de sa femme et de son enfant.

Eh quoi ! Il allait détruire toute la vie de cet homme ? Était-il capable d'une chose pareille ? Lui prendre son foyer… son enfant… un petit garçon de l'âge de Hank…

Paul se prit le visage dans les mains ; puis, se rendant compte que son attitude risquait d'attirer l'attention, il remit le moteur en marche et s'éloigna. Il sentait qu'il faisait une affreuse grimace, et il s'efforça de détendre les traits de son visage. Le coup de fouet de l'air froid lui fit du bien.

Que de bouleversements ! Hennie et Dan ; Leah, Freddy et Hennie ; Anna et…

Anna refuserait certainement. Elle ne ferait pas une chose aussi folle, elle ne dévasterait pas sa vie de famille. Il la connaissait trop ! Il avait l'impression de lire dans son esprit.

Tout cela n'était qu'un rêve aberrant.

Non, Anna, douce Anna, nous ne sommes pas faits l'un pour l'autre.

Il ramena la voiture au garage et rentra chez lui. Mimi venait d'arriver et n'avait pas encore ôté son chapeau. Il y avait une plume sur le côté de ce chapeau, presque un plumeau, et il dut se protéger les yeux en l'embrassant.

— Tu as passé une bonne journée ? demanda-t-il.

— Ça allait. Mais ici, sans toi, c'est triste. Et toi ?

— Une journée éprouvante !

Et il lui raconta ce qui s'était passé avec Dan et Hennie.

— Comme tout cela est triste, mon chéri. Il faut dire que depuis ton retour la vie ne t'a pas gâté : la mort de Freddy, cette affaire entre Hennie et Dan. Je sais combien tu les aimes. J'espère qu'ils vont finir par se réconcilier.

Le vent avait rosi ses joues, et avec ses grands yeux tendres et son air préoccupé, elle avait l'air d'une enfant ; il se demanda à quoi elle ressemblerait s'il lui faisait du mal.

Elle ôta son chapeau, secoua ses cheveux.

— Il faudrait au moins que cette guerre nous ait appris quelque chose, dit-elle.

— Quoi ?

— A être meilleurs les uns avec les autres.

Il eut l'impression de recevoir un coup de poignard dans le cœur.

Oh, Marian, s'écria-t-il, jamais je ne te ferai du mal !

Elle le regarda avec étonnement.

— Me faire du mal ? Je sais bien que tu en serais incapable ! Non, mon amour, jamais. Je me rappelle tes boucles de cheveux qui dansaient au-dessus de ce livre d'algèbre, les rubans bleus sur ta robe de bal ; ton voile de mariée et le bouquet dans tes mains tremblantes.

Il posa la joue sur ses cheveux.

« Choisis la vie, afin que tes enfants vivent. »

Ces mots anciens, tirés du livre de prières, lui transpercèrent le cœur. Nourris et construis, disaient-ils. Ne porte nulle part la désolation. Soulage la douleur et n'en inflige aucune. Laisse fleurir sous le soleil ce qui est né sous le soleil, et ne trouble pas la paix.

## 12

Deux vases de jonquilles étaient disposés de part et d'autre du gâteau d'anniversaire.

— Quatre bougies, dit Leah. Demain il y aura un goûter pour les enfants, mais aujourd'hui, dit-elle à Hennie qui se tenait à côté d'elle, je voulais qu'il n'y ait que la famille.

Leah promena un regard de satisfaction sur la pièce ; le papier peint en treillis vert et blanc donnait l'illusion d'un jardin d'hiver. Elle avait expliqué très sérieusement à Hennie que la mode en avait été lancée par la décoration d'Elsie Wolfe pour le Colony Club. Hennie, qui ne se sentait guère à l'aise dans des pièces ainsi décorées, reconnaissait toutefois que Leah s'y connaissait et avait un goût très sûr.

— Et maintenant, dit Leah, c'est l'arrière-grand-mère qui va couper le premier morceau.

Angelique était ravie ; elle aimait non seulement cette maison, mais toutes les célébrations en général. Elle tendit le premier morceau à Hank et s'inclina tandis que tout le monde entonnait le «Joyeux anniversaire».

— Est-ce que tu savais, mon chéri, que tu devais ton nom à ton arrière-grand-père ? demanda Angelique au petit Hank dont les joues étaient déjà barbouillées de chocolat.

— Ah bon, je ne savais pas, chuchota Leah à l'adresse de Hennie. Je croyais lui avoir donné le nom de mon père.

— Chut ! dit Hennie en posant un doigt sur ses lèvres.

Et toutes les deux se mirent à rire en se dissimulant.

— Comme le monde a changé depuis qu'il était petit garçon comme toi, s'exclama Angelique. Quand il était jeune et moi aussi, c'était un monde bien différent !

Et son regard se perdit vers un lointain passé.

Souvent, ces derniers temps, Angelique s'était prise à évoquer les jours terribles de son passé, comme celui qui avait vu arriver chez elle les soldats de l'Union et mourir son père. Elle a été modelée par cette guerre, songea Hennie, comme nous l'avons été par celle-ci et comme le petit Hank le sera.

— Je regrette que l'oncle David n'ait pas vécu assez vieux pour voir cette journée, dit Dan.

Hennie acquiesça. Oncle David aurait été heureux de la savoir réconciliée avec Dan.

— Le monde change tous les jours ! fit observer Paul. Il est difficile de s'en rendre compte comme ça, bien sûr, mais regardez comment était le monde il y a seulement vingt ans. Et regarde-toi, Leah ! Aurais-tu seulement rêvé, il y a cinq ans, que tu allais ouvrir ta propre maison de modes sur Madison Avenue.

— Oui, répondit aussitôt Leah, et tout le monde éclata de rire.

— J'ai engagé deux couturières et deux tailleurs, expliqua Leah. Je leur ai offert de meilleurs salaires et un atelier plus agréable. Et dans le métier, on m'appellera désormais...

Elle eut une petite moue comique.

— ... Madame Léa. Avec un accent, s'il vous plaît ! Pour réussir dans la mode, il convient d'être française ! Ce sera merveilleux, vous verrez, et tout cela grâce à la générosité de Ben !

Ben sourit.

— Mais je ne suis pas si généreux que cela. Après tout, cette maison sera aussi un peu la mienne, puisque nous allons nous marier le mois prochain.

— Eh bien, rétorqua Leah, disons que je bénéficierai de conseils juridiques gratuits !

— C'est une fille intelligente, dit Alfie à Hennie. Elle est comme moi, elle n'est pas allée à l'université. C'est ça, la vie !

Meg s'approcha à ce moment-là avec son assiette de gâteau à la main. Elle prit une chaise et s'installa à côté d'eux.

— Je ne sais pas si c'est ça la vie, dit-elle lorsque son père se fût mêlé à une autre conversation. Mais moi, tante Hennie, j'ai été admise à Wellesley et j'ai très envie d'y aller. Mais pour maman, les filles n'ont pas besoin d'aller à l'université. Elle veut m'envoyer dans un institut de jeunes filles, peut-être en Suisse. Toutes ses amies de la « bonne société » envoient leurs filles dans de tels instituts où on apprend à bien se tenir en société. Et pire, elle veut que je fasse mes débuts dans le monde : elle me voit en débutante ! Mais alors là, pas question ! Ça n'est pas mon genre !

Non, se dit Hennie, en considérant son visage doux et franc, cette silhouette un peu carrée, non, ça n'est pas ton genre ; tu ressembles à ce que j'étais à ton âge.

— J'ai toujours regretté de ne pas avoir fait d'études supérieures, dit Hennie. Je vais en parler à tes parents. J'espère arriver à les convaincre. Tiens, on ouvre les cadeaux, allez, viens.

Ben tenait Hank en l'air, au-dessus de sa tête, et l'enfant, ravi, battait des bras et des jambes.

C'est l'enfant de Freddy, songea Hennie avec un pincement de tristesse au cœur. Il a le sourire lumineux de Freddy. Elle s'efforçait de conserver vivants en elle les moindres détails de l'aspect physique de Freddy, un grain de beauté sur la joue gauche, entre le nez et la mâchoire, une séparation presque imperceptible entre ses deux dents de devant... Oui, souviens-toi de tout cela, et non du corps ensanglanté au pied de l'escalier.

Toi et ta mère, petit Hank, vous serez plus heureux avec Ben que vous ne l'auriez été avec Freddy. Pardonne-moi, Freddy, pardonne ces pensées à ta mère, mais c'est ainsi et je n'y peux rien.

Dan, agenouillé sur le sol, ouvrait des boîtes de jouets Que de belles choses ! Des trains, des cowboys, de beaux livres, des poupées, des Indiens, et un gros kangourou en peluche, cadeau de Walter et de Florence. Mais, Dan les ayant interdits, il n'y avait pas de petits soldats.

Hennie songea à l'argent qui coulait désormais à flots dans cette maison. L'argent de Dan, bien sûr, gagné grâce aux commandes militaires, mais aussi celui que Leah allait désormais rapporter, et qui, indirectement, provenait aussi de la guerre, car ses clientes seraient pour la plupart de ces femmes que la Grande Guerre avait enrichies.

Pourvu, se disait-elle, que cet argent ne vienne pas gâter cet enfant adorable. Nulle fatalité, pourtant, puisqu'il n'avait pas réussi à gâter Paul. Et elle coula un regard en direction du canapé où il était assis à côté de sa femme. Le bébé allait naître d'un jour à l'autre. Ils avaient l'air très heureux et Mimi arborait cette beauté resplendissante des femmes enceintes.

Paul sentit le regard de Hennie posé sur lui. Il lui sourit, et lui-même regarda alternativement Dan et Hennie. Il se sentait heureux pour eux. Son regard balaya alors toute la famille rassemblée ; il sourit en songeant que sa mère serait une des meilleures clientes de Leah. Et puis il y avait Meg. Freddy lui avait dit qu'elle s'était montrée très attentionnée avec lui. Elle était grande à présent, et il se promit de mieux faire sa connaissance.

Hank dansait en tenant le kangourou par les pattes. A l'idée d'avoir bientôt un enfant à lui, Paul se sentit envahi de gratitude et pressa doucement la main de Mimi.

Dan se remit péniblement debout.

— Quel garçon adorable, dit Paul.

Il lui semblait que cett· remarque, bien banale pourtant, il la devait à Dan, qui le regardait avec insistance et semblait l'attendre. Mais qu'importe ! Paul trouvait en effet que Hank était un petit garçon adorable.

— Oui, répondit Dan, et lui au moins ne connaîtra pas le triste sort de son père. Grâce à Dieu, nous avons vu la dernière guerre, la der des der. Jamais plus la jeunesse ne partira ainsi la fleur au fusil, gonflée de faux héroïsme, comme Freddy est parti. Maintenant, il y a la Société des Nations. Est-ce que tu savais que Hennie a fait des discours devant l'Assemblée générale ? Je suis allé l'écouter l'autre soir. Elle a été extraordinaire.

— L'autre jour, j'ai reçu une lettre de mon cousin Joachim, dit Paul. C'est la première fois que j'ai de ses nouvelles. Il donne dans la philosophie. Quels bavards, ces Allemands ! Il a été blessé au ventre, il a reçu la Croix de fer, mais il est rétabli et tout à fait optimiste. C'est le chaos en Allemagne, me dit-il, mais nous en sortirons. L'esprit allemand permettra de rebâtir ce pays.

Le teckel entra dans le salon en tenant un morceau de gâteau dans sa gueule, et alla se réfugier sous le piano pour savourer son larcin ; Paul se rappela alors ce jour où il était allé en compagnie de Freddy acheter le premier teckel. Ils l'avaient choisi au milieu d'une meute hurlante de chiots, Freddy l'avait mis dans la poche intérieure de sa veste, et ils étaient retournés boire une bière à l'auberge. C'était il y avait un siècle.

— Moi aussi je suis optimiste, dit Dan. L'homme ne cesse d'apprendre. La civilisation fait des progrès. Partout dans le monde, le mouvement ouvrier se renforce.

Il eut un grand geste du bras.

— Oui, nous connaîtrons un monde meilleur.

Je ne peux pas m'empêcher de le trouver naïf, songea Paul. Mais suis-je tellement plus sage que lui ?

— Oui, je crois que tu as raison, répondit Paul.

Mimi bougea un peu à côté de lui. Il la regarda immédiatement d'un air inquiet.

— Tu sens quelque chose ?

— Non, non, pas encore, dit-elle en souriant.

Il se dit que jamais elle n'avait été aussi belle.

— Pas encore, mais c'est pour bientôt, j'en suis sûre.

La nuit commençait à tomber. On alluma les lampes et une douce lumière rose baigna la pièce.

Cet ouvrage a été composé par Charente-Photogravure
et imprimé par la S.E.P.C. à Saint-Amand-Montrond (Cher)
pour le compte des éditions Presses de la Renaissance

Achevé d'imprimer en avril 1987

Dépôt légal : avril 1987.
N° d'impression : 605.

*Imprimé en France*